譯註 三國演義

삼국연의

성어용례사전
成語用例事典

박을수

보고사

길잡이

1) 이 책은 [삼국연의](三國演義)를 번역하면서 용례로 든 성어(成語)·
   고사(故事) 등을 따로 묶어서, 독자들이 편리하게 이용할 수 있도록
   하였다.

2) 표제어(表題語)를 '한글에서 한자어'로 바꾸고, 가·나·다 순으로
   배열하였다. 표제어가 같더라도 용례가 다른 것은 표제어를 그대로
   두었다.

3) 표제어와 한자어가 같은 경우에는 ( )로, 일치하지 않는 것은
   [ ]로 표시하여 구분하였다.

   ◦백신(白身) : 평민. 관직이나 공명이 없는 사람. [唐書 選擧志]「**白身**視有出
        身 一經三傳皆通者 獎擢之」. [通俗編 仕進 白身]「元典章 選格
        有**白身**人員」. ▶제1회-28)

   ◦백성(黎庶) : 여민(黎民). '여'는 흑(黑)의 뜻인데 백성들의 머리가 검다하
        여 이르는 말임. [書經 虞書篇 堯典]「**黎民**於變時雍」. [漢書 郊
        祀志]「每擧其禮 助者懽悅 大路所歷 **黎元**不知」. ▶제1회-16)

4) 용례 끝의 숫자는 '회차−각주번호'를 표시한 것이다.

차 례

삼국연의

성어용례사전
成語用例事典

박을수

ㄱ

可翹足而待[족히 천하를 평정할 날을 기다려도 좋을 것이외다] : 성과를 기다릴 수 있을 것임. 머지않아 그렇게 됨. [史記 高祖紀]「大臣內叛 諸侯外反 亡可翹足而待也」. [後漢書 陳球傳]「天下太平 可翹足而待也」. ▶제96회-19)

家眷[가솔들을] : 가족·가솔. 남에게 대하여 자기의 아내를 겸손하게 일컫는 말이기도 함. [北夢瑣言]「家眷取泣」. ▶제108회-12)

歌妓(가기) : 성기(聲妓). 노래를 잘 부르는 기생. [孟浩然 春中喜王九相尋詩]「當杯已入手 歌妓莫停聲」. [張蠙 錢塘夜宴留別郡守詩]「屛閒佩響藏歌妓 幕外刀光入從官」. ▶제22회-1)

假途滅虢之計也[길을 빌어서 괵을 치려는 계책입니다] : 원문에는 '假途滅虢之計也'로 되어 있음. 희공(喜公) 2년 진(晋)나라는 우(虞)에게 괵을 치러 가겠다며 길을 빌리고 나서 괵나라를 쳤다. 그러고는 돌아오는 길에 우나라까지 쳐서 멸해버렸다는 고사. [左氏 僖 五]「假道于虞 以伐虢」. [孟子 萬章篇 上]「晋人以垂棘之璧 與屈産之乘 假道於虞以伐虢 宮之奇諫 百里奚不諫」. ▶제56회-17)

可不征而定[정벌하지 않고도 정해질 것입니다] : 정벌하지 않고도 손에 들어오게 될 것임. ▶제118회-25)

假城·疑樓(가성과 의루) : 적을 속이기 위해 외관만 성곽과 누각처럼 만들어 놓은 것을 이름. [三國志 吳志 徐盛傳]「從建業築圍 作毒落圍 上設假樓」. 「의성」(疑城). [晋記]「魏文帝之在廣陵 吳人大駭 乃臨江爲疑城 自石頭城至於江」. ▶제86회-28)

枷鎖[쇠고랑을 채우고 목에 가쇄를] : 죄인에게 칼을 씌우고 족쇄를 채움.

목과 손목에 채우는 수가(手枷)와 발목에 채우는 족쇄(足鎖)가 있음.
[北史 流求國傳]「獄無**枷鎖** 惟用繩縛」. ▶제29회-7)

苛擾[가렴주구] : 가렴주구(苛斂誅求)를 함. 원래는 '몹시 어려움'을 뜻
임. [宋史 齊恢傳]「明白開約 不**苛擾** 所至人愛之」. [墨子 所染]「擧天下之貪
暴**苛擾**者」. ▶제120회-2)

賈誼·單于(가의·선우) : 전한 때의 학자 겸 정치가. 문제(文帝) 때 부름을
받아 박사가 되었고, 해박한 지식과 정연한 논리로 원로들을 압도하여
태중대부(太中大夫)에 이르렀음. 흉노가 침입하자 공주를 선우의 왕후
로 보내면서 화친을 도모하였는데, 이때 가의는 자신을 흉노의 관비로
보내주면 저들의 목을 베어 천자의 명을 받들게 하겠다고 말했다 함.
「가의」. [中國人名]「漢 雒陽人……梁王墮馬死 誼自傷爲傅亡狀 哭泣歲餘亦
死 世稱**賈太傅** 又稱**賈長沙** 以其年少 亦稱**賈生**」. [中文辭典]「帝欲任爲公卿
絳灌等忌而毀之……渡湘水 爲賦以弔屈原 蓋以自況也」. 「선우」(單于). 흉
노가 자기들의 추장을 부르던 이름. [漢書 匈奴傳]「**單于**姓攣鞮氏 其國稱
之曰 撑犁孤塗**單于**」. [史記 匈奴傳]「匈奴**單于**曰頭曼」. ▶제23회-6)

閣子[더그매] : 작은 방. 본래 「더그매」는 '지붕 밑과 천장 사이의 빈 공
간'을 말함. ▶제4회-17)

脚艦(각함) : 큰 배에 딸린 작은 배. 「각선」(脚船) [通俗編 器用 脚船]「施肩
吾 贈鹽官主人詩 出路**船**爲**脚** 供官木是奴」. ▶제68회-4)

艱難[어려운 때] : 몹시 힘들고 어려운 일들이 많음. 「간난신고」(艱難辛
苦). [詩經 王風篇 中谷有蓷]「嘅其嘆矣 遇人之**艱難**矣」. [詩經 小雅篇 白
華]「天步**艱難** 之子不猶」. ▶제104회-6)

肝腦塗地(간뇌도지) : 간과 뇌가 땅에 으깨어지는 참혹한 죽음. [史記 劉
敬傳]「使天下之民**肝腦塗地** 父子暴骨中野」. [漢書 蘇武傳]「常願**肝腦塗地**」.
[戰國策 燕策]「擊代王殺之 **肝腦塗地**」. ▶제28회-20), 제29회-18), 제42회-1),
제63회-6), 제74회-2), 제85회-16), 제117회-22)

簡書(군령) : 문서. 주로 군사에 관한 명령서. [詩經 小雅篇 出車]「豈不懷
歸 畏此簡書」. [左傳 閔公元年]「詩云 豈不懷歸 畏此簡書 簡書同惡 相恤之
謂也 請救邢以從簡書」. ▶제118회-13)

旰食之秋[신하들이 모두 몸을 돌보지 않고 일 해야 할 때이옵고] : '간식'은
'한식'(旰食)의 원말임. '임금이 정사에 바빠서 날이 저문 뒤에야 식사
를 함'의 뜻임. [左傳 昭公 二十年]「楚君大夫其旰食乎」. [漢書 張湯傳]「日
旰天子忘食」. ▶제57회-6)

干謁[남이 써 준 천서만 가지고 만나러 온 것] : 알현을 청함. 이권·관직을
얻기 위해 힘 있는 사람을 찾아뵘. [北史]「好以榮利干謁」. ▶제57회-17)

諫章(간장) : 임금에게 간하는 글. ▶제60회-45)

葛巾布衣[갈건에 도포를 입고] : 은사(隱士)의 차림새를 말함. [故事成語考
衣服]「葛巾野服 陶淵明眞陸地之神仙」. 「포의한사」(布衣寒士). [史記 廉頗
藺相如傳]「臣以爲布衣之交 尙不相欺 況大國乎 且以一璧之故 逆彊秦之驩不
可」. [戰國策]「衛君與文布衣交」. ▶제45회-5)

竭力[힘을 다해서] : 진력(盡力). 있는 힘을 다함. 「갈력진능」(竭力盡能).
[禮記 燕義篇]「臣下竭力盡能 以立功於國」. [論語 學而篇]「事父母能竭氣力
事君能致其身」. ▶제91회-17)

竭力盡忠[힘을 다하고 충성을 다해] : 충성을 다하고 힘을 다 바침. 「갈충
보국」(竭忠報國). [禮記 燕義]「臣下竭力能盡 以立功於國」. [劉氏鴻書 岳飛
下]「飛裂裳以背示鑄 有盡忠報國四大字」. ▶제101회-27)

渴仰之思[우러르던 정] : 몹시 우러러 사모하는 생각. [法華經 壽量品]「心
懷戀慕 渴仰於佛」. [佛國記]「不見佛久 咸皆渴仰雲集」. ▶제24회-16), 제60
회-24)

褐衣(갈의) : 갈의(葛衣). 칡으로 짜서 만든 옷. [史記 平原君傳]「民褐衣不
完 糟糠不厭」. [史記 司馬遷自序]「夏日葛衣 冬日鹿裘」. ▶제23회-13)

竭忠輔相[다 나라를 위해 한 몫을 할 만한 인물들이요] : 충성을 다해 나라

의 은혜를 갚음. 「갈력진능」(竭力盡能)·「진충보국」(盡忠報國). [禮記 燕義]「臣下**竭力能盡** 以立功於國」. [劉氏鴻書 岳飛 下]「飛裂裳以背示鑄 有 **盡忠報國**四大字」. ▶제35회-4)

竭忠盡力[충성을 다해] : 충성을 다해 나라의 은혜를 갚음. 「갈충보국」(竭 忠報國). [禮記 燕義]「臣下**竭力能盡** 以立功於國」. [劉氏鴻書 岳飛 下]「飛裂 裳以背示鑄 有**盡忠報國**四大字」. ▶제104회-1)

監國[나라의 일을] : 국사를 감시함 또는, 제후의 나라를 감시함의 뜻임. [禮記 王制]「天子使其大夫爲三監 **監**於方伯之國 國三人 [注] 使佐方伯領諸 候」. [國語 晋語 一]「君行 太子居以**監國**也」. ▶제91회-26)

減兵添竈之法(감병첨조지법) : 병사의 수를 줄이되 부뚜막의 수를 늘리는 전법. [史記 孫武吳起傳]「魏伐韓韓請救於齊 涓去韓而歸 臏使齊軍入 魏地 者爲十萬竈 明日爲五萬竈 又明日爲二萬竈 涓大喜日 我固知齊軍怯 入吾地 三日 士卒亡者過半矣 乃倍日并行逐之」. [梁開文帝 泛舟橫大江詩]「**減竈驅** 前馬 銜枚進後兵」. ▶제101회-1)

甘心俯首[달게 머리를 숙이는 것입니다] : 책망을 달게 여겨 머리를 숙임. [左傳 莊公九年]「鮑叔帥帥來言日 子糾親也 請君討之 管召讎也 請受而**甘心** 焉」. [詩經 衛風篇 伯兮]「願言思伯 **其心**首疾」. 「감심명목」(甘心瞑目)은 '달게 받겠다는 듯이 눈을 감음'의 뜻임. [安氏家訓 省事]「以此得辜 **甘心 瞑目**」. ▶제118회-20)

感恩無地[그 고마움을 비길 데가 없을 터인데] : 은혜에 감사하는 마음이 끝이 없음. [潘岳 關中詩]「觀逐虎奮**感恩**輸力」. [海錄碎事 報德門 萬感恩] 「唯言 **千感恩 萬感恩**」. ▶제39회-2)

閘門(갑문) : 수문(水門). [正字通]「閘 門日**閘門** 河日閘河 設閘官司之」. ▶제 32회-9)

甲士(갑사) : 갑병(甲兵). 무예가 뛰어난 병사. [史記 周記]「**甲士**四萬五千 人」. [岑參 過梁州奉贈張尙書大夫公詩]「層城重鼓角 **甲士**如熊羆」. ▶제103

杠[가로지른 나무] : 앞에 가로지른 나무. 횡목(橫木). [中文辭典]「牀前橫木也」. [說文]「杠 牀前橫木也 从木工聲」. [方言 五]「牀 其杠 北燕朝鮮之間謂之樹」. ▶제102회-20)

强弩之末 勢不能穿魯縞[강노도 끝에 가서는 얇은 비단을 뚫지 못한다] : '강노'는 강궁의 다음으로 센 쇠뇌이지만, '사정거리의 끝에 가면 얇은 비단조차 뚫지 못한다'는 뜻임. [三國志 蜀志 諸葛亮傳]「此所謂 强弩之末 勢不能穿魯縞者也」. '쇠뇌'는 여러 개의 화살을 잇달아 쏘게 만든 활임. 「연노」(連弩). [漢書 李陵傳]「發連弩 射單于 (注) 服虔曰 三十弩共一弦也」. ▶제43회-31)

講武(강무) : 무예연습·전쟁훈련. [三國志 蜀志 諸葛亮傳]「乃治戎講武 以俟大擧」. [呂氏春秋 孟冬]「講武肄射御」. ▶제20회-8)

江妃(강비) : 강비(江斐). 신녀(神女). [劉向 列仙傳]「江妃二女 游於江濱」. [郭璞注]「天帝之二女 而處江爲神 卽列仙傳 江妃二女也」. ▶제46회-5)

强賓不壓主[강한 손님이라 해서……] : 손님이 아무리 강하다 해도 주인을 억압할 수는 없다는 뜻으로, '객이 주인을 핍박할 수는 없음'의 비유. ▶제13회-1)

姜尙父(강상부) : 태공망 강여상(姜呂尙). 주왕(紂王)의 폭정을 피해 위수(渭水)에서 낚시질을 하다가 서백(西伯 : 周文王)을 만나게 되고, 뒤에 은나라를 멸망시키고 천하를 평정하여 제 나라(齊相)에 봉함을 받음. [說苑]「呂望年七十釣于渭渚 三日三夜魚無食者 望卽忿脫其衣冠 上有異人者 謂望曰 子姑復釣 必細其綸芳其餌 徐徐而投 無令魚驚 望如其言 初下得鮒 次得鯉 刺魚腹得素書 又曰 呂望封於齊」. [史記 齊太公世家]「西伯獵 果遇太公於渭水之陽 與語 大說曰 自吾先君太公曰 當有聖人適周 周以興 子眞是邪 吾太公望子久矣 故號之曰太公望 載與俱歸 立爲師」. ▶제98회-16)

罡星(강성) : 북두칠성. [史記 天官書]「北斗七星 所謂琁璣玉衡 以齊七政」.

[唐詩選 西鄙人 哥舒歌]「**北斗七星**高 哥舒夜帶刀」. 「강성」은 흉한 곳에 위치하여 길한 곳을 가리킨다고 함. [正字通]「罡 **天罡** 星名……八月麥生 **天罡**據酉 因知**天罡**即**北斗**也」. ▶제63회-2)

强顔[억지로 얼굴 빛을 꾸며] : 억지로 웃음. 후안(厚顔). [新序 雜事二]「齊 有婦人 醜極無雙 號日 無鹽女……莫不揜口而大笑日 此天下**强顔**女子也」. [蘇軾 乞常州居住表]「**强顔**忍恥」. ▶제60회-12)

綱維(강유) : 나라의 법도. 삼강과 사유. [史記 淮陰侯傳]「秦之**綱**絕而**維**地」. [漢書 司馬遷傳]「時引**綱維** 盡思慮」. ▶제13회-12)

剛柔相濟[강함과 부드러움을 함께 가져야 하고] : 강함과 부드러움을 다 갖춘다는 뜻으로, '강함과 부드러움은 서로 보완한다'는 비유임. [韓非子 亡徵]「亡王之機 必其治亂 **强弱相跨**者也」. [戰國策 齊策]「由此觀之 則**强弱大小之禍** 可觀見前事矣」. ▶제71회-13)

羌人(강인) : 중국 변방 민족의 하나로, 감숙(甘肅)·청해(淸海)·서강(西康)·서장(西藏) 일대에 흩어져 있는 티베트계의 유목 민족임. [後漢書 西羌傳]「**西羌之本** 出自三苗 羌姓之屬也」. ▶제7회-5)

鋼鞭[철편] : '고들개 철편'의 준말임. 포졸들이 가진 형구로 자루와 고들개를 모두 쇠로 만들었음. '고들개'는 '채찍의 열 끝에 굵은 매듭이나 추같이 달린 물건'임. [武備志 鐵便鐵簡圖說]「**鐵鞭** 其形大小長短 隨人力所用之」. ▶제110회-12)

開談[고담준론] : 입을 열기만 하면 사방 좌중의 시선을 사로잡음. 「고담웅변」(高談雄辯)은 '물 흐르듯 도도한 의론을 이름. [庾信 預麟趾殿校書和劉儀同詩]「**高譚**變白馬 **雄辯**塞飛狐」. [杜甫 飮中八仙歌]「焦遂五斗方卓然 **高談雄辯**驚四筵」. ▶제72회-15)

疥癩小兒[갓난아이 놈아] : 풍병(風病). 문둥병이 든 어린아이. [古今圖書集成]「積年**疥癩** 狼毒一兩牢 生研半炒……於藥棧上 吸氣取效」. ▶제74회-6)

開山大斧(개산대부) : 산림(山林)을 개척할 때 쓰는 큰 도끼. [書經 周書篇

顧命]「一免執劉 (疏) 劉蓋今鑱斧 鉞**大斧**」. [晋書 石季龍載記]「**大斧**施一丈
柯 攻戰若神」. ▶제52회-8), 제92회-5), 제109회-1)

疥癬之疾[대수로운 인물이 아니니]: 대수로운 인물이 아님. 원래는 옴과
적취(積聚)로 '피부병처럼 대수롭지 않은 문젯거리'를 비유함. 적기(積
氣). [安氏家訓 後娶]「**疥癬**蚊虻 或未能免」. [呂氏春秋 知化]「夫齊之於吳也
疥癬之病也」. ▶제87회-6)

蓋世英雄[세상을 덮을 만한]: 세상을 덮을 만한 영웅. [項羽 垓下歌]「力拔
山兮**氣蓋世** 時不利兮騅不逝 騅不逝兮可奈何 虞兮虞兮奈若何」. [韓非子 解
老]「戰場勝敵 則論必**蓋世**」. ▶제9회-4)

蓋世之功[이렇게 세상을 덮을 만한 공을 세워]: 기상이나 위력이 세상을
덮을 만한 큰 공. [三國志 蜀志 諸葛亮傳]「王室之胄 **英才蓋世** 衆士慕仰
若水之歸海」. [項羽 垓下歌]「力拔山兮**氣蓋世** 時不利兮騅不逝 騅不逝兮可
奈何 虞兮虞兮奈若何」. ▶제50회-11)

改元(개원): 연호를 고침. [文中子 問易]「**改元**立號 非古也」. [漢書 天文志]
「其六月甲子夏 賀良等建言 當**改元**易號增漏刻」. ▶제86회-1)

疥瘡(개창): 옴. 개선(疥癬). [中文辭典]「奇癢之皮膚病 有傳染性……亦稱**疥
癬**」. ▶제24회-7)

客兵倍而主兵半[객병이 배나 되고 주병이 그 반이라 해도, 주병은 오히려 객
병을 이길 수 있다]: 공격은 방어의 두 배의 병력이 있어야 함. 본래
「주병」(主兵)은 '일정한 곳에 머물러 있는 주군(駐軍)'을, 「객병」(客兵)
은 '다른 지방에서 온 병사[僑軍]'를 말함. [韓愈 論淮西事宜狀]「所在將
帥 以其**客兵**難處 使先不存優郵」. [王問 團兵行]「**客兵**貪悍不可制 糾集鄕勇
團結營」. [管子 地圖]「**主兵**必參具者也 主明相知 將能之 謂參具」. [李德裕
奏晋州刺史 李丕狀]「李丕既不**主兵** 無以自衛」. ▶제85회-7)

客商[다 장사꾼들이오]: 객지에 나가 장사하는 사람. [福惠全書 雜課部 雜
徵餘論]「其**客商**凡有貿易 須眼同該牙 將買賣某物稅銀若干 登塡印簿」. ▶제

客星(객성) : 어떤 별자리에 보통 때에는 없다가 간혹 딴 데로부터 들어
와 나타나는 별. [史記 天官書]「**客星**出天廷 有奇令」. [後漢書 章帝紀]「**客
星**入紫宮」. ▶제103회-17)

更始(갱시) : 갱시제(更始帝). 왕망에 반항하여 일어났던 군대가 옹립했
던 장군 유현(劉玄)을 이르는데, 한의 경제(景帝)의 7대손이며 '갱시'
는 연호임. [中文辭典]「後漢 淮陽王**劉玄**也」. ▶제6회-7)

車蓋(거개) : 통치자의 수레에 세워 놓은 우산 비슷한 덮개. [漢書 黃覇
傳]「賜**車蓋** 特高一丈」. [後漢書 五行志]「靈帝 光和元年 六月丁丑……墮北
宮溫命殿東庭中 黑如 **車蓋**」. ▶제1회-14)

擧動荊棘[마치 가시방석에 앉아 있는 듯하였다] : 가시방석에 앉은 듯이
행동함. '행동거지가 매우 불안하고 안정되지 못함'에 비유하는 말임.
[三國志 魏志 諸葛亮傳]「**擧動**失宜」. [後漢書 費長房傳]「入深山 踐**荊棘**於羣
虎之中」. ▶제10회-2)

居爐火上[화롯불에 앉히려 하는구나] : 원문에는 '**是兒欲使吾居爐火上耶!**'
로 되어 있는데, '손권이 자기(조조)를 화로 위에 올려놓고, 굽는 것과
같은 음험한 야심이 들어 있다'는 뜻. [呂氏孚 雪詩]「**爐火**已殘燈未盡 一
簾疎竹白蕭蕭」. [正字通]「**爐** 火爐 歲時雜記 京師十月朔 沃酒炙肉饗于爐中
圓坐飮酒啗 謂之**暖爐**」. ▶제78회-11)

車服鑾儀(거복난의) : 임금이 타는 수레·옷과 그리고 거둥에 따른 의장
(儀狀). [史記 梁孝王世家]「植其財貨 廣宮室 **車服**擬於天子 然亦僭矣」. [齊
書 王儉傳]「**車服**塵素 財無遺財」. ▶제68회-11)

拒水斷橋[다리를 끊었을 때에는] : 위수교의 큰 싸움. 「위교」(渭橋)는 조
조가 위수에서 배와 뗏목을 이어 놓았던 부교임. [三國志 蜀志 張飛傳]
「飛**拒水斷橋** 瞋目橫矛曰 身足張翼德也 可來共決死」. 「위천천묘죽」(渭川
千畝竹)은 위수 가에 대나무가 많이 나는 땅이 있음을 이름. [史記 貨殖

傳]「**渭川千畝竹** 其人與千戶侯等」. [水經 渭水]「**渭水** 出隴西 首陽縣渭谷亭 南 鳥鼠山」. ▶제65회-1)

巨室[거가대족] : 거가대족(巨家大族). 대대로 번영한 문벌이 높은 집안. [歐陽修 題跋]「今之譜學亡矣 雖**名臣巨族** 未嘗有家譜者 然而俗習苟簡廢 失 者非一 豈止家譜而已」. ▶제12회-2)

車裂(거열) : 환열(轘裂). 형벌의 한 가지로 차열형. 사람의 머리와 사지 를 각각 다섯 필의 말에 붙들어 매고 말을 채쳐 내닫게 하여 몸을 찢 어 죽이는 형벌임. [戰國策]「**車裂**蘇秦於市」. [史記 秦記]「**車裂**以徇」. ▶ 제4회-15)

巨鰲[큰 거북] : 모래 속에서 봉래산(전설상의 산)을 지고 있다는 큰 거 북. ▶제89회-11)

車載斗量(거재두량) : 수레에 싣고 말로 잴 만큼 많다는 말로, '수량이 너 무 많아 귀하지 않음'의 비유. [三國志 吳志 吳主權傳 注]「文帝曰 吳如大 夫者幾人 咨曰聰明特達者七八十人 如臣輩**車載斗量** 不可勝數」. [故事故言 考器量]「**車載斗量**之人 不可勝數」. ▶제82회-8)

車載斗量[그 수가 수레에 싣고도 남을 것이외다] : '수레에 싣고 말로 될 정도로 많아서 셀 수 없다는 말. [三國志 吳志 吳主權傳 注]「文帝曰 吳 如大夫者幾人 咨曰聰明特達者七八十人 如臣輩**車載斗量** 不可勝數」. [故事 故言 考器量]「**車載斗量**之人 不可勝數」. ▶제60회-11)

擧止失措[어찌할 바를 모르고 심히 놀라 당황하였다] : 행동거지(行動擧止) 가 잘못됨. 「거지」. [魏書 質狄干傳]「狄干在長安幽閉 因習讀書史 通論語 尚書諸經 **擧止**風流 有似儒者」. 「실조」는 '실수'의 궁중말임. [方于 詩]「名 場**失措**一年年」. [宋史 憂國傳]「范然**失措**」. ▶제98회-21)

乾糧[마른 식량] : 비상식량. 특히 쌀·보리쌀 따위를 볶거나 쪄서 말리 어 갈아서 가루로 만든 미숫가루 같은 것을 이름. [論衡 藝增]「周殷士卒 皆費盛糧 或作**乾糧**」. ▶제84회-7)

乾象(건상) : 하늘의 현상. [徐陸文]「執玉衡而運**乾象**」. [後漢書 郭太傳]「夜 觀**乾象** 晝察人事」. ▶제8회-13)

蹇利西南 往有功也[건이 서남에서 이로워 가면 공을 세울 것이고] : 원문에 는 '蹇利西南 往有功也 不利東北 其窮道也'로 되어 있음. [易經 蹇]「**蹇 利 西南 不利東北** 利見大人 貞吉 彖曰 蹇 難也 險在前也 見險而能止 知矣哉 **蹇利西南 往得中也 不利東北 其道窮也**」. [易經 蹇]「象曰 **山上有水蹇** 君子 以 反身修德」. ▶제116회-8)

劍閣(검각) : 검각관(劍閣關). 지금의 사천성 검각현 북쪽 대검산·소검 산의 사이에 있는 곳. 여기서 잔도가 시작되는데 공중에 비각(飛閣)을 가설하여 사람이 다닐 수 있게 되었다 하며, 검문각(劍門閣)이라고도 함. [晋書 地里志]「梓潼郡 蜀直統縣 梓潼涪城 武連黃安 漢德晋壽 **劍閣**」. [水經漾水注]「**小劍**戌北西去**大劍**三十里 連山絕險 飛閣通衢 故謂之**劍閣**」. ▶제24회-9), 제60회-4), 제95회-16), 제99회-10), 제101회-6), 제102회-18), 제 116회-28), 제118회-38)

劍印(검인) : 주장(主將)의 검과 인. ▶제39회-12)

劫寨(겁채) : 적의 영채를 무력으로 쳐서 빼앗음. 「겁략」(劫掠). [後漢書 虞詡傳]「使入賊中 誘令**劫掠**」. [史記 高祖記]「**劫掠**代地」. ▶제24회-9)

激楚·陽阿(격초·양아) : 두 사람 다 고대의 명창(名唱)임. 「격초」. [後漢 書 邊讓傳]「揚**激楚**之淸宮兮 展新聲而長歌」. 「양아」. [淮南子 俶眞訓]「足 蹀**陽阿**之舞 (注) **陽阿**古之名倡也」. ▶제23회-10)

見機而變[거기에 가서 형편을 살펴보겠네] : 기회를 보아서 요령 있게 대 처하겠다는 뜻. [書言故事 評論類]「識事之微曰 **見機**」. 「견기이작」(見機 而作). '빌미를 보고 기다리지 않는다'는 뜻임. [後漢書 劉焉傳]「庶乎**見 機而作** (注) 幾者 微吉之見」. [易經 繫辭 下]「君子**見機而作** 不俟終日」. ▶ 제28회-18)

見利忘義[이익을 보면 의리를 잊는 인물입니다] : 원문에는 '**知其勇而無謀**

見利忘義'로 되어 있음. '이익 앞에서는 의리도 저버린다는 뜻'의 비유

임. [論語 憲問篇]「見利思義 見危授命」. ▶제3회-18)

犬馬微勞[작은 힘이나마] :「견마지로」(犬馬之勞). 남에게 '자기가 바치는

노력'을 아주 겸손하게 일컫는 말. '견마'는 개나 말과 같이 천하고 보잘

것 없다는 뜻으로 '자기'를 아주 낮추어 일컫는 말임.「犬馬心」.[史記

三王世家]「臣竊不勝犬馬心」. [漢書 汲黯傳]「常有犬馬之心」. ▶제119회-9)

犬馬之力[나도 작은 힘을 보태서] : 남에게 '자기가 바치는 노력'을 아주 겸

손하게 일컫는 말. '견마'는 개나 말과 같이 천하고 보잘 것 없다는 뜻

으로 '자기'를 아주 낮추어 일컫는 말임.「犬馬心」. [史記 三王世家]「臣竊

不勝犬馬心」. [漢書 汲黯傳]「常有犬馬之心」. ▶제15회-4), 제44회-13)

犬馬之勞(견마지로) : 개나 말처럼 주인에게 충성을 다한다는 말로, 남에

게 '자기의 바치는 노력'을 겸손하게 일컫는 말. '견마'는 개나 말과 같

이 천하고 보잘 것 없다는 뜻으로 '자기'를 아주 낮추어 일컫는 말임.

「犬馬心」. [史記 三王世家]「臣竊不勝犬馬心」. [漢書 汲黯傳]「常有犬馬之

心」. ▶제8회-11)

犬馬之勞[작은 힘이나마 다하겠습니다] : 아주 작은 힘을 보탬. 남에게

'자기가 바치는 노력'을 아주 겸손하게 일컫는 말. '견마'는 개나 말과

같이 천하고 보잘 것 없다는 뜻으로 '자기'를 아주 낮추어 일컫는 말

임.「犬馬心」.[史記 三王世家]「臣竊不勝犬馬心」. [漢書 汲黯傳]「常有犬

馬之心」. ▶제38회-14)

犬馬之勞[작은 힘이나마] : 아주 작은 힘. 남에게 '자기가 바치는 노력'을

아주 겸손하게 일컫는 말. '견마'는 개나 말과 같이 천하고 보잘 것 없

다는 뜻으로 '자기'를 아주 낮추어 일컫는 말임.「犬馬心」.[史記 三王

世家]「臣竊不勝犬馬心」. [漢書 汲黯傳]「常有犬馬之心」. ▶제21회-2), 제26

회-4), 제44회-13), 제63회-22)

肩窩[어깻죽지] : 어깻죽지.「견박」(肩膊)은 '어깨'를 가리킴. [中文辭典]

「謂肩也」. ▶제83회-3)

堅執[고집을 부리니] : 굳게 잡음. 고집(固執)의 뜻도 있음. [舊唐書 王世
充傳]「秦王謂曰 四海之內 皆奉正朔 惟公執迷 獨阻聲敎 若轉禍來降 則富貴
可保」. ▶제101회-18)

決死一戰[죽기로써 싸우겠나이다] : 죽기를 각오하고 싸움. [史記 項羽本紀]
「項王至東城……今日固決死 願爲諸君決戰 必三勝之」. [淮南子 兵略訓]「其
臨敵決戰不顧 必死無有二心」. ▶제117회-23)

結爲昆仲[의형제] : 의형제의 연을 맺음. [中文辭典]「昆兄也 其次曰仲 因稱
人之兄弟曰昆仲」. ▶제15회-3)

結爲脣齒[순치의 결의를 맺어] :「순치지의」(脣齒之誼)를 맺음.「순치지세」
(脣齒之勢). 입술과 이. '서로가 깊은 관계에 있음'의 비유.「순망치한」
(脣亡齒寒)은 입술이 없으면 이가 시리다는 뜻으로, '가까운 두 사람
중에서 한 사람이 망하면 다른 사람도 그 영향을 받음'을 비유한 말.
[左傳 僖公五年]「晉侯復假道於虞以伐虢 宮之奇諫曰 虢 虞之表也 虢亡 虞必
從之 諺所謂輔車相依 脣亡齒寒者 其虞虢之謂也」. [戰國策]「趙之於齊楚也
隱蔽也 猶齒之有脣也 脣亡則齒寒 今日亡趙 則明日及齊楚」. ▶제85회-28)

結爲脣齒[입술과 이와의 관계] : 이와 잇몸처럼 얽혀 있음. [左傳 僖公五
年]「晉侯復假道於虞以伐虢 宮之奇諫曰 虢 虞之表也 虢亡 虞必從之 諺所謂
輔車相依 脣亡齒寒者 其虞虢之謂也」. [戰國策]「趙之於齊楚也 隱蔽也 猶齒
之有脣也 脣亡則齒寒 今日亡趙 則明日及齊楚」. ▶제58회-1)

兼幷漢土[땅을 아울러 차지하고] : 둘 이상의 것을 한데 모아 소유함. [漢
書 武帝紀]「又禁兼幷之塗」. [荀子 王制]「衛弱禁暴 而無兼幷之心」. ▶제120
회-6)

兼聽則明·偏聽則蔽(겸청즉명·편청즉폐) : 여러 사람의 의견을 들으면 밝
아지고, 듣고 싶은 의견만 들으면 어두워짐.「겸청」(兼聽). [唐書 魏徵
傳]「帝問爲君者 何道而明 何失而暗 徵曰 君所以明 兼聽也 所以暗 偏聽也」.

「편청」(偏聽)은 한쪽 말만 맹신하는 것을 이름. [漢書 鄒陽傳]「偏聽生姦 獨任成亂」. ▶제83회-32)

頃刻之間[삽시간에] : 잠깐 사이. 아주 짧은 동안. [三國志 吳志 諸葛恪傳]「犬不欲我行乎 還坐 頃刻乃復起 犬又銜其衣」. [歐陽脩 憎蒼蠅賦]「頃刻而集」. ▶제90회-9)

耿弇(경감) : 후한 무릉(茂陵) 사람으로 광무제 유수를 따라 군사를 일으켜, 동마·고호·적미 등 도적떼를 쳐 없앰. 광무제가 즉위하자 건위대장이 되고 호치후(好時候)에 봉해짐. [中國人名]「字伯昭 小好學 習父業 北謁光武 留署門下吏 以功加大將軍 勸帝定大計 從破銅馬高湖赤眉 靑犢諸賊 光武卽位 拜建威大將軍 封好時候」. ▶제43회-24)

輕擧妄動(경거망동) : 진중하지 못하고 경망된 행동. [韓非子 難四]「明君不懸怒 懸怒則臣懼罪 輕擧以行計 則人主危」. 「망동」. [戰國策 燕策]「今大王事秦 秦王必喜 而趙不敢忘動矣」. ▶제33회-5), 제83회-30), 제106회-3)

耿恭拜井[경공이 빌매] : 후한의 장수인 경공이 의관을 정제하고 우물을 향해 빎. [中國人名]「漢 國從子 字伯宗 慷慨多大略……匈奴擁絶澗水 恭於城中穿井十五丈 不得水 乃整衣向井再拜 有頃 水泉奔出……恭食盡窮困 煮弩鎧 食其筋革 與士卒同生死 故皆無二心」. ▶제89회-17)

耿恭受困[우물에 절을 해서 물을 얻었다 하옵니다] : 경공이 식수 때문에 어려움에 처했던 일. 경공(敬恭)은 흉노들이 물을 끊는 바람에 성중에 우물을 팠으나 물이 나오지 않았다. 그래서 옷을 정제하고 우물에 빌어서 물을 얻었던 일을 말함. [中國人名]「漢 國從子 字伯宗 慷慨多大略……匈奴擁絶澗水 恭於城中穿井十五丈 不得水 乃整衣向井再拜 有頃 水泉奔出……恭食盡窮困 煮弩鎧 食其筋革 與士卒同生死 故皆無二心」. ▶제109회-6)

傾國傾城之色[아주 아름다웠다] : 뛰어난 미모 때문에 나라를 기울게 함. 나라를 기울게 할 만한 미인. '뛰어나게 아름다운 미인'을 일컫는 말.

[李白 清平調]「名花**傾國**兩上歡 常得君王帶笑看」. [白居易 長恨歌]「漢皇重色思**傾國** 御宇多年求不得」. 「경국경성」(傾國傾城). 한 무제(武帝) 이부인(李夫人)의 고사로, '아름다움으로 해서 나라를 망하게 함'의 뜻임. [漢書 外戚 孝武李夫人傳]「北方有佳人 絶世而獨立 一顧傾人城 再顧傾人國 寧不知**傾城**與**傾國** 佳人難再得」. ▶제52회-17)

傾國之兵(경국지병) : 군사력을 총 동원함. 나라의 힘을 다 기울여 병사들을 동원함. [史記 項羽傳]「天下辯士 所居**傾國**」. [論衡 非韓]「民無禮義 **傾國**危主」. ▶제66회-13), 제73회-21), 제77회-16), 제80회-21)

傾國之色(경국지색) : 나라를 기울게 할 만한 미인. '뛰어나게 아름다운 미인'을 일컫는 말. [李白 清平調]「名花**傾國**兩上歡 常得君王帶笑看」. [白居易 長恨歌]「漢皇重色思**傾國** 御宇多年求不得」. 「경국경성」(傾國傾城). 한 무제(武帝) 이부인(李夫人)의 고사로, '아름다움으로 해서 나라를 망하게 함'의 뜻임. [漢書 外戚 孝武李夫人傳]「北方有佳人 絶世而獨立 一顧傾人城 再顧傾人國 寧不知**傾城**與**傾國** 佳人難再得」. ▶제33회-1)

傾宮(경궁) : 아주 넓은 궁전. 일경(一頃)은 백묘(百畝)임. [呂氏春秋 過理]「紂作爲**璇室** 築爲**頃宮** (注) **頃宮**築爲宮牆 滿一頃田」. [晏子春秋 諫下]「昔者楚靈王 作**頃宮**」. ▶제105회-31)

硬弩(경노) : 센 쇠뇌. '쇠뇌'는 여러 개의 화살을 잇달아 쏘게 만든 활임. 「연노」(連弩). [漢書 李陵傳]「發**連弩** 射單于 (注) 服虔曰 三十弩共一弦也」. ▶제25회-2)

硬弩[강궁과 쇠뇌들] : 쇠뇌[勁弩] '쇠뇌'는 여러 개의 화살을 잇달아 쏘게 만든 활임. 「연노」(連弩). [漢書 李陵傳]「發**連弩** 射單于 (注) 服虔曰 三十弩共一弦也」. ▶제45회-4)

卿斷髮成此大事 功名當書於竹帛也[경은 머리를 잘라서 이 큰 일을 성사시켰으니……] : 원문에는 '**卿斷髮成此大事 功名當書於竹帛也**'로 되어 있음. [後漢書 王覇傳]「**斷髮**請戰」. ▶제96회-26)

耕讀[주경야독하면서] : 「주경야독」(晝耕夜讀)·「주경야송」(晝耕夜誦). 낮
　에는 농사를 짓고 밤에는 글을 읽는다는 뜻으로, '바쁜 틈을 타서 글
　을 읽어 어렵게 공부함'의 비유. [魏書 崔光傳]「家貧好學 **晝耕夜誦** 傭書
　以養父母」. 「주경」. [相牛經]「此南方**晝耕之法**」. 「야독」. [李相隱 酬令狐
　郎中詩]「朝吟讀客枕 **夜誦**漱僧瓶」. ▶제28회-6)

經略(경략) : 나라를 다스리고 경영함. [佐傳 昭公七年]「天子**經略** 諸侯正封
　古之制也」. [漢書 敍傳]「**經略萬國**」. ▶제82회-6)

經綸濟世之才[나라 일을 경륜을 하고 세상을 건질 만한 인물] : 제세재(濟世
　才). 나라를 경영하여 세상을 구할 만한 재주. '경륜'은 천하를 사리에
　맞게 다스린다는 뜻임. [易經 屯]「君子以**濟綸**」. [王安石 祭范仲淹 文]「肆
　其**經綸** 功孰與計」. 「제세지」(濟世志)는 나라를 잘 다스려 백성을 구하
　려는 뜻을 말함. [後漢書 盧植傳]「性剛毅有大節 常懷**濟世志**」. ▶제35회-7)

傾覆[패군의 와중에서] : 국가나 가정이 엎어져 망함. 여기서는 당양 장
　판(當陽長坂)의 참패를 이름. [三國志 蜀志 張飛傳]「先主奔江南 曹公追之
　及於**當陽**之**長坂** 先主棄妻子走 使飛將二十騎拒後 飛拒水斷橋 瞋目橫矛 敵
　無敢近者」. ▶제91회-34)

逕奔陳倉道口[지름길로 진창길 어귀를 바라고 나갔다] : 한신이 몰래 진창
　을 건너는 계책. 유방이 항우에 의해 한왕(漢王)에 봉해진 뒤에 함양
　(咸陽)을 떠나 한중(漢中)으로 왔다. 그러나 건너온 잔도(棧道)를 불태
　워 버리고 한신은 계책에 따라 험한 길로 출병하여 진창에서 항우를
　격파함. [中國地名]「漢王東出**陳倉** 敗雍王章邯之兵 諸葛亮圍**陳倉** 郝昭拒
　守 亮攻圍二十餘日 不能克而還」. [中文辭典]「秦置 故城在陝西城 **寶鷄縣東**
　秦文公築」. ▶제97회-11)

黥首刖足(경수월족) : 오형(五刑)에 속하는 두 가지 형벌. '경수'는 죄인의
　이마에 먹물을 뜨는(刺字) 형벌이고, '월족'은 발뒤꿈치를 베는 형벌임.
　「오형」. [群書拾遺]「秦**五刑**曰 黥劓 斬左右趾 梟首 菹其骨」. ▶제9회-15)

耕莘伊尹[이윤은 신야에서 밭을 갈았고] : 신야에서 농사를 짓고 살던 이윤. [中國人名]「一名摯 耕於薪野 湯以幣三聘之 遂幡然而起 相湯伐桀救民 以天下爲己任……湯崩 其孫太甲無道 伊尹放之於桐三年 太甲悔過 復歸於亳」. ▶제43회-20)

傾心吐膽[마음을 다 하고 간을 토해] : 마음을 쏟고 간을 토한다는 뜻으로 '온 정성을 기울임'에 비유. 「경심」. [後漢書 竇皇后紀]「后性敏給 傾心承接」. [後漢書 袁紹傳]「傾心折節 莫不爭赴其庭」. ▶제88회-7)

更衣[옷을 갈아 입으셨다] : 옷을 갈아 입음. 「개의」(改衣). 옷을 갈아 입음의 뜻이나 '측간'(厠間)에 감의 뜻. [宋 成無已 傷寒論注]「古人登厠時 必更衣」. [論衡]「更衣之室可謂臭衣」. ▶제1회-9), 제119회-27)

輕易(경이) : 경시(輕視)함. 가볍고 쉽게 생각함. [史記 蘇秦傳]「此一人之身 富貴則親戚畏懼之 貧賤則輕易之 況衆人乎」. [列子 說符]「常有輕易人之志」. ▶제14회-30)

更點軍(경점군) : 북과 징을 쳐서 시각을 알리는 일을 맡은 군사. 경(更)을 알릴 때에는 북을, 점(點)을 알릴 때에는 징을 쳤음. 「경종」(更鍾). [洪邁 俗考]「漢書候士百餘人 五分夜擊刁斗 自守 師古日 夜有五更 故分而持之 唐六典大史門典鍾 二百八十人 掌鍾漏 五五相遞 凡二十五 而及州縣更漏 皆去五更後二點」. ▶제31회-11)

經天緯地之才[경천위지의 재주] : 경천위지하는 재주. 온천하를 경륜하여 다스릴 만한 재주로 극히 큰 재주를 이름. 본래 '경'은 날금, '위'는 씨금을 가리킴. [文選 左思 魏都賦]「天經地緯 理有大歸」. [徐陵 爲貞陽候與陳司空書]「後主天經地緯 義貫人靈」. [庾信 擬連珠]「經天緯地之才 拔山超海之力」. ▶제12회-3), 제15회-5), 제36회-20), 제39회-7)

擎天之柱[하늘을 떠받칠 기둥] : 하늘을 떠받드는 기둥. [楚辭 天門 八柱何當注]「天有八山爲柱」. [張說 姚崇神道碑]「八柱擎天 高明之位列 西時成歲」. 「천주」(天柱). [武帝內傳]「三天太上道君……察丘山之高卑 立天柱」. 「천주절 지

유결」(天柱折 地維缺)은 천강과 지유를 끊는다는 뜻으로 분란이 심함을 이름. [史記 三皇紀]「天柱折 地維缺 女媧乃練五色石以補天」. [博物志 地]「共工氏 與顓頊爭帝而怒 觸不周之山 天柱折 絶地維」. ▶제83회-23)

黥布(경포): 한 고조의 맹장 영포(英布). [中國人名]「漢 六人 小時有客相之 曰 當刑而王 及壯坐法黥 因謂之黥布……佐高祖定天下 封淮南王 後以韓信 彭越見誅 催禍及己 發反兵」. ▶제65회-29)

驚鴻[놀란 기러기처럼]: 놀라서 날아오르는 기러기. 그러나 '미녀의 가냘프고 부드러운 몸매'를 표현하는 말로 바뀌었음. [文選 嵇康 贈秀才 入軍詩]「仰落驚鴻 俯引淵魚」. [陸淞詩]「傷心橋下春波綠 曾是驚鴻照影來」. ▶제8회-16)

驚惶無措[놀라고 당황하며 어찌할 바를 모르고]: 경황망조(驚惶罔措). 놀랍고 두려워 허둥지둥하면서 어찌할 줄을 모름. [晋書 劉琨傳]「拜命驚惶 五情戰悸」. [易林 漸之无妄]「使我驚惶 恩吾故處」. ▶제118회-1)

計窮慮極[계책이 모자라서]: 「계궁역진」(計窮力盡). 계책이 다했다는 뜻으로, '있는 수단과 방법을 다 써서 다시는 어찌할 도리가 없음'을 이르는 말. 「계려」(計慮)는 계략. [三國志 吳志 諸葛恪傳]「計慮先於神明」. [列女傳 仁智傳]「計慮甚妙」. ▶제66회-11)

戒刀(계도): 계칼. 중들이 차고 다니던 패도(佩刀)로 중들은 살생을 할 수 없기 때문에 '계도'라 함. [僧史略上]「禪士持澡罐 漉囊錫杖 戒刀斧子針 簡 此皆爲道具」. [西廂記 楔子]「戒刀頭近新來鋼蘸 鐵棒上無半星兒土漬塵 緘」. ▶제27회-8)

鷄肋(계륵): 닭갈비. '이익이 될 것도 없으나 버리기도 아까움'을 비유하는 말임. 원문에는 '鷄肋者 食之無肉 棄之有味'로 되어 있음. [後漢書]「楊 修 字德祖 好學有俊才 爲丞相曹操注簿 操平漢中 欲因討劉備 而不得進 欲守 之 又難爲功 操出令唯曰 鷄肋而已」. [晋書 劉伶傳]「伶嘗醉與俗人相忤…… 伶徐曰 鷄肋不足以安尊拳 其人笑而止」. ▶제72회-11)

鷄鳴犬吠相聞[닭 울음 소리와 개 짖는 소리가 연달아 들리고] : [孟子 公孫
丑 上]「**鷄鳴狗吠相聞** 而達乎四境 而齊有其民矣」. [陶淵明 桃花源記]「土地
平曠屋舍儼然 有良田美池桑竹之屬 阡陌交通 **鷄犬相聞**」. ▶제60회-5)

鷄湯(계탕) : 닭국.(蔘(삼)이 없음). ▶제72회-10)

鼓角喧天[북소리와 각적 소리가 하늘로 퍼졌다] : 북과 나팔소리가 하늘로
울려 퍼짐. [後漢書 孔孫瓚傳]「梯衝無吳樓上 **鼓角**鳴於地中」. [三國志 吳
志 陸孫傳]「益施牙幢 分布**鼓角**」. ▶제110회-14)

苦苦告求[여러 관리들이 힘써 빌었다] : 줄을 서서 용서를 구함. 「고고」는
애태우고 힘쓰는 모양. ▶제46회-25)

股肱(고굉) : 「고굉지신」(股肱之臣). 임금이 믿고 의지할 만한 힘. [史記 太
史公 自序]「輔拂**股肱之臣**配焉 忠信行道 以奉主上」. [書經 禹書篇 益稷]「帝
曰 臣作朕**股肱**耳目」. ▶제65회-10)

股肱之力[고굉의 노력] : 「고굉지신」(股肱之臣). 임금이 가장 믿을 만한
신하. [史記 太史公 自序]「輔拂**股肱之臣**配焉 忠信行道 以奉主上」. [書經
禹書篇 益稷]「帝曰 臣作朕**股肱**耳目」. ▶제57회-5), 제85회-15)

股肱之臣(고굉지신) : 임금이 가장 믿을 만한 신하. [史記 太史公 自序]「輔
拂**股肱之臣**配焉 忠信行道 以奉主上」. [書經 禹書篇 益稷]「帝曰 臣作朕**股肱**
耳目」. ▶제20회-5)

孤軍難立[고군분투하였으나] : 단병(短兵)들은 서기 힘듦. 「고군도노수」
(孤軍渡瀘水)는 고립된 군사를 거느리고 노수를 건넘. [諸葛亮 前出師
表]「先帝知臣謹慎 故臨崩 寄臣以大事 受命以來 夙夜憂歎 恐付託不效 以傷
先帝之明 故五月**渡瀘** 深入不毛」. [故事成語考]「五月**孤軍渡瀘水** 蜀丞相何
等忠勤」. ▶제96회-4)

古錦(고금) : 고금낭(古錦囊). 여기서는 '많은 시'의 뜻임. [唐書 李賀傳]「李
賀每旦日出 騎弱馬 從小奚奴 背**古錦囊** 遇所得 書投囊中 及暮歸 足成之」.
▶제37회-10)

叩頭[머리를 조아리며] : 머리를 조아리고 경의를 나타냄. [正字通]「叩 稽顙曰 叩首」. [周祈 名義考 人部]「叩首 以手至首也……叩頭 以首至地也」. [漢書 朱雲傳]「左將軍辛慶忌 免冠解印綬 叩頭殿下」. [三國志 吳志 吳範傳]「叩頭流血 言與涕泣」. ▶제115회-22), 제118회-6)

膏粱子弟(고량자제) : 부귀한 집에서 자라나 전혀 고생을 모르는 젊은이. '고'는 살찐 고기, '량'은 미곡(美穀)의 뜻임. [天香樓偶得]「今人謂富貴家曰 膏粱子弟 言但知飽食 不諳他務也……據比則膏粱之稱 乃極尊貴 未可以是爲相詆也」. ▶제92회-2)

鼓吏(고리) : 고수(鼓手). 북을 치는 관리. [三國志 魏志 荀彧傳注]「太祖聞其名 圖欲辱之 乃錄爲鼓吏」. [世說新語 德行]「禰衡被魏武謫爲鼓吏」. ▶제23회-17)

故吏[옛 아전] : 이전에 일을 보던 아전(衙前). [後漢書 袁紹傳]「袁氏樹恩四世 門生故吏遍於天下」. [隨園隨筆 卷十一]「門生見漢書韋賢傳 顔師古注 門生者 猶云門下生也」. ▶제107회-4)

叩馬諫[말고삐를 잡고 울면서 간하기를] : 주의 무왕(武王)이 벌주(伐紂)를 하러 갈 때에 백이(伯夷)·숙제(叔齊) 형제가 말고삐를 잡고 간한 일. 「백이 숙제」. [史記 伯夷傳]「武王伐紂 伯夷叔齊 叩馬而諫曰 父死不葬 爰及干戈 可謂孝乎 以臣弑君 可謂仁乎 左右欲兵之 太公曰 此義人也 扶而去之 武王已平殷亂 天下宗周 而伯夷叔齊恥之 義不食周粟 隱於首陽山 采薇而食之 遂餓死於首陽山」. [論語 述而篇]「入曰 伯夷叔齊何人也 曰古之賢人也」. ▶제106회-25)

顧命(고명) : 임금의 유언으로 나라의 뒷일을 부탁하는 말. 유조(遺詔). [書經 顧命序]「率諸侯相康王作顧命 (傳) 臨終之命曰 顧命」. [禮記 緇衣]「葉公之顧命曰 毋以小謀敗大作」. ▶제107회-7)

鼓腹謳歌[격양가를 부르고] : 배를 두드리며 노래를 부름. '태평성대를 즐김'의 뜻임. 「고복격양」(鼓腹擊壤). [莊子 馬蹄]「夫赫胥氏之時 民居不知

所爲 行不知所之 含哺而熙 **鼓腹擊遊**」. [十八史略 卷一 堯帝 陶唐條]「有老人 **含哺鼓腹 擊壤而歌**」. ▶제87회-1)

孤不負子瑜 子瑜亦不負孤[내가 자유를 배반하지 않듯이, 자유 또한 나를 저버리지 않을 것이외다] : 원문에는 '**孤不負子瑜 子瑜亦不負孤**'로 되어 있음. '나와 자유는 서로 맹세를 바꾸지 않을 것'이라는 뜻임. 「불역지분」(不易之分)은 절조(節操)를 바꾸지 않음의 뜻임. [班固 答賓戲]「賓戲主人曰 蓋聞 聖人有一定之論 烈士有**不易之分**」. ▶제82회-4)

孤不得安[나는 마음 편히 있지 못하오이다] : '마음이 편치 못함'의 뜻. [易林]「禹鑿龍門 通利小源 東注滄海 人民**得安**」. ▶제61회-19)

孤城不可守[동떨어진 성은 지킬 수가 없는 것입니다] : '혼자서는 적을 막아낼 수 없음'의 비유. 「고성」. [唐書 張巡傳]「巡西向拜曰 **孤城**備竭 弗能全」. [杜甫 送遠詩]「親朋盡一哭 鞍馬去**孤城**」. ▶제39회-1)

叩首[머리를 조아리며] : 고두(叩頭). 머리를 조아리고 경의를 나타냄. [正字通]「叩 稽顙曰 **叩首**」. [周祈 名義考 人部]「**叩首** 以手至首也……**叩頭** 以首至地也」. [漢書 朱雲傳]「左將軍辛慶忌 免冠解印綬 **叩頭**殿下」. [三國志 吳志 吳範傳]「**叩頭**流血 言與涕泣」. ▶제113회-1)

高陽酒徒[고양에서 술꾼이] : 고양의 술주정꾼. 역이기(酈食其)를 이름. 한 고조 유방이 그가 훌륭하다는 말을 듣고 불러놓고는, 그를 떠보기 위해 발을 씻으며 맞았는데 역이기는 읍만 하였다. 고조가 옷을 입고서 윗자리에 앉히고 사과하고, 그의 책략대로 진류(陳留)를 함락하고 싸우지 않고 제(齊)나라의 72개 성을 손에 넣게 되었다 함. [中文辭典]「漢 高陽人 爲里監門 沛公至高陽 **食其**獻計下陳留 號曰 廣野君 常爲說客 說齊 憑軾下齊七十餘城」. ▶제37회-17)

苦肉之計(고육지계) : 「고육지책」(苦肉之策). 제 몸을 괴롭힘으로써 적을 속이는 계책. 「고육책」(苦肉策)은 곧 「고육계」임. [中文辭典]「毒打自己人員 使其降敵 以探軍情之計也」. ▶제46회-24)

苦肉之計(고육지계) : 제 몸을 괴롭힘으로써 적을 속이는 계책. 「고육책」 (苦肉策)은 곧 「고육계」임. [中文辭典]「毒打自己人員 使其降敵 以探軍情 之計也」. ▶제47회-5)

孤掌難鳴[혼자서 어쩔 수 없게 되어] : 외손뼉은 소리가 나지 않는다는 말로, '혼자서는 일을 하지 못함'을 이름. [傳燈錄]「僧請道匡示箇入路 匡側掌示之曰 獨掌不浪鳴」. [戴善夫 風光好曲]「孤掌難鳴」. [韓非子 功名篇]「一手獨拍 難疾無聲」. ▶제61회-9)

高祖 還沛之事[한 고조가 패국에 돌아오던 일] : 고조가 한을 건국하고 고향 패현(沛縣)에 와서 부로들과 10여 일간 잔치를 한 일. 「금의환향」(錦衣還鄕)이란 말은 여기서 나온 것임. [張繼命 德宮詩]「碧瓦朱楹白晝開 金衣寶扇曉風寒」. [沈約 園橘詩]「但令入玉盤 金衣非所怯」. ▶제79회-18)

孤之功臣[나의 공신이니] : 나의 공신. 「고굉지신」(股肱之臣). 임금이 가장 믿을 만한 신하. [史記 太史公 自序]「輔拂股肱之臣配焉 忠信行道 以奉主上」. [書經 禹書篇 益稷]「帝曰 臣作朕股肱耳目」. ▶제68회-6)

高枕無憂[베개를 높이 베고 염려 마세요] : 베개를 높이 베고 근심이 없음. 「고침안면」(高枕安眠)은 '편안하게 누워서 근심 없이 지냄'의 비유임. [戰國策 齊策]「三窟已就 君姑高枕爲樂矣」. [鏡花緣 第六十回]「就只到了客店 可以安然睡覺 叫作高枕無憂」. ▶제5회-6), 제58회-2), 제104회-27)

姑表兄弟[내외종간이었다] : 중표형제(中表兄弟). 내외종(內外從). [中文辭典]「姑母之子女 與己爲姑表」. [晋書 山濤傳]「與宣穆后有中表親」. ▶제64회-16)

孤鶴[두루미] : 신선이 타고 다닌다는 전설 속의 두루미. 「청학」(靑鶴). [蘇軾 後赤壁賦]「適有孤鶴 橫江東來」. [杜牧 早行詩]「霜凝孤鶴廻 月曉遠山橫」. ▶제89회-10)

高抗之調[높고 강한 가락] : 거문고의 높은 가락. [後漢書 梁鴻傳]「鴻友人京兆高恢……亦高抗 終身不仕」. [晋書 和嶠傳]「每同乘 高抗專車而坐 乃使

監令異車 自嶠始也」. ▶제35회-1)

孤魂隨鬼[유명을 달리한 외로운 영혼들이 귀신을 따르는 것 같구나]: 외로운 혼령들이 귀신을 따르는 듯하다는 말로, '너희들이 유비를 따라다니는 것이, 마치 갈 곳 없는 영혼들이 귀신을 따라 다니는 것 같다'는 뜻임. [文選 曹植 贈白馬琥詩]「**孤魂**翔故域」. [柳宗元 祭外甥崔駢文]「**孤魂**冥冥 何託何逝 嗚呼哀哉」. ▶제39회-14)

膏肓[내 병은 이제 뼛속까지 들어]: 염통과 가로막의 사이란 뜻이지만 '고치기 어려운 병'의 비유임. 「고황지질」(膏肓之疾)·「천석고황」(泉石膏肓). [晋書 樂廣傳]「此腎胸中 當必無**膏肓**之疾」. [唐書 田游巖傳]「臣所謂**泉石膏肓** 烟霞痼疾者」. ▶제40회-8), 제52회-3), 제104회-9)

曲直(곡직): 굽은 것과 곧은 것으로 '사리에 맞는 것과 맞지 않는 것'을 말함. 「곡직불문」(曲直不問)·「불문곡직」(不問曲直)은 '옳고 그름을 묻지 않고 함부로 함'을 뜻함. [經書 洪範]「木日**曲直**」(轉)「木可以揉**曲直**」. [史記 李斯傳]「**不問**可否 不論**曲直**」. ▶제33회-7)

髡鉗刑(곤겸형): 형벌의 하나로 삭발하게 하고 목을 쇠사슬로 묶는 것임. '곤'은 머리를 깎는 것이고 '겸'은 목에 쇠고리를 끼는 것임. [史記 張耳傳]「**髡鉗**爲王家奴」. [後漢書 閻皇后傳]「減死**髡鉗**」. ▶제63회-1)

困於垓心[포위망 속에]: 곤재해심(困在垓心). 적의 포위망 속에 듦. [水滸傳 第八三回]「徐寧与何里奇搶到**垓心**交战 兩馬相逢 兵器幷舉」. [東周列國志 第三回]「鄭伯**困在垓心** …… 全无俱怯」. [中文辭典]「謂在圍困之中也 項羽被圍垓下 說部中所用**困在垓心**語 或卽本此」. ▶6회-28), 13회-22), 51회-3), 57회-22), 58회-15), 68회-5), 제71회-20), 83회-2), 92회-11), 99회-5), 110회-24), 113회-21)

閫以內[곤성 안은]: '성곽의 안'의 뜻으로 '성내·국내'의 비유임. [史記 憑唐傳]「**閫以內**者 寡人制之 **閫以外**者 將軍制之」. ▶제83회-27)

昆仲(곤중): 옛 친구·형제. [中文辭典]「**昆**兄也 其次曰**仲** 因稱人之兄弟曰

昆仲」. ▶제97회-16)

骨肉(골육) : 모자의 정. 「골육지친」(骨肉之親). [呂氏春秋]「父母之於也子子之於父母也 謂**骨肉之情**」. [禮記 文王世子篇]「**骨肉之情** 無絶也」. ▶제107회-11)

骨肉未寒[슬픔이 가시지도 않았는데] : 몸이 아직 차지 않음. '죽은 지가 얼마 되지 않았다'는 뜻임. [戰國策 秦策]「今臣羈旅之臣也……皆匡君臣之事 處人**骨肉之間**」. [管子 輕重丁]「兄弟相戚 **骨肉相親**」. ▶제54회-8), 제105회-7)

功蓋華夏[공이 화하 지역을 덮을 만하지만] : 공이 화하지역을 덮을 만함. 화(華)는 화려하고 분명함, 하(夏)는 큰 것을 말하는 것으로 '중국의 중심지역'을 말함. [康熙字典]「中國曰 **華夏**」. [三國志 魏志 荀彧傳]「今**華夏**已平 南土知困」. ▶제119회-31)

恭儉節用[공손하고 검박하라] : 매사에 공손하고 아껴쓰라. 「공검」(恭儉). [論語 學而篇]「夫子溫良**恭儉**讓以得之」. 「절용」(節用). [論語 學而篇]「**節用**而愛人 使民以時」. ▶제109회-30)

共工氏 戰敗[공공씨와의 싸움에서 패하여] : 중국의 천지창조신화로 공공씨가 전욱(顓頊)과 싸울 때에 분하여 머리를 불주산(不周山)을 떠받았는데, 그로 인해 하늘을 버티던 기둥(天柱)이 무너지고 대지의 한 귀퉁이가 허물어[地陷]졌다 함. 공공은 실제 승리한 영웅을 일컬음. [淮南子 墜形訓]「**共工**景風之所生也 (注) **共工**天神也 人面蛇身 離爲景風」. [書經 虞書篇 舜典]「流**共公**于幽州 放驩兜崇山」. ▶제86회-20)

攻其無備 出其不意[공격은 방비가 없는 곳을 하고, 나가는 것은 의외의 길이어야 한다] : 원문에는 '**攻其無備 出其不意**'로 되어 있음. [孫子兵法 計篇第一]「**攻其不備 出其不意** 此兵家之勝 不可先傳也」. ▶제110회-20)

攻其無備[적들이 방비가 없을 때 공격하는 것이고 예상하지 못한 곳에 출격하는 것이] : 준비가 없는 곳을 공격함. '공격에 대한 준비가 허술함'의

뜻. [韓非子 喻老篇]「天下無道 攻擊不休」. ▶제15회-12)

攻其不備 出其不意[방비가 없을 때 공격하고 뜻하지 않을 때 나간다] : 상대
가 준비가 되어 있지 않을 때 공격하고, 전혀 생각지 못하고 있는 곳
을 공격함. [孫子兵法 計篇 第一]「攻其不備 出其不意 此兵家之勝 不可先
傳也」. ▶제94회-11), 제98회-18)

空牢騷[공허한 넋두리여] : 쓸데없는 넋두리. 「뇌소」(牢騷)는 '모든 일이
뜻대로 되지 않아 불평이 가득함'의 뜻임. [漢書 揚雄傳]「畔牢愁」. [王
先謙補注]「宋祁曰……今多引伸謂舒發不平曰 發牢騷」. ▶결사-12)

功德巍巍[공덕이 크니] : 공덕이 썩 높음. 「공덕」. [史記 始皇紀]「祇誦功德」.
[論語 泰伯篇]「巍巍乎 其有成功也 煥乎 其有文章」. ▶제114회-4)

孔孟之道[공맹의 도에 밝지 못하고] : 공자의 '살신성인'(殺身成仁)의 정신
과 맹자의 '인의왕도'(仁義王道)의 정신. [性理大全 道統]「孔子孟子 生而
道始明 孔孟之道 周程張子繼之道 文公朱先生又繼之 此道統五傳 歷萬世而
可考也」. [文天祥 衣帶贊]「孔孟成仁 孟曰取義 惟其義盡 所以仁至 讀聖賢已
矣」. ▶제60회-13)

孔明更生 我何懼哉[공명이 다시 살아났다 해도 뭐 두려우냐] : 공명이 살아
온다 해서 무엇이 두려우랴? 「갱생」(更生). [史記 主父偃傳]「元元興民
得免於戰國逢明天子 人人自以爲更生」. [漢書 魏相傳]「元鼎二年 平原 勃
海……賴明昭振球 迺得蒙更生」. ▶제117회-27)

功名於不朽[역사에 길이 빛날 불후의 공을 세우려 하는데] : 공을 세워 이
름이 나면 없어지지 않음. 「공명」은 공을 세운 명예. [史記 張耳傳]「功
名有著於當世者」. [後漢書 鄧禹傳]「垂功名於竹帛」. [後漢書 五行志]「天下
賴之 則功名不朽」. ▶제117회-8)

公服(공복) : 관리들의 관복(官服). 주(朱)·자(紫)·비(緋)·녹(綠)·청(靑)
다섯 가지였음. [皇朝類苑]「文武階朝官遇郊 廟展禮諸大朝會 竝朝服 常朝
起居竝公服」. ▶제119회-37)

空城計[성을 버리고] : 36계(計) 중 제32계. 성이 비어 있는 것처럼 보여서 적의 공격을 모면하는 계책. [中文辭典]「扶琴退兵 演三國時 蜀諸葛亮 鎭守西城 退魏司馬懿 大軍之事 今以爲毫無實力 徒以虛聲嚇人之喩」. ▶제95회-20)

功臣閣(공신각) : 나라를 위해 공을 세운 신하들을 기리는 누각. 당의 태종이 세운 기린각(麒麟閣)을 가리킴. [高力士傳]「太上皇移杖西內 高公患瘧 勅于功臣閣下避瘧」. [唐書 太宗紀]「十七年二月 圖功臣於凌烟閣」. ▶제20회-17)

攻心爲上[마음을 공격하는 것이 상이고……] : 적을 공격하겠다는 마음이 최선의 방책임. 원문에는 '攻心爲上 攻城爲下 心戰爲上 兵戰爲下'로 되어 있음. [三國志 蜀志 馬謖傳 注]「襄陽記曰 夫用兵之道 攻心爲上 攻城爲下」. ▶제87회-16)

功於社稷[비록 사직에는 공을 세웠으나] : 나라에 도움이 되는 일. 「사직」. [禮記 祭儀篇]「建國之神位 右社稷而左宗廟」. [後漢書 禮儀志]「考經援神契曰 社者土地之主也 稷者五穀之長也 大司農鄭玄說 古者官有大功 則配食其神 故句農配食於社 棄配食於稷」. ▶제90회-11)

孔子稱文王至德[공자가 문왕의 지극한 덕을 칭송하던] : 공자는 '주나라는[文王] 천하를 삼분하여 그 중 둘을 차지하고서도 은(殷)나라에 복종하였으니, 주나라의 덕이야 말로 지극하다고 말할 수 있다'라고 칭송하였음. [論語 泰伯篇]「孔子曰……三分天下有其二 以服事殷 周之德 其可謂至德也已矣」. ▶제56회-10)

共造逆謀[함께 역모를 꾀하는 것이냐] : 대역부도(大逆不道)·대역무도(大逆無道). 인도(人道)에서 크게 벗어남. [漢書 楊惲傳]「不竭忠愛盡臣子議……大逆不道 請逮捕治」[漢書 游俠 郭解傳]「御史大夫 公孫弘議曰 解布衣 爲任俠行權 以睚眦殺人 當大逆無道 遂族解」. ▶제80회-5)

公廨[관청] : 관가의 건물. [品字箋]「公廨門外餘屋 謂之公廨」. ▶제33회-20)

戈戟之勞[전쟁의 수고로움을 면하옵소서] : 전쟁의 고통에서 벗어남. [司馬法 定爵]「殳矛守 **戈戟**助」. [隋煬帝 遺陳書]「望我寬仁 思到**戈戟**」. ▶제58회-5)

過目不忘[한 번 보고도 잊지 않으니] : '기억력이 아주 좋음'의 뜻. [晉書 苻融載記]「苻融聰辯明慧 不筆成章 耳聞則誦 **過目不忘**」. [宋史 魏恕傳]「恕字道源 少穎悟 書**過目**卽**成誦**」. ▶제60회-16)

霍光(곽광) : 전한의 정치가. 무제 사후 소제를 보필하여 정사를 집행했음. 전한의 정치가로 무제 사후 소제를 보필하며 정사를 집행했다. 소제의 형인 연왕 단의 반란을 기회로 상관걸 등 정적을 타도하고 실권을 장악하였으며, 소제 사후 창읍왕의 제위를 박탈하고 선제를 즉위하게 하였음. [中國人名]「漢 去病異母弟 字子孟……受遺詔 輔幼主……昭帝崩 立昌邑王賀 多淫行 廢之 復迎立宣帝……宣帝親政 收**霍氏**兵權……及光死而宗族竟誅 故俗傳之日 **霍氏之禍**」. ▶제113회-4)

管家婆[늙은 시녀] : 집안 산림을 관리해 주던 비교적 높은 지위의 여자 하인. [中文辭典]「**管理家**中雜事之女傭 地位較優而尊」. 「관가」(管家). [幼學須知]「**管家**伴當 皆奴僕」. ▶제55회-1)

官誥(관고) : 교지(敎旨). 4품 이상의 벼슬아치를 임명할 때 내려 주던 사령장. 「관고」(官告). [舊唐書 憲宗記]「新授桂管觀察使房啓降爲太僕小卿 啓初拜桂管 啓吏賂吏部主者 私得**官告**以授啓」. ▶제73회-25)

關公雖有沖天之翼 飛不出吾羅網矣[나의 그물을 빠져나가지는 못할 것입니다!] : 원문에는 '**關公雖有沖天之翼 飛不出吾羅網矣**'로 되어있음. [後漢書 皇后 鄧皇后紀]「能束脩不觸**羅網**」. [杜甫 夢李白詩]「今君在**羅網**何以有羽翼」. ▶제76회-19)

關公顯聖附體[현성부체하여] : 돌아가신 분의 혼이 다른 사람의 몸에 깃들어 나타남. 원문에는 '**關公顯聖附體**'로 되어 있음. [中文辭典]「俗謂神佛現形**顯靈**亦稱**顯聖**」. ▶제77회-19)

關內候(관내후) : 공적이 있는 자를 관중(關中)의 제후로 봉하되, 토지는 주지 않고 다만 녹봉만을 주었음. [續志]「關內候賜爵十九等 無土寄食在 所縣民租 多少各有戶數爲限」. [戰國策]「公孫衍 爲寶屢謂魏王曰 不若與寶 屢關內侯 而令之趙」. ▶제20회-2)

關防(관방) : 관문. 나라의 중요한 곳. [宋史 選擧志]「州郡措置關防 每人止 納一卷」. [靑瑣詩話]「過關防 汝以吾詩示之」. ▶제83회-29)

管樂(관악) : 관중(管仲)과 악의(樂毅). 관중은 제(齊)나라의 정치가, 악의 는 연(燕)나라의 장군. 「관중」. [中國人名]「齊 穎上人 少與鮑叔牙爲友 嘗 曰……生我者父母 知我者鮑子也 尊周室 九合諸侯 一匡天下」. 「악의」. [中 國人名]「燕 羊後 賢而好兵 自魏使燕……下齊七十餘城 以功封昌國 號昌國 君……田單乃縱反間於王……燕趙二國 以爲客卿」. ▶제118회-16)

關隘(관애) : 긴 한목·요해처. [齊書 肅景先傳]「先惠朗依山築城 斷塞關隘 討天蓋黨與」. [吳澄 雪谷早行詩]「路絕人踪失關隘 槎枒老樹森矛介」. ▶제 61회-3), 제62회-8), 제64회-1)

管仲(관중) : 제(齊)나라 때 정치가. 이름은 이오(夷吾) 자가 중(仲) 호를 경(敬)이라 했음. 제환공(齊桓公)을 보좌하여 아홉 제후를 모으고 천거 하여, 천하를 바로 잡는 패자(覇者)가 되게 함. [中國人名]「齊 穎上人 少與鮑叔牙爲友 嘗曰……生我者父母 知我者鮑子也 尊周室 九合諸侯 一匡 天下」. ▶제36회-18), 제93회-18)

關中(관중) : 중국 섬서성(陝西省)의 위수(渭水) 분지 일대를 부르는 호칭 임. 장안성을 중심으로 함곡관·산관·무관·숙관 등 네 관에 둘러싸 여 있기에 이르는 것임. [史記 項羽紀]「關中阻山河四塞 地肥饒可都以覇」. [漢書 敍傳]「內强關中 外和匈奴」. ▶제6회-5)

管仲·樂毅(관중과 악의) : 제(齊)나라의 정치가 연(燕)나라의 장군. 「관 중」. [中國人名]「齊 穎上人 少與鮑叔牙爲友 嘗曰……生我者父母 知我者鮑 子也 尊周室 九合諸侯 一匡天下」. 「악의」. [中國人名]「燕 羊後 賢而好兵

自魏使燕……下齊七十餘城 以功封昌國 號昌國君……田單乃縱反間於王
……燕趙二國 以爲客卿」. ▶제104회-16)

刮刮雜雜[활활 타 올라 불길이 하늘로 치솟았다]: 성질이 거세고 세련되지
못함을 이름. 여기서는 '마른 나무에 불이 붙어 활활 타는 모습을 혀용
하는 말임. [三國演義 第103回 注]「形容枯柴着火的聲音」. ▶제103회-8)

匡扶社稷[사직을 바로 세우고자]: 나라가 잘못되어 감을 바로잡아가며
도움. 「사직」(社稷). 원래 사(社)는 '토신'(土神) '직'(稷)은 곡신(穀神)
임. [禮記 祭儀篇]「建國之神位 右社稷而左宗廟」. [後漢書 禮儀志]「考經援
神契曰 社者土地之主也, 稷者五穀之長也 大司農鄭玄說 古者官有大功 則配
食其神 故句農配食於社 棄配食於稷」. ▶제31회-15)

匡扶宇宙之材[나라를 일으켜 세울만한 재주]:「광필지재」(匡弼之材). 나
라의 잘못을 바로 잡아 가며 도울 만한 인물.「광보」(匡輔). [三國志 蜀
志 諸葛亮傳]「惟君體資文武 明叡篤誠 受遺託孤 匡輔朕躬」. ▶제43회-25)

光陰荏苒[세월이 빨리도 지나]: 세월이 덧없이 지나감. [文選 張茂先勵志
詩]「日欹月歟 荏苒代謝 (注) 濟曰 荏苒猶漸進也」. [文選 潘岳 悼亡詩]「荏
苒冬春謝 寒暑忽流易」. ▶제37회-26)

匡濟之才[나라를 바로 잡아 건져줄 만한 재주]: 나라를 바로 잡아 건저 줄
만한 재주. [後漢書 袁紹傳]「將何以匡濟之乎」. [三國志 魏志 趙儼傳].「必
能匡濟華夏」. ▶제57회-13)

掛心(괘심): 괘념(掛念). 마음에 두고 잊지 아니하거나 걱정함. [沈君攸
詩]「扁扁舟挂水不忍度 縣目挂心思越路」. [水滸傳 第七回]「儞但放心 去不要
掛心」. ▶제96회-6)

掛孝[모두 상복을 입게 하여]: 장사를 지냄. 상복을 입음의 뜻. [中文辭
典]「俗謂載孝曰挂孝 亦作掛孝 謂喪家服著喪服也」. ▶제105회-9)

挂孝發喪[복을 입게 하고 발상하라고]: 상복을 입게 하고 초상이 난 것을
알림. 거애(擧哀). [中文辭典]「俗謂戴孝曰 挂孝 亦作掛孝 謂喪家服著喪服

也」. ▶제12회-8)

觥籌交錯[술자리에선 잔과 산가지가 얽혔다]: 술잔이 오가며 산가지가 뒤섞임의 뜻. '굉'(觥)은 짐승 뿔 모양의 술잔이고 '주'(籌)는 마신 술잔의 수를 헤아리는 산가지로, '연회의 성한 모습'을 비유함. [歐陽修 醉翁亭記]「觥籌交錯 坐起而喧譁者 衆賓歡」. [文天祥 山中再次胡德昭韻詩]「觥籌堂裏春色沸 燈火林皐夜色澤」. ▶제45회-8)

嬌客[신랑]: 남의 사위를 일컫는 말. [老學庵筆記]「秦會之有十客……吳益以愛婿爲嬌客」. [蘇軾 和王子詩]「婦翁未可綯 王郞非嬌客 (注) 女婿曰 嬌客 子立乃子由婿也」. ▶제55회-2)

蛟龍(교룡): 상상의 동물로 뱀처럼 생겼는데 비늘이 있고 알을 낳는다고 함. 일설에는 '악어'(鰐魚). [廣雅 釋魚]「有鱗曰 蛟龍 有翼曰 應龍」. [三國志 吳志 周瑜傳]「恐蛟龍得雲雨 終非池中物」. ▶제26회-9)

矯命稱制(교명칭제): 칙지를 내리고 정사를 본다는 뜻으로, 조조가 '천자의 일을 하고 있음'을 이르는 말. '교명'은 칙지(勅旨)를 사칭하여 내리는 명령이고, '칭제'는 천자를 대신해 정사를 보는 것을 이름. 「교명」. [戰國策 齊策]「矯命以債賜諸民」. 「칭제」. [史記 呂后紀]「今太后稱制王昆弟諸呂 無所不可」. [漢書 呂后紀 顏注]「天子之言 一曰制書 二曰詔書 制書者謂爲制度之命也……斷決萬機 故稱制詔」. ▶제22회-32)

敎坊之樂(교방의 음악): 당대(唐代)에 설치된 음악·가무를 맡아 보던 기관이었는데 실제 한·위 시대에는 이런 명칭이 없었음. [唐書 百官志]「開元二年 置敎坊於蓬萊宮側 京都置左右敎坊 掌俳優雜劇」. [白居易 琵琶行]「十三學得琵琶成 名屬敎坊第一部」. ▶제8회-14)

驕兵[교만한 군사]: 싸움에 이겼다고 자만에 빠진 병사. 「교병」. [漢書 魏相傳]「相曰 恃國家之大 矜人庶之衆 欲見威于敵者 謂之驕兵 兵驕者滅」. ▶제69회-21)

驕兵之計(교병지계): 상대에게 교만심을 갖게 하여 격파하려는 계책. 싸움에 이겼다 해서 교만해 하는 병사들을 다스리는 계책. 「교병」. [漢書 魏相傳]「相日 恃國家之大 矜人庶之衆 欲見威于敵者 謂之**驕兵** 兵驕者滅」. ▶제70회-10)

交臂失之[기회를 놓친다면] : 좋은 기회를 잃음. 「교일비」(交一臂)는 '어깨를 나란히 하고 있음'의 뜻임. [莊子 田子方篇]「顔淵問於仲尼日 夫子 步亦步 趨亦趨 夫子奔逸絕塵 而回瞠若乎後矣 夫子日 吾終身與汝**交一臂而失之** 可不哀歟」. ▶제14회-25)

巧說[교언영색] : 「교언영색」(巧言令色). 아첨하느라고 교묘하게 꾸며대는 알랑거리는 태도. [書經 高陶謨]「何畏乎 **巧言令色** 孔壬」. [論語 學而篇]「子日 **巧言令色** 鮮矣仁」. ▶제52회-11), 제100회-12)

咬碎鋼牙[이를 갈면서] : 이를 부드득 갊. '크게 성냄'에 비유함. [吳越春秋 闔閭內傳]「伍員**咬牙切齒** 將一切眞情 具實奏於吳王」. [水滸傳 第六十九回]「衆多兄弟 被他打傷 **咬牙切齒** 盡要來殺張淸」. 「절치부심(切齒腐心)」. [史記 刺客 荊軻傳]「樊於期偏袒 搤椀而進日 此臣之日夜**切齒腐心** (注) **切齒** 齒相磨切也」. [戰國策 燕策]「荊軻私見樊於期日 願得將軍之首 以獻秦王 秦王必喜而召見臣 臣左手把其袖 右手揕其胸 則將軍之仇報 而燕國見陵之恥除矣 樊於期日 此臣之日夜**切齒扼腕** 乃今得聞敎 遂自刎」. ▶제2회-7)

咬牙怒目[이를 악물고 노한 눈을 부릅뜨며] : 이를 갈며 성난 눈으로 봄. 「교아절치」(咬牙切齒). 분개하여 이를 갊. '아주 분(忿憤)해 함을 일컫는 말'임. [吳越春秋 闔閭內傳]「伍員**咬牙切齒** 將一切眞情 具實奏於吳王」. [水滸傳 第六十九回]「衆多兄弟 被他打傷 **咬牙切齒** 盡要來殺張淸」. 「절치부심(切齒腐心)」. [史記 刺客 荊軻傳]「樊於期偏袒 搤椀而進日 此臣之日夜**切齒腐心** (注) **切齒** 齒相磨切也」. [戰國策 燕策]「荊軻私見樊於期日 願得將軍之首 以獻秦王 秦王必喜而召見臣 臣左手把其袖 右手揕其胸 則將軍之仇報 而燕國見陵之恥除矣 樊於期日 此臣之日夜**切齒扼腕** 乃今得聞敎 遂自刎」. 「노목시지」(怒目視之)는 '성이 나서 눈을 부릅뜨고 바라봄'의 뜻임. [顧況 從軍行]

「**怒目**時一乎 萬騎皆辟易」. [文選 劉伶 酒德頌] 「舊袂攘衿 **怒目切齒**」. ▶제32
회-11), 제47회-9), 제57회-1), 제58회-8), 제118회-19).

巧言[간교한 말] : 교언영색(巧言令色). 아첨하느라고 교묘하게 꾸며대는
말과 알랑거리는 태도. [書經 虞書篇 皐陶謨] 「何畏乎 **巧言令色**孔壬」. [論
語 學而篇] 「子曰 **巧言令色** 鮮矣仁」. ▶제82회-1), 제83회-17)

敎應去之兵[교대할 병사들은] : 교대하기로 해서 가야 할 병사. ▶제101회-16)

交絕無惡聲 去臣無怨辭[정을 끊을 때에는 험담이 없어야 하고 ……] : 원문
에는 '交絕無惡聲 去臣無怨辭'로 되어 있음. [史記 樂毅傳] 「古之**君子 交絕
不出惡聲 忠臣去國 不絜其名**」. [顏氏家訓 文帝] 「**君子之交 絕無惡聲**」. ▶제
79회-14)

矯詔[교서] : 교명(矯命). 거짓으로 임금의 이름을 대어 내리는 명령. [漢
書 石顯傳] 「後果有人上書 告顯顓命**矯詔**開宮門」. ▶제5회-1)

敎帖(교첩) : 서신. 공후나 대신에게서 온 명령서. ▶제67회-13)

狡兔猶藏三窟[토끼도 세 개의 굴을 갖고 있다 하는데] : 토끼도 굴이 세 개
나 있다는 뜻으로, '몸을 의탁할 곳이 셋이나 가져 생명을 유지할 수
있음'의 비유. [戰國策 齊策] 「馮煖謂孟嘗君曰 **狡兔有三窟** 僅得免其死耳
今君有一窟 未得高枕而臥也 請爲君復鑿二窟」. [宋史 錢若水傳] 「不斬繼遷
開**狡兔之三穴**」. ▶제60회-37)

交割[인수인계] : 분배. [明律 職制官員赴任過退] 「代官已到 舊官昭 已定限期
交割戶口 錢糧 刑名等項」. [明律 戶律] 「**交割**違者 杖一百」. ▶제103회-1)

交割人馬[인마를 넘겨주었다] : 인마를 인계함. 인마를 넘겨 줌. 「교할」.
[明律 職制官員赴任過退] 「代官已到 舊官昭 已定限期 **交割**戶口 錢糧 刑名
等項」. [明律 戶律] 「**交割**違者 杖一百」. ▶제98회-11)

九國[나라가 잘 다스려졌고] : 한 고조(劉邦) 일가의 국가. 즉 제(齊)·초
(楚)·조(趙)·양(梁)·회양(淮陽)·대(代)·회남(淮南)·오(吳)·연(燕)
등을 이름. [賈誼 過秦論] 「**九國**之師 逡巡遁逃而不敢進」. [張協 七命] 「可以

從服**九國** 橫制八戎」. ▶제73회-11)

久戀之地[오랫동안 머무를 땅] : 오래 머물러 있을 만한 땅. ▶제60회-25)

劬勞之恩(구로지은) : 낳아 기른 어버이의 은혜를 생각하는 마음. [詩經 小雅篇 蓼莪]「蓼蓼者莪 匪莪伊蒿 哀哀父母 **生我劬勞**」. [爾雅 釋詁]「**劬勞**病 也」. ▶제36회-7)

舮艫[큰 배] : 구록배. 모선(母船). 여러 척의 배가 딸려 있으며 어떤 작업의 중심체가 되는 큰 배. [廣雅釋 船]「**舮艫**船也」. [北堂書抄]「豫章城西 有**舮艫**洲 即呂蒙作**舮艫**大編處」. ▶제75회-11)

究問[추궁] : 물음(拘問). 신문(訊問). 추궁(追窮)함. [北史 尒朱敏傳]「彦伯 之誅 敏小隨母養於宮中……比**究問**知非 會日已暮 由是免」. ▶제57회-15), 제101회-3)

舅犯(구범) : 본명은 호언(狐偃), 자를 자범(子犯)이라 했는데, 진문공(晋文公)의 외삼촌이므로 '구범'이라 함. 문공을 따라 19년간 국외에 망명하였으나, 문공이 그의 공로를 잊고 과오만 기억할 것이 두려워 끝내 고별하였다 함. [中國人名]「晋 突子 字子犯 爲文公之舅 故又稱**舅犯** 爲大夫……比文公定王室 宣信諸侯而覇天下 大抵偃謀爲多」. ▶제79회-8)

口似懸河[입은 마치 물이 흐르듯 하고] : '말을 잘함·말이 막히지 않음'의 비유. 「현하지변」(懸河之辯)은 '쏜 살처럼 내려가는 강물같이 거침없이 유창하게 하는 말주변'의 뜻임. [晉書 郭象傳]「太尉王衍每云 聽象語 如**懸河瀉水** 注而不竭」. [韓愈 石鼓歌]「安能此以上論列 願借辯口如**懸河**」. ▶제60회-17)

九錫(구석) : 왕이 공로가 있는 신하에게 내리던 가마·의복 등 아홉 가지 물건. [漢書 武帝紀]「元朔元年 有司奏古者諸侯貢十二 一適謂之好德 再適謂之賢賢 三適謂之有功 乃加**九錫** (注) 九錫 一曰**車馬** 二曰**衣服** 三曰**樂器** 四曰**朱戶** 五曰**納陛** 六曰**虎賁百人** 七曰**鈇鉞** 八曰**弓矢** 九曰**秬鬯**」. [潘勖 册魏公九錫之]「今又加君九錫」. ▶제61회-14), 제82회-10), 제107회-23), 제114회-5)

九星(구성) : 둔갑술[遁甲式用法]에서 쓰는 용어임. 본래는 북두칠성·구운성. [素問 天元紀大論]「九星顯朗 七曜周旋 [注] 九星上古之時也……九星謂天蓬 天內 天衝 天輔 天心……今猶用焉」. ▶제69회-7)

鉤手(구수) : 쇠갈고리(鐵由)를 든 병사. [中文辭典]「拳術手法之一……左右兩手同時作鉤手者曰 雙鉤」. ▶제12회-14)

具臣之才(구신지재) : 아무 구실도 못하고 다만 수효나 채우는 신하로 육사(六邪)의 하나. [論語 先進篇]「今由與求也 可謂具臣矣」. [說苑 臣術]「日安官貪祿 如斯具臣也」. 「육사」는 '나라에 해를 끼치는 여섯 가지 나쁜 신하. 곧 구신(具臣)·유신(諛臣)·간신(奸臣)·참신(讒臣)·적신(賊臣)·망국신(亡國臣) 등을 이름. [說苑 臣術]「人臣之行 有六正六邪……是爲六邪」. ▶제73회-7)

驅羊而入虎[양이 호랑이의 입에 들어가는 것과 같은 것이어서] : 양을 물고 호랑이 속으로 들어감. '위험한 지경에 이름'의 비유. [戰國策 中山經]「齊見嬰子曰 臣聞 君欲廢中山之王 將與趙魏伐之 過矣……是君爲趙魏驅羊也」. ▶제114회-16)

九筵(구연) : 집의 제도를 말하는 것으로 '아홉 자 길이의 돗자리[九尺之筵]'라는 말임. [周禮 考工記 匠人]「周人明堂 度九尺之筵 東西九筵 南北七筵」. [范仲淹 明堂賦]「七筵兮南北之廣 九筵兮西東之長」. ▶제105회-28)

口諛之人[아첨꾼들] : 아미(阿媚)·영미(佞楣). 아첨장이. ▶제109회-19)

九族(구족) : 고조·증조·조부·부친·자기·아들·손자·증손·현손까지의 동종(同宗) 친속을 통틀어 일컫는 말. [書經 虞書篇 堯典]「克明俊德 以親九族」. [詩經序]「葛藟 王族刺平王也 周室道衰 棄其九族焉」. ▶제89회-20), 제91회-22)

九州(구주) : 태고 때부터 중국 전토(全土)를 구주로 나누었음. 전(轉)하여 중국 전토. [史記 孟子傳]「騶衍言中國 名赤縣神州 赤縣神州內 自有九州 禹之序九州是也 不得爲州數 中國外如赤縣神州者九 乃所謂九州也」. ▶

제21회-11)

拘執[고집]: 고집·속박. [史記 李斯傳]「李斯**拘執束縛** 居囹圄中」. [漢書 宣帝紀]「**拘執**囹圄」. ▶제91회-36)

句踐(구천): 월왕 구천(句踐)이 오왕 부차(夫差)와 싸워서 지고 볼모가 되었으나, 군사들과 힘을 기른 뒤에 오나라를 멸했던 일. 「와신상담」(臥薪嘗膽). [吳越春秋]「越句踐**臥薪嘗膽**欲報吳」. [史記 越世家]「吳旣赦越 越王句踐 反國乃苦身**臥薪**焦思 置膽於坐 坐臥卽仰瞻 飮食亦**嘗膽**也 由女忘稽之恥邪」. ▶제112회-10)

九泉(구천): 저승. 땅 속. [阮瑀 七哀詩]「冥冥**九泉**室 漫漫長夜臺」. 「명도」(冥途). 죽은 사람이 가는 곳. 명토(冥土). [太平廣記]「**冥途**小吏」. ▶제40회-11), 제79회-1), 제83회-18), 제96회-8)

九泉之下(구천지하): 땅 속. 저승. [阮瑀 七哀詩]「冥冥**九泉**室 漫漫長夜臺」. 「명도」(冥途). 죽은 사람이 가는 곳. 명토(冥土). [太平廣記]「**冥途**小吏」. ▶제24회-3), 제25회-9)

鳩奪鵲巢[이는 비둘기가 까치의 둥지를 빼앗으려는 것입니다]: 비둘기가 까치의 둥지를 빼앗음. 「구점작소」(鳩佔鵲巢)는 비둘기는 둥지를 짓지 않고 까치의 둥지를 빼앗아 새끼를 낳는다고 함. [故事成語考 鳥獸]「**鳩居鵲巢** 安亨其成」. 「작소」는 '처가 남편의 집을 제집으로 삼고 있음'을 이름. [詩經 召南篇 鵲巢]「維**鵲**有**巢** 有**鳩居**之」. [毛傳]「鳲鳩鳴因**鵲**成**巢**而居有之 猶國君夫人來嫁 居君子之室」. ▶제33회-23)

嘔吐狼藉[심하게 토하였다]: 심하게 토함. '낭자'는 '여기저기 흩어져 어지러움'의 뜻임. [史記 滑稽傳]「履舃交錯 杯盤**狼藉**」. [孟子 滕文公篇 上 樂歲粒米戾注]「狼戾 猶狼藉也」. ▶제45회-13)

驅虎呑狼之計(구호탄랑지계): 호랑이로 하여금 이리를 잡게 하는 계책. ▶제14회-29)

國家將亡 必有妖孼[나라가 망하려면 반드시 요악한 귀신의 재앙이 있다]:

나라가 망하려 하면 반드시 요사스러운 귀신의 재앙 징후가 있음. [中庸 第二十四章]「至誠之道 可以前知 **國家將興 必有禎祥 國家將亡 必有妖孼** 見乎蓍龜 動乎四體 禍福將至 善必先知之 不善必先知之 故至誠如神」. ▶제106회-1)

國舅(국구) : 천자나 제후의 외척(外戚). 왕후의 아버지 곧, '임금의 장인'을 일컬음. [遼史 百官志]「南宰相府 掌佐理軍國家之大政 **國舅**五帳」, [東觀奏記]「**國舅**鄭宣莊不納組」. ▶제2회-21)

鞠躬盡瘁(국궁진췌) : 나랏일에 몸과 마음을 다해 힘씀. 「국궁」. [論語 鄕黨篇]「入公門 **鞠躬**如也 如不容」. 「진췌」. [詩經 小雅篇 北山]「或燕燕居息 或**盡瘁事國**」. [諸葛亮 後出師表]「**鞠躬盡瘁** 死而後已」. ▶제97회-9), 제99회-7), 제102회-4)

局量(국량) : 한 개인의 재량과 도량. 국도(局度). [三國志 魏志 夏候尙傳]「以規格**局度** 世稱其名」. [後漢書 袁紹傳]「紹外寬雅 有**局度** 憂喜不形於色 而性矜復自高」. ▶제86회-6)

國色(국색) : 나라 안에서 가장 뛰어난 미인. [三國志 吳志 周瑜傳]「孫策得喬公兩女 皆**國色**」. [公羊 僖十]「驪姬者**國色**也」. 「경국지색」(傾國之色). [李白 淸平調]「名花**傾國**兩上歡 常得君王帶笑看」. [白居易 長恨歌]「漢皇重色思**傾國** 御宇多年求不得」. 「경국경성」(傾國傾城). 한 무제(武帝) 이부인(李夫人)의 고사로, '아름다움으로 해서 나라를 망하게 함'의 뜻임. [漢書 外戚 孝武李夫人傳]「北方有佳人 絕世而獨立 一顧傾人城 再顧傾人國 寧不知**傾城**與**傾國** 佳人難再得」. ▶제48회-2)

國戚(국척) : 임금의 인척(姻戚). 동승은 동귀비의 친정 아버지이며 헌제(獻帝)의 장인임. [晉書 王愷傳]「愷旣地族**國戚** 性復豪侈」. [宋書 臧質傳]「質**國戚**勳臣 忠誠篤亮」. ▶제13회-23)

跼蹐[위축되어 몹시 불안해 하였다] : 국천척지(跼天蹐地). 황송하여 몸을 굽힘. [詩經 小雅篇 正月]「謂天蓋高 不敢不**局** 謂地蓋厚 不敢不**蹐**」. [驚世

通言 第十二卷]「徐信聞言 甚踽踽不安……始末細細述了」. ▶제54회-5)

軍令狀(군령장) : 군령을 시행하는 명령장으로 일종의 서약서임. '임무를 다하지 못하면 군법에 따라 처벌을 받겠다'는 뜻임. 원문에는 **怎敢戱 都督! 願納軍令狀**'으로 되어 있음. [東軒筆錄]「苟無異說 卽皆令具**軍令狀** 以保任之」. [書繼]「仍責**軍令狀** 以防遺墜漬汚」. ▶제46회-1), 제95회-3)

軍半渡可擊[군사들이 강을 반쯤 건넜을 때 공격하라] : 군사들이 강을 반쯤 건넜을 때에 공격함. 「반도」(半途)는 「반로」(半路)·도중(途中)의 뜻임. [李白 登敬亭山南望懷古贈竇主簿詩]「百歲落**半**途 前期浩漫漫」. [白居易 何 處難忘酒詩]「還鄕隨露布 **半路**授旌旄」. ▶제73회-29)

軍師(군사) : 군중에 있어서 전략을 책모(策謀)하는 소임을 맡은 사람. [禮 記 檀弓上]「君子曰 謀人之**軍師**」. [後漢書 岑彭傳]「彭因言韓歆 南陽大人可 以用 乃貰歆以爲鄧禹**軍師**」. ▶제44회-1), 제52회-19), 제63회-12), 제93회-10)

君使臣以禮 臣事君以[임금은 신하를 예로 부려야 하고, 신하는 충성으로 써 임금을 섬겨야 한다] : 원문에는 '**君使臣以禮 臣事君以忠**'으로 되어 있 음. [論語 八佾篇]「孔子對曰 **君使臣以禮 臣事君以忠**」. ▶제105회-20)

君辱臣死[주군이 욕을 당하면 신하는 죽는다] : 임금이 욕을 당하게 되면 신하는 임금을 위해 목숨을 바친다는 뜻으로, '아랫사람이 윗사람을 도와 생사고락을 함께 함'의 비유로 쓰임. [國語 越語]「范蠡曰 爲人臣者 君憂臣勞 **君辱臣死**」. [韓非子]「**主辱臣苦** 上下相與同憂久矣」. ▶제13회-18)

君疑臣則臣必死[임금이 신하를 의심하면 신하는 반드시 죽는다 했으니] : 임금이 신하를 의심하면 신하는 반드시 죽음. 「신의기군 무불위국」(臣 疑其君 無不危國)은 신하의 세력이 커져 임금이 그를 의심할 정도가 되 면, 그 나라는 반드시 망하게 된다는 뜻. [史記 李斯傳]「臣聞之 **臣疑其 君 無不危國** 妾疑其夫 無不危家」. ▶제119회-7)

君子愛人以德 不宜如此[군자는 백성들을 덕으로써 사랑해야 하는 것이니] : 원문에는 '**君子愛人以德 不宜如此**'로 되어 있음. [禮記 檀弓]「**君子之愛人**

也以德」. ▶제61회-15)

郡主(군주) : 황형제(皇兄弟) · 황자(皇子)의 딸. [明史 藁禮志]「凡皇姑曰大
長公主 皇姉妹曰長公主 皇女曰公主 親王女曰**郡主**」. ▶제55회-7), 제61회-7)

君知其一 未知其二[공은 하나만 아셨지 둘은 모르고 계시는구려] : '융통성
이 없고 미련함'의 비유임. [史記 高祖紀]「上曰 **公知其一 未知其二**」. [莊子
天地]「子貢以濮陰丈人事告孔子 孔子曰 **彼識其一 不知其二**」. ▶제65회-25)

君平(군평) : 전한(前漢)의 복자(卜者) 엄준(嚴遵). 천문에 밝아서 성도(成
都)에서 점을 쳤으며 「노자」(老子)를 주석하였음. [中國人名]「漢 蜀人
名**遵**以字行 筮於成都市 每依蓍龜 與人言利害……讀老子 揚雄少從之學 益
州牧李强欲界以從事 旣相見不敢言」. ▶제60회-9)

掘坑待虎之計['굴갱대호지계'입니다] : 굴을 파고 호랑이를 기다려 싸울
준비를 하는 계책. '강한 적과 싸움 준비를 함'의 뜻임. ▶제17회-20)

屈待[소홀히 대접한] : 박대(薄待). 소홀하게 대접함. [三國志 吳志 胡綜傳]
「綜爲吳質作降文云 今日見**待**稍**薄** 蒼蠅之聲 緜緜不絕」. ▶제57회-18)

屈身事卓[몸을 동탁에게 의탁함] : 몸을 굽혀 동탁을 섬김. '내가 동탁 밑
에서 저를 섬김'의 비유. [文選 劉琨 勸進表]「知天地不可以乏饗 故**屈其身**
奉之」. ▶제4회-21)

宮禁御用之物[궁중에서 임금이 쓰는 물건들을 수습해서] : 「범금」(犯禁).
[史記 遊俠傳]「儒以文亂法 而俠以武犯禁」. [漢書 地理志]「犯禁寖多 至六十
餘條」. ▶제21회-23)

躬身[다 허리를 굽히며] : 몸을 굽힘. [國語 越語下]「將妨於國家 靡王**躬身**」.
[長生殿 覓魂]「俺這里靜稍稍 壇上**躬身**等」. ▶제56회-7)

宮中 · 府中(궁중과 부중) : 「궁중」은 황궁(皇宮). [周禮 天官 宮正]「**宮中**之官
府」. 「부중」은 상부(相府)를 이름. [漢書 高五王傳]「勃旣將 以兵圍**相府**」.
▶제91회-30)

穹蒼[하늘] : 창천(蒼天). [詩經 大雅篇 桑柔]「靡有旅力 以念**穹蒼**」. [爾雅 釋

天]「穹蒼 蒼天也」. ▶제103회-26)

眷念舊情[옛정을 생각하고] : 옛정을 돌아보고 생각함. 「권연」(眷然)은 '돌아보는 모양'의 뜻임. [文選 潘岳 在懷縣作詩]「眷然顧鞏洛 山川邈離異」. [三國志 魏志 高堂臨傳]「上天不靈 眷然回顧」. ▶제64회-12)

權道(권도) : 일을 처리하는 방도. 임기응변으로 취하는 방편. 「임기응변」(臨機應變). 그때 그때의 형편에 따라 알맞게 대처함. [晉書 孫楚傳]「廟勝之算 臨機應變」. [三國志 魏志 荀彧傳]「應變無方」. ▶제45회-15), 제118회-32)

權變(권변) : 그때 그때의 형편에 따라 둘러대는 수단. [史記]「三晉多權變之士」. 「임기응변」(臨機應變). [晉書 孫楚傳]「廟算之勝 應變無窮」. [唐書 李勣傳]「其用兵籌算 料敵應變 皆契事機」. ▶제60회-40)

權柄[권력] : 권력을 가지고 제 마음대로 사람을 좌지우지할 수 있는 힘. '권'은 저울의 추, '병'은 도끼자루임. [左氏 襄公 二十三]「旣有利權 又執民柄 將何懼焉」. [漢書 劉向傳]「夫大臣操權柄持國政 未有不爲害者也」. ▶제108회-15), 제111회-12)

權攝[대리하게 하고] : 임시로 다른 사람에게 어떤 직책을 겸하여 맡게 함. [宋史 高宗紀]「禁羨餘罷權攝」. [金史 罕達傳]「天下輕重 係于宰相 近來每每令權攝 甚無謂也」. ▶제97회-19)

捲土重來(권토중래) : '전쟁을 그만 둠'이라는 말임. 본래는 '권갑(捲甲)' 인데 이는 '갑옷을 말아 둠'의 뜻임. '권토중래'는 '어떤 일을 실패한 뒤에 힘을 내어 다시 그 일에 착수한다'는 말인데, '권토'는 '땅을 마는 것 같은 세력으로 다시 온다'는 뜻임. [杜牧 題烏江亭詩]「江東子弟多才俊 捲土重來未可知」. ▶제12회-19)

蹶然(궐연) : 벌떡 일어남. [莊子 在宥]「廣成子 蹶然而起日 (疏) 蹶然疾起」. [禮記 孔子閒居]「子長蹶然而起」. ▶제110회-7)

詭計多端[위계가 많습니다] : 궤모(詭謀). 남을 간사하게 속이는 꾀가 많음. [晋書]「意以詭計 令吳罷守」. [三國志 魏志 秦泰傳]「兵書云……三月乃

成 拒坥三月而後已 誠非輕軍遠入 維之**詭謀**」. ▶제117회-2)

貴庚[나이] : ‘남의 나이’의 높임말. [中文辭典]「問**他人年齡之敬辭**」. ▶제69회-4)

歸命之寵[귀순한 자에 대한 은총] : 귀순한 병사들에게 은총을 베풂. [三國志 吳志 孫亮傳]「旣蒙不死之詔 後加**歸命之寵**」. [法華嘉祥疏 四]「**歸命**者 以命歸投十方諸佛也」. ▶제118회-26)

歸師勿掩 窮寇莫追[돌아가는 군사들은 막지 말고, 궁지에 몰린 도적은 쫓지 말라] : 후퇴하는 군사를 막지 말고 궁지에 든 도적을 쫓지 않음. 「궁구물박」(窮寇勿迫)은 궁지에 빠진 적을 추적하지 말라는 뜻으로, ‘잘못 하다가는 오히려 해를 입는다’는 말. [孫子兵法 軍爭篇 第七]「**歸師勿遏** 圍師必闕 **窮寇勿迫** 此用兵之法也」. [後漢書 皇甫嵩傳]「董卓引兵法 **窮寇勿追 歸衆勿追**」. ▶제95회-13)

鬼星(귀성) : 이십팔수의 가운데 스물 셋째 별자리의 별들. [神異經]「東北方有**鬼星**」. ▶제30회-11)

鬼神之爲德 其盛矣乎[귀신의 덕이 성하구나!] : 원문에는 ‘**鬼神之爲德 其盛矣乎**’로 되어 있음. [中庸 第一六章]「子曰 **鬼神之爲德 其盛矣乎**」. (章句)「程子曰 **鬼神**天地 功用造化之迹也」. ▶제29회-11)

歸依(귀의) : 귀투의빙(歸投依憑)의 뜻. 부처의 위덕(威德)에 마음을 기울여 믿고 의지함. [法界次第 上之上]「**歸**以返還爲義 反邪軌還事正軌 故名**歸依**憑也 憑心靈覺得出三途 及三界生死也」. [義林章 四本]「**歸依**者 **歸**敬**依**投之義」. ▶제77회-13)

貴人(귀인) : 왕비의 관명. 첫째가 후(后)·둘째가 귀인(貴人)·셋째가 미인(美人)이었음. [事物紀原]「漢光武置**貴人**爲三夫人 歷代不常有 宋朝眞宗復置**貴人**也」. ▶제2회-15)

歸天(귀천) : ‘넋이 하늘로 돌아감’의 뜻으로, ‘사람의 죽음’을 일컫는 말임. [禮記 郊特牲]「魂氣**歸**于天 形魄歸于地 故祭求諸陰陽之義也」. ▶제105

회-17)

奎星(규성) : 이십팔수 가운데 열다섯째 별자리의 별들. [晋書 天文志]「奎
十六宿 天地武庫也 主以兵禁暴 又主溝瀆」. ▶제102회-1)

虯髯(규염) : '규룡(虯龍 : 용의 새끼)이 도사린 모양 같은 수염'의 뜻으로
꼬불꼬불한 수염. [五代史 皇甫遇傳]「遇有勇力 虯髯善射」. [杜甫 送王砅
詩]「次問最少年 虯髯十八九」. ▶제28회-10)

糾察(규찰) : 적발하여 자세히 살핌. [後漢書 和帝紀]「訖無糾察」. [後漢書
皇甫規傳]「有司依違 莫肯糾察」. ▶제18회-5)

鈞教(균교) : 균지(鈞旨). 정승이 낸 의견이나 명령. [長生殿 收京]「小生接
介云 領鈞旨」. ▶제94회-10)

鈞意若何[공의 생각은 어떠시오이까] : 뜻이 어떠하냐. 「약하」는 「여하」
(如何). [詩經 秦風篇 晨風]「如何如何 忘我實多」. [宋玉 神女賦]「王曰 狀如
何」. ▶제91회-19), 제111회-13)

鈞旨(균지) : 정승이 낸 의견이나 명령. 균교(鈞教). 정승이 낸 의견이나
명령. [長生殿 收京]「小生接介云 領鈞旨」. ▶제21회-22), 제28회-3)

鈞天廣樂[천상의 음악] : 선악(仙樂). '균천'은 천자가 사는 하늘의 중앙을
뜻함. 조간자(趙簡子)가 병이 나서 깨어나지 못하자 대부들이 두려워
했으나, 의원 편작은 반드시 깨어날 것이라고 했다. 과연 깨어났으며
신들과 균천에서 놀았다 이야길 하고 후에 '균천광악'을 만들었다 함.
[史記 趙世家]「趙簡子疾 五日不知人 扁鵲觀之日……與而神遊於鈞天廣樂
九奏萬舞」. [列子 周穆王]「清都紫微 鈞天廣樂」. ▶제23회-9)

鈞衡[승상의 직을 맡고] : 균형(均衡). 어느 한쪽으로 치우치지 않음. [素
問 五常政大論]「五化均衡 (注) 均等也 衡平也」. ▶제104회-8)

鈞衡之重任[후사의 중임을 부탁하신 뜻에] : 국가의 운명을 지닌 중대한
임무를 함에 있어서, 어느 한 쪽으로 치우치지 않음. [無可 送沅江宋明
府詩]「一遂鈞衡薦 今爲長史歸」「균형」(均衡). [素問 五常政大論]「五化均衡

(注) **均**等也 **衡**平也」. ▶제87회-3)

克服舊物[옛 문물을 회복하옵고] : 옛 문물을 회복함. '한조(漢朝)의 통치권을 회복한다'는 뜻임. [左氏 哀元]「祀夏配天 不失**舊物**」. [晋書 王獻之傳]「**靑氈** 我家**舊物** 可特置之」. ▶제103회-27)

極天際地[공덕이 높고 또 높아 하늘과 땅에 가득해서] : 하늘과 땅에 가득함. 하늘의 가장 높은 곳에서부터 땅의 끝. [孔叢子 答問]「人有高者 必以**極天**爲稱 言下者 以深淵爲名」. 「제애」(際涯)는 끝·한계. [范仲淹]「浩浩湯湯 橫無**際涯**」. ▶제119회-39)

勤王[근왕의 뜻] : 임금의 일을 위해 진력함. [周禮 春官 大宗伯]「秋見日**勤** [注] **勤**之言勤也 欲其**勤王**之事」. [晋書 謝安傳]「夏禹**勤王** 手足胼胝」. ▶제109회-32)

禁錮善類[정의로운 인물들을 파면시키거나 탄압하고] : 죄가 있는 사람의 길을 막아 벼슬길에 나가지 못하게 함. 원문에는 '禁錮善類'으로 되어 있음. [左傳 成公二年]「**禁錮**勿令仕」. [晉書 謝安傳]「有司奏 安被召 歷年不至 **禁錮**終身」. ▶제1회-4)

錦官城(금관성) : 촉(蜀)나라 성도(成都)의 별명. [杜甫集 (注)]「成都府城 亦呼爲**錦官城** 以江山明麗錯雜如錦也 趙云 或以其有錦官如銅官鹽官之類 其說亦是 不然 止取錦 而何以更有官字乎」. [杜甫 蜀相詩]「丞相祠堂何處尋 **錦官城**外柏森森」. ▶제105회-10)

金根車(금근거) : 금으로 장식한 수레. 태황태후·황태후·황후가 모두 이를 탈 수 있음. [後漢書 輿服志]「太皇太后 皇太后 法駕皆御**金根** 非法駕則乘紫罽駢車」. [三國志 魏志 武帝紀]「乘**金根車** 駕六馬」. ▶제68회-10), 제119회-30)

金甌[국토] : 나라의 강토. 원래는 '금 또는 쇠로 만든 단지나 사발'의 뜻인데, '매우 단단한 사물'을 비유하는 말임. '금구무결'(金甌無缺)은 금으로 만든 독과 같이 나라가 견고하고 완전함을 이름. [南史 朱异傳]

「武帝曰 我國家猶若**金甌** 無一**傷缺**」. ▶제13회-9)

今棄獻捗良策 而興無名之兵[이제 첩보부터 올리라는 좋은 계책을 ……] : 원문에는 '今棄獻捗良策 而興無名之兵'으로 되어 있음. 양책(良策): 상책(上策). [唐書 薛登傳]「斷無當之游言 收實用之**良策**」. [王昌齡 述情詩]「朝薦抱**良策** 獨倚江城樓」. ▶제22회-6)

錦墩[방석] : 등받이가 없이 걸터앉게 만든 의자. [水滸傳 第四十二回]「御簾內傳旨 敎諸星性主坐……扶上**錦墩**坐 宋江只得勉強坐下 殿上喝聲捲簾」. ▶제86회-12)

錦里(금리) : 금성(錦城). 제갈무후의 사당이 있는 금관성(錦冠城). 촉(蜀)나라 성도(成都)의 별명. [杜甫集 (注)]「成都府城 亦呼爲**錦官城** 以江山明麗錯雜如錦也 趙云 或以其有錦官如銅官鹽官之類 其說亦是 不然 止取錦 而何以更有官字乎」. [杜甫 蜀相詩]「丞相祠堂何處尋 **錦官城**外柏森森」. ▶제118회-17)

禁門(금문) : 궐문(闕門). 대궐의 문. [漢書 嚴安賈捐之贊]「嚴賈出入**禁門** 招權利死」. [王涯 宮詞]「**禁門**煙起紫沈沈 樓閣當中複道深」. ▶제24회-2)

錦帆賊(금범적) : 장강(長江)을 무대로 살인과 약탈을 일삼던 도적. 「금범」은 비단으로 만든 돛임. [煬帝 開河記]「**錦帆**過處 香聞百里」. [書言故事 水程類]「問人行日 **錦帆**何日掛」. ▶제83회-15)

金石[금석과 같으나] : 쇠붙이와 돌. '굳고 단단하여 변함이 없음'의 비유. 「금석지언」(金石之言). [荀子 非相篇]「贈人以言 重於**金石**珠玉」. [晋書 陶回傳贊]「陶回規過 言同**金石**」. ▶제15회-10)

金石聲(금석성) : 종이나 경쇠소리. [文選 司馬相如 上林賦]「**金石之聲** 管籥之音」. ▶제23회-20)

禁省(금성) : 금성(禁城). 황제가 거처하는 곳. 궁중과 그 안에 있는 관아를 이름. [岑參 早朝詩]「銀燭朝天紫陌長 **禁城**春色曉蒼蒼」. ▶제2회-24)

錦繡江山 不久屬於他人矣[금수강산이여! 머지않아 다른 사람에게 넘어가겠

구나!] : 아름다운 강산이 머지 않아 다른 사람에게 넘어갈 것임. 「금수」(錦繡)는 '금실로 수를 놓은 물건'으로 「금수강산」은 '아름다운 자연'을 뜻함. [尹廷高 館娃宮詩]「**錦繡**駕鴦綠錦袍 水精廉底淨無塵」. ▶제120회-9)

金玉之論[금과옥조] : 아주 중요한 논의. [左氏 囊 五]「無藏**金玉**」. 「금옥군자」(金玉君子)는 '지절(志節)이 있는 사람'의 뜻임. [宋史 傳堯愈傳]「堯愈字欽之……始終不變 **金玉君子**也」. ▶제38회-21)

今王朝英俊鱗集[영웅과 준걸들이 운집하였사오나] : 원문에는 '**今王朝英俊鱗集**'으로 되어 있음. '영준'은 지식의 다과에 따라 명명한 명칭임. 「무선영준호걸현성」(茂選英俊豪傑賢聖). [淮南子 泰族訓]「知過萬人者爲之**英** 千人者爲之**俊** 百人者爲之**豪** 十人者爲之**傑**」. [史記 枚乘傳]「乘久爲大國上賓 與**英俊**竝游」. ▶제79회-6)

禁止不住[미처 수습을 하지 못하고 있는데] : 「금지부득」(禁止不得). 하지 못하게 하려 했지만 말릴 수가 없음. 「부주」. [沈約 千佛頌]「不常**不住** 非今非曩」. [李白 過白帝城詩]「兩岸猿聲啼**不住**」. ▶제115회-6)

金枝玉葉(금지옥엽) : '귀여운 자손'을 소중하게 이르는 말로, 여기서는 '황족(皇族)'을 이름. [六帖]「**金枝玉葉**帝王之系也」. ▶제13회-2)

金瘡(금창) : 칼·화살 등 금속의 날에 다친 상처. [六韜 龍韜 王翼]「方士三人主百藥 以治**金瘡**」. [晉書 劉曜載記]「使**金瘡**醫李永療之」. ▶제29회-15), 제55회-11)

金瘡藥(금창약) : 금창에 바르는 약. 금창산(金瘡散). 「금창」(金瘡)은 칼이나 화살 등 금속의 날에 다친 상처. [六韜 龍韜 王翼]「方士三人主百藥 以治**金瘡**」. [晉書 劉曜載記]「使**金瘡**醫李永療之」. ▶제51회-9)

今蜀兵用埋伏計 殺魏兵四千餘人[지금 촉병들이 매복계를 써서 위군 4천여명을 죽였습니다] : 원문에는 '**今蜀兵用埋伏計 殺魏兵四千餘人**'으로 되어 있음. 「매복」(埋伏). [中文辭典]「軍用語 預度敵軍必由之處 而豫置伏兵 或

埋藏爆炸物……均稱**埋伏**」. ▶제100회-9)

金波玉液[아름다운 술] : '미주(美酒)'라 하면 금파주·옥액주를 이름. 본
래 '금파'는 '달빛으로 금빛이 나는 물결'을 뜻함. [漢書 禮樂志 郊祀歌
天門]「月穆穆以**金波** 日華耀以宣明」. [梁元帝 屋名詩]「含情戱芳節 徐步待
金波」. ▶제36회-9)

金風[가을바람] : 추풍(秋風). '가을바람'의 다른 이름. 가을은 오행에 있
어서 금(金)에 속하므로 '추풍'을 '금풍'이라 함. [歲華紀麗]「玉帝規時 **金
風**屆序」. ▶제13회-19)

金環[금고리] : 검(劍)을 금환사(金環蛇)에 빗대어 표현한 말임. [墨子 公
孟]「昔者齊桓公 高冠博帶 **金劍**木盾 以治其國」. ▶제54회-17)

金鐙子(금등자) : 금으로 만든 발걸이. 「등자」는 발걸이·사갈. [正字通]「鐙
今**馬鐙** 馬鞍兩旁 足所踏也」. [南史 張敬兒傳]「**馬鐙**一隻」. ▶제91회-15)

金烏(금오) : '금오'는 '해', '옥토'는 '달'의 다른 이름. 「금오옥토」(金烏玉
兔). [楊萬里 詩]「鎭卻心猿意馬 縛住**金烏玉兔**」. [禪林類聚]「**金烏**東上人皆
貴 **玉兔**西沈佛祖迷」. ▶결사-2)

金吾不禁 玉漏不催[금오에서도 막지 않았으며 옥루도 재촉하지 않았다] :
금오에서는 통금을 막지 않고 옥루(물시계)도 재촉하지 않음의 뜻임.
정월 대보름 밤의 풍경을 묘사한 것인데 한나라 때의 무관의 이름으
로 집금오(執金吾)의 약칭임. [西京雜記]「西都京城街衛 有**金吾**曉暝傳呼
以禁止夜行 惟正月十五夜敕 **金吾**弛禁 前後各一日 謂之放夜」. [樂志]「良夜
永 **玉漏**正遲遲」. ▶제69회-18)

金玉之言[금과옥조입니다] : 금과옥조(金科玉條)와 같은 말. [文選 揚雄 劇
秦美新]「懿律嘉量 **金科玉條** 神卦靈兆 古文畢發 炳煥照耀」. ▶제115회-25)

金鉞斧(금월부) : 신분의 상징물임. 본래는 형구(刑具)로 '월'은 큰 도끼,
'부'는 작은 도끼임. [左傳 昭公 四年]「將戮慶封 負之**斧鉞**」. [國語 晉語]「司
寇之刀鋸日弊 面**斧鉞**不行」. ▶제94회-15)

金銀旌節(금은 정절) : 금은으로 된 정절. 「정절」은 「지절」(指節)의 일종
임. [周禮 地官 掌節]「道路用旌節 (注) 旌節 今使者所擁節是也」. [周禮 秋
官 布憲]「正月之吉 執旌節以宣布于四方」. ▶제83회-8)

金印紫綬(금인자수) : 금으로 만든 인장과 인끈. 이는 '기패(旗牌)'와 함
께 신분과 권능을 증명하는 도구임. [史記 項羽紀]「項梁持守頭佩其印綬
門下大驚擾亂. [漢書 百官公卿表]「相國丞相 皆金印紫綬」. ▶제69회-20)

金枝玉葉[귀한 몸이신데] : 임금의 집안, 또는 황족·왕족을 뜻함. [六帖]
「金枝玉葉帝王之系也」. ▶제13회-2)

金瘡(금창) : 화살이나 창으로 인한 상처. [六韜 龍韜 王翼]「方士三人主百
藥 以治金瘡」. [晉書 劉曜載記]「使金瘡醫李永療之」. ▶제29회-15), 제55회
-11)

金瘡藥(금창약) : 금창산(金瘡散). 칼이나 화살 등 금속의 날에 다친 상처
에 바르는 약. [六韜 龍韜 王翼]「方士三人主百藥 以治金瘡」. [晉書 劉曜載
記]「使金瘡醫李永療之」. ▶제51회-9)

岌岌欲倒[바람에 날려 쓰러지려] : '급급'은 '형세가 위급함'을 이름. [孟子
萬章篇 上]「天下殆哉 岌岌乎」. ▶제10회-7)

急流勇退(급류용퇴) : 용단을 내려 벼슬자리에서 흔쾌히 물러남. [名臣言
行錄]「一僧謂錢若水日 公急流中勇退也」. [戴復古 詩]「日暮倒行非我事 急
流勇退有何難」. ▶제68회-16)

豈可賣盧龍之寨 以邀賞祿哉! 死不敢受候爵[어찌 노룡의 영채를 팔아 상을
받겠습니까] : 주군[哀氏]을 배반하였지만, 길까지 알려 주어 주군을
죽이게 한 공로로 벼슬을 받지 않겠다는 뜻임. 원문에는 '豈可賣盧龍之
寨 以邀賞祿哉! 死不敢受候爵'으로 되어 있음. 「노룡」(盧龍)은 요새의
이름으로 「盧龍塞·盧龍道」라고도 함. [三國志 魏志 武帝紀]「建安十一年
征烏桓 出盧龍塞」. [太平寰宇記]「盧龍道 亦謂之盧龍塞」. ▶제33회-19)

掎角之勢(기각지세) : 달리는 사슴의 뒷다리(掎)를 잡고 뿔(角)을 잡는 것

처럼, '앞 뒤에서 적을 몰아칠 수 있는 태세'를 일컫는 말. '기각'은 '앞 뒤에서 서로 응하여 적을 견제함'. [左傳 襄公十四年]「譬如捕鹿 晋人角之 諸戎掎之」. [北史 爾朱榮傳]「曾啓北人 爲河內諸州欲爲掎角勢」. ▶제11회-4), 제19회-7), 제24회-6), 제42회-9), 제51회-2), 제95회-9), 제107회-33), 제112회-1)

奇功(기공) : 남달리 특별하게 세운 공로. [漢書 陳湯傳]「爲人多策謀 喜奇功」. ▶제70회-12)

欺君罔上(기군망상) : 임금을 속임. 원래 '속임'을 뜻하는 것은 '기망'임. 「기하망상」(欺下罔上). [中國成語]「謂欺壓在下 蒙蔽上級」. 「기심」(欺心). [原毁]「外以欺於人 內以欺於心」. ▶제2회-12), 제20회-10), 제58회-4), 제111회-18)

畿內(기내) : 왕성을 중심으로 하여 사방 5백 리 이내의 임금이 직할하는 땅. [獨斷]「京師 天子畿內千里 象日月 日月躊次千里」. ▶제22회-31)

旣得隴 復望蜀耶[이미 농을 얻었는데 또 다시 촉을 바라겠소이까] : 원문에는 '旣得隴 復望蜀耶?'로 되어 있음. 후한(後漢)의 광무제가 한 말로 '농'지방을 얻었는데 또다시 '촉'을 바라본다는 것으로 '인간의 욕심은 끝이 없음'을 비유한 것임. [禮記 雜記 下]「旣得之 而又失之」. [孟子 告子篇 上]「旣得人爵 而棄其天爵」. ▶제67회-7)

羈旅[정처없이 떠도네] : 여행함. 나그네. [左傳 莊公二十二年]「齊侯使敬仲爲卿 辭曰羈旅之臣」. [史記 陳杞世家]「羈旅之臣 幸得免負檐」. ▶결사-6)

麒麟降生 鳳凰來儀[기린이 내려오고 봉황이 날아들며] : 기린이 내려오고 봉황이 날아듦. 기린은 성인이 이 세상에 나면 나타난다는 동물로, 산의 풀을 밟지 않고 생물을 먹지 않는 어진 짐승이라 함. [禮記 禮運篇]「山出器車 河出馬圖 鳳凰麒麟 皆在郊陬」. [孔子家語 執轡篇]「毛蟲三百六十 而麟爲之長」. ▶제80회-2)

奇門(기문) : 기문둔갑(奇門遁甲). '둔갑'은 술법을 써서 마름대로 제 몸을 감추거나 다른 것으로 변하게 함을 뜻함. 여기서는 '군사 동향의 승패와 길흉을 미리 알아서 조치를 취함'의 뜻임. [後漢書 方術前注]「**奇門**推六甲之陰而隱遁也 今書七志有**奇門經**」. [奇門遁甲 煙波釣叟歌句解上]「因命風后演成文 **遁甲奇門**從此始」. ▶제46회-19)

冀民暴骨原野[기주 백성들의 해골이 들판에 널려 있습니다] : 원문에는 '**冀民暴骨原野**'로 되어 있음. [漢書 溝洫志]「胡寇侵盜 覆軍殺將 **暴骨原野**之患」. [戰國策 秦策]「首身分離 **暴骨草澤**」. ▶제33회-3)

奇兵(기병) : 적을 기습하는 병사. [漢書 藝文志]「**權謀**十三家 權謀者 以正守國 以**奇用兵** 先計而後戰 兼形勢 包陰陽 用技巧者也」. [史記 趙奢傳]「趙括旣代 廉頗 秦將白起聞之 縱**奇兵** 佯敗走」. ▶제1회-19), 제15회-14), 제17회-6), 제70회-1)

機算神鬼[기묘한 계산은 귀신도 예측하지] : 신묘한 기개와 묘책. 「신기묘산」(神機妙算). [後漢書 皇甫嵩傳]「實**神機**之至會 風發之良時也」. [三國志 蜀志 陳思王植傳]「登**神機**以繼統」. 「신산」(神算)은 '영묘한 꾀'를 뜻함. [後漢書 王渙傳]「又能以謠數 發摘姦伏 京師稱歎 以爲渙有**神算**」. [文選 王儉 楮淵碑文]「仰贊宏規 參聞**神算**」. ▶제87회-17)

氣數(기수) : 길흉과 화복의 운수·절기와 도수. [宋史 樂志]「天地兆分 **氣數**爰定 律厥**氣數** 通之以聲」. [中文辭典]「俗於人之命運及凡事之若有前定者 亦謂之**氣數**」. ▶제17회-1), 제29회-8)

記室(기실) : 「기실참군」(記室參軍)의 준말. 기록에 관한 사무를 맡아보는 사람. [漢書 百官志]「**記室**令史 主上表章 報書記」. [南史 宋彭城王義康傳]「司徒主簿謝宗素爲義康所狎 以爲**記室**」. ▶제22회-9)

祈禳之法[기양할 방법] : 복을 오게 하고 재앙은 물러가게 해 달라고 신명에게 빎. [漢書 孔光傳]「俗之**祈禳**小數 終無益於應天塞異 銷禍興復」. [三國志 魏志 高堂隆傳]「寧有**祈禳**之義乎」. ▶제103회-18)

旗祭(기제) : 출정에 앞서 모든 깃발을 세워놓고 거행하던 제례 의식용

깃발. ▶제46회-22)

其罪甚於漢之昌邑 不能主天下[그의 죄는 한의 창읍보다 더해] : 한소제(漢
昭帝) 유릉(劉陵)이 죽었으나 후사가 없었기 때문에, 대장군 곽광(霍光)
의 주장에 따라 소제의 조카 창읍왕 유하(劉賀)를 옹립하였다. 그런데
얼마 안 가 음란하고 무도하여 결국 재위 27일 만에 폐위시키고, 조카
유순(劉詢)을 제위에 오르게 하였는데 이가 곧 한선제(漢宣帝)임. 원문
에는 '**其罪甚於漢之昌邑 不能主天下**'로 되어 있음. [史記 高祖本紀]「沛公
引兵西 遇彭越**昌邑**」. ▶제109회-25)

冀州·青州(기주·청주) : 원상과 원담. 각기 기주목과 청주자사를 지냈
기 때문임. ▶제33회-6)

箕帚[배필] : 쓰레받기나 비를 가지고 청소한다는 뜻으로, '남의 처가 되
는 것을 겸사'한 말. [史記 高帝紀]「呂公日 臣少好相人 相人多矣 無如季相
願季自愛 臣有息女 願爲季**箕帚妾**」. [韓詩外傳 九]「楚莊王……先生日 臣有
箕帚之使 願入計之」. ▶제33회-2), 제54회-9)

譏諷之意[기풍하는 뜻을] : 비꼬는 뜻. '기풍'은 '실없는 말을 빗대어 놀
림'의 뜻임. [韓愈 石鼎聯句詩房]「應之如響 皆穎脫含**譏諷**」. ▶제11회-8)

旗旛(기번) : 펄럭이는 깃발. [禮記 曲禮上 武車授旌 疏]「旌 謂軍上**旗旛**也」.
[劉禹錫 武陵書懷詩]「王正會夷夏 月朔盛**旗旛**」. ▶제48회-13), 제49회-2)

ㄴ

鑼鍋[노구솥] : 군중에서 병사들이 쓰던 용기. 낮에는 밥을 지어 먹는 냄비[鍋]로 저녁에는 시간[更]을 알리는 징[鑼]으로 쓰였음. [六部成語 兵部 鑼鍋注解]「鑼鍋 以銅爲之 形似鍋 白晝用以炊飯 晚間以代巡警之鑼而擊之」. ▶제50회-4)

奈何舍美玉 而求頑石乎?[미옥을 버리시고 완석을 찾으십니까?] : 아름다운 옥을 버리고 돌멩이를 구하느냐? '훌륭한 인물들을 버리고 나와 같은 사람과 얘기를 하려 하느냐'는 뜻. 「미옥」. [山海經 北山經]「西流注于浮水 其中多美玉」. 「완석」. [書齋夜話]「有名何必鐫頑石 路上行人口似碑」. 「舍心腹而顧手足」. '핵심을 제쳐두고 지엽적인 사실만을 중요시 함'의 비유임. [後漢書 隗囂傳]「當從天水伐蜀 因化欲以潰其心腹」. [三國志 蜀志 法正傳]「已入心腹」. ▶제38회-5)

落魄不遇[어찌 이렇게 불운하신지요?] : 뜻을 얻지 못해 불우한 처지에 있음. 「낙백」은 권세나 힘이 줄어서 보잘 것 없이 됨. [漢書 酈食其傳]「好讀書 家貧落魄 無衣食業」. [白居易 夜招周協律兼答所贈詩]「落魄俱耽酒 殷勤共愛詩」. ▶제35회-3)

雒城(낙성) : 성의 이름. [中文辭典]「城名 漢置雒縣」. ▶제63회-5)

落草[산적] : 초야에 숨어들어 화적(火賊)떼(불한당 : 남의 재물을 마구 빼앗으며 행패를 부리고 돌아다니는 무리)가 됨. [宣和遺事 前集下]「落草爲寇去也」. [水滸志 第二回]「不得已上山落草」. ▶제10회-9)

鑾駕(난가) : 연여(輦輿). 임금이 타는 수레. [班固 西都賦]「乘輦輿備法駕」. [王建 宮詞]「步步金堦 上輦輿」. [陳鴻 東城老父傳]「白羅繡衫 隨輦輿」. ▶제109회-29)

亂瓜打死[과로 어지러이 쳐 죽였다] : 과(瓜)로 마구 때려 죽임. '과'는 의장용 병장기로 자루가 길고 끝이 '오이'의 모양으로 되어 있음. [中文辭典]「瓜形之器具」. ▶제119회-35)

鸞輿(난여) : 임금이 타는 가마. [班固 西都賦]「乘輦輿備法駕」. [王建 宮詞]「步步金堦 上輦輿」. [陳鴻 東城老父傳]「白羅繡衫 隨輦輿」. ▶제72회-2)

南柯一夢(남가일몽) : 남가지몽(南柯之夢)・괴안몽(槐安夢). 이공좌(李公佐)의 [남가기](南柯記)에 나오는 내용으로, '부귀영화가 한 때의 꿈처럼 헛됨'을 뜻함. 당의 순우분(淳于棼)이 느티나무 밑에 누었다가 꿈에 남가군의 태수가 되어 영화를 누렸는데, 깨어보니 개미만 운집해 있었다는 고사. [異聞集]「淳于棼家居廣陵 宅南有古槐樹 棼醉臥其下 夢二使者曰 槐安國王奉邀 棼隨使入穴中 見榜 曰大槐安國 其王曰 吾南柯郡政事不理 屈卿爲守理之 棼至郡凡二十載 使送歸 遂覺 因尋古槐下穴 洞然明朗 可容一榻 有一大蟻 乃王也 又尋一穴 直上南柯 卽棼所守之郡也」. [劉兼 春宵詩]「再取索琴聊假寐 南柯靈夢莫相通」. ▶제23회-29)

南斗(남두) : 남두성[斗宿]. 이십팔 수의 열째 별자리의 별들. [史記 大官書]「南斗爲廟 其北建星建星者 旗也 (注) 正義曰 南斗六星 在南也」. ▶제69회-6)

南面(남면) : 임금은 북쪽을 등지고 남쪽을 향하여 앉음. [論語 雍也篇]「子曰 雍也可便南面」. [漢書]「以漢治之廣 陛下之德 處南面之尊」. ▶제73회-5)

郎(낭) : 관직명. 한조 때 중랑・시랑・낭중 등의 관직을 통틀어 일컫는 말임. 흔히 처음에 관직에 임명되면 '낭'에서 출발하게 됨. [事物紀原]「漢置尚書郎 初止稱守郎中 晉武帝始置諸曹郎中 唐以來韓正郎 武德三年尚書郎改爲郎中 接秦有郎中令 臣瓚以爲主 郎內諸官 則郎中秦官也」. ▶제1회-25)

郎舅之親[형제와 남매] : 남편과 같은 친척. [中文辭典]「姊妹之婿爲郎 妻之兄弟 爲舅」. ▶제18회-8)

狼心而逞亂[이리의 마음을 빙자해서 난을] : 나쁜 마음으로 난을 일으킴.

「낭심구행」(狼心拘行). [後漢書 南匈权傳]「自是匈权得志 狼心腹生」. [宋言駿 雞鳴度關賦]「念秦關之百二難逞**狼心** 笑齊客之三千 不如雞口」. ▶제91회-7)

狼子野心[이리 같은 야심] : 이리와 같은 야심. [左氏 昭 二十八]「是豺狼聲也 **狼子野心**」. [國語 楚語下]「**狼子野心** 怨賊之人也」. ▶제16회-16)

囊中取物[주머니 속에 있는 물건을 찾는 것과 같소이다] : 주머니 속에서 물건을 취함. '손쉽게 할 수 있음'을 비유하는 말임. [五代史 南堂世家]「李縠曰 中國用吾爲相 取江南如**探囊中物**耳」. [黃庭堅 李少監惠硯詩]「**探囊**贈硯 頗宜墨 近出黃山非遠求」. ▶제88회-1)

狼狽(낭패) : 전설 속에 나오는 두 짐승의 이름이나 지금은 '급한 마음에 어쩔 줄 모르는 꼴'로 쓰임. '낭'은 앞다리가 길고 뒷다리가 짧은데 '패'는 그 반대여서, 다닐 때에는 한 마리처럼 걸타고 붙어서 걸어 다닌다. 발이 맞지 않으면 사이가 벌어지며 몸이 떨어져 넘어지게 되는데, 여기서 '당황하고 허둥대다'란 뜻이 됨. [酉陽雜組 毛篇]「或言**狼狽**是兩物 狽前足絕短 每行常駕於狼腿上 狽失狼則不能動 故世言事垂者 稱**狼狽**」. [後漢書 任光傳]「世祖自薊還 **狼貝**不知所向」. ▶제31회-12)

乃眷西顧(내권서고) : 안타까워서 보고 또 돌아봄. [詩經 大雅篇 皇矣]「**乃眷西顧** 此維與宅」. [三國志 魏志 公孫淵傳]「淵表孫權曰 仰此天命 將有**眷顧**私從一隅 永膽雲日」. ▶제86회-16)

內門(내문) : 자질문. 안채의 방문. 궁중의 문의 이름. [宋史 李覯傳]「明堂非路寢 乃變其**內門**之名 爲東門南門 而次有應門 何害於義」. ▶제25회-8)

乃守戶之犬耳[집을 지키는 개일 뿐] : 원문에는 '**乃守戶之犬耳**'로 되어 있음. [禮記 少儀]「犬則執緤 **守犬**田犬 則授擯者 (疏) **守犬** 守禦宅舍者也」. ▶제21회-12)

來朝臘日[내일은 납일이니] : 납향하는 날. 동지가 지난 뒤 셋째 미일(未日)인데 이 날 제사를 지냈음. 「납평」(臘平)·「납월」(臘月)은 음력 섣

달. [後漢書 陰識傳]「宣帝時陰子方者 至孝有仁恩 臘日晨炊而竈神形見」. [唐書 律曆志]「永昌元年十一月改元載 初用周正 以十二月爲臘月 建寅月爲一月」. ▶제113회-7)

冷箭(냉전) : 암전(暗箭)·몰래 숨어서 쏘는 화살. [中文辭典]「亦日冷箭 暗中施箭 人不及防 世每用爲乘人不備加以傾陷之喩]. 「암전자」(暗箭子)는 '몰래 숨어서 활을 쏘는 사람'을 가리킴. [聞見後錄 三十]「中司自可鳴鼓兒 老夫難爲暗箭子」. ▶제74회-10)

年齒[나이가] : 나이·연령. [漢書 宣元六王傳]「年齒方剛」. [後漢書 順帝紀]「其有茂才異行 若顔淵子奇 不拘年齒」. ▶제33회-21)

內有八務 七戒 六恐 五懼之法[팔무·칠계·육공·오구의 법] : 제갈량이 강유에게 전했다 하나, 그 내용은 실전(失傳)되어 전해지지 않음. 원문에는 '內有八務 七戒六恐 五懼之法'으로 되어 있음. ▶제104회-2)

拈鬮[제비를 뽑아서] : 제비를 뽑음. 승부나 차례를 점치는 방법으로 쓰는 물건, 또는 방법. [中文辭典]「今人分折財物 或協同處事 有不易解決者 闇書字於紙而卷之 令各取其一 有如掣籤 以憑取決 名日拈鬮」. ▶제52회-13), 제71회-19)

怒氣衝天[노기가 충천하여] : 노기등천(怒氣登天). 화가 머리끝까지 치받침. 「노기」. [吳越春秋 句踐伐吳外傳]「見敵而有怒氣 故爲之軾 於是軍士聞之 莫不懷心樂死」. ▶제118회-8)

駑鈍(노둔) : 어리석어 쓸모가 없음. '자기의 능력에 대한 겸칭'임. [諸葛亮 出師表]「庶竭駑鈍 攘除姦凶」. [魏書 陳建傳]「顧省駑鈍 終於無益」. 「노마십가」(駑馬十駕)는 '재주 없는 사람도 노력하고 교만하지 않으면, 재주 있는 사람에 비견할 수 있음'을 이름. [荀子 勸學篇]「騏驥躍不能十步 駑馬十駕 則亦及之矣」. [淮南子 齊俗訓]「騏驥千里 一日而通 駑馬十舍 旬亦至之」. ▶제91회-35), 제93회-7), 제97회-8)

駑馬竝麒麟·寒鴉配鸞鳳耳[노마와 기린·한아와 난봉을 비유하는 것일 뿐입니다]: 절대로 '비교할 수 없는 상대임'을 뜻함. 「노마」는 느린 말(駑駘). [周禮 夏官 馬質]「掌質馬馬量三物 一曰戎馬 二曰田馬 三曰駑馬」. 「한아」는 까마귀임. [張均 岳陽晚景詩]「晚景寒鴉集 秋風旅雁歸」. ▶제36회-17)

駑馬戀殘豆 必不能用也[노마는 외양간의 콩만을 그리워하는 것이니, 반드시 그를 쓰지 않을 것입니다]: 늙은 말이 콩을 그리워한다는 뜻이나, '토인(土人)이 옛 주인의 집을 그리워하는 마음'의 비유임. [三國志 魏志 曹爽傳注]「引于寶晉書云 蔣濟言桓範知矣 駑馬戀殘豆 爽必不能用也」. [韓非子 說林 下]「伯樂敎其所憎者 相千里之馬 敎其所愛者 相駑馬」. ▶제107회-5)

怒目咬牙[눈을 부릅뜨고 이를 악물고]: 눈을 부릅뜨고 이를 갊. '몹시 화가 났음의 비유'임. 「노목시지」(怒目視之). [文選 劉伶 酒德頌]「奮袂攘衿 怒目切齒」. [顧況 從軍行]「怒目時一呼 萬騎皆辟易」. ▶제12회-5)

老生之常談[이는 노생의 상담이로구나]: 늙은이들이 상투적으로 하는 말. 노졸(老拙). [中文辭典]「故稱 習聞之語曰 老生常譚」. [三國志 魏志 管輅傳]「颺曰 此老生之常譚 輅答曰 夫老生者見不生 常譚者見不譚」. ▶제106회-22)

奴顔婢膝[마치 노비와 같은 무리들이]: 행동이 비굴하여 마치 노비같은 무리. [宋史 陳仲微傳]「俛首吐心 奴顔婢膝」. [抱朴子]「交際以奴顔婢膝爲曉解」. ▶제93회-24)

老將軍年紀高大 如何去得[노장군께서는 연세가 이미 높으신데]: 원문에는 '老將軍年紀高大 如何去得'으로 되어 있음. 「연기」(年紀). [後漢書 光武帝紀]「檢覈墾田頃畝及戶口年紀」. [晋書 魯褒傳]「不許優劣 不論年紀」. ▶제62회-13)

弩箭(노전): 쇠뇌의 화살. [漢書 韓延壽傳 抱弩負蘭 (注) 如淳曰 蘭 盛弩箭服也」. [李商隱 射曲]「思牢弩箭磨靑石 繡額蠻渠三虎力」. ▶제75회-4)

老天[하늘]: 일모(日暮) 때의 하늘. [趙翼 詩]「幾被老天吞 雲濃裏一村」.

[杜甫 登樓詩]「可憐後主還祠廟 日暮聊爲梁甫吟」. ▶제24회-10)

老革[늙은이] : 노병(老兵). [三國志 蜀志 費詩傳]「羽聞黃忠爲後將軍 羽怒日 大丈夫終不與**老兵**同列」. [晋書 謝奕傳]「失一**老兵** 得一**老兵**」. ▶제79회-5)

鹿角[장애물] : 적을 막기 위해 사슴뿔처럼 얼기설기 쳐 놓은 장애물. [諸 葛亮 軍令]「敵已來進持**鹿角** 兵悉卻在連衝後 敵已附**鹿角**裏 兵但得進踞 以 矛戟刺之」. [南史 韋叡傳]「夜掘長塹 樹**鹿角**爲城」. ▶제18회-1)

鹿角數重[녹각을 여러 겹으로 둘렀는데] : 나뭇가지나 나무토막을 사슴뿔 처럼 얼기설기 놓거나 쌓음. 적을 막는 장애물을 여러 겹으로 설치 함. 「녹각」. [諸葛亮 軍令]「敵已來進持**鹿角** 兵悉卻在連衝後 敵已附**鹿角** 裏 兵但得進踞 以矛戟刺之」. [南史 韋叡傳]「夜掘長塹 樹**鹿角**爲城」. ▶제76 회-6)

碌碌小人[녹록한 소인배] : 평범한 사람. 「녹록」은 '자기의 주견이 없이 남을 따름'의 뜻임. [史記 酷吏傳]「九卿**碌碌** 奉其官」. [後漢書 禰衡傳]「餘 子**碌碌** 不足數也」. ▶제21회-13)

鹿臺(녹대) : 은나라의 주(紂)왕이 재보를 모아 두던 곳. [書經 周書篇 武 成]「散**鹿臺**之財 發鉅橋之粟 大賚四海 而萬姓悅服」. ▶제105회-32)

綠林[산중으로] : 도둑[火賊]의 소굴. 「녹림호걸」(綠林豪傑)·「녹림호객」 (綠林豪客). 형주(荊州)에 녹림산이 있는데 전한(前漢) 말에 망명하는 자가 많이 이곳으로 모여서 '도적'의 이칭(異稱)이 되었음. [漢書 王莽 傳]「南郡張霸 江夏羊牧 王匡等起雲杜**綠林** 號日下江兵」. [通俗編 草木綠 林]「後漢書劉玄傳 諸亡命取藏于**綠林**中 按(注)謂 **綠林**地名……後人竟稱 此 輩爲**綠林**」. ▶제28회-11)

弄假成眞[농담이 진담이 되고] : 농담으로 한 말이 진담처럼 됨. 가짜를 진짜처럼 보이게 함. [瑣綴錄]「羅倫語吳與弼詩 如今**弄假**卻**成眞** 轉見巖巖 不可親 弄假到頭終是假 豈能欺得世閒人」. [西遊記 傳奇]「誰承望血書 **弄假 成眞**」. ▶제55회-3)

擂鼓(뇌고) : 북의 일종으로 한쪽 면만 가죽을 대었음. [宋史 禮志]「旗下
   擂鼓」. [岑參 凱歌]「鳴笳**擂鼓**擁回軍」. ▶제9회-18)

擂木[수많은 나무] : 곰방메. 교토기(攪土器). 흙덩이를 깨뜨리고 씨를 묻
   는데 쓰는 농기구. [字彙]「**㯭**與礪同 隊重也」. [唐書 李光弼傳]「乃撤民屋
   爲**擂石軍**」. ▶제70회-2)

累卵之急[누란의 위기] : 누란지위(累卵之危). '누란'은 '쌓아 놓은 알'이
   란 뜻으로 '몹시 위태로운 형편'을 비유하는 말임. [可馬相如 喻巴蜀檄]
   「去**累卵之危** 就永安之計 豈不美與」. [三國志 魏志 黃權傳]「若客有泰山之
   安 則主有**累卵之危**」. ▶제8회-8), 제60회-31), 제110회-2)

累卵之危[국가가 아주 위태한 지경에 이르렀고] : 「누란지세」(累卵之勢).
   '누란'은 '쌓아 놓은 알'이란 뜻으로 '몹시 위태로운 형편'을 비유하는
   말임. [可馬相如 喻巴蜀檄]「去**累卵之危** 就永安之計 豈不美與」. [三國志 魏
   志 黃權傳]「若客有泰山之安 則主有**累卵之危**」. ▶제93회-14)

淚如雨河[눈물을 비 오듯 흘렸다] : 눈물이 비 오듯함. 「누하」. [晉書 顧愷
   之傳]「桓溫薨 後或問之曰 卿憑重桓公 哭狀其可見乎 答曰 聲如震雷破山 **淚
   如傾河**注海」. ▶제78회-18)

螻蟻(누의) : 땅강아지와 개미. 여기서는 만이(蠻夷)를 낮추어 이름. [蘇
   轍 爲兄軾下獄上書]「今臣**螻蟻之誠** 雖萬萬不及緹縈 而陛下聽明仁聖 過於
   漢文遠甚」. [文選 賈誼 弔屈原文]「橫江湖之鱣鯨兮 固將制於**螻蟻**」. ▶제91
   회-9)

螻蟻之力[개미의 힘] : 「누의지성」(螻蟻之誠). 땅강아지와 개미라는 뜻으
   로, '아주 작은 힘'을 말함. [蘇轍 爲兄軾下獄上書]「今臣**螻蟻之誠** 雖萬萬
   不及緹縈 而陛下聽明仁聖 過於漢文遠甚」. [文選 賈誼 弔屈原文]「橫江湖之
   鱣鯨兮 固將制於**螻蟻**」. ▶제48회-1)

淚槽(누조) : 눈물샘. 골상학적 용어로 '눈 아래 움푹 들어간 곳'을 '누
   당'(淚當)이라 이름. ▶제34회-3)

淚斬馬謖[눈물을 흘리며 마속을 베고]:「읍참마속」(泣斬馬謖). 제갈량은
　부하 장수 마속이 군령을 어기고, 가정(街亭) 싸움에서 제멋대로 싸우
　다가 패하자 울면서 그의 목을 벤 일. '큰 목적을 위해 자기가 아끼는
　자를 버리는 것'의 비유. [中文辭典]「三國蜀漢 宜城人 良弟 **字幼常**……**諸**
　葛亮深重之 引爲參軍 先主臨薨 謂亮曰 馬謖言過其實 不可大用 建興間 亮
　出軍向祁山 以謖爲先鋒 與魏將張郃戰於街亭 謖違亮節度 大敗 軍退漢中 下
　獄而死」. [中國人名]「良弟 **字幼常** 以荊州從事隨先主入蜀 才器過人 好論軍
　計 **諸葛亮深加器異**……後亮出軍向祁山 拔稷統軍 與魏將張郃戰於街亭 爲
　郃所破 軍還 謖下獄物故 亮爲之流涕」. ▶제96회-1)

凜然[다 한기를]: 한기(寒氣)를 느낌. 본래「늠연」은 위엄과 기개가 있고
　훌륭함의 뜻임.「늠름」(凜凜). [漢書 楊惲傳]「**凜然**皆有節槪」. [孔子家語
　致思]「**夫子凜然**」. ▶제114회-6)

能乘千里馬[천리마를 탈 수 있어서]: 하루에 천 리를 갈 수 있다는 명마.
　[戰國策 燕策]「郭隗曰 古之人君 有以千金使涓人求**千里馬**者 馬已死 買其骨
　五百金而歸云云 朞年**千里馬**至者三」. [通鑑綱目 前漢孝文紀]「時有獻**千里馬**
　者」. ▶제83회-1)

陵遲(능지): 능지처참(陵遲處斬). 팔·다리·몸둥이를 토막 치는 극형.「능
　지처사」(陵遲處死). [遼史 逆臣傳]「**陵遲而死**」. [王鍵刑書 釋名]「隋唐宋周二
　等 一日絞 二日斬 金加**陵遲** 共三等」. ▶제83회-20)

陵遲處死[능지처참하게]:「능지처참」(陵遲處斬). 팔·다리·몸둥이를 토
　막 치는 극형.「능지처사」(陵遲處死). [遼史 逆臣傳]「**陵遲而死**」. [王鍵刑
　書 釋名]「隋唐宋周二等 一日絞 二日斬 金加**陵遲** 共三等」. ▶제119회-25)

ㄷ

多言獲利[많은 말을 하여 이익을 얻는 것] : 말을 많이 해서 이익을 얻음. 원문에는 '愚聞多言獲利 不如默而無言'으로 되어 있음. [老子 五]「**多言數窮** 不如守中」. [後漢書 桓譚傳]「以求容媚 譚獨自守 **默然無言**」. ▶제43회-27)

斷機(단기) : 단기지계(斷機之誡). 맹자가 학업을 중단하고 돌아왔을 때, 어머니가 짜던 베틀의 실을 끊어서 훈계하였다는 고사. '학문을 중도에 그만두는 것은 짜던 베의 날을 끊는 것과 같다'는 뜻임. [劉向 列女傳]「孟子稍長就學而歸 孟母方績 問日 學何所至與 孟子日 自若也 母以刀**斷其織**日 子之廢學 若吾**斷斯織**矣 孟子懼旦夕勤學」. [後漢書 列女傳]「樂羊子 遠尋師學 一年來歸 妻乃引刀趨機而言日 此織一絲而累以至於寸 累寸 不已 遂成丈匹 今若**斷斯織**也 則捐失成功 夫子積學 當日知其所亡 以就懿德 中道而歸 何異**斷斯織**乎 羊子感其言 復還終業」. ▶제37회-6)

單刀赴會(단도부회) : 군사를 대동하지 않고 칼 한 자루만 차고 적지의 모임에 참석함. [三國志 吳志 魯肅傳]「肅邀羽相見 各駐兵馬百步上 但諸將軍**單刀俱會**」. ▶제66회-3)

單馬走回[단기로 고향으로 돌아갔다] : 필마단기로 돌아옴. 「필마단창」(匹馬單槍). '필마단기로 창을 들고 싸움터로 나간다'는 뜻임. [五燈會元]「慧覺謂皓泰日 埋兵掉闢未是作家 **匹馬單鎗**便請相見」. ▶제14회-9)

短兵接戰[백병전] : 단병전(短兵戰). 육박전(肉薄戰). 단병으로 적과 맞닥뜨려 싸우는 전투. [史記 項羽紀]「乃令騎皆下馬步行 持**短兵接戰**」. [三國志 魏志 典韋傳]「韋被數十創 **短兵接戰**」. ▶제74회-13)

丹山(단산) : 적산(赤山). [水經 丹水注]「丹水南有**丹崖山** 山悉楨壁 霞擧若紅雲秀天」. [宜都記]「尋西北陸行四十里 有**丹山** 山開時有赤氣」. ▶제46회-9)

簞食壺漿(단사호장) : 거친 음식. 「단사표음」(簞食瓢飮). 도시락의 밥과
　　호리병에 든 장을 먹는다는 뜻으로 '넉넉지 못한 사람의 거친 음식'의
　　비유임. [孟子 梁惠王篇 下]「**簞食壺漿** 以迎王師 豈有他哉」. [孟子 滕文公
　　篇 下]「其小人**簞食壺漿**」. 「단사표음」(簞食瓢飮)은 청빈한 생활에 만족함
　　을 뜻함. 본래 「簞瓢」는 도시락과 표주박임. [論語 雍也篇]「子曰 賢哉回
　　也 **一簞食 一瓢飮** 在陋巷 人不堪其憂 回也不改其樂 賢哉回也」. 「단표」(簞
　　瓢). [中文辭典]「安貧守儉之辭 **簞食瓢飮**之省略語」. ▶제31회-4), 제38회-10)

丹墀(단지) : 붉은 칠을 한 계단(丹階). [漢官儀]「以丹漆階上地曰 **丹墀**」.
　　[書言故事 朝制類]「殿墀曰 **丹墀**」. ▶제20회-3), 제82회-5), 제86회-11)

單槍匹馬(단창필마) : 혼자서 창을 들고 싸움터에 나감. 「필마단창」(匹馬
　　單槍). [五燈會元]「慧覺謂皓泰曰 埋兵掉鬪未是作家 **匹馬單鎗**便請相見」.
　　▶제71회-25)

丹漆(단칠) : 붉은 칠을 한 기물. [魏志 衛覬傳]「飾器勿 無**丹漆**用」. [張華
　　勵志詩]「如彼梓材 弗勤**丹漆**」. ▶제90회-19)

膽大如雞卵[쓸개가 계란과 같이 컸다] : 담여두(膽如斗). '담력이 있음'의
　　비유임. [三國志 蜀志 姜維傳注]「世語曰 鷄死時見剖 **膽如斗大**」. [黃庭堅
　　答廖明略詩]「廖後言如不出口 銓量古今**膽如斗**」. ▶제119회-16)

談笑自若[태연스레 이야길 하였다] : 「태연자약」(泰然自若). 마음에 어떤
　　충동을 받아도 동요 없이 천연함. 「안연자약」(晏然自若). [史記 魯仲連
　　傳]「梁王安得**晏然**而已乎」. [史記 甘茂傳]「魯人有曾參同姓名者 殺人 人告
　　其母曰 曾參殺人 其母織**晏然**也」. ▶제66회-10)

淡食(담식) : 싱겁게 먹음. [福惠全書 雜課部 監課]「百姓豈能**淡食**乎」. [中文
　　辭典]「**監味甚小之食物**」. ▶제14회-14)

膽戰心驚[간이 떨어지게 놀랐다] : 간이 떨릴 만큼 놀라다는 뜻으로 '몹시
　　놀람'의 비유. [宋名臣言行錄]「軍中有一韓 西賊聞之心**膽寒** 軍中有一范 西
　　賊聞之**破膽**」. 「담전심척」(膽戰心惕). [王起 轅門射戟枝賦]「觀之者**心惕** 聞

之者膽戰」. ▶제100회-11)

膽寒[어찌 간담이 서늘해지지] : 담이 서늘해지도록 몹시 두려움. [宋名臣
言行錄]「軍中有一韓 西賊聞之心膽寒」. 「담전심척」(膽戰心惕)은 '몹시 놀
람'을 이름. [王起 轅門射戟枝賦]「觀之者心惕 聞之者膽戰」. ▶제86회-29)

踏罡步斗[이리저리 거닐며] : 도가(道家)에서 기도를 드리는 의식. [搜神
記]「步罡訣呪 以水噀之」. ▶제103회-28)

堂(당) : 군주가 정사를 하는 곳. 조정(朝廷)과 같은 곳. [孟子 梁惠王篇
下]「明堂者 王者之堂也」. [禮記 明堂位篇]「昔者周公朝諸侯于明堂之位」.
▶제29회-17), 제105회-27)

當塗高(당도고) : 마땅히 도(塗=路)이니 '공로'(公路=원술)가 고조가 됨.
도(塗)와 로(路)는 똑같이 '길'을 뜻함. [後漢書 袁術傳]「少見讖書言代漢
者當塗高 自云 名字應之 (注) 當塗高者魏也」. [後漢書 公孫述傳]「圖讖言
代漢者當塗高 君豈高之身邪」. ▶제17회-3)

當陽長坂英雄(당양 장판의 영웅) : 유비가 조조에게 대패한 곳으로 여기
서 조운이 아두(阿斗)를 구해내었음. [三國志 蜀志 張飛傳]「先主奔江南
曹公追之 及於當陽之長坂 先主棄妻子走 使飛將二十騎拒後 飛拒水斷橋 瞋
目橫矛 敵無敢近者」. ▶제61회-8), 제71회-24), 제92회-9)

唐虞[당의 우와 짝할 만하고] : 당요(唐堯)와 우순(虞舜)을 일컫는 말. 중
국 역사상 이상적인 태평성대로 치고 있음. [書經 周書篇 周官]「唐虞稽
古 建官惟百」. [論語 泰伯篇]「唐虞之際 於斯爲盛」. ▶제98회-14)

當以肅還鄕黨 累官故不失州郡也[주군을 잃지 않을 것이지만] : 고향 땅의
후(侯)로 봉해진다는 말. 원문에는 '當以肅還鄕黨 累官故不失州郡也'로
되어 있음. [禮記 曲禮 上]「故州閭鄕黨 稱其孝」. [論語 雍也篇]「以與爾鄰
里鄕黨乎」. ▶제43회-2)

當在魏[틀림없이 위에 있을 것입니다] : 위(魏)는 중국의 지역배분상 오행
의 토(土)에 해당하는 지역이기 때문에 이르는 말임. ▶제14회-22)

撞跌而哭[발을 구르며 곡을] : 발을 구르며 통곡함. ▶제104회-29)

大喝一聲[큰 소리 한 마디] : 꾸짖듯 크게 외치는 한 마디 소리. 본래는 '선문'(禪門)의 한 가지 법임. [水滸傳 第三回]「長老念罷偈言喝一聲 咄 盡皆剃去」. [水滸傳 第五回]「智深大喝一聲 道儞這厮們來來」. ▶제53회-1)

大龕[큰 감실] : 사당 안에 신주를 모셔 두는 장. [隋煬帝 答智顗遺旨書]「今奉施甕瓦香爐 供養龕室」. ▶제104회-10)

大開稻田[크게 논을 풀어서] : 논을 만들어서. [詩經 小雅篇 白華]「彪池北流 浸彼稻田」. [水經 怙河注]「開稻田 敎民種殖」. ▶제67회-9)

大驚失色[크게 놀라서] : 몹시 놀라 얼굴빛이 하얗게 됨. [漢書 霍光傳]「群臣皆驚鄂失色」. [三國志 魏志 崔琰傳]「賓客個伏失色」. ▶제104회-22)

大驚失色[크게 놀라서] : 몹시 놀래어 얼굴빛이 하얗게 됨. 「대경소괴」(大驚小怪). [長生殿 刺逆]「四雜軍上 爲何大驚小怪」 ▶제99회-6)

大計小用[큰 계책이 작게 쓰였소이다] : '큰 계책이 작은 일에 쓰였음'을 안타까워할 때 쓰이는 비유. [三國志 魏志 蔣濟傳]「非戰攻之 失於國家大計」. [周禮 天官 職幣]「以詔上之小用賜予」. ▶제97회-25)

大塊(대괴) : 큰 덩어리. 천지를 뜻함. [莊子 齊物論篇]「子綦曰 夫大塊噫氣 其名爲風」. [郭璞 江賦]「煥大塊之流形」. ▶제46회-18)

大不相同(대불상동) : 크게 보아도 서로 같지 않음. '아주 다름'의 비유임. ▶제93회-9)

大夫種不從范蠡於五湖[대부 종은 범려를 따라 오호에 가지 않았다가……] : 대부 문종이 범여를 따라 오호에서 놀지 않음. 문종(文種)과 범려는 전국시대 구천(句踐)의 모신으로 그를 도와 오왕 부차(夫差)를 멸하였으나, 범여는 이 일이 끝나자 구천과 함께할 수 없다며 타국으로 떠났다. 그리고 문종에게 사냥감이 없어지면 사냥개를 잡아먹는다며 떠날 것을 권했으나, 문종은 그 권유를 듣지 않다가 핍박에 못 이기어 결국 자살하게 된 일.

「범려」,「문종」. [中國人名] [本楚之鄒人 字會 爲越大夫……越王句踐使
種行成於吳 句踐旣歸國……後以范蠡遺書 稱疾不朝 或譖種作亂 王賜以屬
鏤之劍 遂自殺」.「교토사주구팽」(狡兎死走狗烹). [史記 越世家]「范蠡遂
去 自齊遺大夫種書曰 蜚鳥盡 良弓藏 **狡兎死 走狗烹** 越王爲人長頸鳥啄 可
與共患難 不可與共樂 子何不去」. ▶제119회-4)

大夫出彊 有可以安社稷 利國家 專之可也[대부가 지경 밖에 나가매 가히 사
직을 ……] : 원문에는 '**大夫出彊 有可以安社稷 利國家 專之可也**'로 되어
있음. 「출강」(出彊)은 「출국」(出國)의 뜻임. [禮 曲禮 下]「大夫私行**出彊**
必請 反 必有獻 士私行**出彊** 必有請 反 必告」. [孟子 滕文公 下]「**出彊** 必載
質」. ▶제118회-33)

大事去矣[큰 일이 다 틀어지고 말았구나!] : 큰 일이 다 틀리고 말았음. [論
語 子路篇]「無見小利 欲速則不達 見小利則**大事不成**」. [老子 六十三]「天下
難事 必作於易 天下**大事** 必作於細」. ▶제95회-15)

大逆無道(대역무도) : 대역부도(大逆不道). 인도(人道)에서 크게 벗어남.
[漢書 楊惲傳]「不竭忠愛盡臣子議……**大逆不道** 請逮捕治」[漢書 游俠 郭解
傳]「御史大夫 公孫弘議曰 解布衣 爲任俠行權 以睚眦殺人 當**大逆無道** 遂族
解」. ▶제17회-11), 제119회-11)

大逆不道(대역부도) : 「대역무도」(大逆無道). 인도(人道)에서 크게 벗어
남. [漢書 楊惲傳]「不竭忠愛盡臣子議……**大逆不道** 請逮捕治」[漢書 游俠
郭解傳]「御史大夫 公孫弘議曰 解布衣 爲任俠行權 以睚眦殺人 當**大逆無道**
遂族解」. ▶제110회-4), 제114회-19)

隊伍(대오) : 행렬의 열. '대'는 '어떤 목적을 가지고 짜인 무리'의 뜻이
고, '오'는 '대오'의 준말임. [宋史 禮志]「**隊伍**有法 入爲樞密副使」. [何承
天 安邊論]「復**隊伍**坐食廩糧」. ▶제113회-19)

大宛良馬[대완 땅의 양마] : 대완의 준마. [班固 西都賦]「九眞之麟 **大宛之馬**」.
▶제16회-13), 제18회-2)

大禹(대우) : 하(夏)의 우왕(禹王). 치수에 공을 세워 순(舜)의 선위를 받았다 함. 「구년지수」(九年之水)는 9년간 홍수가 계속되었음을 이름. [詩經 唐譜]「昔堯之末 洪水九年 下民其咨 萬國不粒」. [漢書 食貨志]「堯禹有九年之水 湯有七年之旱 而國亡捐瘠者 以蓄積多而備先具也」. ▶제46회-10)

大雨傾盆[문득 큰 비가 쏟아 붓듯이 내려] : 쏟아 붓듯이 내리는 큰 비. 「경분」(傾盆). [陸游 詩]「黑雲塞空萬馬屯 轉盼白雨如傾盆」. [蘇軾 詩]「黑雲白雨如傾盆」. 「대우방타」(大雨滂沱). 큰 비가 좍좍 쏟아짐. 「방타」는 '비가 몹시 내리는 모양'의 뜻임. [詩經 小雅篇 漸漸之石]「月離于畢 俾滂沱矣」. ▶제50회-3)

大雨滂沱[큰 비가 내려서] : 큰 비가 좍좍 쏟아짐. 「방타」는 '비가 몹시 내리는 모양'의 뜻임. [詩經 小雅篇 漸漸之石]「月離于畢 俾滂沱矣」. 「대우경분」(大雨傾盆). [陸游詩]「黑雲塞空萬馬也 轉盼白雨如傾盆」. [蘇軾 詩]「黑雲白雨如傾盆」. ▶제28회-5)

大雨如注[큰 비가 붓듯이 쏟아져] : 「대우경분」(大雨傾盆). [陸游詩]「黑雲塞空萬馬也 轉盼白雨如傾盆」. [蘇軾 詩]「黑雲白雨如傾盆」. 「대우방타」(大雨滂沱). 큰 비가 좍좍 쏟아짐. 「방타」는 '비가 몹시 내리는 모양'의 뜻임. [詩經 小雅篇 漸漸之石]「月離于畢 俾滂沱矣」. ▶제12회-1), 제29회-9)

大丈夫立功名取富貴[대장부가 공명을 세워 부귀를 얻는 것이 바로 오늘이다] : 대장부로서 공명을 세움. [孟子 騰文公篇 下]「富貴不能淫 貧賤不能移 威武不能屈 此之謂大丈夫」. [老子 第三十八]「是以大丈夫處其厚 不處其薄」. 「입신행도」(立身行道). 세상에 나아가 고도(古道)를 행함을 이름. [孝經 開宗明誼章]「立身行道 揚名於後世 以顯父母 孝之終也」. [安氏家訓 序致]「立身揚名 亦已備矣」. ▶제108회-3)

大犒三軍[삼군을 호궤하고] : 삼 군을 배불리 먹임. 「호궤」(犒饋). [柳宗元 嶺南節度饗軍堂記]「軍有犒饋宴饗 勞旋勤歸」. ▶제120회-30)

大砍刀(대감도) : 「대도」(大刀). 칼날이 넓고 자루가 긴 칼. [經國雄略]「大刀

柄長五尺 帶刀纂 共長七尺五寸 方可大敵 名爲柳葉刀 連柄共重 五斤官秤」.

[晋書 郭璞傳]「**大刀**而遲鈍」. ▶제81회-23), 제92회-8)

屠家[백정]: 백장·백정(白丁). '백장'은 소·돼지·개 같은 것을 잡거나 업으로 삼는 사람을 뜻함. [李商隱 雜纂 不相稱]「**屠家**念經」. [太平御覽 資産部 屠]「王隱晋書曰……斤兩不差 公曰其母 本**屠家**女」. ▶제2회-14)

挑擔背包[어깨에 짐을 걸머지고 가는 사람과 등에 보따리를 진 자들과 함께 가니]: 짐을 메거나 지거나 함. 「도담태재」(挑擔馱載)는 '짐을 메거나 지거나 말 또는 수레에 실음'의 뜻임. [明律 戸律 課程]「**挑擔馱載**者 杖八十 徒二年」. ▶제41회-3)

都堂(도당): 정사당(政事堂)을 이름. 정사를 의논하는 곳. [郤掃編]「唐之政令 雖出於中書門下 然宰相治事之地 別號曰**政事堂** 猶今之**都堂也**」. ▶제3회-17)

韜略(도략): 「육도삼략」(六韜三略). '육도'는 태공망이 지었다는 문도·무도·용도·호도·표도·견도 등 60편이고, '삼략'은 상·중·하 3권으로 되어 있다 함. [耶律楚材 送王君王西征詩]「五車書史豈勞力 **六韜三略** 無不通」. ▶제107회-28)

韜略(도략): 「육도삼략」(六韜三略). 중국의 병법서의 고전. '육도'는 태공망이 지었다는 문도·무도·용도·호도·표도·견도 등 60편이고, '삼략'은 상·중·하 3권으로 되어 있다 함. [耶律楚材 送王君王西征詩]「五車書史豈勞力 **六韜三略** 無不通」. [丁鶴年 客懷詩]「文章非豹隱 **韜略**豈鷹揚」. ▶제29회-20), 제37회-20), 제70회-14), 제117회-19)

道路崎嶇[길이 꾸불꾸불하였다]: 길이 몹시 험함. 「기구」. [文選 潘岳 西征賦]「倦狹路之迫隘 軌**崎嶇**以低仰」. [玉篇]「崎 **崎嶇** 山路不平地」. ▶제111회-8)

荼蘼(도미꽃): 겨우살이풀. [花本考]「本作**荼蘼**……則花作白色 無可疑矣」. [群芳譜]「一名獨步春 一名百官枝杖……一名**沈香**密友」. ▶제8회-5)

刀斧[도끼] : 칼과 도끼. 도부수(刀斧手). [中文辭典]「俗謂執行死刑之人也」.
▶제37회-4)

賭賽[내기를 하자 하니] : 내기. [北史 魏任城王澄傳]「特命澄爲七言連韻 與
孝文往復賭賽 遂至極歡 際夜乃罷」. ▶제100회-3)

道吾欺君[기군망상한다고] : 나를 보고 임금을 속인다고 말함.「기군망상」
(欺君罔上). 임금을 속임. 원래 '속임'을 뜻하는 것은 '기망'임.「기하망상」
(欺下罔上). [中國成語]「謂欺壓在下 蒙蔽上級」. ▶제66회-14)

桃園結義(도원결의) : 유비·관우·장비 세 사람이 도원에서 의형제를 맺
은 일. [中文辭典]「三國蜀 劉備關羽張飛三人結義於桃園也」. ▶제63회-14),
제77회-2)

度日如年[하루를 일 년처럼] : 하루가 1년과 같음. '하루 지내기가 매우 힘
듦'을 이르는 말임. [晋書 沮渠蒙遜載記]「人無競勸之心 苟爲度日之律」.
▶제8회-24)

徒弟(도제) : 제자·문인. 직업에 필요한 지식·기능을 배우려고 남의 밑
에 종사하는 사람. [釋氏要覽]「學者以兄弟事師 得稱弟子 又云徒弟 謂門
徒弟子略之也」. [陳搏詩]「堪嗟繼踵無徒弟」. ▶제29회-3)

陶朱隱[도주공] : 범여(范蠡)를 말하는데 그의 별호가 '도주공'임. [史記 貨
殖傳]「范蠡變名易性之陶 爲朱公……故言富者 皆稱陶朱公」. ▶제119회-19)

倒持干戈 授人以柄 功必不成 反生亂矣[나는 칼날을 쥐고 칼자루를 남에게
맡기는 ……] : 주도권을 남에게 넘기고 있다는 뜻. 원문에는 '倒持干戈
授人以柄 功必不成 反生亂矣'로 되어 있음. [漢書 梅福傳]「倒持泰阿 授楚
其柄 (注)…… 喻倒持劍而以把 授與人也」. ▶제2회-29)

逃竄[쥐새끼처럼 도망쳤다] : 쥐새끼처럼 숨음. '두려워 숨을 죽이고 꼼짝
도 못함'을 형용하는 말임.「포두서찬」(抱頭鼠竄). [漢書 蒯通傳]「常山
王奉頭鼠竄 以歸漢王」. [遼史 韓匡傳]「棄我師旅 挺身鼠竄」. [中文辭典]「急
逃之意」. ▶제88회-9), 제102회-25)

圖讖(도참) : 도록(圖錄). 미래의 길흉에 관하여 예언하는 설법이나 그러한 내용을 적어 놓은 책. [後漢書 光武紀]「宛人李通等 以**圖讖**說光武曰 劉氏復起 李氏爲輔 (注) **圖**河圖也 **讖**符命之書 讖驗也 言爲王者受命之徵驗也」. ▶제80회-4)

盜跖·柳下惠之事[도척과 유하혜의 일이] : 두 사람은 춘주전국시대 사람으로 형제였으나, 동생 유하혜는 현인이었고 형 도척은 유명한 도적이었다 함. [史記 伯夷傳 正義]「蹠者 黃帝時大盜之名 以柳下惠弟 爲天下大盜 故世放古號之**盜蹠**」. [莊子 盜跖篇]「孔子與柳下季爲友 柳下季之弟 名曰**盜跖** **盜跖**從卒九千人 橫行天下 侵暴諸侯」. ▶제89회-16)

饕餮(도철) : 욕심 사나운 악인. 재화나 음식을 탐내는 것을 이름. [左傳 文公十八年]「縉雲氏有不才子 貪於飮食 冒於貨賄 天下之民謂之**饕餮**. (杜注) 貪財爲**饕** 貪食爲**餮**」. [孔疏]「**饕餮** 是三苗 服虔案神異經云 **饕餮**獸名 身如牛人面 目在腋下食人」. ▶제22회-16)

塗炭(도탄) : 진구렁이나 숯불과 같은데 빠졌다는 뜻으로 '몹시 고통스러운 지경'을 일컫는 말. 「도탄지고」(塗炭之苦). [書經 仲虺之誥篇]「有夏昏德 **民墜塗炭**」[傳]「民之危險 若**陷泥墜火** 無救之者」. [後漢書 光武帝紀]「豪傑憤怒 兆人**塗炭**」. ▶제33회-4), 73회-23), 제100회-18)

塗炭之苦(도탄지고) : 아주 어려운 지경. [書經 仲虺之誥篇]「有夏昏德 **民墜塗炭**」[傳]「民之危險 若**陷泥墜火** 無救之者」. [後漢書 光武帝紀]「豪傑憤怒 兆人**塗炭**」. ▶제88회-6)

倒懸之急[백성은 도현의 급박함에] : 위험이 눈앞에 바싹 다가옴. [孟子 公孫丑篇 上]「當今之時 萬乘之國 行仁政 民之悅之 猶解**倒懸**也」. [貞觀政要]「縱國家**倒懸之急** 猶必不可」. ▶제93회-15)

倒懸之危[도현의 급한 지경에] : 거꾸로 매달려 있는 위험. 곧 '위험이 바싹 가까이 다가옴'을 이름. [孟子 公孫丑篇 上]「當今之時 萬乘之國 行仁政 民之悅之 猶解**倒懸**也」. [貞觀政要]「縱國家**倒懸之急** 猶必不可」. ▶제8회-7)

韜晦之計[도회의 계교] : 도광(韜光). 자기의 재능·능력 따위를 숨기거나 감추려는 계책. [舊唐書 宣帝紀]「歷太和 會昌朝 愈事韜晦」. [五色線]「早得美名 必有所折 宜自韜晦」. ▶제21회-3)

獨夫(독부) : 홀아비. 인심을 잃어서 남의 도움을 받을 곳이 없게 된 외로운 남자. '천자가 학정(虐政)을 하여 백성이 모두 배반하고 한 사람도 섬기는 자가 없음'을 이름. [書經 泰誓下篇]「古人有言曰 撫我則后 虐我則讎 獨夫受 洪惟作威 乃汝世讎」. [杜牧 阿房官賦]「使天下之人 不敢言而敢怒 獨夫之心 日益驕固」. ▶제30회-12)

獨不假借[혼자서 양보하지 않으니] : 오직 혼자서만 대수롭지 않게 여김. [蜀志 魏廷傳]「惟楊儀不假借」. [戰國策 燕策]「願大王少假借之 使得畢使於前」. ▶제105회-5)

頓首拜謝[머리를 조아려 배사하였다] : 머리를 조아려 고마워함. 「돈수재배」(頓首再拜). [周禮 注]「稽首 拜頭至地也 頓首 拜頭叩地也」. [疏]「稽首頓首 俱頭至地 但稽首至地多時 頓首至地卽擧 故以叩地言之 謂若以首叩物然」. ▶제38회-13), 제105회-18), 제107회-6)

頓足[발을 구르며] : 발을 구름. '몹시 화가 났음'의 비유. [韓非子 初見秦篇]「聞戰頓足徒裼 犯白刃蹈鑪炭 斷死於前者 皆是也」. [漢書 楊惲傳]「酒後耳熱 拂衣舊起 神低昻 頓足起舞」. ▶제54회-4), 제81회-13)

突門(돌문) : 성을 지키는 합문[閣門]. 이 '각문'[突門]은 1백보마다 설치되어 있어서 말이 다닐 수 있게 하였음. [後漢書 袁紹傳]「審配將馮札爲內應 開突門」. [六韜 豹韜 突戰]「百步一突門 門有行馬」. ▶제32회-8)

東郭野人 五反而方得一面[제환공은 동곽야인을 만나보기 위하여 다섯 번씩이나 갔다가 겨우 만났는데] : 제의 환공이 야인(野人)을 만나려 세 번 찾아갔다가 만나지 못하자 좌우가 다시는 가지 말라고 권하였으나, 다섯 번째 찾아가서야 겨우 만났다는 이야기. [中國人名]「漢 齊人 田榮叛項羽 劫齊士不與者死 先生在劫中 榮敗醜之 入山隱居 後軸通言於齊相曹

參 參引爲上賓」. ▶제38회-1)

棟梁皆折斷[동량들이 모두 다 죽으니] : 나라를 떠받칠 인재들이 거의 다
죽었음. 「동량지재」(棟梁之材). 동량재(棟梁材). 한 집안이나 나라를
다스릴 만한 큰 인재. 여기서는 '집을 떠받치는 기둥'의 의미임. [吳越
春秋 句踐入臣外傳]「大夫文種者 國之棟梁 君之瓜牙」. [世說新語 賞譽]「庚
子嵩目和嶠 森森如千丈松 雖磊砢有節目 施之大廈 有棟梁之用」. [書言故事
花木類]「稱人才幹 云有棟梁之材」. ▶제31회-3), 제97회-2)

棟梁之材[동량재] : 동량재(棟梁材). 한 집안이나 나라를 다스릴만한 큰
재목. 여기서는 '집을 떠받치는 기둥'의 의미임. [吳越春秋 句踐入臣外
傳]「大夫文種者 國之棟梁 君之瓜牙」. [世說新語 賞譽]「庚子嵩目和嶠 森森
如千丈松 雖磊砢有節目 施之大廈 有棟梁之用」. [書言故事 花木類]「稱人才
幹 云有棟梁之材」. ▶제78회-5)

東西衝殺[동서를 충돌하며] : 「동충서돌」(東衝西突). 닥치는 대로 마구 찌르
고 치고 함. [桃花扇 修札]「隨機應辯的口頭 左衝右擋的膂力」. ▶제5회-16)

東市[동쪽 저자에서] : 장안의 동쪽 저잣거리이나, 한나라 때 이곳에서
죄인의 목을 베어 죽였기 때문에 '사형집행장'의 뜻을 갖게 되었음.
[漢書 鼂錯傳]「錯衣朝衣 斬東市」. ▶제107회-16)

東王[왕공] : 동왕공(東王公)·동부(東父). 신선의 명부를 관장하는 신선
임. [神異經]「東荒山中有石室 東王公居焉」. [中文辭典]「仙人名 一作東父
與西王母竝稱 世稱爲東華帝君」. ▶제44회-10)

銅雀臺(동작대) : 위(魏)의 조조가 쌓은 대. 옥상에 동으로 만든 봉황을
장식하였기에 이르는 이름임. [三國志 魏志 武帝紀]「建安十五年冬 太祖
乃于鄴 作銅雀臺」. [鄴中記]「鄴城西立臺 皆因城爲基趾 中央名銅雀臺 北則
冰井臺 西臺高六十七丈 上作銅鳳 皆銅籠疏雲母幌 日之初出 流光照耀」. ▶
제34회-1), 제44회-4), 제48회-3), 제78회-16)

洞庭·梁州(동정·양주) : 악곡의 이름. 동정춘곡(洞庭春曲)과 양주곡(梁州

曲). [剪燈新話 愛卿傳]「見趙子施禮畢 泣而歌**沁園春**一曲」. [中文辭典]「樂曲名 本作**凉州** 西凉所獻 後多誤作**梁州**」. ▶제8회-17)

東曹掾·西曹掾·文學掾(동조연·서조연·문학연): '연'은 연사(掾史)로 공부(公府)의 속관임. '서조'는 부중의 관리임면·'동조'는 지방 관리의 임면·'문학연'은 교관(敎官)의 임무를 각각 담당하였음.「연사」. [史記 張湯傳]「必引正監**掾史**賢者」. [後漢書 百官志]「郡國皆置諸曹**掾史**」. ▶제39회-5)

同宗之誼(동종지의): 같은 친척간의 정의(情意). [儀禮 喪服]「何如而可爲之後 **同宗**則可爲之後」. [史記 吳王濞傳]「天下**同宗**」. ▶제31회-16)

冬至一陽生 來復之時[동지가 되면 양기가 생기는 것……]: 고대 철학가는 음양으로써 우주관의 사물의 모순·대립을 설명하였는데, 음에서 양으로 전환하는 것을 '내복(來復)'이라 함. [漢書 天文志]「日有中道 夏至至於東井北 近極故晷短 **來復** 至於牽牛 遠極故晷長 晷景者所以知日之南北也」. [易經 復卦]「出入无疾 朋來无咎 反復其道 七日**來復** 利有攸往」. ▶제49회-14)

銅鎚(동추): 살상용 망치. 구리로 만드는 원구(圓球)로 나무자루를 박아 만듦. [元史 奸臣傳]「人心憤怨 密鑄大**銅鎚** 自誓願擊阿合馬首 以所袖**銅鎚**碎其腦 立斃」. ▶제65회-5)

董卓乃豺狼也 引入京城 必食人矣[동탁은 이리입니다 …… 서울에 들어오면]: 동탁(董卓)을 살려 두면 반드시 후환이 있을 것이라는 말임. 원문에는 '**董卓乃豺狼也 引入京城 必食人矣**'로 되어 있음. [左氏閔 元]「戎狄**豺狼** 不可厭也」. [文選 班固 西都賦]「**豺狼**攝鼠」. ▶제3회-8)

東海老叟[동해의 늙은이]: 노옹(老翁). [後漢書 劉寵傳]「山陰縣有五六**老叟** 厖眉皓髮」. [白居易 天寶樂叟詩]「白頭**老叟**泣且言 祿山未亂入梨園」. ▶제37회-14)

杜康(두강): 두강주(杜康酒). 중국의 두강이 빚었던 술로 전(轉)하여 '술의 별칭'이 되었음. '두강'은 전설상 가장 먼저 술을 빚은 사람이라고 알려짐. [魏武帝 短歌行]「慨當以慷 憂思難忘 何以解憂 唯有**杜康**」. [書經 周書篇 酒誥 疏]「世本云 儀狄造酒 夏禹之民 又云 **杜康**造酒」. ▶제48회-8)

頭功[첫 번째 공]: 수공(首功). [燕子箋 兵器]「拿得去獻**頭功**」. ▶제65회-2)

杜工部(두공부): 두보(杜甫). 두릉호(杜陵豪). [辭源 漢書地理志 杜陵注]「古 杜伯 國漢宣帝葬此 因曰**杜陵** 在長安南五十里 陵西卽子美舊宅 自稱**杜陵** 布 衣少陵野老以此」. ▶제84회-12)

蠹國害民[나라를 좀먹고 백성들을 해쳤다 하여]:「두국병민」(蠹國病民). 나라가 국민에게 해독을 끼침. [福惠全書 蒞任部 忍性氣]「奸惡之**蠹國嚼 民**」. ▶제119회-24)

逗留(두류): 머물러 있고 떠나지 아니함. [漢書 匈奴傳]「祈連知虜在前 **逗 留**不進]. [後漢書 光武紀]「不拘以**逗留法**」. ▶제107회-13)

杜牧之(두목지): 당나라의 시인. [唐書 杜牧傳]「牧 字**牧之** 京兆人 摺進士 歷官考功郞中 中書舍人 其詩情致豪邁 人號小杜 以別于少陵 有樊川集」. [中國人名]「唐 佑孫 字**牧之** 善屬文 第進士……牧剛直有奇節 不爲齷齪小謹 敢論列大事」. ▶제48회-5)

斗星[두우의]: 이십팔수의 가운데 열째 별자리의 별들. [晋書 天文志]「**斗 星**盛時」. [易經]「**斗**五星在宦星西南 主稱量度」. ▶제30회-10)

蠹政害民(두정해민): 정사를 좀먹고 백성들을 병들게 함. [福惠全書 蒞任 部 忍性氣]「奸惡之**蠹國嚼民**」. ▶제120회-3)

枓擻精神[정신을 가다듬고]: 정신을 가다듬고 일어남. [名義集]「新云杜多 此云抖擻 亦云修治 亦云洮汰 垂裕記云 **抖擻**煩惱故也 善住意天子經云 頭陀 者 **抖擻** 貪欲瞋恚愚癡三界內外六人 若不取不捨不修不著 我說彼人 名爲杜 多 今訛稱頭陀」. ▶제110회-16), 제116회-26), 제117회-30)

遁甲(둔갑): 둔갑술. 「기문둔갑」(奇門遁甲). '둔갑'은 술법을 써서 마음 대로 제 몸을 감추거나 다른 것으로 변하게 함을 뜻함. 여기서는 '군사동향의 승패와 길흉을 미리 알아서 조치를 취함'의 뜻임. [後漢書 方術前注]「奇門推六甲之陰而隱遁也 今書七志有奇門經」. [奇門遁甲 煙波釣叟歌句解上]「因命風后演成文 遁甲奇門從此始」. ▶제84회-11), 제117회-20)

遁甲之法[둔갑술] : 둔갑술. [後漢書 方術前注]「奇門推六甲之陰而隱遁也 今書七志有奇門經」. [奇門遁甲 煙波釣叟歌句解上]「因命風后演成文 遁甲奇門從此始」. ▶제102회-16)

屯兵之計(둔병지계) : 병사들을 주둔시키는 계책. 「둔병」은 '둔전병(屯田兵)'의 준말임. [周禮 冬官]「有屯部 今日屯田司」. [漢書 趙充國傳]「乃詣金城上屯田 奏願罷騎兵 留步兵萬餘 分屯要害處 條不出兵留田 便宜十二事」. ▶제111회-7)

屯田(둔전) : 군량을 조달하기 위해 궁·관아 및 지방에 주둔하고 있는 병사들에게 딸린 땅. 그 곳에 머물러 있던 병사들이 농사짓던 밭을 「둔전답」(屯田畓)이라 했음. [周禮 冬官]「有屯部 今日屯田司」. [漢書 趙充國傳]「乃詣金城上屯田 奏願罷騎兵 留步兵萬餘 分屯要害處 條不出兵留田 便宜十二事」. ▶제34회-2)

屯田兵(둔전병) : 둔전을 맡은 병사. 「둔전」. 군량을 조달하기 위해 궁·관아 및 지방에 주둔하고 있는 병사들에게 딸린 땅. 그 곳에 머물러 있던 병사들이 농사짓던 밭을 「둔전답」(屯田畓)이라 했음. [周禮 冬官]「有屯部 今日屯田司」. [漢書 趙充國傳]「乃詣金城上屯田 奏願罷騎兵 留步兵萬餘 分屯要害處 條不出兵留田 便宜十二事」. ▶제103회-6)

得死於疆場[대장부가 싸움터에서 죽는다면] : 싸움터에서 죽음. [史記 張儀傳]「梁之地勢 固戰場也」. [三國志 魏志 高貴鄕公髦傳]「沒命戰場」. ▶제91회-41)

得人者昌 失人者亡[사람을 얻는 자는 번성하고 사람을 잃은 자는 망한다] : 원문에는 '得人者昌 失人者亡'으로 되어 있음. [孟子 滕公文 上]「爲天下得人者 謂之仁」. [論語 衛靈公]「子曰 可與言而不與之言 失人 不可與言而與

之言 **失言」. ▶**제29회-19)

得何足喜 失何足憂[얻었다고 어찌 기뻐만 하며, 잃었다고 어찌 걱정만 하랴]
: 원문에는 '**得何足喜 失何足憂**'로 되어 있음. '득과 실은 잘 헤아려 보
아야 한다'는 뜻임. [蜀志 先主劉備傳]「北海相孔融 謂先主曰 袁公路 豈憂
國忘家者邪 家中枯骨 **何足介意」.** [後漢書 度尚傳]「所亡少少 **何足介意」.** ▶
제14회-34)

等個空兒[기회를 보아서] : 잠시 기회를 기다림. 「공아」(空兒). [中文辭典]
「**閒暇時間也」. 「機會也」. ▶**제83회-16)

登九五之分[제위에 오르실 징조] : 황제의 자리에 오름. 원래는 역괘(易卦)
의 팔효(八爻)의 이름인데, 구오효(九五爻)는 임금의 자리에 해당하는
상(象)임. [集注]「天德乃**天位也」.** [易經 繫辭上]「王者居**九五** 富貴之位」. ▶
제6회-19)

磴道[계단을 만들게 하고] : 「등도」(磴道). 돌계단 길[石路]. [李程 華清宮
望幸賦]「步**磴道**以寂曆 眄廣庭以寥曠」. [陸龜蒙 縹渺奉峯詩]「淸晨躋**磴道**
便是屛顏始」. ▶제90회-4)

鐙棒(등봉) : 등장(鐙杖). 손잡이를 금동으로 꾸민 강궁. [三才圖會]「宋胡
會要云 **鐙棒**黑漆弩柄也 金銅爲**鐙狀** 飾其末 紫絲條繫之」. ▶제71회-2)

鄧禹(등우) : 대사도(大司徒). 「등우」. 신야 사람으로 광무제 유수(劉秀)
를 도와 왕망(王莽)을 쳐 후한(後漢)을 세우는데 공헌하였음. 광무제가
즉위하자 대사도에 임명되었으니, 그때 그의 나이가 24세였다 함. 고
밀후(高密候)에 봉해졌고 명제(明帝) 즉위 후에는 태부(太傅)에 임명
되었음. [中國人名]「漢 新野人 字仲華 幼游長安 與光武相親善 及光武收河
北 禹杖策往見 光武大悅 任使諸將……拜大司徒 禹時年二十四 進討赤眉 遷
拜右將軍 天下平正 論功最高 奉高密候」. ▶제43회-23), 제85회-27)

馬逢伯樂而嘶[말은 백락을 만나면 울고] : 옛날 말을 잘 알아보던 손양(孫陽)을 이름. '사람도 자기를 알아주는 사람을 만나면 그를 위해 목숨을 바침'의 비유. 원문에는 '**馬逢伯樂而嘶**'로 되어 있음. 「천리마상유백락불상유」(千里馬常有伯樂不常有)는 '뛰어난 인재가 있으나, 그들을 등용할 만한 명재상(名宰相)이 없음'을 비유하는 말임. [韓愈 雜說 四]「世有伯樂 然後有千里馬 **千里馬常有而伯樂不常有**」. 「백락일고」(伯樂一顧). [後漢書 隗囂傳]「數蒙伯樂一顧之價」. [戰國策 燕策]「蘇代曰……**伯樂乃旋視之去而顧之** 一旦而馬價十倍」. ▶제60회-35)

馬謖無知 坑陷吾軍矣[마속 이 무지한 놈이, 우리 군사들을 ……] : 원문에는 '**馬謖無知 坑陷吾軍矣**'로 되어 있음. 누참마속(淚斬馬謖). 「읍참마속」(泣斬馬謖). 제갈량은 부하 장수 마속이 군령을 어기고, 가정(街亭) 싸움에서 제멋대로 싸우다가 패하자 울면서 그의 목을 벤 일. '큰 목적을 위해 자기가 아끼는 자를 버리는 것'의 비유. [中文辭典]「三國蜀漢 宜城人 良弟 **字幼常**……諸葛亮深重之 引爲參軍 先主臨薨 謂亮曰 馬謖言過其實 不可大用 建興間 亮出軍向祁山 以謖爲先鋒 與魏將張郃戰於街亭 謖違亮節度 大敗 軍退漢中 下獄而死」. [中國人名]「良弟 **字幼常** 以荊州從事隨先主入蜀 才器過人 好論軍計 **諸葛亮深加器異**……後亮出軍向祁山 拔稷統軍 與魏將張郃戰於街亭 爲郃所破 軍還 謖下獄物故 亮爲之流涕」. ▶제95회-14)

馬氏五常[마씨 5형제] : 마씨의 5형제. 촉(蜀) 마량(馬良)의 형제 다섯 사람은 다 평판이 좋았는데, 형제의 자에 모두 '상'자가 들어 있기에 이르는 말임. [三國志 蜀志 馬良傳]「良 字季常 襄陽宜城人也 兄弟五人 竝有才名 鄕里爲之諺曰 **馬氏五常 白眉最良** 良眉中有白毛 故以稱之」. ▶제52회-4)

馬援之雄[마원의 웅지] : 마원은 후한(後漢)의 명장으로 복파장군(伏波將軍)에 임명되었음. 교지(交趾)를 평정하고 신식후(新食候)에 봉해졌는데 무릉오계(武陵五谿)의 오랑캐(蠻夷)가 반란을 일으키자 이를 정벌하였음. [後漢書 馬援傳]「璽書拜援伏波將軍 南擊交趾」. [三國志 魏志 夏後惇傳]「太祖 平河北 爲大將軍 後拒鄴破 遷伏波將軍」. ▶제91회-38)

馬革裹屍還[말의 가죽에 시체를 말아 돌아갈 수 있다면] : 전장에서 전사자가 말가죽에 싸여 돌아와 장사를 치른다는 뜻으로 '전장에서의 죽음을 자랑스러워 함'의 비유임. [後漢書 馬援傳]「援請擊匈奴曰 男兒當效死於邊野 以馬革裹尸還葬耳」. ▶제51회-10)

幕府(막부) : 장군(將軍)이 외지에서 군무를 집무하는 곳. 전(轉)하여 '절도사(節度使)의 집무소'를 뜻함. [史記 廉頗藺相如傳]「李牧者 趙之北邊良將也 常居代雁門備匈奴 以便宜置吏 市租皆輸入莫府」. ▶제22회-17)

幕賓(막빈) : 감사·유수 등을 따라 다니며 일을 돕는 벼슬아치. [黃滔 喜候金人蜀中新禽詩]「錦里章爲丹鳳闕 幕賓徵出紫微郎」. [封氏聞見記 遷善]「位曰 判官是幕賓 使主無受拜之禮」. ▶제18회-7)

蠻姑(만고) : 만족의 어여쁜 여인. ▶제89회-18)

饅頭(만두) : 메밀가루나 밀가루를 반죽한 것에 소를 넣어 빚어서 삶거나 하여 만든 음식. [事物紀原]「諸葛亮南征 將渡瀘水 土俗殺人 首饅神 亮以羊豕代 取麪畵人頭祭之 饅頭名始也」. ▶제91회-3)

萬民塗炭[만백성이 도탄에 빠져] : 모든 백성들이 다 고통스러운 지경에 빠져 있음. 「도탄지고」(塗炭之苦)는 백성들이 겪는 심한 고통을 이르는 말임. [書經 仲虺之誥篇]「有夏昏德 民墜塗炭」[傳]「民之危險 若陷泥墜火 無救之者」. [後漢書 光武帝紀]「豪傑憤怒 兆人塗炭」. ▶제6회-12)

萬夫不當之勇[누구도 당해낼 수 없는 용기] : 어느 누구도 능히 당해낼 수 없는 용맹. 「만부지망」(萬夫之望). [易經 繫辭 下傳]「君子知微知彰 知柔知剛 萬夫之望」. [後漢書 周馮虞鄭周傳論]「德乏萬夫之望」. ▶제49회-8), 제

79

53회-3), 제72회-4), 제82회-14), 제87회-8), 제92회-6), 제97회-15), 제99회-4)

萬死不辭[장군의 명을 받들고 죽는다 한들 사양하지 않겠습니다] : 만 번 죽
는 한이 있어도 사양하지 않음. [柳宗元 別舍弟宗一詩]「一身去國六千里
萬死投荒十二年」. 「만사불고일생」(萬死不顧一生)은 '죽을 고비를 넘겨
살게 된 목숨'의 뜻. [史記 張耳陳餘傳]「將軍瞋目張膽 出萬死不顧一生之
計」. ▶제117회-9)

萬乘之軀[만백성의 귀한 몸] : 만승지군(萬乘之君). 만승지존. 천자의 자리
또는 천자. 「만승지군」은 만승지국의 군주. [孟子 公孫丑篇 上]「不受於
褐寬博 亦不受於萬乘之君」. [文選 張載 七哀詩]「昔爲萬乘君 今爲丘山土」.
[孟子 梁惠王篇 上]「萬乘之國 弑其君者 父千乘之家 千乘之國」. ▶제81회-7)

萬人敵(만인적) : 전술이 뛰어난 사람. 여기서는 병법(兵法)을 말함. [史
記 項羽紀]「劍一人敵 不足學 學萬人敵 於是 項梁乃敎籍兵法」. [三國志 魏
志 張飛傳]「咸稱羽飛萬人之敵也」. ▶제35회-5), 제66회-9)

萬人之敵(만인지적) : 수많은 사람을 당해낼 수 있는 뛰어난 장수. 군사
를 쓰는 전술이 뛰어난 사람. [史記 項羽紀]「劍一人敵 不足學 學萬人敵
於是 項梁乃敎籍兵法」. [三國志 魏志 張飛傳]「咸稱羽飛萬人之敵也」. ▶제
25회-1)

萬全之計(만전지계) : 만전지세(萬全之勢). 아주 안전하고 완전한 형세.
「만전지계」(萬全之計). [三國志 魏志 劉表傳]「曹公必重德 將軍長亨福祚
垂之後嗣 此萬全之策」. [北史 祖珽傳]「今宣命皇太子早踐大位……此萬全計
也」. ▶제92회-4)

萬全之勢(만전지세) : 아주 안전하고 완전한 형세. 「만전지계」(萬全之計).
[三國志 魏志 劉表傳]「曹公必重德 將軍長亨福祚 垂之後嗣 此萬全之策」.
[北史 祖珽傳]「今宣命皇太子早踐大位……此萬全計也」. ▶제85회-6)

萬全之策(만전지책) : 「만전지계」(萬全之計). [三國志 魏志 劉表傳]「曹公必
重德 將軍長亨福祚 垂之後嗣 此萬全之策」. [北史 祖珽傳]「今宣命皇太子早

踐大位……此**萬全計**也」. ▶제88회-2)

萬戶侯(만호후) : 1만 호의 백성이 사는 지역을 식읍(食邑)으로 가진 제
후. 「호구」(戶口). [史記 高祖功臣年表]「故大城名都散亡**戶口** 可得而數者
十二三」. [漢書 罽賓傳]「不屈都護 **戶口**勝兵多 大國也」. ▶제59회-5)

忘年之交(망년지교) : 망년지우(忘年之友). 나이 차이를 잊고 허물없이 사
귀는 사이. 「망년교」(忘年交). [後漢書 禰衡傳]「禰衡有逸才 少與孔融交
時衡未滿二十 而融已五十 爲**忘年交**」. [南史 何遜傳]「范雲見孫對策 大相稱
賞 因結**忘年交**」. ▶제111회-2)

妄動者斬[경거망동할 것 같으면 참하리라] : 경거망동하는 자는 참할 것임.
[戰國策 燕策]「今大王事秦 秦王必喜 以趙不敢**妄動**矣」. [史記 張儀傳]「趙不
敢**妄動**」. ▶제113회-16)

望門寡(망문과) : 까막과부. 망문과부(望門寡婦). 정혼하였으나 남자가
죽어서 시집을 못 가게 된 여자. [中文辭典]「好訂婚後 而未婚夫死 舊俗
謂爲**望門寡**」. 반대의 경우를 「망문방」(望門妨)이라 함. [中文辭典]「男子
訂婚後 而未婚妻死 舊俗謂**望門妨**」. ▶제54회-14)

忘恩背義[은덕을 잊고 의를 배반한 도적이로다] : 은혜를 잊고 의리로 배
반함. 「배은망덕」(背恩忘德)은 '남의 은덕을 잊고 저버림'을 뜻함. [警
世通言 第三十卷]「褚公道 小女蒙活命之恩 豈敢**背恩忘義** 所論敢不如命」.
▶제64회-14), 제116회-16)

妄自尊大[잘난 체] : 망령되이 자기만 잘났다고 뽐내어 자신을 높이고 남
을 업신여김. [後漢書 馬援傳]「歸謂囂曰 子陽(公孫述字)井底蛙耳 而**妄自
尊大** 不如專意東方」. ▶제117회-3)

望祭[조상께 제사를 드리러] : 고향에 갈 수 없는 사람이 타향에서 고향
쪽을 바라보고 드리는 제사. 본래는 '산천에 드리는 제사'의 뜻임. [書
經 舜典 望于山川傳]「九州名山 大川 五嶽 四瀆之屬 皆一時**望祭**之」. [白虎
道 封禪]「**望祭**山川」. ▶제55회-6)

芒湯白蛇[망탕의 백사] : 한 고조가 된 유방(劉邦)이 망탕산에 있을 때, 길을 막는 백사를 죽이고 나라를 세운 일. [中國地名]「在江蘇碭山縣東南接河南永城縣界 與碭山相去八里 漢高祖微時 嘗亡匿**芒碭山**中 有有皇藏峪 卽高祖所匿處」. [史記 高祖紀]「高祖醉行澤中 前有**大蛇**當徑 乃拔劍**斬之** 一老嫗夜哭其處曰 吾子白帝子也 化爲蛇當道 今爲赤帝子**斬之**」. ▶제38회-16)

芒碭山 隆準公(망탕산 융준공) : 망탕산의 한 고조 유방(劉邦)을 가리킴. '융준'은 '크고 우뚝한 코[隆鼻]'를 가리키는데, 유방의 코가 유난히 크고 우뚝했다 함. [論衡 骨相篇]「高祖爲人 **隆準**而**龍顔** 美鬚 左股有七十二黑子」. [杜甫 哀王孫詩]「高帝子 盡**隆準 龍種**自與常人殊」. ▶제37회-18)

芒碭山(망탕산) : 망산과 탕산. 한 고조 유방(적제의 아들)이 미천할 때에 여기 숨어 든 적이 있었는데, 후에 흰 뱀을 죽이고 회병하여 천하를 얻게 되었다 함. [中國地名]「在江蘇碭山縣東南 接河南永城縣界 與碭山相去八里 漢高祖微時 嘗亡匿**芒碭山**中 有有皇藏峪 卽高祖所匿處」. ▶제14회-2), 제24회-14), 제28회-13)

望風[소문만] : 소문·풍문. [三國志 魏志 王粲傳]「海內回心**望風**」. [文選 任昉 王文憲集序]「見公弱齡 便**望風**推服」. ▶제120회-22)

望風而從[소문만 듣고도 자연히 따를 것입니다] : 소문만 듣고도 따라올 것임. 「망풍이미」(望風而靡)는 '들리는 소문에 놀라서 맞서려고도 않고 뿔뿔이 흩어져 달아남'의 뜻임. [三國志 魏志 王粲傳]「海內回心**望風**」. [文選 任昉 王文憲集序]「見公弱齡 便**望風**推服」. ▶제118회-27)

枚(매) : 하무. 군사들이 소리를 내지 못하게 입에 물리는 작은 나무토막. [詩經 大雅篇 旱麓]「莫莫葛藟 施于條**枚** 豈弟君子 求福不回」. [說文]「**枝榦**也 從木支 可爲杖也」. [徐箋]「**枚**之本義爲榦 引申之 則凡物一個 謂之**枚**」. ▶제62회-15), 제98회-4)

賣官害民(매관해민) : 벼슬자리를 팔고 하여 백성들에게 해를 끼침. 「매관매직」(賣官賣職)·「매관죽작」(賣官鬻爵). [宋書 鄧琬傳]「至吳父子 竝**賣官**

鬻爵」. [李百藥 贊道賦]「直言正諫 以忠信而獲罪 **賣官鬻爵** 以貨賄而見親」.
▶제2회-11)

賣國之徒 吾恨不生啖汝肉[나라를 팔아먹은 무리야, 나는 너의 고기를 씹는
다 해도] : 원문에는 '賣國之徒 吾恨不生啖汝肉'으로 되어 있음. [史記 蘇
秦傳]「左右**賣國** 反覆之臣也」. [宋史 文天祥傳]「奉國與人 是**賣國之臣**也 **賣
國**者 有所利而爲之」. ▶제41회-5)

梅雨[장맛비] : 매림(梅霖). '매화나무 열매가 익어서 떨어질 때에 그치는
비'라는 뜻으로, 대략 6월 중순께부터 7월 상순까지 이어지는 장마.
[歲華紀麗]「四月 **梅雨** (注) **梅**熱時**雨**」. [埤雅]「江南三月爲迎**梅雨** 五月爲送
梅雨」. ▶제46회-8)

賣履小兒 黃鬚兒[신발 팔던 어린 놈아] : 신발(미투리)을 팔던 어린 아이
놈. '유비(劉備)'를 폄훼하는 말임. [孟子 滕文公 上]「其徒數十人 皆衣褐
捆屨**織席**以爲食」. [後漢書 李恂傳]「獨與諸生 **織席**自給」. ▶제72회-6)

賣主求榮[주인을 팔아 영화를 구하려는 것이 아니라] : 주인을 팔아 영화를
구함.「매주」. [資治通鑑 唐記]「臣光曰 始則勸人爲亂 終則**賣主**規利 其死
固有餘罪」. ▶제60회-26), 제64회-13)

賣陣之計(매진지계) : 적과 내통하여 고의로 싸움에 패하게 하는 계책. ▶
제88회-5)

孟賁·夏育之勇[맹분과 하육의 용기] : 전국 시대의 용사 맹분과 하육. '맹
분'은 물에서는 교룡도 피하지 않고 육지에서는 이리와 호랑이도 피하
지 않고 다녔다 함.「맹분지용」(孟賁之勇). [說苑]「一作孟說 水行**不避蛟
龍** 陸行**不避狼虎兒** 發怒吐氣 聲響動天」. [帝王世紀]「秦武王好勇士 齊**孟賁**
之徒往歸焉 **孟賁**能生拔牛角」.「하육」. [史記 范雎傳]「成荊**孟賁**王慶忌 **夏
育**之勇焉而死」. [論衡 語增]「是**孟賁夏育**之匹也」. ▶제53회-17)

盟津·白魚(맹진·백어) : 「백어입주」(白魚入舟). '백어'는 '뱅어'인데 이
는 적이 항복할 징조라 함. 주나라 무왕(武王)의 고사로 강을 건널 때

에 백어가 배로 뛰어들어 은나라가 항복한다는 조짐을 보였다는 데서 온 말임. [史記 周紀]「武王渡河 中流白魚躍入王舟中 武王俯取以祭」. [集解]「馬融曰 魚者 介鱗之物 兵像也 白者 殷家之正色 言殷之兵衆與周之象也」. ▶제37회-16)

勉强折辯[억지 수작으로 변명하기를] : 억지로 변명함. [漢書 李尋傳]「勉强大誼 絶小不忍」. [禮記 中庸]「或勉强而行之 (注) 勉强 恥不若人」. ▶제113회-26)

面面相覰[서로 얼굴만 돌아다보았다] : 서로 얼굴만 쳐다봄.「면면상고」(面面相顧). [警世通言 第八卷]「崔寧聽得說渾家是鬼 到家中問丈人丈母 兩個面面厮覰走出門」. ▶제11회-12), 제23회-31), 제68회-1), 제81회-25), 제119회-12)

面目[무슨 낮으로] : 얼굴. 무면목(無面目). 면목이 없음. 염치가 없다는 것으로 '이치를 제대로 헤아리지 못함'의 뜻. [國語 吳語]「吾何無面目以見員」. [史記 晋世家]「晋侯報國人 毋面目見社稷」. [史記 項羽紀]「我何面目見之」.「면목가증 어언무미」(面目可憎 語言無味)는 얼굴의 생김새는 흉하고 말은 재미가 없다는 뜻으로 '궁(窮)하고 불쾌함'을 형용한 말. [韓愈 送窮文]「凡所以使吾 面目可憎 語不無味者 皆子之志也」. ▶제117회-16)

面門[얼굴] : 얼굴. 본래는 입을 가리킴. [楞嚴經]「從面門放種種光」. (疏)「從口放光也」. ▶제109회-10)

面縛輿櫬[두 손을 뒤로 묶고, 빈 관을 수레에 싣고는] : 자신의 두 손을 등 뒤로 돌려 묶고 수레에 관을 싣고 밀고 가서 항복한다는 뜻인데, 이는 싸움에서 진 패왕 군주가 투항할 때의 의식임.「면박」. [左傳 僖公六年]「許男面縛銜璧 大夫衰絰 士輿櫬」. [左氏 昭 四]「面縛銜璧 士袒 輿櫬從之」. ▶제118회-11)

面如土色[얼굴빛이 흙빛이 되었다] : 얼굴빛이 변함. 면무인색(面無人色). 몹시 놀라거나 두려워서 흙빛으로 변한 얼굴빛. '두려움 따위로 창백해진 얼굴빛'의 비유임. [警世通言 第九卷]「李白重讀一遍 讀得聲韻鏗鏘

番使不敢則聲 **面如土色** 不免山呼拜舞辭朝」. ▶제45회-12), 제65회-20), 제119회-23)

滅其三族[삼족까지 멸하게]: 부모·형제·처자 등 삼족까지 죽임. [中文辭典]「殺人竝及父母妻子等親屬曰 **滅族**」. [周禮 小宗伯]「掌**滅其三族**之別以辨親疏」. ▶제112회-4), 제113회-9), 제114회-20), 제120회-1)

滅門之事[멸문지환]: 「멸문지화」(滅門之禍). 온 가문이 다 죽임을 당하는 큰 재앙. 「멸문지환」(滅門之患). 「멸문」(滅門). [史記 龜策傳]「因公行誅 恣意所傷 以破族**滅門**者 不可勝數」. [潛夫論 實邊]「類多**滅門** 少能還者」. ▶제62회-6)

滅門之禍[멸문의 화]: 멸문을 당하는 큰 재앙. 죄질에 대해서 '삼족(三族)·구족(九族)'까지를 멸문시키기도 하였음. 「멸문지환」(滅門之患). 「멸문」(滅門). [史記 龜策傳]「因公行誅 恣意所傷 以破族**滅門**者 不可勝數」. [潛夫論 實邊]「類多**滅門** 少能還者」. ▶제8회-10)

滅三族[삼족을 멸하리라]: 부모·형제·처자 등 삼족까지 죽임. [中文辭典]「殺人竝及父母妻子等親屬曰 **滅族**」. [周禮 小宗伯]「掌**滅其三族**之別 以辨親疏」. ▶제119회-1)

滅族之禍[멸족의 화]: 온 가문이 다 죽임을 당하는 큰 재앙. 「멸문지환」(滅門之患). 「멸문」(滅門). [史記 龜策傳]「因公行誅 恣意所傷 以破族**滅門**者 不可勝數」. [潛夫論 實邊]「類多**滅門** 少能還者」. ▶제2회-17)

滅虢取虞[이는 괵을 멸하고 우를 취하는 전법이외다]: 진(晋)나라가 우(虞)에게 길을 빌어 괵을 치던 계책. 「가도멸괵지계」(假道滅虢之計). 희공(喜公) 2년 진(晋)나라는 우(虞)에게 괵을 치러 가겠다며 길을 빌리고 나서 괵나라를 쳤다. 그러고는 돌아오는 길에 우나라까지 쳐서 멸해 버렸다는 고사. [左氏 僖 五]「**假道于虞 以伐虢**」. [孟子 萬章篇 上]「晋人以垂棘之璧 與屈産之乘 **假道於虞以伐虢** 宮之奇諫 百里奚不諫」. ▶제115회-31)

螟蛉[양자]: 양자·양아들·과방(過房). '명령자'(螟蛉子)는 '의자'(義子).

[元曲選 蝴蝶夢]「這兩個小廝 必是你親生的 這一個小廝 必是你乞養來的 **螟蛉之子**」. 본래는 '나방이나 나비의 어린 벌레'임. 「명령유자 과라부지」(螟蛉有子 蜾蠃負之)는 '이성(異姓)에게 양자 가는 일'을 말함. [詩經 小雅篇 小旻]「**螟蛉有子 蜾蠃負之 敎誨爾子 式穀似之**」. [法言]「**螟蛉之子** 殪而逢**蜾蠃祝之**日 類我類我久則肖之」. ▶제36회-3)

螟蛉之子[양자이기 때문에] : 양자·양아들. 과방(過房). [朱子言行錄]「曾 無子 欲令弟子**過房**」. [幼學須知]「已無子 揀同宗昭穆相應之人繼之 謂之**過 房**」. 「명령유자 과라부지(螟蛉有子 蜾蠃負之)」는 '이성(異姓)에게 양자 가는 일'을 말함. [詩經 小雅篇 小宛]「**螟蛉有子 蜾蠃負之 敎誨爾子 式穀似 之**」. [法言]「**螟蛉之子** 殪而逢**蜾蠃祝之**日 類我類我久則肖之」. ▶제76회-11)

明文(명문) : 명백하게 되어 있는 문구. 증서. [漢書 韋玄成傳]「經傳無**明文**」. [朱子全書 易]「乾之爲馬 坤之爲牛 說卦有**明文**矣」. ▶제28회-1)

明並文武[명철하심은 문왕·무왕과 아우를 만하시니] : 주(周)의 문왕과 무 왕을 일컬음. 「문무지도」(文武之道). [論語 子張篇]「衛公孫朝 問於子貢 日 仲尼焉學 子貢日 **文武之道** 未墜於地 在人……識其小者 莫不有**文武之道** 焉」. [應貞 晋武帝華林園集詩]「**文武之道** 厥猷未墜」. ▶제98회-15)

命婦(명부) : 내명부·외명부 등 '봉작을 받은 부인'을 통틀어 일컫는 말. [宋史 職官志]「外**命婦**之號 日國夫人 日郡夫人 日淑人 日碩人 日令人 日恭 人 日宜人 日安人 日孺人」. [禮記 曾子問大夫內子有殷事 疏]「大夫妻日 **命 婦**」. ▶제115회-13)

名不虛傳[그 이름이 헛되이 전하는 게 아니구나] : 이름이 헛되이 전해진 것이 아님. 「명불허위」(名不虛謂)는 '이름이 헛되이 전하지 않음'의 뜻. [唐書 魏元忠傳]「元忠始名眞宰……然**名不虛謂** 眞宰相才也」. [後漢書 仲長 統傳]「欲以立身揚明耳 而**名不常存**」. ▶제47회-14), 제53회-6), 제65회-3)

名不正 則言不順[명을 바르게 하지 않으면 말이 순하지 않다] : 주장하는 것이 정당하지 못함. 곧 「명정언순」(名正言順)하지 못함을 말함. [論語

子路篇「**名不正 則言不順** 言不順則事不成」. (集注) 楊氏曰 **名不當其實 則言不順** 言不順 則無以考實而事不成」. ▶제80회-18)

命世之才(명세지재) : 세상을 건질만한 큰 인재. [文選 李陵 答蘇武書]「皆信**命世之才** 抱將相之具」. [三國志 魏志 武帝操傳]「非**命世之才** 不能濟也」. ▶제1회-24)

名垂竹帛[이름이 역사에 남게 되면] : 역사에 이름이 길이 빛남. '죽백'은 옛날 종이가 없어 죽간(竹簡)이나 회백(繪帛)에 글씨를 쓴데서 온 말임. 「竹帛 : 書册·歷史」의 뜻으로 쓰임. [淮南子 本經訓]「著於**竹帛** 鏤於金石 可傳於人者 其粗也」. [後漢書 鄧禹傳]「**垂功名于竹帛耳**」. ▶제53회-12), 제76회-14)

名垂靑史[이름을 청사에 드리우면] : 역사에 길이 이름을 남김. 「청사」(靑史). 사기(史記)를 일컫는 말. 종이가 없었던 시대에 푸른 대나무에 역사를 기록한 데서 온 말임. [范質 詩]「南史朝稱八達 千載穢**靑史**」. [李白 過四皓墓詩]「紫芝高詠罷 **靑史**舊名傳」. 「명수죽백」(名垂竹帛). 이름이 역사에 길이 빛남. '죽백'은 옛날 종이가 없어 죽간(竹簡)이나 회백(繪帛)에 글씨를 쓴데서 온 말임. 「竹帛 : 書册·歷史」의 뜻으로 쓰임. [淮南子 本經訓]「著於**竹帛** 鏤於金石 可傳於人者 其粗也」. [後漢書 鄧禹傳]「**垂功名于竹帛耳**」. ▶제60회-27)

明王之夢[왕자의 꿈] : '발탁해서 등용한다'는 뜻. 은나라 고종 무정(武丁)이 꿈을 꾸고, 현자 부열(傳說)을 얻어 재상으로 삼고 정사를 섭정하게 한 일을 가리킴. 부설은 노동형을 부과받은 '서미'로 노예들과 함께 부암(傳巖)에서 일을 하고 있었음. [書經 說命上]「**夢帝賚子良弼** 其代予言」. [李乂 奉和幸韋嗣立山莊侍宴應制詩]「祗應感發**明王夢** 遂得邀迎聖帝遊」. ▶제23회-24)

命在須臾[목숨이 경각에 달렸다는] : 명재경각(命在頃刻)·명재조석(命在朝夕). 거의 죽게 되어서 목숨이 곧 넘어갈 지경에 이름. 「수유」(須臾).

잠깐. 편각(片刻). [漢書 文三王傳]「微行得踰於須臾」. [史記 淮陰候傳]「足
下所以得須臾至今者 以項王尙存也」. ▶제15회-15)

名正言順(명정언순) : 명분이 정당하고 말이 사리에 맞음. [論語 子路篇]「名
不正 則言不順 言不順則事不成」. (集注) 楊氏曰 名不當其實 則言不順 言不
順 則無以考實而事不成」. ▶제3회-3), 제22회-8), 제73회-1)

明珠暗投[이는 명주를 어둠 속에 던져버리는 꼴입니다] : 귀한 물건이 그
가치를 알지 못하는 사람의 수중에 들어간다는 뜻으로, '좋은 사람이
나쁜 무리에 끼어드는 것'을 비유함. [史記 鄒陽傳]「臣聞明月之珠 夜光
之璧 以暗投人於道路 人無不按劍相眄者 何則無因而至前也」. [書言故事 事
物譬類]「一不遇識者 明珠暗投」. ▶제57회-14)

名號(명호) : 명목(名目). [荀子 賦篇]「名號不美與暴爲鄰」. [春秋繁露 深察
名號]「名號之正 取之天地 天地爲名號大義也」. ▶제24회-1)

冒頓(모돈) : 진 이세황제(秦二世皇帝) 때 스스로 선우(單于)가 되어 흉노
역사상 가장 강력한 집단을 만들었던 영웅. [史記 匈奴傳]「及冒頓立 攻
破月氏(注) 索隱曰 冒音墨 又如字」. 「답돈」(蹋沌). 요서(遼西)에 있던 오
환(烏桓)의 추장임. [中文辭典]「漢末烏桓 王丘力居之從子 有武略」. ▶제
33회-16)

茅蘆(모려) : 초려(草廬)·모자(茅茨). 띠로 지붕을 이은 집. [史記 秦始皇
紀]「吾聞之韓子曰 堯舜采椽不刮 茅茨不翦 飯土塯」. 「모자부전채연불착」
(茅茨不翦采椽不斲)은 아주 '질박(質樸)하고 절검(節儉)한 생활을 말함.
[漢書 司馬遷傳]「墨者亦上堯舜 言其德行曰 堂高三尺 土階三等 茅茨不翦
採椽不斲」. ▶제117회-31)

謀事在人 成事在天[일을 꾸미는 것은 사람이지만, 일을 성취시키는 것은 하
늘이구나] : 일을 도모하는 것은 사람이지만, 일이 성사되는 것은 하늘
뜻에 달려 있음. [中文辭典]「謂行事當有計劃 然事之成否 則在於天命也」.
▶제103회-10)

謀殺(모살) : 미리 모략을 꾸미어 사람을 죽임. [唐律 賊盜篇 謀殺人]「諸謀
殺人者徒三年 已傷者絞 已殺者斬 而加功者絞」. [六部成語 刑部 謀殺 注解]
「二三人相謀而殺人也」. ▶제106회-26)

茅塞方開[모든 것을 깨닫고 보니] : 욕심 때문에 흐려진 마음이 바야흐로
열림.「모색」은 '띠가 길게 깔려 있는 것처럼 욕심 때문에 마음이 흐려
져 있음'의 뜻임. [孟子 盡心篇 下]「孟子謂高子曰 山徑之蹊間 介然用之而
成路 爲間不用 則茅塞之矣 今茅塞子之心矣」. (集註) 茅塞 茅草生而塞之也
言理義之心 不可少間斷也」. ▶제101회-2)

毛詩(모시) : 시전(詩傳·詩經)을 일컫는 말. 제한(齊韓)의 이가(二家)의
시(詩)와 구별하기 위하여 모자(毛字)를 붙여 부름. [中文辭典]「謂毛傳
之詩也」. ▶제22회-2)

謀臣不如良平[저 또한 장량(張良)이나 진평(陳平)과 같지 못하면서] : 모신
으로는 장량과 진평만한 이가 없음.「장량」(張良). 한 고조 유방의 모
사(謀士)가 되어 항우를 무찌르고 천하를 평정하는데 큰 공을 세움.
소하(蕭何)·한신(韓信) 등과 함께 창업 삼걸(三傑)의 한 사람임.「진평
」(陳平). 진평은 전한 문제(文帝) 때의 승상인데, 황제가 진평에게 1년
간 전곡의 수입·지출이 얼마나 되는지 하문 했을 때, 전곡의 수량을
주관하는 것은 그 일을 맡아보는 관원이 할 일이고 승상의 직책은 여
러 신하들을 통솔하는 것이기 때문에, 알 수 없다 하였다 함.「진평재
육」(陳平宰肉). [史記 陳丞相世家]「里中社 陳平爲宰 分肉食甚均 父老曰善
陳儒子之爲宰 平曰 嗟乎 使平得宰天下 亦如是肉矣」. ▶제97회-6)

旄鉞旌旗(모월정기) : 백모황월(白旄黃鉞). 흰 깃발과 황금색의 도끼. 주
(周)의 무왕(武王)이 은(殷)의 주왕(紂王)을 정벌할 때 썼다 하여 '정벌'
의 상징이 되었음. '백모'는 모우(犛牛:소의 일종)의 꼬리나 날짐승의
깃을 장대 끝에 달아 놓은 기. '황월'은 누런 금빛 도끼(무기). [書經
牧誓篇]「王左杖黃鉞 右秉白旄以麾曰 逖矣 西土之人」. [事物紀原]「興服志

曰 **黃鉞**黃帝置 內傳曰 帝將伐蚩尤 玄女授帝**金鉞**以主煞 此其始也」. ▶제42
회-4), 제96회-14)

茅茨[띠집] : 띠와 남가새로 엮어 덮은 지붕. 「모자토계」(茅茨土階). '검
박한 집에 살고 있음'의 뜻. [史記 秦始皇紀]「吾聞之韓子曰 堯舜采椽不刮
茅茨不翦 飯土塯」. 「모자부전채연불착」(茅茨不翦採椽不斲)은 아주 '질
박(質樸)하고 절검(節儉)한 생활을 뜻함. [漢書 司馬遷傳]「墨者亦上堯舜
言其行曰 當高三尺 土階三等 **茅茨不翦採椽不斲**」. ▶제105회-26)

牧之官[목민관] : 백성을 다스리는 벼슬아치. 「목민」(牧民). [漢書 刑法志]
「且夫**牧民**而道之 以善者吏也」. [淮南子 精神訓]「夫**牧民**者 猶畜禽獸也」. ▶
제34회-8)

蒙恬(몽염) : 진나라 때의 장군. 당시 북방의 흉노 침입을 막고 만리장성
을 쌓는 등 공로를 세웠으나, 후에 환관 조고(趙高)에게 암해를 받고
자살함. [中國人名]「秦 武子……北逐戎狄 築長城 西起臨洮 東至遼東……
威震匈奴 二世卽位 爲趙高所構 矯詔賜死 恬始作筆 以枯木爲管……所謂蒼
毫也」. ▶제79회-11)

蒙塵(몽진) : 파천(播遷). 임금이 도성을 떠나 피란함. [左傳 僖公二十四
年]「天子**蒙塵**于外 敢不奔問官守」. ▶제14회-4)

妙計(묘계) : 묘책(妙策). [中文辭典]「猶言**妙計 妙略 妙策**」. ▶제48회-14)

妙齡(묘령) : 스물 안쪽의 젊은 나이. [李商隱 啓]「爰自**妙齡** 遂肩名輩」. [杜
甫 泰贈嚴八閣老詩]「扈聖登黃閣 明公德**妙齡**」. ▶제54회-11)

苗裔[후손] : 대가 오래된 자손. 「묘서」(苗緖). [史記 項羽記贊]「羽豈其**苗裔**
邪」. [史記 高祖功臣候者年表]「國以永寧 爰及**苗裔**」. ▶제11회-5), 제37회-21)

無可奈何[어찌할 도리가 없었다] : 「막무가내」(莫無可奈). 도무지 어찌할
수 없음. 「내하」. [史記 殷紀]「有罪其**奈何**」. [戰國策 齊策 四]「孟嘗君曰
市我**奈何**」. ▶제111회-17)

無能爲[헛물만 켜고 돌아가게 될 것이네] : 할 수 있는 일이 없음. [漢書 司

馬遷傳」「**無能之辭**」. [列子 天瑞]「無知也 **無能**也 而無不知也 而**無不能**也」.
▶제71회-28)

無異周得呂望[무왕이 여망을 얻은 것이나……] : 여상(呂尙). 주(周)나라
의 개국공신인 강자아(姜子牙) 태공망(太公望). 동해노수(東海老叟)라
고도 부름. 주왕(紂王)의 폭정을 피해 위수(渭水)에서 낚시질을 하다가
서백(西伯 : 周文王)을 만나게 되고, 뒤에 은나라를 멸망시키고 천하를
평정하여 제나라[齊相]에 봉함을 받음. [說苑]「**呂望**年七十釣于渭渚 三日
三夜魚無食者 望卽忿脫其衣冠 上有異人者謂望曰 子姑復釣 必細其綸芳其餌
徐徐而投 無令魚驚 望如其言 初下得鮒 次得鯉 刺魚腹得素書 又曰 **呂望**封
於齊」. [史記 齊太公世家]「西伯獵 果遇太公於渭水之陽 與語 大說曰 自吾先
君太公曰 當有聖人適周 周以興 子眞是邪 吾**太公望**子久矣 故號之曰**太公望**
載與俱歸 立爲師」. ▶제36회-15)

無面目[어찌 그리 염치가 없으십니까?] : 면목이 없음. 염치가 없다는 것
으로 '이치를 제대로 헤아리지 못함'의 뜻. [國語 吳語]「吾何**無面目**以見
員」. [史記 晋世家]「晋侯報國人 **毋面目**見社稷」. [史記 項羽紀]「我何面目見
之」. 「면목가증 어언무미」(面目可憎 語言無味)는 얼굴의 생김새는 흉하
고 말은 재미가 없다는 뜻으로 '궁(窮)하고 불쾌함'을 형용한 말. [韓愈
送窮文]「凡所以使吾 **面目可憎 語言無味**者 皆子之志也」. ▶제66회-2)

無鹽(무염) : 전국시대 제(齊)나라 무염 지방에 살았던 추녀 종리춘(鍾離
春). 너무 못생겨서 시집을 못 갔으나 결국 제선왕(齊宣王)의 왕후가
되었음. 추부(醜婦)의 호칭. [列女傳 辯通 齊鍾離春傳]「**鍾離春**者 齊**無鹽
邑之女** 宣王之正后也 其爲人極醜無雙 曰頭深目 長指大節……行年四十 無
所容入……于是乃拂拭短褐 自詣宣王」. [新序 雜事]「**鍾離春**者 齊婦人也 極
醜無雙 號曰 **無鹽女**」. ▶제65회-16)

武王伐紂[무왕이 주를 치실 때에] : 주(周)의 무왕이 은(殷)의 주왕을 친
일. 「백이 숙제」(伯夷叔齊). 은나라 고죽군(孤竹君)의 큰 아들과 막내

아들. 주 무왕의 벌주(伐紂)를 옳지 않게 여겨, 수양산(首陽山) 남쪽에 들어가 주나라의 곡식을 먹지 않고 그곳에서 굶어 죽었다 함. [史記 伯夷傳]「武王伐紂 伯夷叔齊 叩馬而諫曰 父死不葬 爰及干戈 可謂孝乎 以臣弑君 可謂仁乎 左右欲兵之 太公曰 此義人也 扶而去之 武王已平殷亂 天下宗周 而伯夷叔齊恥之 義不食周粟 隱於首陽山 采薇而食之 遂餓死於首陽山」. [論語 述而篇]「入曰 伯夷叔齊何人也 曰古之賢人也」. ▶제99회-17)

武王伐紂[무왕이 주왕을 칠 때] : 주의 무왕이 상의 주왕을 죽인 일. 「백이숙제」(伯夷叔齊). 은나라 고죽군(孤竹君)의 큰 아들과 막내 아들. 주 무왕의 벌주(伐紂)를 옳지 않게 여겨, 수양산(首陽山) 남쪽에 들어가 주나라의 곡식을 먹지 않고 그곳에서 굶어 죽었다 함. [史記 伯夷傳]「武王伐紂 伯夷叔齊 叩馬而諫曰 父死不葬 爰及干戈 可謂孝乎 以臣弑君 可謂仁乎 左右欲兵之 太公曰 此義人也 扶而去之 武王已平殷亂 天下宗周 而伯夷叔齊恥之 義不食周粟 隱於首陽山 采薇而食之 遂餓死於首陽山」. [論語 述而篇]「入曰 伯夷叔齊何人也 曰古之賢人也」. ▶제62회-9)

無容身之處[용신할 곳이 없는] : 몸 둘 곳이 없음. [三國志 魏志 杜畿傳]「立朝於容身」. [淮南子 精神訓]「容身而遊 適情而行」. ▶제67회-8)

撫掌大笑[손뼉을 치며 크게 웃었다] : 손뼉을 치며 크게 웃음. 「박장대소」(拍掌大笑). [葛長庚 凝翠詩]「凭欄拍掌呼 天外鶴來一」. ▶제53회-13), 제60회-29), 제119회-6)

武平侯之國[무평후의 나라] : 병권과 승상의 자리를 내어놓고 후작의 봉국(封國)으로 돌아간다는 뜻으로, 명예·물질 등의 향수(享受)는 있어도 권세는 없는 은거 생활을 이름. ▶제56회-11)

聞達(문달) : 이름이 세상에 드러남. [論語 顔淵篇]「在邦必達 在家必達 夫聞也者……在邦必聞 在家必聞」. [文選 諸葛亮 出師表]「躬耕於南陽 苟全性名於亂世 不求聞達於諸侯」. ▶제85회-23), 제91회-32)

文房四寶[필묵] : 「문방사우」(文房四友). 종이·붓·먹·벼루의 네 가지.

[文房四譜]「管城侯毛元銳 **筆**也 卽墨侯石虛中 **硯**也 好時侯楮知白 **紙**也 松滋侯易玄光 **墨**也」. [長生殿 製譜]「不免將**文房四寶** 擺設起來」. ▶제36회-6), 제104회-4)

文不加點[글에 가점을] : 문장을 이룬 후 한 글자도 보탤 필요가 없을 만큼 문장이 아름다움을 이름. [禰衡 鸚鵡賦序]「時黃祖太子射 賓客大會 有獻鸚鵡者 擧酒於衡前曰 今日無用娛賓 願先生爲之賦 使四座咸共榮觀 衡因爲賦 筆不停綴 **文不加點**」. [北史 杜銓傳]「杜正元 **文不加點**」. ▶제71회-7)

文憑(문빙) : 증명서. 증거가 될 만한 문서. [水滸傳 第五十五回]「受了行軍統領官**文憑** 便敎收拾鞍馬軍器起身」. ▶제27회-4)

門生故吏[연고 있는 관리들이] : '문하생'과 같은 뜻임. 자신을 키워준 가문과 연대를 유지하면서 공존·공영을 유지하는 특성이 있음. [後漢書 袁紹傳]「袁氏樹恩四世 **門生故吏**遍於天下」. [隨園隨筆 卷十一]「**門生**見漢書 韋賢傳 顏師古注 **門生**者 猶云**門下生**也」. ▶제4회-2)

門戶[지게] : 영채의 문호. 진영 중에서 가장 중요한 곳[險要之地]. [三國志 蜀志 張喬傳]「是扼僮芝咽候 而守其**門戶**矣」. 본래는 '지게문'의 준말. [史記 天官書]「城郭家屋 **門戶**之潤決」. [管子 八觀]「**門戶**不閉」. ▶제113회-18)

物故[죽었다고는 하지만] : 죽었으나. [釋名 釋喪制]「漢以來 謂死爲**物故** 言其諸物 皆就朽故也」. [黃生 義府 下卷]「漢書霍去病傳 士馬**物故**」. ▶제82회-17)

勿得妄動[경솔하게 움직이지 말거라] : 경솔하게 움직여서는 아니됨. 「경거망동」(輕擧妄動). 가볍고 분수없이 행동함. [韓非子 難四]「明君不懸怒 懸怒則臣懼罪 **輕擧**以行計 則人主危」. 「망동」. [戰國策 燕策]「今大王事秦 秦王必喜 而趙不敢**忘動**矣」. ▶제115회-10)

勿以惡小而爲之 勿以善小而不爲[악이 적다고 하여 해서는 아니되며……] : 원문에는 '勿以惡小而爲之 勿以善小而不爲'로 되어 있음. [三國志 蜀志 先主傳]「裵松之 (注) 諸葛亮集 載先主遺詔勅後主曰 **勿以惡小而爲之 勿以善小而不爲** 惟賢惟德 能服於人」. [明心寶鑑 繼善篇]「**勿以惡小而爲之 勿以**

善小而不爲之」. ▶제85회-22)

物必歸主[물건은 반드시 그 주인에게 돌려주어야 한다]: 「물각유주」(物各有
主). [蘇軾 赤壁賦]「且夫天地之間 **物各有主** 苟非吾之所有 雖一毫而莫取」.
[北史 張乾威傳]「嘗在塗見一遺囊 恐其主求失 …… **物主來認** 悉以付之」. ▶
제52회-2)

迷道[앞길]: 어지럽게 갈래가 져 섞갈리기 쉬운 길. [庾肩吾 隴西行]「草
合前**迷路** 雲濃後暗城」. [白居易 刑部尙書致仕詩]「**迷路**心迴因向佛 宦途事
了是懸車」. ▶제77회-10)

眉目(미목): 얼굴 모양·용모. [三國志 魏志 崔琰傳]「琰聲高暢 **眉目**疏朗」.
[漢書 霍光傳]「光爲人沈靜詳審 疏**眉目** 美須髥」. ▶제14회-13)

未嘗不[매양 탄식하시고]: 항상 아닌 게 아니라. 아마도. 「미상불연」(未
嘗不然)은 그렇지 않은 바가 아님의 뜻. [史記 陸賈傳]「每奏一篇 高帝**未
嘗不稱善**」. [淮南子 人間訓]「孔子讀易 至損益 **未嘗不憤然而嘆曰**」. ▶제91
회-31)

美髥公 絶綸(미염공의 절륜): 관우(關羽)의 뛰어난 경륜. '미염공'은 관우
가 수염이 아름다웠기 때문에 제갈량이 붙여준 별명임. '미염은 잘난
수염'의 뜻. [莊子 列禦寇篇]「**美髥**長大 壯麗勇敢」. [元史 張起巖傳]「張起
巖 面如紫瓊 **美髥**方頤 而眉目淸揚 可觀望 而知爲雅量君子」. ▶제65회-31)

郿塢城(미오성): 지금의 섬서성 미현의 북쪽에 있는 성. 동탁이 미국(郿國)
에 오(塢)를 세우고 이를 만세오(萬歲塢)라 하였는데, 이를 세칭 '미오'라
했음. [中國地名]「在陝西郿縣北 董卓築塢於郿 高厚大丈 號曰**萬歲塢**」. 「오
벽」(塢壁). [後漢書 樊準傳]「修理**塢壁** 威名大行」. [晋書 劉波傳]「善談名理
會避**塢壁** 買胡百數欲害之」. ▶제8회-3)

美人計(미인계): 월왕 구천(句踐)이 오왕 부차(夫差)에게 썼던 계책. 미
녀를 미끼로 사람을 꾀는 계책. [拾遺記]「**西施**越女所謂西子也 有絶世之
美 越王句踐 獻之吳王夫差 夫差嬖之 卒至傾國」. [淮南子]「曼容皓齒形妩骨

佳 不待傅粉 芳澤而美者 **西施**陽文也」. [韻語陽秋]「太平寰宇記載**西施**事云
施其姓也 是時有東施家 西施家」. ▶제52회-18), 제54회-13)

微子(미자) : 은 주왕(紂王)의 서형(庶兄). 주왕의 황음을 여러 번 간했으
나 듣지 않자 떠났는데, 주의 무왕이 송(宋)에 봉해 주어 은족(殷族)을
다스리며 조선(祖先)을 받들었음. [中國人名]「商 紂同母庶兄 本名開……
爲紂卿士 紂淫亂 數諫不聽 作誥父師少師 遂去之 周公誅武庚 命**微子**代殷後
國於宋 作**微子**之命」. ▶제107회-25)

微子 · 韓信(미자 · 한신) : '미자'는 은(殷)의 충신으로 기자(箕子) · 비간(比
干)과 함께 3현으로 일컬어짐. [中國人名]「商 紂同母庶兄 本名開……爲
紂卿士 紂淫亂 數諫不聽 作誥父師少師 遂去之 周公誅武庚 命**微子**代殷後
國於宋 作**微子**之命」. '한신'은 한 고조 유방의 장수. 소하(蕭何) · 장량
(張良)과 함께 한나라 창업의 삼걸 중의 한 사람임. [漢書 韓信傳]「王曰
吾爲公以爲將 何日雖爲將 信不留 王曰以爲大將 何日幸甚 於是王欲召信拜
之 何日 王素慢無禮 今拜大將 如召小兒 此乃信所以去也 王必欲拜之 擇日
齋戒 設壇場具禮乃可 王許之 諸將皆喜 人人各自 以爲得大將 至拜乃**韓信**也
一軍皆驚」. ▶제30회-14)

彌天瓦地[죄는 천지에 두루 닿아 가득 찼으니] : 죄가 하늘과 땅에 두루 닿
아 도저히 어찌 할 수가 없다는 뜻. '죄가 하늘과 땅에 두루 닿다'의
비유임. [陰符經]「**彌于天給于地**」. [應璩 報梁季然書]「頓**彌天之網** 收萬因之
魚」. ▶제9회-21)

澠池會上[민지의 모임] : 진(秦)의 소양왕(昭陽王)과 조(趙)의 혜문왕(惠
文王)이 민지현(지금의 하남성)에서 모이게 되었다. 진왕은 강한 자신
만 믿고 조왕을 욕보이려 했으나, 인상여(藺相如)가 지혜롭게 보좌하
여 목적한 바를 달성하지 못하였다는 고사. [史記 六國年表]「趙惠文王
二十年 與秦會**澠池**」. [史記 廉頗藺相如傳]「秦王使使者 告趙惠文王 欲與王
爲好 會於西河**澠池**……遂與秦王會**澠池**……藺相如亦曰 請以秦之咸陽爲趙

王壽 秦王竟酒 終不能加勝於趙 趙亦盛設兵以待秦」. ▶제66회-7)

蜜水止渴[꿀물을 타서 가져오라] : 원술이 한 말로 목이 마르니 꿀물을 타
　　서 가져오라는 것으로, '적에게 쫓겨 속이 탐'을 암시함. [楚辭 王逸 九
　　思]「吮玉液兮**止渴**」. [書言故事 果實類]「送人梅 日聊贈**止渴**」. ▶제21회-25)

ㅂ

剝樹皮 拙草根[나무의 껍질을 벗기고 풀뿌리를 캐어서] : 나무껍질을 벗겨
먹고 풀뿌리를 캐어 먹는다는 뜻으로 '매우 어려움'을 비유함. 「초근
목피」(草根木皮)는 '영양가 적은 악식(惡食)의 비유임. [金史 食貨志]「山
東行省僕敬安貞言 泗州被災 道饉相望 所食者**草根木皮**而已」. ▶제14회-1)

薄言往愬 逢彼之怒(박언왕소 봉피지노) : 가서 하소연하다가 오히려 노여
움을 당함. [詩經 邶風篇 柏舟]「亦有兄弟 不可以據 **薄言往愬 逢彼之怒**」.
▶제22회-4)

拍板(단판) : 나무로 만든 박. 「단판」(檀板). [元史 禮樂志]「**拍板**制以木爲板
以繩聯之」. [通典 樂 木之屬 拍板]「**拍板** 長闊如手 重十餘枚 以韋連之 擊以
代抃」. ▶제8회-18)

反間計(반간계) : 반간책(反間策). 적의 사람으로 가장하여 진중에 들어
가서 상대방을 교란하는 계책을 이름. [史記 燕世家]「說王仕齊爲**反間計**
欲以亂齊」. [孫子兵法 用間篇 第十三]「故用間有五 有因間 有內間 有**反間**
有死間 有生間……**反間**者 因其敵間 而用之」. 이간책(離間策). [晉書 王豹
傳]「**離間**骨肉」. ▶제13회-4)

反間計(반간계) : 상대에 대한 이간책. [史記 燕世家]「說王仕齊爲**反間計** 欲
以亂齊」. [孫子兵法 用間篇 第十三]「故用間有五 有因間 有內間 有**反間** 有
死間 有生間……**反間**者 因其敵間 而用之」. 이간책(離間策). [晉書 王豹傳]
「**離間**骨肉」. ▶제56회-1), 제59회-3), 제87회-9), 제113회-27), 제114회-2)

反間之計[반간계] : 상대를 이간시키는 계책. [史記 燕世家]「說王仕齊爲**反
間計** 欲以亂齊」. [孫子兵法 用間篇 第十三]「故用間有五 有因間 有內間 有
反間 有死間 有生間……**反間**者 因其敵間 而用之」. 이간책(離間策). [晉書

王豹傳]「**離間**骨肉」. ▶제91회-24), 제94회-14), 제96회-23)

半酣(반감) : 반취. 술이 반쯤 취함. [孟浩然 醉後贈馬四詩]「秦城遊俠客 相待 **半酣**時」. [白居易 琴酒詩]「耳根得聽琴初暢 心地忘機酒**半酣**」. ▶제34회-10)

反客爲主法(반객위주법) : 객이 도리어 주인이 되는 방법. 「주객전도」(主客顚倒)는 '객이 오히려 주인의 자리를 차지함'의 뜻임. [淸史稿 卷 125~150]「或不至議洋人獨擅其利與險 而浸至**反客爲主也**」. [國策 秦策]「人 說惠王(秦)曰 今秦婦人嬰兒 皆言商君之法 莫言大王之法 是商君**反爲主** 大 王更爲臣也」. ▶제71회-14)

反骨(반골) : 권력에 저항하는 사람. [太平天國 天父下凡詔書]「兮有周錫能 **反骨**偏心 串同妖人囘朝 內應謀反」. [太平天國 李秀成 諭李昭壽書]「竟不意 爾乃**反骨**之人」. ▶제53회-10), 제105회-2)

反戈擊之[창을 돌려] : 적과 맞서서 저들과 싸움. 「반격」. [史記 秦紀]「**反 擊**秦師」. ▶제17회-9)

攀龍附鳳(반룡부봉) : 영명한 군주를 섬기어 공명을 세움. [漢書 敍傳]「舞 陽鼓刀 滕公廏騶 潁陽商飯 曲周庸夫 **攀龍附鳳** 竝乘天衢」. [後漢書 耿純傳] 「士大夫捐親戚棄土壤 從大王於矢石之閒 固望**攀龍鱗附鳳翼** 以成其所志耳」. ▶제73회-2)

絆馬索(반마삭) : 적의 말 다리를 걸어서 쓰러뜨리는 줄. [中文辭典]「以**索** 暗藏地下 爲**絆**倒敵人之**馬**之用者」. ▶제15회-9), 제90회-7)

反目切齒[눈을 부릅뜨고 이를 갈며] : 미워서 이를 갊. 「반목」(反目)은 싸울 때 눈을 부릅뜨고 흘겨보는 것을 이름. [易經 小畜卦]「九三 輿說輻 夫妻**反 目** 象曰 夫妻**反目** 不能正室也」. [書言故事 夫婦類]「夫妻不和曰 **反目**」. 「절 치부심」(切齒腐心). [史記 刺客 荊軻傳]「樊於期偏袒 搤椀而進曰 此臣之日 夜**切齒腐心** (注) **切齒** 齒相磨切也」. [戰國策 燕策]「荊軻私見樊於期曰 願得 將軍之首 以獻秦王 秦王必喜而召見臣 臣左手把其袖 右手揕其胸 則將軍之仇 報 而燕國見陵之恥除矣 樊於期曰 此臣之日夜**切齒扼腕** 乃今得聞敎 遂自刎」.

▶제108회-14)

盤問[자꾸 묻자]: 반핵(盤覈). 「반힐」(盤詰)은 자세히 캐어 물음의 뜻임.
[楊維楨 題伏生受書圖詩]「挾魯嚴禁藥未開 **盤詰**誰能禁齊語」. [桃花扇 修
札]「只是一路**般詰**也 不是當要約」. ▶제75회-12)

班門弄斧[이는 반문에게 도끼를 희롱하는 격이라 할 것이외다]: 중국 노나
라의 유명한 장색(匠色·匠人) 반수(班輸)의 집 앞에서 도끼를 희롱하
다는 뜻으로, '자기의 분수를 모름'을 이르는 말. [柳宗元 王氏伯仲唱和
詩序]「操斧于**班郢之門** 斯强顔耳」[梅之渙 題李白墓詩]「采石江邊一堆土 李
白之名高千古 來來往往一首詩 魯**班門**前**弄大斧**」. ▶제113회-24)

反不如初[반부함이 처음만도 못하느냐]: '도리어 처음만 같지 못함'의 뜻
으로, '그대로 두는 것이 오히려 낫다'는 말. ▶제37회-2)

半信不信[반신반의하면서]: 반쯤 믿고 모두 다는 믿지 않음. 「불신」(不
信). [論語 學而篇]「爲人謀而不忠乎 與朋友交而**不信**乎 傳不習乎」. [左氏
囊二十七]「匹夫一爲**不信**」. ▶제87회-10)

反賊[적반하장]: 자기 나라를 배반한 역적(叛賊). ▶제13회-13)

半坐律(반좌율): 남을 무고한 사람에게는 그 무고한 죄와 같게 처벌하는
법. [唐律 鬪訟]「諸誣告人者 **反坐**」. [福惠全書 刑名部 人命 上 疑獄]「但以
死罪誣人 律當**反坐**」. ▶제107회-18)

反形露矣[반역의 속내를 드러내고 있으니]: 역심(逆心)을 드러냄. 「역심」
은 모반하려는 마음. [漢書 五行志]「時夫人有淫行 挾**逆心**」. ▶제118회-36)

拔劍自刎[칼을 빼어 스스로 목을 찔러 죽었다]: 칼을 빼어 자기 목을 찌
름. 「자경이사」(自刎而死). [戰國策 魏策]「樊於期 偏袒阨腕而進曰 此臣
日夜 切齒拊心也 乃今得聞敎 遂**自刎**」. [戰國策 燕策]「欲自殺以激 荊軻曰
願足下急過太子 言光已死 明不言也 **自刎而死**」. ▶제84회-9)

發落[처분]: 일을 결정하여 끝냄. [覽世名言 奪錦樓]「都齊入府堂 聽侯**發落**」.
[福惠全書 刑名部 問擬]「侯批允**發落**」. ▶제28회-2), 제57회-16)

發石車(발석차) : 돌을 날려 적을 공격하는 기구로 일종의 포(砲)라 할 수 있음. [三國志 魏志 袁召傳]「太祖乃爲發石車 擊紹樓皆破(注)……於是造發石車 號曰 霹靂車」. ▶제30회-2)

勃然大怒(발연대로) : 몹시 성을 냄. 「발연」은 몹시 흥분하는 모양을 나타내는 말임. [文子 上禮]「賢聖勃然而起」. [安氏家訓 勉學]「勃然奮勵」. ▶제117회-36)

潑油救火[기름을 뿌려 불을 끄려는 격입니다] : 기름을 뿌려 불을 끄려 함. 「부신구화」(負薪救火). 섶을 지고 불을 끄려 한다는 뜻으로, '자기 스스로 짐짓 그릇된 짓을 하여 화를 더 얻으려 함'의 뜻임. 「신시」(薪柴). 땔나무와 잡목. [漢書 朱買臣傳]「其後買臣獨行歌道中 負薪墓間」. [禮記 月令篇]「收秩薪柴 (注) 大者可析謂之薪 小者合束謂之柴」. 「피마구화」(披麻救火). ▶제74회-1)

跋扈(발호) : 제멋대로 날뜀. [後漢書 崔駰傳]「黎共奮以跋扈兮 羿浞狂以恣睢」. [三國志 魏志 朱浮傳]「往年赤眉跋扈長安」. ▶제115회-35)

方巾(방건) : 명대(明代) 문인(文人)들이 머리에 쓰던 두건. [三才圖會]「方巾卽古所謂角巾也 相傳國初服此 取四方平定之意」. ▶제75회-2)

方面(방면) : 한 지역. 한 지역의 군정(軍政)을 통괄하는 권한. [後漢書 : 馬融篇]「方面重寄」. [李白 明堂賦]「九夷八狄 順方面而來奔」. [留靑日札]「方者面也 一方之面也 故今之方伯 曰方面官」. ▶제110회-1)

放聲大哭(방성대곡) : 「방성통곡」(放聲痛哭). 큰 소리를 내어 슬피 욺. 「통곡유체장태식」(痛哭流涕長太息)은 나라를 근심하는 나머지 눈물을 흘리고 통곡하고 장탄식을 함. [漢書 賈誼傳]「誼上疏曰 方今事勢可爲痛哭者一 可爲流涕者二 可爲長太息者六」. [胡詮 上高宗封事]「此膝一屈 不可復伸 國勢陵夷 不可復振 可爲痛哭流涕長太息也」. ▶제7회-12), 제81회-14), 제118회-7)

傍若無人(방약무인) : 곁에 사람이 없는 듯이 제 세상인 것처럼 말과 행동이 어려움이 없음. [史記 刺客傳]「高漸離擊筑 荊軻和而歌 於市中相樂

也 已而相泣 **傍若無人**者」. [晉書 謝尙傳]「尙便衣幘而舞 **傍若無人**」. ▶제65
회-22), 제70회-6), 제95회-19)

龐涓馬陵道[방연·마릉도] : 방연이 마릉에서 손빈과 싸운 일. 원래 방연
과 마릉은 동문수학했던 사이였는데, 손빈이 후에 조(趙)와 함께 한(韓)
을 공격하였다. 방연이 듣고 한에 돌아가 마릉도에서 손빈과 싸웠음.
[中國人名]「與孫臏同學兵法……而以法刑斷其兩足 臏遂入齊後 魏與趙攻
韓……涓聞之 去韓而歸 與孫臏戰於**馬陵道** 臏使人斫大樹……涓戰敗 自剄」.
[中國地名]「惠王三十年 與齊人戰 敗於**馬陵** 齊虜魏太子申 殺將龐涓」. ▶제
109회-4)

梆子(방짜 소리) : 목탁 소리. '방자'는 중국의 극(劇)의 한 가지임. 그 극
에서 박자(拍子)를 맞추기 위하여 쓰이던 박자목(拍子木)을 일컬음.
[南皮梆子尤著]「河南梆子 山東**梆子**之不同」. [水滸傳 第二回]「**梆子**一響 時
誰敢不來」. ▶제11회-11), 제51회-8), 제56회-18)

梆子響(방짜 소리) : 목탁소리. '방자'는 중국의 극(劇)의 한가지임. 그 극
에서 박자(拍子)를 맞추기 위하여 쓰이던 박자목(拍子木)의 일컬음.
[南皮梆子尤著]「河南梆子 山東**梆子**之不同」. [水滸傳 第二回]「**梆子**一響 時
誰敢不來」. ▶제101회-19)

梆子響處[방짜 소리] : 목탁 소리. '방자'는 중국의 극(劇)의 한가지임. 그
극에서 박자(拍子)를 맞추기 위하여 쓰이던 박자목(拍子木)의 일컬음.
원문에는 '梆子響處'로 되어 있음. [南皮梆子尤著]「河南梆子 山東**梆子**之
不同」. [水滸傳 第二回]「**梆子**一響 時誰敢不來」. ▶제116회-12)

方丈(방장) : 주지가 거처하는 방. [釋氏要覽]「**方丈** 蓋寺院之正寢也」. [白
居易 詩]「**方丈**若能來問病」. ▶제27회-7), 제54회-15)

防察(방찰) : 방어·순찰. [後漢書 班固傳]「修其**防察** (注) **防禦**謂關禁」. [文
選 班固 西都賦]「善日 揚雄尉箴日 設置山險 盡爲**防察**」. ▶제24회-5)

方天戟(방천극) : 옛 무기의 한 가지로 언월도나 창처럼 생겼음. 「방천화

극」(方天畫戟). [東京夢華錄]「高旗大扇 **畫戟**長矛 五色介冑」. [長生殿 勦
寇]「**畫戟**雕弓耀彩 軍令分明」. ▶제3회-16), 제53회-15), 제87회-12)

放勳(방훈) : 고대 제왕 당요(唐堯)의 이름. 당요가 제위를 순(舜)에게 물
려주었다 함. ▶제80회-13)

倍道(배도) : 배도겸행(倍道兼行). 이틀 길을 하루에 가는 것으로 '길을
재촉함'의 뜻. [孫子兵法 軍爭 第七]「是故 卷甲而趨 日夜不處 **倍道兼行** 百
里而爭利 則擒三將軍」. 「배일겸행」(倍日兼行)은 밤낮을 달림의 뜻. [史
記 孫子傳]「棄其步軍 與其輕銳 **倍日兼行** 逐之」. ▶제100회-8)

背舞起居(배무기거) : 꿇어앉고 절함. 「배무」는 '서로 등지고 서서 추는
춤'이고, 「기거」는 '앉았다가 손님을 맞기 위해 일어섬'의 뜻. [杜甫 韋
諷錄事宅觀曹將軍畵馬圖引]「盤賜將事**背舞**歸 輕紈細綺相追飛」. [漢書 谷永
傳]「**起居**有常 循禮而動」. ▶제78회-21), 제80회-20)

拜伏(배복) : 절하며 엎드림. 복종. [風俗通 愆禮]「豈徒**拜伏**而已哉」. [北史
齊孝昭帝紀]「帝唯啼泣**拜伏** 竟無所言」. ▶제102회-21)

背水爲陣[배수의 진] : 뒤에 물을 두고 진을 폄. '물러 갈 곳이 없으므로
공격해 오는 적과 결전을 하게 됨'의 뜻. [尉繚子天官篇]「按天官曰 **背水
陣**爲絶地 向坂陣爲廢軍 武王伐紂 背濟水 向山坂而陣 以二萬二千五百人 擊
紂之億萬而滅商 豈紂不得天官之陣哉」. [後漢書 銚期傳]「時銅馬數千萬衆人
清陽博平期與諸將迎擊之 連戰不利 乃更**背水而戰** 所殺傷甚多 會光武救至
遂大破之」. ▶제71회-29), 제110회-23)

背若芒刺[마치 등을 가시로 찌르는 듯하오] : 마치 가시로 등을 찌르는 듯
함. '몹시 고통스러움'의 비유. '망자재배'(芒刺在背). 망자(芒刺 : 풀
끝)가 등을 찌르면 마음이 편치 않 듯이 공구(恐懼)하고 불안함을 이
름. [漢書 霍光傳]「宣帝始立 謁見高廟 大將軍光從驂乘 上內嚴憚之 若有**芒
刺在背** 後車騎將軍張安世 代光驂乘 天子從容肆體 甚安近焉」. ▶제20회-14)

背花[장 50대] : 옛 형장(刑杖)의 이름 또는, 그로 인해 생긴 상처. [中文

辭典]「背花爲棒所打傷處也」. ▶제19회-10)

百官(백관) : 문무 백관(文武百官). 모든 관리. [書經 周官篇]「統百官 均四海」. [論語 憲問篇]「君薨 百官總己 以聽於家宰 三年」. ▶제1회-7)

白起破楚·韓信克趙[백기가 강한 초나라를 깨뜨리고 한신이 조를 이겼다 하나, 족히 이 공에 비기지 못할 것이다] : 백기는 초나라를 파하고 한신은 조나라를 이김. 「백기」는 전국시대 진(秦)나라의 명장으로 소양왕(昭襄王) 때 초를 쳐 멸망시켰으며 조나라 70여 성을 빼앗았으나, 후에 범저(范雎)와의 사이가 벌어져 사사되었음. [中國人名]「秦 郿人 善用兵事昭王 封武安君 戰勝功取 凡七十餘城南定鄢 郢漢中北破趙括 坑趙降卒四十萬 後與應候范雎有隙……遷陰密 賜死」.「韓信」. '한신'은 한 고조 유방의 장수. 소하(蕭何)·장량(張良)과 함께 한나라 창업의 삼걸 중의 한 사람임. [漢書 韓信傳]「王曰 吾爲公以爲將 何日雖爲將 信不留 王曰以爲大將 何日幸甚 於是王欲召信拜之 何日 王素慢無禮 今拜大將 如召小兒 此乃信所以去也 王必欲拜之 擇日齋戒 設壇場具禮乃可 王許之 諸將皆喜 人人各自 以爲得大將 至拜乃韓信也 一軍皆驚」. ▶제118회-29)

白樂天(백낙천) : 당의 시인 백거이(白居易). 이름이 거이이고 낙천은 자임. 향산거사라 했는데 그의 유명한 시「장한가」(長恨歌)는 칠언(七言) 120구의 장편임. [中國人名]「唐 季庚子 字樂天……元和初入翰林爲學士 遷左拾遺……累遷杭蘇二州刺史 文宗立遷刑部侍郎……與香山僧如滿 結香火社 自稱香山居士」. ▶제104회-13)

百年(백년) : '죽은 뒤'라는 말을 높여서 이르는 말임. 본래는 사람의 일생을 이름. [詩經 唐風篇 葛生]「百歲之後 歸于其居」. [杜甫 詩]「百年地僻 柴門迥 (注) 邵雍云 百年猶言一生」. ▶제104회-12)

百里之才[백리지재가 아니니] : 백 리쯤 되는 땅[縣]을 다스릴 만한 재주. '수완이나 국량(局量)이 보통 사람보다는 크지만, 썩 크지는 못한 사람'을 일컫는 말임. [三國志 蜀志 龐統傳]「魯肅曰 龐士元非百里之才也 使

□ 103

處治中別駕之任 如當展其驥足」. [三國志 蜀志 蔣琬傳]「琬 社稷之器 非**百里之才**」. ▶제57회-19)

白面書生[한갓 서생] : 한갓 글만 읽고 세상일에 경험이 없는 사람. [晉書]「高陽王隆曰 伐詳之徒 皆**白面書生**」. [宋書 沈慶之傳]「欲溫國 而與**白面書生**謀之 事何由濟」. [杜甫 詩]「馬上誰家**白面郞**」. ▶제35회-6)

白旄黃鉞(백모 황월) : 흰 깃발과 도끼. 주(周)의 무왕(武王)이 은(殷)의 주왕(紂王)을 정벌할 때 썼다 하여 '정벌'의 상징이 되었음. '백모'는 모우(犛牛:소의 일종)의 꼬리나 날짐승의 깃을 장대 끝에 달아 놓은 기. '황월'은 누런 금빛 도끼(무기). [書經 牧誓篇]「王左杖**黃鉞** 右秉**白旄** 以麾曰 逖矣 西土之人」. [事物紀原]「興服志曰 **黃鉞**黃帝置 內傳曰 帝將伐蚩尤 玄女授帝**金鉞**以主煞 此其始也」. ▶제5회-2), 제83회-7), 제110회-11)

白眉最良[흰 눈썹의 마량이 가장 어질다] : 여러 형제 중에서도 눈썹이 흰 마량(馬良)이 가장 어짊. '백미'는 여러 사람 가운데서도 가장 뛰어난 사람을 뜻함. [北史 孫靈暉傳]「訓答詩云 三馬皆**白眉**者也」. [書言故事 兄弟類]「稱人獨出衆者 謂**白眉**」. ▶제52회-5)

百發百中(백발백중) : 쏘는 대로 다 적중함. [史記 周本紀]「楚有養由基者 善射者也 去柳葉者百步而射之 **百發**而**百中**之 左右觀者數千人 皆曰善射」. [戰國策 西周策]「夫射柳葉者 **百發百中** 而不以善息」. ▶제53회-5), 제90회-6), 제97회-14)

柏樹[잣나무] : 백목(柏木). [漢書 朱博傳]「其府中列**柏樹** 常有野鳥數千棲宿其上」. [晉書 郭璞傳]「數日果震 **柏樹**粉碎」. ▶제102회-2)

白身(백신) : 평민. 관직이나 공명이 없는 사람. [唐書 選擧志]「**白身**視有出身 一經三傳皆通者 獎擢之」. [通俗編 仕進 白身]「元典章 選格有**白身**人員」. ▶제1회-28)

白鵝翎(백아령) : 흰 거위의 깃털. 「거위」(家雁). [正字通]「鵞同鵝」. [玉篇]「鵞亦作鵝」. ▶제68회-2)

伯夷·叔齊(백이와 숙제) : 은나라 고죽군(孤竹君)의 큰 아들과 막내 아들. 주 무왕의 벌주(伐紂)를 옳지 않게 여겨, 수양산(首陽山) 남쪽에 들어가 주나라의 곡식을 먹지 않고 그곳에서 굶어 죽었다 함. [史記 伯夷傳]「武王伐紂 伯夷叔齊 叩馬而諫曰 父死不葬 爰及干戈 可謂孝乎 以臣弑君 可謂仁乎 左右欲兵之 太公曰 此義人也 扶而去之 武王已平殷亂 天下宗周 而伯夷叔齊恥之 義不食周粟 隱於首陽山 采薇而食之 遂餓死於首陽山」. [論語 述而篇]「入曰 伯夷叔齊何人也 曰古之賢人也」. ▶제44회-17)

百戰百勝[백전백승의 기세이다] : 매번 싸울 때마다 이김. [孫子 謀攻]「是故 百戰百勝 非善之善者也 不戰而屈人之兵 善之善者也」. [史記 魏世家]「臣有百戰百勝之術」. ▶제85회-9)

伯仲之間[엇비슷한] : 실력이 비슷하여 우열을 가리기 어려움. '큰 차이가 없음'을 이름. [魏文帝 典論]「傅毅之於班固 伯仲之間耳」. [杜甫 詠懷古跡詩]「伯仲之間見伊呂」. ▶제105회-12)

白波帥(백파수) : 백파적의 두목. 당시 '백파곡(西河 白波谷)'에 숨어 있던 장각(張角)의 잔당들을 '백파적'이라 하였음. 강에 출몰하는 떼강도를 '백파(白波)'라 함. [後漢書 靈帝紀]「靈帝中平元年 張角反 皇甫嵩討之 角餘賊在西河白波谷 時俗號白波賊」. [後漢書 董卓傳]「初靈帝末 黃巾餘黨郭太等 復起西河白波谷 轉寇太原 遂破河東 百姓流轉 三輔號爲白波賊 衆十餘萬」. ▶제13회-25)

白虹[흰 무지개] : 백홍관일(白虹貫日). 흰 무지개가 해를 뚫는다는 뜻인데, 이는 '나라에 난리가 날 징조'라 함. [戰國策 魏策]「唐雎志曰 專諸之刺王僚也 彗星襲月 聶政之刺魏傀也 白虹貫日」. [後漢書 靈帝紀]「中平六年二月乙未 白虹貫日」. ▶제108회-6)

繁禮多儀(번례다의) : 지켜야 할 예와 의식이 많음. 「번다」(繁多). 번거로울 정도로 많음. [後漢書 蔡邕傳]「臣聞天降災異 緣象而至 眸歷數發 殆刑誅繁多之所生也」. [後漢書 杜林傳]「法防繁多 則苟免之行興」. ▶제18회-4)

藩服(번복) : 천자가 있는 곳에서 멀리 떨어진 지방. [中文辭典]「古九服之
　　一 距王城五千里外方五百里之地也」. [周禮 夏官 職方氏]「又其外方五百里
　　曰藩服」. ▶제80회-16)

藩妃(번비) : 지방을 다스리던 제후의 아내. [中文辭典]「藩 王侯之封國」.
　　▶제2회-23)

飜手之間[손을 뒤집듯 쉬운 일이나] : 손을 뒤집는 사이. '아주 짧은 동안'
　　을 뜻함. 「여반장」. [說苑 正諫篇]「變所欲爲 易於反掌」. [枚乘 書]「變所欲
　　爲 易于反掌 安于泰山」. ▶제3회-24)

樊噲(번쾌) : 한 고조 유방의 공신. 천하 장사로 비천한 신분이었으나 유
　　방을 도와 공을 세우면서 연무공(燕武公) 되고 무양후에 봉해짐. 특히
　　홍문연에서 검무로 유방을 구함. [中國人名]「漢 沛人……項羽會沛公於
　　鴻門 范增謀殺沛公 噲持盾直入譙讓羽 時日微噲 沛公幾殆 及定天下 累遷左
　　丞相 封舞陽侯」. ▶제14회-10), 제21회-19)

藩蔽[번폐로 삼은] : 번국(藩國). 번방(藩邦). 중앙을 지키는 지방자치 지
　　역. [漢書 武帝紀]「於是藩國始分 而子第舉候國」. [新書 藩傷]「藩國與制 力
　　非獨少也」. ▶제70회-16)

犯禁之物[천자만이 사용할 수 있는 기물 모두를] : 「범금」(犯禁). [史記 遊
　　俠傳]「儒以文亂法 而俠以武犯禁」. [漢書 地理志]「犯禁浸多 至六十餘條」.
　　▶제17회-17)

范蠡(범려) : 월(越)나라의 모신(謀臣). 미인계를 써서 오왕 부차(夫差)를
　　죽임. [拾遺記]「西施越女所謂西子也 有絶世之美 越王句踐 獻之吳王夫差
　　夫差嬖之 卒至傾國」. [淮南子]「曼容皓齒形娇骨佳 不待傅粉 芳澤而美者 西
　　施陽文也」. [韻語陽秋]「太平寰宇記載西施事云 施其姓也 是時有東施家 西
　　施家」. ▶제33회-24)

范蠡·句踐(범려·구천) : 월왕 구천이 오나라와 싸워 회계(會稽)에서 패
　　하고 나자, 국력을 기르는 한편 범여의 계획에 따라 서시(西施)란 미

녀로 미인계를 썼음. 오왕 부차가 이 계책에 빠진 것을 알고 군사를
일으켜 오나라를 멸하였다는 고사. [拾遺記]「**西施**越女所謂**西子**也 有絕
世之美 越王句踐 獻之吳王夫差 夫差嬖之 卒至傾國」. [淮南子]「曼容皓齒形
姱骨佳 不待傅粉 芳澤而美者 **西施**陽文也」. [韻語陽秋]「太平寰宇記載**西施**
事云 施其姓也 是時有東施家 **西施家**」. ▶제79회-7)

范蠡獻西施之計[범려가 서시를 바친 미인계입니다] : 월왕 구천이 오나라
와 싸워 회계(會稽)에서 패하고 나자, 국력을 기르는 한편 범여의 계획
에 따라 서시(西施)란 미녀로 미인계를 썼음. 오왕 부차가 이 계책에
빠진 것을 알고 군사를 일으켜 오나라를 멸하였다는 고사. [拾遺記]「**西
施**越女所謂**西子**也 有絕世之美 越王句踐 獻之吳王夫差 夫差嬖之 卒至傾國」.
[淮南子]「曼容皓齒形姱骨佳 不待傅粉 芳澤而美者 **西施**陽文也」. [韻語陽秋]
「太平寰宇記載**西施**事云 施其姓也 是時有東施家 **西施家**」. ▶제44회-7)

法不加至尊[법을 지존에게는 가하지 않는다] : 법을 천자에게는 적용하지
않음. 「지존」(至尊). [文選 張衡 東京賦]「降**至尊**以訓恭 (注) 綜曰 **至尊天
子也**」. [漢書 董仲舒傳]「朕獲承**至尊**休德」. ▶제17회-21)

碧幢(벽당) : 수레와 배에 둘러치는 장막. [白居易 和汴州令孤相公詩]「**碧
幢**油葉藻 紅旆火襜襜」. ▶제90회-16)

辟易(벽역) : 미침[狂疾]·놀라서 물러남. [國語 吳語]「員不忍稱疾**辟易** (注)
辟易狂疾」. [史記 項羽記]「項王瞋目而叱之 赤泉候人馬俱驚 **辟易**數里」. ▶
제68회-9)

邊城(변성) : 변방에 있는 성. [陸雲 又與陸典書]「或生羌狄 或在**邊城**」. ▶제
115회-32)

辯才無碍[말재주는 막힘이 없습니다] : 말재주가 막힘이나 거침이 없음. 「변
재천녀」(辯才天女)는 '무애(無碍)의 변재를 가지고 설법을 함'의 뜻. [華嚴
經]「若能知法永不滅 則得**辯才無碍**法 若得**辯才無碍**法 則能開演無邊法」. ▶
제60회-18)

邊庭[변경] : 변경(邊境)·변새(邊塞). [杜甫 兵車行]「**邊庭**流血成海水 武皇 開邊意未已」. [史記 三王世家]「大司馬臣去病上 疏曰 階下過聽使臣去病 待 罪行閒 宜專**邊塞**之恩」. ▶제91회-42), 제105회-15)

變通之道[변통의 길] : 형편과 경우에 따라 이리저리 막힘없이 처리할 계 책. [後漢書 鄧禹傳論]「夫**變通之**世 君臣相扶」. [孔子家語 五儀解]「所謂聖 者 德合於天地 **變通**無方」. ▶제96회-18)

卞和於荊山之下[변화가 형산에서 얻은 것으로] : 초나라의 화씨(和氏)가 얻었다는 보옥(寶玉). [韓非子 卞和篇]「楚人和氏 得玉璞楚山中 奉而獻之 厲王 厲王使玉人相之 玉人曰石也 王以和爲誑 而刖其左足 及厲王薨 武王 卽位 和又奉其璞而獻之武王 武王使玉人相之 又曰石也 王又以和爲誑 而刖 其右足 武王薨 文王卽位 和乃抱其璞而哭於楚山之下 三日三夜 泣盡而繼之 以血 王聞之 使人問其故曰 天下之刖者多矣 子奚哭之悲也 和曰 吾非悲刖也 悲夫寶玉而題之以石 貞士而名之以誑 此吾所以悲也 王乃使玉人理其璞 而 得寶焉 遂命曰**和氏之璧**」. [中文辭典]「卞和所進之玉 又稱**和氏之璧** 連城璧 夜光璧」. ▶제6회-14)

兵家常事[승부는 병가에서 보면, 늘 있을 수 있는 일이다] : 병가에서는 흔히 있을 수 있는 일. '실패는 있을 수 있는 일이므로 낙심하지 말라'는 비유 로 쓰이는 말임. [唐書 裴度傳]「帝曰 **一勝一負 兵家常勢**」. ▶제71회-12)

兵家之常[승패는 병가에서 흔히 있을 수 있는 일이다] : 「병가지상사」(兵家 之常事). 전장에서의 승패는 흔히 있을 수 있는 일임. '실패는 있을 수 있는 일이므로 낙심하지 말라'는 비유로 쓰이는 말임. [唐書 裴度傳]「帝 曰 **一勝一負 兵家常勢**」. 「승부」. [韓非子 喻老]「未知**勝負**」. ▶제115회-8)

兵家之常事[병가에서 승패란 진정 상사이니] : 전장에서의 승패는 흔히 있 을 수 있는 일임. '실패는 있을 수 있는 일이므로 낙심하지 말라'는 비 유로 쓰이는 말임. [唐書 裴度傳]「帝曰 **一勝一負 兵家常勢**」. ▶제12회-18)

兵車(병거) : 전거(戰車). 전장할 때 쓰는 수레. [禮 曲禮 上]「**兵車**不式 武

車綏旌 德車結旌」. [論語 憲問]「桓公九合諸侯 不以兵車 管仲之力也」. ▶제100회-15)

兵貴神速 不可少停[병법에서는 신속함을 중요하게 여기고 머뭇거려서는 안된다] : 병법에서도 군사들의 움직임을 신속히 해야 하며, 조금도 머뭇거려서는 아니 됨. [三國志 魏志 郭嘉傳]「太祖將襲袁尙 嘉言 兵貴神速」. ▶제61회-17), 제116회-13), 제117회-17)

兵機(병기) : 무기(武器). 병법(兵法). 군사상의 기밀. [六韜 龍韜 王翼]「簡練 兵器 刺擧非法」. [周禮 地官 小司徒]「其衆寡六畜兵器 以待政令」. ▶제70회-15)

丙吉憂牛喘[병길은 소가 헐떡이는 것을 걱정하고] : 병길이 소가 헐떡거리는 것을 보고 걱정함. '병길'은 전한(前漢) 선제(先帝) 때의 승상. 그는 사람이 상처를 입고 누워 있어도 관심을 갖지 않다가 소가 헐떡거리는 것을 보고는 걱정하였다. 사람들이 그런 행동을 비방하자, 백성들이 싸우는 것은 그 방면의 관리가 단속할 것이지만 나는 절기가 바르지 못해 작황(作況)에 영향이 있을까 걱정하는데, 이는 승상으로서 마땅히 걱정해야 할 일이 아닌가라고 말했다 함.

「병길문우천」(丙吉問牛喘). [漢書 丙吉傳]「吉又嘗出 逢淸道羣鬪者 死傷橫道 吉過之不問 掾史獨怪之 吉行前 逢人逐牛 牛喘吐舌 吉止駐 使騎吏問逐牛行幾里矣 掾史獨謂 丞相前後失問 或以譏吉 吉曰 民鬪相殺傷 長安令京兆尹 職所當禁備逐捕 歲竟 丞 相課其殿最 奏行賞罰而已 幸相不親小事 非所當於道路問也 方春少陽用事 未可太熱 恐牛近行 用署故喘 此時氣失節 恐有所傷害也 三公典調和陰陽 職所當憂 是以問之 掾史迺服 以吉知大體」. ▶제103회-13)

竝馬而行[고삐를 나란히 하였다] : 말고삐를 같이하고 감. 「병비이행」(竝轡而行). [湘素雜記]「劉公佳話云 賈島初赴於京師 一日於驢上 得句云 鳥宿池邊樹 僧推月下門……吟哦時時引手作 推敲之勢……島具對 所得詩句云云

韓立馬良久 謂島曰 作敲字佳矣 遂與竝轡而歸」. [中文辭典]「竝轡 謂二馬同
進也」. ▶제28회-4)

兵半渡可擊[군사들이 반쯤 건넜을 때 공격하라] : 군사들이 물을 반쯤 건
넜을 때 공격해야 함. 「군반도가격」(軍半渡可擊)은 '군사들이 강을 반
쯤 건넜을 때에 공격함'의 뜻임. 「반도」(半渡)는 「도중」(途中)의 뜻임.
[李白 登敬亭山南望懷古贈竇主簿詩]「百歲落半途 前期浩漫漫」. [白居易 何
處難忘酒詩]「還鄉陾陾露布 半路授旌旄」. ▶제58회-11)

兵變(병변) : 군사들의 반란. 병란이나 전란과 같음. [國語 楚語下]「金足
以禦兵亂」. [後漢書 杜林傳]「流離兵亂」. ▶제61회-4)

兵符(병부) : 군사를 이동 배치하고 장수를 보낼 때 쓰던 일종의 신표(信
標)로, 군사의 지휘권 같은 것임. [史記 信凌君傳]「公子之盜其兵符」. [駱
賓王 宿溫城望軍營詩]「兵符關帝闕 天策動將軍」. ▶제49회-9), 제83회-26)

兵不厭詐(병불염사) : 싸움에서는 거짓말을 하기 마련임. '싸움은 어쩔
수 없이 적을 속이게 된다'는 뜻. [韓非子 難一]「舅犯曰 臣聞之 繁禮君子
不厭忠信 兵陣之閒不厭詐偽」. [陸以湉 冷廬雜識 論王文成公精於用兵]「凡
此皆出奇制勝 所謂兵不厭詐 非小儒所能知也」. ▶제30회-8), 제46회-23), 제
59회-2)

兵不在多[병법에서는 군사의 수가 많음에 있지 않고] : 싸움에 이기고 짐은
병사들의 많고 적음에 있지 않음. 원문에는 '兵不在多 在人之調遣耳'로
되어 있음. [孫子兵法 行軍篇 第九]「兵非益多也 惟無武進 足以併力 料敵
取人而已」. 「조견」(調遣)은 '군대를 파견하다'의 뜻임. [宋史 理宗記]「安
豐濠州各五百人 赴京聽調遣」. [明律 兵律 軍政 縱軍擄掠]「凡守邊帥 非奉
調遣」. ▶제93회-1), 제106회-4)

竝轡而行[고삐를 나란히 하여 걸으며] : 말고삐를 나란히 같이 걸음. [湘素
雜記]「劉公佳話云 賈島初赴於京師 一日於驢上 得句云 鳥宿池邊樹 僧推月
下門……吟哦時時引手作 推敲之勢……島具對 所得詩句云云 韓立馬良久

謂島日 作敲字佳矣 遂與竝轡而歸」. [中文辭典]「竝轡 謂二馬同進也」. ▶제
53회-11), 제54회-18)

兵若遠行疲困 可防劫寨[병사들이 멀리 이동해 피곤할 것 같으면……] : 원
문에는 '**兵若遠行疲困 可防劫寨**'로 되어 있음. 「이일대로」(以佚待勞).
군사들을 편히 쉬게 했다가 적들이 피로해지기를 기다려 공격함. [孫
子兵法 軍爭篇 第七]「以近待遠 **以佚待勞** 以食待飢 此治力者也」. [後漢書
馮異傳]「**以逸待勞** 非所以爭也 按逸亦作佚」. ▶제67회-1)

屛翳(병예) : 신화에 나오는 풍신(風神)·우신(雨神)·뇌신(雷神)을 말함.
[山海經 海外東經]「雨師妾在其北 (注) **雨師謂之屛翳**」. [楚辭 九歌 雲中君
注]「雲神 豊隆也 一日**屛翳**」. ▶제46회-13)

兵有先聲而後實者[소문을 먼저 내고 실전은 그 뒤에 한다] : 원문에는 '**兵有
先聲而後實者**'로 되어 있음. [史記 淮陰侯列傳]「**兵固有先聲而後實者** 此之
謂也」. ▶제118회-22)

兵有利鈍 戰無必勝[병사(兵事)에는 유리할 때도 있고 불리할 때도 있으며
싸움에는, 반드시 이긴다고는 할 수 없는 것입니다] : 원문에는 '**兵有利鈍
戰無必勝**'으로 되어 있음. [孫子兵法 形篇第四]「古之所謂善戰者 **勝勝易勝
者也**」. [同上]「是故 **勝兵 先勝而後求戰** 敗兵 先戰而後求勝」. ▶제61회-10)

步罡[이리저리 거닐며] : 「보강답두」(步罡踏斗)의 준말. 도사가 별들에 예
배하며 신령을 부르거나 보내는 일종의 동작. [搜神記]「**步罡訣呪** 以水
噀之」. ▶제102회-11)

保擧[천거] : 추천함. 관원이 담당 관아의 관원 중에서 재주가 있거나 공
로가 있는 사람을 책임지고 임금에게 천거하던 일. [宋史 選擧志]「**保擧
堪將領者**」. ▶제10회-5)

保國安民(보국안민) : 나라를 보호하여 지키고 백성들을 안돈시킴. 「보
국안신」. 신념에 안주하여 신명(身命)의 안위를 조금도 걱정하지 않
음. [傳燈錄 卷十]「**安身立命**」. [水滸傳 第一回]「那里長用人去處 足可**安身**

立命」. ▶제116회-23)

保國安身[보국 안신책] : 나라를 보호하여 지키고 자신을 안전하게 함. 「안
신입명」(安身立命). 신념에 안주하여 신명(身命)의 안위를 조금도 걱정
하지 않음. [傳燈錄 卷十]「**安身立命**」. [水滸傳 第一回]「那里長用人去處 足
可**安身立命**」. ▶제115회-24)

寶眷[가족] : 식솔(食率). [楊愼 升庵外集]「**眷** 一作婘 徐俳尺牘 玉婘尊穉均
慶 今稱人之眷屬曰 **寶眷**本此」. ▶제76회-9)

輔翼[도움을 받아서] : 보필(輔弼). 보좌(補佐). [書經 益稷篇]「予欲左右有
民 汝翼 (注) 左右**輔翼**也 猶孟子所謂輔之翼之 使自得之也」. ▶제65회-27)

保障(보장) : 보호하는 요새. [史記 孔子世家]「孟氏之**保障**無成」. ▶제70회-13)

保全之計(보전지계) : 목숨을 보호하여 유지하려는 계책. [後漢書 龐公傳]
「**夫保全一身** 孰若**保全天下**」. [六韜 龍韜 王翼]「**保全民命**」. ▶제64회-11)

輔政[정사를 맡아 보고] : 정사를 봄. [漢書 昭帝紀]「皆數以邪枉干**輔政**」.
[白虎通 封公候]「庸不任**輔政**妨塞賢 故不世卿」. ▶제111회-16)

保奏[책임지고 아뢸 수 있을] : 보주(保主). 관리를 임용할 때 책임지고 보
거(保擧)하던 사람. [清會典事例 吏部 滿洲銓選]「其**保奏**人員 亦應定於次
月截限以前 卽行**保奏** 如所題之人」. [還魂記 圍釋]「杜寶夂已**保奏**大宋」. ▶
제65회-7)

伏劍(복검) : 할복(割腹). 칼을 물고 죽은 왕릉(王陵)의 어머니. 왕릉은 유
방의 고향 선배이나 유방의 부하가 되기를 거부하고 있다가, 항우를
치게 되자 유방을 도왔다. 항우가 왕릉을 끌어들이기 위해 그의 어머니
를 군중에 가두었는데, 왕릉의 어머니는 어미 때문에 두 마음을 먹지
말라고 당부하고 칼을 물고 자살하였다. 이렇게 되자 왕릉은 유방을
도와 천하를 평정하였음. [中國人名]「高祖起沛 陵以兵屬之 項羽得陵母置
軍中 陵使至 羽使陵母招陵 母私送使者泣曰 爲老妾語陵 善事漢王……乃**伏劍**
死 以固勉陵」. [陸機 漢高祖 功臣頌]「旣明且慈 引臣**伏劍**」. ▶제37회-5)

伏臘(복랍) : 복사(伏祠)와 납향(臘享). 여름 삼복 날과 납일(臘日)에 있는 제일(祭日). [漢書 郊祀志]「作伏祠 (注) 孟康曰 六月伏日也」. [漢書 楊惲傳]「歲時伏臘」. ▶제85회-19)

伏路軍[매복군] : 매복해 두었던 군사. 초계병(哨戒兵). 「초병」. [中文辭典]「軍隊中稱巡邏守望之兵曰 哨兵 哨兵之出動曰 放哨」. ▶제82회-16)

覆亡之禍(복망지화) : 패망의 참화를 당함. [左氏 隱 十一]「吾子孫 其覆亡之不暇」. [人物志 釋爭]「終有覆亡之禍」. ▶제81회-8)

福物[제물] : 제사에 쓰이는 물건. 즉, 제사의 희생물(社神牲物). [周禮 天官膳夫]「凡祭祀之致福者 [疏] 諸臣自祭家廟 祭訖致胙肉於王 謂之致福」. ▶제49회-15)

僕射[복야] : 상서복야(尙書僕射). 상서령의 밑에 있으며 문서를 개봉·전곡의 수납을 관리하고, 관리들의 고과(考課)·임면(任免)하는 두 복야가 있었음. [晋書 職官志]「尙書令秩千石」. [淵鑑類函 設官部 尙書令]「文獻通考曰 明無尙書令官」. ▶제9회-7)

濮陽攻呂布之時[복양에서 여포를 공격할 때와] : 조조가 복양에서 여포에게 패해 쫓기던 일. ▶제60회-20)

卜地[장사지내주어라] : 복거(卜居). 살 만한 곳을 가려서 정함. [吳越春秋 句踐歸國外傳]「范蠡對曰 唐虞卜地 夏殷封國 古公營城」. [史記 周本紀]「成王使周公卜居」. ▶제105회-8)

伏波(복파) : 마등·마초의 조상으로 동한(東漢)의 군사(軍師) 마원(馬援)을 이름. 흔히 '마복파(馬伏波)·복파장군(伏波將軍)'이라 부르는데, 그가 복파장군이 되었기에 이르는 말. [後漢書 馬援傳]「璽書拜援伏波將軍 南擊交趾」. [三國志 魏志 夏後惇傳]「太祖 平河北 爲大將軍 後拒鄴破 遷伏波將軍」. ▶제60회-7)

本命燈(본명등) : 공명이 태어난 '간지'(干之)를 적은 등. 「본명」(本命)은 '사람이 태어난 해의 간지를 말함. [福惠全書 筮仕部 擇到任吉期]「干支

喜與**本命** 行年相生 忌相中剋」. ▶제103회-22)

蓬萊島[봉래섬] : 봉도(蓬島)·봉호(蓬壺)·봉산(蓬山). 봉래산은 중국의
　　전설에 나오는 신선이 산다는 산의 하나임. [吳筠 登北固山望海詩]「雲
　　生**蓬萊島** 日出扶桑枝」. [拾遺記 高辛]「三壺則海中三山也 一日方壺則方丈
　　也 二日**蓬壺** 則**蓬萊**也 三日瀛壺 則蓬洲也 形如壺器」. ▶제46회-14)

封萬戶侯[만호후에 봉하겠다] : 1만 호의 백성이 사는 지역을 식읍(食邑)으
　　로 가진 제후에 봉함. [史記 高祖功臣年表]「故大城名都散亡**戶口** 可得而數
　　者 十二三」. [漢書 闕賓傳]「不屈都護 **戶口**勝兵多 大國也」. ▶제114회-23)

鳳毛鷄膽(봉모계담) : 봉황의 털에 닭의 쓸개. '외모는 뛰어나나 내실이
　　빈약함'의 비유임. [世說新語 容止]「王敬倫 風姿似父 作侍中 加授桓公 公
　　服從大門入 桓公望之日 大奴固自有**鳳毛**」. [李白 感時留別從弟延陵詩]「令
　　弟子延陵 **鳳毛**出天姿」. '봉모인각'(鳳毛麟角)은 '아주 드물고 희귀함'을
　　이름. [北史 文苑傳]「學者如**牛毛** 成者如**麟角**」. ▶제32회-2)

逢山開路 遇水疊橋[산을 만나면 길을 열고 물을 만나면 다리를 놓아야 합니
　　다] : 원문에는 '**逢山開路 遇水疊橋**'로 되어 있음. 「개로」(開路). [漢書 刑
　　法志]「北伐山戎 爲燕**開路**」. [韓偓及第遇堂日作詩]「百辟斂容**開路**看 片時輝
　　赫勝圓形」. ▶제116회-5)

鳳凰來儀[봉황새가 날아오고] : 봉황새가 날아와서 춤추는데 의용(儀容)
　　이 있음. [山海經 南山經]「五采而文 名曰**鳳凰**」. [詩經 大雅篇 卷阿]「**鳳凰**
　　于飛 翽翽其羽 亦集爰止」. ▶제98회-12)

不可拘常以失事機[비상시국을 상례(常例)로써 처리하여 일의 기회를 놓쳐
　　서는 안 됩니다] : 상례(常例)에 따라 행동하지 않으면 일의 기회를 잃
　　게 될 것임. 「사기」(事機). [中文辭典]「**事之機密**」. ▶제118회-34)

富家郎(부가랑) : 젊어서 부를 쌓은 도령. 「부가옹」(富家翁)과 대가 됨.
　　부옹(富翁). 부잣집 늙은이. '안락만을 추구하는 평범한 사람'의 뜻.
　　[史記 留侯世家 意慾留居之(注)]「徐廣日 一體 噲諫日 沛公欲有天下耶 將欲

爲**富家翁**耶 沛公曰 吾欲有天下」. [論衡 初稟]「**富家之翁** 貲累千金 生有富
骨 至生積貨 至於年老 遂成**富家**」. ▶제9회-14)

富家翁(부가옹) : 부옹(富翁). 부잣집 늙은이. '안락만을 추구하는 평범한
사람'의 뜻. [史記 留侯世家 意慾留居之(注)]「徐廣曰 一體 噲諫曰 沛公欲
有天下耶 將欲爲**富家翁**耶 沛公曰 吾欲有天下」. [論衡 初稟]「**富家之翁** 貲
累千金 生有富骨 至生積貨 至於年老 遂成**富家**」. ▶제107회-15)

副肝歷膽[흉금을 털어놓고] : 간을 쪼개고 쓸개가 샘. 곧, '흉금(속마음)
을 터놓고 말한다'는 뜻임. 「흉금」(胸襟). [劉伶 詩]「聞此消**胸襟**」. [李白
贈崔侍郞詩]「洛陽因劇孟 託宿話**胸襟**」. ▶제21회-1)

部曲(부곡) : 지방의 치안을 위해 장군이나 호족들이 거느리도록 인정했
던 군부대. 부(部)의 밑에 곡(曲)이 있음. [漢書 李廣傳]「廣行無**部曲**行陳
(顔注) 續漢書百官志 云將軍領軍皆有**部曲** 大將軍營五部 部校尉一人 部下有
曲 曲有軍候一人 今廣尙於簡易 故行道之中 而不立**部曲**也」. ▶제60회-30)

部曲[대오] : 지방의 치안을 위해 장군이나 호족이 거느리도록 했던 소
유부대. 부(部)의 밑에 곡(曲)이 있음. [漢書 李廣傳]「廣行無**部曲**行陳
(顔注) 續漢書百官志 云將軍領軍皆有**部曲** 大將軍營五部 部校尉一人 部下
有曲 曲有軍候一人 今廣尙於簡易 故行道之中 而不立**部曲**也」. ▶제91회-12)

不共戴天[같은 하늘 아래서 살 수 없다] : 같은 하늘 아래에서 살 수 없음.
「불공대천지수」(不共戴天之讐). 「불구대천지수(不俱戴天之讐)」. [禮記
曲禮篇 上]「父之讐 **弗與共戴天** 兄弟之讐 不反兵 交遊之讐 不同國」. ▶제82
회-3)

不共戴天之讐[불공대천의 원수] : 같은 하늘 밑에서 살 수 없는 원수. 「불
공대천지수」(不共戴天之讐). 「불구대천지수(不俱戴天之讐)」. [禮記 曲禮
篇 上]「父之讐 **弗與共戴天** 兄弟之讐 不反兵 交遊之讐 不同國」. ▶제39회
-3), 제58회-9)

浮橋(부교) : 배다리. 부항(浮航). 배나 뗏목들을 잇대어 잡아매고 널빤

지를 깔아서 만들거나, 교각 없이 임시로 강 위로 놓은 다리. [事物紀原]「春秋後傳曰 周赧王五十八年 秦始作浮橋於河上 按詩大明云 造舟爲梁 孫炎曰 造舟 比舟爲梁也 比舟於水 加板於上 今浮橋也 故杜預云 造舟爲梁 則浮橋之謂矣 鄭康成以爲周制 後傳以爲秦始 疑周有事 則造舟 而秦乃擊之 也」. ▶제71회-30), 제102회-9), 제108회-2)

不期會[약속은 하지 않았지만] : 약속을 하지 않았는데도 모두 모임. 즉, 여러 제후들이 은(殷)의 주(紂)를 정벌하기 위해, 약속을 하지 않았음에도 스스로 무왕에게 몰려든 일을 말함. 「기회」. [史記 項羽紀]「**期會** 而 擊楚」. [六韜 犬韜 分合]「**期會**合戰」. ▶제37회-15)

駙馬(부마) : 부마도위(駙馬都尉). 국서(國婿). 공주 또는 옹주를 아내로 맞은 사람, 곧 임금의 사위. [行營雜錄]「皇女爲公主 其夫必拜**駙馬都尉** 故謂**駙馬**」. [陳書 袁樞傳]「**駙馬都尉** 置由漢武 或以假諸功臣……凡尙公主 主必拜**駙馬都尉**」. ▶제92회-1), 제117회-21)

不毛[불모의 땅] : 「불모지지」(不毛之地). 식물이 자라지 못하는 메마른 땅. [史記 鄭世家]「不忍絕其社稷 錫**不毛地**」. [公羊傳 宣公十二年]「今如矜此喪人 錫之**不毛之地**」. [諸葛亮 出師表] (注)「深入**不毛**」. ▶제88회-11)

不毛之地[불모의 땅] : 식물이 자라지 못하는 메마른 땅. [史記 鄭世家]「不忍絕其社稷 錫**不毛地**」. [公羊傳 宣公十二年]「今如矜此喪人 錫之**不毛之地**」. [諸葛亮 出師表] (注)「深入**不毛**」. ▶제87회-4)

夫兵者 詭道也[군사를 움직이는 것은 궤도입니다] : 무릇 군사에 관한 일은 속이는 일임. '병사들을 움직이는 일은 비밀'이라는 뜻임. [孫子兵法 計篇 第一]「**兵者詭道也** 故能而示之不能 用而示之不用 近而示之遠 遠而示之近」. ▶제99회-9)

符寶郎(부보랑) : 관직명으로 당(唐)에서는 '부보랑'(符寶郎), 명(明)에서는 '상서경'(尙書卿)이라 하였음. [唐書 百官志]「**符寶郎** 四人 掌天子八寶 及國之符節」. [通典 職官 符寶郎]「煬帝改監爲郎 大唐因之 顯慶三年 改爲**符**

寶郞」. ▶제80회-7)

不服水土[수토불복] : 물이나 풍토가 몸에 맞지 아니해서 생긴 병. [三國志 吳志 周瑜傳]「**不習水土 必生疾病**」. [史記 鄒衍傳]「先列中國名山大川通谷禽獸 **水土**所殖 物類所珍 因而推之」. ▶제120회-26)

夫非常之事 有非常之功[비상한 방법을 써야 공을 세울 수 있는 것입니다] : 비상시의 일을 하면 비상한 공을 세울 수 있음의 뜻으로, '비상시에는 비상한 방법을 써야 함'의 비유임. [三國志 魏志 杜畿傳]「夫欲爲**非常之事** 不可動衆心」. [韓非子 備內]「是故明王不擧不參之事 不食**非常之食**」. ▶제14회-18)

扶桑(부상) : 동해에 있다는 큰 신목(神木). 해가 돋는 동쪽 바다. [十洲三島記]「**扶桑**在碧海之中 地多林木 葉皆如桑 又有椹子 樹長者數千丈 經三千圍 樹兩同根偶 生更相依倚 是名**扶桑**」. [夜航詩話]「古所謂**扶桑樹**者……**扶桑**已在渺茫中 家在**扶桑**東便東 言日本去**扶桑**更遠也」. [山海經 海外東經]「湯谷之上有**扶桑** 故曰**扶桑** 亦作**榑桑**」. ▶결사-1)

符水(부수) : 황로(黃老 : 도교에서 황제와 노자)에서 부적을 태운 물을 마시게 하여 병을 치료하였음. [能改齋漫錄]「制作**符水**以療病」. [宋書 羊欣傳]「素好黃老 常手自書章 有病不服藥 飮**符水**而已」. ▶제1회-11), 제29회-5)

負薪救火[이른바 섶을 지고 불구덩이로 뛰어드는] : 섶을 지고 불을 끄려 한다는 뜻으로, '자기 스스로 짐짓 그릇된 짓을 하여 화를 더 얻으려 함'의 뜻임. 「섶」(薪柴). 땔나무와 잡목. [漢書 朱買臣傳]「其後買臣獨行歌道中 **負薪**墓閒」. [禮記 月令篇]「收秩**薪柴** (注) 大者可析謂之**薪** 小者合束謂之**柴**」. ▶제43회-32)

夫逆順有大體 强弱有定勢[무릇 거스르는 것과 순종하는 것은……] : 원문에는 '**夫逆順有大體 强弱有定勢**'로 되어 있음. [管子 版法解 下]「**人有逆順 事有稱量**」. 「강약」(强弱). [戰國策 齊策]「由此觀之 則**强弱大小之禍** 可見前事矣」.[六韜 龍韜 兵徵]「知敵人之**强弱**」. ▶제40회-9)

部伍[대오] : 부(部)와 오(伍)로 엄격히 정비함. '부'와 '오'는 군대의 편제임. [史記 李廣傳]「廣行無**部伍**行陣」. [三國志 魏志 陸遜傳]「遜爲兒童戲弄常設**部伍**」. ▶제103회-2)

不辱其主[그 주군을 욕되게 하지 않고 있지만] : 주군을 위해 목숨을 버림. [論語 子路篇]「子曰 行己有恥 **使於四方 不辱君命** 可謂士矣」. ▶제86회-10)

符運[제왕이 될 천명] : 천운(天運). [後漢書 隗囂傳]「若囂命會**符運** 敵非天力 雖坐論西伯 豈多嗤乎」. [晉書 郭璞傳]「竊惟陛下**符運**至著 勳業至大」. ▶제80회-11)

腐儒舌劍[썩은 유생의 혀칼이] : 썩은 선비에게는 혀가 칼이란 뜻이나, '지식인의 독설이 결국에는 자신을 파멸시킴'의 비유임. [史記 黥布傳]「上折隨何之功 謂何爲**腐儒**」. [설검]. [中文辭典]「言語傷人猶如劍之鋒利」. ▶제23회-28)

不仁不義之事[인의에 어긋나는 일을……] : 인도 의도 아닌 일, 곧 '인의에 어긋나는 일'을 뜻함. [論語 八佾]「人而**不仁 如禮何 人而不仁** 如樂何」. [易經 繫辭 下]「小人不恥**不仁**」. [易經 繫辭 下]「不畏**不義**」. [書經 太甲 上]「慈乃**不義**」. ▶제36회-8)

不忍作負義之事[차마 의리를 저버리는 일은] : '의가 아닌 일은 할 수 없음'의 뜻임. 「불인지심」(不忍之心). [孟子 公孫丑篇 上]「人皆有**不忍之心**」. ▶제40회-1)

不入虎穴 焉得虎子[호랑이 굴에 들어가지 않으면 호랑이 새끼를……] : 원문에는 '不入虎穴 焉得虎子'로 되어 있음. [後漢書 班超傳]「**不入虎穴 焉得虎子**」. ▶제70회-11)

不入虎穴 焉得虎子[호랑이의 굴에 들어가지 않고서 어찌 그 새끼를 얻겠느냐] : '위험을 무릅쓰지 않으면 큰 이익을 얻을 수 없다'는 말. [後漢書 班超傳]「官屬皆曰 今在亡危之地 死後從司馬 超曰 **不入虎穴 焉得虎子** 當今之計 獨有因夜以火攻虜使 彼不知我多少 必大震怖」. [三國志 吳志 呂蒙傳]「蒙曰

不探虎穴 安得虎子」. ▶제117회-10)

不才[부재하다고] : 재주가 모자라거나 없음. [孟子 離婁下]「才也養**不才**」. [三國志 蜀志 諸葛亮傳]「如某**不才** 君可自取」. '자신의 재주'를 낮춤의 뜻도 있음. [左氏 成 三]「臣**不才** 不勝其任」. [左氏 襄十四]「札雖**不才**」. ▶제53회-2)

符節[부를 나누고 절을 받자와] : 부계(符契). 사신이 가지고 다니던 신표(信標). [事物紀原]「周禮地官之屬 掌節有玉角虎人龍**符**璽旌等**節** 漢文有旌節之制 西京雜記日 漢文駕鹵簿有節十六在左右 則漢始用爲儀仗也」. [墨子 號令]「無**符節** 而橫行軍中者斷」. ▶제104회-7)

釜中之魚 穽中之虎[솥 안의 고기이고 우물 속의 호랑이다] : 가마솥 속에 들어 있는 고기(釜中魚)란 뜻으로 '매우 위태로운 목숨'의 비유임. 「부중생어」(釜中生魚)는 '아주 가난함'을 비유하는 말임. [自治通鑑 漢紀]「廣陵賊張嬰日 相聚偸生 若**魚遊釜中** 知其不可及」. [中文辭典]「**釜中生魚** 謂斷炊已久也」. 「부중생어범래무」(釜中生魚范萊蕪)는 후한(後漢)의 범염(范冉)이 가난할 때는 때때로 밥을 굶었다는 고사. [後漢書 獨行傳]「范冉字史雲 桓帝時 以冉爲萊蕪長 遭母憂 不到官 議者欲以爲侍御史 因遁身逃命於梁沛之閒 所止單陋 有時絶粒 閭里歌之日 甑中生塵范史雲 **釜中生魚范萊蕪**」. ▶제42회-7)

不知其數[수를 헤아릴 수 없었다] : 그 수를 헤아릴 수 없이 많음. [論語 學而篇]「人**不知**而不慍」. [列子 仲尼]「不識**不知** 順帝之則」. ▶제13회-5)

簿册典籍(부책과 전적) : 장부와 주요 문서들을 일컬음. '부책'은 장부, '전적'은 책임. [三國志 吳志 陸抗傳]「考之**典籍**」. [三國志 蜀志 譙周傳]「誦讚**典籍**」. ▶제13회-24)

不肖[두 아들 놈이 못났으니] : 어버이의 덕망이나 일을 이을 만한 재질이 없는 사람. [中庸 第四章]「子日 道之不明也 我之紙矣 賢者過之 **不肖**者不及也」. [史記 五帝紀]「堯知子-丹朱之**不肖**」. ▶제106회-24)

腐草之螢光 怎乃天心之皓月[썩은 풀에 붙은 반딧불이 어떻게……] : '반딧불이 아무리 밝아도 중천에 뜬 달빛만은 못함'을 이르는 말임. 원문에는 '腐草之螢光 怎乃天心之皓月'로 되어 있음. 「부초지형광」(腐草之螢光). [禮記 月令篇]「季夏之月 腐草爲螢」. [李商隱 隋宮詩]「于今腐草無螢火 終古垂楊有暮鴉」. [梁昭明太子 六月啓]「螢飛腐草 光浮帳裏之書」. 「호월」(皓月)은 '밝은 달'의 뜻임. [文選 謝莊月賦]「情紆軫其何託 愬皓月而長歌」. [梁元帝 望江中月影詩]「澄江涵皓月 水影若浮天」. ▶제93회-21)

不取衣物[갑옷과 물건들을 취하지 못하게 하오] : 의복과 기물들을 취하지 못하게. [南史 謝靈運傳]「性豪侈 車服鮮麗 衣物 多改舊形制 世共宗之」. [元史 百官志]「利用監秩正三品 掌出納皮貨衣物之事」. ▶제72회-3)

赴湯蹈火[비록 끓는 물이나 타는 불 속에 뛰어들라 해도] : 끓는 물을 건너고 불을 밟는다는 뜻으로 '아주 어렵고 힘에 겨운 일이나 수난'을 비유함. [漢書 晁錯傳]「則得其財 以富貴寶 故能使其中 蒙矢石赴湯火」. [新論 辯樂]「楚越之俗好勇 則有赴湯蹈火之歌」. 「도화불열」(蹈火不熱)은 진인(眞人)은 불을 밟아도 조금도 데지 않고 자약(自若)함을 이름. [列子 黃帝篇]「列子問關尹曰 至人潛行不空 蹈火不熱 行乎萬物之上而不慄 請問何以至於此 關尹曰 是純氣之守也 非智巧果敢之列」. ▶제23회-26), 제25회-5), 제60회-3)

浮華(부화) : 실속은 없이 겉만 화려함. [漢書 司馬相如傳]「但有浮華之辭」. [顔氏家訓 名實]「浮華之虛構」. ▶제106회-14)

北邙山(북망산) : 공동묘지. 북망(北邙)·망산(邙山). 하남성 낙양의 동북쪽에 있는 산명. 한나라 이후 공동묘지로 썼기 때문에 '사람이 죽어서 가는 곳'이란 의미로 발전하여 우리나라에까지 전파됨. [辭源]「山名卽邙山 亦曰芒山 又曰北山 又曰北芒 在河南洛陽縣 東北接孟津」. [晋書 楊濟傳]「濟有才藝 嘗從武帝 校獵北邙下」. ▶제3회-12), 제6회-18)

北面(북면) : '신하임을 자처한다'는 뜻. 군신 간에 군은 남면(南面)·신

은 북면(北面), 사제 사이에는 사는 남면·제는 북면을 함. [禮記]「君南
嚮 答陽也 臣北面 答君也」. [漢書 谷永傳]「王事之岡紀 南面之急務」. [荀子
儒效]「周公北面而朝之」. [書言故事 儒學類]「師問於人曰北面」. ▶제4회-7),
제33회-13)

粉骨碎身[뼈가 가루가 될 것이다] : '몸을 깨고 뼈를 가루로 만든다'는 뜻.
[證道歌]「粉骨碎身未足酬 一句了然超百億」. ▶제6회-3), 제8회-6)

焚其櫬[수레에 자신을 묶고] : 싸움에 진 군주가 투항할 때의 의식임. 「면
박여친」(面縛輿櫬). [左傳 僖公六年]「許男面縛銜璧 大夫衰絰 士輿櫬」.
[左氏 昭 四]「面縛銜璧 士袒 輿櫬從之」. ▶제120회-29)

分茅裂土[어찌 봉토쯤 가지는 것이] : 영토를 나눔. [晉書 八王傳贊]「分茅錫
瑞 道光恆興」. [呂太一 土賦]「封割五色 分茅錫社」. ▶제54회-2)

奮武揚威[무위를 뽐내며] : 「요무양위」(耀武揚威). 무위를 뽐냄. 위세를
드러냄. ▶제110회-25)

分野度之[그 분야를 헤아려보니] : 그곳을 살펴봄. 지상의 행정구역을 하
늘의 28수(宿)에 맞춰 하늘의 특정 분야에 성변(星變) 있으면, 지상의
해당 구역에 재앙이 생긴다고 생각하였음. [周禮 宗伯禮官之職]「保章氏
掌天星 以志星辰日月之變動 以觀天下之遷 辨其吉凶 以星土辨九州之地所封
封域皆有分星 以觀妖祥」. [國語 周語下]「歲之所在 則我有周之分野屬是也」.
▶제7회-10)

分鼎(분정의 기약) : 중국이 삼국으로 나뉘어 대치하는 일. 정분(鼎分)·
정치(鼎峙). [三國志 吳帝 陸凱傳]「近者 漢之衰末 三家鼎立 曹失綱紀 晉有
其政」. [三國志 吳志 孫權傳]「故能 自擅江表 成鼎峙之業」. ▶제1회-21)

分曉[자세히 보고 나서] : 새벽·동틀 무렵. [樊晦 鶯巢賦]「霖光分曉出 虛寶
以變飛」. ▶제63회-19)

不共戴天[이 원수와 같은 하늘 아래 살 수가 없다] : 같은 하늘 아래에서
살 수 없음. 「불공대천지수」(不共戴天之讐). 「불구대천지수(不俱戴天之

讐)」. [禮記 曲禮篇 上]「父之讐 **弗與共戴天** 兄弟之讐 不反兵 交遊之讐 不
同國」. ▶제10회-11)

不得不爲耳[부득이 해서 하는 것뿐이오!] : 아니 할 수가 없어서 함.「부득
이」(不得已). 마지못하여·하는 수 없이. [孟子 滕文公篇 下]「孟子曰 子
豈好辯乎 子**不得已也**」. ▶제69회-13)

不服水土[수토불복] : 물이나 풍토가 몸에 맞지 않음. [三國志 吳志 周瑜
傳]「**不習水土** 必生疾病」. [管子 七法]「根天地之氣 寒暑之和 **水土之性**」.
▶제44회-14)

不費半箭之功[네가 싸우지도 않고 앉아서 서주를 얻다니!] : 공이 조금도
없음. 반 푼어치의 공도 없음을 이름. ▶제12회-10)

不省人事[오랫동안 깨어나지 못하였다] : 인사불성(人事不省). 세상일을
모를 만큼 정신을 잃고 의식이 없음. [朱震享心法 中暑]「戴思恭云 暑風
者 夏月卒倒 **不省人事**者 是也」. [孟子 告子篇 上]「**人事**之不齊也」. ▶제55
회-12)

不世之略[큰 뜻] : 아주 보기 드문 큰 계략.「불세지재」(不世之才)·「불세
출」(不世出)은 세상에 아주 드물다는 뜻임. [韓愈 送許郢州序]「于公身居
方伯之尊 蓄**不世之材**而能與卑鄙庸陋 相應答如影響」. [淮南子 泰族訓]「夫
欲治之主 **不世出**」. [史記 淮陰侯傳]「功無二於天下 而略**不世出**者也」. ▶제
14회-6)

不施譎詐[간교하게 기만하는 일은 하지 않았다] : 사람을 간교하게 속이지
않음. [晋書 羊祜傳]「將帥有欲進譎詐之策者」. [六韜 龍韜 王翼]「爲譎詐 依
託鬼神」. ▶제65회-6)

不臣之心(불신지심) : 불신의 마음을 가지고 있음.「불신」(不臣)은 '올바
른 신하노릇을 못함'의 뜻임. [左氏成 二]「於是乎 **不臣**」. [論語 顔淵]「君
不君 **臣不臣**」. ▶제3회-2)

不由分說[설명도 하지 않은 채] : 이유 여하를 말할 것도 없음. 다짜고짜

로. [中文辭典]「猶**不容分說**」. ▶제13회-6)

不曾面敍[일찍이 얼굴을 뵙지 못하셔서] : 오래 만나지 못함. 「부증」=「몰유」(沒有)로 '아직 ~않다'의 뜻임. ▶제108회-10)

不聽屈原之言[굴원의 말을 듣지 않고] : 굴원의 간함을 듣지 않음. [辭源]「戰國時楚人 名平 別號靈均 仕楚爲三閭大夫 懷王重其才 靳尙輩讒而疏之 乃作離騷冀王感悟 襄王時復用讒 謫原於江南 原作漁父諸篇以見志 於五月五日 沈汨羅江而死」. ▶제60회-43)

不肖[못난 자식] : 못나고 어리석은 사람. 사람은 하늘의 뜻으로 생기기 때문에 하늘을 닮지 못했다는 뜻으로 '불초'라 함. [中庸 第四章]「子曰 道之不明也 我之紙矣 賢者過之 **不肖**者不及也」. [史記 五帝紀]「堯知子丹朱之**不肖**」. ▶제28회-8)

鵬飛萬里[대붕은 멀리 날지만 그 뜻을 어찌 뭇 새들이 알겠소이까?] : 붕새는 멀리까지 날 수 있다는 뜻으로 '사람이 크게 발전함'을 이르는 말. '붕새'는 등의 크기가 수천 리, 날개는 하늘에 드리운 구름 같으며 구만리까지 난다고 하는 상상의 새임. [論衡 遭虎]「賈誼爲長沙王傳 **鵬**鳥集舍」. 「붕익」(鵬翼). [莊子 逍遙遊篇]「有鳥焉其名爲**鵬** 背若泰山 **翼**若垂天之雲 搏扶搖羊角而上者九萬里 絶雲氣 負靑天 然後圖南 且適南冥也」. ▶제43회-10)

飛蓬[마치 타오르는 불길에] : 솜처럼 바람을 타고 날아다니는 쑥. 「비봉승풍」(飛蓬乘風)은 쑥이 바람에 날려 흩어짐을 이르는 것으로, '사람이 좋은 기회를 타는 비유. [商君書 禁使]「**飛蓬**遇**飄風** 而行千里乘風」. ▶제22회-29)

非常之事 非常之功[비상한 사람이 있은 연후에는 비상한 일이 있음이라] : 비상시의 일을 하면 비상한 공을 세울 수 있다는 뜻으로, '비상시에는 비상한 방법을 써야 함'의 비유임. [三國志 魏志 杜畿傳]「夫欲爲**非常之事** 不可動衆心」. [韓非子 備內]「是故明王不擧不參之事 不食**非常之食**」. ▶

非所以重社稷也[사직을 중히 여기는 소이가 아닙니다] : 원문에는 '**非所以重社稷也**'로 되어 있음. [禮記 祭儀篇]「建國之神位 右社稷而左宗廟」. [後漢書 禮儀志]「考經援神契曰 **社**者土地之主也 **稷**者五穀之長也 大司農鄭玄說 古者官有大功 則配食其神 故句農配食於**社** 棄配食於**稷**」. ▶제81회-4)

譬如嬰兒[비유컨대 무릎 위에 있는 어린 아이와 같아서] : 비유컨대 어린 아이와 같음. [孟子 離婁下]「大人者 不失其赤子之心也 (注) 一說曰 **赤子嬰兒**也」. [戰國策 秦策一]「今秦婦人**嬰兒** 皆言商君之法」. ▶제7회-1)

非吾不行仁義 奈勢不得已也[내가 인의를 행하지 않으려 해서가 아니라 ……] : 원문에는 '**非吾不行仁義 奈勢不得已也**'로 되어 있음. [禮 曲禮上]「道德**仁義** 非禮不成」. [孟子 梁惠王篇 上]「孟子 對曰 王何必曰利 亦有**仁義**而已矣」. ▶제65회-23)

非用武之地[용무할 땅이 아니었다] : 싸워볼 만한 땅이 못됨. 「용무지지」(用武之地). 전쟁에서는 못 쓸 땅이 없다는 것이어서, '영웅은 어떤 곳에서도 적을 제패할 수 있음'의 뜻임. [通鑑節目]「劉豫州亦收衆漢南 與曹操竝爭天下 今操破荊州 英雄無**用武之地** 故豫州遁逃至此 將軍量力而處之」. [晋書 姚襄載記]「洛陽雖小 山河四塞 亦是**用武之地**」. ▶제96회-3)

飛熊之吉夢[비웅의 좋은 꿈] : 주의 문왕(西伯)이 '비웅'의 꿈을 꾸고 여상(呂尙)을 얻은 일을 이름. [識小類編]「考諸史 西伯將出獵 卜之曰 非龍非彲 非熊**非羆** 所獲覇王之輔 果過**呂尙於渭水之陽**」. [廣陽雜記]「今人稱隱士見用 多曰渭水**飛熊** 蓋用呂尙事……史記西伯將出獵 卜之曰 所獲**非龍非彲 非虎非羆**所獲者 必覇王之輔」. ▶제44회-9)

髀肉復生[이제 말을 타지 않은 지가 오래되어 넓적다리에 살이 쪘습니다] : 오랫동안 말을 타지 않아 허벅지에 살이 쪘음. 「비육지탄」(髀肉之嘆)은 '영웅이 말을 타고 전쟁에 나가지 못하여 넓적다리만 살찜을 한탄한다'는 뜻으로, '재능을 발휘할 기회를 얻지 못하고 헛되이 세월만 보냄을 탄식함'이란 말임. [三國志 蜀志 先主傳注]「慨然流涕 表怪問備 備曰 吾常身不離鞍 髀肉皆消 今不復騎 髀裏肉生 日月如馳 老將至矣 功業不建 是以悲耳」. ▶제34회-7)

神將(비장): 부장(副將)·편비(偏裨). [史記 衛將軍 驃騎傳]「覇曰 自大將軍 出 未嘗斬裨將」. [稱謂錄 兵頭 裨將]「李光弼專任之將曰裨將 又曰偏將」. ▶ 제15회-11), 제17회-16), 제64회-17)

非重宗廟[이는 종묘를 중히 여기는 일이 못된다]: 종묘(宗廟)·가묘(家廟). 이는 '정권을 중히 여기는 방법이 아니라'는 뜻으로, 너무 경솔하고 위험하다는 지적임. [列子 仲尼]「有善治宗廟者」. [歐陽修 論選皇子疏]「荷祖宗之業 承宗廟社稷之重」. ▶제2회-25)

非池中物[종시 연못 속에 들어 있을 분이 아닙니다]: 연못 속에 들어있기만 할 인물이 아님. '뒤에 반드시 드러날 인물'이란 뜻임. [三國志 吳志 周瑜傳]「劉備以梟雄之姿……恐蛟龍得雲雨 終非池中物也」. ▶제79회-2)

飛叉(비차): 던지는 삼지창(三枝槍). [說文]「叉 手足甲也 從又象叉形」. ▶ 제52회-14)

飛鎚(비추): 유성퇴. 성추(星鎚). 긴 쇠사슬 양 끝에 쇠뭉치가 달린 무기. [中文辭典]「兵器名 以繩兩端各緊鐵鎚 一以擊敵人 一以自衛 謂之流星鎚 卽飛鎚」. ▶제94회-2)

飛兎·駃騠(비토·요뇨): 둘 다 명마(名馬)의 이름임. [呂氏春秋 離俗]「飛兎駃騠古之駿馬也」. [淮南子 叔訓]「夫待駃騠飛兎而駕之」. ▶제23회-11)

飛蝗(비황): 누리떼·황충. 하늘을 가릴만큼 큰 떼를 이루어 나는 메뚜기떼. [三國志 吳志 趙達傳]「達治九宮一算之術 應機如神 至計飛蝗射隱伏 無不中效」. ▶제25회-3)

貔貅[용맹한 군사]: 용감한 병사. 호랑이·곰과 비슷하다고도 하는 맹수의 뜻이나, '용맹스런 병사'를 이름. [史記 五帝紀]「軒轅敎熊羆貔貅貙虎 以與炎帝戰於阪泉之野」. ▶제17회-22), 제91회-8), 결사-4)

貧道(빈도) : 중이나 도사가 '자기'를 겸손하게 일컫는 말. [世說新語 言語中]「竺法深在簡在文坐 劉尹問道人 何以遊朱門 答曰 君自見其朱門 **貧道**如遊蓬戶」. [石林燕語]「晉宋閒 佛敎初行 未有僧稱 通日道人 自稱則曰**貧道**」.
▶제62회-12), 제68회-13)

賓服[복종하지] : 빈종(賓從). 제후와 천자에게 공물을 바치며 복종함.
[禮記 樂記]「暴民不作 諸侯**賓服**」. [管子 小匡]「莫不**賓服**」. ▶제33회-22)

凭高視下[높은 데서 아래를 보니] : 높은 곳에 올라가서 아래를 내려다봄. ▶제95회-4)

人

師曠之聰[사광의 총명] : 사광과 같이 귀가 예민함. 사광은 진(晉)나라 평
공(平公) 때의 악사로 음률을 잘 분간할 수 있었던 사람임. [孟子 離婁
篇 上]「**師曠之聰** 不以六律 不能正五音」. [中國人名]「晋 **樂師** 字子野……吾
驟歌北風 又歌南風……公問之 對曰 作事不時 怨讟言動於民 則有非言之物
而言……子野之言君子哉」. ▶제45회-7)

司徒(사도) : 문교(文敎)를 맡은 관리를 이름. [書經 舜典篇]「帝曰 契 百姓
不親 五品不遜 汝作**司徒** 敬敷五敎 在寬」. [周禮 地官 序宦]「乃立地官**司徒**
使帥其屬而掌邦敎 以佐王安擾邦國」. ▶제118회-37)

四楞鐵簡(사릉철간) : 무기의 하나로 쇠로 만든 네모진 채찍임. [宋史 兵
志]「所製神盾劈刀牛刀**鐵**連槌 **鐵簡**」. [宋史 任福傳]「揮**四**兩鐵簡 挺身決鬪」.
▶제112회-14)

絲履(사리) : 사혜(絲鞋). 비단실로 만든 신. [漢書 賈誼傳]「今民賣僮者 爲
之繡衣**絲履**」. [江淹 逐古篇]「班君**絲履** 遊泰山兮」. ▶제78회-15)

司馬穰苴(사마양저) : 춘추시대 제(齊)나라 사람으로 성은 전씨(田氏)임.
관직이 대사마가 되었기 때문에 '사마양저'라 부르는 것임. 경공(景公)
때 연(燕)과 진(晉)을 물리쳐 잃었던 땅을 되찾았으며, 뒤에 위왕의 용
병과 옛 병법을 추론(追論)하고 그 속에 양저를 넣었기 때문에 「사마
양저병법」이라 불렀음. [中國人名]「齊 本姓田 爲大司馬穰苴 故曰 **司馬穰**
苴……齊威王用兵 大倣穰苴之法 而諸侯朝齊 威王使大夫追論古者司馬兵法
附穰苴於其中 因號曰 **司馬穰苴兵法**」. ▶제47회-13)

師巫[무당] : 무녀.「**師巫**邪術」은 무당들이 혹세무민함을 이름. [六部成語
刑部 **師巫邪術**](注解)「巫覡以妖**邪**之術惑人也」.「무격(巫覡)」. '무'는 무

당(여자)이고 '격'은 박수(사내무당)임. [國語 楚語 下]「觀射父曰 在男曰覡 在女曰巫 是使制神之處位次主 而爲之牲器時服」. ▶제116회-27)

四門[사방] : 사방의 문. [書經 舜典]「賓于四門 四門穆穆(傳)四門 四方之門」. ▶제23회-8)

士民(사민) : 서민·백성. [孝經 孝治章]「治國者不敢侮於鰥寡 而況於士民乎」. [筍子 治士]「國家者士民之居也」. ▶제34회-9)

射覆[감춰 둔 물건을 잘 알아낸다고] : 원문에는 '射覆'으로 되어 있음. '사복'은 본래 '그릇 속에 숨겨둔 것이 무엇인지 알아맞히는 놀이'인데, '점쟁이'를 뜻하는 것으로 쓰임. [漢書 東方朔傳]「上嘗使諸數家射覆 置守宮盂下射之 皆不能中」. ▶제69회-3)

四分五落[사분오열하여] : 「사분오열」(四分五裂). 여러 갈래로 나뉨. [六韜 龍韜 奇兵篇]「四分五裂者 所以擊圓破方也」. [戰國策 魏策]「不合於韓 則韓攻其西 不親於楚 則楚攻其南 此所謂四分五裂之道也」. ▶제15회-7), 제109회-8)

社賽[당굿] : 일종의 동제(洞祭). 토지신에게 농사가 잘 되고 전염병을 막아 달라고 제사를 올리고 굿을 하는 것임. ▶제4회-13)

沙塞客[사막에서 싸우는 병사들이여] : 사막의 여행객. [北史 周文帝記]「今若西輯氐羌 北撫沙塞 還軍長安 匡輔魏室」. [李白 蘇武詩]「東還沙塞遠 北愴河梁別」. ▶제89회-12)

死生有命[죽고 사는 것은 명에 달렸다] : 죽고 사는 것은 모두가 운명에 달려 있음. [論語 顔淵]「子夏曰 死生有命 富貴在天」. [莊子 德充符]「死生存亡 窮達貧富」. ▶제34회-5), 제78회-1), 제103회-29)

事勢已急[일이 이미 급하게 되자] : 일의 형편이 이미 급하게 되었음. [史記 平準書]「事勢之流 相激使然」. [漢書 劉向傳]「事勢不兩大 王氏與劉氏 亦且不竝立」. ▶제24회-13)

事須三思 免致後悔[일이란 모름지기 세 번 생각해 보아야 후회하지 않는 법임

니다]: '일이란 신중하게 생각해서 해야 후회가 없음'의 비유. 「삼사」.
[論語 公冶長篇]「季文子三思而後行 子聞之曰 再 斯可矣」. [後漢書 公孫述
傳]「天下神器 不可力爭 宜留三思」. 「삼성오신(三省吾身)」. 날마다 세 번
씩 자신을 반성함. [論語 學而篇]「曾子曰 吾日三省吾身 爲人謀而不忠乎
與朋友交而不信乎 傳不習乎」. ▶제44회-11)

斯須之間[눈 깜짝할 사이에]: 삽시간(霎時間)·편각(片刻)·수유간(須臾間).
[西京叢話]「片時則 成石」. [中庸 第一章]「道也者 下可須臾離也 可離非道也」.
▶제13회-17)

詐術(사술): 남을 속이는 술책. [劉向 戰國策 序]「棄孝公捐禮讓 而貴爭戰
棄仁義 而用詐術」. ▶제17회-23), 제25회-7)

四十二年眞命主[마흔 두 해가 참으로 천명을 띤 군주이어라]: 촉한 한왕
(漢王)의 재위기간. 선주(劉備 : 昭烈帝) 2년, 후주(劉禪)가 40년간 재
위에 있었음을 이름. 「진명지주」(眞命之主)는 '천명을 받은 제왕'이란
뜻임. [莊子 齊物論]「其遞相爲君臣乎 其有眞君存焉 (疏) 眞君卽前之眞宰」.
▶제41회-9)

史魚厲節[사어의 절개]: 사어는 위의 대부로 이름은 추(鰌), 자는 자어
(子魚)임. 임금이 어진 거백옥(遽伯玉)을 중용하지 않고 어질지 못한
미자하(彌子瑕)를 중용하자, 죽기로써 간하여 간사하고 망령된 자를
대신으로 등용하지 못하게 하였다 함. [論語 衛靈公篇]「子曰 直哉史魚
邦有道如矢 邦無道如矢 君子哉 遽伯玉 邦有道 則仕邦無道 則可卷而懷之」.
▶제23회-5)

使於四方 不辱君命[사방에 사신으로 가서 군주의 명[君命]을 욕되게……]:
외국사신으로 가서 임금의 명을 욕되게 하지 않음. 즉 '사명을 훌륭히
완수함'을 이름. 원문에는 '使於四方 不辱君命'으로 되어 있음. [論語 子
路篇]「子曰 行己有恥 使於四方 不辱君命 可謂士矣」. ▶제82회-9)

嗣子(사자): 대를 이을 아들. [禮記 曲禮]「大夫士之子 不敢曰自稱曰 嗣子

某」. [漢書 高后紀]「世世勿絶嗣子」. ▶제85회-10)

死諸葛能走生仲達[죽은 제갈량이 능히 살아 있는 중달을 쫓아 버렸다] : 죽은 공명이 산 중달을 달아나게 한 일. [通鑑綱目]「諸葛亮卒於軍 長史楊儀 整軍而還 百姓奔告司馬懿 懿追之 姜維使儀若反旗 鳴鼓將向懿 懿不敢逼 百姓爲之諺曰 **死諸葛走生仲達** 懿笑曰 吾能料生 不能料死故也」. ▶제104회-25)

社酒(사주) : 사일주(社日酒). 일종의 제사 음식. [正字通]「時令有**社日** 立春後五戊爲春社 祭后土也 立秋後逢五戊爲秋社 漢王修事母孝 母以**社日**亡 來歲隣里聚社 修念母哀甚 星中爲之罷社」. [李文正公 談錄]「吾爲翰林學士 月給內醞 兵部李相好滑稽 嘗因春社寄此詩 蓋俗**社日酒** 喫治耳聾」. ▶제63회-21)

四州之地[사주의 땅] : 원씨의 세거지인[世居之地] 기주·유주·청주·병주 등을 가리킴. ▶제32회-4)

四至八道 圖本(사지팔도 도본) : 전국의 산천·도로들을 상세하게 그려놓은 지도.「四至」는 동서남북의 경계,「八道」는 사면팔방으로 통하는 길을 말함. [漢書 五行志中之下]「雨雪**四至**而溫」. [呂氏春秋 不屈]「國家空虛 天下之兵**四至**」. [明史 朝鮮傳]「是時 倭尸墳墓 劫王子陪臣剽府**八道**」. ▶제83회-33)

社稷(사직) : 나라. 국가. 원래 사(社)는 '토신'(土神), '직'(稷)은 곡신(穀神)임. [禮記 祭儀篇]「建國之神位 右**社稷**而左宗廟」. [後漢書 禮儀志]「考經援神契曰 **社**者土地之主也 **稷**者五穀之長也 大司農鄭玄說 古者官有大功 則配食其神 故句農配食於**社** 棄配食於**稷**」. ▶제2회-13), 제23회-30), 제79회-19)

社稷傾崩[나라가 기울어 망했으니] : 나라가 기울어짐. [禮記 祭儀篇]「建國之神位 右**社稷**而左宗廟」. [後漢書 禮儀志]「考經援神契曰 **社**者土地之主也 **稷**者五穀之長也 大司農鄭玄說 古者官有大功 則配食其神 故句農配食於**社** 棄配食於**稷**」. ▶제120회-7)

社稷丘墟[사직은 폐허가 되었으며] : 나라가 한 때는 번창했다가 망함. 원래 사(社)는 '토신'(土神) '직'(稷)은 곡신(穀神)임. [禮記 祭儀篇]「建國之神位 右社稷而左宗廟」. [後漢書 禮儀志]「考經援神契曰 社者土地之主也 稷者五穀之長也 大司農鄭玄說 古者官有大功 則配食其神 故句農配食於社 棄配食於稷」. ▶제93회-25)

社稷大事[나라의 큰 일을] : 나라의 큰 일. [禮記 祭儀篇]「建國之神位 右社稷而左宗廟」. [後漢書 禮儀志]「考經援神契曰 社者土地之主也 稷者五穀之長也 大司農鄭玄說 古者官有大功 則配食其神 故句農配食於社 棄配食於稷」. ▶제118회-3)

社稷之臣(사직지신) : 나라의 안위를 담당할 만한 충신. 원래 사(社)는 '토신'(土神) '직'(稷)은 곡신(穀神)임. [禮記 祭儀篇]「建國之神位 右社稷而左宗廟」. [後漢書 禮儀志]「考經援神契曰 社者土地之主也 稷者五穀之長也 大司農鄭玄說 古者官有大功 則配食其神 故句農配食於社 棄配食於稷」. ▶제9회-20)

社稷之臣(사직지신) : 나라의 안위를 맡을 만한 중신. [禮記]「有臣柳莊也者 非寡人之臣 社稷之臣也」. [論語 季氏篇]「是社稷之臣也 何以伐爲」. [漢書 爰盎傳]「社稷臣 主在與在 主亡與亡」. ▶제13회-14), 제14회-8), 제20회-12), 제93회-6)

沙汰[도태] : 도태(淘汰). 쓸데없거나 적당하지 않은 것을 없앰. 본래「사태」는 '산비탈이나 언덕 따위가 무너지거나 허물어져 내려앉는 현상'을 뜻함. [三國志 蜀志 許靖傳]「天下之士 沙汰穢濁 顯拔幽滯」. [晋書 孫綽傳]「沙之汰之 瓦礫在後」. ▶제2회-5)

娑婆樂神(사바악신) : 춤의 신. '사바'는 '사바세계'의 뜻으로 '괴로움이 많은 인간세계'의 뜻임. [飜譯名義集 世界篇]「西域記 云索 訶世界三千大千國土 爲一佛之化攝也 舊曰娑婆 又曰娑訶 皆訛楞迦飜能忍」. ▶제71회-6)

槊(삭) : 무기로 쓰던 창의 한 가지임. [通俗文]「矛 長八謂之槊」. [韓愈 示兒詩]「酒食罷無爲 某槊以自娛」. ▶제48회-6)

散騎常侍(산기상시) : 진이 만든 제도였는데 그때는 중상시(中常侍)만 두
었으나, 황초(黃初) 초에 이를 부활시켜 천자를 모시며 잘못을 간하는
임무를 맡게 함. [中文辭典]「官名 秦置**散騎**與中**常侍**散騎竝乘輿 專獻可替
否」. ▶제79회-15), 제106회-17)

山不厭高 水不厭深[산은 높기를 마다하지 않고 바다는 깊기를 싫어하지 않
네] : 산은 높기를 싫어하지 않고 바다는 깊기를 싫어하지 않는다는 뜻
에서, '명주(明主)는 사람을 싫어하지 않음'을 비유한 것임. [魏武帝 短
歌行]「**山不厭高 水不厭深** 周公吐哺 天下歸心」. ▶제48회-11)

山呼萬歲(산호만세) : 신하들이 천자의 말을 송축하는 뜻으로 목소리를
높여 세 번 부르는 만세. [漢書 武帝紀]「登嵩高御史乘屬在廟停 吏卒咸聞
呼萬歲者三」. [書信故事 朝制類]「臣民呼**萬歲**曰 **山呼**」. ▶제119회-40)

産祿專政[여후 말년에는 여산과 여녹이……] : 한 고조 유방이 죽은 후 그
의 아내 여후(呂后)가 조카들을 시켜, 국정을 장악하고 왕위를 찬탈하
려 하기에 이르렀다. 그때 강후 주발(周勃)과 주허후 유장(劉章)이 연
합하여 계책을 써서 여산 등을 죽이고, 한 고조의 아들 유항(劉恒)을
옹립하였는데 그가 곧 한 무제(漢武帝)임. 계년(季年)은 말년(末年).
[左氏 隱 元]「惠公之**季年**」. ▶제22회-15)

三甲(삼갑) : 주술가의 용어로 '등의 삼갑지형(三甲之形)'을 이르는데, 이
는 수명이 길다(壽相)'는 뜻임. [魏志 管輅傳]「背無**三甲** 腹無**三壬** 此皆不
壽之驗」. ▶제69회-9)

三綱之道[삼강의 도] : 사람이 지켜야 할 떳떳한 도리. 곧, 군신·부자·
부부 사이에 지켜야 할 도리를 이름. [禮記]「**君爲臣之綱 父爲子之綱 夫
爲婦之綱**」. [白虎通]「**三綱**者何謂也 謂君臣父子夫婦也 故**君爲臣綱 父爲子
綱 夫爲婦綱**」. ▶제4회-4)

三顧[삼고 은혜] : 「삼고초려」(三顧草廬). 유비가 제갈량의 초려를 세 번
씩이나 찾아 가서 그를 초빙하여 군사(軍師)로 삼았던 일. '인재를 얻

기 위한 끈질긴 노력'을 일컫는 말. [三國志 蜀志 諸葛亮傳]「亮字孔明 瑯琊陽都人也 躬耕隴畝 每自比於管仲樂毅 先主屯新野……由是先主遂詣亮 凡三往乃見 建興五年 上疏(卽前出師表)曰 臣本布衣 躬耕於南陽 先帝不以臣卑鄙 猥自枉屈 三顧臣於草廬之中」. [故事成語考 文臣]「孔明有王佐之才 嘗隱草廬之中 先王慕其芳名 乃三顧其廬」. ▶제88회-13)

三顧之恩(삼고지은) : 삼고초려의 은혜. 「삼고초려」(三顧草廬). [三國志 蜀志 諸葛亮傳]「亮字孔明 瑯琊陽都人也 躬耕隴畝 每自比於管仲樂毅 先主屯新野 …… 由是先主遂詣亮 凡三往乃見 建興五年 上疏(卽前出師表)曰 臣本布衣 躬耕於南陽 先帝不以臣卑鄙 猥自枉屈 三顧臣於草廬之中」. [故事成語考 文臣]「孔明有王佐之才 嘗隱草廬之中 先王慕其芳名 乃三顧其廬」. ▶
제38회-15), 제87회-2), 제103회-23)

三顧草廬(삼고초려) : 유비가 제갈량의 초려를 세 번씩이나 찾은 일. '인재를 얻기 위한 끈질긴 노력'을 일컫는 말. [三國志 蜀志 諸葛亮傳]「亮字孔明 瑯琊陽都人也 躬耕隴畝 每自比於管仲樂毅 先主屯新野 …… 由是先主遂詣亮 凡三往乃見 建興五年 上疏(卽前出師表)曰 臣本布衣 躬耕於南陽 先帝不以臣卑鄙 猥自枉屈 三顧臣於草廬之中」. [故事成語考 文臣]「孔明有王佐之才 嘗隱草廬之中 先王慕其芳名 乃三顧其廬」. ▶제43회-4), 제91회-33), 결사-7)

三公(삼공) : 주(周)나라 때의 관직명. 삼보(三輔). [書經 周書篇 周官]「立太師 太傅 太保 玆惟三公 論道經邦 燮理陰陽」. [老子 六十二]「故立天子 置三公」. ▶제106회-19)

三光(삼광) : 해·달·별. 삼정(三精). [淮南子]「上亂三光之明 下失萬民之心」. [白虎通]「天有三光 日月星 地有三形 高下平 人有三尊 君父師」. [後漢書 光武帝紀贊]「九縣飆廻 三精霧塞 (注) 三精日月星也」. ▶제100회-14)

三教九流(삼교구류) : 유교·불교·도교 등 세 가지 가르침[三敎]과 유가·도가·음양가·법가·명가·묵가·종횡가·잡가·농가 등의 아홉 학파[九

流]. [通俗編 白虎通 三教篇]「三教一體而分 不可單行 接其所云 三教謂夏教忠 殷教敬 周教文也」. [南史 袁粲傳]「九流百氏之言 雕龍談天之藝」. [北史 周武帝 紀]「三墨八 儒 朱紫交 懿 九流七略 異說相騰」. ▶제60회-10), 제86회-14)

三軍易得 一將難求[삼군은 얻기 쉽지만 한 명의 장수는 구하기 어렵다] : 원 문에는 '三軍易得 一將難求'로 되어 있음. '유능한 장수를 얻기란 어려 움'의 비유. 「삼군(三軍)」. [會鞏(一說 許彦國 虞美草詩)]「三軍散盡旌旗倒 玉帳佳人坐中老」. 「일장」(一將). [張端 次韻酬馬國瑞都司詩]「才難自古入 興歎 一將賢於萬里城」. ▶제70회-9)

三紀[삼십] : 서른 살. '기'는 '대'(代)를 나눈 것임. 본래는 '지질시대를 나누는 단위의 하나'임. [廣韻]「紀 十二年日紀」. [正字通]「紀 十二年爲一 紀 取歲星一周天之義」. ▶제57회-10)

三臺(삼대) : 한 고조 때의 관직. 상서(尙書)를 중대·어사(御史)를 헌대· 알자(謁者)를 외대라 하였음. [中文辭典]「官名 謂尙書(中臺) 御史(憲臺) 謁者(外臺)」. ▶제22회-21)

三令五申[제군을 총독한 후 벌써 영을 내려] : 군중에서 세 번 호령하고 다 섯 번 신칙하는 일. '몇 번이고 되풀이하여 경계(警戒)함'의 뜻임. [史 記 孫吳傳]「約束旣布 乃設鈇鉞卽 三令五申之」. ▶제83회-31)

三輔(삼보) : 한나라 때 장안 및 그 일대에 있는 경조(京兆)·풍익(馮翊)· 부풍(扶風) 등 3개 군을 일컫는 말임. [史記 大宛傳]「漢發三輔罪人」. ▶ 제6회-24)

三分天下[천하 삼분] : 한(漢)이 나뉘어 세 나라가 됨. [史記 太師公自敍]「 楚人追我京索 而信拔魏趙 定燕齊 使漢三分天下有其二 以滅項籍 作淮陰侯 列傳第三十二」. [文選 諸葛亮 出師表]「今天下三分 益州罷弊 此誠危急存亡 之秋」. ▶제110회-19)

三分割[삼분천하] : 한(漢)이 나뉘어 세 나라가 됨. [史記 太師公自敍]「楚 人追我京索 而信拔魏趙 定燕齊 使漢三分天下有其二 以滅項籍 作淮陰侯列

傳第三十二」. [文選 諸葛亮 出師表]「今天下**三分** 益州罷弊 此誠危急存亡之
秋」. ▶제105회-11)

三辭而詔不許[세 번이나 사양하셨으나, 허락하지 않자] : 세 번씩이나 벼슬
자리를 내놓으려 하였으나 허락되지 않음. [周禮 秋官 小行人]「皆旅擯再
勞 **三辭三揖** 登拜受」. [禮記 禮器]「**三辭三讓**而至 不然則已蹙」. ▶제80회-10)

三思而行[심사숙고하소서] : 심사숙고(深思熟考)한 후에 행동하라는 뜻
임. [論語 公冶長篇]「季文子**三思而後行** 子聞之曰 兩斯可矣」. ▶제10회-13)

三省[날마다 세 번씩 저 자신을 되돌아 보옵거니와] : 삼성오신(三省吾身).
날마다 세 번씩 자신을 반성함. [論語 學而篇]「曾子曰 吾日**三省吾身** 爲
人謀而不忠乎 與朋友交而不信乎 傳不習乎」. ▶제73회-15)

三姓家奴休走[이 세 성바지 종놈아, 도망가지 말아라] : 여포(呂布)를 가리
키는 것으로, '의리 없이 이해만 따라서 종살이를 하는 천한 놈'의 의
미. 여포는 자신의 친아버지·정원(丁原)·동탁(董卓) 등을 아버지로
섬겼음을 이르는 것임. 「가노」(家奴). [漢書 地理志]「男沒入爲其**家奴** 女
子爲婢」. ▶제5회-18)

三王(삼왕) : 하(夏)의 우왕·은(殷)의 탕왕·주(周)의 문왕 또는 무왕. [中
文辭典]「謂夏之禹王 殷之湯王 周之文王 又一說文王武王倂之爲一」. ▶제91
회-5)

三壬(삼임) : 술수나 불가의 용어로 '장수(長壽)하지 못함을 증험(證驗)하
는 관상의 특징'을 뜻함. [魏志 管輅傳]「輅曰 吾**額上無生骨 眼中無守精
鼻無梁柱 脚無天根 背無三甲 腹無三壬** 此皆不壽之驗」. [劉禹錫 白樂天詩]
「鹽容稱四皓 捫腹有**三壬**」. ▶제69회-10)

三戰虎牢[세 번의 호뢰관 싸움은 헛되이 힘을 낭비한 것일 뿐] : 여포(呂布)
를 상대로 유비·관우·장비 등 세 사람이 호뢰관(虎牢關)에서 싸운 일
을 말함. [漢書 地理志]「河南郡 成皐 故**虎牢** 或曰制」. [南史 宋少帝記]「魏
軍剋**虎牢**」. ▶제9회-3)

三停[겨우 삼분의 일만이] : 세 몫. 전체를 몇 몫으로 나눈 것 중의 한 몫을 일정(一停)이라 함. [中文辭典]「俗謂數之成數爲停 加云 十停去其九停 **三停去兩停**」. ▶제50회-5)

三停去了二停[군사의 2/3 정도를 잃었고] : 대다수. 셋 중에서 둘(⅔)을 잃음. ▶제12회-16)

三尺甘雨(삼척 감우) : 시우(時雨). 꼭 필요할 때 알맞게 오는 비. [詩經 小雅篇 甫田]「以御田祖 以祈**甘雨**」. [管子 四時]「然則柔風**甘雨** 乃至」. ▶제29회-10)

三尺童蒙[삼척동자] : 「삼척동자」(三尺童子). 철모르는 어린아이. [胡銓 上高宗封事]「夫**三尺童子**至無知也 指犬豕而使之拜 則怫然怒」. ▶제43회-7), 제60회-15)

三尖兩刃刀(삼첨양인도) : 세 가지 양날의 칼. 세 갈래로 되어 있고 양쪽에 칼날이 있는 검. [元積 論竇詩]「鏌鎁無人淬 **兩刃**幽壤鐵」. ▶제14회-32), 제41회-8)

三寸不爛之舌[세 치 혀를 이용해서] : 구변(口辯)이 좋다는 뜻임. [史記 平元君傳]「今以**三寸舌** 爲帝者師 又毛先生以**三寸之舌** 强於易萬之師」.「三寸不律」은 '세 치 길이의 붓'이란 뜻임. [爾雅 釋器]「**不律謂之筆** (注) 蜀人 呼**筆** 爲不律也」. ▶제3회-19), 제42회-10), 제59회-15), 제65회-9), 제75회-16)

三寸之舌[혀끝이] : 세 치의 짧은 혀를 말함. 구변(口辯)이 능한 것을 비유하는 말임. [史記 平元君傳]「今以**三寸舌** 爲帝者師 又毛先生以**三寸之舌** 强於易萬之師」. ▶제45회-11), 제86회-5)

三台星(삼태성) : 태성(太星). 큰 곰자리에 딸린 자미성(紫微星)을 지키는 별. [史記 天官書]「魁下六星 兩兩相比者 名曰**三能** (注) 集解曰 蘇林曰 **能**音台」. [李白 詩]「明君越羲軒 元老左**三台**」. ▶제103회-16)

三吐握髮[주공이 토포] : 「토포악발」(吐哺捉髮). 주공(周公)이 감던 머리를 싸쥐고 입에 든 밥을 뱉으면서까지 찾아온 손님을 맞았다는 데서,

'인재를 아낌'에 비유하는 말. [韓詩外傳 三]「成王封伯禽於魯 周公誡之日 吾於天下亦不輕矣 然一沐**三握髮** 一飯**三吐哺** 猶恐失天下之士」. [史記 魯世 家]「周公戒伯禽曰……我於天下 亦不賤矣 然我一沐**三促髮** 一飯**三吐哺** 起以 待士」. ▶제48회-12)

三通[북을 세 번 치는] : 북을 999번 치는 동안을 말하는데 333번 치는 것이 일통(一通)임. [後漢書 光武帝紀]「傳吏疑其僞乃權鼓數**十通**」. [李靖 衛公兵法]「日出日沒時 撾鼓一千撾 三百三十三撾爲**一通**」. ▶제28회-15), 제 100회-16)

三八縱橫 黃猪遇虎[삼팔이 종횡이요 누런 돼지가 범을 만나니] : 원문에는 '**三八縱橫 黃猪遇虎**'로 되어 있음. 건안(建安) 24년(己亥年) 인월(寅月), 즉 정월을 말함. ▶제69회-8)

三鼕[세 번 북이 울리고] : 북을 세 번 침. 북을 999번 치는 동안을 말하는 데 333번 치는 것이 일통(一通)임. [後漢書 光武帝紀]「傳吏疑其僞乃權鼓 數**十通**」. [李靖 衛公兵法]「日出日沒時 撾鼓一千撾 三百三十三撾爲**一通**」. ▶제117회-25)

揷標[표식을 꽂고] : 표지를 꽂음·깃발[軍旗]을 꽂음. 옛날에 팔아야 할 물품이나 사람의 몸에 풀을 꽂아(揷草) 표시하던 풍습에서 온 말. 원 문에는 '**如揷標賣首**'로 되어 있음. 「삽화」(揷花). [梁簡文帝 答新渝後書] 「九梁**揷花** 步搖爲古」. [袁昻 古今書評]「衛恒書 如**揷花**美女 舞笑鏡臺」. ▶ 제25회-12)

歃血爲盟[백마의 피를 뿌려 맹세하게 한 다음] : 입술에 피를 바르며 맹세 함. 「삽혈지맹」(歃血之盟). 옛날 서약을 지키겠다고 신에게 맹세하던 일. 서로가 맹세할 때에 희생(犧牲 : 소나 말)을 잡아 그 피를 나누어 마셨던 일을 이름. 「삽혈지맹」(歃血之盟). [戰國策 魏策]「今趙不救魏 魏 **歃盟**於秦 是趙與强秦爲界也」. [三國遺事 卷一 太宗春秋公]「刑白馬而盟 先 祀天神及山川之靈 然後**歃血爲**文而盟曰 往者百濟先王 迷於逆順 云云」. ▶

제20회-20), 제33회-12), 제69회-14), 제110회-3)

歃血已罷[삽혈의 의식] : 피를 입술에 바르거나 마심. 옛날 서약을 지키
겠다고 신에게 맹세하던 일. 서로가 맹세할 때에 희생(犧牲 : 소나 말)
을 잡아 그 피를 나누어 마셨던 일을 이름. 원문에는 '歃而已罷'로 되
어 있음. 「삽혈지맹」(歃血之盟). [戰國策 魏策]「今趙不救魏 魏歃盟於秦
是趙與强秦爲界也」. [三國遺事 卷一 太宗春秋公]「刑白馬而盟 先祀天神及
山川之靈 然後歃血爲文而盟曰 往者百濟先王 迷於逆順 云云」. ▶제5회-3)

喪家之狗[마치 상가의 개와 같았다] : 상갓집의 개. '여위고 기운 없이 초
라한 모습으로 이곳 저곳을 기웃거리는 사람'을 빈정거리는 말. [孔子
家語 入官篇]「孔子適鄭 與弟子相失 獨立東門外 或人謂子貢曰 東門外有一
人焉 其長九尺有六寸 河目隆顙 其頭似堯 其頸似皐繇 其肩似子産 然自腰以
下不及禹者三寸 纍然如喪家之狗 子貢以告 孔子欣然而歎曰 形狀未也 如喪
家之狗 然乎哉 然乎哉」. [集解]「王肅曰 喪家之狗 主人哀荒 不見飲食 故纍
然而不得意 孔子生於亂世 道不得行 故纍然 不志之貌也」. ▶제14회-11)

象簡(상간) : 상홀(象笏). 신하가 임금 앞에 나갈 때 가지고 가는 상아나
대나무로 만든 홀. 관직에 따라 옥·상아·대나무로 그 재질을 구분하
였음. [宋史 度宗紀]「陳宜中經筵進講春秋 賜象簡」. [李士瞻 贈貢泰甫牙笏
詩]「象簡霜嚴重 蒼鬌雪色新」. ▶제4회-10)

相拒[대치] : 서로 자기의 의견을 고집하고 사양하지 아니함. 「상지」(相
指). [史記 項羽紀]「楚漢相指未決」. [三國志 魏志 明帝紀]「今已與聘相指」.
▶제14회-33)

象廊(상랑) : 상아로 꾸며진 화려한 낭하. [三國志 魏志 揚阜傳]「璇室象廊」.
[淮南子 本經訓]「帶有枲紵 爲璇室瑤臺 象廊玉牀」. ▶제105회-30)

常理(상리) : 떳떳한 도리. 당연한 이치. [韓愈 謝自然詩]「人生有常理 男女
各有倫」. [舊唐書 李德武妻裵氏傳]「不踐一庭 婦人常理」. ▶제73회-4), 제
102회-5)

相父(상부) : 제왕이 원로대신을 부르는 칭호. [三國魏志 第八十回 注]「皇帝代丞相極尊敬稱號」. ▶제85회-26)

尙父(상부) : 태공망 여상(呂尙)을 높여 부르는 말. 주(周)나라의 개국공신인 강자아(姜子牙) 태공망(太公望). 동해노수(東海老叟)라고도 부름. 주왕(紂王)의 폭정을 피해 위수(渭水)에서 낚시질을 하다가 서백(西伯 : 周文王)을 만나게 되고, 뒤에 은나라를 멸망시키고 천하를 평정하여 제 나라(齊相)에 봉함을 받음.

　　[說苑]「呂望年七十釣于渭渚 三日三夜魚無食者 望卽忿脫其衣冠 上有異人者謂望曰 子姑復釣 必細其綸芳其餌 徐徐而投 無令魚驚 望如其言 初下得鮒 次得鯉 刺魚腹得素書 又曰 呂望封於齊」. [史記 齊太公世家]「西伯獵 果遇太公於渭水之陽 與語 大說曰 自吾先君太公曰 當有聖人適周 周以興 子眞是邪 吾太公望子久矣 故號之曰太公望 載與俱歸 立爲師」. ▶제119회-20)

尙父(상부) : 태공망(太公望) 여상(呂尙). 주의 무왕이 여상을 높여서 '상부'라 했음. [詩經 大雅篇 大明]「維師尙父……肆伐大商 會朝淸明 (箋) 尙父呂望也 尊稱焉」. [文選 李康運命論]「太公渭濱之賤老也 而尙父於周」. ▶제8회-2)

上壽(상수) : 백세(百歲)의 수를 비는 술잔을 드림.「헌수」(獻壽). [莊子 盜跖篇]「盜跖曰 人上壽百歲 中壽八十 下壽六十」. [論衡 正說篇]「或說 春秋二百四十二年者 上壽九十 中壽八十 下壽七十 孔子據中壽三世而作」. ▶제113회-6)

常侍(상시) : 문하부의 좌우에 한 사람씩 둔 정삼품의 벼슬.「산기상시」(散騎常侍). [康熙字典]「常侍漢時宦官名 後遂沿習爲士人官制 加唐高適稱高常侍 李愬稱李常侍 是也」. [後漢書 百官志]「中常侍千石」. [中文辭典]「官名……魏文帝黃初初置散騎 合於中常侍 謂之散騎常侍 復用士人」. ▶제1회-10)

相如(상여) : 전한(前漢) 사람이었던 문사 사마상여(司馬相如). [中國人名]「漢 成都人 字長卿 景帝時爲武騎常侍……與僮僕百人 錢百萬 遂委富人 武

帝時 以狗監楊得意薦 召爲郎 通西南夷有功 尋拜孝文園令 居茂陵」. ▶제60
회-6)

上虞(상우) : 현의 이름. 회계(會稽). [漢書 地理志 上]「會稽郡 縣二十六 上
虞」. [淸史稿 地理志]「浙江 紹興府 縣八 上虞」. ▶제71회-5)

塞北(새북) : 북쪽의 변방. [江淹 侍始安王詩]「何如塞北陰 震鴻盡來翔」. [江
總 贈賀左丞蕭舍人詩]「江南有桂枝 塞北無萱草」. ▶제48회-7)

璽綬(옥새와 인수) : 옥새와 조수(組綬). [漢書 高帝紀]「使陸賈卽授璽綬」.
[後漢書 王覇傳]「覇追斬王郎 得其璽綬 封王卿侯」. ▶제4회-6)

色厲膽薄[겉만 번지르르한 인물] : 외모는 엄격한 듯하나 간이 크지 못함.
'외모에 비해 담대하지 못함'의 비유. 「색려내임」(色厲內荏)은 얼굴빛
이 엄격하여 위엄이 있으나 내심은 빈약함의 뜻임. [論語 陽化篇]「子曰
色厲而內荏 譬諸小人 其猶穿窬之盜也與・(集解)「爲外自矜 而內柔佞」. ▶
제21회-9)

索命之聲[은은히 목숨을 찾는 소리] : 목숨을 찾는 소리. '억울하게 죽은
원혼의 소리'를 말함. ▶제78회-12)

生力兵(생력병) : 전선에 새로 투입된 병사. 「생력군」(生力軍). [中文辭典]
「生力謂力之儀而未用者 因謂甫加入戰線之軍隊曰 生力軍」. ▶제63회-10),
제97회-22)

生死之交[생사를 같이하기로] : 죽살이(생사존망・生死存亡)를 다짐한 우
정. [中文辭典]「稱可共生死之交誼」. [韓非子 解老]「所謂廉者 必生死之命
也 輕恬資財也」. ▶제81회-17)

胥靡(서미) : 노역에 처해질 죄수. [史記 殷紀]「說爲胥靡 築傅險」. [漢書 楚
元王傳]「楚王戊淫暴 申公自生二人諫 不聽胥靡之」. ▶제23회-23)

誓不與立於天地間[내 맹세코 천지간에 같이 설 수 없다!] : 원문에는 '誓不
與立於天地間'으로 되어 있음. '같은 하늘 밑에 살 수 없음'의 뜻. [中文
辭典]「謂不共戴天也」. ▶제83회-10)

書院(서원) : 당의 현종(玄宗) 때 개원한 곳으로 선비들이 모여서 학문을 강론하던 곳. [唐書 藝文志]「大明宮光順門外 東都明福門外 皆創集賢書院. 學士通籍出入」. [清史 選擧志]「其階級以省會之大書院爲高等學」. ▶제54회 -19)

西子(서자) : 춘추시대 월(越)의 미녀「西施」.「미인계」(美人計). 월왕 구천이 오나라와 싸워 회계(會稽)에서 패하고 나자, 국력을 기르는 한편 범여의 계획에 따라 서시(西施)란 미녀로 미인계를 썼음. 오왕 부차가 이 계책에 빠진 것을 알고 군사를 일으켜 오나라를 멸하였다는 고사. [拾遺記]「西施越女所謂西子也 有絶世之美 越王句踐 獻之吳王夫差 夫差嬖之 卒至傾國」. [淮南子]「曼容皓齒形姱骨佳 不待傅粉 芳澤而美者 西施陽文也」. [韻語陽秋]「太平寰宇記載西施事云 施其姓也 是時有東施家 西施家」. ▶제65회-15)

西曹掾(서조연) : 공부(公府)의 속관인 연사(掾史). '연'은 연사(掾史)로 공부(公府)의 속관임. '서조'는 부중의 관리임면ㆍ'동조'는 지방 관리의 임면ㆍ'문학연'은 교관(敎官)의 임무를 각각 담당하였음.「연사」. [史記 長湯傳]「必引正監掾史賢者」. [後漢書 百官志]「郡國皆置諸曹掾史」. ▶제115 회-33), 제116회-1)

誓必誅之[내 저놈을 반드시 죽일 것이외다] : 맹세코 반드시 죽일 것임.「천필주지」(天必誅之). ▶제13회-15)

西行(서행) : 임금님을 모시고 서쪽을 정벌하러 감. '행'은 황제가 거둥하는 것을 이름. [呂氏春秋 圜道]「雲氣西行云云然 多夏不輟」 [寒山詩]「渠若向西行 我便東邊走」. ▶제6회-4)

席捲(석권) : 특정세력이 너르고 빠르게 휩씀. 자리를 말 듯이 힘을 들이지 않고 차례차례로 모조리 차지함. [戰國策 楚策]「雖無出兵甲 席卷常山之險」.「賈誼 過秦論]「有席卷天下 包擧宇內 囊括四海之意 并吞八荒之心」. ▶제43회-6), 제119회-8)

昔非今是[지난 일은 그르고 지금은 옳은 것] : 옛 일은 그르고 지금은 옳다는 뜻. 원문에는 '昔非今是一切休論'으로 되어 있음. ▶제77회-11)

石子岡亂塚[석자강의 난총] : 석자강의 공동묘지. 석자강은 지명(長陵)임. [三國志 吳志 諸葛恪傳]「建業南有長陵 名曰石子岡」. [明一統志]「石子岡 在江寧府南一十五里 吳志 建業南有長陵 名曰石子岡」. ▶제108회-13)

先見如神[선견지명이 귀신같다는 것을] : 예견하는 능력이 아주 높음. 「선견지명」(先見之明). [後漢書 楊彪傳]「對曰 愧無日磾先見之明 猶懷老牛舐犢之愛」. ▶제100회-6)

先見之明(선견지명) : 일이 일어나기도 전에 미리 내다보고 앎. [後漢書 楊彪傳]「對曰 愧無日磾先見之明 猶懷老牛舐犢之愛」. ▶제10회-3), 제98회-1)

先公私後[공적인 일이 먼저이고 사적인 일은 그 뒤] : 공적인 일이 먼저이고 사사로운 일은 그 다음임. [中庸]「上私先公以天子之禮」. 「공사」(公事). [孟子 滕文公篇 上]「公事畢 然後治私事 (集注) 先公後私 所以別君子野人之分也」. ▶제43회-28)

善善惡惡[착한 사람을 좋아하고……] : '영웅호걸이 눈앞에 있지만 알아보지 못함'의 비유임. [公羊 昭 二十]「君子之善善也長 惡惡也短 惡惡止其身 善善及子孫」. [歐陽修 王彦章書像記]「予於五代書 竊有善善惡惡之志」. ▶제35회-9)

宣召[소명] : 신하를 부르는 임금의 명령(召命). [夢溪筆談 故事]「蓋學士院 在禁中 非內臣宣召無因得入」. [宋會要]「遞宿學士院 朝夕宣召 商榷古今」. ▶제80회-17)

璇室(선실) : 옥으로 꾸민 방. 「선실요대」(璇室瑤臺). 황홀한 방과 대. [淮南子 本經訓]「晚世之時 帝有桀紂 爲璇室瑤臺 象廊玉牀」. [三國志 魏志 楊阜傳]「桀作璇室象廊 紂爲傾宮鹿臺」. ▶제105회-29)

單于(선우) : 흉노가 자기들의 추장을 부르던 이름. [漢書 匈奴傳]「單于姓攣鞮氏 其國稱之曰 撐犁孤塗單于」. [史記 匈奴傳]「匈奴單于曰頭曼」. ▶제

善人 國之紀也 制作國之典也 滅紀廢典 豈能久乎[착한 사람이란 나라의 기강
이요……] : 원문에는 '善人 國之紀也 制作國之典也 滅紀廢典 豈能久乎'로
되어 있음. [論語 子路篇]「善人爲邦百年」. [左氏 襄 三十]「善人國之主也」.
「국전」(國典)은 '국가의 제의(祭儀)'임. [禮記 月令]「天子乃與公卿大夫 共
飭國典」. [北史 王慧龍傳]「撰帝王制度十八篇 號曰國典」. ▶제9회-16)

跣足[맨발로] : 맨발. [五代史 王彦章傳]「能跣足履棘 行百步」. ▶제30회-6)

善終(선종) : 명대로 살다 죽음. 큰 허물없이 죽는 것. [史記 樂書]「可不謂
戰戰恐懼 善守善終哉」. [晋書 魏叙傳]「晋興以來 三公能辭榮善終者 未之有
也」. ▶제6회-23), 제120회-34)

先斬後奏(선참후주) : 선참후계(先斬後啓). 먼저 죄인의 목을 베고 뒤에
임금에게 알림. [中文辭典]「喩先處理而後報告」. ▶제83회-25)

宣化(선화) : 선정(善政) 등을 널리 폄. [漢書 宣帝記]「或以酷惡爲賢 皆失其
中 奉詔宣化如此」. [抱朴子]「宣化以濟俗」. ▶제29회-6)

藝近娼優[창우를 가까이 하고] : 창우를 가까이 하는 등 외설을 즐김. 「창
우」는 '광대'(廣大·禾尺)임. [中文辭典]「樂也 女樂曰倡 南伶曰優」. [漢書
元后傳]「舞鄭女 作娼優」. ▶제109회-24)

洩漏(누설) : 비밀이 새어나감. 큰 기밀(天意)이 새어 나감을 이르는 말.
'기밀이 새어나가지 않게 하라'는 비유. [淮南子 原道訓]「則内有以通于
天氣 (注) 機發也」. [集仙傳]「黃帝天機之書 非奇人不可忘傳」. 「낭괄」(囊
括)은 주머니 속에 넣어 졸라매는 것처럼 '말을 내뱉지 않음'의 뜻임.
[賈誼 過秦論]「南席卷天下 包擧宇内 囊括四海之意 并吞八荒之心」. 주역에
서는 「괄낭」(括囊)이라 했는데 '삼가야 한다'의 비유로 쓰였음. [易經
坤卦]「易曰括囊 天咎无譽 蓋言謹也」. ▶제6회-20)

泄漏天機[절대로 천기를 누설하지 말라고 해라] : 천기누설(天機漏泄). 큰
기밀(天意)이 새어나감을 이르는 말. '기밀이 새어나가지 않게 하라'는

비유. [淮南子 原道訓]「則內有以通于 天氣 (注) 機發也」. [集仙傳]「黃帝天機之書 非奇人不可忘傳」. ▶제69회-5)

舌辯之士(설변지사) : 말을 잘하는 사람. 「설변」은 원래는 '소설 같은 것을 읽어주는 사람'임. [夢梁錄 小說謂講經史]「說話書 謂之舌辯」. ▶제60회-1)

渫蓍[점을 쳐 좋은 날을 가려] : 서죽(筮竹). 톱풀. 뺑쑥이라고도 하는 엉거식과에 딸린 다년초인데 잎과 줄기는 먹거나 약재로 쓰임. 서죽(筮竹)·시초(蓍草)라 하여 점 치는데 쓰였음. [劉禹錫 和蘇十郞中開居時嚴常侍等同過訪詩]「菱花照後容雖改 蓍草占來命已通」. ▶제37회-27)

攝政(섭정) : 임금을 대리하여 맡아 통치권을 행하는 일. [史記 五帝紀]「舜得擧用事二十年 而堯遂使攝政」. 「섭정」. [書經 金縢傳]「武王死 周公攝政」. [詩經 豳風 狼跋序]「周公攝政」. ▶제106회-11)

聲東擊西 指南攻北[성동격서하고 지남공북할 수 있으나] : 동쪽을 공격하는 체하면서 실상은 서쪽을 공격하고, 남쪽을 가리키며 실은 북쪽을 공격함. [通典 兵六]「聲言擊東 其實擊西」. ▶제111회-1)

星斗[별자리] : 별·북두와 남두에 있는 모든 별. [晋書 元帝紀論]「馳章獻號 高蓋成陰 星斗呈祥 金陵表慶」. [方千 送人遊日本國詩]「波濤合左界 星斗定東維」. ▶제38회-17)

城上暗放一冷箭[냉전을 쏘아] : 암전(暗箭). 몰래 숨어서 쏘는 화살. 원문에는 '城上暗放一冷箭'으로 되어 있음. [辭源]「今俗以乘人不備 暗計傷人者 謂之冷箭」. ▶제15회-8)

聲罪致討[죄상을 알리고 토벌에 나서야] : 먼저 죄상을 알리고 토벌에 나섬. ▶제22회-7)

成敗之機 在此一擧[성패의 기회는 단 한 번에 있다] : 성패의 기회는 이 한 판에 달렸음. '싸움의 성패가 여기에 달렸다'는 뜻. 「성패」. [史記 范雎傳]「成敗之事」. ▶제117회-28)

城鋪(성포) : 성 위를 순찰하는 군사가 머무르는 처소. 「성첩」(城堞)은 '성가퀴'[城陣]임. [元縝 酬翰林白學士代書一百韻詩]「野連侵稱隴 亞柳壓 **城陣**」. ▶제95회-17)

說客(세객) : 상대를 설득하려는 사람. 능숙한 말솜씨로 제후를 설복시켜, 자신이 얘기한 목적을 달성시키던 봉건시대의 정객(政客). [史記 酈食其傳]「酈生常爲**說客**」. ▶제10회-12), 제45회-6)

說客[설득하러] : 말솜씨로 상대방을 설득하는 사람. 능숙한 말솜씨로 제후를 설복시켜, 자신이 얘기한 목적을 달성시키던 봉건시대의 정객(政客). [史記 酈食其傳]「酈生常爲**說客** 馳使諸侯」. [三國志 吳志 周瑜傳]「爲曹操爲**說客**耶」. ▶제65회-13)

勢不可當[그 기세를 막아낼 수 없었다] : 세력이 커서 당해낼 수가 없음. 「만부부당지용」.「만부지망」(萬夫之望). [易經 繫辭 下傳]「君子知微知彰 知柔知剛 **萬夫之望**」. [後漢書 周馮虞鄭周傳論]「德乏**萬夫之望**」. ▶제111회-6)

勢不兩立[세가 양립하지 않겠소이까] : 같은 형세는 양립할 수 없음. '세력은 둘이 대립할 수 없다'는 뜻임. [史記 孟嘗君傳]「天下之遊士 憑軾結靷 東入齊者 無不欲彊齊而弱秦 此雄雌之國也 **勢不兩立**」. [三國志 吳志 周瑜傳]「孫權曰 孤與老賊 **勢不兩立**」. ▶제65회-28)

世所罕及[세상에 아주 드물 것이오이다] : 세상에서도 아주 드묾. ▶제49회-13)

世食魏祿[대대로 위의 녹을 먹었으면서] : 대대로 위나라의 녹을 받음. 대대로 위나라에서 벼슬을 함. 「세록」(世祿). [左氏 襄 二十四]「此之謂**世祿**」. [孟子 滕文公 上]「夫**世祿** 滕固行之矣」. ▶제97회-20), 제111회-14)

勢如劈竹[그 기세가 파죽지세] : 그 기세가 마치 대나무를 쪼개는 듯함. 「파죽지세」(破竹之勢). 많은 적을 물리치고 쳐들어가는 당당한 기세. [晉書 杜預傳]「預曰 今兵威已振 **譬如破竹** 數節之後 皆迎刃而解」. [北史 周高祖紀]「嚴軍以待 擊之必克 然後乘**破竹勢** 鼓行而東 足以窮其窟穴」. ▶

제12회-17), 제95회-5)

細作(세작): 염탐꾼. 염알이꾼. '염알이'는 '남의 사정이나 비밀 따위를 몰래 알아냄'의 뜻임. [爾雅釋言 聞倪也注]「左傳謂之諜」. [釋文]「諜 閒也 今之**細作**也」. [釋文]「諜 閒也 今謂之**細作**」. ▶제5회-9)

世之良材[천하의 명장입니다]: 세상에서 쓸 만한 인재. [左氏 哀 十七]「糜 日 必立伯也 是**良材**」. [國語 周語 下]「衛彪僕日 夫周 高山廣川大藪也 故生 **良材**」. ▶제115회-27)

世冑[서량에선 명문으로 꼽히던 집안]: 세가(世家). 대대로 녹을 이어 받는 가문. [孟子 滕文公篇 下]「仲子齊之**世主**」. [漢書 食貨志]「**世主**子弟富人」. ▶제57회-24)

蕭·曹(소하와 조삼): 두 사람 다 한 고조 유방(劉邦)의 신하로 한의 기초를 세운 공신임. [史記 曹相國世家]「**蕭何薨 參代**何相 擧事無所變更 一遵 何之約束 參薨百姓歌之日 **蕭何爲相 顜若畫一 曹參代**之 守而勿失 載其淸淨 民以寧一」. ▶제105회-14)

消遣[소일]: 소일(消日). [鄭谷 中秋詩]「此際難**消遣** 從來未學禪」. [王禹偁 竹樓記]「焚香默坐 **消遣**世慮」. ▶제75회-3)

昭公·季氏(소공·계씨): 춘추 때 노나라 대부. 계씨(季氏)는 계손씨(季孫 氏)임. 계손씨가 권력을 잡고 있어서 소공은 늘 빈 자리만 지키고 앉아 있었다. 그가 마음에 불복하고 군사를 일으켜 계손씨를 쳤다가 패하여 제(齊)나라로 도망갔던 일. [中國人名]「**季孫**意如 大夫宿孫 卽**季平 子**……平子與郈氏臧氏不協 臧郈告昭公 昭公伐季氏 平子請囚請亡 皆弗許 三家共伐公 公失國出亡」. ▶제114회-8)

小龍穿花(소룡천화): 작은 용이 꽃 속에서 노닐고 있음. 본래「천화」(穿 花)는 '작은 꽃들이 사이 사이에 그려져 있음'을 뜻함. [杜甫 曲江詩] 「**穿花**蛺蝶深深見 點水蜻蜓款款飛」. [白居易 早春寄令孤相公詩]「馬頭拂柳 時廻轡 豹尾**穿花**暫亞槍」. ▶제20회-18)

燒眉之急[눈썹에 불이 붙은 급박한 지경인데] : 「초미지급」(焦眉之急). 눈
썹에 불이 붙은 것과 같이 위급함. [五燈會元]「僧問蔣山佛 慧如何是急切
一句 慧曰 **火燒眉毛**」. [故事成語考 身體部]「求物濟用 謂**燃眉之急**」. ▶제60
회-32)

小不忍則 亂大謀[작은 것을 참지 못하면 큰 일을 그르칠 수 있나이다] : 원
문에는 '小不忍則 亂大謀'로 되어 있음. [論語 衛靈公篇]「子曰 巧言亂德
小不忍則亂大謀 (集注) 小不忍 **如婦人之仁 匹夫之勇** 皆是」. ▶제103회-4),
제117회-4)

疏不間親之計(소불간친지계) : 가까운 친척 사이는 남이 이간시킬 수 없
다는 뜻으로, '친척이 되어 남이 이간시키지 못하게 만드는 계책'을 이
름. ▶제16회-9)

小兒也不敢夜啼[어린아이들이 밤에 울음을 그치게] : 어린아이가 무서워
밤에는 울지도 못함. 「소아」. [史記 淮陰候傳]「王素嫚無禮 今拜大將如呼
小兒耳」. 「야곡」(夜哭). [李商隱 重有感詩]「晝號**夜哭**兼幽顯 早晚星關 雲
涕收」. ▶제67회-15)

昭陽宮裏人[소양궁 속 사람으로서] : 전한 성제(成帝)의 황후 조비연(趙飛
燕)을 말하는데 미인으로 이름이 높았음. [漢書 外戚傳]「**飛燕** 孝成帝趙
皇后也 本長安宮人 初生 父母不舉 三日不死 遂收養之 及壯屬陽阿主家 學
歌舞 號曰**飛燕**」. ▶제8회-15)

疎虞[실수라도 있으시면] : 어설퍼서 그릇됨. [蘇軾 畵車詩]「上易下難須審
細 左提右挈免**疎虞**」. [福惠全書 保甲部 功罪]「如有**疎虞** 不行查察盤獲」. ▶
제102회-13)

所以[까닭] : 까닭. [周禮 天官 疾醫]「死終則各書其**所以** 而入于醫師 [注] **所
以**謂治之不愈之狀也」. ▶제66회-5)

笑而不答[웃으면서 대답하지 않았다오] : 웃기만 하고 대답하지 않음. '묻
는 내용은 알고 있으나 구태여 대답할 필요가 없음'을 뜻함. [李白 山

中間答詩]「問余何意栖碧山 **笑而不答**心自閑 桃花流水杳然去 別有天地非人

間」. ▶제37회-8), 제69회-12), 제116회-9)

小人[소인배들이] : 서민(庶民). 군자(君子)의 대개념으로 '덕이 없는 사

람'을 뜻함. [論語]「顔淵篇]「子曰 君子成人之美 不成人之惡 **小人**反是」.

[同書]「君子之德風 **小人**之德草」. [管子 立政]「寧過於君子 而毋失於小人」.

▶제115회-15)

酥一盒[소락죽 한 합] : '소락'(酥酪)은 '소나 양의 젖을 가공한 유즙(乳汁)'

임. [韻會]「酥 酪屬 牛羊乳爲之」. [宋史 職官志]「牛羊司乳酪院 供造**酥酪**」.

[杜牧 和裵傑秀才新櫻桃詩]「忍用烹**酥酪** 從將玩玉盤」. [宋史 職官志]「牛羊

司乳酪院 供造**酥酪**」. [杜牧 和裵傑秀才新櫻桃詩]「忍用烹**酥酪** 從將玩玉盤」.

▶제72회-13)

蘇秦·張儀(소진과 장의) : 춘추시대의 이름난 세객. '소진'은 연(燕)의 문

후(文候)에게 육국합종(六國合縱)을 주장하여 채택되었고 육국의 재상

을 겸하였음. 「합종연횡」(合從連衡). [史記 孟軻傳]「天下方務於**合從連衡**

以攻伐爲賢」. [蘇秦傳]「蘇秦說趙肅侯曰 六國爲一幷力 西鄕而攻秦 秦必破

矣 衡人者 皆欲割諸侯之地以予秦」. '장의'는 위나라 사람으로 소진과 종

횡 채택의 책략을 귀곡(鬼哭)에게 배우고, 진의 혜문왕(惠文王)의 신임

을 얻어 연횡책을 주장하여 열국을 진나라에 복종시켰음. [中國人名]「

與**蘇秦**同師鬼谷子 以遊說縣名 相秦惠王 以**連衡**之策說之國 使背從約而事

秦……惠王卒 不說於武王 六國皆畔衡復**合從** 儀乃之梁相魏」. ▶제45회-9)

蘇秦張儀爲辯士[소진과 장의가 변사인 줄만 알고] : 두 사람 다 춘추시대

의 세객(說客) 겸 정치가. '소진'은 연(燕)의 문후(文候)에게 육국합종

(六國合縱)을 주장하여 채택되었고 육국의 재상을 겸하였음. 「합종연

횡」(合從連衡). [史記 孟軻傳]「天下方務於**合從連衡** 以攻伐爲賢」. [蘇秦傳]

「蘇秦說趙肅侯曰 六國爲一幷力 西鄕而攻秦 秦必破矣 衡人者 皆欲割諸侯之

地以予秦」. '장의'는 위나라 사람으로 소진과 종횡 채택의 책략을 귀곡

(鬼哭)에게 배우고, 진의 혜문왕(惠文王)의 신임을 얻어 연횡책을 주장하여 열국을 진나라에 복종시켰음. [中國人名]「與蘇秦同師鬼谷子 以遊說縣名 相秦惠王 以連衡之策說之國 使背從約而事秦……惠王卒 不說於武王 六國皆畔衡復合從 儀乃之梁相魏」. ▶제43회-14)

素袍白衣[흰 도포에 흰 옷을 입고] : 흰 도포에 흰 옷. [宋史 方技傳]「綸巾素袍 鬢髮斑白」. [虞集 題秋山圖詩]「峯廻留深隱 天淸襲素袍」. ▶제87회-15)

蕭何·陳平(소하·진평) : 한나라의 개국공신. 소하의 고사(蕭何故事). 한 고조 유방(劉邦)이 개국공신인 소하에게 내렸던 특전(임금을 배알할 때 이름을 부르지 않음·입조할 때에 종종걸음으로 걷지 않음·전상에 오를 때에도 칼을 차고 신을 벗지 않음).「소하위상 강약획일」(蕭何爲相 顆若畫一)은 소하가 재상이 되어 정사를 보는 것이 한일자(一字)를 그은 것과 같이 분명하고 정제(整齊)함을 이름. [史記 曹相國世家]「蕭何薨 參代何相 擧事無所變更 一遵何之約束 參薨百姓歌之曰 **蕭何爲相 顆若畫一** 曹參代之 守而勿失 載其淸淨 民以寧一」. ▶제23회-14), 제59회-12)

蘇學士(소학사) : 송나라 때의 시문에 뛰어난 소순흠(蘇舜欽). [中國人名]「宋 舜元弟 字子美 少慷慨有大志 當天聖中 學者爲文……流寓蘇州 自號蒼浪翁 後得湖州長史以卒 有**蘇學士**集」. ▶제34회-12)

束髮(속발) : 머리털을 위로 올려 상투로 틀거나 또는 잡아 묶음. [禮記 玉藻]「紐錦**束髮** 皆朱錦也」. [新書 容經]「**束髮**就大學」. ▶제8회-22)

束髮冠(속발관) : 상투머리.「속발」. [禮記 玉藻]「紐錦**束髮** 皆朱錦也」. [列女 節義傳]「子**束髮**後身 辭親往仕」. ▶제49회-6)

束手受縛[속수무책일 것이기] : 순순히 손을 내어 결박을 받음. [三國志 魏志 鄧艾傳]「**束手**受罪」. [晋書 杜豫傳]「所過城邑 莫不**束手**」. ▶제50회-6)

束手受死[손을 묶인 채 죽음을 받을 수] : 손을 묶인 채 죽음을 기다림. [三國志 魏志 鄧艾傳]「**束手**受罪」. [晋書 杜豫傳]「所過城邑 莫不**束手**」. ▶제76회-1)

贖身[천금을 주고 풀어주라] : 속량(贖良). 종을 풀어주어 양민이 되게 함. [詩經 秦風篇 黃鳥]「彼蒼者天 殲我良人 如可贖兮 人百其身 (箋) 可以他人 贖之者 人皆百其身 謂一身百死猶爲之 惜善人之甚」. ▶제71회-4)

孫武 制勝於天下者[손무가 천하에 명성을 떨칠 수 있었던 것은] : 손무가 천하를 제압함. 손무(孫武). 손자(孫子). 손무자(孫武子)는 제(齊)나라의 병법가인데, '孫子'는 그를 존경하는 표현임. [中國人名]「春秋 齊 以兵法見吳王闔廬 王出宮中美人百八十人 使武敎之戰……吳王用爲將 西破强楚 北威齊晉 顯名諸候 有兵法三篇」. ▶제96회-11)

孫武(손무) : 손자(孫子). 손무자(孫武子)는 제(齊)나라의 병법가인데 '孫子'는 그를 존경하는 표현임. [中國人名]「春秋 齊 以兵法見吳王闔廬 王出宮中美人百八十人 使武敎之戰……吳王用爲將 西破强楚 北威齊晉 顯名諸候 有兵法三篇」. ▶제47회-11), 제57회-3)

孫臏·龐涓(손빈과 방연) : 두 사람 다 전국시대 병법가로 귀곡자(鬼谷子)의 문하에서 동문수학하였음. 손빈은 제(齊)나라, 방연은 위(魏)에서 관직에 있었음. 방연·마릉도(龐涓馬陵道). 방연이 마릉에서 손빈과 싸운 일. 원래 방연과 마릉은 동문수학했던 사이였는데, 손빈이 후에 조(趙)와 함께 한(韓)을 공격하였다. 방연이 듣고 한에 돌아가 마릉도에서 손빈과 싸웠음. [中國人名]「與孫臏同學兵法……而以法刑斷其兩足 臏遂入齊後 魏與趙攻韓……涓聞之 去韓而歸 與孫臏戰於馬陵道 臏使人斫大樹……涓戰敗 自刭」. [中國地名]「惠王三十年 與齊人戰 敗於馬陵 齊虜魏太子申 殺將龐涓」. ▶제98회-8)

孫吳(손무와 오기) : 병법가 손무(孫武)와 오기(吳起). 손무자(孫武子)는 제(齊)나라의 병법가인데, '孫子'는 그를 존경하는 표현임. [中國人名]「春秋 齊 以兵法見吳王闔廬 王出宮中美人百八十人 使武敎之戰……吳王用爲將 西破强楚 北威齊晉 顯名諸候 有兵法三篇」. 「오기」(吳起). 전국시대 위나라 사람. 위의 문후(文候)가 어질다는 말을 듣고, 찾아가 공을 세워 진(秦)

과 한(韓)을 막음. 문후가 죽자 무후(武候)를 섬겼는데 공숙(公叔)의 참소를 당하자 초나라로 가서 백월(百越)을 평정하였음. 장수가 되자 말단 군사들과 숙식을 같이 하였으며 재상이 되어서는 법령을 밝게 폈음. 강병책을 써서 귀족들의 미움을 사기도 하였으며 병법서「吳子」6편이 있음. [中國人名]「戰國 衛人 嘗學於曾子 善用兵 初仕魯 聞魏文候賢 往歸之 文候以爲將 拜西河守……南平百越 北郤三晋 西伐秦 諸侯皆患楚之强」. ▶제104회-17)

孫吳妙法[손·오의 묘한 병법] : 손자와 오기의 병법. 손자(孫子). 손무자(孫武子)는 제(齊)나라의 병법가인데, '孫子'는 그를 존경하는 표현임. [中國人名]「春秋 齊 以兵法見吳王闔廬 王出宮中美人百八十人 使武敎之戰……吳王用爲將 西破强楚 北威齊晋 顯名諸候 有**兵法三篇**」. 오기(吳起). 전국시대 위나라 사람. 위의 문후(文候)가 어질다는 말을 듣고, 찾아가 공을 세워 진(秦)과 한(韓)을 막음. 문후가 죽자 무후(武候)를 섬겼는데 공숙(公叔)의 참소를 당하자 초나라로 가서 백월(百越)을 평정하였음. 장수가 되자 말단 군사들과 숙식을 같이 하였으며 재상이 되어서는 법령을 밝게 폈음. 강병책을 써서 귀족들의 미움을 사기도 하였으며 병법서「吳子」6편이 있음. [中國人名]「戰國 衛人 嘗學於曾子 善用兵 初仕魯 聞魏文候賢 往歸之 文候以爲將 拜西河守……南平百越 北郤三晋 西伐秦 諸侯皆患楚之强」. ▶제84회-1)

孫吳兵書[병서를 깊이 읽어] : 손무(孫武)와 오기(吳起)의 병법서. 손무와 오기 두 사람은 옛 병법가이며 그 저서에는「孫子」와「吳子」가 있음. [史記]「**孫武吳起**列傳」. [史記 貨殖傳]「白圭曰 吾治生産 猶伊尹呂尙之謀 **孫吳用兵**商鞅行法」. ▶제47회-6)

孫吳之機[손오의 기모에 미치지 못하며] : 손무와 오기의 전술·전략의 요체. 손자(孫子). 손무자(孫武子)는 제(齊)나라의 병법가인데, '孫子'는 그를 존경하는 표현임. [中國人名]「春秋 齊 以兵法見吳王闔廬 王出宮中美人百八

十人 使武敎之戰……吳王用爲將 西破强楚 北威齊晋 顯名諸候 有**兵法三篇**」.
「오기」(吳起). 전국시대 위나라 사람. 위의 문후(文候)가 어질다는 말을 듣고, 찾아가 공을 세워 진(秦)과 한(韓)을 막음. 문후가 죽자 무후(武候)를 섬겼는데 공숙(公叔)의 참소를 당하자 초나라로 가서 백월(百越)을 평정하였음. 장수가 되자 말단 군사들과 숙식을 같이 하였으며 재상이 되어서는 법령을 밝게 폈음. 강병책을 써서 귀족들의 미움을 사기도 하였으며 병법서 「吳子」 6편이 있음. [中國人名]「戰國 衛人 嘗學於曾子 善用兵 初仕魯 聞魏文候賢 往歸之 文候以爲將 拜西河守……南平百越 北郤三晋 西伐秦 諸侯皆患楚之强」. ▶제60회-14)

松江鱸魚者方美[송강의 농어회가 제격입니다]: 태호(太湖)의 지류인 오송강(吳松江)에서 나는 농어회의 참맛. [搜神記]「公(曹操)笑顧衆賓日 今日高會 診羞略備 所小者 吳**松江鱸魚**爲膾」. [蘇軾 後赤壁賦]「客日 今者薄暮 擧網得魚 巨口細鱗 狀如**松江之鱸**」. ▶제68회-17)

松紋鑲寶劍[솔잎 문양을 새긴 두 개의 보검을]: 칼날에 소나무 무늬가 있는 명검(名劍). 「송문」(松文). [夢溪筆談 器用]「又謂之**松文** 取諸魚燔熟 觀去脇 視見其腸 正如今之燔鋼劍文也」. ▶제87회-18)

松形鶴骨[소나무 형상에 학의 골격이어서]: 풍채와 골격이 범상하지 아니함. 「선풍도골」(仙風道骨). [李白 大鵬賦序]「余昔於江陵 見天台司馬子徵 謂余 有**松形道骨** 可與神遊八極之表」. 「학골」. [蘇軾 贈嶺上老人詩]「**鶴骨**霜髯心已灰 靑松合抱手親栽」. ▶제35회-2)

碎屍萬段[네 몸을 난도질 하여]: 시신을 여러 조각으로 냄. 「분골쇄신」(粉骨碎身). [證道歌]「**粉骨碎身**未足酬 一句了然超百億」. ▶제88회-10)

讎國論(수국론): 「구국론」(仇國論). 「수국·구국」은 「적국」(敵國)을 뜻함. [左氏 哀 八]「君子違**不讎國**」. [戰國策 秦策]「今政齊 此君之大時也已 因天下之力 伐**讎 國**之齊 報惠王之恥」. ▶제112회-8)

隨機應變(수기응변): 「임기응변」(臨機應變). 그때 그때의 기회를 따라 변

화에 맞게 처리함. [桃花扇 修札]「**隨機應變**的口頭 左衡右擋的齊力」. ▶제
21회–16), 제57회–21)

水來土掩 將至兵迎[물이 오면 흙으로 덮고 장수가 오면 병사들로 막는다] :
원문에는 '水來土掩 將至兵迎'으로 되어 있음. [水滸傳]「自古道 **水來土掩**
兵到將迎」. ▶제73회–27)

垂簾聽政(수렴청정) : 어린 황제를 대신하여 태후가 조정에 나와 섭정(국
정)을 하는 일. '수렴'은 '남녀의 구별' 표시로 신하들과의 사이에 발을
드리웠음. [漢書]「太后**垂簾聽政**」. [宋史 禮志]「皇太后臨朝**聽政** 與皇帝竝
御承明殿 **垂簾**決事」. ▶제2회–20)

受命之意[천명을 따르는 것] : 천명의 뜻을 받음. 「수명지군」(受命之君)은
천명을 받아 제위(帝位)에 오른 임금. [史記 周紀]「西伯蓋**受命之君**」. ▶
제56회–8)

水母(수모) : 수신(水神). [神仙傳]「道士曰 此**水母**也 見長生」. [楚辭 王襄 九
懷 思忠]「玄武步兮**水母** (注) 天龜**水神**侍送余也」. ▶제46회–6)

手無寸鐵[손에 무기도 없었고] : 손에 무기라곤 없음. 「촌철살인」(寸鐵殺
人). [鶴林玉露 地 殺人手段]「宗杲論禪云 譬如人載一車兵器 弄了一件 又取
出一件來弄 便不是殺人手段 我則只有**寸鐵** 便可**殺人** 朱文公亦喜其說……曾
子之守約 **寸鐵殺人**者也」. ▶제109회–9)

首尾相應[앞뒤가 구응하지 못하게] : 양 끝이 서로 응함. 「수미상위」(首尾
相衛)는 상산(常山)의 뱀에는 머리가 둘 있어, 그 하나에 닿으면 또 하나
의 머리가 따라오고 중간에 대면 양쪽 머리와 꼬리가 따라온다는 뜻으
로 '전후좌우가 서로 응함'을 이름. [三國志 魏志 鍾會傳]「數百里中 **首尾**
相繼」. [晋書 溫恭傳]「嶠重與侃書曰 僕與仁公 當如常山之蛇 **首尾相衛**」. ▶
제62회–1)

雖赴水火[끓는 물 속이나 타는 불 속이라도] : 비록 물 속이나 불 속에 들
어간다 하더라도 겁내지 않음. 「부탕도화」(赴湯蹈火). [漢書 晁錯傳]「則

得其財 以富貴實 故能使其中 蒙矢石赴湯火」. [新論 辯樂]「楚越之俗好勇 則 有赴湯蹈火之歌」. 「도화불열」(蹈火不熱)은 진인(眞人)은 불을 밟아도 조금도 데지 않고 자약(自若)함을 이름. [列子 黃帝篇]「列子問關尹曰 至 人潛行不空 蹈火不熱 行乎萬物之上而不慄 請問何以至於此 關尹曰 是純氣 之守也 非智巧果敢之列」. ▶제73회-18)

袖手旁觀(수수방관): 팔짱을 끼고 보고만 있다는 뜻으로, '직접 손을 내 밀어 돕지 않고 그대로 버려둠'을 이름. 愈 祭柳子厚文「不善爲斲 血指 汗顏 巧匠旁觀 縮手袖閒」. [紅樓夢 第七十二回]「我反倒袖手旁觀不成」. ▶ 제46회-27)

雖欲卸肩[비록 내가 내려 놓고자 하나 할 수가 없구나]: 비록 나의 의견대 로 하려 하였으나 할 수가 없었음. 「사견」은 '책임을 피함·공직을 사 퇴함'의 뜻임. [中文辭典]「謂辭職也」. ▶제110회-17)

殊遇(수우): 특별한 대우. 우대함. [文選 諸葛亮 出師表]「蓋追先帝之殊遇 欲報之於陛下也」. ▶제91회-29)

須臾[잠시 뒤에]: 잠깐. 사수지간(斯須之間). 삽시간(霎時間)·편각(片 刻)·수유간(須臾間). [西京叢話]「片時則 成石」. [中庸 第一章]「道也者 下 可須臾離也 可離非道也」. ▶제96회-12), 제104회-11), 제116회-7)

帥字旗(장수기): '수'(帥)를 수 놓은 깃발. 그 군사의 주장(主將)을 상징 하는 깃발. [周禮 校人]「則帥驅逆之車 (注) 帥猶將也」. ▶제7회-6)

水漿[물 한 모금]: 간장을 탄 물. 또는 물과 미음. [禮記 檀弓 上篇]「曾子 謂子思曰 伋吾執親之喪也 水漿不入於口者 七日」. ▶제78회-2)

手足無措[손발을 움직일 수조차]: 몸을 굽힐 수조차 없게 됨. '손을 댈 수 가 없음'의 뜻. [禮記 仲尼燕居]「若無禮則 手足無所錯」. 「조수불급」(措手 不及)은 '일이 썩 급해서 손을 댈 나위가 없음'을 이름. [史記 孔子世家] 「有司加法焉 手足無處」. ▶제67회-14), 제103회-9)

手中所執匕筯 不覺落於地下[손에 들고 있던 젓가락이 땅에 떨어지는 것도

깨닫지 못하였다] : 원문에는 '**手中所執匙筯 不覺落於地下**'로 되어 있는
데, '몹시 놀람'을 비유한 말임. 「불각」(不覺)은 '깨닫지 못함'의 뜻.
[唐書 魏徵傳]「帝曰 人苦**不自覺**」. ▶제21회-14)

水鶴[재두루미] : 창괄(鶬鴰). [文選 江淹 雜體 苦雨詩]「**水鶴**巢層甍 山雲潤
柱礎 (注) 善曰 鄭玄毛詩箋曰 **鶴水鳥** 將陰雨而鳴」. ▶제85회-18)

水淹七軍之事(수엄칠군의 일) : 한수(漢水)가 범람하여 우금(于禁)의 3만
군사가 모두 관우(關羽)에게 사로잡힌 일을 이름. 원문에는 '**具言水淹
七軍之事**'로 되어 있음. ▶제77회-23)

淑女配君子[숙녀들의 짝이 될 만한 군자에 이르렀습니다] : 숙녀는 군자의
짝이 되어야 함. [詩經 周南篇 關雎]「關關雎鳩 在河之洲 **窈窕淑女 君子好
逑**」. [詩經 大序]「關雎樂得**淑女以配君子**」. ▶제54회-12)

倏忽[벌써 몇 년이 흘렀습니다] : 매우 빠름의 뜻으로 '홀홀'의 원말임. [漢
書 揚雄傳 甘泉賦]「雷鬱律而巖突兮 電**倏忽**於牆藩 (注) 師古曰 **倏忽**雷光也」.
[戰國策 楚策]「**倏忽**之間 墜於公子之手」. ▶제76회-3)

巡糧軍(순량군) : 군대에서 쓰는 양곡을 순찰하는 병사. ▶제102회-23)

順流之計(순류지계) : 순리에 따르는 계책. [新語 道基]「百川**順流** 各歸其所」.
[文選 束晳 補亡詩]「獸在於草 魚躍**順流**」. ▶제118회-24)

脣亡齒寒(순망치한) : 서로 깊은 관계에 있음. 「순망치한」(脣亡齒寒)은 입
술이 없으면 이가 시리다는 뜻으로, '가까운 두 사람 중에서 한 사람이
망하면 다른 사람도 그 영향을 받음'을 비유한 말. [左傳 僖公五年]「晉侯
復假道於虞以伐虢 宮之奇諫曰 虢 虞之表也 虢亡 虞必從之 諺所謂輔車相依
脣亡齒寒者 其虞虢之謂也」. [戰國策]「趙之於齊楚也 隱蔽也 猶齒之有脣也
脣亡則齒寒 今日亡趙 則明日及齊楚」. ▶제19회-8), 제64회-15), 제119회-21)

順我者生 逆我者死[나에게 순종하는 자는 살 것이나, 나를 거역하는 자는 죽
으리라] : '나를 따르면 살고 나와 맞서려 하면 죽는다'의 비유임. 「순
역」(順逆). [史記 天官書]「堯日月之行 以揆歲星**順逆**」. [杜甫 崔少府高齋三

十韻詩」「人生半哀樂 天地有順逆」. 하늘의 뜻에 순응하면 편안하고 하늘을 거스르면 고생함. '하늘의 뜻에 순응해야 함'의 비유임. [管子 形勢] 「順天者有其功」. [孟子 離婁篇 上]「天下有道 小德役大德 小賢役大賢 斯二者天也 順天者存 逆天者亡」. ▶제3회−15)

順逆之理[순역의 이치] : 순리와 역리의 이치. [史記 天官書]「察日月之行 以揆歲星順逆」. [杜甫 崔少府高齊三十韻詩]「人生半哀樂 天地有順逆」. [管子 版法解]「人有逆順 事有稱量」. ▶제114회−9)

舜帝殛鯀用禹之義[순임금이 곤을 죽이고 우를 등용한 뜻을⋯⋯] : 곤이 치수(治水)에 실패하자 순임금은 그를 우산(羽山)에서 죽이고, 곤의 아들 우(禹)를 시켜 치수를 성공하였다 함. 원문에는 '舜帝殛鯀用禹之義'로 되어 있음. 「구년지수」(九年之水). [詩經 唐譜]「昔堯之末 洪水九年 不民其咎 萬國不粒」. [漢書 食貨志]「堯禹有九年之水 湯有七年之旱 而國亡捐瘠者 以蓄積多 而備先具也」. ▶제96회−7)

順天者逸 逆天者勞[하늘의 뜻을 순종하는 이는 백성들을 편안하게 하고, 이를 거스르면 고생한다] : 하늘의 뜻에 순응하면 편안하고 하늘을 거스르면 고생함. '하늘의 뜻에 순응해야 함'의 비유임. [管子 形勢]「順天者 有其功」. [孟子 離婁篇 上]「天下有道 小德役大德 小賢役大賢 斯二者天也 順天者存 逆天者亡」. ▶제37회−11)

順天者昌 逆天者亡[하늘에 순종하는 자는 흥하고, 하늘의 뜻을 거스르는 자는 망한다] : 천리(天理)에 순응하는 자는 번창하고 천리를 거스르는 자는 망함. '순천자존'(順天者存). 천리에 따라 행하는 자는 오래 존재함. [孟子 離婁篇 上]「順天者昌 逆天者亡」. [管子 刑執]「順天者 有其功」. [史記 晋世家]「今天以秦賜晋 晋其可以逆天乎」. [准南子⋅泰族訓]「逆天暴物」. ▶제93회−20)

脣齒[순치의 관계] : 입술과 이. '서로가 깊은 관계에 있음'의 비유. 「순망치한」(脣亡齒寒)은 입술이 없으면 이가 시리다는 뜻으로, '가까운 두 사람

중에서 한 사람이 망하면 다른 사람도 그 영향을 받음'을 비유한 말. [左傳 僖公五年]「晉侯復假道於虞以伐虢 宮之奇諫曰 虢 虞之表也 虢亡 虞必從之 諺所謂輔車相依 **脣亡齒寒**者 其虞虢之謂也」. [戰國策]「趙之於齊楚也 隱蔽也 猶齒之有脣也 **脣亡**則**齒寒** 今日亡趙 則明日及齊楚」. ▶제60회-34)

脣齒之邦[떼려야 떨어질 수 없는 사이이니] : 순치지국(脣齒之國). 이해관계가 깊은 두 나라. [左傳 僖公五年]「晉侯復假道於虞以伐虢 宮之奇諫曰 虢 虞之表也 虢亡 虞必從之 諺所謂輔車相依 **脣亡齒寒**者 其虞虢之謂也」. [戰國策]「趙之於齊楚也 隱蔽也 猶齒之有脣也 **脣亡**則**齒寒** 今日亡趙 則明日及齊楚」. ▶제62회-2)

術士(술사) : 술가(術家). 음양・복서・점술 등에 정통한 사람. [漢書 夏候勝傳]「其與列候二千石 博問**術士** 有以應變補朕之闕 毋有所諱」. [史記 儒林傳敍]「楚詩書坑**術士** 六藝從此缺焉」. ▶제120회-4)

術數(술수) : 음양・복서 따위에 관한 지식. 사람의 길흉화복을 점치는 법. [韓非子 姦劫弑臣]「人主非有**術數**以御之 非參驗以審之也」. [文選 陸機 辨亡論]「**術數**則吳範趙達 以機祥協德」. ▶제106회-18)

承露盤(승로반) : 한나라 무제가 건장궁(建章宮)에 설치한 구리로 만든 쟁반의 이름. [漢書 郊祀志]「武帝卽位 其後又作柏梁銅柱 **承露**仙人掌之屬」. (顏注)「三輔故事云 建章宮**承露盤** 高二十丈 大七圍 以銅爲之 上有仙人掌 **承露**和玉屑飮之」. ▶제105회-23)

乘龍上天[용을 타고 하늘에 오르는 꿈을] : 용을 타고 하늘에 오름.「상천」(上天)・상창(上蒼). [漢書 禮樂志]「飛龍秋游**上天**」. [三國志 魏志 高堂隆傳]「最**上天**之明命」. ▶제113회-5)

勝負軍家之常[승부는 싸움에서 늘상 있는 일이다] : 승부는 병가에서 있을 수 있는 일임. '실패는 있을 수 있는 일이므로 낙심하지 말라'는 비유로 쓰이는 말임. [唐書 裴度傳]「帝曰 **一勝一負 兵家常勢**」.「승부」. [韓非子 喩老]「未知**勝負**」. ▶제31회-14), 제36회-4), 제43회-11), 제93회-28), 제96

회-17)

升帳[장상에 올라서] : 장대에 올라서. [西相記 崔鶯鶯夜聽琴雜劇]「今日**升帳** 看有甚軍情來 報我知道者」. ▶제99회-21)

是可忍也[이런 일을 참고서 할 수 있다면……] : 이런 일을 참을 수 있다면 못 참을 일이 없다는 뜻. [論語 八佾]「**是可忍也** 孰不可忍也」. ▶제114회-12)

侍讀(시독) : 남송 때의 관직명. 시독박사(侍讀博士). [唐書 百官志]「東宮官 **侍讀**無常員 掌講導經學」. [山堂肄考]「唐徐岱充 皇太子及舒王**侍讀** 承兩宮恩顧 時無與比」. ▶제109회-15)

侍立(시립) : 손윗사람이 음식을 드시거나 말씀을 나눌 때에, 옆에서 시중을 들며 명령을 기다림. [蜀志 關羽傳]「稠人廣坐 **侍立**終日 隨先主周旋不避銀險」. [杜甫 與李十二白同尋范十隱居詩]「八門高興發 **侍立**小童淸」. ▶제36회-2)

侍班(시반) : 「시반」이란 본래 '신하들이 번갈아 행재소(行在所)로 입직(入直)하여 왕을 모시며 있었던 일을 기록했는데, 그 일을 맡은 사람'을 이름. ▶제4회-16)

視死如歸[죽음을 두려워하지 않네] : 죽음을 마치 귀명(歸命)과 같이 여김. 죽는 것을 '두려워하지 않는다'는 뜻. 「시사여생」(視死如生). [莊子]「白刃交於前 **視死如生**者 烈士之勇也」. [漢書 鼂錯傳]「能使其衆蒙 矢石赴湯火 **視死如生**」. ▶제25회-4)

矢石如雨[화살과 돌멩이가 비 퍼붓듯이 날려] : 화살과 돌멩이가 마치 비오듯함. 여기서 '석(石)'은 '노궁(弩弓)'에 쓰는 돌임. 「矢石之難」은 전쟁의 어려움, 즉 '병사들이 겪는 어려움'의 비유임. [史記 晋世家]「**矢石之難** 汗馬之勞 此復受次賞」. [漢書 蕭何傳]「非裨**矢石之難**」. ▶제6회-1), 제99회-1), 제115회-4)

侍御史(시어사) : 주로 관리들의 부정을 규찰·탄핵하고 주군으로 나가

군량 수송을 감독하던 관리. 이는 법률을 담당한 영조(令曹) 등 5조(五曹)를 관할하였음. 본래 '시어'는 임금에게 시종하는 관리의 이름. [事物紀原]「周爲柱下史 秦時張蒼爲御史 主柱下方書 是也 亦爲**侍御史** 是則侍御之官 始於柱下也」. ▶제3회-7), 제29회-25)

是與虎添翼[호랑이에게 날개를 달아 주는 격] : 이는 곧 호랑이에게 날개를 달아주는 격임. 「위호부익」(爲虎傅翼)은 '나쁜 사람을 도움'의 뜻임. [逸周書 寤儆]「無**爲虎傅翼** 將飛入宮 押人而食」. ▶제82회-11)

侍從(호위하는 시종) : 직위가 높은 사람을 호위하는 사람. [宋書 袁湛傳]「居位無**儀從**之徒」. [齊書 明帝紀]「高宗獨乘下帷 **儀從**如素士」. ▶제9회-13)

始終勿改[시종이 변함 없어야 한다] : 처음과 나중이 바뀌지 않음. 「시종여일」(始終如一). 「시종일관」(始終一貫). [史記 秦始皇紀]「先王見**始終**之變 知存亡之機」. [史記 惠景閒候者年表]「咸表**始終** 當世仁義成功之著者也」. ▶제115회-9)

蓍草[점을 치게] : 서죽(筮竹). 톱풀. 뺑쑥이라고도 하는 엉거식과에 딸린 다년초인데 잎과 줄기는 먹거나 약재로 쓰임. 서죽(筮竹)·시초(蓍草)라 하여 점 치는데 쓰였음. [劉禹錫 和蘇十郎中閒居時嚴常侍等同過訪詩]「菱花照後容雖改 **蓍草**占來命已通」. ▶제76회-17)

時乎[아, 이 세상이여!] : 시간이여! [史記 淮陰候傳]「功者難成而易敗 時者難得而易失也 **時乎 時不再來**」. [中文辭典]「卽俗謂**時間啊** 嗟歎語」. ▶제68회-8)

食少事煩[먹는 게 적으면서 일은 많으니] : 하는 일에 비해 먹는 게 적음. [晋書 宣帝紀]「先是亮便至 帝問曰 諸葛公起居何如 食可幾米 對曰 三四升 次問政事曰 二十罰以上 皆自省覽 帝旣而告人曰 **諸葛孔明其能久乎** 竟如其言」. ▶제103회-12)

植行七步 其詩已成[칠보에 시를 짓는 것은] : 조식이 일곱 걸음 걷는 사이에 지은 시. [世說新語 文學]「文帝 嘗令東阿王**七步**中作**詩** 不成者行大法

應聲便爲詩曰'煮豆持作羹 漉菽以爲汁 其在釜下燃 豆在釜中泣 本自同根生 相煎何太急'帝深有慙色」. ▶제79회-4)

神器(신기) : 임금의 자리. 천자(天子)의 위(位).「천위지척」(天位咫尺)은 하늘이 멀지 않은 곳에서 감찰(鑑察)하여, 그 위엄이 면전에 있으니 공구하여 근신하라는 말. [禮記 禮運]「祭帝於郊 所以定天位也」. [漢書 師丹傳]「臣聞 天威不違顔咫尺 願陛下 深思先帝所以建立階下之意」. ▶제107회-9)

神器(신기) : 제왕의 보위(寶位). [老子 第二十九章]「天下神器 不可爲也 爲者敗之」. [河上公 注]「器物也 人乃天下之神物也」. ▶제80회-6), 제93회-12)

神機妙算[귀신같은 묘산] : 신묘한 기묘와 묘책. [後漢書 皇甫嵩傳]「實神機之至會 風發之良時也」. [三國志 蜀志 陳思王植傳]「登神機以繼統」.「신산」(神算)은 '영묘한 꾀'를 뜻함. [後漢書 王渙傳]「又能以譎數 發摘姦伏 京師稱歎以爲渙有神算」. [文選 王儉 楮淵碑文]「仰贊宏規 參聞神算」. ▶제74회-15)

迅雷風烈(신뢰와 풍렬) : 격렬한 우레소리와 사나운 바람. 공자 같은 성인도 '신뢰'를 만나면 얼굴색을 바꿈으로써 하늘에 대한 경외(敬畏)를 표시했음. [論語 鄕黨篇]「有盛饌 必變色而作 迅雷風烈必變」. ▶제21회-15)

神文聖武(신문성무) : 문무에 통달함. 제왕의 덕을 크게 칭송하는 말임. [書經 虞書篇 大禹謨]「帝德廣運 乃聖乃神 乃武乃文 皇天眷命 奄有四海 爲天下君」. ▶제93회-17)

申生·重耳之事[신생과 중이의 일] : 신생과 중이는 모두 전국시대 진(晉) 헌공(獻公)의 아들임. 헌공이 여희(驪姬)의 아들인 해제(奚齊)를 태자로 삼으려 하였다. 여희는 여러 차례 참소해서 죄에 빠뜨렸는데, 신생은 달아나지 않고 있다가 결국은 자살하였다. 중이는 국외로 도망했다가 돌아와서 진의 문공(文公)이 되어 오패(五覇)의 하나로 일컬어졌음. [中文辭典]「春秋 晉獻公之太子 獻公寵驪姬 欲立姬子奚齊 使申生居曲沃 驪妃復進讒 公將殺之 公子重耳勸之行 申生曰 不可 君謂我欲弑君也 天下豈有無父子之國哉 吾何行如之 乃自殺」. ▶제39회-4)

新恩雖厚 舊義難忘[승상께 받은 은혜가 비록 두텁지마는 옛 의리를 버릴 수는 없습니다] : 원문에도 '新恩雖厚 舊義難忘'으로 되어 있음. '새로 입은 은혜가 두텁지만 옛 의리를 잊을 수는 없음'의 뜻임. ▶제26회-8)

申朝[표문을 닦아 조정에 올리고] : 임금님에게 표문을 올림. 장계(狀啓)는 지방에 나가 있는 벼슬아치가 임금에게 글로써 하는 보고. 계장(啓狀)・계사(啓事). '계'는 '천자에게 상주하는 글'을 말함. [事物紀原 張璠 漢記]「董卓呼三臺尙書已下 自詣啓事 然後得行 此則啓事 得名之始也」. [晉書 山濤傳]「濤爲吏部尙書 凡用人行政 皆先密啓 然後公奏 擧無失才 時稱山公啓事」. ▶제94회-4)

申奏(신주) : 계품(啓稟)・계주(啓奏). 임금에게 알림. [宋書 孝武帝紀]「百睟庶尹 下民賤隸……皆聽躬自申奏 大小以聞」. [蘇軾 上神宗皇帝書]「若材力不辨與修 便許申奏贊換」. ▶제115회-26)

神出鬼沒(신출귀몰) : 귀신같이 홀연히 나타났다 사라졌다 함. '출몰이 자유자재 함'을 일컫는 말. [唐 戲場語]「兩頭三面 神出鬼沒」. [淮南子 兵略訓]「善子之動也 神出而鬼行」. ▶제55회-5), 제99회-8)

信香(신향) : 선향(線香). 정성을 다해 향을 피우면 그 냄새가 사자가 되어, 신께 가서 분향한 사람의 소원을 전한다는 뜻. [僧史略]「經云 長者請佛 宿夜登樓 手秉香爐以遠信心 明日食時 佛卽來至 故知香爲信心之使也」. ▶제89회-14)

實實虛虛[허허실실] : 허허실실지법(虛虛實實之法). [孫子-兵法 勢篇 第五]「兵之所加 如以碬投印者 虛實是也」. [中文辭典]「謂虛實不定虛者 或實 實者或虛 使人無所測度也」. ▶제86회-26)

心多[의심이 많다 하더니] : '의심이 많음'의 비유임. [呂氏春秋 審應]「口睹不言 以精相告 紂雖多心 弗能知異 (注) 紂多惡周之心」. ▶제94회-9)

心膽已裂[간담이 서늘해질 것입니다] : 간담이 다 찢어짐. '몹시 놀란 것'을 비유하는 말임. '心膽=肝膽'. [後漢書 光武紀]「今不同心膽共擧功名 反

欲守妻子財物邪」. [三國志 魏志 鍾會傳]「凡敗軍之將 不可以語勇……**心膽 已破**故也」. ▶제116회-2)

心疼(심동) : 마음이 아픔. 가슴의 통증. [白虎通 三綱六紀]「一人有惡 其**心 痛**之」. [淮南子 人間訓]「子反辭以**心痛**」. ▶제119회-13)

尋問[찾아 묻는다는 것을] : 심방(尋訪). 물으며 찾음. [北齊書 儒林傳]「研 精**尋問** 更求師友」. ▶제9회-1)

心腹之患[마음속에 있던 근심] : 심복지질(心腹之疾). 없애기 어려운 근심 으로 '물리치기 어려운 적'의 비유임. [後漢書 陳蕃傳]「寇賊在外 四支之 疾 內政不理 **心服之患**」. [左傳 哀公十一年]「越在我 **心腹之疾**也 壤地同而有 欲於我」. ▶제8회-1)

心緖如麻[마음이 하도 산란하여] : 심회가 아주 복잡하다는 뜻으로, '마음 의 회포가 삼나무 가닥처럼 복잡하게 꼬였음'의 비유임. [杜甫 寄杜位 詩]「玉壘題詩**心緖**亂 何時更得曲江遊」. [白居易 百花亭晚望夜歸詩]「髮毛遇 病雙如雪 **心緖**逢秋一似灰」. ▶제36회-14)

深入不毛[깊이 불모의 땅까지 들어오셔서] : 불모땅까지 깊이 들어옴. 「불 모지」(不毛地). 식물이 자라지 못하는 메마른 땅. [史記 鄭世家]「不忍絶 其社稷 錫**不毛地**」. [公羊傳 宣公十二年]「今如矜此喪人 錫之**不毛之地**」. [諸 葛亮 出師表] (注)「深入**不毛**」. ▶제90회-18), 제97회-5)

尋章摘句 世之腐儒[남의 글귀를 인용만 하는 것은 세상의 썩은 선비외다] : 옛사람의 글귀를 따서 글이나 짓는 세속의 썩은 선비. [三國志 吳主孫 權傳注]「趙咨使魏 文帝曰 吳王頗知學乎 咨曰……雖有餘閒 博覽書傳 不效 諸生 **尋章摘句**」. [李賀 南園詩]「**尋章摘句**老雕蟲 曉月當簾桂玉弓」. ▶제43 회-19), 제82회-7)

深通韜略[지모가 많고 병법에 깊은 인물이오니] : 「육도삼략」(六韜三略)에 깊음. 육도삼략(六韜三略). 중국의 병법서의 고전. '육도'는 태공망이 지었다는 문도·무도·용도·호도·표도·견도 등 60편이고, '삼략'은

상·중·하 3권으로 되어 있다 함. [耶律楚材 送王君王西征詩]「五車書史 豈勞力 **六韜三略** 無不通」. [丁鶴年 客懷詩]「文章非豹隱 **韜略**豈鷹揚」. ▶제91회-44)

十里長亭[10여 리까지 나와 전송하였다] : 전송하고 이별하는 곳. 여행객들이 쉴 수 있도록 만든 정자로, 매 5리마다 단정(短亭)·매 10리마다 장정(長亭)을 설치하였음. [孔白六帖]「十里一**長亭** 五里一**短亭**」. ▶제21회-20)

十面埋伏之計(십면매복지계) : 군사들을 10대로 나누어 모든 방위에 매복시킨다는 뜻. 원래「十面埋伏」은 원나라 사람이 쓴 극의 이름임. [中文辭典]「劇曲名 元人撰 演韓信在九里山 **以十面埋伏陣** 圍項羽事 原本久佚 今祇存十面一折」. ▶제31회-9)

十常侍(십상시) : 10명의 중상시. [後漢書 宦官傳]「漢靈帝時 張讓 趙忠……皆爲**中常侍** 封侯貴寵……郎中張鈞請斬**十常侍**以謝百姓見」. 산기상시(散騎常侍). [康熙字典]「**常侍**漢時宦官名 後遂沿習爲士人官制 加唐高適稱**高常侍** 李愨稱**李常侍** 是也」. [後漢書 百官志]「**中常侍**千石」. [中文辭典]「官名……魏文帝黃初初置**散騎** 合於**中常侍** 謂之**散騎常侍** 復用士人」. ▶제2회-10)

十常侍(십상시) : 10명의 중상시. 산기상시(散騎常侍). 진이 만든 제도였는데 그때는 중상시(中常侍)만 두었으나, 황초(黃初)에 이를 부활시켜 천자를 모시며 잘못을 간하는 임무를 맡게 함. [中文辭典]「官名 秦置**散騎**與中**常侍**散騎竝乘輿 專獻可替否」. ▶제6회-17), 제115회-18)

十常八九[세상 일이란 뜻대로 되지 않는 것이 열에 아홉이구나……] :「십중팔구」(十·中·八·九). 열에 아홉. 대부분이. [通俗篇]「漢書 朱博傳 平處輕重**十中八九** 三國志 周宣傳 宣之紱夢 **十中八九** 世以比建平之相矣」. ▶제102회-15), 제120회-12)

十矢連弩(십시연노) : 한 번에 열 발씩 계속 쏠 수 있는 쇠뇌.「연노」(連弩). [漢書 李陵傳]「發**連弩** 射單于 (注) 服虔曰 **三十弩共一弦也**」. [三國志 蜀志 諸葛亮傳]「亮性長於巧思 損益**連弩** 皆出其意」. ▶제116회-11)

十室之邑 必有忠信[열 집의 작은 고을에도 반드시 충신이 있다] : 아주 작은 고을에도 반드시 충신은 있음. 「십실지읍」(十室之邑)은 인가가 열 집밖에 안 되는 작은 촌락으로서 '협소한 지방'을 이름. [論語 公冶長篇]「子曰 **十室之邑 必有忠信** 如丘者焉 不如丘之好學也」. [說苑 設叢]「十步之澤 必有香草 **十室之邑 必有忠士**」. ▶제35회-8)

十月小春[10월 소춘] : 음력 10월의 별칭임. 하력(夏歷)에 따르면 음력 10월에 새해가 시작된다 함. [荊楚 歲時記]「十月天氣和暖似春 故曰**小春**」. [事文類聚]「十月暖如春 故謂之**小春**」. ▶제48회-15)

十圍[열 아름이니] : 열 아름. '아름'은 굵기를 나타내는 단위임. [莊子]「櫟杜樹**百圍** 無所用故壽」. [漢書 枚乘傳]「夫**十圍**之木 始生如蘖」. ▶제12회-13)

ㅇ

峨冠博帶(아관박대) : 사대부의 의관으로 '높은 관과 넓은 띠'라는 뜻임.
「아관」. [韓愈 示兒詩]「問容之所 **峨冠**請唐虞」. [漢書 雋不疑傳]「褒衣**博帶**
盛服至門」. ▶제37회-7), 제43회-3)

牙旗(아기) : 주장(主將)이나 주수(主帥)를 상징하는 깃발로, 깃대 끝에
상아로 장식한 큰 깃발. [三國志 吳志 周瑜傳]「裏以惟幕 上建**牙旗**」. [事
物起源 戎容 兵機部 牙旗]「黃帝出軍決日 **牙旗**者 將軍之精」. ▶제24회-8)

兒郎[남아] : 어린이(小兒)·대장부(兒夫). [元稹 鶯鶯詩]「等閒敎見小**兒郎**」.
「徐陵 鳥樓曲」「風流荀令好**兒郎**」. ▶제91회-10)

峨嵋山(아미산) : 중국 사천성 가정부 아미현에 있는 명산의 이름. 산의
모양이 아미(蛾眉)와 비슷하여 그렇게 이름지었다 함. [名山記]「兩山相
對如蛾眉 故名 又閩之歸化泰寧 鄂之太平 豫之郟縣 皆有**峨嵋山** 名同而地
別」. 「아미산월반륜추(峨嵋山月半輪秋). 이백(李白)의 시구(詩句). [李
白 峨嵋山月歌]「**峨嵋山月半輪秋** 影入平羌江水流 夜發淸溪向三陜 思君不見
下渝州」. ▶제68회-14)

阿房宮(아방궁) : 진시황이 세운 궁전. [史記 秦始皇紀]「三十五年營作朝宮
渭南上林苑中 先作前殿**阿房**……自**阿房**渡渭 屬之咸陽 天下爲之**阿房宮**」.
[三輔黃圖]「**阿房宮**亦日阿城 惠文王造未成 始皇廣其宮 規恢三百餘里 閣道
通驪山」. ▶제105회-33)

阿附(아부) : 남의 비위를 맞추기 위하여 알랑거림. [漢書 王尊傳]「皆**阿附**
畏事顯 不敢言」. [三國志 魏志 武帝操傳]「有十餘縣長吏 多**阿附**貴戚 贓汚狼
籍」. ▶제113회-12)

阿附(아부) : 아첨하여 쫓음. [漢書 王尊傳]「皆**阿附** 畏事顯 不敢言」. [三國

志 魏志 武帝操傳」「有十餘縣長吏 多阿附貴戚 贓汚狼籍」. ▶제115회-16)

亞夫之長策[아부의 장책이라] : 초나라 항우의 신하 범증(范增)의 뛰어난
계책. [史記 主父偃傳」「靡敝中國 快心匈奴 非**長策**也」. [文選 曾囧 六代論]
「觀五代之存亡 而不用其**長策**」. 「아부」는 초나라 항우가 신하인 범증을
높여 부르던 호로, 그를 '존경함이 아버지 다음 같다'는 뜻. [史記 項羽
紀」「**亞夫**南嚮坐 **亞夫**者 范增也」. ▶제110회-9)

亞將(아장) : 부장(部將)·차장(次將). [漢書 陳平傳」「平爲**亞將** 屬韓王」. [五
代史 康懷英傳」「事朱瑾爲**牙將**」. ▶제27회-5), 제87회-13), 제110회-21), 제120
회-21)

惡來(악래) : 은 주(紂)의 신하인데 몹시 용력(勇力)이 있었다 함. 「악래
다력」(惡來多力). [史記 殷本紀」「飛廉生惡來 **惡來多力** 飛廉善走 父子俱以
材力事紂」. [晏子春秋」「**惡來手裂虎兕**」. ▶제10회-8)

岳父(집안 형님이신 악부) : 장인. 악장(岳丈). [中文辭典」「世人稱妻父曰**岳
父** 曰丈人 又轉爲岳丈」. [琵琶記 散髮歸林」「女壻要同歸 **岳丈**意如何」. ▶제
37회-24)

岳飛被讒[악비가 적을 파할 때는 참소로 돌아왔네] : 악무목(岳武穆·악비)
이 참소를 당함. 악비는 남송(南宋)의 재상인데 그는 전력을 기울여 금
병(金兵)의 침범을 막고 적을 깨뜨려 잃은 땅을 수복하였지만, 진회(秦
檜)의 모해로 살해되었음. 여기서는 진회의 참소로 전쟁터에서 소환당
한 일을 가리킴. [中國人名」「宋 湯陰人 字鵬擧 事母孝……累授武安君承宣
使 高宗手書 '**精忠岳飛**'四字 製旗以賜之……時秦檜力主和議 欲盡棄淮北地
以與金……檜手書小紙付獄 逐報飛死 年三十九 孝宗時詔復飛官 諡**武穆**」. ▶
제113회-29)

樂毅(악의) : 전국시대 연(燕)나라의 장군. 제(齊)의 70여 성을 빼앗아 창
국군(昌國君)에 봉해짐. 후에 제나라 전단(田單)의 반간계에 넘어가 죽
게 되자, 조나라로 도마쳐 망저군(望諸君)이 되고 나중에는 연·조 두

나라의 객경(客卿)이 되었음. [中國人名]「燕 羊後 賢而好兵 自魏使燕……下齊七十餘城 以功封昌國 號昌國君……田單乃縱反間於王 ……燕趙二國 以爲客卿」. ▶제36회-19), 제79회-12), 제93회-19)

樂毅伐齊[악의는 제를 칠 때] : 악의는 연(燕)나라의 명장인데 그가 제(齊)나라의 70여성을 빼앗았던 일. [中國人名]「燕 羊後 賢而好兵 自魏使燕……下齊七十餘城 以功封昌國 號昌國君……田單乃縱反間於王……燕趙二國 以爲客卿」. ▶제113회-28)

樂毅濟西一戰[악의는 제서와의 일전] : 악의가 제수[황하의 한 지류로 왕옥산(王玉山)에서 발원]의 서쪽에서 제나라 군사들과 싸운 일. [中國人名]「燕 羊後 賢而好兵 自魏使燕……下齊七十餘城 以功封昌國 號昌國君……田單乃縱反間於王……燕趙二國 以爲客卿」. ▶제120회-24)

按兵不動(안병부동) : 병사들을 한 곳에 머무르게 하고 움직이지 않음. [穀梁傳]「江人黃人 各守其境 按兵不動」. [武備志]「儂智高守邕州 狄靑懼崑崙關險阨爲所據 乃按兵不動」. ▶제35회-14), 제64회-3)

安席[안돈되지 않아서] : 연회 예절의 하나. 손님이 오는 대로 주인은 술을 따르면서 손님의 좌석을 차례차례 지정하는 일. [李白 出自薊北門行詩]「明主不安席 按劍心飛揚」. [史記 蘇秦傳]「楚王曰 寡人臥不安席 飮不甘味」. ▶제65회-18)

安世默識[안세의 기억력] : 서한 때의 승상인 장안세(張安世). 황제가 세 상자의 책을 읽게 하고 그 내용을 물었는데 그가 그 책들의 내용을 모두 기억하고 있었다 함. '묵식'은 '말 없이 속으로 깊이 이해하여 기억함'의 뜻임. [中國人名]「漢 湯子 字子儒 武帝幸河東 嘗亡書三篋 詔問莫能代 惟安世悉識之 具述其事 後得書相校 武帝奇其才 擢尙書令」. ▶제23회-3)

眼中流血[눈에서 피눈물이 흘렀다] : 눈에 피가 흐름. 피 눈물이 남. [漢書 天文志]「伏尸流血之兵大變」. [史記 齊太公世家]「射傷卻克 流血至履」. ▶

제118회-9)

顔回(안회) : 공자의 제자 안자(顔子). 공자의 제자 중에서 가장 어질어
서 공자가 사랑하던 수제자임. [中國人名]「春秋 魯 無繇子 字子淵 孔子
弟子 天資明睿 貧而好學 列孔門德行科 於弟子中最賢 孔子稱其不遷怒 不貳
過 年二十九 髮盡白 三十二卒 孔子哭之慟 後世稱爲復聖」. ▶제40회-6)

押陣官(압진관) : 지휘관. 작전이나 행군을 할 때 군사들을 감시하는 장
교.「文獻通考 官職考 殿前司]「**都指揮使** 副都指揮使……及**步騎諸指揮之名
籍 及訓練之政**」. ▶제71회-15)

仰天長歎[하늘을 우러러 길게 탄식하며] : 하늘을 우러러 보며 길게 탄식
함.「앙천」. [稽傳]「淳于髡**仰天**大笑 冠纓索絕」.「장탄」. [劉楨 詩]「感慨
以**長歎**」. ▶제113회-22)

隘口(애구) : 액구. 아주 험하고 좁은 목. [齊書 州郡志]「有三關之**隘**」. ▶제
15회-17)

愛民之心(애민지심) : 백성을 사랑하는 마음. [筍子 不苟]「下則能**愛民**」.
[老子 十]「**愛民**治國 能無爲乎」. ▶제41회-1)

睚眦之怨[아주 작은 인연] : 아주 작은 원한. 원문에는 '凡平日一餐之德 睚
眦之怨'인데, '밥 한 끼 얻어먹은 은혜와 눈 한 번 흘긴 원한까지 다
갚다'의 뜻임. [史記 范睢傳]「一飯之德必償 **睚眦之怨**必報」. [漢書 孔光傳]
「**睚眦之怨** 莫不誅傷」. ▶제22회-24), 제65회-26)

愛之欲其生 惡之欲其死[사랑하면 그가 살기를 바라고 미워하면 그가 죽기
를 바란다] : 원문에는 '**愛之欲其生 惡之欲其死**'로 되어 있음. [論語 顔淵
篇]「**愛之欲其生 惡之欲其死** 既欲其生 又欲其死 是惑也」. ▶제115회-23)

野味(야미) : 소박한 음식(맛). [中文辭典]「經烹調之野生离獸 謂之**野味**」. ▶
제19회-4)

弱冠(약관) : 남자가 스무 살 된 때를 일컫는 말. 남자는 스무 살 때 관례
(冠禮 : 아이가 어른이 되는 의식)를 한다는 데서 이르는 말임. [禮記

曲禮 上篇」「人生十年曰幼學 二十曰**弱冠** 三十曰壯有室 四十曰强而仕」. [三國 魏志 夏候玄傳」「玄字太初 少知名 **弱冠**爲散黃門侍郎」. ▶제57회-9)

若舞梨花[마치 배꽃이 흩날리며 떨어지는 것과 같고] : 창법의 하나인 「이화창법」(梨花槍法)인데, 송나라 때 양업(楊業)이 창안했다고 전해짐. [三才圖會 器用 梨花槍式]「**梨花槍**者 以梨花一筒 繫於長槍之首 臨敵時用之……**梨花槍** 天下無敵手 是也 此法不傳久矣」. ▶제71회-23)

約法三章(약법삼장) : 한 고조 유방(劉邦)이 처음 관중(關中)에 들어가서 부로들에게 했던 세 가지 약속. [史記 高祖紀]「與父老**約法三章**耳 殺人者死 傷人及盜抵罪」. [漢書 刑法志]「高祖初入關 **約法三章**曰 殺人者死 傷人及盜抵罪」. ▶제65회-24)

若不隱忍[은인자중하시지 않으신다면] : 만약에 은인자중(隱忍自重)하지 않으신다면. 「은인」. [史記 伍子胥傳贊]「故**隱忍**就功名 非烈丈夫 孰能致此哉」. [後漢書 孔融傳]「雖有重戾 必宜**隱忍** 賈誼所謂擲鼠忌器 蓋謂此也」. ▶제114회-10)

羊角哀・左伯桃(양각애와 좌백도의 일) : 두 사람 다 전국시대 사람으로 서로가 막역지우(莫逆之友)였음. 두 사람이 초(楚)나라로 가다가 풍설을 만나게 되었는데 둘 다 가려다가는 죽겠으므로, 좌백도가 옷을 벗어서 양식과 함께 양각애에게 주고 자기는 굶고 얼어 죽었다. 양각애는 초나라에 가서 대관이 된 후 그곳에 와 좌백도의 시체를 찾아 장사를 지내 주었다. 그날 밤 꿈에 나타나서 말하는 것을 믿고 죽은 벗의 은혜에 보답하였다는 고사. '벗과의 우의를 위해서는 목숨도 바친다'는 예로 쓰임. [列士傳]「與**羊角哀**爲死友 聞楚王賢 往見之 道遇雨雪 計不俱全 乃謂角哀曰……遂啓樹發**伯桃**之屍 改葬之 喟然曰 吾友之所以死 惡俱盡無益 而名不顯於天下也 今我寧用生爲 亦自殺也 楚國之人聞之 莫不流涕」. ▶제26회-6)

良工(양공) : 솜씨 좋은 목수. [孟子 滕文公 下]「嬰奚反命曰 天下之**良工**也」. [史記 扁鵲 倉公列傳]「**良工**取之」. ▶제78회-4)

良禽擇木而棲[약은 새는 나무를 가려서 둥지를 틀고, 어진 신하는 주군을 가려서 섬긴다오] : '일의 되어 감을 잘 파악해서 선택해야 한다'는 뜻임. 새도 가지를 가려서 앉는다는 뜻이나 '어진 선비는 어진 군주를 가려서 섬긴다'는 비유임. [左傳 袁十一年]「孔文子之將攻大叔也 訪於仲尼 仲尼曰 胡簋之事 則嘗學之矣 甲兵之事 未之聞也 退命駕而行曰 **鳥則擇木** 木豈能擇鳥」. [三國志 蜀志]「**良禽擇木而棲 賢臣擇主而事」**. ▶제3회-22)

良禽擇木而棲[약은 새는 나무를 가려서 둥지를 틀고] : 어진 선비는 '임금의 어질고 어리석음을 잘 파악한 후에 섬긴다'는 비유. [左傳 袁十一年]「孔文子之將攻大叔也 訪於仲尼 仲尼曰 胡簋之事 則嘗學之矣 甲兵之事 未之聞也 退命駕而行曰 **鳥則擇木** 木豈能擇鳥」. [三國志 蜀志]「**良禽擇木而棲 賢臣擇主而事」**. ▶제14회-24), 제65회-11)

兩都(양도) : 서도 장안(長安)과 동도 낙양(洛陽)을 말함. ▶제82회-2)

養兵·屯田(양병과 둔전) : 좋은 밭을 가려 군대로 하여금 둔전하게 하여 식량을 자급자족하게 함. [周禮 冬官]「有屯部 今曰**屯田**司」. [漢書 趙充國傳]「乃詣金城上**屯田** 奏願罷騎兵 留步兵萬餘 分屯要害處 條不出兵留田 便宜十二事」. ▶제86회-22)

梁甫吟(양보음) : 초나라 때의 노래로 일종의 장가(葬歌)임. 일설에는 거문고의 곡명(琴曲名)이라고도 하는데 제갈량의 작이라 전함. [三國志 蜀志 諸葛亮傳]「亮躬耕隴畝好爲**梁父吟**」. [集解]「漢樂府相和歌辭之楚曲調名 **梁父**」. ▶제36회-21), 제118회-18)

陽壽(양수) : 수명(壽命). [史記 李斯傳]「禱祠名山諸神 以延**壽命**」. [莊子 盜跖]「不念本養**壽命者**」. ▶제103회-25)

兩手加額[두 손을 이마에 대고] : 손시늉으로 두 손을 이마에 올려놓음. 「양수」. [毛傳]「**兩手曰匊**」. [禮記 禮曲 上篇]「長者與之提攜 則**兩手**奉長者之手」. ▶제83회-19)

亮雖居虎口 安如泰山[제가 비록 호랑이 굴에 살지만] : 원문에는 '**亮雖居虎**

口 安如泰山'으로 되어 있음. [漢書 麗食其傳]「此所謂探虎口者也」. [莊子
盜跖]「疾走料虎頭 編虎須幾免虎口哉」. [漢書 麗助傳]「天下之安猶泰山而西
維之也」. ▶제45회-3)

良藥苦口利於病 忠言逆耳利於行[좋은 약은 입에는 쓰지만 병에는 이롭
고……] : 좋은 약은 입에는 쓰나 병을 고치는데 이로움. [孔子家語 六
本篇]「孔子曰 良藥苦口 利于病 忠言逆耳 利于行」. [史記 淮南王篇]「忠言逆
於耳利於行」. [漢書 張良傳]「且忠言逆耳利於行 毒藥苦口利於病」. ▶제60
회-42)

楊雄投閣[누각에서 뛰어내려 죽었으니] : 양웅은 서한(西漢) 때의 문인. 왕
망(王莽)을 섬기다가 죄를 얻게 되자 자살하려고 다락에서 몸을 던졌
던 일. [中文辭典]「楊雄乃閉門 不通賓客 煬帝立 改封觀王 遼東之役 師次瀘
河竇」. ▶제43회-26)

讓印[재삼 인을 사양하였으나] : 여러 번 인수를 사양함. 「인수」(印綬)는
인끈. 이는 '기패(旗牌)'와 함께 신분과 권능을 증명하는 도구임. [史記
項羽紀]「項梁持守頭佩其印綬 門下大驚擾亂. [漢書 百官公卿表]「相國丞相
皆金印紫綬」. ▶제98회-23)

良將(양장) : 훌륭한 장수. [三略上略]「良將之統軍也 恕己治人 推惠施恩 士
力日新」. [淮南子 兵略訓]「良將之用兵 常以積德擊積怨 以積愛擊積憎 何故
而不勝」. ▶제115회-28)

羊質虎皮[겉만 화려한 채] : 양의 몸에 호랑이 가죽이란 뜻으로, '본 바탕
은 아름답지 못하면서 겉치장만 요란함'의 비유임. [揚子法言 吾子篇]「
或曰 有人焉 自姓孔而字仲尼 入其門 升其堂 伏其几 襲其裳 則可謂仲尼乎
曰其文是也 其質非也 敢問質 曰羊質而虎皮 見草而說 見豺而戰 忘其皮之虎
也」. [書言故事 不學類]「有文無實 曰羊質虎皮」. ▶제32회-1)

量此乳臭小兒 何足道哉 吾今日必當擒之[이 젖비린내 나는 어린애쯤이야.
어찌 말할 바가 있겠는가!] : 원문에는 '量此乳臭小兒 何足道哉 吾今日必

○ 171

當擒之'로 되어 있음. [白居易 悲哉行]「沉沉朱門宅 中有乳臭兒 狀貌如婦
人 光明膏梁肌」. ▶제92회-10)

陽春曲(양춘곡): 곡명. 「양춘백설」(陽春白雪). [宋玉 對楚王問]「客有歌於
郢中者 其始曰下里巴人 國中屬而和者數千人 其爲陽阿薤露 國中屬而和者
數百人 其爲陽春白雪 國中屬而和者不過數十人 引商刻羽 雜以流徵 國中屬
而和者不過數人而已 是其曲彌高 其和彌寡」. ▶제8회-20)

揚湯止沸[물이 끓는 것을 그치게 하려면]: 급한 것을 우선 하려 하면, '일
의 근원적인 처방'이 필요하다는 뜻. 원문에는 '揚湯止沸 不如去薪 潰癰
雖痛 勝於養毒'으로 되어 있음. [史記 酷吏傳]「吏治若救火 揚沸」. [三國志
魏志 劉廙傳]「揚湯止沸 使不燋爛」. ▶제3회-5)

陽貨·輕仲尼(양화·경중니): 양화 같은 인물이 공자와 같은 성인을 업신
여긴 일. 양화가 공자를 만나 보려고 했으나 공자가 만나주지를 않았
다. 그러자 양화가 공자에게 삶은 돼지를 보냈다. 공자는 그가 밖에
나가고 없는 틈을 타서 사례하고 돌아옴으로써 양화를 만나지 않은
것을 이름. [論語 陽貨篇]「陽貨欲見孔子 孔子不見 歸孔子豚 孔子時其亡也
而往拜之 遇諸塗 謂孔子曰 來 予與爾言曰 懷其寶而迷其邦 可謂仁乎 曰不
可 好從事而亟失時 可謂知乎 曰不可 日月逝矣 歲不我與 孔子曰 諾 吾將仕
矣」. ▶제23회-21)

魚貫[절벽을 타고 내려가게 하였다]: '어관의대'(魚貫蟻隊)의 준말. 물고
기 꿰미와 줄지어가는 개미떼란 뜻이나, '사람이 줄줄이 늘어서 가는
모양'의 비유임. [三國志 魏志 鄧艾傳]「將士皆攀木懸崖 魚貫而進」. [白居
易 和春探詩]「入班遙認得 魚貫一行斜」. ▶제117회-11)

御林軍(어림군): 금군(禁軍). 궁중을 지키고 임금을 호위하던 군대. [長
生殿 驚變]「有龍武將軍 陳玄禮 統領御林軍士三千 扈駕前行」. ▶제2회-19),
제17회-14)

漁陽參撾(어양삼과): 예형이 만들었다는 '어양곡'[鼓曲]과 북장단. ▶제23

御隆車之逐[수레의 나갈 길을 막는 격] : 힘차게 가는 수레를 막으려고. 「당랑당거철」(螳螂當車轍)이란 말이 있는데, 당랑(螳螂 : 버마재비)이 수레를 막음의 뜻으로 '자기의 역량을 헤아리지 않고 대적(大敵)에게 함부로 덤벼드는 것'을 비유한 말. [莊子 人間世篇]「蘧伯玉曰 汝不知夫**螳螂**乎 **怒其臂以當車轍** 不知其不勝任也」. [駱賓王 文]「擇**螳蜋**之力 拒轍當車」. ▶제22회-27)

魚入罾口[고기가 삼태기 그물에 들어갔으니] : 물고기[于禁]가 그물에 들어갔다는 말임. 본래 「증구」는 「罾笱」로 어구(漁具)의 일종인 「통발」[魚荃]을 가리킴. [莊子]「鉤餌網罟 罾笱之智」. ▶제74회-12)

御榻(어탑) : 용탑(龍榻). 임금이 앉거나 눕는 상탑. 「어전」(御前). [韻會]「御 凡天子所止曰御前 曰御前書 曰御前服 曰御服 皆取統御四海之意」. [後漢書 獻帝紀]「矢及御前」. ▶제119회-33)

御榻之前[어탑] : 임금의 자리 앞. 「탑전정탈」(榻前定奪)은 임금이 그 자리에서 결정함의 뜻으로, 곧 '임금의 재결'을 이름. [長生殿 埋玉]「待我奏過聖上 自有**定奪**」. [福惠全書 刑名部 問擬]「定擬上請**定奪** 俟批允發落」. ▶제106회-13)

言過其實[실보다 말이 앞서기 때문에] : 선주가 마속(馬謖)에 대해 제갈량에게 한 말로, 마속은 '말이 실제보다 앞선다'는 뜻. [三國志 馬謖傳]「先主謂諸葛亮曰 馬謖 **言過其實** 不可大用」. [管子 心術]「**言不得過實 實不得延名**」. ▶제85회-11), 제96회-13)

偃月靑龍刀[언월청룡도] : 무기의 하나로 관우(關羽)가 썼다 함. [武備志]「刀見於武經者 惟八種 今所用惟四種 **偃月刀** 短刀 長刀 鉤鎌刀 是也 **偃月刀** 以之操習示雄 實不可施於陳也」. [三才圖會]「關王**偃月刀** 刀勢旣大 其三十六刀法 兵仗遇之 無不屈者 刀類中以此爲第一」. ▶제92회-12)

掩目而捕燕雀[눈을 가리고서야 어찌 연작을 잡으리오] : 부질없는 짓을 이르는 말임. 원문에는 '掩目而捕燕雀'으로 되어 있음. [三國志 魏志 陳琳傳]「易稱卽鹿無虞 諺有抱目捕雀……況國之大事 其可以詐立乎」. ▶제2회-26)

掩心甲(엄심갑) : 가슴을 가리는 갑옷. [戰國策 韓策]「天下之强弓勁弩……射百發不暇止 遠者達胸 近者掩心」. [西京雜記 三]「則掩心而照之 則知病之所在」. ▶제20회-9), 제67회-3), 제74회-16)

掩心勁(엄심경) : 엄심갑(掩心甲)의 '센 부분'의 의미. '엄심갑'은 가슴을 가리는 보호대를 이름. [戰國策 韓策]「天下之强弓勁弩……射百發不暇止 遠者達胸 近者掩心」. [西京雜記 三]「則掩心而照之 則知病之所在」. ▶제41회-7)

如鼓洪爐燎毛髮耳[화롯불을 헤쳐 머리카락을……] : 큰 화로를 엎어 머리카락을 태운다는 뜻으로, '쓸데없는 짓을 하여 화를 자초함'의 비유임. [後漢書 何進傳]「次猶鼓洪爐燎毛髮也」. [舊唐書 鄭畋傳]「鼓洪爐於聖代 成庶績於明時」. ▶제2회-28)

汝豈不聞周文王謁姜子牙之事乎[문왕·강자아] : 원문에는 '汝豈不聞周文王謁姜子牙之事乎?'로 되어 있음. 주(周)나라의 개국공신인 강자아(姜子牙) 태공망(太公望). 동해노수(東海老叟)라고도 부름. 주왕(紂王)의 폭정을 피해 위수(渭水)에서 낚시질을 하다가 서백(西伯 : 周文王)을 만나게 되고, 뒤에 은나라를 멸망시키고 천하를 평정하여 제 나라(齊相)에 봉함을 받음. [說苑]「呂望年七十釣于渭渚 三日三夜魚無食者 望卽忿脫其衣冠 上有異人者謂望曰 子姑復釣 必細其綸芳其餌 徐徐而投 無令魚驚 望如其言 初下得鮒 次得鯉 刺魚腹得素書 又日 呂望封於齊」. [史記 齊太公世家]「西伯獵 果遇太公於渭水之陽 與語 大說日 自吾先君太公日 當有聖人適周 周以興 子眞是邪 吾太公望子久矣 故號之日太公望 載與俱歸 立爲師」. ▶제38회-2)

汝南 黃巾賊[여남에 황건적] : 중국 후한(後漢) 말에 '태평도'라는 종교를 세워 반란을 일으킨 무리. 두목은 장각(張角)이고 모두 머리에 누런

복건을 썼으므로 붙여진 이름인데, 이들이 일으킨 반란을 '황건의 난'[黃巾之亂]이라 함. [中文辭典]「東漢末 張角聚衆倡亂 號黃巾賊」. [三國志 魏志 武帝紀]「光和末黃巾起 拜騎都尉潁川賊」. ▶제26회-3)

如大木飄一葉[큰 나무에서 잎 하나 따는 것과 같고] : 큰 나무에서 잎새 하나 따내는 것과 같음. '크게 표가 나는 일이 아님'의 비유. [書經 周書 金縢]「秋大熟未穫 天大雷電以風 禾盡偃 大木斯拔 邦人大恐」. [孟子 梁惠王篇 下]「爲巨室 則必使工師求大木 工師得大木 則王喜以爲能勝其任也」. ▶제44회-3)

藜頭杖(여두장) : 청려장(靑藜杖). 명아주대 지팡이. 본래는 '여두'(藜豆)로 콩의 한가지임. 「여장」(藜杖). [晋書 山濤傳]「魏帝嘗賜景帝春服 帝以賜濤 以母老 幷贈藜杖一枚」. [漢書 劉向傳]「有老人 黃衣植靑藜杖 叩閣而進」. ▶제119회-28)

呂望之大才[여망과 같은 큰 재주] : 태공망 여상의 큰 재주. 주왕(紂王)의 폭정을 피해 위수(渭水)에서 낚시질을 하다가 서백(西伯 : 周文王)을 만나게 되고, 뒤에 은나라를 멸망시키고 천하를 평정하여 제 나라(齊 相)에 봉함을 받음. [說苑]「呂望年七十釣于渭渚 三日三夜魚無食者 望卽忿 脫其衣冠 上有異人者謂望曰 子姑復釣 必細其綸芳其餌 徐徐而投 無令魚驚 望如其言 初下得鮒 次得鯉 刺魚腹得素書 又曰 呂望封於齊」. [史記 齊太公世家]「西伯獵 果遇太公於渭水之陽 與語 大說曰 自吾先君太公曰 當有聖人 適周 周以興 子眞是邪 吾太公望子久矣 故號之曰太公望 載與俱歸 立爲師」. ▶제37회-22)

如反掌[손바닥을 뒤집듯이 쉬운 일입니다] : 일이 썩 쉬움을 이름. [說苑 正諫篇]「變所欲爲 易於反掌」. [枚乘 書]「變所欲爲 易于反掌 安于泰山」. ▶제22회-5)

如放一鴨耳……得一鳳也[이는 오리를 놓아주고 대신 봉황을 얻지 않았소이까] : 원문에는 '如放一鴨耳……得一鳳也'로 되어 있음. [陸游 雨中宿石帆

山下民家詩」「雨泥看**放鴨** 烟草听呼牛」. [蘇軾 次韻答馬忠玉詩]「靈運子孫俱
得鳳, 慈明兄弟孰非龍」. ▶제93회-5)

汝本屠沽小輩[돼지를 잡고 술을 팔던 무리였다] : 근본이 천민(賤民)이었
다는 뜻임. 원문에는 '**汝本屠沽小輩**'로 되어 있음. [後漢書 郭太傳]「召公
士 許偉康 竝出**屠沽**」. [新書 匈奴]「**屠沽**者 賣飯食者」. ▶제3회-9)

黎庶[백성] : 여민(黎民). '여'는 흑(黑)의 뜻인데 백성들의 머리가 검다하
여 이르는 말임. [書經 虞書篇 堯典]「**黎民**於變時雍」. [漢書 郊祀志]「每舉
其禮 助者懽悅 大路所歷 **黎元**不知」. ▶제1회-16)

如心鐵石[마음은 철석과 같아서] : 마음을 쇠나 돌처럼 단단히 먹음. 「철
심석장」(鐵心石腸). [蘇軾 與李公擇書]「僕本以**鐵心石腸**待公」. [三國志 魏
志 文帝紀]「(注) 領長史王必忠能勤事 **心如鐵石**」. ▶제76회-16)

如魚得水[마치 고기가 물을 얻은 것 같아서] : 「수어지교」(水魚之交). 원문
에는 '猶魚之水得也'로 되어 있음. 「수어지교」(水魚之交)는 '아주 친근
한 사이'란 뜻임. [三國志 蜀志 諸葛亮傳]「先主與諸葛亮計事善之 情好日
密……孤之有孔明 **猶魚之水** 願勿復言」. [貞觀政要]「君臣相遇 **有同魚水** 則
海內可安」. ▶제43회-5)

如律令(여율령) : 명령이 떨어지자 곧. 「율령」(律令)은 나라에서 제정한
법률로 그 대강을 표시함을 '율'이라 하고 조목별로 나눈 것을 '령'이
라 함. '여'(如)는 '율'과 '령'처럼 시행하라는 뜻임. [史記 酷吏傳]「杜周
曰 前主所是著爲**律** 後主所是疏爲**令**」. [藝文類聚]「杜預律序曰 **律令**以正罪
名以存事制 二者相須爲用」. ▶제22회-33)

如入無人之境[마치 무인지경을 지나가는 듯했다] : 무인지경에 들어가는
것 같음. '제지하는 사람이 전혀 없음'의 비유. [三國志 魏志 鄧艾傳]「艾
自陰平道行**無人之地**七百里」. ▶제52회-15), 제66회-6), 제71회-22)

如入無人之境[마치 무인지경] : 마치 사람이 전혀 없는 곳을 가듯함. '제
지하는 사람이 전혀 없음'의 비유. 원문에는 '如入無人之境'으로 되어

있음. 「무인지지」(無人之地)는 '사람이 거주하지 않는 땅'의 뜻임. [三國志 魏志 鄧艾傳]「艾自陰平道行**無人之地**七百里」. ▶제7회-9)

女牆[성가퀴] : 성 위에 요철(凹凸)지게 쌓은 낮은 담으로 활 쏘는 구멍이 있어서, 병사들은 여기에 몸을 숨기고 적을 쏠 수 있음. [杜甫 詩]「樓高望月**牆**」. ▶제51회-5)

如坐針氈[아침저녁 바늘방석에 앉아 있는 것 같은데] : 「여좌침석」(如坐針席). 바늘방석에 앉아 있는 것과 같이 마음이 편안하지를 못함. [彙苑詳記]「太子怒 使人以**針**著錫 所坐**氈**中刺之」. ▶제66회-16)

如之奈何[어찌 해야겠소이까] : 그렇다면 어찌하면 좋소. [詩經 秦風篇 晨風]「**如何如何** 忘我實多」. [宋玉 神女賦]「王曰 狀**如何**」. ▶제115회-1)

如針刺背[마치 바늘로 등을 찌르는 것 같았다] : 바늘로 등을 찌르는 것 같음. '매우 고통스러움'의 비유임. 「자침」(刺針)은 바늘로 찌름의 뜻. [淮南子 說山訓]「寧百**刺**以**針** 無一刺以刀」. [中文辭典 霍光]「여좌침석」(如坐針席)은 '바늘방석에 앉은 것 같이 마음이 몹시 불안함'의 뜻임. 「宣帝親政 收霍氏兵權……光從驂乘 帝嚴憚之 若**芒刺在背** 及光死而宗族竟誅」. ▶제109회-13)

如何不氣[어찌 화가 나지 않겠는가?] : 어찌 성이 나지 않겠는가? 「여하」는 '어떻게 할까 깊이 생각함'의 뜻임. [詩經 秦風篇 晨風]「**如何如何** 忘我實名」. [書經 堯典]「帝曰俞子聞 **如何**」. ▶제52회-1)

如虎生翼[마치 호랑이에게 날개가 난 격입니다] : 호랑이에게 날개가 난 것과 같음. '더 좋은 여건을 만들어 줌'에 비유하는 말임. [逸周書 寤儆]「無**爲虎傅翼** 將飛入宮 押人而食」. ▶제39회-6), 제75회-8)

與虎添翼[어찌 호랑이에게 날개를 달아주려 하십니까?] : '더 좋은 여건을 만들어 줌'의 뜻. 「위호부익」(爲虎傅翼)은 '나쁜 사람을 도움'의 뜻임. [逸周書 寤儆]「無**爲虎傅翼** 將飛入宮 押人而食」. ▶제62회-5)

力窮勢孤(역궁세고) : 힘이 다 하고 형세가 약함. '형세가 곤궁해짐'의 비유. 「역세」(力勢)는 「힘이 있음」의 뜻임. [潛夫論 交論]「貨財不足以合好 力勢不足以杖急」. 「궁고」(窮孤)는 '곤궁하고 의탁할 곳이 없음'의 뜻임. [後漢書 何敞傳]「節省浮費 賑恤窮孤」. ▶제84회-8)

曆數[기약된 역수]: 햇수. 정해진 운명. [漢書 禮樂志]「我定曆數 人告其心」. [後漢書 公孫述傳]「明漢至平帝 十二代曆數盡也」. ▶결사-10)

酈食其 故事[역이기가 제나라를 설득하던 고사]: 역이기는 한 고조 유방의 세객(說客). 「육가」(陸賈). '육가'는 한고조 유방의 막빈(幕賓)으로 천하 가 평정되자, 사자가 되어 남월(南越)을 굴복시켰음. [中國人名]「漢 楚 人 以客從高祖定天下 使南越尉佗 賜印封爲王 賈時時前說詩書……文帝卽位 復以大中大夫 使尉佗」. '역생'은 역이기(酈食其)를 말하는데 한의 고양 사람임. 유방이 고양으로 들어오자 진류(陳留)를 함락시킬 계책을 내 었으며, 군사를 쓰지 않고 제(齊)를 설득하여 70여 성을 함락시켰음. 역이기는 제왕을 설득시켜 항복케 하였는데, 한신이 제나라를 공격하 자 제왕은 역이기를 삶아 죽였음. [中文辭典]「漢 高陽人 爲里監門 沛公 至高陽 食其獻計下陳留 號曰 廣野君 常爲說客 說齊 憑軾下齊七十餘城」. ▶ 제86회-4)

力敵萬人[힘이 만인을 당해낼 수 있으니]: 힘이 많이 있는 사람에 맞설 만 함. '힘이 아주 셈'을 비유함. ▶제52회-7)

輦(연): 난거(鸞車). [班固 西都賦]「乘輦輿備法駕」. [王建 宮詞]「步步金堦 上輦輿」. [陳鴻 東城老父傳]「白羅繡衫 隨輦輿」. ▶제114회-15)

連弩之法[연노의 방법]: 연노를 쏘는 방법. '연노'는 '쇠뇌'. '쇠뇌'는 여 러 개의 화살을 잇달아 쏘게 만든 활임. [漢書 李陵傳]「發連弩 射單于 (注) 服虔曰 三十弩共一弦也」. ▶제107회-34), 제108회-1)

聯絡不絕[오가는 사자들이 끊이지 않았다]: 「낙역불절」(絡繹不絕). 끝없 이 오고 감. [後漢書 南匈奴傳]「逃入塞者 絡繹不絕」. [紅樓夢 第五十三回] 「一夜人聲雜沓 語笑喧闐 爆竹烟火 絡繹不絕」. ▶제117회-18)

掾吏(연리) : 아전(衙前). [史記 張湯傳]「必引正監 掾吏賢者」. [漢書 丙吉傳]「官屬掾吏」. ▶제87회-7), 제107회-29)

涓埃之功[아무런 공도 세우지 못하였는데] : 아주 하찮은 작은 공. '연'은 세류(細流) '애'는 가벼운 먼지의 뜻임. [杜甫 望野詩]「惟將遲慕供多病 未有涓埃答聖朝」. [韓愈 爲裵相公讓官表]「無涓埃之微」. ▶제3회-23)

輦輿(연여) : 임금이 타는 연. 난여(鑾輿). [班固 西都賦]「乘輦輿備法駕」. [王建 宮詞]「步步金堦 上輦輿」. [陳鴻 東城老父傳]「白羅繡衫 隨輦輿」. ▶제110회-8)

燕雀安知鴻鵠志[제비가 어찌 홍곡의 뜻을……] : 소인이 어찌 영웅의 큰 뜻을 알겠느냐는 말임. '연작'은 작은 새이고 '홍곡'은 큰 새임. 원문에는 '燕雀安知鴻鵠志哉'로 되어 있음. [史記 陳涉世家]「陳涉少時嘗與人傭耕 輟耕之壟上 悵恨久之日 苟富貴無相忘 傭者笑而應日 若爲傭耕 何富貴也 陳涉太息日 嗟呼燕雀安知鴻鵠之志哉」. [晋書]「王濬恢廓有大志 嘗起宅 開前路 廣四十步 或謂之日 何太過日 吾欲使容長戟幡旗 衆咸笑之 濬日 陳勝有言燕雀安知鴻鵠志」. ▶제4회-20)

燕雀處堂 不知大廈之將焚[제비들이 처마에 집을 짓고 있으면서……] : 원문은 '燕雀處堂 不知大廈之將焚'으로 되어 있는데, 이는 '나라가 큰 위험에 빠지게 될 것'을 뜻함. 「대하성연작상하」(大廈成燕雀相賀)는 '밝은 정치 하에 평안히 살게 되는 백성의 즐거움'의 비유. [淮南子 說林訓]「湯沐具而蟣蝨相弔 大廈成而燕雀相賀 憂樂別也」. [崔融 賀明堂表]「仰之不逮 雖謝於鵾翔 成輒相歡 竊同於燕雀」. ▶제113회-14)

煙瘴[장기] : 축축한 더운 땅에 생기는 독기. [後漢書 南蠻傳]「加有瘴氣 致亡者十必四五 (注) 瀘水有瘴氣 三月四月 經之必死 五月以後 行者得無害」. 「장독」(瘴毒). [後漢書 楊終傳]「南方暑濕 瘴毒互生」. ▶제89회-7)

連珠號礮(연주호포) : 신호로 쓰는 호포. 연달아 터지게 만든 불화살. 본래 '포(礮)'는 돌을 날려 공격하던 기계임. [水滸傳]「只聽得祝家莊裡 一

個號礮 直飛起半天裡云」. ▶제7회-11)

連環計(연환계) : 36계 중 제35계임. 쇠고리가 연이어 붙어 있는 것과 같이 여러 계책을 연이어 사용하여, 적을 속이고 승리를 거두는 계책. 세작을 적진에 보내서 저들에게 어떤 꾀를 내통하는 것처럼 말하게 하고, 자기는 그 사이에서 승리를 거두는 계책. 곧, 한 가지 계책이 아니라 몇 가지가 함께 진행될 때를 이르는 말. [戰國策 齊策]「秦昭王嘗遣使者遺君王后玉連環 曰齊多智 而解此環否」. [莊子 天下]「今日適越而昔來 連環可解也」. ▶▶제8회-9), 제47회-10), 제57회-12)

連環索(연환삭) : 여러 개의 쇠고리를 잇대서 만든 철삭(鐵索). [宋史 張永德傳]「以鐵索千餘尺 橫截長淮」. [韓愈 石鼓詩]「金繩鐵索鎖紐壯 古鼎躍水龍騰梭」. ▶제120회-20)

悅以犯難 民忘其死[기뻐함으로써 어려움을 범하면, 백성들은 그들의 죽음도 잊는다] : 원문에는 '悅以犯難 民忘其死'로 되어 있음. [周易 兌卦]「彖曰 說以犯難 民忘其死 說之大 民勸矣哉」. 범란(犯難)은 '위험을 무릅쓰다'의 뜻임. [戰國策 燕策]「秦趙相弊 而王以全 燕制其後 此燕之所以不犯難」. [易需]「需于郊不犯難行也」. ▶제99회-20)

廉頗(염파) : 전국시대 조(趙)나라의 대장. 만년에 조왕이 사자를 보내 싸움터에 나갈 수 있는지 알아보게 하였더니, 나이 80인데도 아직도 말밥과 열 근 고기[尙食斗米]를 먹어치우는 것을 보고 그 위풍이 젊었을 때 못지 않았다고 했다는 고사. [中國人名]「惠文王拜爲上卿……使使者之魏 相頗尙可用否 頗之仇人郭開 多與使者金 令毁之遂不召」. ▶제70회-17), 제91회-37)

炎漢(염한) : 한나라. 한(漢)은 화덕(火德)으로 왕이 되었다 함. [魏書 陳思王植傳]「植封雍丘王 朝京師 獻詩曰 受禪炎漢 臨君萬邦」. ▶제80회-3)

獵戶[사냥꾼] : 사냥꾼의 집. 사냥꾼. 「엽사」(獵師). [列仙傳]「獵師世世見之」. [酉陽雜組]「獵師數日方獲」. [白居易 詩]「鄙語不可棄 吾聞諸獵師」. ▶

寧敎我負天下人 休敎天下人負我[내가 천하의 사람을 저버릴지언정, 천하의 사람들이 나를 저버리게는 두지 않으리라] : '나를 배신하는 자는 살려 두지 않겠다'는 뜻임. 원문에는 '**寧敎我負天下人 休敎天下人負我**'로 되어 있음. ▶제4회-22)

零零落落[밤을 도와 달아났다] : 뿔뿔이 흩어짐. 패하여 흩어짐. 영락·조락(凋落). 권세나 살림이 줄어 보잘 것 없이 됨. [白居易 琵琶行]「暮去朝來顔色故 門前**零落**鞍馬稀」. [楚辭 離騷]「惟草木之**零落**兮」. ▶제64회-19)

英敏過人[영민함이 뛰어났고] : 영특하고 민첩함이 남보다 뛰어남. [後漢書 董卓傳]「卓膂力過人 雙帶兩鞬 左右馳射」. ▶제118회-4)

令史(영사) : 한(漢) 때에 설치한 문서를 담당하는 관리. [史記 酷吏傳]「用廉爲**令史**」. [通典 職官典 尙書]「**令史**漢官也 後漢尙書」. ▶제111회-3)

零零落落[영채는 텅 비어 있고] : 영락·조락(凋落). 권세나 살림이 줄어 보잘 것 없이 됨. [白居易 琵琶行]「暮去朝來顔色故 門前**零落**鞍馬稀」. [楚辭 離騷]「惟草木之**零落**兮」. ▶제24회-11)

榮寵(영총) : 은총(恩寵). 임금의 은혜로운 사랑. 큰 벼슬. [後漢書 李通傳]「天下略定 通甚欲避**榮寵** 以病上書乞身」. [三國志 魏志 田疇傳]「天子方蒙塵未安 不可以荷佩**榮寵**」. ▶제29회-1)

豫計三分[세상이 삼분천하됨을 미리 알고] : 한(漢)나라가 위·오·촉으로 나뉘어 세 나라가 될 것임을 미리 알고 있음. 「삼분천하유기이」(三分天下有其二). [史記 太師公自敍]「楚人追我京索 而信拔魏趙 定燕齊 使漢三分天下有其二 以滅項籍 作淮陰侯列傳第三十二」. [文選 諸葛亮 出師表]「今天下三分 益州罷弊 此誠危急存亡之秋」. ▶제63회-8)

吾匣中寶劍[내 갑속의 보검은] : 내 칼집 속의 보검은. [李益 夜發軍中詩]「**雄劍匣中鳴**」. [杜荀鶴 投鄭先輩詩]「**匣中長劍**未酬恩」. ▶제65회-14)

五關斬將[오관의 장수들을 참할 때] : 관우가 유비에게 돌아올 때, 다섯 관문을 지키던 장수들을 죽였던 일. [史記 項羽記]「爲諸君潰圍 斬將刈旗」.
▶제50회-8)

吳起(오기) : 전국시대 위나라 사람. 위의 문후(文候)가 어질다는 말을 듣고 찾아가 공을 세워 진(秦)과 한(韓)을 막음. 문후가 죽자 무후(武候)를 섬겼는데 공숙(公叔)의 참소를 당하자 초나라로 가서 백월(百越)을 평정하였음. 장수가 되자 말단 군사들과 숙식을 같이하였으며 재상이 되어서는 법령을 밝게 폈음. 강병책을 써서 귀족들의 미움을 사기도 하였으며 병법서 「吳子」6편이 있음. [中國人名]「戰國 衛人 嘗學於 曾子 **善用兵** 初仕魯 聞魏文候賢 往歸之 文候以爲將 拜西河守……南平百越 北郤三晋 西伐秦 諸侯皆患楚之强」. ▶제47회-12), 제57회-2)

吾當以頸血濺之[피를 뿌리리라] : '자신이 죽어서 피를 뿌리겠다'는 뜻. 원문에는 '**吾當以頸血濺**之!'로 되어 있음. ▶제4회-9)

五毒[온갖 악행을 행하며] : 다섯 가지 형구(形具). 항양(桁楊)·가교(苛校)·질곡(桎梏)·낭당(銀鐺)·고략(拷掠) 등을 이름. [初學記]「**桁楊苛校 桎梏銀鐺拷掠**」. [後漢書 陳禪傳]「笞掠無算 **五毒**畢加」. ▶제22회-25)

烏頭(오두) : 천오두(川烏頭). 부자(附子). 심한 열·습비·한통 따위를 다스리는 약재로 독성이 강함. [水草]「**烏頭**與附子同根 附子八月采 八角春 良 **烏頭**四月采 春時莖初生 有腦 頭如烏鳥之頭 故謂之**烏頭**」. ▶제75회-5)

烏林(오림) : 포기현(蒲圻縣) 육구(陸口) 건너편 장강의 북쪽 기슭에 있음. [中國地名]「在湖北 嘉魚縣西 大江北岸 對岸爲赤壁山 關羽謂魯肅曰 **烏林**之役 左將軍身在行間 卽指赤壁之戰也」. [三國志 吳志 周瑜傳]「瑜銜命出 征 身當矢石 故能摧曹操於**烏林** 走曹仁於鄩都」. ▶제50회-2)

寤寐[뒤척이며 잠을 이루지 못하니] : 오매불망(寤寐不忘). 오매사복(寤寐思服). 자나 깨나 잊지 못함. [詩經 周南篇 關雎]「窈窕淑女 **寤寐**求之 求之不得 **寤寐思服**」. [三國志 吳志 周魴傳]「每獨矯首四顧 未嘗不**寤寐**勞歎 展轉反側也」. ▶제73회-8)

傲上而不忍下[윗사람에게는 오만하나, 아랫사람들에게는 차마 그러지 못하며] : 윗사람에게는 당당하지만 아랫사람을 괴롭히지 않음. [晏子 問下]「有智不足補君 有能不足以勞民 俞身徒處 謂之傲上」. ▶제50회-7)

吾生爲袁氏臣 死爲袁氏鬼[내가 살아서 원씨의 신하가 되었으니] : 원문에는 '吾生爲袁氏臣 死爲袁氏鬼'로 되어 있음. '끝까지 원씨의 신하임'을 강조하는 말임. 촉의 양평관(陽平關)을 지키던 부첨(傅僉)이 자결하며〈第116回〉'내가 살아서 촉의 신하였으니 죽어도 촉의 귀신이 되겠다'(吾生爲蜀臣 死亦當爲蜀鬼!)라던 말과 같음. ▶제32회-12)

五辛[다섯 가지 매운 물건] : 매운 맛을 내는 '마늘·파·생강·겨자·후추'등 다섯 가지임. [風土記]「元旦楚人 上五辛盤」. [歲華記麗]「元旦盤五辛觴稱萬壽」. ▶제71회-9)

五原(오원) : 장안(長安)의 성 밖에 있는 필원(畢原)·백록원(白鹿原)·소릉원(少陵原)·고양원(高陽原)·세류원(細柳原) 등을 이르는데, 이는 한(漢)나라의 발상지임. [長安志]「長安萬年二縣之外 有畢原 白鹿原 小陵原 高陽原 細柳原 謂之五原」. ▶제1회-8)

吳越鬪[오월의 싸움] : 춘추시대의 오나라와 월나라의 싸움. 여기에서「오월동주」(吳越同舟)란 성어가 나왔음. 오왕 부차(夫差)와 월왕 구천(句踐)이 항상 적의를 품고 싸웠다는 일에서, '서로 적의를 품은 사람들이 같은 처지나 한 자리에 있게 됨'을 비유하는 말임. [孫子兵法 九地篇第十一]「夫吳人與越人 相惡也 當其同舟而濟 而遇風 其相救也 如左右手」. [孔叢子 論勢]「吳越人 同舟濟江 中流遇風波 其相救 如左右手者 所患同也」.「와신상담」(臥薪嘗膽)도 여기서 나온 말임. [吳越春秋]「越句踐 臥薪嘗膽 欲報吳」. [十八史略 一 吳]「夫差志復讎 朝夕臥薪中 出入使人呼曰 夫差而忘越人之殺而父耶」. ▶제16회-19)

烏有(오유) : 어찌 있으리오. '아무도 없음'을 이름. [漢書 司馬相如傳]「司馬相如字長卿 少時好讀書 景帝時遊梁 乃著子虛賦 相如以 子虛者虛言也 爲

楚稱 **烏有先生者 烏有此事也」**. ▶제17회-7)

吾以人義待人[내가 인의로써 사람을 대하고 있으니] : 사람을 인의로 대함. [禮 曲禮上]「道德**仁義** 非禮不成」. [孟子 梁惠王篇 上]「孟子 對曰 王何必曰利 亦有**仁義**而已矣」. ▶제62회-16)

五丈原(오장원) : 오장(五丈)은 협서성 봉상현(鳳上縣)의 서남. 제갈량이 오장원에서 죽었음. [蜀志 諸葛亮傳]「建興十二年春 亮悉大衆 由斜谷出 以流馬運 據武功**五丈原**」. [水經 沔水注]「諸葛亮 死於**五丈原**」. ▶제103회-11), 제104회-20)

五宗(오종) : 고조·증조·조부·자·손의 오대(五代). [陳琳 爲袁紹檄豫州文]「所愛光**五宗** 所怨滅三族 (注) 濟曰 **五宗** 謂上支高祖 下至玄孫也」. ▶제22회-22)

吾終爲左袵矣[나는 끝내 좌임을 하였구나!] : 우리는 마침내 좌임(왼섶)의 의속(衣俗)을 하게 되었구나. '북쪽 오랑캐가 되었다는 한탄'임. 「피발좌임」(被髮左袵). [論語 憲文篇]「微管仲 吾其**被髮左袵**矣 豈若匹夫匹婦之爲諒也」. [三國志 蜀志 廖立傳]「吾終爲**左袵**」. ▶제104회-14)

五覇之功(오패의 공) : 오패의 공. '오패'는 전국시대 강성하여 한 때의 패업을 이룬 사람. 제환공(齊桓公)·진문공(晋文公)·진목공(秦穆公)·송양공(宋襄公)·초장왕(楚莊王) 등을 일컬음. [賈誼 過秦論]「**五覇旣滅**」. ▶제14회-16), 제91회-4)

烏合之徒[오합지졸이어서] : 오합지졸(烏合之卒). 임시로 조직이 없이 모여든 무리. [三國志 魏志 桓階傳]「將軍以**烏合之卒** 繼敗軍之後」. [後漢書 邵彤傳]「卜者王郎 集**烏合之衆** 震燕趙之北」. [文選 千寶 晋紀總論]「新起之寇 烏合之衆 拜吳蜀之敵也」. ▶제111회-4)

烏合之師[다 오합지졸입니다] : 오합지중(烏合之衆). 임시로 조직이 없이 모여든 무리. [三國志 魏志 桓階傳]「將軍以**烏合之卒** 繼敗軍之後」. [後漢書 邵彤傳]「卜者王郎 集**烏合之衆** 震燕趙之北」. [文選 千寶 晋紀總論]「新

起之寇 烏合之衆 拜吳蜀之敵也」. ▶제17회-5)

烏合之衆[오합지졸] : 오합지졸(烏合之卒). 오합지중(烏合之衆). 임시로
조직이 없이 모여든 무리. [三國志 魏志 桓階傳]「將軍以烏合之卒 繼敗軍
之後」. [後漢書 邳彤傳]「卜者王郎 集烏合之衆 震燕趙之北」. [文選 千寶 晋
紀總論]「新起之寇 烏合之衆 拜吳蜀之敵也」. ▶제43회-13)

吾虎女安肯嫁犬子乎[내 호랑이 딸을 어찌 개 아들에게 시집보내겠소!] : 원
문에는 '吾虎女安肯嫁犬子乎'로 되어 있음. [後漢書 班超傳]「不入虎穴 不
得虎子」. [三國志 吳志 淩統傳]「二子烈封年各數歲 賓客進見 呼示之日 此吾
虎子也」. [晋書 五行志]「聞地中有犬子聲 掘之得雌雄各一」. [中文辭典]「今
人謙稱其子曰犬子 或稱小犬」. ▶제73회-24)

五虎大將(오호대장) : 유비가 한중왕(漢中王)이 된 후 임명한 전장군 관
우(關羽)·우장군 장비(張飛)·좌장군 마초(馬超)·후장군 황충(黃忠)·
익군장군 조운(趙雲)을 이름. [中文辭典]「蜀 劉備之五將」. ▶제73회-6)

烏桓(오환) : 오환(烏丸). 동오의 한 부족으로 흉노에게 패하여 남쪽 열
하지방으로 쫓겨가, 오환산(烏桓山)에서 모여 살았기 때문에 붙여진
이름임. [中文辭典]「部落名 亦作烏丸」. [漢書 匈奴傳]「卽後匈奴擊烏桓」.
▶제33회-11)

奧悔無及[후회해 마지않았다] : 후회해도 미치지 못함. 「후회막급」(後悔
莫及)은 '아무리 후회하여도 다시 어쩔 수가 없음'의 뜻. 「후회」(後悔).
[漢書]「官成名立 如此不去 懼有後悔」. [詩經 召南篇 江有汜]「不我以 其後
也悔」. [史記 張儀傳]「懷手後悔 赦張儀 厚禮之如故」. ▶제98회-7)

懊悔不及[후회막급이었다] : 후회해도 미치지 못함. [漢書]「官成名立 如此
不去 懼有後悔」. [詩經 召南篇 江有汜]「不我以 其後也悔」. [史記 張儀傳]「懷
手後悔 赦張儀 厚禮之如故」. ▶제7회-3), 제85회-1), 제100회-7)

玉可碎而不可改其白[옥은 깨뜨릴 수는 있으나 흰 빛깔을 바꿀 수 없는 것이
고] : 옥은 깨뜨릴 수는 있으나 그 흰 빛깔을 바꿀 수는 없음. 원문에

도 '**玉可碎而不可改其白**'으로 되어 있음. ▶제76회-13)

玉帛(옥백) : 옷과 비단. '옥'은 오옥(五玉), '백'은 삼백(三帛)임. 「옥백종고」(玉帛鐘鼓)는 예악을 이름. [書經 虞書篇 舜典]「修五禮 **五玉三帛** 二生一死贄」. [論語 陽貨篇]「子曰 禮云禮云 **玉帛**乎哉 樂云樂云 **鐘鼓**乎哉」. ▶제85회-29)

玉石俱焚[옥석 간에 모두 다 죽을 것이라 하시오] : 옥석동쇄(玉石同碎). 옥이나 돌의 구분 없이 다 타버림. '옳은 사람이나 그른 사람이나 구별 없이 모두 재앙을 받음'의 비유. [書經 夏書篇 胤征]「火炎崑岡 **玉石俱焚** 天吏逸德 烈于猛火」. [警世通言 第十二卷]「**玉石俱焚** 已付之於命了」. ▶제41회-2), 제116회-15)

沃野千里[기름지고 땅이 넓으며] : 기름진 들이 썩 넓음을 뜻함. [戰國策]「**沃野千里**」. [史記 留侯世家]「夫關中左殽函右隴蜀 **沃野千里**」. ▶제118회-39)

玉簪(옥잠) : 옥비녀. [西京雜記]「武帝過李夫人 就取**玉簪**搔頭 自此後宮人搔頭 皆用玉 玉價倍貴焉」. [韓非子 內儲說 上]「周主亡**玉簪** 商太帝論牛失」. ▶제68회-19)

溫恭克讓(온공극양) : 온화하고 공손하며 자신을 누르고 사양함. 「온공」. [詩經 小雅篇 小宛]「人之齊聖 飲酒**溫克**」. [朱傳]「言齊聖之人雖醉 猶**溫恭**自持以勝 所謂不爲酒困也」. ▶제109회-28)

甕城(옹성) : 월성(月城). 성문 밖 월장(月墻). [元史 順帝紀]「詔京師十一門 皆築**甕城** 造弔橋」. [武備志]「**甕城** 大城外之小城也」. ▶제21회-27), 제51회-7), 제115회-3)

翁仲(옹중) : 돌 혹은 동으로 우상을 만들어 무덤 사이에 세워 두는 것. [水經]「鄃南千秋亭壇廟東 枕道有兩石**翁仲** 南北相對」. [柳宗元 詩]「伏波故道風烟在 **翁仲**遺墟草樹平」. ▶제105회-25)

窩弓(와궁) : 덫활. 옛날 사냥꾼들이 쓰던 복노(伏弩). 짐승이 다니는 풀

숲에 설치하여 밟거나 건드리면 화살이 날아와 맞게 만든 장치. [明律 刑律 人命 窩弓殺傷人]「猛獸往來去處 穿作阬穽 及安置**窩弓** (纂注) 阬穽**窩 弓** 皆所以陷取猛獸 則當防其傷人」. ▶제24회-18)

瓦礫之地[와력의 땅]: 기와 쪽과 돌멩이만 뒹구는 땅. 전쟁으로 완전히 폐허가 되었음을 이르는 것임. '와력'은 '와륵'의 원말임. [歷代名畵記]「好之則 貴於金玉 不好則 賤於**瓦礫**」. [北史 李安世傳]「所以同于**瓦礫**」. ▶ 제6회-9)

訛言[소문이 떠돌았는데]: 와어(訛語). 사실과 달리 잘못 떠도는 말. [詩經 小雅篇 正月]「民之**訛言** 亦孔之將」. [後漢書 馬嚴傳]「時京師**訛言** 賊從東方來」.「유언」(流言). [書經 周書篇 金縢]「武王旣喪 管叔及其群弟 乃**流言** 於國曰 公將不利於孺子」. [詩經 大雅篇 蕩]「**流言**以對」. [荀子 致士篇]「**流言**流說 流事流謀」. ▶제57회-20)

窩鋪[초막]: 와붕(窩棚). 원두막과 비슷한 임시막사. [福惠全書 庶政部 河 提歲修]「派定人夫 搭蓋**窩鋪** 晝夜防守」. [同書 保甲部 守禦]「柵傍搭一**窩鋪**」. ▶제99회-13)

瓦解(와해): 어떤 조직이나 계획 따위가 깨어져 흩어짐.「토붕와해」(土崩瓦解).「토붕와해」(土崩瓦解)는 '흙담이 무너지고 기와가 깨어지는 것처럼 어떤 조직이나 모임이 흩어짐'의 뜻임. [鬼谷子 抵巇篇]「**土崩瓦 解**而相伐射」. [史記 始皇紀]「秦積衰 天下**土崩瓦解**」. ▶제32회-5)

緩兵之計(완병지계): 군사들을 천천히 퇴각시키는 계책. [中文辭典]「喩暫 時說法使事態**和緩**之術也」. ▶제99회-2), 제108회-8)

頑皮[끈질기니]: 끈기가 있고 질기니. 거북의 등가죽처럼 둔함을 이르 는 말임. [太平廣記 嘲誚 皮日休]「硬骨殘形知幾秋 屍骸終不是風流 **頑皮**死 後鐵須遍 都爲平生不出頭」. ▶제90회-13)

旺氣[기운]: 왕성하게 될 조짐. ▶제102회-6)

王良·伯樂(왕량·백락): 두 사람 다 말(馬)을 잘 보기로 유명했다 함.「왕량조보」(王良造父). [荀子 王覇篇]「**王良伯樂**者 善服馭者也 (楊倞注) **王良**趙簡子之御 **字伯樂** 造父 周穆王之御 皆善御者也」. [孟子 滕文公篇 下]「趙簡子使**王良**與嬖奚乘」.「백락일고」(伯樂一顧). 명마가 백락을 만나 세상에 알려진 것과 같이 현자가 지우(知遇)를 받음을 이름. [戰國策]「蘇代日 客有謂**伯樂**日 臣有駿馬欲賣 比三旦立于市 人莫與言 願子一顧之 請獻一朝之費 **伯樂**乃旋視之 去而顧之 一旦而馬價十倍」. ▶제23회−12)

王莽 篡逆(왕망의 찬역) : 왕망이 전한(前漢)의 평제(平帝)를 죽이고 두 살밖에 안된 유자 영(孺子 嬰)을 왕위에 앉혔다가 스스로 제위를 빼앗고 '신(新)'이란 나라를 세웠던 일. [中國人名]「字巨君……旋弑平帝 立孺子子嬰 群臣進符命 稱假皇帝 未幾篡位」.「篡逆」. 임금의 자리를 뺏으려고 꾀하는 반역.「모반」(謀反). 군주에 대한 반역을 꾀함을 이름. [史記 高祖紀]「楚王信**篡逆**」. [後漢書 王充傳]「禍毒力深 **篡逆**已兆」. ▶제6회−6)

王莽·董卓[왕망과 동탁으로 지목하고] : 왕망과 동탁이 찬역을 꾀했던 일. 동탁은 이리입니다 서울에 들어오면……. 동탁(董卓)을 살려 두면 반드시 후환이 있을 것이라는 말임. 원문에는 '**董卓**乃豺狼也 引入京城 必食人矣'로 되어 있음. [左氏閔 元]「戎狄**豺狼** 不可厭也」. [文選 班固 西都賦]「豺狼攝鼠」.「동탁」. [中國人名]「漢 臨洮人 字仲潁 性麤猛有謀……屢有戰功 靈帝時拜前將軍 帝崩將兵入朝 廢小帝 立獻帝 弑何太后 袁召等起兵討**卓**……尸於市 **卓**素充肥 守尸吏然火 置**卓**月臍中 光明積日」. ▶제109회−18)

王莽恭下士[왕망이 선비들을 공손히 대하던 때라] : 왕망이 선비들을 공손하게 대우함. [張載詩]「中朝方有道 **下士**實同休」. [吳志 孫和傳]「好學**下士**」. ▶제56회−15)

王法無親[왕법은 무친이라 하였으니] : 왕법(國法)에는 사정(私情)을 두어서는 안 된다는 뜻. [史記 儒林傳]「太師公日 故因史記作春秋 以寓**王法** 其辭微而指博」. [三國志 魏志 任城威王彰傳]「受事爲君臣 動以**王法**從事 爾其戒之」. ▶제83회−28)

王佐之才(왕좌지재) : 왕을 보필할 만한 재능. [漢書 董仲舒傳]「劉向稱董仲舒 有**王佐之材** 雖伊呂亡以加 管晏之屬 伯者之佐 殆不及也」. [後漢書 王允傳]「郭林宗 嘗見允而奇之曰 王生一日千里 **王佐才**也」. ▶제31회-13), 제35회-10), 제57회-8)

王覇之計[왕패의 대책] : 왕도와 패도의 계책. '왕도'는 임금이 마땅히 행하여야 될 일이고, '패도'는 인의를 가볍게 알고 권모술수만 숭상하는 일을 말함. 그러므로「왕패의 일」은 '왕도와 패도로써 천하를 제패하는 일'을 가리킴. 「왕도여용수」(王道如龍首). 왕도의 심원함을 용에 비유한 것. [六韜]「夫**王者**之**道 如龍首** 高居而遠望 深視而審聽 示其形 隱其情」. 「패자」(覇者)는 패권을 잡아 패도로 세상을 다스리는 사람. [孟子 公孫丑篇 上]「以力假仁者覇 以德行仁者王 又云 **覇者**之民驩虞如」. ▶제20회-4), 제53회-18)

外藩(외번) : 자기 나라에 딸린 국경 밖의 나라. 또는 먼 데 있으면서 어떤 나라에 딸린 제후국. [北史 魏哀馪傳]「卽是我之**外藩**」. [三國志 魏志 陳矯傳]「若蒙救援 使爲**外藩**」. ▶제66회-21)

外通內連(외통내연) : 안팎으로 연결되어 있음. [唐書 鄭絪傳]「與奸臣**外通** 恐吉甫勢軋**內忌**」. ▶제53회-9)

要離斷臂 刺殺慶忌[요리가 팔을 잘라서 맹세하고도 경기를 찔러 죽였습니다] : 요리가 자기의 팔을 자르면서까지 경기의 신임을 얻은 후에 그를 찔러 죽임. 요리는 오왕 합려(闔閭)의 신하인데 합려의 명을 받고, 전 오왕 료(僚)의 아들 경기를 죽이러 갔다. 경기의 신임을 얻기 위해 제 팔을 잘라 광에게 잘렸다고 속이고 마침내는 경기를 창으로 찔러 죽인 고사. [中國人名]「吳 刺客 公子光旣弑王僚 使要離刺其子慶忌……與之 俱渡江 至吳地 乘慶忌不意 刺中其要害 慶忌義之 使還吳以旌其忠 要離至江陵 伏劍而報」. [史記 刺客傳]「聶政刺殺俠累」. [南史 宗越傳]「於市井 **刺殺** 不能體」. ▶제96회-25)

耀武揚威[무위를 뽐내며] : 무위를 뽐냄. 위세를 드러냄. [三國演義 第七十二回]「馬超士卒 蓄銳日久 到此**耀武揚威**, 勢不可當」. [警世迪言 第十一卷]「徐能此時已做了太爺, 在家中**耀武揚威** 甚時得志」. ▶제5회-12), 제93회-4)

謠說[소문] : 참요(讖謠). 정치적 징후 따위를 암시하는 민요. 「요언」(謠言). [後漢書 劉陶傳]「詔公卿以**謠言** 擧刺史二千石爲民蠹害者」. [三國志 魏志 公孫度傳]「稍遷翼州刺史 以**謠言**免」. ▶제87회-11)

夭壽(요수) : 요절(夭折). 요함(夭死). [三國志 吳志 孫登傳]「孫登臨終疎云 顔回有上智之才 而尙**夭折**」. [列女傳 母儀傳]「今吾子**夭死**」. ▶제85회-21)

要吾僭居尊位 吾必不敢[나더러 참람하게도 제위에 오르게 한다면] : 원문에는 '**要吾僭居尊位 吾必不敢**'으로 되어 있음. 「참칭」(僭稱)·「참호」(僭號)는 '참람하게도 스스로 임금이라 일컬음'의 뜻임. [通俗通 五覇]「莊王**僭號**」. [三國志 蜀志 呂凱傳]「夫差**僭號**」. ▶제73회-3)

要錢[돈만 긁어모으는 태수] : 토전(討錢). 돈만 긁어모음. [福惠全書 刑名詞訟 嗟拘]「諸凡照應 小事零星**要錢** 大事講寫規禮」. ▶제23회-16)

獠丁軍(요정군) : 소수민족의 군사. '요'(獠)란 중국 고대 서남지역의 소수민족에 대한 멸칭(蔑稱)임. ▶제88회-17)

欲其入閉門也[들어오기를 바라면서도 문을 닫고 있는 것과 같다] : 들어오기 바라면서도 문을 닫고 있는 것과 같다는 말로, '들어오지 못하게 하고 있음'의 비유임. [漢書 王莽傳]「**閉門**自守」. [老子 十五]「塞其兌**閉其門**」. ▶제37회-13)

欲射一馬 誤中一獐['말[馬]'을 쏘아 잡으려 했다가, 잘못해 '노루[獐]' 한 마리만 잡았구나] : 원문에는 '**欲射一馬 誤中一獐**'으로 되어 있는데, '말'은 '사마의'를, '노루'는 '장합'을 가리키는 것임. 공명이 여러 군사들에게 '애초에 목적한 바를 이루지 못했음'을 설명한 것임. ▶제101회-20)

辱子[이 치욕스러운 자식아] : 못난 아들. '부모에게 욕이나 먹이는 아들'이란 뜻의 겸양의 말임. ▶제74회-4), 제79회-16)

欲借汝頭 以示衆耳[너의 머리를 빌려서 군사들에게 보이려고 한다] : 너의 목을 베어서 군사들을 달래려 한다. 즉, '너의 목을 내놓아라'란 뜻임. 「시중」(示衆). [中文辭典]「請昭於衆也」. ▶제17회-15)

龍肝鳳髓[용의 간이나 봉황의 뇌수라 해도] : 용의 간에 봉황의 뇌수. '아주 귀중한 음식'을 비유함. 「용간표태」(龍肝豹胎)・「용간봉담」(龍肝鳳膽) 등은 모두 '진귀한 음식'・'아주 진귀한 물건'에 비유되는 뜻으로 쓰임. [晋書 潘尼傳]「厭肴伊何 龍肝豹胎」. ▶제36회-10)

龍掛[용이 오른른다고] : 용오름. 여름에 깔때기 모양의 물기둥이 구름 속으로 감겨드는 모양을 이름. [避暑錄話]「吳越之俗 以五月二十日 爲分龍日 故五六月間 每雷起雲族……止雨一方 謂之龍掛」. ▶제21회-6)

甬道(용도) : 흙담 양쪽을 쌓아 올려 만든 통로. [史記 高祖紀]「漢王軍滎陽南築甬道」. [淮南子 本經訓]「脩爲牆垣 甬道相連」. ▶제58회-12), 제59회-8)

用武之地[쓸만한 곳] : 전쟁에서는 못 쓸 땅이 없다는 것이어서, '영웅은 어떤 곳에서도 적을 제패할 수 있음'의 뜻임. [通鑑節目]「劉豫州亦收衆漢南 與曹操竝爭天下 今操破荊州 英雄無用武之地 故豫州遁逃至此 將軍量力而處之」. [晋書 姚襄載記]「洛陽雖小 山河四塞 亦是用武之地」. ▶제113회-15)

龍伯(용백) : 용백국의 거인을 말함. [列子 湯問]「龍伯之國大人 擧足不盈數步 而暨五山之所」. [河圖玉版]「龍伯國人 長三十丈 生萬八千歲而死」. ▶제46회-3)

龍鳳之資[용봉의 풍모] : 모습이 보통사람보다는 뛰어난 것을 이름. [晉書 稽康傳]「人以爲龍章鳳姿 天質自然」. [唐書 太宗紀]「太宗生四歲 有書生見之日 龍鳳之資 天日之表 其年幾冠 必能濟世安民」. ▶제54회-16)

龍鳳汗衫(용봉한삼) : 용과 봉황을 수놓은 땀옷. 곧 '임금이 용포 속에 입은 옷'임. [南史 王僧虔傳]「王家門中 優者龍鳳 劣猶虎豹」. 한삼은 '속적삼'의 궁중말임. [通雅 衣服]「漢高與項羽戰 汗透中單 改名汗衫矣」. ▶제109회-14)

勇不可當[용감하여 대적할 수가 없나이다]：그 용기는 누구도 당해낼 수가 없음. '매우 용감함'의 비유. 「만부부당지용」(萬夫不當之勇). [易經 繫辭下傳]「君子知微知彰 知柔知剛 **萬夫之望**」. [後漢書 周馮虞鄭周傳論]「德乏**萬夫之望**」. ▶제110회-13)

龍顏(용안)：임금의 얼굴. [荀子]「伏羲日角 黃帝**龍顏**」. [李白 上雲樂]「拜**龍顏** 獻聖壽」. ▶제106회-12)

龍讓虎步[당당하신 위풍으로]：무인의 기세가 썩 늠름함을 이르는 말임. 「용양호진」(龍讓虎振)·「용양호시」(龍讓虎視). [三國志 蜀志 諸葛亮傳]「亮之素志 進欲**龍讓虎視** 苞括四海」. ▶제2회-27)

龍讓虎視[용이 뛰고 호랑이가 보는 듯]：용처럼 날뛰고 범 같은 눈초리로 쏘아본다는 뜻으로, '기개가 높고 위엄에 찬 태도'의 비유. [三國志 蜀志 諸葛亮傳]「亮之素志 進欲**龍讓虎視** 苞括四海」. ▶제38회-18)

용장은 죽음을 두려워하지 않으며……：원문에는 '**勇將不怯死以苟免 壯士不毀節而求生**'으로 되어 있음. [宋史 張玉傳]「仁宗日 眞**勇將**」. [淮南子 墜形訓]「**壯士**之氣 御赤天 (注) **壯士** 南方之士」. [三國志 魏志 龐德傳]「**烈士不毀節以求生**」. ▶제74회-14)

庸材[평범한 인물이외다]：못난 재주. 용재(庸才). [漢書 薛宣傳]「仁重職大 非**庸材**所能堪」. [十六國春秋]「蓋非**庸才**耶」. ▶제117회-5)

龍種(용종)：천자의 자손을 이름. [杜甫 哀王孫詩]「高帝子孫盡隆準 **龍種**自與常人殊」. [故事成語考 朝廷]「**龍**之**種** 麟之角 俱譽宗藩」. ▶제24회-4)

羽葆鼓吹(우보고취)：화개(華蓋)에 북을 울림. '우보'는 조정에서 발인할 때의 중요한 의장의 하나로 모양은 둑과 같으나 흰 기러기 털로 만듦. [禮記 雜記 下]「匠人執**羽葆** 御柩 (疏) **羽葆**者以鳥羽注於柄頭如蓋 謂之**羽葆** 謂蓋也」. [三國志 蜀志 劉備傳]「先主少時……吾必乘此**羽葆**蓋車」. ▶제87회-20)

虞書[우서에 있듯이]：요전(堯典)·순전(舜典)·대우모(大禹謨)·고요모(皋

陶謨)·익직(益稷) 등을 이름. [書經 虞書蔡傳]「書凡五篇 堯典雖紀唐堯之事 然本虞史所作 故曰 **虞書**」. ▶제73회-10)

雨水均調(우수 균조) : 비가 고르게 내림. 「우순풍조」(雨順風調). [韋應物 登重元寺詩]「俗繁節又暄 **雨順**物亦康」. [蘇軾 荔枝歎詩]「**雨順風調**百穀生 民不飢寒爲上瑞」. ▶제90회-1)

憂心碎首[분골쇄신] : 마음을 다하여 분골쇄신함. 「분골쇄신」(粉骨碎身). '몸을 깨고 뼈를 가루로 만든다'는 뜻으로, 애쓰고 노력하겠음을 다짐하는 말임. [證道歌]「**粉骨碎身**未足酬 一句了然超百億」. ▶제73회-16)

郵亭[역사] : 역참(驛站). 역마를 바꾸어 타는 곳. [水滸傳 楔子]「臣等**郵亭** 以來 纔得到此」. [白居易 送劉谷詩]「**郵亭**已送征車發 山館誰將候火迎」. ▶ 제86회-13)

愚拙(우졸) : 어리석고 못남. [韓非子 用人]「如此則上無私威之毒 而下無**愚 拙**之誅」. 「우열」(愚劣)은 어리석어 남에게 뒤떨어짐의 뜻임. [漢書 谷永 傳]「永與譚書曰 永等**愚劣**」. ▶제104회-5)

牛之一毛[소의 한 오라기 털] : 구우일모(九牛一毛). '아홉 마리의 소 가운데 한 개의 털'이라는 뜻으로, '썩 많은 가운데 가장 적은 수'라는 말. [司馬遷 報任少卿書]「假令僕伏法受誅 若**九牛**亡**一毛**」. [杜牧 送韋楚老拾遺 歸朝詩]「獨鶴初沖大虛曰 **九牛**新落**一毛**詩」. ▶제105회-21)

雲錦[아침노을] : 조하(朝霞). [舊唐書 王毛仲傳]「牧馬數萬匹從 每色爲一隊 望如**雲錦**」. [文選 木華 海賦]「**雲錦**散文於沙汭之際 綾羅被光於螺蚌之節」. ▶제89회-5)

雲夢之計(운몽지계) : 한 고조는 초왕(楚王) 한신의 모반을 의심하고 있었다. 그래서 진평(陳平)의 계책에 따라 운몽택(雲夢澤)에 놀러 갔을 때, 한신이 마중 나와 배알하였는데 그때 고조가 한신을 잡았던 고사. 운몽(雲夢)은 초(楚)나라의 칠택(七澤)의 하나. [周禮 夏官職方氏]「正南 曰 荊州 其山鎭曰 衡山 其澤藪曰 **雲夢**」. [司馬相如 子虛賦]「臣聞楚有七澤

當見其一……名曰 **雲夢**」. ▶제91회-25)

雲游天下[구름처럼 천하를 떠돌다가]: 천하를 뜬 구름처럼 돌아다니며 놂. 「운유」. [宣和書諸]「豊筋多力 有**雲遊**雨驟之勢」. [法書要錄]「張弘飛白 飄若**雲遊**」. ▶제68회-15), 제77회-6)

雲梯(운제): 구름사다리. 높은 사닥다리. 높은 산 위의 돌계단이나 잔도(棧道)를 이르기도 함. [事物紀原 墨子 公輸篇]「公輸般爲**雲梯**之械 左傳曰 楚子使解楊登樓車 文王之雅曰(詩經 大雅篇 皇矣) 臨衝閑閑 注云 臨車卽左氏所謂樓車也 蓋**雲梯**矣」. [六韜 虎韜 兵略篇]「視城中 則有**雲梯**飛樓」. ▶제30회-3), 67회-5), 제97회-17), 제106회-9), 제117회-6)

運籌[기이한 계교를 내어]: 본래는 유방이 장량(張良)·소하(蕭何)·한신(韓信) 등을 칭찬한 말임. '운주'는 '주판을 놓듯이 이리 저리 궁리함'을 뜻하나, '대장이 장막 안에서 전략을 궁리하여 먼 곳으로 옮겨 승리를 거둔다'는 뜻. [史記 高祖紀]「高祖曰 夫**運籌策帷幄之中** 決勝於千里之外 吾不如子房 鎭國家撫百姓 給饋饟不絕糧道 吾不如蕭何 連百萬之軍 戰必勝攻必取 吾不如韓信」. [三國志 魏志 武帝紀]「**運籌**演謀」. ▶제1회-20)

運籌決策[전술과 계책]: 장막 안에서 전략을 궁리함. [史記 高祖紀]「高祖曰 夫**運籌策帷幄之中** 決勝於千里之外 吾不如子房 鎭國家撫百姓 給饋饟不絕糧道 吾不如蕭何 連百萬之軍 戰必勝攻必取 吾不如韓信」. [三國志 魏志 武帝紀]「**運籌**演謀」. ▶제47회-15)

運籌帷幄之中[장막 안에서 운용하여 천 리 밖에서 전쟁의 승패를 결정한다]: 유방이 장량을 칭찬한 말임. [史記]에는 「**運籌策帷偓之中**」으로, [淮南子]에는 「**運籌於廟堂之上**」으로 되어 있음. [史記 高祖紀]「夫**運籌策帷幄之中** 決勝於千里之外 吾不如子房」. [三國志 魏志 武帝紀]「**運籌**演謀」. 본래 「유악」(帷幄)은 '군의 장막·작전계획을 짜는 곳'의 의미임. [史記 太史公自序]「軍籌**帷幄之中** 制勝於無形」. ▶제39회-13)

雲徹席捲[지금이 곧 석권할]: 구름이 걷히듯 휩씀. 「석권지세」(席捲之

勢). [戰國策 楚策]「雖無出兵甲 **席卷**常山之險」. [賈誼 過秦論]「有**席卷**天下
包擧宇內 囊括四海之意 幷呑八荒之心」. ▶제118회-23)

雄才大略(웅재대략) : 남보다 뛰어난 재주와 탁월한 계책. [漢書 武帝記
贊]「如武帝之**雄材大略** 不改文景之恭儉 以濟斯民 雖詩書所稱 何有加焉」.
[文選 沈約 齊故安陸昭王碑文]「**雄材**盛烈 名蓋當時」. ▶제83회-24)

願君候裒多益寡 非禮勿履[부족한 것을 채우고 예가 아닌 길을 가지 마셔야]
: 원문에는 '**願君候裒多益寡 非禮勿履**'로 되어 있음. 「부다익과」는 주
역 64괘의 하나로 '땅과 산은 겸임'(地山謙)을 상징함. [易經 地山謙]「象
日 地中有山謙 君子以**裒多益寡** 稱物平施[注] **多**者用謙以爲**裒 少**者用謙以
爲**益**」. [論語 顏淵篇]「子日 **非禮勿視** 非禮勿聽 非禮勿言 非禮勿動 顏淵日
四雖不敏 諸事斯語矣」. ▶제106회-21)

遠流[유배] : 원배(遠配). '원찬'(遠竄). 먼 곳에 귀양을 보냄. [北魏書 源懷
傳]「自今已後 犯罪不問輕重 藏竄者悉**遠流**」. [六部成語 刑部 遠流 注解]「**流**
之遠也」. ▶제113회-11)

轅門(원문) : 관아의 문. 군영·진영의 문의 뜻으로 쓰는 말. [周禮 天官掌
舍]「設車宮**轅門**」. [穀梁 昭 八]「置旃以爲**轅門**」. ▶제16회-2), 제19회-1), 제
72회-12), 제86회-24)

轅門之外[원문 밖] : 진영의 문 밖. [周禮 天官掌舍]「設車宮**轅門**」. [穀梁 昭
八]「置旃以爲**轅門**」. ▶제96회-9)

元宵佳節(원소가절) : 보름밤 좋은 때. [中文辭典]「**陰曆 正月十五日**」. [東京
夢華錄]「正月十五日**元宵** 大內前絞縛山棚……樂聲口曹雜十餘里」. ▶제119
회-10)

元宵佳節[금년 정초] : 정월 보름 명절. [東京夢華錄]「**正月十五日元宵** 大內
前絞縛山棚 遊人集御街兩廊下 歌舞百戲」. ▶제69회-15)

原隰險阻(원습험조) : 높으며 습하고 험한 지형으로 둘러싸임. '원'은 고원
(高原), '습'은 습지, '험저'는 험한 지형의 뜻임. [書經 夏書篇 禹貢]「**原隰**

底績 至于豬野」. ▶제84회-5)

元惡(원악) : 악한 일을 꾸미는 우두머리. 「원악대대」(元惡大憝)는 반역
죄를 범한 사람 또는, 극히 악하여 온 세상이 미워하는 사람의 뜻임.
[書康誥]「元惡大憝 矧惟不孝不友」. [蜀志 諸葛亮傳]「元惡未梟」. ▶제3회
-1), 제118회-31)

圓睛環眼[고리눈을 부릅뜨고] : 눈을 부라림. 「環眼」. 원래 '고리눈'은 눈
동자 주위에 흰 테가 있는 환안(環眼)을 이름. ▶제42회-2)

援筆立就(원필입취) : 붓을 들어 곧바로 쓰기 시작하여 완성함. '글을 잘
짓는다'는 의미임. 일필휘지(一筆揮之). [三國志 魏志 陳思王植傳]「援筆
立成」. [南史 蔡景歷傳]「召令草檄 景歷援筆立成 辭義感激」. ▶제22회-10)

鴛行鷺序簿(원행노서부) : 재직 관원들의 명부(名簿). [杜甫 秦州雜詩]「爲
報鴛行舊 鵁鶄在一枝」. [劉禹錫 奉和司空裵相公中書郎事詩]「佇聞戎馬息
入賀領鴛行」. ▶제20회-21)

月宮仙子(월궁의 선자) : 월궁의 항아. 「항아분월」(姮娥奔月). 예(羿)의 처
항아가 불사의 약을 도적질해 가지고 달나라로 도망갔다는 옛 우언(寓
言)에서 나온 말. [淮南子 覽冥訓]「羿請不死之藥于西王母 姮娥竊以奔月
(高注) 姮娥羿妻 羿請不死之藥於西王母 未及服之 姮娥盜食之 得仙 奔入月
中爲月精」. ▶제8회-23)

月明星稀[달은 밝고 별들 성긴데] : '어진 사람이 나타나면 소인들은 숨어
버린다'는 비유로도 쓰임. [文選 魏武帝 短歌行]「月明星稀 烏鵲南飛」.
[蘇軾 赤壁賦]「客曰 月明星稀 烏鵲南飛 此非曹孟德之詩乎」. ▶제48회-10)

危急存亡之秋[위급함이 존망지추] : 국가의 존망이 달린 중요한 때. 추(秋)
는 만물이 성숙한 때로 긴요한 때를 이름. [諸葛亮 出師表]「今天下三分
益州疲弊 危急存亡之秋」. [三國志 魏志 張旣傳]「今武威危急赴之宜速」. ▶
제91회-28)

威福(위복) : 벌을 주고 복을 주는 임금의 권력. [書經 周書篇 洪範]「臣無

有作**福**作**威**」. [通俗編 政治作威福]「荀悅漢紀 作**威福**結私交 以立彊于世者 謂之遊俠」. ▶제20회-13), 제22회-13)

威福日甚[위복이 날로 더해 갔다]: 위복(벌을 주고 복을 주는 임금의 권력)이 날로 심해짐. [書經 周書篇 洪範]「臣無有作**福**作**威**」. [通俗編 政治 作威福]「荀悅漢紀 作**威福**結私交 以立彊于世者 謂之遊俠」. ▶제61회-12)

圍魏救趙['위를 포위하여 조나라를 구하'는 계책입니다]: 손빈(孫臏)이 위나라를 포위하고 조나라를 구하던 계책. 손빈은 전국시대 유명한 병법가인데 위나라가 조나라의 한단(邯鄲)을 공격하였다. 제(齊)의 왕이 손빈 등에게 가서 조나라를 구하라 하자, 손빈은 군사들을 이끌고 위나라 서울을 직접 공격하였다. 이에 위나라는 본국을 구하기 위해 회군하였는데, 제나라는 이 기회를 이용하여 승리하게 되었고 위나라는 조나라의 포위에서 풀리게 되었다 함. [中國人名]「齊 武後 與龐涓俱學兵法於鬼谷 涓爲魏將 嫉臏之能……威王以爲師 齊伐**魏以救趙** 臏坐輜車中計謀 大破梁軍……臏使齊軍入魏地……令善射者夾道伏 涓至 萬弩俱發 乃自剄 齊乘勝盡破其軍」. ▶제30회-13)

圍子手(위자수): 위숙군(圍宿軍)의 속칭임. 원대(元代) 초기에는 황성을 짓지 못해, 조회 때는 군사들이 빙 둘러서서 호위하였는데 이를 '위숙군'이라고 했음. [續文獻通考 兵考 禁衛兵]「世祖時 設五衛以象五方……用之於大朝會 則謂之**圍宿軍**」. ▶제87회-19)

危在朝夕[그 위태함이 코 앞에 닥쳤는데]: 매우 위험하여 하루를 넘기기 어려운 형편. 「위약조로」(危若朝露)는 아침이슬이 해가 뜨면 곧 사라지듯이 위기가 임박함을 이름. [史記 商君傳]「君**危若朝露** 尙將欲延年益壽乎」. ▶제117회-33)

衛青·霍去病(위청과 곽거병): 두 사람 다 한 무제 때의 장수로 여러 차례 흉노(匈奴)와 싸워 공을 세움. 「위청」. [中國人名]「漢 平陽人 字仲卿 本姓鄭 ……得幸於武帝 因以靑爲太中大夫 元光中擊匈奴有功 封民平侯……

靑凡七出擊匈奴 威震絶域 爲人仁善退讓」.「곽거병」. [中國人名]「漢 平陽人 衛靑姊子 凡六出擊匈奴 封狼居胥山……帝嘗欲敎人以孫吳兵法 對曰 顧方略何如耳 不必學古兵法……匈奴未滅 何以案爲 由是益重之」. ▶제72회-8)

爲親骨肉(위친골육) : 부모나 자식·형제자매 등 가까운 혈족.「골육지정」(骨肉之情). [呂氏春秋]「父母之於也子 子之於父母也 謂**骨肉之情**」. [禮記 文王世子篇]「**骨肉之情** 無絶也」. ▶제55회-8)

威風抖擻[위풍이 대단하였다] : 위풍이 늠름함. 본래는 모든 번뇌의 티끌을 떨어버리고 불도를 구하는 일. [名義集]「新云杜多 此云**抖擻** 亦云修治 亦云洮汰 垂裕記云 **抖擻**煩惱故也 善住意天子經云 頭陀者 **抖擻** 貪欲瞋恚愚癡三界內外六人 若不取不捨不修不著 我說彼人 名爲杜多 今訛稱頭陀」. ▶제83회-14)

諭告(유고) : 나라에서 결행할 어떤 일을 여러 사람에게 알려 줌. [史記 蕭相國世家]「塡撫**諭告**」. [漢書 武帝紀]「**諭告**所抵 無令重困」. ▶제19회-11)

庚公之斯·子濯孺子[유공지사가 자탁유자를 쫓던 일] : 유공지사와 자탁유자는 두 사람 다 활을 잘 쏘았다. 춘추 때에 정(鄭)나라가 자탁유자를 시켜 위(衛)를 침범하자, 위나라에서는 유공지사를 시켜 추격하게 하였다. 그런데 그때 자탁유자는 병을 앓아 대응하지 못하였으나, 유공지사는 자탁유자에게서 배운 사법(射法)을 쓸 수 없다며 저를 쏘지 않았다. 그 이유는 유공지사는 윤공지타(尹公之他)에게서 활을 배웠고, 윤공지타는 자탁유자에게서 활을 배웠기 때문이었다. 조조는 관우에게 네가 오관(五關)의 장수들을 모두 죽였지만, 내가 너를 보내주었으니 유공지사처럼 나를 살려달라는 말임. [孟子 離婁篇 下]「鄭人使子濯孺子侵衛 衛使**庚公之斯**追之 **子濯孺子**曰 今日我疾作 不可以執弓 吾死矣夫 問其僕曰 追我者誰也……吾生矣……庚公之斯 學射於尹公之他 尹公之他 學射於我 夫尹公之他 端人也 其取友必端矣」. ▶제50회-10)

由基(유기) : 옛날 활을 잘 쏘았던 양유기(養由基). [中文辭典]「古之善射者

養姓 由基名」. ▶제16회-4)

有來路而無歸路矣[오는 길은 있어도 돌아갈 길은 없다] : '물러설 곳이 없음'의 비유임. 「귀로」(歸路). [三國志 魏志 毌丘儉傳]「絕其歸路」. [梁武帝孝思賦]「投刺解職 以遽歸路」. ▶제117회-15)

有名無實[이는 모두가 다 헛소리이구나] : 이름만 있고 실체가 없음. '빈 이름만 있음'을 가리키는 말임. [漢書 黃霸傳]「澆淳散樸 並行僞貌 有名無實」. [三國志 吳志 趙達傳]「但有名無實 其精微若是」. ▶제64회-8)

流芳百歲[그 이름이 영원히 전해질 것입니다] : 유방후세(流芳後世). 꽃다운 이름이 오래 오래 전함. [晋書 桓溫傳]「旣不能流芳後世 不足復遺臭萬載耶」. ▶제9회-6)

流百世芳[꽃다운 그 이름 백세토록 전하리라] : 「유방상세」(流芳上世). 「유방」은 「방명」(芳名)을 세상에 남김의 뜻임. [晋書 桓溫傳]「旣不能流芳後世 不足復遺臭萬載耶」. [三國志 魏志 文德郭皇后紀]「流芳上世」. ▶제97회-3)

遊兵(유병) : 유군(遊軍). 유격대에 딸린 병사. 「유격병」(遊擊兵)은 '적지를 기습하는 것을 특별히 훈련받은 병사'로, 작은 집단을 이루어 신속히 공격하고 철수함. [三國志 魏志 荀攸傳]「建安三年 從征張繡 攸言太祖曰 繡與劉表 相恃爲彊 然繡以遊軍仰食於表 表不能供也 勢必離 不如緩軍以待之 可誘而致也」. ▶제110회-5)

有司(유사) : 단체의 사무를 맡아보는 직무. 관리. [書經 入政篇]「文王罔攸兼于庶言庶獄庶慎 惟有司之牧夫 是訓用違 庶獄庶慎」. [儀禮 聘禮]「有司二人 牽馬以從出門」. ▶제85회-2), 제115회-11)

遺像(유상) : 죽은 사람의 초상(肖像)화. 생전의 모습. [三國志 魏志 鄭渾傳]「視其遺像」. [文選 潘岳 寡婦賦]「上瞻兮遺像」. ▶제117회-28)

柳絮[버들개지] : 「홍서」(紅絮). 붉은 빛깔의 버들개지. [臆乘]「柳花與柳絮 迥然不同 生於葉開 成穗作鵝花也」. [太平御覽]「詩云……挿以翟尾 垂以紅絮 朱綬之象也」. ▶제37회-25)

流星馬(유성마) : 유성보마(流星報馬). 말을 탄 정탐. 우리의 파발마(擺撥馬) 비슷한 역할을 했음. 「유성」(流星)은 '빠름'의 비유임. [王昌齡 少年行]「靑槐夾兩道 白馬如流星」. ▶제5회-4)

遊星槌(유성추) : 성추(星鎚). 긴 쇠사슬 양 끝에 쇠뭉치가 달린 무기. [中文辭典]「兵器名 以繩兩端各緊鐵鎚 一以擊敵人 一以自衛 謂之流星鎚 卽飛鎚」. ▶제27회-6), 제97회-13)

猶魚之得水也[마치 고기가 물을 만난 것과 같으니] : 원문에는 '猶魚之得水也'로 되어 있음. 「수어지교」(水魚之交)는 '아주 친근한 사이'란 뜻임. [三國志 蜀志 諸葛亮傳]「先主與諸葛亮計事善之 情好日密……孤之有孔明 猶魚之水 願勿復言」. [貞觀政要]「君臣相遇 有同魚水 則海內可安」. ▶제39회-10)

流言[헛소문] : 뜬소문. [書經 周書篇 金縢]「武王旣喪 管叔及其群弟 乃流言於國曰 公將不利於孺子」. [詩經 大雅篇 蕩]「流言以對」. [荀子 致士篇]「流言流說 流事流謀」. 「와언」(訛言). 사실과 달리 잘못 떠도는 말. [詩經 小雅篇 正月]「民之訛言 亦孔之將」. [後漢書 馬嚴傳]「時京師訛言 賊從東方來」. 「유언」(流言). ▶제56회-14)

呦呦(유-유우) : 사슴이 쑥대를 먹으며 가족을 불러 함께 먹자는 뜻에서, '빈객을 불러 모아 함께 즐김'의 비유임. [詩經 小雅篇 鹿鳴詩 第一章]「呦呦鹿鳴 食野之苹 我有嘉賓 鼓瑟吹笙 吹笙鼓簧 承筐是將 人之好我 示我周行」. ▶제48회-9)

唯唯服罪(유유복죄) : '예예'하며 자신의 죄를 인정함. 「유유」. [戰國策 秦策三]「范雎曰 唯唯有閒 秦王復請 范雎曰 唯唯 若是者三」. [韓詩外傳 四]「言乎 將毋 周公唯唯」. ▶제101회-4)

悠悠蒼天 曷此其極(유유창천 갈차기극) : 멀고 먼 하늘이여! 실로 끝이 없구나. [爾雅]「春爲悠悠蒼天 夏爲旻天 秋寫旻天 冬爲上天」. [詩經 王風篇 黍離]「悠悠蒼天 此何人哉」. ▶제104회-3)

悠悠蒼天 此何人也[유유한 창천이여, 이는 어찌 된 사람인가!] : 끝없이 멀고 먼 하늘이여! 실로 끝이 없구나. [爾雅]「春爲悠悠蒼天 夏爲旻天 秋爲旻天 冬爲上天」. [詩經 王風篇 黍離]「悠悠蒼天 此何人哉」. ▶제120회-32)

有一桃園……然後可圖大事[도화원이 있는데 …… 대사를 도모함이] : [中文辭典]「三國蜀 劉備關羽張飛三人結義於桃園也」. ▶제1회-15)

誘敵之計(유적지계) : 적병을 유인하는 계책. [六韜 大韜 戰騎]「左有深溝 右有坑阜 高下如平地 進退誘敵 比騎之陷也」. [左氏 定 七 齊師聞之墮伏而待之注]「墮毁其軍以誘敵 而設伏兵」. ▶제84회-2), 제103회-3)

榆錢(유전) : 은전의 하나인 유협전(榆莢錢). 돈의 모양이 느릅나무 씨의 꼬투리처럼 생겨서 붙인 이름임. [施肩吾 戲詠榆莢詩]「風吹榆錢落如雨 繞林繞屋來不住」. ▶제8회-19)

遺詔(유조) : 유명(遺命)·고명(顧命). [史記 秦始皇紀]「受始皇遺詔沙丘」. [後漢書 光武帝紀]「遺詔曰 朕無益百姓 皆如孝文皇帝制度 務從約省」. ▶제85회-12)

唯天可表[오직 하늘만이 알 것입니다] : 오직 하늘만이 나의 마음을 아실 것임. ▶제96회-24)

遺表(유표) : 대신이 죽을 때 임금에게 올리던 글. [宋史 趙普傳]「辟爲從事 詞卒 遺表薦於朝」. [宋史 彭汝礪傳]「知江州 至郡數月而病去 其遺表 略云」. ▶제12회-9)

留候(유후) : 유후였던 장자방(張子房)을 가리킴. 장량(張良). 한 고조 유방의 모사(謀士)가 되어 항우를 무찌르고 천하를 평정하는데 큰 공을 세움. 소하(蕭何)·한신(韓信) 등과 함께 창업 삼걸(三傑)의 한 사람임. [史記 高祖紀]「高祖曰 夫運籌策帷幄之中 決勝於千里之外 吾不如子房 鎭國家撫百姓 給饋饟不絶糧道 吾不如蕭何 連百萬之軍 戰必勝攻必取 吾不如韓信」. [三國志 魏志 武帝紀]「運籌演謀」. ▶제61회-16)

惟强幹弱枝之義[줄기를 강하게 하기 위해서는……] : 중앙(천자)의 힘을 강하게 하기 위해서는, 지방(제후)의 세력을 약화시킨다는 뜻임. 「강간약지」(强幹弱枝). [後漢書 袁紹傳]「彷徨東裔 踏據無所 **幕府惟强幹弱枝之義 且不登畔人之黨」. [文選 班固 西都賦]「蓋以强幹弱枝 隆上都而觀萬國」. ▶제22회-20)

陸賈·酈生(육가와 역생) : 둘 다 한나라의 세객. '육가'는 한 고조 유방의 막빈(幕賓)으로, 천하가 평정되자 사자가 되어 남월(南越)을 굴복시켰음. [中國人名]「漢 楚人 以客從高祖定天下 使南越尉佗 賜印封爲王 賈時時 前說詩書……文帝卽位 復以大中大夫 使尉佗」. '역생'은 역이기(酈食其)를 말하는데 한의 고양사람임. 유방이 고양으로 들어오자 진류(陳留)를 함락시킬 계책을 내었으며, 군사를 쓰지 않고 제(齊)를 설득하여 70여성을 함락시켰음. [中文辭典]「漢 高陽人 爲里監門 沛公至高陽 **食其**獻計下 陳留 號曰廣野君 常爲**說客** 說齊 憑軾下齊七十餘城」. ▶제45회-10)

六街三市[번화한 거리에는] : 번화한 도성의 거리. 「강구」(康衢). 강은 오달(五達)의 도(道), 구는 사달(四達)의 도로 번화한 네거리. [列子 仲尼篇]「堯治天下五十年 不知天下治歟 不治歟……乃微服遊於**康衢** 聞兒童謠」. [後漢書 馬融傳]「目矖鼎俎 耳聽**康衢**」. ▶제69회-17)

戮其屍首(육기시수) : 육시(戮屍). 이미 죽은 사람에게 형벌을 가해서 그 목을 벰. 「육시효수」(戮屍梟首). [通鑑 晉元帝紀]「胡三省 (注) 梟不孝鳥 說文曰 冬至捕梟 磔之以頭 掛之木上 故今謂掛首爲**梟首**」. [六部成語 戮死 注解]「重罪之犯 未及行刑而死 應**戮其死**」. [史記 始皇紀]「二十人皆**梟首** (注) 集解曰 **縣首**於本上曰**梟**」. ▶제113회-10)

肉泥(육니) : 난도질함. 고기 떡. 원래는 '다진 쇠고기떡'(散炙)의 뜻임. [水滸傳 第四十六回]「把儞剁**肉泥**」. ▶제16회-14), 제72회-7), 제108회-11)

肉袒謝罪[웃통을 벗고 사죄하기를] : 웃옷을 벗고(복종·항복의 뜻) 어깨를 때려 달라며 사죄함. '육단'은 사죄할 때에 웃옷을 벗어 어깨를 드러내 놓고 맞을 각오를 표시하는 일. [戰國策 齊策]「田單免冠 徒跣**肉袒**

而進 退而請死罪」. [韓詩外傳 六]「楚莊王伐鄭 鄭伯**肉袒** 左把茅旌 右執鸞刀
以進言於莊王」. ▶제90회-15)

六韜三略(육도삼략) : 도략(韜略). 태공망이 지은「육도」와 황석공이 지
은「삼략」. 중국의 병법서의 고전. '육도'는 태공망이 지었다는 문도·
무도·용도·호도·표도·견도 등 60편이고, '삼략'은 상·중·하 3권
으로 되어 있다 함. [耶律楚材 送王君王西征詩]「五車書史豈勞力 **六韜三**
略 無不通」. [丁鶴年 客懷詩]「文章非豹隱 **韜略**豈鷹揚」. ▶제102회-8)

肉瘤[왼쪽 눈 아래에 있는 혹이] : 육혹·육영(肉癭). 살로만 된 혹. [南史
候景傳]「景左足上有**肉瘤** 狀似龜」. ▶제110회-6)

六師(육사) : 주나라 때 천자가 통솔한 군대의 편제. [詩經 大雅篇 棫樸]「周
王于邁 **六師**及之」. [書經 周書 康王之誥]「張皇**六師** 無壞我高祖寡命」. ▶제
73회-20), 제81회-6)

陸續[꼬리를 물고] : 잇달아 나아감. 연달아 계속하는 모양. [陸游 詩]「截竹
作馬走不休 小車駕羊聲**陸續**」. ▶제63회-18), 제71회-1), 제98회-19), 제95회-21)

戮屍梟首(육시효수) : 혹형의 한 가지. '육시'는 이미 죽은 사람의 시체에
참형(斬刑)을 가한다는 뜻이고, '효수'는 목을 베어 사람들이 볼 수 있
도록 매달아 놓는 것을 이름. [通鑑 晉元帝紀]「胡三省 (注) 梟不孝鳥 說
文曰 冬至捕梟 磔之以頭 掛之木上 故今謂掛首爲**梟首**」. [六部成語 戮死 注
解]「重罪之犯 未及行刑而死 應**戮其死**」. [史記 始皇紀]「二十人皆**梟首** (注)
集解曰 縣首於本上曰**梟**」. ▶제2회-2)

六十四掛(육십사괘) : 주역의 팔괘를 여덟 번 겹쳐서 만든 예순네 개의
괘. [事物紀原]「帝王世紀曰 炎帝重八卦之數 究八八之體爲**六十四卦** 史記周
本紀曰 西伯囚羑里 蓋益易之八卦 爲**六十四** 揚子法言 易始八卦 而文王**六十**
四. ▶제49회-5)

肉眼[눈으로] : 평범한 사람의 눈[凡眼]. [王冕 詩]「世無伯樂**肉眼**痴 那識渥
洼千里種」. [張羽 詩]「由來絶藝田天機 **肉眼**紛紛爭醜好」. ▶제21회-8)

陸績懷橘[원술의 집에서 귤을 품어 왔던] : 육적이 6살 때 원술이 준 귤을 품속에 품었다가, 어머님께 드리려 했다는 고사. [中國人名]「三國 吳 康子 字公紀 年六歲 於九江見袁術 術出橘 績懷三枚 拜辭墮地 術問之日 歸 以遺母 術大奇之 旣長 博學多識 星曆算數 無不該覽 孫權辟爲奏曹掾 以直 道見憚 出爲鬱林太守 雖有軍事 著述不廢 嘗作渾天圖 注易釋玄 豫自知亡日 年三十二卒」. ▶제43회-18)

六丁六甲(육정육갑) : 둔갑술을 할 때에 부르는 신장(神將)의 이름. '육갑'은 천신(天神)의 이름인데 '바람을 내리게 하는 귀신을 관리했다'고 함. [黃庭經]「役使六丁神女謁」. [後漢書 梁節王暢傳]「言能使六丁善占夢 (注) 六丁謂六甲中丁神也」. ▶제102회-17)

六丁六甲之法[육정육갑지신] : 둔갑술을 할 때에 신장(神將)의 이름을 부르는 법. 둔갑술을 할 때에 부르는 신장(神將)의 이름. '육갑'은 천신(天神)의 이름인데 '바람을 내리게 하는 귀신을 관리했다'고 함. [黃庭經]「役使六丁神女謁」. [後漢書 梁節王暢傳]「言能使六丁善占夢 (注) 六丁謂六甲中丁神也」. ▶제104회-19)

六丁六甲之神(육정육갑지신) : 둔갑술을 할 때에 부르는 신장(神將)의 이름. '육갑'은 천신(天神)의 이름인데 '바람을 내리게 하는 귀신을 관리했다'고 함. [黃庭經]「役使六丁神女謁」. [後漢書 梁節王暢傳]「言能使六丁善占夢 (注) 六丁謂六甲中丁神也」. ▶제101회-12)

六合[사방에서] : 천지사방. 육허(六虛). 이미 죽은 사람에게 형벌을 가해서 그 목을 벰. 「육시효수」(戮屍梟首). 혹형의 한 가지. '육시'는 이미 죽은 사람의 시체에 참형(斬刑)을 가한다는 뜻이고, '효수'는 목을 베어 사람들이 볼 수 있도록 매달아 놓는 것을 이름. [通鑑 晉元帝紀]「胡三省 (注) 梟不孝鳥 說文曰 冬至捕梟 磔之以頭 掛之木上 故今謂掛首爲梟 首」. [六部成語 戮死 注解]「重罪之犯 未及行刑而死 應戮其死」. [史記 始皇 紀]「二十人皆梟首 (注) 集解曰 縣首於本上曰梟」. ▶제93회-13)

綸巾(윤건) : 비단으로 만든 두건. [正字通 服飾部]「綸巾巾名 世傳孔明軍中
嘗服之 俗作綿」. [陳與義]「涼氣入綸巾」. ▶제38회-3), 제52회-9), 제89회-1)

淪落(윤락) : 영락하여 타향으로 떠돌아다님. [柳宗元 上桂州 李中丞遷盧
達啓]「今乃凋喪淪落 莫有達者」. [李白 白久在盧霍詩]「家本紫雲山 道風未
淪落」. ▶제15회-2)

戎服(융복) : 융의(戎衣). 철릭과 주립으로 된 갑주(甲冑). [書經 武成篇]「一
戎衣天下大定」. ▶제16회-7)

陰兵(음병) : 전장에서 죽은 병사들. [李商隱 送千牛李將軍赴闕詩]「靈誼沾
愧汗 儀馬困陰兵」. [琵琶紀 感格墳威]「差撥陰兵 助地築墳」. ▶제116회-24)

陰雲(음운) : 암운(暗雲). [後漢書 質帝紀]「比日陰雲 還復開霽」. [文選 陸機
苦寒行]「陰雲興巖側 悲風鳴樹端」. ▶제89회-9)

鷹犬之才·爪牙可任[응견지재가 가히 조아를 삼을 만하다 함] : 때로는 별
것이 아닌 것이라도 중요한 일에 쓰일 수 있다는 뜻으로, '매우 쓸모
있는 사람이나 물건'의 비유로 쓰임. [詩經 小雅篇 祈父]「祈父 予王之爪
牙」. [國語]「謀臣與爪牙之士 不可不養而擇」. [漢書 李廣傳]「將軍者 國之爪
牙也」. ▶제22회-18)

應權通變(권변) : 그때 그때의 형편에 따라 일을 처리하는 방도. [三國志
蜀志 劉備傳]「應權通變 以寧靖聖朝」. ▶제73회-17)

鷹視狼顧 不可付以兵權[사마의는 매처럼 보고 이리처럼 돌아보니……] :
원문에는 '鷹視狼顧 不可付以兵權'으로 되어 있음. [吳越春秋 句踐伐吳外
傳]「范蠡爲書遺種曰 夫越王爲人長頸鳥喙 鷹視狼步 可以共患難 而不可共
處樂 可與履危 不可與安」. '병권'(兵權)은 '병마지권'(兵馬之權), 곧 통
수권을 뜻함. [三國志 魏志 賈詡傳]「攻取者 失兵權」. ▶제91회-23)

應天順人[하늘의 뜻에 응하고 인간의 순리] : 하늘의 뜻에 응하고 사람의
뜻을 따름. [漢書 敍傳]「革命創制 三帝是紀 應天順民 五星同晷」. [文選 班
彪王命論]「雖其遭遇異時 禪代不同 至于應天順人 其揆一焉」. ▶제47회-8),

제91회-21), 제109회-27)

衣帶詔(의대조) : 의대에 감춰서 나온 천자의 조서. [三國志 蜀志 先主傳]「時
　　獻帝舅 車騎將軍董承 辭受帝**衣帶**中密**詔**」. ▶제23회-34)

倚門而望[간절히 기다릴 것이다] : 어미가 문에 기대어 자식이 돌아오기
　　를 기다림. [戰國策 齊策]「王孫賈母曰 汝朝出而晚來 則吾**倚門而望** 汝暮出
　　而不還 則吾**倚閭而望**」. [王維 送友人南歸詩]「懸知**倚門望**」. ▶제87회-21)

衣鉢(의발) : 가사와 바리때. 곧 사승(寺僧)의 표가 되는 물건. [見聞錄]「欲君
　　傳老夫**衣鉢**爾」. [通俗編 服飾 傳衣鉢]「按傳**衣鉢** 本釋家故事」. ▶제27회-9)

疑兵[정기를 꽂아놓아 병사들이 있는 것처럼 보이게 하라] : 적을 속이기 위
　　해서 허장성세한 병사. [史記 淮陰侯]「信乃益爲**疑兵**」. [戰國策 秦策]「是
　　以臣得設**疑兵** 以持韓陣 觸魏之不意」. ▶제6회-25), 제15회-13), 제17회-19), 제
　　58회-13)

疑兵計(의병계) : 적을 의혹시키기 위해 군사가 많은 것처럼 꾸미는 계
　　책. [史記 淮陰侯]「信乃益爲**疑兵**」. [戰國策 秦策]「是以臣得設**疑兵** 以持韓
　　陣 觸魏之不意」. ▶제86회-2)

衣服不甚齊整[의복은 단정하지 못했다] : '입성이 단정하지 못함'을 이름.
　　[三國志 魏志 鄭渾傳]「村落**齊整**如一」. [安氏家訓 治家]「車乘**衣服**必貴**齊整**」.
　　▶제62회-17)

義不負心 忠不願死[의리는 마음을 져버리지 않고 충은 죽음을 돌아보지 않
　　는다] : 원문에는 '**義不負心 忠不願死**'로 되어 있음. [三國志 魏志 臧洪
　　傳]「**義不背親 忠不違君**」. ▶제26회-5)

倚扉而望[간절하게 저들을 기다리고 있을 것이오] : 사립문에 기대서서 바
　　라봄. 의문이망(倚門而望). 어미가 문에 기대어 자식이 돌아오기를 기
　　다림. [戰國策 齊策]「王孫賈母曰 汝朝出而晚來 則吾**倚門而望** 汝暮出而不
　　還 則吾**倚閭而望**」. [王維 送友人南歸詩]「懸知**倚門望**」. ▶제101회-15)

義狀(의장) : 맹세를 뜻하는 서약서. [說苑 建本]「桓公曰 今視公之**義狀** 非

愚人」. ▶제23회-35)

義釋嚴顔[엄안을 놓아 보내었으니] : 장비가 서천을 취할 때 의리로서 엄
안을 놓아 보낸 일. [三國志 蜀志 張飛傳]「至江州 破蜀郡太守**嚴顔** 生獲顔
飛呵顔曰大軍至 何以不降而敢拒戰 顔答曰 卿等無狀 侵奪我州 我州惟斷頭
將軍 而無有降將軍也」. ▶제70회-5)

依允[이에 허락하매] : 의신(依申). 상주(上奏)한 내용을 허락함. 「윤허」
(允許). [元稹 浙東論罷進海味狀]「如蒙聲慈 特賜**允許**」. ▶제77회-21)

義子(의자) : 수양 아들. 「義母」는 양모(養母)임. [北夢瑣語]「周氏旣至 以
義母奉之」. ▶제74회-5)

義狀[서약] : 맹세를 뜻하는 서약서. [說苑 建本]「桓公曰 今視公之**義狀** 非
愚人」. ▶제20회-19)

義帝(의제) : 진(秦)나라 말년에 항양(項梁)이 내세웠던 초회왕(楚懷王)을
말하는데, 항우가 그를 '의제'로 추존하였음. [辭源]「楚懷王孫心 在民間
項梁求得之尊爲楚懷王 及項羽入關 逐尊爲**義帝**」. [史記 項羽紀]「項王使人
致命懷王 懷王曰 如約 乃尊懷王爲**義帝**」. ▶제14회-3), 제29회-23)

倚天劍(의천검) : 하늘에 닿을 만큼 긴 칼. [宋玉 大言賦]「方地爲車 圓天爲
蓋 長劍耿耿**倚天外**」. [李白 大獵賦]「于是 擢**倚天之劍** 彎落月之弓」. ▶제41
회-6)

疑塚(의총) : 남의 눈을 속이려고 똑같이 만들어 놓은 여러 개의 무덤.
[唐書 張琇傳]「恐仇人發之 作**疑塚**使不知其處」. [輟耕錄 疑塚]「曹操**疑塚**七
十二 在漳河上」. ▶제78회-17)

儀表[의용] : 몸을 가지는 태도. [左氏 文 六]「陳之藝極 引之**表儀**」. [史記
太史公自序]「人主天下**儀表**」. ▶제5회-11)

二更(이경) : 하룻밤을 다섯(五更)으로 나눈 시간의 하나. 대게 밤 9시부
터 11시 사이. [宋史 律曆志]「求五更中星置昏 中星爲初更 中星以每更度分
加之得**二更** 初中星又加之得三更 初中星累加之各得五更 初中星所臨」. ▶제

二喬[두 교씨] : 동작대에 나오는 것은 '두 다리'(橋)이나, 공명이 주유를 격발하기 위해 고의로 '교'(喬)라고 한 것임. 그러므로 삼국(三國) 때 두 사람의 교씨(喬氏) 미녀를 이름. [杜牧 赤壁詩]「折戟沉沙鐵半銷 自將磨洗認前朝 東風不與周郎便 銅雀春深銷**二喬**」. [三國 吳志 周瑜傳]「瑜從攻皖 拔之 時得橋公**兩女** 皆國色也 策(孫策)自納**大橋** 瑜納**小橋**」. ▶제44회-8), 제48회-4)

二喬·銅雀臺(두 교씨·동작대) : 두 사람의 미인 교씨(喬氏). 위의 조조가 세운 대(臺)의 이름. 위(魏)의 조조가 쌓은 대의 이름으로 옥상에 동으로 만든 봉황을 장식하였기에 이르는 이름임. [三國志 魏志 武帝紀]「建安十五年冬 太祖乃于鄴 作**銅雀臺**」. [鄴中記]「鄴城西立臺 皆因城爲基趾 中央名**銅雀臺** 北則冰井臺 西臺高六十七丈 上作銅鳳 皆銅籠疏雲母幌 日之初出 流光照耀」. ▶제54회-3)

二宮(이궁) : 천자와 곽태후를 가리켜 하는 말임. [顔氏家訓 風操]「朝見**二宮**」. [沈約 齊故安陸昭王碑文]「**二宮**軫慟 遐邇同哀」. ▶제107회-10)

以圖名垂竹帛[써 이름을 역사에 남기시기 바랍니다] : 이름이 역사에 길이 빛남. '죽백'은 옛날 종이가 없어 죽간(竹簡)이나 회백(繪帛)에 글씨를 쓴데서 온 말임. 「竹帛 : 書册·歷史」의 뜻으로 쓰임. [淮南子 本經訓]「著於**竹帛** 鏤於金石 可傳於人者 其粗也」. [後漢書 鄧禹傳]「**垂功名**于竹帛耳」. ▶제36회-13)

利刀破竹[날카로운 칼로 대나무를 쪼개는 것과] : 썩 잘 드는 칼로 대나무를 쪼갬. 「파죽지세」(破竹之勢). 많은 적을 물리치고 쳐들어가는 당당한 기세. [晉書 杜預傳]「預曰 今兵威已振 **譬如破竹** 數節之後 皆迎刃而解」. [北史 周高祖紀]「嚴軍以待 擊之必克 然後乘**破竹勢** 鼓行而東 足以窮其窟穴」. ▶제90회-10)

以頭頓地[머리를 땅에 찧으며] : 머리로 땅을 찧음. '매우 슬퍼함'의 비유

임. ▶제81회-16)

利鈍(이둔): 날카로움과 무딤. [三國志 吳志 呂蒙傳注]「兵有**利鈍** 戰無百勝」. [顔氏家訓 文章]「學問有**利鈍** 文章有巧拙 鈍學累功 不妨精熟」. ▶제97회-10)

以卵擊石[마치 달걀로서 바위를 치는 격이어서]: 「이란투석(以卵投石)」. '달걀로 바위를 친다'는 뜻으로, '약한 것으로 강한 것을 당하여 내려는 어리석음'의 비유임. [荀子 議兵]「以桀詐堯 若**以卵投石**」. [墨子 貴義]「猶**以卵投石**也」. ▶제43회-15), 제47회-4)

伊呂[이윤과 여상]: 은나라의 이윤(伊尹)과 주나라의 여상(呂尙). 「이윤」. [中國人名]「一名**摯** 耕於薪野 湯以幣三聘之 遂幡然而起 相湯伐桀救民 以天下爲己任……湯崩 其孫太甲無道 伊尹放之於桐三年 太甲悔過 復歸於亳」. 「여상」. [說苑]「**呂望**年七十釣于渭渚 三日三夜魚無食者 望卽忿脫其衣冠 上有異人者謂望曰 子姑復釣 必細其綸芳其餌 徐徐而投 無令魚驚 望如其言 初下得鮒 次得鯉 刺魚腹得素書 又曰 **呂望**封於齊」. [史記 齊太公世家]「西伯獵 果遇太公於渭水之陽 與語 大說曰 自吾先君太公曰 當有聖人適周 周以興 子眞是邪 吾**太公望**子久矣 故號之曰太公望 載與俱歸 立爲師」. ▶제105회-13)

離婁(이루): 사람의 이름. 눈이 밝아 백보 밖에서도 터럭 끝을 보았다 함. [楚辭 懷沙]「**離婁**微睇兮 瞽以爲無明」. [孟子 離婁篇 上]「**離婁**之明 公輸子之巧」. ▶제46회-11)

迤邐[줄기차게]: 군사들의 대오(隊伍)가 산길을 따라 구불구불 잇달아 길게 이어짐. [爾雅 釋訓]「**迤邐** 旁行也」. [梁簡文帝 從軍行]「**迤邐**視鵝翼 參差覩雁行」. ▶제31회-1)

二司(이사): 태위 양표(楊彪)가 사공(司空)·사도(司徒) 등을 역임한 일을 이름. 동한(東漢)의 최고 관직은 태위·사도·사공으로 이를 삼공(三公)이라 하였음. [後漢書 袁紹傳]「太尉 揚彪 歷典**二司** 元綱極位」. [漢書 敍傳]「民具爾膽 困於**二司**」. ▶제22회-23)

二士爭衡[두 사람이 서로 다툴 때에는]: 원문에는 '二士爭衡'으로 되어 있

음. '이사'(二士)는 사재(士載 : 鄧艾)와 사계(士季 : 鍾會) 두 사람을 말
함. 「쟁형」(爭衡)은 '승패를 다투다'의 뜻임. [三國志 吳志 孫堅傳]「擧江
東之衆 決機於兩陳之閒 與天下**爭衡** 卿不如我」. [庾信 竹杖賦]「楚漢**爭衡** 袁
曹競逐」. ▶제117회-13)

以順誅逆[이순주역함으로써] : 순으로써 역적을 토벌함. [韓詩外傳 一]「宋
人殺昭公……何則以其 **誅逆**存順」. [史記 晉世家]「發兵**誅逆**」. ▶제6회-26)

以信爲本[신의가 생명이외다] : 신의를 지키는 것이 근본임. '신의를 지키
는 것이 생명처럼 중요한 일임'의 비유. 원문에는 '**不可 吾用兵命將 以
信爲本**'으로 되어 있음. ▶제101회-14)

二十四帝(이십사제) : 한의 고조(高祖)부터 헌제(獻帝)에 이르기까지 24
대임. 한 대의 역대 제왕을 이름. ▶제93회-27)

二十八宿[이십팔수의 기를 꽂는데] : 황도(黃道 : 지구가 태양을 도는 궤
도)에 따라 천구를 스물여덟로 구분한 별자리. [羣書札記]「嬾眞子云 **二
十八宿** 謂之**二十八舍** 又謂之二十八次 次也 舍也 皆有止宿之意 今乃音綉
非也 爾雅云 壽星角亢也 注云 數起角亢 列宿之長 故有高亢之義」. [史記 律
書]「士正**二十八舍**」. ▶제49회-3)

利於水者 必不利於火[물에 능한 사람은 반드시 불에는 불리하다] : 원문에
는 '**利於水者 必不利於火**'로 되어 있음. [孟子 告子下]「我將其**不利也**」.
[史記 魏世家]「與秦戰 我**不利**」. ▶제90회-12)

易如反掌[손바닥을 뒤집듯이] : 손바닥을 뒤집듯이 쉬운 일임. [說苑 正諫
篇]「變所欲爲 **易於反掌**」. [枚乘 書]「變所欲爲 **易于反掌** 安于泰山」. ▶제2
회-22)

易如反掌[이는 손바닥을 뒤집듯 쉬웠네] : 쉽기가 손바닥을 뒤집는 것과
같음. '매우 쉬움'의 비유. [說苑 正諫篇]「變所欲爲 **易於反掌**」. [枚乘 書]
「變所欲爲 **易于反掌** 安于泰山」. ▶제98회-17)

犛牛[검은 소의 꼬리] : 이우(犛牛·犁牛). 얼룩소. [論語 雍也篇]「**犁牛**之子

騂且角」. [山海經 東山經 郭注]「犂牛 牛似虎文者」. ▶제39회-11)

彝越(이월): 이족(彝族)과 월남인(越南人)들의 취락지. ▶제38회-9)

以爲脣齒[순치지세]: 입술과 이처럼 서로 의존하는 형세. 「순치지방」(脣齒之邦). 순치지국(脣齒之國). 이해 관계가 깊은 두 나라. [左傳 僖公五年]「晉侯復假道於虞以伐虢 宮之奇諫曰 虢 虞之表也 虢亡 虞必從之 諺所謂 輔車相依 **脣亡齒寒**者 其虞虢之謂也」. [戰國策]「趙之於齊楚也 隱蔽也 猶齒之有脣也 **脣亡則齒寒** 今日亡趙 則明日及齊楚」. ▶제18회-3)

伊尹(이윤): 신야(莘野)에서 농사를 짓고 살던 상(商)의 현신(賢臣). [中國人名]「一名摯 耕於莘野 湯以幣三聘之 遂幡然而起 相湯伐桀救民 以天下爲己任……湯崩 其孫太甲無道 伊尹放之於桐三年 太甲悔過 復歸於亳」. ▶제56회-12), 제113회-3)

伊尹·霍光[이윤과 곽광의 법에 따라]: 은의 탕왕(湯王) 때의 이윤과 전한(前漢) 때의 곽광. 두 사람이 암군(暗君)을 폐하고 어진 임금을 세우기 위해 힘썼음. 「이윤」. 신야에서 농사를 짓고 살던 이윤. [中國人名]「一名摯 耕於莘野 湯以幣三聘之 遂幡然而起 相湯伐桀救民 以天下爲己任……湯崩 其孫太甲無道 伊尹放之於桐三年 太甲悔過 復歸於亳」.

「곽광」. 전한의 정치가로 무제 사후 소제를 보필하며 정사를 집행했다. 소제의 형인 연왕 단의 반란을 기회로 상관걸 등 정적을 타도하고 실권을 장악하였으며, 소제 사후 창읍왕의 제위를 박탈하고 선제를 즉위하게 하였음. [中國人名]「漢 去病異母弟 字子孟……受遺詔 輔幼主……昭帝崩 立昌邑王賀 多淫行 廢之 復迎立宣帝……宣帝親政 收**霍氏**兵權……及光死而宗族竟誅 故俗傳之曰 **霍氏之禍**」. ▶제109회-26)

伊尹扶商[이윤이 상을 돕고]: 현상(賢相) 이윤이 상나라를 붙들어 세움. 「이윤」(伊尹). 신야에서 농사를 짓고 살던 이윤. [中國人名]「一名摯 耕於莘野 湯以幣三聘之 遂幡然而起 相湯伐桀救民 以天下爲己任……湯崩 其孫太甲無道 伊尹放之於桐三年 太甲悔過 復歸於亳」. ▶제109회-16)

裏應外合(이응외합) : 안팎이 서로 호응함. '안에 있는 세력과 밖에 있는 세력이 서로 내통함'의 뜻. 「내응」(內應). [史記 酈生傳]「足下擧兵攻之臣爲**內應**」. [漢書 五王傳]「朱虛侯東牟侯 欲從中與大臣 爲**內應**以誅諸呂」. 「외합」(外合). [左氏 宣 七 不與謀曰會 注]「不獲已應命而出 則以**外合**爲文」. ▶제5회-13)

以人爲本[반드시 사람이 근본이 되는 것이외다] : '모든 일에 있어서 근본이 되는 것은 사람임'을 강조한 말임. 「이인위감」(以人爲鑑)은 「다른 사람의 한 일을 거울 삼음」의 뜻임. [唐書 魏徵傳]「**以人爲鑑** 可明得失」. [墨子 非公中]「**君子不鏡於水** 水而鏡於人」. ▶제41회-4)

以一可百當也[일당백이 될 것일세] : 혼자서도 백을 당해낼 수 있음. [淮南子]「百言**百當** 不如擇趨而審行也」. ▶제95회-8)

以逸擊勞(이일격로) : 편안함으로 피로함을 침. 편히 쉬던 군사로 험로를 오느라 지친 조조의 군사를 공격 하라는 말임. 「이일대로」(以逸待勞)는 '편안함으로 적이 피로해지기를 기다렸다 침'의 말임. [孫子兵法 軍爭篇 第七]「以近待遠 **以佚待勞** 以食待飢 此治力者也」. [後漢書 馮異傳]「**以逸待勞** 非所以爭也 按逸亦作佚」. ▶제19회-6)

以一當十[한 사람이 열 사람을 당해낼 각오로 싸워야 할 것일세] : '한 사람이 열 사람의 몫[一當百]을 하라'는 뜻. 「이일경백」(以一警百)은 '사소한 일을 거울 삼아 큰 일을 경계함'을 이르는 말임. [漢書 尹翁歸傳]「翁歸治東海 …… 其有所取也 **以一警百** 市民皆服」. ▶제99회-3)

以逸待勞(이일대로) : 적들이 피로해지기를 기다렸다가 공격함. [孫子兵法 軍爭篇 第七]「以近待遠 **以佚待勞** 以食待飢 此治力者也」. [後漢書 馮異傳]「**以逸待勞** 非所以爭也 按逸亦作佚」. ▶제71회-16), 제73회-28), 제85회-8), 제99회-16), 제101회-17)

以杖畫地[지휘봉으로 땅에 원을 그리며] : 스스로 벌을 받겠다는 「획지위뢰」(劃地爲牢)에서 온 말로, 우리 삼아 땅에 원을 그리고 그 속에 들어가 있게 했던 데서 유래한 것임. 「획지위옥 의불입」(畫地爲獄 議不入). 땅에 선을 그어 옥이라고 하여도 그 안에 들어가지 않으려 함은 옥리(獄吏)의 잔혹함을 싫어하기 때문임. [漢書 路溫舒傳]「俗語曰 **畫地爲獄 議不入** 刻木爲吏 期不對 此皆疾吏之風 悲痛之辭也」. [司馬遷 報任安書]「故士有**畫地爲牢** 勢不入 削木爲吏 **議不對** 定計於鮮也」. ▶제6회-2)

而從赤松子游乎[적송자를 따라 놀지 않으십니까?] : 적송자를 따라 놂. 한나라가 건립된 후 공신 한신과 팽월(彭越) 등이 죽음을 당하자, 장량(張良)은 화를 피해 부귀와 공명을 버리고 적송자를 따라가 도를 배우려 하였던 일. 적송자는 고대 신화와 전설 속의 신선으로 신농씨 때 우사(雨師)였는데 도교에서 신봉하는 신선이 되었다 함. [中國人名]「神農時雨師 服水玉以敎神農 能入火不燒 往往至崑崙山上 常止西王母石室中……亦得仙 至高辛時復爲雨師」. [史記 留後世家]「願棄人間事 **從赤松子游耳**」. ▶제119회-5)

以終天年[남은 삶을 살게 해 주소서] : 오복을 누리며 늙어서 자연스럽게 죽음. 「오복」(五福). [書經 周書篇 洪範]「五福 一曰壽 二曰富 三曰康寧 四曰攸好德 五曰**考終命**」. [晋書 阮种傳]「彝愉攸序 **五福來備**」. ▶제80회-8)

以至不仁伐至仁 安得不敗乎[어질지 못한 이가 어진 이를 치기에 이르렀으니] : 원문에는 '**以至不仁伐至仁 安得不敗乎!**'로 되어 있음. [孟子 盡心篇下]「仁人無敵於天下 **以至仁伐至不仁** 而何其血之流杵也」. ▶제40회-4)

利害相校[이해가 서로 엇갈리게 되는 바] : 「이해상반」(利害相反). 이해가 서로 엇갈림. [國語 周語 上]「明**利害**之鄕 以文修之」. [淮南子 人間訓]「**利害之反** 禍福之門戶」. ▶제120회-17)

異香滿室[기이한 향내가 방안에 가득했다] : 특이한 향내가 집안에 가득함. [飛燕外傳]「后雖有**異香** 不如婕好體自香也」. [李山甫 牧丹詩]「千苞紅艷火中出 一片**異香**天下來」. ▶제34회-6)

二虎競食之計(이호 경식지계) : 두 마리 호랑이가 먹이를 다투게 하는 계

책. '서로가 경쟁하게 한다'는 뜻. ▶제14회-27)

移禍之計[화를 면하려는 계책입니다] : 화를 피하는 계책. 「이화」. [史記
楚世家]「昭王曰 將相孤之股肱也. 今移禍 庸去是身乎 弗聽」. ▶제77회-18)

二火初興[두 불길이 처음 일 때에는] : 원문에는 '二火初興'으로 되어 있음.
'두 불'(二火)은 '염'(炎)자를 가리키는 것으로 '炎興之年'을 말하는 것이
며 '炎興'은 촉한 후주 때의 연호임. [中文辭典]「三國蜀漢 後主年號」. ▶
제117회-12)

因果應報(인과응보) : 「인과보은」(因果報恩)은 사람은 과거에 지은 인업
의 선악에 따라서 과보가 있다는 뜻. [法華經 方便品]「如是因 如是緣 如
是果 如是報」. [慈恩傳 七]「唯談玄論道 因果應報」. ▶제107회-22)

認旗(인기) : 군기. 깃발에는 금수를 그려 각 군영의 표식으로 삼아 휘하
군사를 지휘·호령하는데 썼음. [通典]「認旗遠看難辨 卽每營各別畫禽獸
自爲標記」. [通鑑後 梁均王紀 胡注]「凡行軍主將各有旗 以爲表識 今謂之認
旗」. ▶제28회-16)

人無遠慮 必有近憂[사람들에겐 먼 근심이 없다면] : 사람에게는 늘 근심과
걱정이 있다는 뜻. 원문도 '人無遠慮 必有近憂'로 되어 있음. [論語 衛靈
公篇]「子曰 人無遠慮 必有近憂」. ▶제61회-11)

印璽(인새) : 관대와 옥새. 인수(印綬). 인끈. 관인(官印). 이는 '기패(旗
牌)'와 함께 신분과 권능을 증명하는 도구임. [史記 項羽紀]「項梁持守頭
佩其印綬 門下大驚擾亂」. [漢書 百官公卿表]「相國丞相 皆金印紫綬」. ▶제73
회-19)

人生世間 如輕塵棲弱草[가벼운 티끌이 약한 풀끝에 있는 것 같은데……] :
가벼운 티끌이 약한 풀잎에 앉는 것과 같다는 뜻으로, '인생의 나약
함'의 비유임. [新列女傳 魏]「人生在世間 如輕塵棲弱草耳」. [漢書 蘇武
傳]「人生如朝露 何久自若如此」. [潘岳 內顧詩]「獨悲安所慕 人生若朝露」.
▶제107회-19)

人生如白駒過隙[인생이란 백 년이라야 꿈결 같은데]: 인생은 흰망아지가 빨리 달리는 것을 문 틈으로 보는 것과 같이 눈 깜짝할 사이라는 뜻으로, '인생이나 세월이 덧없이 짧음'을 이르는 말임. 「구극」(駒隙). [漢書 張陳王 周傳]「張良酒學道欲輕擧 高帝崩呂后德良 酒彊食之日 **人生一世間 如白駒之過隙** 何自若如此 良不得已彊聽食後六歲薨」. [漢書 魏豹傳]「**人生一世閒 如白駒過隙**」. [莊子 知北遊]「人生天地之間 若**白駒之過郤** 忽然而已」. ▶제107회-30)

人生在世 得死於戰場者 幸耳[사람이 세상에 태어나 전장에서 죽을 수 있음은 다행한 일이다!]: 원문에는 '**人生在世 得死於戰場者 幸耳**'로 되어 있음. 「전장」(戰場). [史記 張儀傳]「梁之地勢 固**戰場**也」. [三國志 魏志 高貴鄕公髦傳]「沒命**戰場**」. ▶제112회-3)

印綬(인수): 인끈. 관인(官印). 이는 '기패(旗牌)'와 함께 신분과 권능을 증명하는 도구임. [史記 項羽紀]「項梁持守頭佩其**印綬** 門下大驚擾亂. [漢書 百官公卿表]「相國丞相 皆**金印紫綬**」. ▶제2회-9), 제29회-16), 제63회-15), 제75회-9)

人有朝夕禍福……天有不測風雲[사람에게는 화복이 조석에 달려 있다]: 원문에는 '**人有朝夕禍福……天有不測風雲**'으로 되어 있음. [左氏文 十六]「**禍福不告 亦不書**」. 「화복지문」(禍福之門). [淮南子 覽冥訓]「利害之道 **禍福之門** 不可求而得也」. ▶제49회-1)

仁者不以盛衰改節 義者不以存亡易心[인자(仁者)는 성쇠에 따라 절개를 고치지 않으며, 의자(義者)는 존망 간에 마음을 바꾸지 않는다]: 원문에는 '**仁者不以盛衰改節 義者不以存亡易心**'으로 되어 있음. [列女傳]「**仁者不以盛衰改節 義者不以存亡易心**」. ▶제107회-20)

人中(인중): 코와 윗입술 사이에 오목하게 골이 진 곳. '인중이 길다'는 '수명이 길겠다'는 뜻임. [相書]「**人中**長一寸 壽一百」. [輟耕錄 人中]「……何以謂之**人中** 若曰**人身之中**半 則當在臍腹間」. ▶제72회-16)

人之將死 其言也善[사람은 죽으려 할 때가 되어서야 그 말이 착하다] : 원문
에는 '人之將死 其言也善'으로 되어 있음. [論語 泰伯篇]「鳥之將死 其鳴也
哀 人之將死 其言也善」. ▶제57회-7)

咽喉[인후 구실을 하는 곳] : 목구멍. '길목'을 비유한 말임. 「인후지」(咽
喉地). [戰國策 秦策]「頓子曰 韓天下之咽喉 魏天下之胸腹」. [三國志 蜀志
楊洪傳]「漢中 益州咽喉 若無漢中 則無蜀矣」. ▶제95회-2), 제115회-2)

一口刀[칼을 춤추며] : 칼 한 자루. '일구'는 칼을 셀 때 쓰는 단위임. [晋
書 劉曜傳]「獻劍一口」. [戰國 楚策 一]「左右俱曰無有 如出一口矣」. ▶제53
회-16)

一紀[십이 년] : '12년'을 일기라 함. [書經 周書篇 畢命]「旣歷三紀 世變風移
四方無虞 予一人以寧」. [孔氏傳]「十二年曰 紀」. [國語]「蓄力一紀 可以遠
矣」. ▶제103회-20)

一己之故 廢國家大事[제 일신의 일로 해서 국가의 대사를 망치는구나!] : 원
문에는 '一己之故 廢國家大事'로 되어 있음. 「일기」(一己)는 '자기 한 몸'
의 뜻임. [李格非 書洛陽名園記後]「放乎 一己之私 自爲之而忘天下治忽 欲
退事此得乎」. ▶제101회-21)

一大觥[큰 술잔] : 큰 술잔. 본래 「광」(觥)은 '짐승 뿔 모양의 술잔'임. 「광
주교착」(觥籌交錯)은 짐승 뿔 모양의 술잔과 산가지가 어지러이 놓여
있는 모습으로, '술자리가 무르익어 술잔이 오고 감'의 뜻. [歐陽修 醉翁
亭記]「觥籌交錯 坐起而暄譁者 衆賓歡」. [文天祥 山中再次胡德昭韻詩]「觥
籌堂裏春色沸 燈火林皐夜色澤」. ▶제16회-8)

一覽無遺[한 번 보고 외우기는] : 한 번 보면 잊지 않음. 「일람불망」(一覽
不忘). [釋氏通鑑]「僧一行 凡經籍一覽 畢世不忘」. ▶제62회-7)

一旅之師[일려의 군사들을] : 얼마간의 군사. 약간의 군사를 가리키며,
'일려'(一旅)는 약 5백여 명을 이름. [左氏 哀元]「有田一成 有象一旅 (注)
五百人爲旅」. ▶제16회-1), 제64회-20)

一面之交[저와는 면식이 있었사오니] : 「일면지분」(一面之分). 한 번 만나 본 친분. 「일면여구」(一面如舊)는 '처음 만났는데도 옛 벗처럼 친한 사람'의 뜻임. [晉書 張華傳]「陸機兄弟 志氣高爽 自以吳之名家 初入洛 不推 中國人士 見華**一面如舊** 欽華德範 如師資之禮焉 馳使諸侯」. [三國志 吳志 周俞傳注]「爲曹操爲**說客**邪」. ▶제14회-23), 제65회-12)

一盃之水 安能救一車薪之火乎[한 잔의 물로써 어찌 수레의 섶에 붙은 불을 끌 수 있겠소] : 원문은 '一盃之水 安能救一車薪之火乎'로 되어 있으며, 이를 '접시물로(작은 양의 물을 가지고) 화톳불(크게 일어나는 불)을 끌 수 있겠소'로 번역할 수도 있음. [孟子 告子篇 上]「仁之勝不仁也 猶水 勝火 今之爲仁者 猶以**一杯水 救一車薪之火也**」. [杜甫 不見詩]「敏捷詩千首 飄零酒**一杯**」. ▶제76회-12)

一臂之力[도움을 주셔서] : 한 팔의 힘이란 뜻으로 '작은 도움'을 비유하는 말임. [中文辭典]「一膀之力 卽**一臂之力**」. ▶제44회-12), 제98회-22)

一死報國[죽음으로써 나라에 보답하리라] : 「갈충보국」(竭忠報國). 충성을 다해 나라의 은혜를 갚음. 「갈력진능」(竭力盡能)·「진충보국」(盡忠報 國). [禮記 燕義]「臣下**竭力能盡** 以立功於國」. [劉氏鴻書 岳飛 下]「飛裂裳 以背示鑄 有**盡忠報國**四大字」. ▶제117회-34)

日月逾邁 人生幾何[시간은 덧없이 지나니 인생이란 얼마나 가겠소] : 원문에는 '日月逾邁 人生幾何'로 되어 있음. [書經 周書 秦誓]「我心之憂 **日月 逾邁** 若弗云來」. ▶제38회-19)

一人一口酥(일인일구소) : 한 사람이 한 입씩만 먹을 수 있는 소락소. '一合'을 파자(破字)하면, '一人一口'가 됨. ▶제72회-14)

一人一騎[한 사람 말 한 필도] : 군사 한 명에 말 한 필. 「일기」는 '필마' (匹馬)의 뜻임. [史記 李將軍傳]「夜從**一騎**出」. ▶제116회-20)

一將當關 萬夫莫開[한 장수가 관을 지키매 누구도 그 길을 얻지 못한다] : 강한 한 사람의 장수가 관문을 지키고 있어서, 만 명의 군사로도 깨뜨리지

못함. 즉 '지세가 험한 요해처는 적은 병력으로 많은 적을 막아낼 수 있다'는 뜻임. 「일장」(一將). [史記 秦紀]「桓公三年 晋敗我**一將**」. [張端 次韻酬馬國瑞都詞詩]「才難自古人興歎 **一將**賢於萬里城」. ▶제86회-3)

一箭之地[행차가 1리도 못갔을 때] : 화살이 닿을 수 있는 곳. 아주 가까운 곳. [紅樓夢 第三回]「走了**一箭之地** 將轉彎時 便歇下」. ▶제14회-7), 제65회-4)

一程[일 마정] : 일로(一路). [白居易 壽安歇馬詩]「春衫細薄馬蹄輕 一日遲遲進**一程**」. 본래 '程'은 「路途・塗程」을 뜻함. [何景明 鎭遠詩]「旅筐衣裳少 **秋程**風雨多」. ▶제28회-19)

一早一夕之事[하루 아침에 이뤄지지 않을 것이니] : 하루 아침이나 저녁과 같은 아주 짧은 시일. [易經 坤]「文言曰 臣弑其君 子弑其父 非**一朝一夕之故** 其所由來者漸矣」. [史記 太史公自序]「故曰 臣弑君 子弑父 非**一旦一夕之故也** 其漸久矣」. ▶제101회-5)

日中則[해도 한낮이 지나면 기울고 달도 차면 이지러지는 것昃 月盈則食] : 왕성함이 극도에 이르면 곧 쇠퇴한다는 뜻. [易經 豐卦]「彖曰 豐大也……**日中則昃 月盈則食** 天地盈虛 與時消息 而況於人乎 於鬼況神乎」. [史記 蔡澤傳]「**日中則移** 月滿則虧 物盛則衰 天地常數也」. [書經 無逸篇]「自朝至于**日中昃**」. ▶제65회-17)

一陣旋風[단지 바람만 휘몰아치더이다] : 한바탕 부는 회오리바람. '갑자기 일으키는 소란스러운 사건'을 비유하여 일컫는 말. [後漢書 王屯傳]「被隨**旋風** 與馬俱亡」. [白居易 凶宅詩]「蒼苔黃葉地 日暮多**旋風**」. ▶제116회-21)

臨江不濟[장강에 이르러 건너지 않으셨습니다] : 장강(長江)을 건너지 않음. 조조와 조비가 손권 정벌에 나섰다가 불리하다고 생각하여 장강을 건너지 않은 일. 「부제」(不濟)・「부도」(不渡). [新論 賞罰]「若舟之循川 車之遵路 亦奚向**不濟** 何行而弗臻矣」. [左氏 襄 十四]「及涇**不濟**」. ▶제99회-18)

臨機應變(임기응변) : 「수기응변」(隨機應辯). 그때 그때의 형편에 따라 알맞게 대처함. [晉書 孫楚傳]「廟算之勝 **應變無窮**」. [唐書 李勣傳]「其用兵 籌算 料敵**應變** 皆契事機」. ▶제43회-12)

袵席之上[천하를 반석 위에 자리 잡게 하는 것]: 가장 높은 자리. 상석(牀席). [大戴 禮主言]「其征也**袵席之上**還師」. [戰國策 齊策 五]「百尺之衡 折之**袵席之上** (校註) 鄭玄記 (注) **袵臥席也**」. ▶제43회-9)

荏苒[세월은 빨라서]: 세월이 덧없이 지나감. [文選 張茂先勵志詩]「日歟月歟 **荏苒**代謝 (注) 濟曰 **荏苒**猶漸進也」. [文選 潘岳 悼亡詩]「**荏苒**冬春謝 寒暑忽流易」. ▶제101회-24)

臨敵致怒(임적치노): 적들을 만나면 노여움이 치받침. '임진대적'(臨陣對敵)은 '적군과 대진함'의 뜻임. [南史 梁元帝紀]「親**臨**督戰」. [文選 李陵答蘇武書]「單于**臨陣** 親自合圍」. ▶제75회-1)

臨戰不退[싸움에서 물러난 일이 없었고]: 「임전무퇴」(臨戰無退). 전쟁에 나가서는 물러나지 않음. ▶제91회-40)

任座抗行[임좌의 행적]: 전국시대 위(魏)나라 문후(文候)의 신하로, 임금이 간하는 말을 듣고 노여워하였을 때 나서서 간하는 신하의 말이 옳다고 말했던 행동. [中國人名]「文候問君臣曰 寡人何如君也 皆曰 仁君也 **任座**曰 君得中山 不以封君之弟 而以封君之子 何謂仁君 文候怒 座趨出…… 何以知之 對曰 君仁則臣直 向者任座之言直 是以知之」. ▶제23회-4)

立廟堂[묘당을 세웠구나]: 살아 있는 사람의 공을 기리기 위한 사당. 본래 죽은 후에 공을 기리기 위해 세우는 것인데, 남만인들이 공명의 은덕에 감격해 생사당을 세웠음. 「사당」(祠堂). [漢書 龔勝傳]「勿隨俗動吳家種栢 作**祠堂**」. [杜甫 蜀相詩]「丞相**祠堂**何處尋 錦官城外柏森森 (注) **祠堂** 孔明廟也」. ▶제90회-17)

入朝不趨[입조할 때에 추창하지 않으며]: 추창하지 않음. 조정에 들어갈 때에 종종걸음을 치지 않음. [南史 宋武帝紀]「**入朝不趨** 讚拜不名」. ▶제59회-11)

ㅈ

自刎[칼을 빼어 목을 찌르려]:「자문이사」(自刎而死). 스스로 목을 찔러
죽음. [戰國策 魏策]「樊於期 偏袒阨腕而進曰 此臣日夜 切齒拊心也 乃今得
聞敎 遂自刎」. [戰國策 燕策]「欲自殺以激 荊軻曰 願足下急過太子 言光已死
明不言也 自刎而死」. ▶제30회-5), 제77회-4), 제96회-22), 제97회-24)

自古皆有死 人無信不立[예로부터 사람은 다 죽지마는……]: 원문에는 '自
古皆有死 人無信不立'으로 되어 있음. [詩經 小雅 甫田]「食我農人 自古有
年」. [國語 魯語 下]「自古在昔」. ▶제11회-3)

自古及今[예로부터 지금에 이르기까지]: 예로부터 지금에 이르기까지.
[詩經 小雅篇 甫田]「食我農人 自古有年」. [詩經 魯頌篇 有駜]「自今以始 歲
其有」. ▶제102회-19)

紫錦襯(자금친): 비단 속옷.「친의」(襯衣)는 속옷(內衣)임. [集韻]「襯 近
身衣」. ▶제20회-15)

刺其面[얼굴에다 자하고]: 묵형(墨刑)·묵벽(墨辟). 얼굴에 먹물로 죄명
을 새김. '묵형'은 오형(五刑) 중의 하나임. [書經 呂刑篇]「墨辟疑赦 其罰
百鍰 閱實其罪」. [孔傳]「刻其額涅之曰 墨刑」. ▶제32회-3)

子龍一身都是膽[자룡은 몸이 온통 담 덩어리구려]: '담이 큰 사람'을 이름.
[辭源]「三國眞定人 字子龍 先主爲曹操所追 棄妻子南走 雲爲騎將保護之 皆
得免難 累遷翊軍將軍 先主嘗曰 子龍一身都是膽 年八十餘 卒於蜀」. ▶제71
회-27)

自刎[칼을 빼어 스스로 목을 찌르려]:「자문이사」(自刎而死). 자경이사(自
剄而死). 스스로 목을 찔러 죽음. [戰國策 魏策]「樊於期 偏袒阨腕而進曰
此臣日夜 切齒拊心也 乃今得聞敎 遂自刎」. [戰國策 燕策]「欲自殺以激 荊

軻曰 願足下急過太子 言光已死 明不言也 **自剄而死**」. ▶제14회-36)

自剄而死[스스로 목을 찔러 죽었다]:「자경이사」(自剄而死). 스스로 목을 찔러 죽음. [戰國策 魏策]「樊於期 偏袒阨腕而進曰 此臣日夜 切齒拊心也 乃今得聞敎 遂**自剄**」. [戰國策 燕策]「欲自殺以激 荊軻曰 願足下急過太子 言 光已死 明不言也 **自剄而死**」. ▶제105회-19), 제109회-7), 제116회-17), 제117회 -35), 제118회-10), 제119회-15)

自縛跪於帳前[스스로 몸을 묶고 장막 앞에 꿇어 앉았다]: 스스로 몸을 묶고 장막 앞에 꿇어앉음. 항복한다는 뜻으로 '군주가 투항할 때의 의식' 임. 「면박여츤」(面縛輿櫬). [左傳 僖公六年]「許男**面縛**銜璧 大夫衰絰 士**輿 櫬**」. [左氏 昭 四]「**面縛**銜璧 士袒 **輿櫬**從之」. ▶제96회-5)

子房(자방):「장자방」(張子房). 한 고조 유방의 모사(謀士)가 되어 항우 를 무찌르고 천하를 평정하는데 큰 공을 세움. 소하(蕭何)·한신(韓信) 등과 함께 창업 삼걸(三傑)의 한 사람임. [史記 高祖紀]「高祖曰 夫**運籌策 惟帷之中** 決勝於千里之外 吾不如子房 鎭國家撫百姓 給饋饟不絶糧道 吾不 如蕭何 連百萬之軍 戰必勝攻必取 吾不如韓信」. [三國志 魏志 武帝紀]「**運籌 演謀**」. ▶제112회-2), 제119회-18)

子房(자방): 한나라의 창업 공신. 장량(張良). 한 고조 유방의 모사(謀士) 가 되어 항우를 무찌르고 천하를 평정하는데 큰 공을 세움. 소하(蕭 何)·한신(韓信) 등과 함께 창업 삼걸(三傑)의 한 사람임. [漢書 韓信傳] 「王曰 吾爲公以爲將 何曰雖爲將 信不留 王曰以爲大將 何曰幸甚 於是王欲 召信拜之 何曰 王素慢無禮 今拜大將 如召小兒 此乃信所以去也 王必欲拜之 擇日齋戒 設壇場具禮乃可 王許之 諸將皆喜 人人各自 以爲得大將 至拜乃**韓 信也 一軍皆驚**」. ▶제71회-32)

子房之鴻略[자방과 같은 넓은 책략]: 장자방의 큰 책략. 한 고조 유방의 모사(謀士)가 되어 항우를 무찌르고 천하를 평정하는데 큰 공을 세움. [史記 高祖紀]「高祖曰 夫**運籌策帷幄之中** 決勝於千里之外 吾不如子房 鎭國

家撫百姓 給饋饟不絕糧道 吾不如蕭何 連百萬之軍 戰必勝攻必取 吾不如韓信」. ▶제37회-23)

子胥(자서): 오원(伍員). 성은 오(伍) 명은 원(員)으로 초나라 사람임. [中文辭典]「春秋楚人 字子胥……員掘墓鞭尸 以報父兄之仇……闔廬伐越……伐越破之 越王句踐請和 夫差許之 員諫不聽……夫差賜員屬鏤之劍曰 子以此死員謂 其舍人曰 抉吾眼懸諸吳東門 以觀越人之入滅吳也 乃自剄死 後九年 越果滅吳」. ▶제79회-10)

紫芽薑(자아강): 잎과 줄기가 보랏빛인 생강. ▶제68회-18)

子牙復生[자아가 다시 살아온다 하여도]: 강여상(姜呂尙)이 다시 살아온다 하여도. 「자아」. 여상(呂尙). 주(周)나라의 개국공신인 강자아(姜子牙) 태공망(太公望). 동해 노수(東海老叟)라고도 부름. 주왕(紂王)의 폭정을 피해 위수(渭水)에서 낚시질을 하다가 서백(西伯 : 周文王)을 만나게 되고, 뒤에 은나라를 멸망시키고 천하를 평정하여 제나라[齊相]에 봉함을 받음. [說苑]「呂望年七十釣于渭渚 三日三夜魚無食者 望卽忿脫其衣冠 上有異人者謂望曰 子姑復釣 必細其綸芳其餌 徐徐而投 無令魚驚 望如其言 初下得鮒 次得鯉 刺魚腹得素書 又曰 呂望封於齊」. [史記 齊太公世家]「西伯獵 果遇太公於渭水之陽 與語 大說曰 自吾先君太公曰 當有聖人適周 周以興 子眞是邪 吾太公望子久矣 故號之曰太公望 載與俱歸 立爲師」. ▶제77회-1), 제88회-15)

紫陽書法(자양서법): 송나라 때의 학자 주희(朱熹)의 역사를 쓰는 법을 말함. 「자양서원」(紫陽書院). [方回 雌陽書院記]「紫陽山 去歙郡之南門五里而近 故待制侍講贈太師徽國文公先生郡人也 今山與人稱曰 紫陽夫子 若洙泗先聖然 此書院之所由作 而名之曰紫陽」. ▶제85회-4)

子嬰(자영): 진시황제의 손자이며 부소(扶蘇)의 아들임. 조고(趙高)가 진 2세인 호해(胡亥)를 죽이고 자영을 세워 왕이라 부름. [中文辭典]「秦始皇孫扶蘇子 趙高弑二世立之 降稱王號子嬰 計誅趙高……上迎降後爲項籍所

殺」. ▶제6회-16)

自專之心(자전지심) : 스스로 모든 일을 도맡아 주재하고자 하는 마음. [禮
記 中庸]「賤而好**自傳**」. [後漢書 王堂傳]「遷汝南太守 搜才禮士 不苟**自專**」.
▶제118회-28)

慈旨[어머니로서] : 임금의 어머니의 전교(傳敎). 임금의 어머니를 자성
(慈聖)·자전(慈殿)이라 함. [唐書 劉泪傳]「階下降**慈旨**」. ▶제78회-20)

斫頭[목을 자르려면] : 작참(斫斬). 칼로 목을 벰. [枚乘]「**斫斬**以爲琴」. ▶
제63회-20)

棧閣道口(잔각도구) : 잔각도의 어귀. '잔각'은 '잔도(棧道)'와 같은 뜻으
로, 산의 낭떠러지 사이에 사다리처럼 만든 다리. [戰國策]「**棧道** 千里
通於蜀漢」. [漢書 張良傳]「良因說漢王 燒絶**棧道** 示天下無還心 (注) **棧道**
閣道」. ▶제104회-28)

棧道(잔도) : 벼랑길. 발 붙일 수 없는 험한 벼랑 같은 곳에 선반을 매듯
이 하여 낸 길. '잔각'(棧閣). [戰國策]「**棧道** 千里通於蜀漢」. [漢書 張良
傳]「良因說漢王 燒絶**棧道** 示天下無還心 (注) **棧道** 閣道」. ▶제100회-1), 제
114회-24)

殘疾之人[이미 병신이 되고] : 잔병꾸러기. 병치레를 많이 하여 쇠약해진
사람. '잔질'은 '병이나 탈이 남아 있음'의 뜻임. [紅樓夢 第七回]「**殘疾**
在身 公務繁冗」. [水滸傳 第十三回]「恐有傷損 輕則**殘疾** 重則致命」. ▶제59
회-6)

蘸金斧[금칠을 한 도끼] : 옛 무기의 일종으로 금빛 도금을 한 부월(斧鉞).
'월'은 큰 도끼, '부'는 작은 도끼임. [左傳 昭公 四年]「將戮慶封 負之**斧
鉞**」. [國語 晉語]「司寇之刀鋸日弊 面**斧鉞**不行」. ▶제82회-15)

潛龍(잠룡) : 하늘에 오르지 못하고 물 속에 잠겨 있다고 하는 용으로, 잠
시 왕위에 오르지 않고 피해 있는 임금, 또는 '때를 얻지 못하고 있는
영웅'의 비유. [易經 乾卦]「初九 **潛龍**勿用……初九日 **潛龍**勿用 何謂也」.

[程傳]「聖人側微 若龍之潛隱」. [淮南子]「潛龍勿龍者 言時之不可以行也」.
▶제91회-20)

岑彭·馬武(잠팽과 마무) : 두 사람 다 후한 광무제를 도와 왕망(王莽)의
대군을 격파하고 후한을 세우는 데 큰 역할을 한 사람임.「잠팽」. [中
國人名]「漢 棘陽人 字君然 漢兵起 率象附更始 封爲歸德候」.「마무」.「漢
湖陽人 字子張 王莽末爲盜 後從光武破王尋等 擊破群賊 及卽位 封揚虛候」.
▶제23회-15)

長枷釘[큰 칼] : 중죄인의 목에 씌우는 형틀.「가쇄」(枷鎖)는 죄인의 목에
거는 자물쇠. [北史 流求國傳]「獄無枷鎖 惟用繩縛」. ▶제107회-17)

莊客(장객) : 장원에 소유되어 있는 사람. 장원의 모든 잡역을 맡아 하고
장주와 그 가족을 보호하는 일을 함. [中文辭典]「大農戶俗稱莊家 其所傭
之工役 俗稱莊客」. ▶제28회-7)

長鯨(장경) : 큰 고래. [文選 左思 吳都賦]「長鯨吞航 修貌吐浪」. [陸游 長歌
行]「人生不作妄期生 醉入東海騎長鯨」. ▶제46회-7)

將計就計(장계취계) : 상대방의 계책을 역이용하는 계책. [中文辭典]「謂就
人之計以行之也」. [中國成語]「謂故意依照敵人的計劃來設計 引誘敵人入自
己的圈套」. ▶제12회-7), 제17회-24), 제46회-21), 제52회-12), 제70회-8), 제92
회-15), 제98회-3), 114회-21)

長驅大進[군사들을 한꺼번에 나가게] : 멀리 몰아서 크게 나아감.「장구」.
[史記 秦紀]「造父爲穆王御 長驅歸周 以救亂」. [新書 雜事]「輕卒銳兵 長驅
至齊」. ▶제75회-14), 제84회-4),

長寇之志(장구지지) : 도적의 뜻만 길러주는 일임. '도적의 기만 살려주
는 일'이라는 뜻. ▶제2회-3)

張弓(장궁) : 이석궁(二石弓). 앞에 붙은 숫자는 활의 강도를 나타내는 단
위인데, 보통 궁수가 쏠 수 있는 것은 일석궁(一石弓)임. [儀禮 鄕射禮]
「遂命勝者執張弓」. [韓非子 外儲說左 上]「夫工人張弓也 伏檠三旬而蹈弦

一日犯機」. ▶제53회-4)

張燈結彩(장등결채): 귀한 손님을 맞기 위해 등불을 켜놓고, 색깔이 있는 종이나 헝겊 따위를 문과 다리에 내걸어 장식함. 「장등결채」(長燈結綵). [宋史 禮志]「上元前後各一日 城中**長燈**大內正門**結綵** 爲山樓影燈」. [楊允孚 灤京詩]「**結綵**爲樓不用扃 角聲扶上日初明」. ▶제69회-16)

張良椎(장량추): 한나라의 유신 장량이 진(秦)나라의 시황제에게 철추(鐵椎)를 내리친 고사. [史記 留侯世家]「良年少 未官事韓……良與客 狙擊秦皇帝 博浪沙中 誤中副車 秦皇帝大怒 大索天下 求賊甚急 爲**張良**故也 良乃更名姓 亡匿下邳」. [文天祥 正氣歌]「在秦**張良椎** 在漢蘇武節」. ▶제88회-16)

瘴癘[장기]: 장기(瘴氣)와 여기(癘氣). 축축한 더운 땅에 생기는 독기. [後漢書 南蠻傳]「加有**瘴氣** 致亡者十必四五 (注) 瀘水有**瘴氣** 三月四月 經之必死 五月以後 行者得無害」. 「장독」(瘴毒). [後漢書 楊終傳]「南方暑濕 **瘴毒**互生」. ▶제46회-16)

藏吏(장리): 중장(中藏). 궁중의 내고(內庫)를 담당하는 관원. [後漢書 蓋勳傳]「冬出**中藏**財物 以餌士 (注) **中藏** 內藏也」. [史記 倉公傳]「**中藏**無邪氣 及重病 按漢華陀著有**中藏經**」. ▶제113회-2)

長吏(장리): 지방 관원의 우두머리. [事物起源]「漢百官表日 秦置郡丞 其郡當邊戍者 丞爲**長吏** 卽**長吏**宜秦所置官也 通典日 唐五府**長吏**理府事 餘府州通判而已」. ▶제2회-4)

長蛇捲之陣(장사권지진): 장사진(長蛇陣)의 변형. 한 줄로 길게 벌인 군진(軍陣)의 하나. 본래는 '많은 사람들이 줄을 지어 길게 늘어선 것'을 이르는 말. [孫子兵法 九地篇 第十一]「故善用兵者 譬如率然 率然者 **常山之蛇**也 擊其首 則尾至 擊其尾 則首至 擊其中 則首尾俱至」. [庾臣 賦]「常山之陣 **長蛇**奔穴」. 장사진이 말듯이 변하면 '적을 포위하는데 유리한 진'이 됨. 그러므로 「장사권지진」이라고 말하는 것임. ▶제113회-20)

長桑君(장상군): 전국시대 명의로 편작(扁鵲)과 교분이 두터웠는데, 장상군이 편작에게 금방(禁方)을 전해 주었다 함. [中國人名]「戰國 精於醫 知扁鵲非常人 出懷中藥 子之日 飮是以上池之水 三十日當知物矣 乃悉取其 禁方 書與之 忽然不見」. ▶제78회-10)

長生不老之方[장생불로의 비방] : 늙지 않고 오래 살 수 있는 비방.「불로 불사」(不老不死). [列子 湯問篇]「珠玕之樹皆叢生 華實皆有滋味 食之皆不 老不死」. [太上純 陽眞經 了三得一經]「滋養百骸 賴以永年 而長生不老」. ▶ 제105회-22)

長星[큰 별] : 거성(巨星)·혜성(慧星). [漢書 文帝紀]「八年有長星出于東方」. [史記 孝武紀]「一元日建元以長星 日元光」. ▶제98회-9)

掌握之中[이 손안에 있소이다] : 손안에 잡아 쥐었다는 뜻으로 '수중에 있 음'을 이름. [宋書 恩帝傳]「出納王命 出其掌握」. [漢書 張敵傳]「海內之命 斷于掌握」. ▶제64회-2)

瘴疫之鄕[장역의 땅] : 장역이 많은 곳.「장역」은 '산중이나 무더운 지방 의 독기를 마시고 앓게 되는 유행성 열병'임. [文選 远瑀爲曹公作書與孫 權書]「遭離疫氣 燒船自還」. ▶제87회-5)

瘴煙(장연) : 장기(瘴氣)를 품은 안개. [白居易 新豊折臂翁詩]「聞道雲南有 瀘水 椒花落時瘴煙起」. ▶제88회-12), 제91회-1)

張子房(장자방) : 장량(張良). 한 고조 유방의 모사(謀士)가 되어 항우를 무찌르고 천하를 평정하는 데 큰 공을 세움. 소하(蕭何)·한신(韓信) 등과 함께 창업 삼걸(三傑)의 한 사람임. [史記 高祖紀]「高祖曰 夫運籌策 帷幄之中 決勝於千里之外 吾不如子房 鎭國家撫百姓 給饋饟不絶糧道 吾不 如蕭何 連百萬之軍 戰必勝攻必取 吾不如韓信」. [三國志 魏志 武帝紀]「運籌 演謀」. ▶제10회-6)

將在外 君命有所不受[싸움터에 나가 있으면 주군의 명을 받지 않을 수도 있 다] : 장군은 싸움터에서 임금의 명령을 듣지 않을 때가 있을 수 있음. [孫子 九變篇 第八]「地有所不爭 君命有所不受」. [史記 司馬穰苴傳]「將在

外 君命有所不受」. [同書 信陵君傳]「將在外 主令有所不受」. ▶제21회-21),
제66회-1), 제103회-15), 제114회-1), 제118회-30)

長亭(장정) : 십리장정(十里長亭). 전송하고 이별하는 곳. 여행객들이 쉴
수 있도록 만든 정자로, 매 5리마다 단정(短亭)·매 10리마다 장정(長
亭)을 설치하였음. [孔白六帖]「十里一**長亭** 五里一**短亭**」. ▶제36회-11)

臧倉·毀孟子(장창·훼맹자) : 장창이 맹자를 헐뜯었던 일. 맹자의 제자
악정자(樂正子)가 노공평(盧公平)에게 맹자를 천거했으나, 장창이 상
례 문제를 들어 험담을 해서 맹자가 노공평을 만나지 못했던 일. [孟子
梁惠王篇 下]「樂正子見孟子 曰克告於君 君爲來見也 嬖人有**臧倉**者沮君 君
是以不果來也 曰行或使之 止或尼之 行止 非人所能也 吾之不遇魯侯 天也
臧氏之子 焉能使予不遇哉」. ▶제23회-22)

長策[좋은 계책으로써] : 양책(良策). [史記 主父偃傳]「靡敝中國 快心匈奴
非**長策**也」. [文選 會阿 六代論]「觀五代之存亡 而不用其**長策**」. ▶제97회-7)

丈八蛇矛(장팔사모) : 「장팔점강모」(丈八點鋼矛). 장비가 썼다는 칼. [晋
書 劉曜載記]「手執**丈八蛇矛** 刀矛俱發」. [通俗編 武功]「**丈八蛇矛**出隴西 灣
孤拂箭白狼啼」. ▶제5회-17)

丈八點鋼矛(장팔점강모) : 옛 중국의 무기의 하나로 장비(張飛)가 썼다
함. 「장팔사모」(丈八蛇矛). [晋書 劉曜載記]「手執**丈八蛇矛** 刀矛俱發」.
[通俗編 武功]「**丈八蛇矛**出隴西 灣孤拂箭白狼啼」. ▶제1회-18)

丈八点鋼矛(장팔점강모) : 옛 중국의 무기인데 장비가 썼다 함. 「장팔사모」
(丈八蛇矛). [晋書 劉曜載記]「手執**丈八蛇矛** 刀矛俱發」. [通俗編 武功]「**丈八
蛇矛**出隴西 灣孤拂箭白狼啼」. ▶제81회-22)

將懷簒逆[찬역의 마음을 품고 있음을] : 앞으로 찬역할 마음을 품고 있음.
「찬역(簒逆)」. [史記 高祖紀]「楚王信**簒逆**」. [後漢書 王充傳]「禍毒力深 **簒
逆**已兆」. ▶제114회-7)

梓宮[재궁] : '자궁'은 '재궁'의 원말. 임금님의 널(棺). [漢書 成帝紀]「成帝

崩 未幸梓宮」. [三國志 魏志 溫恢傳]「奉梓宮還鄴」. ▶제85회-20)

裁處[처리하시옵소서] : 헤아려 처리함. [唐書 科如晦傳]「秦王表留幕府 從
征伐常參帷幄機秘 方多事裁處」. [李綱 建炎行]「更效老猟師 十事聽裁處」.
▶제94회-5)

諍臣之義[쟁신의 의리] : 임금의 잘못에 대하여 바른 말로 간하는 신하의
의리. [白虎通 諫爭]「孝經曰 天子諍臣七人 雖無道不失其天下」. [孝經 爭臣
章]「天子有爭臣七人 雖亡道不失其國 大夫有爭臣三人 有亡道不失其家 士有
爭友 則身不離於令名 父有爭子 則身不陷於不義」. ▶제105회-35)

樗櫟庸材[가죽나무처럼 쓸모없는 재목입니다] : 저력지재(樗櫟之材). '아무
데도 쓸모없는 사람'으로 비유함. '저력'은 가죽나무로 쓸모가 없는 나
무임. [隋書 李士謙傳]「邢子才云 豈有松柏後身可爲樗櫟」. [莊子 逍遙遊篇]
「惠子謂莊子曰 吾有大樹 人謂之樗 其大本擁腫而不中繩墨 其小枝卷曲而不
中規矩 立之塗 匠者不顧 今子之言大而無用 衆所同去也」. ▶제36회-12)

疽發背而死[등창이 나서 죽었다] : 등에 등창이 나서 죽음. [史記 項羽紀]「疽
發背而死」. [漢書 陳平傳]「疽發背而死」. ▶제97회-1)

儲胥[진과 영채] : 군중(軍中)에 둘러 쳐 놓은 울타리. [揚雄 長楊賦]「木擁
槍纍 以爲儲胥」. [三體詩 注]「儲胥 軍中蕃籬」. ▶제118회-14)

適間[아까] : 조금 전에. [古書虛字集釋 九]「適猶纔也」. [漢書 賈誼傳]「陛下
之臣 雖有悍如馮敬者 適啓其口 匕首已陷其胸矣」. ▶제109회-20)

適間之事[조금 전에 있었던 일] : 방금 전에 있었던 일. ▶제61회-6)

的盧(적로) : 별박이(이마에 흰 털의 점박이 말). 유비가 이 말을 타고 단
계(檀溪)를 뛰어넘었다 함. 「적로마」(的盧馬·馰盧馬). [相馬經]「馬白額
入口齒者 名曰 榆雁 一名的盧 奴乘客死 主乘棄市 凶馬也」. [三國志 蜀志
先主傳注]「潛遁出 所乘馬 名的盧 騎的盧走 渡襄陽城西檀溪水中 溺不得出
備急曰 的盧今日厄矣」. ▶제34회-4)

的盧馬(적로마) : 별박이(이마에 흰 점이 박힌 말). 유비가 이 말을 타고

단계(檀溪)를 뛰어 넘었다 함. 「적로마」(的盧馬·馰盧馬). [相馬經]「馬白
額入口齒者 名曰楡雁 一名**的盧** 奴乘客死 主乘棄市 凶馬也」. [三國志 蜀志
先主傳注]「潛遁出 所乘馬 名**的盧** 騎**的盧**走 渡襄陽城西檀溪水中 溺不得出
備急曰 **的盧**今日厄矣」. ▶제35회-13)

赤眉之時[적미의 난] : 전한 말 왕망의 실정기에 산동성의 번숭(樊崇)에
서 일어났던 농민들의 반란. 왕망은 군사들을 구별하기 위해 눈썹을
붉게 칠하여 얻은 이름임. [辭源]「西漢來之流賊……因朱其胥以相別曰 **赤**
眉 後爲光武所平」. [後漢書 劉盆子傳]「樊崇起兵於莒 自號三老……與莽兵
亂 乃朱其眉 以相識別 由是號曰 **赤眉**」. ▶제6회-8)

赤壁(적벽) : 옛 강하(江夏)를 중심으로 양자강 상류와 하류에 두 개의 적
벽이 있음. 상류의 '적벽'은 조조가 주유에게 패했던 전장으로 주랑적
벽(周郎赤壁)·무적벽(武赤壁)이라 하고, 하류의 '적벽'은 '적비기(赤鼻
磯)'라 하는데, 소식(蘇軾)의 전후 '적벽부'의 배경임. [荊州記]「蒲圻縣
沿江南岸 百里名**赤壁** 昔周瑜破曹操處 黃州**赤壁**乃赤鼻山」. [水經注]「江水
左逕赤鼻山下爲**赤鼻山** 蘇軾**赤壁前賦**及長短句 人道是三國周郎**赤壁** 蓋傳疑
也」. [徐氏筆精]「東坡**赤壁賦** 誤以黃州赤鼻山 認爲周瑜破曹操處 後人不甚
指摘之 寔爲盛名所忧耳」. ▶제49회-18)

赤壁鏖兵[이것이 바로 삼강(三江)의 수전(水戰), 적벽대전이었다] : 적벽에
서 조조와 주유가 크게 싸운 대전. [荊州記]「蒲圻縣沿江南岸 百里名**赤壁**
昔周瑜破曹操處 黃州**赤壁**乃赤鼻山」. [水經注]「江水左逕赤鼻山下爲**赤鼻山**
蘇軾**赤壁前賦**及長短句 人道是三國周郎**赤壁** 蓋傳疑也」. [徐氏筆精]「東坡**赤**
壁賦 誤以黃州赤鼻山 認爲周瑜破曹操處 後人不甚指摘之 寔爲盛名所忧耳」.
▶제50회-1)

赤心[충성심] : 눈곱만치도 사심(私心)이 없는 일편단심. [後漢書 光武紀]
「降者更相語曰 蕭王推**赤心**置人腹中 安待不投死乎」. ▶제13회-8)

赤心之人[진실한 사람] : 단심(丹心)한 사람. 어린 아이처럼 순수하고 정

성스러운 마음씨를 가진 사람. 「적자지심」(赤子之心). 아무런 사(私)도 없는 순결한 마음씨. [孟子 離婁篇 下] 「大人者 不失其赤子之心者也」. ▶제20회-1)

赤岸坡(적안파) : 적안(赤岸). 촉나라의 부고(府庫)의 이름임. [三國志 蜀志 趙雲傳 注] 「軍事無利 何爲有賜 其物請悉入赤岸府庫」. ▶제104회-26)

赤帝(적제) : 오방신장의 하나로 여름을 맡은 남쪽의 신. [史記 天官書] 「赤帝行德 天牢爲之空」. [晋書 天文志] 「南方赤帝 赤熛怒之神也」. ▶제77회 -14), 제89회-8)

赤兎(적토) : 적토마(赤兎馬). 적기(赤驥)·절따말. 관운장(關羽)이 탔다는 준마의 이름인데 하루에 천 리를 달린다 함. 「팔준마」(八駿馬). [辭源] 「駿馬名(三國志 呂布傳) 布有良馬日 赤兎」. 「천리마」(千里馬). [戰國策 燕策] 「郭隗日 古之人君 有以千金使涓人求千里馬者 馬已死 買其骨五百金而歸云云 朞年千里馬至者三」. ▶제3회-20), 제5회-15), 제19회-9), 제25회 -10), 제77회-3)

全家良賤(전가양천) : 온 집안 식구들의 이름을 걺. '온 가족의 목숨을 걸겠다'는 의지의 표현임. 「전가」(全家). [中文辭典] 「猶言圖家也 全戶也」. 「양천」은 사농(士農) 등 정당한 직업에 종사하는 것을 '양(良)', 창우(倡優), 예졸(隷卒) 등은 '천(賤)'으로 구분하였음. ▶제94회-7), 제105회-6)

傳車(전거) : 역참(驛站)에 비치한 수레. [史記 游俠 朱家傳] 「條侯爲大尉 乘傳車 將至河南」. [淮南子 道應訓] 「具傳車 署邀吏」. ▶제118회-15)

氈車[수레] : 수레의 일종인데, 양털·짐승의 털로 짠 천을 수레에 둘러 추위를 막은 호화로운 수레. [宋玉 王德用傳] 「德用以氈車載勇士 詐爲婦人 節過邯鄲」. [南齊書 豫草王嶷傳] 「上謀北伐 以虜所獻氈車賜嶷」. ▶제8회 -21), 제72회-17)

傳國玉璽[옥새] : 황제의 상징인 도장으로 진시황 때부터 전해 옴. '受命于天 旣壽永昌'의 여덟 자가 새겨져 있는데, '하늘의 명을 받들어 끝없이 번창할 것'이란 뜻임. 자영(子嬰)이 한의 고조 유방에게 바친 이래, 대대로 전해지게 되어 '전국새'라 부르게 되었다 함. [漢書 外戚傳]「初 漢高祖入咸陽至霸上 秦王子嬰降於軹道 奉上始皇璽 及高祖誅項籍卽天子位 因御服其璽 世世傳受 號曰漢傳國璽」. [宋書 禮志]「虞喜志林曰 傳國璽 自在 六璽之外 天子凡七璽也」. ▶제3회-14), 제6회-13)

全國爲上[전국을 우선으로 삼아] : 전국을 상으로 삼음. '전국의 땅과 백 성들을 송두리째 얻음이 가장 유리하다.'는 뜻임. 즉 살인을 적게 해 야 승리의 성과를 충분히 얻을 수 있다는 것임. [孫子兵法 謀攻篇 第三] 「孫子曰 凡用兵之法 **全國爲上** 破國次之 全軍爲上 破軍次之 全旅爲上 破旅 次之」. [曹植 又贈丁義王粲詩]「權家雖愛勝 **全國爲令名**」. ▶제112회-7)

錢糧(전량) : 전곡(錢穀). 지조(地租). 논밭에 딸린 소득을 제원으로 삼아 매기는 세금. [宋史 職官志]「四夷歸付 則分隷諸州 度田屋**錢糧**之數 以級之」. [唐書 魏徵傳]「修洛陽宮 勞人也 收**地租** 厚斂也 俗尚高髻 宮中所化也」. ▶제 52회-6)

前面有梅林['앞에 매화나무가 있다' 했더니, 군사들이 다 이 소리를 듣고 입 에 침이 생겨 갈증을 피했소이다] : 목이 마른 병졸이 신 살구 얘기를 듣고 입에 침이 고여 목마름을 풀었다는 고사. [世說 假譎]「魏武行役失 汲道 軍皆渴 乃令曰 **前有大梅林** 饒子甘酸 可以**解渴** 士卒聞之 口皆出水 乘 此得及前源」. ▶제21회-5)

戰無不勝 攻無不取[싸움에서 이기지 못할 것이 없고, 공격해서 취하지 못할 것이 없다] : 한의 고조(高祖)가 용병은 잘됐다는 것을 아전인수(我田引 水)로 설명한 것임. [史記 高祖紀]「高祖曰 夫**運籌策惟幄之中** 決勝於千里 之外 吾不如子房 鎭國家撫百姓 給饋饟不絶糧道 吾不如蕭何 連百萬之軍 戰 必勝攻必取 吾不如韓信」. [三國志 魏志 武帝紀]「**運籌演謀**」. ▶제60회-19), 제88회-8)

田夫[농부에게] : 농부. [禮記 郊特牲篇]「黃衣黃冠而祭 息**田夫**也」. [舊唐書

倪若水傳]「九夏時忙 三農作若 **田夫擁耒 蠶婦持桑**」. ▶제33회-9)

箭生弦上 不得不發耳[화살은 활시위에 있는 것입니다] : 원문에는 '**箭生弦上 不得不發耳**'로 되어 있음. 자신은 원소(袁紹)의 부하이기 때문에 '시키는 대로 하지 않을 수 없다'는 것으로, 자기를 정당화한 변명임. 「부득불발」. 아니 할 수가 없어서 함. 「부득이」(不得已). 마지못하여・하는 수 없이. [孟子 滕文公篇 下]「孟子曰 子豈好辯乎 子**不得已也**」. ▶제32회-14)

戰書(전서) : 개전(開戰)을 알리는 통지문. [中文辭典]「謂對敵軍通知文 **戰之文書**」. ▶제11회-7), 제53회-14), 제93회-8), 제112회-15)

全始全終[시종이 여일하지 못할까] : 「시종여일」(始終如一)・「시종일관」(始終一貫). 처음과 나중이 바뀌지 않음. [史記 秦始皇紀]「先王見**始終**之變 知存亡之機」. [史記 惠景閒候者年表]「咸表**始終** 當世仁義成功之著者也」. ▶제86회-7)

巓崖之中[몸이 적의 수중에 빠졌습니다] : 산꼭대기의 벼랑. [詩經 唐風篇 采苓]「采苓采苓 首陽之**巓**」. [唐韻]「**崖**高逢也」. ▶제97회-21)

戰戰慄慄(전전율률) : 두렵거나 무서워 벌벌 떪. 전율(戰慄). [淮南子 人間訓]「**戰戰慄慄** 日愼一日 人莫躓於山 躓於垤」. [史記 律書]「誤居正位 常**戰戰慄慄** 恐事之不終」. ▶제107회-27)

戰戰惶惶(전전황황) : 몹시 두려워서 떪. 「전전긍긍」(戰戰兢兢)은 두려워서 매우 조심함. [詩經 小雅篇 惶小旻]「**戰戰兢兢** 如臨深淵 加履薄氷」. [國語 楚語 下]「其誰敢不**戰戰兢兢**以事百神」. ▶제107회-26)

專制[전권] : 전행(專行)・천행(擅行). 마음대로 결단하고 행함. [三國志 魏志 司馬芝傳]「救縣老 竟**擅行**刑戮」. [呂氏春秋 貴生]「耳目鼻口 不得**擅行**」. ▶제109회-12)

前遮後擁[앞 뒤에서 호위를 하며] : 여러 사람이 앞 뒤에서 받들어 모시고 감. ▶제9회-10)

箭瘡(전창) : 화살에 맞은 상처. 「금창」(金瘡). [六韜 龍韜 王翼]「方士三人
主百藥 以治**金瘡**」. [晉書 劉曜載記]「使**金瘡**醫李永療之」. ▶제75회-7)

電天[명성] : 권위가 빛나는 사람에 대한 존칭. ▶제60회-33)

箭垛[화살의 과녁] : 흙을 다져 넣은 과녁(貫革). [宋記 樂書]「**貫革**之射息,
(集解) **貫革** 射穿甲革也」. ▶제56회-2)

殿陛[임금의 좌우] : 임금의 측근. [後漢書 百官志]「羽林郎掌宿衛侍從 本武
帝以便馬從獵還 宿**殿陛**巖下室中 故號巖郎」. [黃庭堅 疑塞來享詩]「**殿陛**閑
干羽 邊庭息鼓聲」. ▶제93회-23)

田禾大成[농사는 잘 되었다] : 농사가 잘됨. 풍년이 듦. [李文淵 賦得四月
清和雨乍晴詩]「薰風到處**田禾**好 爲愛農歌駐馬聽」. ▶제77회-22)

田橫(전횡) : 전횡은 진(秦)나라 때 사람으로 자립해서 제왕(齊王)이 되었
는데, 한이 항우를 멸하자 수하 5백 명과 섬으로 들어갔다. 한 고조의
핍박을 받아 전횡이 자살하자, 수하 모두가 모조리 자살하고 끝내 항
복하지 않았다 함. [中國人名]「漢 榮帝 韓信虜齊王廣 橫自立爲王 高帝立
橫與其徒屬五百餘人 入居海島中 帝使人召之 橫因與二客乘傳詣洛陽 未至三
十里 自殺……餘五百人在海中者 **聞橫死 皆自殺**」. ▶제43회-30), 제112회-6)

專橫無道[무도한 일을 전행하고 있다 하오니] : 무도한 일을 제 마음대로
함. [論語 八佾篇]「天下之**無道**也久矣」. [禮記 檀弓 下]「國**無道** 君子恥盈禮
焉」. ▶제120회-10)

絕倫(절륜) : 아주 두드러지고 뛰어남. 출중(出衆)함. [漢書 匡衡傳]「紀學
絕倫」. [漢書 揚雄傳]「桓譚以爲**絕倫**」. ▶제76회-4)

絕妙好辭(절묘호사) : 문시(文詩)가 아주 뛰어나고 좋음을 칭찬하는 말.
▶제71회-10)

切不可泄漏[일체 누설해선] : 절대 누설해서는 안 됨. '泄漏＝漏泄'로 비밀
이 새어나감을 이름. [漢書 賈捐之傳]「**漏泄**省中語」. [三國志 吳志 周魴
傳]「仕事或**漏泄**」. ▶제116회-4)

絕纓之會(절영지회) : 초의 장왕(莊王)의 고사. 왕이 야연(夜宴)을 베풀었
는데 누가 촛불이 꺼진 틈을 타서 왕후의 옷자락을 잡아끌자, 재빨리
그 자의 갓끈(纓)을 끊어 놓았다. 그리고 왕에게 고하여 그 사람을 밝
혀내자고 하였으나, 왕은 모든 신하의 갓끈을 끊게 한 다음 불을 컸
다. 뒷날 진(秦)나라와 싸울 때 그가 왕을 보호하며 적을 물리쳐 큰
공을 세웠다 함. [說苑 復恩篇]「楚莊王賜羣臣酒 日暮酒酣 燈燭滅 有人引
美人之衣者 美人援**絕其冠纓** 告王趣火來上視**絕纓**者 王曰 賜人酒 使醉失禮
奈何欲顯婦人之節而辱士乎 乃命左右曰 今日與寡人飮 不**絕冠纓**者不懽 群
臣百餘人 皆**絕去其冠纓** 而上火 盡懽而罷 後晉與楚戰 有一臣常在前 五合五
獲首 卻敵卒得勝人 莊王怪問 乃夜**絕纓**者」. ▶제9회-2)

節鉞(절월) : 「절부월」(節斧鉞). 벼슬을 버린다는 뜻. 「부절」(符節)은 「부
계」(符契)라고도 하는데, 옛날에 사신이 가지고 다니던 물건으로 둘로
갈라 하나는 조정에 두고 하나는 본인이 가지고 신표로 썼음. 고급관
원이 직권을 행사하던 신표임. [事物紀原]「周禮地官之屬 掌節有玉角虎
人龍**符**璽旌等**節** 漢文有旌節之制 西京雜記曰 漢文駕鹵簿有節十六在左右
則漢始用爲儀仗也」. [墨子號令]「無**符節** 而橫行軍中者斷」. ▶제73회-26), 제
115회-29)

節鉞[각기 절월을 주어] : 「절월」은 「절부월」(節斧鉞)의 준말. 관찰사나
대장 등이 부임할 때 임금이 내어주던 절과 부월. [後漢書 董卓傳]「韓暹
爲大將軍 領司隸校尉 皆**假節鉞**」. [三國志 魏志 曹眞傳]「黃初 三年……中外
諸軍事 **假節鉞**」. ▶제10회-1)

折箭爲誓[화살을 꺾어 맹세하였다] : 화살을 꺾어 맹세를 함. '자신의 굳
은 의지를 보임'에 비유하는 말임. [程史]「虜旣得俊邁 **折箭爲誓**」. ▶제9
회-9), 제118회-21)

節制(절제) : 승락・조절. 지휘관할. 원래는 '방종하지 않도록 자기의 욕
망을 제어함'의 뜻임. [荀子 議兵]「桓文之**節制** 不可以敵 湯武之仁義」.

[唐書 郭英乂傳]「哥舒翰 見之曰 是當代吾**節制**者」. ▶제27회-11)

絕地(절지) : 절역(絕域). 멀리 떨어진 지역. 절국(絕國). 병가에서는 '활도가 끊어진 땅'의 의미로 쓰임. [孫子兵法 九變 第八]「圮地無舍 衢地合交 **絕地**無留 圍地則謀 死地則戰」. [漢書 武帝紀]「詔州郡察 吏民有可爲將相使**絕域**者」. ▶제95회-6)

切齒[이를 갈고] : 분하여 이를 갊. 「절치교아」(切齒咬牙). '아주 분(忿憤)해 함을 일컫는 말'임. [吳越春秋 闔閭內傳]「伍員**咬牙切齒** 將一切眞情 具實奏於吳王」. [水滸傳 第六十九回]「衆多兄弟 被他打傷 **咬牙切齒** 盡要來殺張淸」. 「절치부심(切齒腐心)」. [史記 刺客 荊軻傳]「樊於期偏袒 搤捥而進曰 此臣之日夜**切齒腐心** (注) **切齒** 齒相磨切也」. [戰國策 燕策]「荊軻私見樊於期曰 願得將軍之首 以獻秦王 秦王必喜而召見臣 臣左手把其袖 右手揕其胸 則將軍之仇報 而燕國見陵之恥除矣 樊於期曰 此臣之日夜**切齒扼腕** 乃今得聞敎 遂自刎」. ▶제58회-3)

切齒[이를 갈면서] : 절치부심(切齒腐心). 몹시 분해서 이를 갈며 속을 썩임. 「절치액완」(切齒扼腕). 치를 떨고 옷소매를 걷어 올리며 몹시 분개하는 것. [史記 刺客 荊軻傳]「樊於期偏袒 搤捥而進曰 此臣之日夜**切齒腐心** (注) **切齒** 齒相磨切也」. [戰國策 燕策]「荊軻私見樊於期曰 願得將軍之首 以獻秦王 秦王必喜而召見臣 臣左手把其袖 右手揕其胸 則將軍之仇報 而燕國見陵之恥除矣 樊於期曰 此臣之日夜**切齒扼腕** 乃今得聞敎 遂自刎」. ▶제10회-10)

切齒之讐(절치지수) : 절치부심(切齒腐心). 몹시 분해서 이를 갈며 속을 썩임. 「절치액완」(切齒扼腕). 치를 떨고 옷소매를 걷어 올리며 몹시 분개하는 것. [史記 刺客 荊軻傳]「樊於期偏袒 搤捥而進曰 此臣之日夜**切齒腐心** (注) **切齒** 齒相磨切也」. [戰國策 燕策]「荊軻私見樊於期曰 願得將軍之首 以獻秦王 秦王必喜而召見臣 臣左手把其袖 右手揕其胸 則將軍之仇報 而燕國見陵之恥除矣 樊於期曰 此臣之日夜**切齒扼腕** 乃今得聞敎 遂自刎」. ▶제56회-6), 제81회-1), 제83회-21)

切齒之恨(절치지한) : 이를 갈 만큼 큰 원한. [史記 刺客 荊軻傳]「樊於期偏 袒 搤椀而進曰 此臣之日夜切齒腐心 (注) 切齒 齒相磨切也」. [戰國策 燕策] 「荊軻私見樊於期曰 願得將軍之首 以獻秦王 秦王必喜而召見臣 臣左手把其 袖 右手揕其胸 則將軍之仇報 而燕國見陵之恥除矣 樊於期曰 此臣之日夜切 齒扼腕 乃今得聞敎 遂自刎」. ▶제73회-22), 제91회-43)

切齒恨[몹시나 한을 품어] : 이를 갈 만큼 큰 원한. 「절치부심」(切齒腐心). 몹시 분해서 이를 갈며 속을 썩임. 「절치액완」(切齒扼腕). 치를 떨고 옷소매를 걷어 올리며 몹시 분개하는 것. [史記 刺客 荊軻傳]「樊於期偏 袒 搤椀而進曰 此臣之日夜切齒腐心 (注) 切齒 齒相磨切也」. [戰國策 燕策] 「荊軻私見樊於期曰 願得將軍之首 以獻秦王 秦王必喜而召見臣 臣左手把其 袖 右手揕其胸 則將軍之仇報 而燕國見陵之恥除矣 樊於期曰 此臣之日夜切 齒扼腕 乃今得聞敎 遂自刎」. ▶제115회-21)

接踵面起[계속 일어나서] : 일이 잇달아 생김. 남의 뒤에서 가까이 따름. 「접종」. 사람들이 계속하여 왕래함의 뜻이나, 전하여 '무슨 일이 뒤를 이어 일어남'의 비유임. [戰國策 秦策]「韓魏父子兄弟 接踵而死 於秦者百 世矣」. [王安石 詩]「魏王兵馬接踵出」. ▶제93회-22)

正宮(정궁) : 임금의 정실(正室). 곧 왕비나 황후. 「정비」(正妃). [漢書 五 行志]「黃龍元年 宣帝崩太子立……明其占在正宮也」. [孫疏]「正宮 曰嫡」. ▶ 제66회-20)

情同骨肉[정은 골육과 같거늘] : 부모나 자식·형제자매 등 가까운 혈족. 「골육지정」(骨肉之情). [呂氏春秋]「父母之於也子 子之於父母也 謂骨肉之 情」. [禮記 文王世子篇]「骨肉之情 無絕也」. ▶제77회-24)

정모(旌麾) : 정모(旌旄). 정절(旌節)과 모절(旄節). [三國志 魏志 夏候淵 傳]「大破逐軍 得其旌麾」. [江總 三日侍宴宣猷堂曲水詩]「北宮命簫鼓 南館 列旌麾」. ▶제43회-1)

征鼙[정벌군의 북] : 정벌군의 비고(鼙鼓). [白居易 長恨歌]「漁陽征鼙動地

來」. [釋名]「鼙裨也 裨助鼓節也」. ▶제31회-17)

鼎沸之時[어지럽던 시대가 아니고]: 솥 속에서 끓고 있을 때. '혼란했던 시대'를 이름. 「정확」(鼎鑊). 옛 형구의 하나로 죄인을 끓여 죽이는 솥. [史記 廉頗傳]「臣知欺大王罪當誅也 臣請就鼎鑊」. [後漢書 黨錮 李膺傳]「就殄元惡 退就鼎鑊 始生之願也」. ▶제112회-13)

正遇斷澗[적병과 맞닥뜨려]: 끊긴 계곡과 마주침(벼랑과 마주침). 「단간」은 「단편잔간」(斷編殘簡)의 준말로 '떨어지거나 빠져서 완전하지 못한 글월이나 책 따위'를 말함. [宣和遺事 後集]「陳迹分明 斷簡中」. [李紳 南梁行]「故篋歲深開斷簡」. ▶제94회-3)

睜圓環眼[고리눈을 부릅뜨고]: 눈을 부릅뜬다는 뜻. 원래 '고리눈'은 눈동자 주위에 흰 테가 있는 환안(環眼)을 이름. ▶제2회-6)

廷尉(정위): 죄인의 범법 행위와 죄의 경중·처벌을 심사하던 관직 또는 관서명. [史記 張釋之傳]「今既下廷尉 廷尉天下之平也」. [漢書 百官公卿表]「廷尉 秦官 掌刑辟 有正左右監 秩皆千石」. ▶제23회-32)

正猶美玉落於汙泥之中[아름다운 옥이 진흙 속에 있는 것과 같아서]: '훌륭한 인재가 잘못 쓰이고 있음'의 비유임. [史記 屈原傳]「濯淖汙泥之下」. [三國志 魏志 劉楨傳注]「潛汙泥之中」. ▶제36회-5)

井底之蛙[우물안 개구리이니]: 정저와(井底蛙). 우물 안의 개구리. [故事成語考 鳥獸]「其見甚小 譬如井底蛙」. 「정와불가이어어해」(井蛙不可以語於海)는 듣고 본 바가 적은 사람을 '우물 안 개구리'에 비유한 말. [莊子 秋水篇]「井蛙不可以語於海者 拘於虛也 夏蟲不可以語於氷者 篤於時也 曲士不可以語於道者 束於敎也」. ▶제113회-25)

鼎足[솥발처럼 굳게 세워]: 솥의 세 발처럼 서로 버티며 대치한 상태로 있음. 옛날 솥은 발이 세 개여서 비유한 것임. [史記 淮陰侯傳]「莫若兩利 而俱存之三分天下 鼎足而居」. ▶제29회-24), 86회-8), 결사-11)

鼎足之勢(정족지세): 솥의 세 다리 모양으로 서로 버티고 있는 형국. 옛날 솥은 발이 세 개여서 비유한 것임. [史記 淮陰侯傳]「莫若兩利 而俱存之三分天下 鼎足而居」. ▶제11회-10), 제38회-12), 제100회-17), 제101회-25), 제110회-22)

定睛(정정) : 눈을 크게 뜨고 똑바로 바라봄. [吳融 春詞]「羞多轉面語 妬極定睛看」. ▶제104회-23)

鼎峙心(정치심) : 천하를 삼분(三分)하여 그 하나를 차지하고 싶어하는 마음. 솥 발과 같이 세 방면으로 대치하여 서 있음을 이름. [三國志 吳志 孫權傳]「故能自擅江表 成鼎峙之業」. [入蜀記]「登華嚴羅漢閣 與盧舍閣 鐘樓鼎峙 皆極天下之壯麗」. ▶제55회-9)

鼎鑊[가마솥] : 옛 형구의 하나로 죄인을 끓여 죽이는 솥. [史記 廉頗傳]「臣知欺大王罪當誅也 臣請就鼎鑊」. [後漢書 黨錮 李膺傳]「就殄元惡 退就鼎鑊 始生之願也」. ▶제37회-3)

齏臼(제구) : 양념 절구. [世說新語 捷語]「齏臼曰 受辛也」. ▶제71회-8)

祭旗(제기) : 출정하기 전에 거행하던 제례 의식에서 세워 놓는 깃발. ▶제22회-34), 제49회-16)

諸呂[제려를 참하여] : 한 고조의 부인인 여씨(呂氏) 일족을 모두 참한 일. [漢書 文帝紀]「以呂太后之嚴 立諸呂爲三王 擅權專制」. ▶제73회-12)

齏紛[다 부서뜨릴 수 있습니다] : 가루로 만듦. 부서뜨림. 「제」는 푸성귀를 잘게 썰어 간을 한 반찬임. [莊子]「使宋王而寤 子爲齏紛矣」. ▶제120회-19)

諸子百家(제자백가) : 춘추전국시대의 모든 학자들과 저서를 말함. [漢書 藝文志] (顏注)「諸子百六十九家 言百家擧成數也」. [史記 始皇記]「天下敢藏 詩書百家語者 悉詣守尉襍燒之」. ▶제86회-15)

祭酒[좨주] : 큰 제향(祭饗)이 있을 때, 연장자(年長者)가 먼저 술을 들어 제를 지내는 것을 이르는데 학덕이 높은 사람을 시켰음. [儀禮 郊祭酒禮]「坐捝手 遂祭酒」. [史記 淮南衡山列傳]「吳王賜號爲劉氏 祭酒」. ▶제59회-13)

제지희생[그대는 나를 제사의 희생으로] : 뇌생(牢牲). 종묘 제사 때 제물로 쓰는 소·양·돼지 따위의 짐승. 색이 순수한 것을 희(犧)라 하고 아직 죽이지 않은 것을 생(牲)이라 함. [周禮 地官牧人]「凡祭祀共其**犧牲** 以授充人繫之」. [左傳]「五**牲**三**犧**」. [尉繚子]「野物不爲**犧牲**」. ▶제36회-22)

趙高執柄[조고가 권세를 잡고] : 조고가 권력을 잡고 마음대로 휘두름. [史書 秦始皇紀]「**趙高**欲爲亂 恐群臣不聽 乃先說驗 **持鹿獻二世 曰馬也** 二世笑曰 丞相誤耶 謂鹿**爲馬** 問左右 左右或默 或言馬 以阿順**趙高** 或言鹿者 高因陰中諸言鹿者以法 後群臣皆畏**高**」. ▶제22회-12), 제115회-19)

弔橋[적교] : 적교(줄다리). 평소에는 해자(垓子 : 도랑못) 위에 걸쳐 놓아 사람이나 말이 다닐 수 있게 하고, 필요한 때에는 들어 올려 외부인의 침입을 막을 수 있게 만든 다리. [武備志]「**釣橋**造以楡槐木 上施三鐵環」. [福惠全書 保甲部 建築]「視門大小 造以**弔橋**」. ▶제12회-4), 제94회-12)

雕弓[활] : 꽃모양을 새긴 활. [漢書 司馬相如傳]「左烏號之**雕弓**」. [文選 枚乘 七發]「左烏號之**雕弓**」 ▶제56회-3)

朝覲(조근) : 조현(朝見). 신하가 임금께 뵘. 「조알」(朝謁). [孟子 萬章篇 上]「堯崩 三年之喪畢 舜避堯之子於南河之南 天下諸侯**朝覲**者 不之堯之子而舜」. [三國志 魏志 陳思王植傳]「嘉詔未賜**朝覲**莫從」. ▶제86회-9)

皁纛旗(조독기) : 독기(纛旗)라고도 하는데, 붉은 자루 긴 창목에 야크(yak)의 꼬리털로 만든 일산을 꿰어 늘인 모양의 기임. [六部成語 兵部 注解]「元帥之大旗曰**纛旗**」. [事物紀原 皁纛]「六典曰 後魏有纛頭 宋朝會要曰 **皁纛**」. ▶제49회-17)

刁斗(조두) : 쟁개비(작은 남비)와 징을 겸한 옛날 군사제구. 낮에는 취사 도구로 쓰고 밤에는 진지의 경계를 위해 두드리는 데 썼음. [史記 李將軍傳]「廣(李將軍名)行無部曲行陣 就善水草屯舍止 人人自便 不擊**刁斗**以自衛」. [洞天淸錄]「大抵**刁斗** 如世所用有柄銚子 宜炊一人食 卽古之**刁斗**」. ▶제103회-21)

祖龍(조룡) : 진의 시황제(始皇帝)를 가리킴. '조'는 시, '용'은 황제를 뜻함. [史記 秦始皇紀]使者從關東 夜過華陰平舒道 有人持璧 遮使者曰 爲我遺滈池君 因言曰 今年祖龍死」. ▶제6회-15)

粗莽之夫[분변이 없는 놈이어서] : 거칠고 분별이 없는 사내. 「조솔」(粗率)은 「추솔」(麤率)로 '거칠고 까불어서 차근차근 하지 못함'의 뜻임. [朱子全書 論語]「凡事粗率 不能深求細繹那道理」. [南史 孔顗傳]「衣冠器用 莫不祖粗率」. ▶제28회-12)

弔民伐罪[백성들을 위하여 죄를 벌하고] : 원문에는 '弔民伐罪'로 되어 있어, '백성들을 조문하고 죄 지은 자를 벌함'의 뜻으로 해석됨. [宋書 索虜傳]「弔民伐罪 積後己之情」. [魏明帝 樂府]「伐罪以弔民 淸我東南彊」. ▶제31회-8)

措手不及[손을 쓸 새도 없이] : 미처 손을 쓸 사이도 없음. [論語 子路篇]「禮樂不與 則刑罰不中 刑罰不中 則民無所措手足」. 「조수」(措手)는 「착수하다」의 뜻임. [中文辭典]「謂着手布置也」. ▶제83회-11), 제100회-10), 제102회-22), 제108회-4)

爪牙(조아) : 손톱과 어금니의 뜻으로 '매우 쓸모 있는 사람이나 물건'의 비유임. 「조아지사」(爪牙之士)는 국가를 보필하는 신하에 비유. [詩經 小雅篇 祈父]「祈父 子王之爪牙」. [國語]「謀臣與爪牙之士 不可不養而擇」. [漢書 李廣傳]「將軍者 國之爪牙也」. ▶제69회-19), 제108회-9)

雕羽翎[조우의 깃털 화살] : 수리의 깃털로 만든 화살. ▶제16회-6)

釣渭子牙[강자아는 위수에서 낚시를 하였으며] : 위수에서 낚시질하던 강태공(姜太公). 주(周)나라의 개국공신인 강자아(姜子牙) 태공망(太公望). 동해노수(東海老叟)라고도 부름. 주왕(紂王)의 폭정을 피해 위수(渭水)에서 낚시질을 하다가 서백(西伯 : 周文王)을 만나게 되고, 뒤에 은나라를 멸망시키고 천하를 평정하여 제 나라(齊相)에 봉함을 받음. [說苑]「呂望年七十釣于渭渚 三日三夜魚無食者 望卽忿脫其衣冠 上有異人者

謂望日 子姑復釣 必細其綸芳其餌 徐徐而投 無令魚驚 望如其言 初下得鮒
次得鯉 刺魚腹得素書 又日 **呂望**封於齊」. [史記 齊太公世家]「西伯獵 果遇太
公於渭水之陽 與語 大說日 自吾先君太公日 當有聖人適周 周以興 子眞是邪
吾**太公望**子久矣 故號之日太公望 載與俱歸 立爲師」. ▶제43회-21)

曹操三代[조조의 삼대] : 환관이었던 할아비 조등(曹騰)·양자로 들어간
　　아버지 조종(曹宗), 그리고 조조까지 3대를 이름. ▶제58회-7)

鳥之將死 其鳴也哀[새가 죽을 때에는 그 울음이 슬프고 사람이 죽을 때에는
　　그 말이 선하다] : 새가 죽으려 할 때에는 소리가 더욱 애처로움. [論語
　　泰伯篇]「曾子日 **鳥之將死 其鳴也哀 人之將死 其言也善**」. ▶제85회-13)

造次[경솔하게] : 「조차간」(造次間)의 준말. 짧은 시간. 또는 아주 급작스
　　러운 때. 「조차전패」(造次顚沛). '조차'는 창졸(倉卒)한 때, 전패는 엎
　　드러지고 자빠질 때의 뜻. [論語 里仁篇]「君子無終食之間違仁 **造次**必於
　　是 **顚沛**必於是」. [三國志 蜀志 馬良傳]「鮮魚 **造次**之華」. ▶제95회-1), 제105
　　회-3), 제114회-11), 제115회-17)

造次而行[어찌 경솔하게 행동하겠소이까] : 아주 급하게 행함. 「조차간」
　　(造次間)은 '아주 급작스러운 때'의 뜻임. 「조차전패」(造次顚沛). '조차'
　　는 창졸(倉卒)한 때, 전패는 엎드러지고 자빠질 때의 뜻. [論語 里仁篇]
　　「君子無終食之間違仁 **造次**必於是 **顚沛**必於是」. ▶제78회-19)

朝賀燕享[아침과 저녁에 조회를 드리고 잔치를 베풀 때] : 임금께 하례를
　　하고 난 다음 벌이는 연희. 「조하」는 「조하례」(朝賀禮). 관원들이 조정
　　에 나아가 임금께 하례함. 조조는 예형(禰衡)을 욕보이려고 부하를 시
　　켜 예형을 고리(鼓吏 : 고수)로 등용하게 하고 북을 치게 함. [漢書 蕭
　　望之傳]「匈奴單于 鄕風慕化 奉**朝賀**」. [史記 秦始皇紀]「**朝賀**皆自十月朔」.
　　▶제23회-18)

早慧[신동] : 어려서부터 슬기가 있음. [北史 王紘傳]「對候學論掩衣法
　　日……何足是非 景奇其**早慧**」. [唐書 張鷟傳]「**早慧**絶倫」. ▶제119회-17)

足下(족하) : 같은 또래 사이에서 상대를 높여 이르는 말. [漢書 高帝紀]「足下必欲誅無道」. [史記 項羽記]「奉白璧一雙 再拜獻大王**足下**」. 본래는 '상대의 발 아래'란 뜻임. ▶제11회-2), 제29회-21)

足下之才[족하의 재주] : 당신의 재주. '족하'(足下). 같은 또래 사이에서 상대방을 높여 일컫는 말. [漢書 高帝紀]「**足下**必欲誅無道」. [史記 項羽記]「奉白璧一雙 再拜獻大王**足下**」. 본래는 '상대의 발 아래'란 뜻. ▶제43회-29)

存亡一體 得失同之[임금은 머리가 되시고 신하는 팔다리가 되어 존망일체 한 몸이 되면] : 살고 죽는 것 일체가 득실과 같음. [易經 文言]「知**進退存亡** 而不失其正者 其唯聖人乎」. [文選 諸葛亮 出師表]「此誠危急**存亡之秋**也」. ▶제105회-34)

存恤[위무하는 일] : 위문하고 구제함. [漢書 宣元六王傳]「左顧**存恤** 發心惻憺」. [史記 楚世家]「**存恤**國中 修政教」. ▶제101회-23)

拙子[아들] : 못난 자식. '자기의 아들'을 겸손하게 일컫는 말. '졸자'(拙者)는 '자기 자신을 겸손하게 일컫는 말이기도 함. [漢書 貨殖傳]「**拙者**不足」. ▶제110회-10)

鐘鼓(종고) : 금고(金鼓). 징과 북. 징을 치면 군사들이 퇴각하고 북을 치면 전진함. 「종고악지」(鐘鼓樂之)·「오매사복」(寤寐思服)은 종고의 소리와 같이 부부의 소리가 상화(相和)하여 즐거워함을 이름. [詩經 國風篇 周南]「關關雎鳩 在河之洲 窈窕淑女 君子好逑 參差荇菜 左右流之 窈窕淑女 寤寐求之 求之不得 **寤寐思服** 悠哉悠哉 輾轉反側 參差荇菜 左右采之 窈窕淑女 琴瑟友之 參差荇菜 左右芼之 窈窕淑女 **鍾鼓樂之**」. ▶제3회-6)

終軍·南越(종군·남월) : 종군은 전한 때 제남(濟南) 사람으로 자는 자운(子雲)이며 박사제자(博士弟子)로 선발되었음. 조정에 글을 올렸는데 뛰어난 문장이 무제(武帝)의 눈에 띄어 간의대부까지 이르렀음. 남월과 화친하기 위해 문제는 종군을 사신으로 보내려 하였으나 자청해서

남월을 끌고 오겠다 했다 함. 종군이 가서 월왕을 설득했지만 남월의
재상 여가(呂嘉)가 속국이 되는 것을 받아들이지 않고, 군사를 풀어
왕과 사자를 모두 죽였다. 그때 종군의 나이 20여 세였다 함. 「종군기
수」(終軍棄繻). [漢書 終軍傳]「軍字子雲 濟南人 少好學 以辯博能屬文聞於
郡中 年十八 武帝選爲博士 步入關 關吏與軍繻 軍問以此何爲 吏曰爲復傳
還當合符 軍曰 丈夫西遊 終不復傳還 **棄繻**而去 及爲謁者 使行郡國 建節東
出關 關吏識之曰 此使者 迺前**棄繻**生也 後擢諫大夫」. ▶제23회-7)

宗黨(종당): 그 일당·같은 종족. [文選 鮑照 擬古詩]「**宗黨**生光華 賓僕遠傾
慕」. ▶제90회-2), 제113회-8)

從頭至尾[처음부터 끝까지]: 전후수말(前後首末). 처음부터 끝까지의 동
안. [論語 鄕黨篇]「揖所與立 左右手 衣**前後** 襜如也」. [詩經 大雅篇 緜]「予
曰 有**先後** 予曰 有奔奏 予曰 有禦侮」. [孔融 聖人優劣論]「馬之駿者 名曰騏
驥……寧能**頭尾**相當 八脚如一 無有**先後**之覺矣」. ▶제28회-17)

縱馬加鞭[달리는 말에 채찍질 치며]: 「주마가편」(走馬加鞭). 달리는 말에
채찍을 침. [資治通鑑 漢紀]「昭帝 元鳳元年 多齎金寶**走馬** 賂遺蓋主傑弘羊
等 (注) 師古曰 **走馬** 馬之善走者也」. [荀子 王制]「北海則有**走馬**以犬焉」. ▶
제51회-6)

鍾愛[몹시 사랑하였다]: 종정(鍾情). 따뜻한 사랑이 한 군데로 이름. [南
史 江總傳]「元舅吳平后蕭勱 特所**鍾愛**」. [北史 隋煬帝紀]「上美姿儀 少敏慧
高祖及后 于諸者中 特所**鍾愛**」. ▶제16회-11)

終有望夷之敗[결국은 망이궁에서 죽었도다]: 망이궁(望夷宮)은 진의 궁전
이름임. 진의 이세(二世) 호해는 조고(趙高)를 총애하였으나, 후에 조
고의 핍박을 받아 결국 망이궁에서 자살한 일을 이름. [史記 秦始皇紀]
「丞相趙高 殺二世**望夷宮**」. ▶제22회-14)

從重治罪[중죄로 다스려]: 두 가지 죄가 있을 때에는 중한 죄를 따져서
처벌함. [白虎通 攷黜]「賞宜**從重**」. [孔子家語 三恕]「**從輕**勿爲先 **從重**勿爲

後」. ▶제79회-3)

縱橫四海[사해를 종횡하셨고]: 종횡무진(縱橫無盡). 자유자재하여 거침이
없는 상태. 「사해」는 '온 천하'를 이르는 말임. [書經 夏書篇 禹公]「四海
會同 六府孔修 庶土交正」. [書經 虞書篇 大禹謨]「敷于四海 祗承于帝」. ▶제
111회-20)

坐談之客(좌담지객): 말벗. [三國志 魏志 郭嘉傳]「表坐談客耳 自知才不足
以御劉備 重任之則恐不能制 輕任之則備不爲用 雖虛國遠征 公無憂矣」. ▶
제33회-15)

座上客常滿 樽中酒不空[자리에 손님이 가득하고 술독에 술이 비지 않는 것]
: 자리엔 늘 손님이 가득하고, 술동이엔 술이 떨어지지 않음. 「좌상객
항만」(座上客恒滿). [後漢書 孔融傳]「融爲北海相 歲餘復拜大中大夫 性好
士……常歎曰 座上客恒滿 樽中酒不空 吾無憂矣」. ▶제11회-1)

左傳癖(좌전벽): [춘추좌씨전]을 좋아하는 성벽(性癖). 「벽(癖)」은 '고치
기 어렵게 굳어버린 버릇'의 뜻. [正字通]「癖嗜好之病」. [晉書 杜預傳]「臣
有左傳癖」. [書言故事 惡性類]「性有偏好曰 癖性」. ▶제120회-16)

左衝右突(좌충우돌): 「동충서돌」(東衝西突). 이리저리 닥치는 대로 마구
찌르고 치고받고 함. [桃花扇 修札]「隨機應辯的口頭 左衝右擋的膂力」.
▶제7회-8), 제24회-12), 제57회-23), 제68회-3), 제71회-21), 제100회-5), 제108
회-5), 제110회-26), 제111회-10), 제115회-7), 제117회-1)

罪惡貫盈[그 죄가 온 천하에 가득하오]: 「죄충관영」(罪充貫盈). 죄악이 더
할 나위 없이 꽉 참. '관영'은 '가득 참'의 뜻임. [蘇軾 贈錢道人詩]「我生涉
憂患 常恐長罪惡」. [三國志 魏志 中山恭王傳]「此亦謂大罪惡耳」. ▶제9회-8)

罪惡彌天[죄악이 벌써 하늘까지 닿아]: 죄악이 가득함. 「미천긍지」(彌天
亘地). 죄가 하늘과 땅에 두루 닿아 도저히 어찌 할 수가 없다는 뜻.
'죄가 하늘과 땅에 두루 닿다'의 비유임. [陰符經]「彌于天給于地」. [應璩
報梁季然書]「頓彌天之網 收萬囚之魚」. ▶제30회-1)

罪惡盈天[너의 죄악은 하늘까지 차서] : 「죄충관영」(罪充貫盈). 죄악이 더 할
　나위 없이 꼭 참. '관영'은 '가득 참'의 뜻임. [蘇軾 贈錢道人詩]「我生涉憂
　患 常恐長**罪惡**」. [三國志 魏志 中山恭王傳]「此亦謂大**罪惡**耳」. ▶제4회-14)

奏稿(주고) : 조정에 사람을 천거하는 주본(奏本·奏章). [明會典]「國初定
　制 臣民具疏 上於朝廷者 爲**奏本**」 ▶제120회-13)

周公(주공) : 주의 성왕(成王)을 보좌했던 인물임. [越絶書 越絶吳內傳]「武
　王封**周公** 使傅相成王……當是之時 賞賜不加於無功 刑罰不加於無罪 天下家
　給人足 禾來茂美 使人以時 說之以禮 上順天地 澤及夷狄」. 「섭정」. [書經
　金騰傳]「武王死 周公**攝政**」. [詩經 豳風狼 跋序]「**周公攝政**」. ▶제56회-13)

周公攝政[주공이 섭정하시던] : 「주공보성왕」(周公輔成王). 주나라 무왕이
　죽고 성왕이 아직 연소하였기 때문에 주공이 그를 보좌한 일. [越絶書
　越絶吳內傳]「武王封**周公** 使傅相成王……當是之時 賞賜不加於無功 刑罰不
　加於無罪 天下家給人足 禾來茂美 使人以時 說之以禮 上順天地 澤及夷狄」.
　「섭정」. [書經 金縢傳]「武王死 周公**攝政**」. [詩經 豳風 狼跋序]「**周公攝政**」.
　▶제109회-17)

主貴臣榮 主憂臣辱[주군이 귀히 되면 그 신하는 영광되고, 주군이 근심에 쌓
　여 있으면 신하는 욕을 감내한다] : 원문에는 '**主貴臣榮 主憂臣辱**'으로 되
　어 있음. [史記 韓長孺傳]「安國入 見王而泣曰 **主辱臣死** 大王無良臣 故事
　紛紛至此」. 주우신로(主憂臣勞). [史記 越世家]「臣聞 **主憂臣勞 主辱臣死**
　昔者君王辱於會稽 所以不死 爲此事也」. ▶제33회-10)

酎金(주금) : 한대(漢代)의 한 제도. 제후들이 매년 황제께 바쳐서 제사
　에 쓰게 했던 헌금. [史記 平準書]「列侯坐**酎金** 失侯者百餘人」. [漢書 景
　帝紀]「高廟酎 (注) 張晏曰 正月旦作酒 八月成 名曰酎 酎之言純也 至武帝時
　八月嘗酎會諸侯廟中 出金助祭 所謂**酎金**也 師古曰 酎三重酸酢酒 味厚 故薦
　宗廟」. ▶제1회-12)

籌度糧草[주도나 양초] : 군량을 담당함. 군량에 대한 계획. [三國志 蜀志

楊儀傳]「八年遷長史加綏軍……儀常規畫分部 **籌度糧穀**」. [杜牧 籌筆驛重題

詩]「郵亭寄人世 人世寄郵亭 何如自**籌度** 鴻路有冥冥」. ▶제105회-4)

周郎妙計安天下 陪了夫人又折兵[천하를 안정시키겠다던 주랑의 묘책이, 부

인을 모셔다 드리고 군사까지 반이나 잃었구나!] : 원문에는 : '**周郎妙計安**

天下 陪了夫人又折兵!'으로 되어 있는데, '천하를 안정시키겠다던 주랑

의 묘책이, 부인을 모셔다 드리고 군사까지 반이나 잃었구나'임. 「묘

계」. [中文辭典]「猶言 **妙算 妙略 妙策**」. ▶제55회-10)

周文王(주문왕) : 주의 문왕[西伯]이 천하의 삼분의 이를 차지하고 있었

지만 은(殷)을 섬겼던 일. [中文辭典]「姓姬 名昌 爲周武王父設 紂時爲**西**

伯……諸侯多歸之 **三分天下有其二 武王有天下 追尊爲文王**」. ▶제112회-9)

塵尾(주미) : 총채·진모(塵毛)·불자(拂子). 주로 고라니와 사슴의 꼬리

를 가리키는데 이들의 꼬리털을 먼지털이로 썼기 때문에 그런 용구를

「주미」라 함. [晋書]「唯談老莊爲事 每提玉柄**塵尾** 與手同色」. [白居易 齋

居偶作詩]「老翁持**塵尾** 坐拂手張林」. ▶제77회-8), 제95회-18)

柱石之臣[나라를 떠받치는 신하들이니] : 「사직지신」(社稷之臣). [漢書 霍

光傳]「將軍爲國**柱石**」. [三國志 魏志 徐宣傳]「有託孤寄命之節 可謂**柱石臣**

也」. ▶제91회-18)

周亞夫(주아부) : 전한(前漢) 때 사람으로 문제(文帝)가 '진장군(眞將軍)'

이라 하였음. 문제 때 흉노의 침입을 물리치고 경제(景帝) 때는 오·초

7국의 변방을 평정하는 등 공로가 많았으나, 모함을 받고 5일 동안 물

한 모금 마시지 않다가 죽음. [中國人名]「漢 勃子 封條候 文帝時匈奴大

入寇 **亞夫**爲將軍 屯細柳 帝自勞軍 不得入……景帝時吳楚反 拜太尉 擊吳楚

大破之拜丞相……上變告 事連**亞夫** 入之壬尉 不食五日嘔血死」. ▶제76회-7)

主辱臣死[임금이 욕을 받으신다면, 신하는 죽는다 했는데, 어찌 항복을 하겠

소이까?] : 아랫사람이 윗사람을 도와 생사고락을 함께함. [國語 越語]

「范蠡曰 爲人臣者 君憂臣勞 **君辱臣死**」. [韓非子]「**主辱臣苦** 上下相與同憂

久矣」. ▶제114회-13), 제119회-22)

躊躇未決[주저하며 결정을 못 하고 있었다] : 머뭇거리며 결단을 내리지 못
함. [韓愈 詩]「愛而不見 搔首**躊躇**」. [楚辭 嚴忌 哀時命]「倚**躊躇**以淹留兮」.
▶제111회-9)

酒至半酣[술이 무르익었을 때] : 술자리의 흥취가 무르익어 감. 「주지」(酒
至). [唐書 陽惠元傳]「帝御望春樓誓師 因勞遣諸將 **酒至**神策將士不敢飮」. 「반
감」. [孟浩然 醉後贈馬四詩]「秦城遊俠客 相待**半酣**時」. [白居易 琴酒詩]「耳根
得聽琴初暢 心地忘機**酒半酣**」. ▶제67회-12)

周天之數[주천의 수] : 천체가 궤도를 한 바퀴 도는 것을 이름. 「주천」.
[禮記 月令疏]「皆循天左行 一日一夜一**周天**」. [後漢書 地理志]「**周天**三百六
十五度」. ▶제113회-23)

駐蹕(주필) : 임금이 나들이 하는 중에 잠시 멈추고 머무르거나 묵던 일.
[任昉 表]「**駐蹕**長陵 軺軒不知所適」. [舊唐書 太宗紀]「貞觀十九年六月 高麗
別將高延壽等 以其衆降 因名所幸山 爲**駐蹕山** 刻石紀功焉」. ▶제13회-21)

朱戶(주호) : 붉은 칠을 한 문호(門戶). 「궁문」(宮門). [漢書 王莽傳]「**朱戶**
納陛」. [白虎通 考黜]「民衆多者 賜以**朱戶**」. ▶제66회-18)

竹板(죽판) : 대를 깎아서 만든 판. 중국 고대에는 여기에 글씨를 썼음.
▶제107회-3)

駿馬(준마) : 썩 빠른 말. 준제(駿蹄). [戰國策 秦策]「君之**駿馬**盈外廐 美女
充後庭」. 「준족사장판」(駿足思長阪). 하루에 천 리를 달리는 말이 험악
한 긴 고개를 넘기를 바라듯이, '뛰어난 인물은 큰 난리를 당하여 재
능을 발휘하기를 원한다'는 뜻. [陸機 詩]「**駿足思長阪**」. ▶제94회-8)

衆皆失色[여러 사람들이 다 크게 놀랐다] : 여러 사람들이 다 놀라 얼굴빛
이 변함. 「실색」(失色). [長生殿 刺逆]「四雜軍上 爲何**大驚小怪**」. ▶제115
회-30)

仲景(중경) : 후한(後漢)의 명의 장기(張機). 한방의학의 고전인 「상한론」

(傷寒論)은 중국 의학의 최고 경전임. [中國人名]「漢 棗陽人 字**仲景** 學醫
於張伯祖 盡得其傳 靈制時學擧孝廉 官至長沙太守 著**傷寒論** 華佗讀而喜日
此眞活人書也⋯⋯習醫者 奉爲之寶」. ▶제60회-8)

衆寡不敵[백만 대병과 겨뤄 도저히 이길 수 없음은] : 적은 사람으로 많은
사람을 이기지 못함. [中國成語]「謂兩方的人相差太多 少的一方抵敵不住
對方」. ▶제47회-2)

中官[내시] : 환관(宦官)·중연(中涓)·엄관(閹官). [後漢書]「中興之初 **宦官**
悉用**閹人**」. ▶제2회-18)

重權[큰 권한] : 중요한 권한. [史記 太史公 自序]「任**重權** 不可以非理撓」.
[韓非子 備內]「民安 則下無**重權** 下無**重權** 則權勢滅」. ▶제14회-12)

中貴[환관] : 중연(中涓)·중관(中官). [後漢書]「中興之初 **宦官**悉用**閹人**」.
[漢書 曹參傳]「高祖爲沛公也 參以**中涓**從 (注) 如淳日 **中涓**」. ▶제120회-28)

仲尼(중니) : 공자의 자(字)임. [史記 孔子世家]「禱於尼丘得孔子⋯⋯生而首
上坪頂 故因名日丘云 字**仲尼**」. 「중니불위이심자」(仲尼不爲已甚者)는 '공
자 같은 성인은 자기의 본분 이외에는 추호도 바라는 것이 없다'는 말
임. [孟子 離婁篇 下]「孟子日 **仲尼不爲已甚者**」. ▶제40회-5)

重待[무겁게 대할 것입니다] : 상대를 공경할. [唐書 王疑傳]「賊帝勝而驕
可指**重待**之愼 毋戰」. ▶제23회-25)

中宿[반나절 거리입니다] : 반나절의 '아주 가까운 거리'를 이름. [左氏 僖
二十四]「命女三宿 女**中宿至**」. [會箋]「**中宿** 閒一宿夜 卽二日一夜」. ▶제107
회-14)

中涓[내시] : 환관. 본래는 금중(禁中)의 청소를 맡은 벼슬. [漢書 曹參傳]
「參以**中涓**從」. [顔注]「如淳日 **中涓** 如中謁者也 師古日 涓潔也 言其在中 主
知潔情酒掃之事 蓋親近左右也」. ▶제1회-6)

衆議紛然[여러 사람들의 의견이 분분했다] : 여러 사람들의 의견이 분분
함. 「중론불일」(衆論不一)과 같은 뜻임. [漢書 武帝紀]「何**紛然**其擾也」.

[文選 東方朔 非有先論]「果**紛然傷於身**」. ▶제118회-2)

中二千石(중이천석) : 매우 높은 녹봉(祿俸). 한나라 때 관제에는 중이천
석·이천석·비이천석(比二千石) 등의 봉록의 급별이 있었음. [史記 儒
林傳]「乃擇掌故 補**二千石**屬」. [漢書 宣帝紀]「黃覇以治銀尤異 秩**中二千石**」.
▶제16회-17)

衆人國士之論(중인국사지론) : 예양(豫讓)이 지백(智伯)을 위해 조양자(趙
襄子)를 죽이려 했던 명분. 예양이 범중행(范中行)을 섬겼으나 그는 자
신을 일반인(衆人)처럼 대했으므로 자신은 범중행에게 일반인의 수준
에서 보답했다. 그러나 지백은 자신을 국사(國士)로 대우했기에 국사
의 예로 보답하려 했다는 것. [中國人名]「讓曰 臣事范中行氏 范中行氏以
衆人遇臣 臣故以衆人報之 智伯以國士遇臣 臣故以國士報之」. ▶제25회-6)

重誅[중한 벌] : 엄한 처벌. 「중죄」(重罪). [史記 主文偃傳]「忠臣不敢避**重誅**
以直諫」. [管子法法]「懦弱之君者 **重誅**」. ▶제105회-36)

重地[적진 깊숙이까지] : 중난하고도 종요로운 땅. [孫子兵法 九地篇 第十
一]「有散地 有輕地 有交地 有衢地 有**重地**」. [同書]「**重地**則掠 圮地則行 圍
地則謀 死地則戰」. ▶제102회-12)

中土[중원] : 중원(中原). [後漢書 西城傳論]「其國則殷乎**中土**」. [宋書 禮樂
志]「昔周文武郊於酆鎬 必非**中土**」. ▶결사-5)

重行[거듭되는] : 되풀이해서 행함. [法言 脩身]「何謂四重 曰重言 **重行** 重
貌 重好 言重卽有法 行重卽有德 貌重卽有威 好重卽有觀」. ▶제119회-41)

重華(중화) : 고대 제왕 우순의 이름. 하우(夏禹)가 치수를 잘해 제위를
우(禹)에게 선양했다 함. [漢書 揚雄傳]「馳江潭之汎溢兮 將折衷乎**重華**」.
[史記 五帝紀]「虞舜者 名曰**重華**」. ▶제80회-14)

櫛風沐雨[천신만고 속에서 지낸 지] : 바람으로 머리를 빗고 빗물로 목욕
을 한다는 뜻으로, '외지에서 온갖 고난을 다 겪음'의 비유. [唐書 狄仁
傑傳]「狄仁傑 謂對武后曰 文皇帝**櫛風沐雨** 冒野鏑 以定天下」. [三國志 魏志

飽勛傳」「傷生育之至理 櫛風沐雨 不以時隙哉」. ▶제61회-13)

蒸嘗(증상) : 제사. '증'은 겨울, '상'은 가을에 지내는 제사임. [後漢書 馮衍傳]「春秋蒸嘗 昭穆無列」. [三國志 魏志 文帝丕傳]「四時不觀 蒸嘗之位」. ▶제91회-13)

矰繳[주살이] : 주살. 싸움에서는 '화살의 꼬리에 실을 매어 쏘았다가 다시 거두어 쏠 수 있게 한 화살'. [史記 留侯世家]「橫絕四海 當可奈何 雖有矰繳 尙安所施」. [淮南子 脩務訓]「雁銜蘆而飛以備矰繳」. [漢書 顔注]「古云矰短尖也. 繳生絲縷也. 以繳係矰 仰射高鳥 謂之代射」. ▶제22회-26)

只可泰山治鬼 不能治生人也[단지 태산에서 귀신을 다스릴 수 있사옵고] : 원문에는 '只可泰山治鬼 不能治生人也'으로 되어있음. [孟子 滕文公篇 上]「或勞心 或勞力 勞心者治人 勞力者 治於人」. [淮南子 說林訓]「人莫於學御龍 而皆欲學御馬 莫欲學治鬼 而皆欲學治人 急所用也」. ▶제69회-11)

枳棘叢中 非棲鸞凰之所[가시나무 속에는 원래 봉황이 깃들지 못하는 법이니] : 오래 머무를 곳이 못 된다는 뜻임. 원문에는 '枳棘叢中 非棲鸞凰之所'로 되어 있음. [後漢書]「枳棘非鸞鳳所棲 百里豈豈大賢之路」. [後漢書 楊雄傳]「枳棘之榛榛兮 蝯狖擬而不敢下」. ▶제2회-8)

智囊[슬기주머니] : '지모가 많은 사람'을 일컬음. [史記 樗里子傳]「樗里子名疾 秦惠王之弟 滑稽多智 秦人號曰 智囊」. [大唐新語]「王德儉 許敬宗之甥也 慶而多智 時人號曰 智囊」. ▶제106회-15)

志大心高[뜻이 크고 생각이 엉뚱한 인물이어서] : 뜻이 크고 마음이 높음. '종회(種會)가 대권을 잡으려는 생각을 가지고 있음'을 말하는 것임. [素問 陰陽類論]「上空志心」. ▶제115회-34)

芝蘭[지란의 친함처럼하려] : 지초와 난초. '높고 맑은 인품'의 비유. [易林 萃之同人]「南山芝蘭 君子所有」. [孔子家語 在厄]「芝蘭生於深林 不以無人而不芳 君子修道立德 不爲固窮而敗節」. 「지란지교」(芝蘭之交). [中文辭典]「謂君子之交也」. ▶제60회-44)

至誠之道 可以前知[진실로 도에 이르려면 먼저 알리라] : 원문에는 '至誠之
道 可以前知'로 되어 있음. [中庸 第二十四章]「至誠之道 可以前知 國家將
興 必有禎祥 國家將亡 必有妖孽」. [中庸 第二十六章]「故至誠無息 不息則久
久則徵 徵則悠遠 悠久則博厚」. ▶제62회-10)

地勢掩映[지세가 복잡한 것을 보면] : 지세가 막아 그늘이 지게 함. '지형
의 복잡함'을 이르는 말임. [易經 坤卦]「象日 地勢坤 君子以厚德載物」.
[漢書 高帝紀]「秦 形勝之國也 地勢便利」. ▶제109회-2)

地水師卦(지수사괘) : 주역 64괘의 하나. 곤괘(坤卦)와 감괘(坎卦)가 거듭
된 것으로 '땅 속에 물이 있음'(地中有水)을 상징함. [易經 地水師]「象
地中有水師 君子以容民畜衆」. ▶제76회-18)

知遇之恩(지우지은) : 「지우지감」(知遇之感). 자기를 알아주고 대우해 준
은혜. 자신의 재주와 능력을 평가해 주는 이에 대한 은혜. [南史 南康
王 曇朗傳]「梁簡文之在東宮 深被知遇」. [白居易 爲人上宰相嘗]「伏觀先皇
帝之知遇相公也」. ▶제85회-14), 제101회-26)

指日休矣![머지않아 망하게 될 것입니다!] : 머지않아 망하게 될 것임. 「지
일천정」(指日遄征)은 기한을 정하고 여행을 함. [文選 曹植 應詔詩]「弭節
長鶩指日遄征」. [韓愈 送劉師服詩]「還家雖闊短 指日親晨餐」. ▶제86회-25)

知子莫如父[자식을 아는 이는 아비만 같지 못하다더니] : 지자막약부(知子
莫若父). 자식에 대해 가장 잘 아는 이는 아버지임. [貞觀政要 三]「知子
莫如父」. [管子 大匡]「鮑叔曰 先人有言 知子莫若父 知臣莫若君」. ▶제28회
-9)

只在早夕[머지않아서] : 단지 조석 간에 달려 있음. '아주 일이 급하게 된
지경'을 이름. 「조불급석」(朝不及夕). [左傳 僖公七年]「朝不及夕 又何以
待君」. [左氏 襄公十六年]「敝邑之急 朝不及夕」. ▶제98회-20)

知足[사람이란 지족함을 알지 못하는 동물이구려] : 분수를 지키어 마음에
불만함이 없음. 무엇이든 족한 줄을 앎. [老子 三十三]「自勝者强 知足者

富」. [老子 四十四]「**知足不辱 知止不殆**」. 「지족지계」(知足之計)는 '스스로 만족할 줄 아는 임기응변의 처세'를 뜻함. [漢書 强德傳]「德常持老子 **知足之計**」. ▶제67회-6)

至尊(지존) : 더 없이 존귀하다는 뜻으로 '임금'을 공경하여 일컫는 말임. [賈誼 過秦論]「履**至尊**而制六合」. [通典]「凡夷夏之通稱, 天子曰皇帝 臣下內外兼稱曰 **至尊**」. ▶제107회-8)

指天爲誓[하늘을 가리키며 맹세하고] : '굳게 맹세함'을 비유하는 말. 「지천서일」(指天誓日). [中國成語]「謂**指天**日**爲誓** 以示誠信」. [中文辭典]「謂 **立誓以示堅決也**」. ▶제6회-22)

知彼知己 百戰百勝[적을 알고 나를 알면 백 번 싸워도 다 이길 수 있다] : 적을 알고 나를 알면 싸울 때마다 이김. [孫子兵法 謀攻篇 第三]「故曰 **知彼知己 百戰不殆** 不知彼而知己 一勝一負 不知彼不知己 每戰必殆」. [漢書 韓信傳]「成安君 有**百戰百勝之計** 一日而失之」. ▶제35회-16), 제94회-6), 제107회-31)

贄見之禮(지현의 예) : 아랫사람이 윗사람을 뵐 때 행하는 예로 예물을 가지고 가서 뵘. [左傳]「**男贄**玉帛禽鳥 **女贄**榛栗棗脩」. ▶제12회-15)

織蓆編屨之夫[자리를 짜고 미투리를 삼던 녀석이었는데] : 유비(劉備)의 신분이 미천했음을 이르는 말임. [孟子 滕文公 上]「其徒數十人 皆衣褐 捆屨**織蓆**以爲食」. [後漢書 李恂傳]「獨與諸生 **織蓆**自給」. ▶제14회-31), 제21회-24), 제43회-17)

塵芥(진개) : 먼지와 티끌. 먼지나 겨자씨처럼 작은 것. [周伯琦 懷秀腦兒行]「王綱未旒綴 羣生手**塵芥**」. 「진애」(塵埃)는 먼지와 티끌. [史記 屈原傳]「浮游**塵埃**之外 不獲世之滋垢」. [韓愈 感春詩]「兩鬢雪白趨**埃塵**」. ▶제21회-7)

秦文公 懷嬴[진문공이 회영을 맞이했겠습니까?] : 60이 넘은 중이(重耳)가 진목공(秦穆公)의 도움을 받기 위해 조카며느리 회영(懷嬴 : 진목공의

딸 농옥(弄玉))을 아내로 맞아들인 일. 후에 중이는 오패(五覇)의 하나
인 진문공(秦文公)이 됨. 제환공(齊桓公)·진문공(秦文公)·진목공(秦穆
公)·송양공(宋襄公)·초장왕(楚莊王) 등을 일컬음. [賈誼 過秦論]「五覇
旣滅」. ▶제77회-20)

進不求名 退不避罪[나아가되 명분을 구하지 않으며 물러설 때에는 죄를 피
하지 않는다] : 나가되 명분을 구하지 않으며 물러나되 죄를 피하지 않
음. [孫子兵法 地形篇 第十]「故 **進不求名 退不避罪** 唯民是保 而利合於主
國之寶也」. ▶제118회-35)

秦師一剋之報(진사일극지보) : 춘추시대 진(秦)의 대부 맹명(孟明)이 진
(晉)에게 패하였으나, 왕은 그를 죄 주지 않고 다시 등용하여 결국 진나
라와 싸워 이기게 했던 일. [中文辭典]「春秋秦人 名視 百里奚之子 穆公時
使將兵伐鄭晋人敗於殽函……濟河樊舟 取王官及郊 晋懼內封殽尸而返」. ▶
제22회-19)

陳首[참회] : 자기의 잘못을 인정함. [三國演義 等59回 注]「自己供認 自己
的罪狀」. ▶제59회-14)

辰時(진시) : 지금의 오전 7시부터 9시까지 2시간 사이. 시간 단위로 하
루를 12분 하였는데 진시는 오전 8시경임. [中文辭典]「十二時之一 午前
七時八時爲**辰時**」. ▶제7회-7)

進身之計[출세의 기회를 삼고자 하여] : 출세의 발판을 삼으려는 계책. 「진
계」(進計). [漢書 賈誼傳]「**進計**者 猶日毋爲」. [唐書 郭孝恪傳]「孝恪上謁秦
王**進計**曰 王世充力竭計窮, 其面縛可跂足待」. ▶제6회-21)

疢如疾首[홧병이 질수에 들었사옵니다] : 병이 들고 콧줄기에 주름이 잡
힌다는 뜻으로, '근심하는 모양'을 비유함. 「축알」(蹙頞)은 콧등을 찡
그려 주름을 짓고 근심함. [孟子 梁惠王篇 下]「百姓聞王鐘鼓之聲 管籥之
音 擧**病首蹙頞** 而相告」. [莊子 至樂]「髑髏**蹙頞**」. ▶제73회-9)

眞人(진인) : 진주(眞主). 「진명지주」(眞命之主)의 뜻임. 본래 도가에서 쓰

는 말로 '도교의 깊은 진리를 깨달은 사람'을 가리킴. [陔餘叢考]「呂覽 精氣日新 邪氣盡去 及其天年 此之謂眞人 莊子 入水不濡 入火不熱 謂之眞人 史記盧生說始皇 亦言眞人者 凌雲氣駕日月 與天地長久 淮南子 莫死莫生 莫 虛莫盈 是謂眞人」. [李紳 天上樹詩]「羽衣道士偸玄囤 金簡眞人護玉笛」. ▶ 제31회-7)

秦晋之好[진진의 의] : 진진지의(秦晋之誼). 춘추시대 진과 진, 두 나라가 서로 사돈을 맺었기 때문에 그 뒤부터 '혼인한 두 집 사이의 가까운 정의'를 이르게 되었음. [左氏 僖二十三]「怒曰 秦晋匹也 何人以卑我 (注) 匹敵也」. [蔣防 霍小玉傳]「然後妙選高門以求秦晋」. ▶제16회-10), 제54회 -10), 제76회-15)

陳倉(진창) : 한 고조(劉邦)가 한왕(漢王)이 되어 한중으로 들어올 때, 장 량(張良)의 계책에 따라 장안으로 통하는 포야로(褒斜路)의 잔도를 불 태우고 들어왔던 곳. 지금의 섬서성 보계시(寶鷄市)의 동쪽에 있음. [中 國地名]「漢王東出陳倉 敗雍王章邯之兵 諸葛亮圍陳倉 郝昭拒守 亮攻圍二十 餘日 不能克而還」. [中文辭典]「秦置 故城在陝西城 寶鷄縣東 秦文公築」. ▶ 제10회-4)

陳倉道口[진창도의 어귀] : 진창길의 어귀. 진창(陳倉). 한 고조(劉邦)가 한왕(漢王)이 되어 한중으로 들어 올 때, 장량(張良)의 계책에 따라 장 안으로 통하는 포야로(褒斜路)의 잔도를 불태우고 들어 왔던 곳. 지금 의 섬서성 보계시(寶鷄市)의 동쪽에 있음. [中國地名]「漢王東出陳倉 敗 雍王章邯之兵 諸葛亮圍陳倉 郝昭拒守 亮攻圍二十餘日 不能克而還」. [中文 辭典]「秦置 故城在陝西城 寶鷄縣東 秦文公築」. ▶제98회-10)

盡忠竭力[힘을 다해서] : 충성을 다하고 있는 힘을 다함. 「진충보국」(盡忠 報國)·「갈력보상」(竭力輔相). [禮記 燕義]「臣下竭力能盡 以立功於國」. [劉氏鴻書 岳飛 下]「飛裂裳以背示鑄 有盡忠報國四大字」. ▶제107회-32)

進退無路[진퇴의 길을 없게 하고 나서] : 진퇴양난(進退兩難). 이러지도 저러지도 못함. [左傳 僖公十五年] 「慶鄭曰 今乘異座 以從戎事 **進退不可** 周旋不能」. 「진퇴유곡」(進退維谷). 앞으로 나아가지도 못하고 뒤로 물러서지도 못하여 어찌할 수 없음. [詩經 大雅篇 蕩桑] 「人亦有言 **進退維谷**」. [董仲舒 士不遇賦] 「雖日三省於吾身兮 猶懷**進退**之**惟谷**」. ▶제24회-17), 제76회-8)

進退不得[진퇴양난]: 「진퇴양난」(進退兩難). 이러지도 저러지도 못함. [左傳 僖公十五年] 「慶鄭曰 今乘異座 以從戎事 **進退不可** 周旋不能」. 「진퇴유곡」(進退維谷). 앞으로 나아가지도 못하고 뒤로 물러서지도 못하여 어찌할 수 없음. [詩經 大雅篇 蕩桑] 「人亦有言 **進退維谷**」. [董仲舒 士不遇賦] 「雖日三省於吾身兮 猶懷進**退**之**維谷**」. ▶제64회-6)

進退兩難(진퇴양난): 이러지도 저러지도 못함. [左傳 僖公十五年] 「慶鄭曰 今乘異座 以從戎事 **進退不可** 周旋不能」. 「진퇴유곡」(進退維谷). 앞으로 나아가지도 못하고 뒤로 물러서지도 못하여 어찌할 수 없음. [詩經 大雅篇 蕩桑] 「人亦有言 **進退維谷**」. [董仲舒 士不遇賦] 「雖日三省於吾身兮 猶懷**進退**之**維谷**」. ▶제63회-13), 제65회-8)

秦罷候置守之後[진이 제후를 없애고 수령을 둔 후에는]: 진시황이 천하를 통일한 후에 제후를 없애고 천하를 36개 군(郡)으로 나누어, 각 군에 수(守)·위(尉)·감(監)을 두고 중앙집권 체제를 확립한 일. ▶제112회-11)

陳平(진평): 전한(前漢) 때의 재상. 항우의 신하였다가 유방에게로 가서 도위(都尉)가 되었으며, 그의 반간계가 성공하여 곡역후에 봉해졌음. 여후(呂后)가 죽자 주발(周勃)과 함께 문제를 옹립하였음. [中國人名] 「漢陽武人 小家貧 好讀書 美如冠玉……**分肉甚均**……屢出奇策 縱反間 以功封曲逆候……與周勃合謀誅諸呂」. 「진평재육」(陳平宰肉)은 진평이 고기를 똑같이 나누어 손님에게 주면서, 나에게 재상을 맡기면 이와 같이 나라의 일을 공평히 다스려 태평하게 하겠다고 했다는 고사임. [史記 陳丞相世家] 「里中社 **陳平爲宰** 分**肉**食甚均 父老曰善 陳儒子之爲宰 平曰 嗟乎 使平得

宰天下 亦如是肉矣」. ▶제33회-25), 제43회-22)

陳平·韓信(진평과 한신) : 두 사람 다 항우의 부하로 있다가 유방을 도운 한나라의 개국공신이 됨. 진평(陳平). 전한(前漢) 때의 재상. 항우의 신하였다가 유방에게로 가서 도위(都尉)가 되었으며, 그의 반간계가 성공하여 곡역후에 봉해졌음. 여후(呂后)가 죽자 주발(周勃)과 함께 문제를 옹립하였음. [中國人名]「漢 陽武人 小家貧 好讀書 美如冠玉……分肉甚均……屢出奇策 縱反間 以功封曲逆候……與周勃合謀誅諸呂」.

「진평재육」(陳平宰肉)은 진평이 고기를 똑같이 나누어 손님에게 주면서, 나에게 재상을 맡기면 이와 같이 나라의 일을 공평히 다스려 태평하게 하겠다고 했다는 고사임. [史記 陳丞相世家]「里中社 **陳平**爲**宰** 分**肉**食甚均 父老曰善 陳儒子之爲宰 平曰 嗟乎 使平得宰天下 亦如是肉矣」. '한신'은 한 고조 유방의 장수. 소하(蕭何)·장량(張良)과 함께 한나라 창업의 삼걸 중의 한 사람임. [漢書 韓信傳]「王曰 吾爲公以爲將 何曰雖爲將 信不留 王曰以爲大將 何曰幸甚 於是王欲召信拜之 何曰 王素慢無禮 今拜大將 如召小兒 此乃信所以去也 王必欲拜之 擇日齋戒 設壇場具禮乃可 王許之 諸將皆喜 人人各自 以爲得大將 至拜乃**韓信**也 一軍皆驚」. ▶제85회-3)

陳平不知錢穀[진평은 나라의 전곡의 수를 모른다면서] : 진평이 전곡의 양을 모른다고 했음. 진평은 전한 문제(文帝) 때의 승상인데, 황제가 진평에게 1년간 전곡의 수입·지출이 얼마나 되는지 하문했을 때, 전곡의 수량을 주관하는 것은 그 일을 맡아보는 관원이 할 일이고 승상의 직책은 여러 신하들을 통솔하는 것이기 때문에, 알 수 없다 하였다 함. 「진평재육」(陳平宰肉)은 진평이 고기를 똑같이 나누어 손님에게 주면서, 나에게 재상을 맡기면 이와 같이 나라의 일을 공평히 다스려 태평하게 하겠다고 했다는 고사임. [史記 陳丞相世家]「里中社 **陳平**爲**宰** 分**肉**食甚均 父老曰善 陳儒子之爲宰 平曰 嗟乎 使平得宰天下 亦如是肉矣」.
▶제103회-14)

進見之禮[진현하는 예] : 예물을 가지고 가서 뵘. 「지현지예」(贊見之禮).
[左傳]「男贄玉帛禽鳥 女贄榛栗棗脩」. ▶제14회-26)

眞虎將也! 吾當生致之[진정 호랑이 같은 장수로다! 내 마땅히 저를 사로잡고
싶구나] : 원문에는 '眞虎將也! 吾當生致之'로 되어 있음. [三國志 吳志
諸葛亮傳]「寧陵御雄才虎將 制天下乎」. [漢書 王莽傳]「莽拜將軍九人 皆以
虎爲號 號曰九虎將」. ▶제41회-10)

疾雷不及掩耳[번개가 갑자기 치면 귀를 막을 틈이 없다] : 번개가 치면 귀
를 막을 틈도 없다는 뜻으로, '일을 번개같이 해치움'의 비유임. [六韜
龍韜 軍勢篇]「疾雷不及掩耳 迅雷不及瞑目」. [淮南子 兵略訓]「疾雷不及塞
耳 疾霆不暇掩目」. ▶제59회-9)

疾藜(질려) : 「철질려골타」(鐵疾藜骨朶). 마름쇠. 능철(菱鐵): 네 발을 날
카로운 송곳의 끝과 같이한 마름모 꼴의 무쇠붙이. [六韜 虎韜 軍用]「狹
路微徑 張鐵疾藜 芒高四寸 廣八尺 長六尺以上 千二百具」. [武備志]「鐵疾藜
竝以置賊來要路 使人馬不得騁 古所謂渠答也」. ▶제94회-1)

疾忙[황망히] : 서둘러. 황망하게. 「疾」에는 '急·速'의 뜻이 있음. [左氏
囊 五]「疾討陳 (注) 疾急也」. [國語 周語 下]「高位寔疾顚 (注) 病速也」. ▶
제102회-24)

疾風(질풍) : 진풍(震風). 사나운 바람. [莊子 天下]「禹沐甚雨 櫛疾風」「질
풍심우」(疾風甚雨). [荊楚歲時紀]「去冬節一百五日 卽有疾風甚雨 謂之寒食
禁火三日 造餳大麥粥」. ▶제19회-5)

鴆殺[독살] : 짐주(鴆酒 ; 독을 탄 술)를 마시게 하여 죽임. 짐해(鴆害).
원래 '짐'은 새의 이름인데 깃에 독이 있어 그것을 술잔에 스치기만
해도 사람이 먹고 곧 죽는다고 함. [漢書 高五王傳]「酌兩巵鴆酒置前」.
「짐해」(鴆害). [三國遺事 卷一 太宗春秋公]「又新羅古傳云 定方旣討麗濟二
國 又謀伐新羅而留連 於是庾信知其謀 饗唐兵鴆之 皆死坑之」. ▶제2회-16)

酖殺(짐살) : 짐살(鴆殺). 짐주를 마시게 하여 죽임. 짐해(鴆害). 원래 '짐'

은 새의 이름인데 깃에 독이 있어 그것을 술잔에 담가두면 사람이 먹고 곧 죽는다고 함. [漢書 高五王傳]「酌兩卮鴆酒置前」. 「짐해」(鴆害).
[三國遺事 卷一 太宗春秋公]「又新羅古傳云 定方旣討麗濟二國 又謀伐新羅而留連 於是庾信知其謀 饗唐兵鴆之 皆死坑之」. ▶제66회-19)

酖人羊叔子[어찌 양숙자가 사람을 짐살하겠느냐……] : 양숙자가 사람을 죽이겠느냐? '叔子'는 양호(羊祜)임. [中國人名]「晋 泰山 南城人 續孫 字叔子 歷官秘書監 武帝受禪 累官尙書右僕射 …… 後入朝面陳伐吳之計 …… 吳守邊壯士亦爲之泣下 …… 杜豫因名爲墮淚碑」. 「짐살」(鴆殺). [三國遺事 卷一 太宗春秋公]「又新羅古傳云 定方旣討麗濟二國 又謀伐新羅而留連 於是庾信知其謀 饗唐兵鴆之 皆死坑之」. ▶제120회-11)

鴆酒(짐주) : 독주. 「짐살」(鴆殺)·짐해(鴆害). 원래 '짐'은 새의 이름인데 깃에 독이 있어 그것을 술잔에 스치기만 해도 사람이 먹고 곧 죽는다고 함. [漢書 高五王傳]「酌兩卮鴆酒置前」. 「짐해」(鴆害). [三國遺事 卷一 太宗春秋公]「又新羅古傳云 定方旣討麗濟二國 又謀伐新羅而留連 於是庾信知其謀 饗唐兵鴆之 皆死坑之」. ▶제4회-12)

執迷[고집을 부려] : 고집이 세어 갈팡질팡함. [舊唐書 王世忠傳]「秦王謂曰 四海之內 皆奉正朔 惟公執迷 獨阻聲敎 若轉禍來降 則富貴可保」. ▶제116회-14)

執政[집착] : 국정을 함. 고집을 부림. [淮南子 氾論訓]「天下縣官法曰 發墓者誅 竊盜者刑 此執政之所司也」. [管子 五行]「士死喪執政」. ▶제100회-4)

ㅊ

此間樂 不思蜀也[이 즐거운 때에는 촉나라 생각을 하지 않습니다] : 원문에
는 '此間樂 不思蜀也'로 되어 있음. '후주가 망국의 슬픔을 잊고 있음'
을 비웃는 말임. ▶제119회-26)

此事易如反掌[이 일은 어려울 게 없는데] : 이 일은 손바닥을 뒤집듯이 쉬
움. 「易如反掌」→ 前註 22) 참조. [說苑 正諫篇]「變所欲爲 易於反掌」. [枚
乘 書]「變所欲爲 易于反掌 安于泰山」. ▶제2회-30)

嗟傷不已[슬퍼마지 않았다] : 한탄하며 슬퍼하나 어찌할 수 없음. 「차도」
(嗟悼). [潘岳 詩]「聖王嗟悼」. 「불이」. [詩經 頌篇 維天之命]「維天之命 於
穆不已」. ▶제115회-5)

此所謂獨坐窮山 引虎自衛者也[이를 두고 빈 산에 앉아서 호랑이더러 지켜
달라는 격이구나!] : '일이 이치에 맞지 않고 화를 자초함'의 뜻임. 원문
에는 '此所謂獨坐窮山 引虎自衛者也'로 되어 있음. [後漢書 單超傳]「其後
四候轉橫 天下爲之語曰 左回天 具獨坐 徐臥虎 唐兩憧 (注) 獨坐謂驕貴無偶
也」. ▶제63회-16)

叉手(차수) : 고대의 예절의 한 가지. 두 손을 가슴 앞에 맞잡고 공경의
뜻을 나타내는 것을 이름. 본래는 '두 손을 어긋매겨 마주 잡음'의 뜻
임. [辭源]「拱手曰 叉手」. [三國志 魏志 諸葛誕傳]「叉手屈膝」. ▶제5회-10),
제27회-2), 제77회-9)

此言亦不可不聽[이 말 또한 듣지 않을 수 없사오나] : 이 말 또한 불가불
들어야 할 말임. 「불가」(不可). [詩經 大雅篇 桑]「凉曰不可 覆背善詈 雖
曰匪予 旣作爾歌」. [左氏 襄 二十七]「雖曰不可 必將許之」. ▶제96회-21)

此用武之地[이는 용무의 땅이어서] : 적을 제어하기에 좋은 지대. 장사권

지진(長蛇捲之陣)은 장사진(長蛇陣)의 변형. 한 줄로 길게 벌인 군진(軍陣)의 하나. 본래는 '많은 사람들이 줄을 지어 길게 늘어선 것'을 이르는 말. [孫子兵法 九地篇 第十一]「故善用兵者 譬如率然 率然者 **常山之蛇**也 擊其首 則尾至 擊其尾 則首至 擊其中 則首尾俱至」. [庾臣 賦]「常山之陣 **蛇奔穴**」. 장사진이 말듯이 변하면 '적을 포위하는데 유리한 진'이 됨. 그러므로 「장사권지진」이라고 말하는 것임. ▶제38회-8)

此迂儒之論也[이는 어리석은 선비의 논리이다] : 이것은 선비의 주장임. [漢書 英布傳]「上置酒 對衆折瓶何日 **腐儒** 爲天下 安用**腐儒**」. [史記 黥布傳]「上折隨何之功 謂何爲 **腐儒**」. ▶제86회-23)

此引虎入羊群也[이는 호랑이를 끌어다가 양떼들 우리에 몰아넣은 것입니다] : 원문에는 '**此引虎入羊群也**'로 되어 있음. [戰國策 中山經]「齊見嬰子曰 臣聞 君欲廢中山之王 將與趙魏伐之 過矣 且中山恐必爲 趙魏廢其王而務附焉 是君爲趙魏**驅羊也**」. ▶제7회-2)

嗟呀不已[통탄해 마지않으며] : 통탄해 마지 않음. 「차호」(嗟乎). [杜牧 阿房宮賦]「**嗟乎**一人之心 千萬人之心也」. [漢書 司馬相如傳]「**嗟乎** 此大奢侈」. 「차도」(嗟悼). [潘岳 詩]「聖王**嗟悼**」. 「불이」. [詩經 頌篇 維天之命]「維天之命 於穆**不已**」. ▶제117회-14)

簒盜已顯[찬역의 마음을 이미 드러내고] : 나라를 빼앗으려는 도적의 마음이 이미 드러남. 「찬역」(簒逆). 「모반」(謀反). 군주에 대한 반역을 꾀함을 이름. [史記 高祖紀]「楚王信**簒逆**」. [後漢書 王充傳]「禍毒力深 **簒逆已兆**」. ▶제73회-14)

贊拜不名[찬배에 이름을 부르지 않고] : 임금에 대한 예법이나 상국(相國)을 우대하여, 이를 지키지 않아도 되게 함. [後漢書 何熙傳]「**贊拜**殿中 音動左右」. [南史 宋武帝傳]「入朝不趨 **贊拜不名**」. ▶제4회-11), 제59회-10)

簒逆[찬탈] : 임금의 자리를 뺏으려고 꾀하는 반역. 「모반」(謀反). 군주에 대한 반역을 꾀함을 이름. [史記 高祖紀]「楚王信**簒逆**」. [後漢書 王充

傳」「禍毒力深 篡逆已兆」. ▶제102회-10), 제109회-21)

篡逆之心[찬역의 마음]: 찬역을 하려는 마음. 「찬역」. [史記 高祖紀]「楚王 信篡逆」. [後漢書 王充傳]「禍毒力深 篡逆已兆」. ▶제111회-11)

慚愧(참괴): 부끄러워함. 「참뉵」(慚恧). [漢書]「日夜慚愧而已」. [漢書 王莽 傳]「敢爲激發之行 處之不慚恧」. ▶제96회-16)

斬白蛇而起義[백사(白蛇)를 죽이고 …… 시작하여]: 한의 고조(高祖) 유방 (劉邦)이 추종자들과 늪지대를 지나다가, 큰 백사(白蛇)가 길을 막고 있어 이를 죽이고 나서 초병하여 천하를 얻은 것을 말함. 유방이 '진 나라를 멸하고 황제가 된 것은 하늘의 뜻'임을 뒷받침하고 있음. [史記 高祖紀]「高祖醉行澤中 前有大蛇當徑 乃拔劍斬之 一老嫗夜哭其處曰 吾子 白帝子也 化爲蛇當道 今爲赤帝子斬之」. ▶제1회-3), 제54회-1), 제80회-1)

攙越[네가 어찌 감히 나서느냐]: 차례를 지키지 않고 뛰어넘음. [淸律 吏 律 職制 官員 襲廕]「不依次序 攙越襲廕者 杖一百 徒三年」. ▶제62회-14)

參差[어긋나는 일]: 들쭉날쭉하여 고르지 못함. 「참치부제」(參差不齊). 「참 치」는 혹은 짧고 길어서 가지런하지 않음을 뜻함. [漢書 楊雄傳 法言目]「參 差不齊」. [詩經 周南篇 關雎]「參差荇菜 左右流之 窈窕淑女 寤寐求之」. ▶제91 회-39)

參差不齊[아주 문란하여 정제되지]: 들쭉날쭉하여 가지런하지 않음. 「참 치」는 혹은 짧고 길어서 가지런하지 않음을 뜻함. [漢書 楊雄傳法言目] 「參差不齊」. [詩經 周南篇 關雎]「參差荇菜 左右流之 窈窕淑女 寤寐求之」. ▶제33회-17)

斬草除根[곧 풀의 뿌리는 제거하는 것이]: 걱정이나 재앙이 될 만한 일은 아주 그 뿌리를 뽑아야 한다는 말. [左氏 隱文]「絕其本根 勿使能殖」. [魏 收 檄深朝文]「抽薪止沸 翦草除根」. ▶제5회-20)

僭號[제호를 참칭할 것이며]: 원문에는 '要吾僭居尊位 吾必不敢'으로 되어 있음. 「참칭」(僭稱)·「참호」(僭號)는 '참람하게도 스스로 임금이라 일컬음'의 뜻임. [通俗通 五覇]「莊王僭號」. [三國志 蜀志 呂凱傳]「夫差僭號」. 「존위」(尊位). [史記 公孫弘傳]「朕宿昔庶幾 獲承尊位」. [漢書佞幸 張彭祖 傳].「及帝卽尊位 彭祖以舊恩封陽都侯」. ▶제98회-2)

倉公(창공): 순우의(淳于意). 서한(西漢) 때의 명의로 성은 순우(淳于), 명이 의(意)임. 태창공(太倉公) 벼슬을 했기에 '倉公'이라 부른 것임. [中國人名]「漢 臨淄人 爲齊太倉長 世稱倉公 少喜醫方術……爲人治病 決死 生多驗 嘗得罪 少女緹縈上書 請代父贖罪 文帝爲之 除肉刑」. ▶제78회-8)

猖獗(창궐): 불순한 세력이 맹렬히 퍼짐. [字彙]「獗賊勢猖獗」. [三國志 蜀 志 諸葛亮傳]「漢昭烈 謂諸葛亮曰 孤智術淺短 遂用猖獗」. 「창광」(猖狂). 사람이 멋대로 날뛰어 억누를 수 없음. [莊子 山木篇]「不知義所之所適 不知禮之所將 猖狂妄行 乃蹈乎大方」. ▶제17회-18), 제40회-3), 제89회-3)

蒼頭·官僮(창두·관동): 하인들과 하예(下隷). '창두'는 군사들이 머리를 푸른 수건으로 쌌으므로 부르는 것이며, '관동'은 궁중에서 부리는 하 예를 이름. [史記 項羽紀]「蒼頭特起」. [馬汝驥 詩]「陰闈擊官僮」. ▶제71회 -17), 제114회-14)

蒼龍(창룡): 청룡(青龍). [史記 天官書]「東宮蒼龍房心 心爲明堂」. [元好問 過晋陽故城書事詩]「東闕蒼龍函玉虎」. ▶제104회-21)

蒼龍[청룡]: 이십팔 수 가운데 동쪽에 있는 별들. [禮訂 曲禮上]「行前朱雀 而後玄武 左青龍而右白虎 (疏) 朱鳥玄武青龍曰虎 四方宿名也」. ▶제49회-4)

蒼生塗炭[백성들은 도탄에 빠지게]: 백성들이 도탄에 빠짐. 「도탄」. 진구 렁이나 숯불과 같은데 빠졌다는 뜻으로 '몹시 고통스러운 지경'을 일 컫는 말. 「도탄지고」(塗炭之苦). [書經 仲虺之誥篇]「有夏昏德 民墜塗炭」 [傳]「民之危險 若陷泥墜火 無救之者」. [後漢書 光武帝紀]「豪傑憤怒 兆人塗 炭」. ▶제93회-26)

悵然(창연): 서운하고 섭섭하여 한탄함. [傅亮 感物賦]「悵然有懷 感物興思」. [李白 詩]「停梭悵然憶遠人」. ▶제116회-19)

倡義(창의) : 기의(起義). 국난을 당하여 의병을 일으킴. [中文辭典]「起義
兵也 與唱義同」. ▶제14회-5)

倉卒伐之[성급히 저들을 정복하시겠다는 생각은] : 성급하게 적들을 정복
시키겠다는 생각. '간과'(干戈)는 방패와 창. '전쟁' 또는 '병란'의 비
유. [詩經 大雅篇 公劉]「弓矢斯張 干戈戚揚 爰方啓行」 [史記 伯夷傳]「伯夷
叔齊 叩馬而諫曰父死不葬 爰及干戈 可謂孝乎」. ▶제85회-25)

閶闔宮(창합궁) : 하늘에 있다는 궁궐. 궁궐의 대문. [楚辭 遠遊篇]「命天閽
其開關兮 排閶闔而望予」. [三國志 魏志 管寧傳]「望慕閶闔」. ▶제46회-15)

采女(채녀) : 궁녀(宮女). 한대(漢代)에 궁녀들을 민가에서 차출해 왔는데
이들을 채녀라 하였음. [後漢書 皇后紀論]「置美人宮人采女三等 (注) 采者
擇也」. [李白 詩]「宮中采女顔如花」. ▶제13회-7)

蠆尾[전갈의 꼬리] : 전갈(全蠍)의 꼬리. 곧 독침. [左氏 昭 四]「鄭子産作丘
賦 國人謗之曰 其父死於路 已爲蠆尾 以令于國 國將苦之何 (注) 謂子産重賦
毒害百姓」. ▶제91회-6)

菜色[부황이 난 얼굴들이] : 굶주린 사람의 누르퉁퉁한 얼굴빛. 굶주린 얼
굴빛. [荀子 富國]「禹十年水 湯七年旱 而天下無菜色者」. [禮記 王制篇]「雖
有凶旱水溢 民無菜色 (注) 菜色 食菜之飢色」. ▶제113회-13)

策文(책문) : 책명(策命). 임금이 신하에게 내려서 명령을 전하는 글인
데, '책문'은 이에 답하는 글임. [釋名 釋書契]「策書敎交令於上 所以驅策
諸下也」. [左氏 昭 三]「授之以策 (住) 策賜命之書」. ▶제4회-3)

册錫(책석) : '책'은 책서(册書) 곧 칙서(勅書)이고, '구석'은 '九錫'을 이
름. [漢書 公孫弘傳]「天子以册書答」. [漢書 武帝紀]「元朔元年 有司奏古者
諸侯貢士二 一適謂之好德 再適謂之賢賢 三適謂之有功 乃加九錫 (注) 九錫
一曰車馬 二曰衣服 三曰樂器 四曰朱戶 五曰納陛 六曰虎賁百人 七曰鈇鉞
八曰弓矢 九曰秬鬯」. [潘勗 册魏公九錫之]「今又加君九錫」. ▶제82회-12)

册籍[고을의 문부] : 문부(文簿). 호적. [故事成語考 制作]「唐太宗 造册籍編

里甲 以稅田糧」. ▶제108회-7)

脊杖(척장) : 등을 때리는 장형(杖刑). [隋書 刑法志]「五日 **杖有三十 二十 十**
之差 凡三等」. [唐律 名例]「**杖刑五 六十 七十 八十 九十 一百**」. ▶제46회-26)

賤降(노부의 생일) : 생일. 자신의 생일을 겸칭하는 표현임. 「천궁」(賤躬)
은 자기 자신을 겸양하는 표현임. [鮑照 與荀中書別詩]「連翩感孤志 契闊
傷**賤躬**」. ▶제4회-18)

天關(천관) : 북두칠성. [楊雄 長楊賦]「高祖奉命 順斗極 運**天關**」. [天官星
占]「北辰 一名**天關**」. ▶제14회-21)

天狗星(천구성) : 운성(隕星). 「천구성」은 유성이나 혜성의 형태를 지니
며, 흉한 일을 나타내는 흉성임. [史記 天官書]「**天狗** 狀如大奔星 有聲 其
下止地類狗 所墮及炎火 望之如火光 炎炎衝天」. [晋書 天文志]「狼北七星 曰
天狗 主守財」. ▶제63회-9)

天祿永終[천록이 영영 끝나고] : 하늘이 주는 복록이 영영 끝남. [國語 吳
語]「**天祿**函至 是吳命之短也」. [書經 禹書篇 大禹謀]「四海困窮 **天祿永終**」.
▶제119회-38)

短淺[식견이 없어서] : 학식과 견문이 옅음. [三國志 諸葛亮傳]「而智術**淺短**
遂用猖獗至於今日 然志猶未已 君謂計將安出」. [文選 任昉 爲齊明帝讓君公
表]「臣本無庸才 智力**淺短**」. ▶제75회-10)

千里駒[우리 가문의 새끼 천리마구나] : 천리마의 새끼. 조조가 족자(簇子)
에게 쓰던 애칭으로, 천리마가 뛰어난 말이듯이 '미래에 뛰어난 인재
가 될 것임'을 비유하는 말임. 원문에는 '**此吾家 千里駒也!**'로 되어 있
음. [楚辭 卜居]「寧昂昂若**千里駒**乎 將汎汎若水中之鳧乎」. [三國志 魏志 曹
休傳]「魏曹休參十餘歲 太祖擧義兵 易姓名 間行歸 太祖謂左右曰 此吾家**千
里駒也**」. ▶제56회-5)

千里饋糧 士有飢色[천 리 밖에서 양식을 날라다 먹으면……] : 원문에는 '**千
里饋糧 士有飢色**'으로 되어 있음. 장이(張耳)와 한신(韓信)이 한을 배반

한 진여(陳餘)를 치자 이좌거(李左車)가 진여에게 한 말임. [後漢書 王符傳]「或轉請鄰里 饋糧應對」. [孫子兵法 作戰 第二]「凡用兵之法……帶甲十萬 千里饋糧 則內外之費 賓客之用 膠漆之材 車甲之奉 日費千重然後 十萬之師 擧矣」.「기색」(飢色). [後漢書 章帝記]「是以歲雖不登 而大無飢色」.「荀子 宥坐」「弟子皆有飢色」. ▶제99회-15)

天亡我[하늘이 나를 망하게 하시는구나] : 천지망아(天之亡我). 하늘이 나를 버렸다는 뜻으로, '나는 잘못이 없는데 저절로 망함'을 탄식할 때 쓰는 말. [史記 項羽紀]「天亡我 非用兵之罪也」. [後漢書 齊武王縯傳]「王莽 暴虐 百姓分崩 今故旱連年 兵革並起 此亦天亡之時」. ▶제64회-4)

天命(천명) : 천수(天數). 타고난 목숨. [書經 周書篇 君奭]「不知天命不易 天難諶 乃其墜命」. [中庸 首章]「天命之謂性 率性之爲道」. [論語 爲政篇]「子曰 吾十有五 而志于學……五十而知天命」. ▶제116회-25), 제119회-14)

天無二日 民無二王[하늘에는 해가 둘이 있을 수 없으며, 백성들에게는 두 임금이 있을 수 없나이다] : 하늘에 해가 둘이 없고 백성들에게는 두 임금이 있을 수 없음. [孟子 萬章篇 上]「孔子曰 天無二日 民無二王 舜旣爲天子矣 又帥天子諸侯 以爲堯三年喪 是二天子矣」. [大戴禮]「天無二日 國無二君 家無二尊」. ▶제80회-15), 제86회-21)

天文·地理[장차 자라면서 주역을 통달하고] : 원문에는 '仰觀'으로 되어 있음. 「앙관부찰」(仰觀俯察)은 하늘을 쳐다보며 천문을 보고 땅을 굽어보고 지리를 살핌의 뜻. 「앙관천문 부찰지리」(仰觀天文 俯察地理). 위로는 하늘의 일월성신을 쳐다보고 아래로는 땅의 산천초목을 굽어본다는 말. [易經 繫辭上傳]「易與天地準 故能彌綸天地之道 仰以觀於天文 俯以察於地理」. [張蘊古 大寶傳]「今來古往 俯察仰視」. ▶제69회-1)

千步艱難(천보간난) : 천보는 천운(天運)과 같은 뜻으로 '천운이 아직 돌아오지 않아 시기가 간난함'을 이름. [詩經 小雅篇 白華]「千步艱難 之子不猶」. [六韜 武韜 順啓]「天運不能移」. ▶제86회-18)

天蓬之帥[천봉원수] : 고대 전설에 나오는 「천신」(天神). [史記 殷紀]「謂之 **天神**」. ▶제101회-9)

天府[천부에 있구나] : 천부지토(天府之土)의 준말. 땅이 기름져서 물산이 많이 나오는 땅. [戰國策 秦策]「沃野千里 蓄積饒多 地勢形便 此所謂**天府** 天下之雄國也」. [後漢書 耿弇傳]「據**天府之地** 以義征伐」. ▶결사-8)

天府之國[천부의 나라] : 땅이 기름져서 물산이 많은 나라. [戰國策 秦策]「**玉野千里** 蓄積饒多……此所謂**天府** 天下之雄國也」. [三國志 蜀志 諸葛亮傳]「益州 險塞 **沃野千里 天府之土** 高祖因之 以成齊業」. ▶제60회-38)

天使(천사) : 황제가 파견한 사자. [通鑑 書記]「大尉**天使**不敬」. ▶제1회-27)

天常(천상) : 하늘의 상도(常道). 오상(五常)의 도. [揚子法言]「吾見**天常**」. ▶제3회-4)

天喪我也[하늘이 나를 망하게 하시는도다!] : 하늘이 나를 망하게 하는도다. 「천망아」(天亡我). 하늘이 나를 버렸다는 뜻으로, '나는 잘못이 없는데 저절로 망함'을 탄식할 때 쓰는 말. [史記 項羽紀]「**天亡我** 非用兵之罪也」. [後漢書 齊武王縯傳]「王莽暴虐 白姓分崩 今故旱連年 兵革竝起 此亦 **天亡之時**」. ▶제105회-1)

天數(천수) : 「천명」(天命). [書經 周書篇 君奭]「不知天命不易 天難諶 乃其墜命」. [中庸 首章]「天命之謂性 率性之爲道」. [論語 爲政篇]「子曰 吾十有五 而志于學……五十而知天命」. ▶제76회-5), 제81회-20), 제93회-11)

天時(천시) : 하늘의 때. 하늘의 도움이 있는 시기와 지리적인 이로움. 「천시불여지리」(天時不如地理)는 전쟁을 함에 있어 설사 때가 와 유리하다 할지라도, 적이 이편보다 유리한 지형을 차지하고 있으면 승리할 수 없다는 말. [孟子 公孫丑篇 下]「**天時不如地利** 地利不如人和」. [淮南子 兵略訓]「**地利勝天時 巧擧勝地利** 勢勝人」. ▶제118회-5)

天時·地利·人和(천시·지리·인화) : 위(魏)의 조조는 때를 잘 만나고 오(吳)의 손권은 지리적으로 장강(長江)이 있으나, 촉(蜀)의 현덕은 인간적인 유대(人物)가 있으니 이를 잘 이용해야 한다는 뜻임. [孟子 公孫丑篇 下]「天時不如地利 地利不如人和」. [荀子 議兵篇]「上得天時 下得地利」. ▶제38회-11)

天時地利(천시와 지리) : 하늘의 도움이 있는 시기와 지리적인 이로움. 「천시불여지리」(天時不如地理)는 전쟁을 함에 있어 설사 때가 와 유리하다 할지라도, 적이 이편보다 유리한 지형을 차지하고 있으면 승리할 수 없다는 말. [孟子 公孫丑篇 下]「天時不如地利 地利不如人和」. [淮南子 兵略訓]「地利勝天時 巧舉勝地利 勢勝人」. ▶제120회-27)

天與弗取 反受其咎[하늘이 주는 것을 받지 않으면……] : 하늘의 뜻을 거역하면 오히려 자신에게 해를 가져오게 됨을 이름. 원문에는 '天與弗取 反受其咎'로 되어 있음. [逸周書]「天與弗取 反受其咎 當斷弗斷 反招其亂」. [國語 越語]「天與弗取 反受其咎 得時不成 反受其殃」. [史記 越世家]「范蠡曰 且夫天與弗取 反受其咎」. ▶제80회-19)

天獄(천옥) : 산이 가깝게 둘러싸인 지대. 아주 험준한 요해(要害)를 이름. ▶제96회-2)

天運循環(천운의 순환) : 천운(하늘이 정한 운수)은 쉬지 않고 자꾸 되풀이 하여 돎. 「천운」. [後漢書 公孫瓚傳論]「舍諸天運 (注) 天運猶天命也」. [六韜 武韜 順啓]「天運不能移」. 「순환」. [史記 高祖紀贊]「三王之道 若循環 終而復始」. [史記 蘇秦傳]「此必令言如循環」. ▶제119회-36)

天威[천위에 있으시다 해도] : 황제의 권위. 「천위지척」(天威咫尺). 「천위지척」(天位咫尺)은 하늘이 멀지 않은 곳에서 감찰(鑑察)하여, 그 위엄이 면전에 있으니 공구하여 근신하라는 말. [禮記 禮運]「祭帝於郊 所以定天位也」. [漢書 師丹傳]「臣聞 天威不違顔咫尺 願陛下 深思先帝所以建立 陛下之意」. ▶제80회-9), 제85회-5)

天人(천인) : 신선(神仙). 재주나 용모가 비상하게 뛰어난 사람을 이름. [漢書 班固傳]「往者王莽作逆 漢祚中缺 天人致誅」. [漢書 故事 神相類]「天

人佑助」. ▶제27회-10)

千日草‧十日卜(천일초‧십일복) : '董卓'의 파자(破字)임. '千日草'는 '卄 +
千 + 里'로 '董'이고, '十日卜'은 '上 + 日 + 十'으로 '卓'을 뜻함. ▶제9회-12)

天柱(천주) : 하늘이 무너지지 않도록 괴고 있다는 상상의 기둥. [武帝內
傳]「三天太上道君……察丘山之高卑 立天柱」. 「천주절 지유결」(天柱折 地
維缺)은 천강과 지유를 끊는다는 뜻으로 분란이 심함을 이름. [史記 三
皇紀]「天柱折 地維缺 女媧乃練五色石以補天」. [博物志 地]「共工氏 與顓頊
爭帝而怒 觸不周之山 天柱折 絕地維」. ▶제81회-9)

天地之紀[천지의 기강] : 천지의 강기(綱紀). 삼강오상과 기율. [禮記 樂
記]「作爲父子君臣 以爲紀綱」. [蔡傳]「大者爲綱 小者爲紀」. ▶제4회-5)

天津(천진) : 은하를 가로 지르고 있는 별의 이름. [晉書 天文志]「天津九星
橫河中 一曰天漢 一曰天江 主四瀆津梁」. ▶제14회-19)

天下可無洪 不可無公[천하에는 홍이 없어도 되지만 공이 없으면 안 됩니다]
: '나보다 당신이 살아야 한다'는 말임. 원문에는 '天下可無洪 不可無
公'으로 되어 있음. [禮記 表記]「故天下有道 則行有枝葉 天下無道 則辭有
枝葉」. ▶제6회-11)

天下大勢 合久必分 分久必合[천하의 일이란 합한 지 오래되면 반드시 나뉘
게 되고, 나뉜 지 오래면 또 다시 합한다] : 천하의 일이란 합한 지 오래
면 반드시 나뉘게 되고, 나뉜 지 오래면 또 다시 합하게 되는 것임.
「천하대세」(天下大勢)는 '세상이 되어가는 형편'의 뜻이나, '역사란 순
환하고 흥망성쇠의 반복'이란 의미임. [禮記 大學]「治國而後 天下平」.
[書經 虞書篇 大禹謨]「奄有四海 爲天下君」. ▶제1회-2), 제120회-33)

天下土崩[천하가 토붕와하매] : 온 천하가 흙더미처럼 무너짐. 「토붕와해」
(土崩瓦解)는 '흙담이 무너지고 기와가 깨어지는 것처럼 어떤 조직이나
모임이 흩어짐'의 뜻임. [鬼谷子 抵巇篇]「土崩瓦解而相伐射」. [史記 始皇
紀]「秦積衰 天下土崩瓦解」. ▶제112회-12)

鐵練(철련) : 추가 달린 쇠사슬. 쇠도리깨[鐵連枷]. 「철간」(鐵簡)은 '쇠로 만든 네모난 채찍'임. [宋史 兵志]「所製神盾劈陳刀手刀 **鐵連**撾**鐵簡**」. [武備志 鐵鞭 鐵簡圖說]「**鐵鞭鐵簡**兩色……謂之**鐵簡**」. ▶제67회-10)

鐵疾藜骨朵(철질려골타) : 마름쇠. 능철(菱鐵). 네 발을 날카로운 송곳의 끝과 같이한 마름모꼴의 무쇠붙이. [六韜 虎韜 軍用]「狹路微徑 張**鐵蒺藜** 芒高四寸 廣八尺 長六尺以上 千二百具」. [武備志]「**鐵蒺藜**竝以置賊來要路 使人馬不得騁 古所謂渠答也」. ▶제83회-13), 제109회-3)

鐵胎弓(철태궁) : 강궁(强弓)의 하나로 몸에 철심을 넣어 만든 활. 「철궁」 (鐵弓). [中文辭典]「鐵製烘物之架也 與**鐵炎**同」. ▶제83회-5), 제97회-12)

添兵減竈之法[군사들은 늘리고 부뚜막의 숫자는 줄이는 방법] : 제(齊)나라 손빈의 기책(奇策). 적에게 기만책으로 매일 '군사의 수는 늘리되 부뚜막의 수를 줄이는 계책.' [史記 孫武吳起傳]「魏伐韓韓請救於齊 涓去韓而歸 臏使齊軍入 魏地者爲十萬竈 明日爲五萬竈 又明日爲二萬竈 涓大喜曰 我固知齊軍怯 入吾地三日 士卒亡者過半矣 乃倍日幷行逐之」. [梁開文帝 泛舟橫大江詩]「**減竈驅**前馬 銜枚進後兵」. ▶제100회-22)

靑蓋[푸른 일산] : 푸른 일산 곧, 천자가 받는 일산. [孔武仲 炭步港觀螢詩]「爛如神仙珠玉闕 **靑羅**掩映千明紅」. ▶제120회-5)

請更衣[옷을 갈아 입으시지요] : 원문은 '**請更衣**'로 '옷을 갈아 입으소서'의 뜻임. [論衡 四 諱]「夫**更衣**之室 可謂臭矣」. [通俗編 服飾 更衣]「按諸注則**更衣** 乃實言 **更易衣服**」. ▶제34회-11)

靑囊書(청낭서) : 화타(華佗)가 지은 의서. '청낭'은 약주머니인데 '의술'의 대명사로 일컬음. [後漢書 華佗傳]「佗臨死 出一**卷書**與獄吏曰 此可以活人 吏畏法 不敢受 佗亦不强 索火燒之」. ▶제78회-9)

靑羅傘蓋(청라산개) : 푸른 비단으로 만든 산개. '산개'는 귀인(貴人)들이 받는 일산(日傘). 「청라」. [孔武仲 炭步港觀螢詩]「爛如神仙珠玉闕 **靑羅**掩映千明紅」. ▶제5회-19), 제42회-3)

靑龍偃月刀(청룡언월도) : 옛 중국 무기의 하나로 관우(關羽)가 썼다 함. [武備志]「刀見於武經者 惟八種 今所用惟四種 **偃月刀** 短刀 長刀 鉤鎌刀 是也 **偃月刀** 以之操習示雄 實不可施於陳也」. [三才圖會]「關王**偃月刀** 刀勢旣大 其三十六刀法 兵仗遇之 無不屈者 刀類中以此爲第一」. ▶제1회-17)

靑史(청사) : 사기(史記)를 일컫는 말. 종이가 없었던 시대에 푸른 대나무에 역사를 기록한 데서 온 말임. [范質 詩]「南史朝稱八達 千載穢**靑史**」. [李白 過四皓墓詩]「紫芝高詠罷 **靑史**舊名傳」. ▶제9회-5)

靑蛇[업구렁이] : 업구렁이. [漢書 謝弼傳]「**靑蛇**見前殿 大風拔木」. [白居易 折劍頭詩]「一握**靑蛇**尾 數寸碧峯頭」. ▶제37회-19)

靑山不老 綠水長存[청산은 늙지 않고 녹수는 오래 있으니] : 청산과 녹수가 변치 않은 것과 같이 '후일 후사하겠다'는 뜻임. [王維 春日與裴迪過新昌里訪呂逸人不遇詩]「門外**靑山**如屋裏 東家**流水**入西鄰」. [李白 鳥楼詩]「吳歌楚舞歡未畢 **靑山**欲衔半邊日」. ▶제60회-28)

淸平[맑아지게 되고] : 「청정평치」(淸靜平治). [後漢書 杜詩傳]「政治**淸平**」. [文選 班固 兩都賦序]「海內**淸平** 朝廷無事」. ▶제115회-20)

體訪得失[득실을 자세히 알아오게] : 득과 실을 자세히 알아봄. 「득실」(得失). [詩經 大序]「國史明乎**得失之迹** 傷人倫之廢 哀刑政之苛」. [戰國策 齊策]「非**得失之策**與」. ▶제107회-24)

替行道(체행도) : 하늘을 대신해서 도를 행함. [唐書 歷志]「三代之興 皆揆測**天行** 考正星次」. [莊子 刻意]「聖人之生也**天行** 其死也物化 (疏) 其生也如**天道之運行** 其死也類萬物之變化」. ▶제47회-16)

楚·宋之分[초나라와 송나라 분야] : 분야탁지(分野度之). 그 분야를 헤아려 봄. 그곳을 살펴봄. 지상의 행정구역을 하늘의 28수(宿)에 맞춰 하늘의 특정 분야에 성변(星變) 있으면, 지상의 해당 구역에 재앙이 생긴다고 생각하였음. [周禮 宗伯禮官之職]「保章氏掌天星 以志星辰日月之變動 以觀天下之遷 辨其吉凶 以星土辨九州之地所封 封域皆有分星 以觀妖

祥」. [國語 周語下]「歲之所在 則我有周之**分野**屬是也」. ▶제31회-6)

草芥(초개) : 지푸라기. 보잘 것 없는 것. [孟子 離婁篇]「視天下說而歸已
猶**草芥**也」. [文選 夏候湛 東方朔畵像讚]「視儔列如 **草芥**」. ▶제5회-5), 제39
회-9), 제66회-8), 제71회-26)

草木同腐[어찌 초목과 같이 썩을 수] : 「초목구부」(草木俱腐). 사람의 구실
을 못하고 풀이나 나무 같이 헛되이 썩음. 이름 없이 세상을 떠남. [唐
書]「埋光鐘采 與**草木俱朽**」. [杜甫 發秦州詩]「**草木**未黃落 況聞山水幽」. ▶
제47회-1)

草房(초방) : 띠집(茅蘆). [皮日休 秋晚自洞庭湖 別業寄穆秀才詩]「破村寥落
過重陽 獨自櫻寧葺**草房**」. ▶제103회-7)

椒房(초방) : 후비의 궁전이나 전(轉)하여 '황후'를 이름. [文選 班固 西都
賦]「後宮 則有掖庭**椒房** 后妃之室」. [後漢書 伏皇后妃]「自處**椒房**」. ▶제66
회-17)

草棚(초붕) : 풀을 말려서 묶은 덤불 사다리. 「붕잔」(棚殘)은 계곡을 가로질
러 높이 걸쳐놓은 다리. [沈遼 詩]「尤厭吏舍喧 牛羊鬪**棚殘**」. ▶제88회-3)

招辭(초사) : 공사(供辭). 죄인이 범죄 사실을 진술한 말. ▶제23회-33)

楚殺得臣而文公喜[초나라가 득신을 죽이매 문공이 기뻐하였다] : 득신(成得
臣)은 초나라의 대장이었으나 진(晋)과 싸우다가 패하여 돌아오자 핍
박을 받아 자살하였는데, 진문공(晋文公)이 소식을 듣고 기뻐하였다는
고사. [中國人名]「楚 卿 字子玉 成王時伐陳有功 子文使爲令尹 傳政與之 後
與晋兵 戰於城濮 兵敗自殺 **晋文公聞其死 喜日 莫余毒也已**」. ▶제96회-10)

初生之犢 不懼虎[갓 낳은 송아지가 호랑이를 두려워하지 않는다] : 원문에
는 '**初生之犢 不懼虎**'로 되어 있어, '하룻강아지 범 무서운 줄 모른다'는
속담에 해당되는 말임. [論衡 本性]「羊舌食我**初生之時** 叔姬視之 及堂聞
啼聲而還」. ▶제74회-8)

招安[항복시킨] : 항복 받은. 초항(招降)시키기 위해. 항복받기 위해. [鷄

肋編]「宋建炎後 民間語云 欲得官 殺人放火受**招安**」. [歐陽修 詩]「曉昨計不 出 還出**招安**辭」. ▶제23회-1), 제75회-17), 제118회-12)

招諭(초유) : 소유(召諭). 불러서 타이름. [三國志 魏志 劉放傳]「放善爲書檄 三祖詔命 有所**招諭** 多放所爲」. [北史 魏道武帝紀]「**招諭**之耀 兵揚威」. ▶제 31회-2)

剿絕[초멸] : 초멸(剿滅)・초제(剿除). 외적이나 도적의 무리를 무찔러 없 앰. ▶제59회-7)

醮祭(초제) : 별을 향하여 지내는 제사. [漢書 郊祀志]「宣帝時 或言 益州有 金馬碧鷄之神 可**醮祭**而致」. ▶제29회-12), 제78회-13)

鷦鷯尙存一枝[뱁새도 앉을 나뭇가지가 있고] : 뱁새[巧婦鳥]. [文選 張華 鷦 鷯賦]「**鷦鷯**小鳥也 生於嵩萊之閒」. 「초료소림불과일지」(鷦鷯巢林不過一 枝)란 말이 있는데, 이는 뱁새도 머물 곳이 있다는 말로 '누구나 자기 자리를 가진다'는 의미임. [莊子 消遙遊篇]「**鷦鷯**巢於深林 不過一枝 偃鼠 飮河 不過滿腹」. 「초학관경욕단」(鷦學觀脛欲斷)은 '자기의 형편은 생각 지도 않고 자기보다 잘 사는 사람의 행세를 따르려다가는, 따라가지 도 못하고 도리어 망신만 당함'에의 비유임. ▶제60회-36)

蜀道崎嶇[촉도가 기구한데] : 촉의 가는 길이 매우 험난함. 이백(李白)이 촉도의 험함을 들어 현종(玄宗)의 서행(西行)을 풍자한 작품으로 「촉도 난」(蜀道難)이 있고, 이에 대해 당의 육창(陸暢)이 이를 반박한 「촉도 이」(蜀道易)가 있으나 이는 전하지 않음. [李白 蜀道難]「噫吁嚱 危乎高 哉 **蜀道**之難 難於上靑天 蠶叢及於鳧 開國何茫然 爾來四萬八千歲 不如秦塞 通人煙……錦城雖云樂 不如早還家 **蜀道**之難 難於上靑天 側身西望長咨嗟」. ▶제60회-2)

催進使(최진사) : 독전관(督戰官). 싸움을 독려하러 온 사신. [晋書 何無忌 傳]「取我蘇武節來 節至 乃躬執以**督戰**」. [唐書 裴度傳]「唯成請身**督戰**」. ▶ 제17회-4)

推車使者(추거사자) : 수레 미는 귀신. '사자'는 사람이 죽으면 그 넋을
저승으로 잡아가는 일을 맡았다는 저승의 귀신. [左氏 成 二]「苟有險
余必**推車**」. [易林]「**推車**上山 高仰重難」. ▶제101회-8)

樞機(추기) : 몹시 중요한 사물 또는 중요한 부분. [易經 繫辭 上傳]「言行
君子之**樞機 樞機**之發 榮辱之主也」. [淮南子 人間訓]「知慮者 禍福之門戶也
動靜者 利害之**樞機**也」. ▶제57회-11), 제81회-5)

趨吉避凶[길한 일은 좇고 흉한 일을 피하려는 것이외다] : 「피흉추길」(避凶
趨吉). 나쁜 일은 피하고 좋은 일에만 나아감. ▶제62회-11)

秋獮·冬狩(추미·동수) : 가을과 겨울에는 사냥을 함. [左氏 隱 五]「故**春
蒐夏苗 秋獮冬狩** 皆于農隙以講事也」. ▶제20회-7)

推調[이처럼 미루다가는] : 일을 미룸. 미적거림. ▶제56회-16)

秋波(추파) : 환심을 사려고 아첨하는 은근한 태도나 기색. 본래는 '맑고
아름다운 미녀의 눈길'을 비유함. [李商隱 天津西望詩]「天津西望腸眞斷
滿眼**秋波**出苑牆」. [蘇軾 百步洪詩]「佳人未肯回**秋波** 幼輿(謝鯤 字) 欲語防
飛梭」. ▶제8회-12)

秋毫無犯[추호도 범하는 일이] : 아주 청렴하여 남의 것을 조금도 건드리지
아니함. '추호'는 가늘어진 짐승의 털이란 뜻으로, '아주 작거나 적음'을
비유하는 말임. [孟子 梁惠王篇 上]「明足以察 **秋毫**之末 而不見輿薪」. [史記
淮虞候傳]「韓信謂漢王曰 大王之入武關 **秋毫**無所害」. ▶제120회-23)

鰍鱔[미꾸라지와 두렁허리] : 추어와 선어. 「두렁허리」는 민물고기의 한
가지로 뱀장어와 비슷함. [說苑]「蛇淤霧露……然而暮託宿于**鰌鱓**之穴」.
[文選 王褒 四子講德論]「**鰌鱓**跉逃 九罭不以爲虛」. ▶제114회-3)

祝融(축융) : 불을 맡은 신[火神]. 여름(남쪽 바다)을 맡은 신. [禮記 月令
篇]「孟夏之月 其神**祝融**」. [左氏昭 二十九]「火正曰 **祝融**」. ▶제40회-13)

祝融氏(축융씨) : 전설 속의 고대 제왕의 한 사람. 여름(불)의 신. [禮記
月令篇]「孟夏之月 其神**祝融**」. ▶제90회-5)

縮地法(축지법) : 축지를 하는 술법. 「축지」는 도술로 지맥을 줄여 먼 거리를 가깝게 하는 일을 이름. 「축지맥」(縮地脈). [神仙傳]「費長房遇壺公有神術 能縮地脈 千里聚在目前 宛然放之復舒如舊」. ▶제101회-13)

逐兎先得[토끼를 쫓을 때 빠른 사람이 먼저 얻는다] : 일이란 빨리 처리해야 한다는 말로 '빨리 결심해야 함'을 채근하는 비유임. [後漢書 袁紹傳]「沮授諫曰 世稱萬人逐兎 一人獲之 貪者悉止 分定故也……下思逐兎分定之義」. ▶제60회-39)

春蒐·夏苗(춘수·하묘) : 봄에 사냥하고 여름에는 모종을 함. '수·미'는 모두 짐승을 사냥하는 것인데 '蒐'는 봄에 새끼 배지 않은 놈을 사냥하는 것이고, '獮'는 가을에 보는 대로 잡는 것을 말함. [爾雅 釋天]「春獵曰蒐」. [穀梁 桓 四]「春曰蒐 夏曰苗 秋曰獮 冬曰狩」. ▶제20회-6)

春秋(춘추) : 춘추전(春秋傳). 공자가 지은 운공(隱公)에서 애공(哀公)까지 역사를 기술한 책. [史記 管晏傳贊]「晏子春秋」. [同書 虞卿傳]「虞氏春秋」. [同書 呂不韋傳]「呂氏春秋」. ▶제50회-9)

春秋傳(춘추전) : [춘추]를 해석한 책들. 좌구명의 '좌씨춘추(左氏春秋·左氏傳)'를 이름. 공자가 지은 은공(隱公)에서 애공(哀公)까지 역사를 기술한 책. [史記 管晏傳贊]「晏子春秋」. [同書 虞卿傳]「虞氏春秋」. [同書 呂不韋傳]「呂氏春秋」. ▶제120회-15)

出警入蹕(출경입필) : 임금이 거둥할 때에 통행을 금지하는 일. '경'은 경계 '필'은 통행금지를 뜻함. [書言故事]「御駕出入警蹕止行」. [周禮 天官 冢宰]「宮正 掌凡邦之事蹕」. [漢書 文三王傳]「從千乘萬騎 出稱警 入言蹕 儗於天子」. ▶제68회-12)

出鬼入神之計[귀신같은 계략] : 귀신을 능가할 만한 계책. [論衡]「鬼歸也 神伸也」. [禮記 禮運篇 鄭注]「鬼者 精魂所歸 神者 謂祖廟山川五祀之屬」. [中庸章句]「程子曰 鬼神天地之功用 而造化之迹也 張子曰 鬼神者 二氣之良能也」. ▶제39회-8)

出其不意(출기불의) : 뜻밖에 나타남. 남이 생각지도 않은 때에 나아감.
[孫子兵法 計篇 第一]「攻其不備 出其不意 此兵家之勝 不可先傳也」. ▶제60
회-47), 제92회-19), 제106회-7)

出師表(출사표) : 문장의 편명(篇名). 출병의 뜻을 적어서 임금님께 올리
는 글. 제갈량의 「전후출사표」(前後出師表)가 유명함. [中文辭典]「諸葛
孔明征魏前 上蜀漢後主之表文 前後二篇 三國志諸葛亮傳……按蘇東坡云 出
師二表 簡而且表 直而不肆 非秦漢而下以事君爲悅者所能至」. ▶제91회-27)

出入警蹕[출입할 때에 경필하시고] : 경필(警蹕). 임금님이 거동할 때에
경계하여 통행을 금함. [史記 淮南眞王長傳]「出入稱警蹕」. [漢書 揚雄傳]
「入神奔而警蹕兮 振殷轔而軍裝」. ▶제119회-29)

衝車(충거) : 겉에 철판을 씌워 성문이나 성벽을 깨뜨리는 고대의 전차.
[後漢書 天文志]「或爲衝車以撞城」. [六韜 虎韜 軍用]「大扶胥衝車三十六乘」.
▶제97회-18)

忠臣豈肯事二主乎[충신이 어찌 두 주군을 섬기겠소?] : 원문에는 '忠臣豈肯
事二主乎?'로 되어 있음. [史記 田單傳]「王蠋日 忠臣不事二君 貞女不更二
夫 吾與其生而無義 固不如烹」. ▶제64회-9)

忠臣寧死而不辱 大丈夫豈有事二主之理[충신은 차라리 죽을지언정……] :
원문에는 '忠臣寧死而不辱 大丈夫豈有事二主之理'로 되어 있음. 「대장부」
(大丈夫). [孟子 滕文公 下]「富貴不能淫 貧賤不能移 威武不能屈 此之謂大丈
夫」. [史記 高祖紀]「嗟乎大丈夫 當如此也」. ▶제28회-14)

忠言逆於耳[충성된 말은 귀에 거슬린다더니] : 정성스럽고 충성된 말은 귀
에는 거슬림. 곧 '충언(忠言)은 듣기는 싫지만 자신에게 유익하다'는
뜻임. [孔子家語 六本篇]「孔子日 良樂苦口 利于病 忠言逆耳 利于行」. [史
記 淮南王篇]「忠言逆於耳利於行」. [漢書 張良傳]「且忠言逆耳利於行 毒藥
苦口利於病」. ▶제30회-4)

瘁盡[몸을 바쳐] : 국궁진췌(鞠躬盡瘁). 나랏일에 몸과 마음을 다해 힘씀.

「국궁」. [論語 鄕黨篇]「入公門 **鞠躬**如也 如不容」. 「진췌」. [詩經 小雅篇

北山]「或燕燕居息 或**盡瘁事國**」. [諸葛亮 後出師表]「**鞠躬盡瘁** 死而後已」.

▶제101회-28)

就計破之[장계취계하여 저들을 무너뜨려야 하겠다] : 장계취계(將計就計)

하여 적을 타파함. [中文辭典]「謂就人之計以行之也」. [中國成語]「謂故意

依照敵人的計劃來設計 引誘敵人入自己的圈套」. ▶제53회-20)

翠華[화려했던 그 모습] : 푸른 새의 깃을 보(葆)로 만들어 꽂은 천자의

깃발. [杜甫 北征行]「都人望**翠華** 佳氣向金闕」. [白居易 長恨歌]「**翠華**搖搖

行復止 西出都門百餘星」. ▶제85회-17)

癡呆[얼이 빠져] : 얼이 빠짐. 정신없이 바라봄을 이름. [中文辭典]「斥人

愚笨也」. ▶제74회-7)

致仕(치사) : 늙어서 벼슬을 사양하고 물러남. [公羊 宣元]「古之道不卽人心

退而**致仕** (注) **致仕**還祿位於君」. [漢書 平帝紀]「年老**致仕**者」. ▶제27회-3)

輜重(치중) : 말에 실은 짐. [漢書 韓安國傳]「擊**輜重**(注)師古曰 衣車也 輜謂

載重物車也……總曰 **輜重**」. [後漢書 五行志]「虜掠承輿**輜重**」. ▶제17회-13)

置之死地而後生[사지에 진을 치면 산다] : 원문에 '**置之死地而後生**'으로 되

어 있음. [孫子兵法 九地篇 第十一]. 「**死地** 吾將示之以不治 故兵之情 圍則

禦 不得已則鬪 過則從」. ▶제95회-7)

七竅[일곱 개의 구멍에서] : 사람의 얼굴에 있는 눈·코·귀·입 등의 일곱

구멍을 말함. [靈樞脈度篇]「**七竅** 耳目鼻(各二)口(一)」. [莊子 應帝王]「皆有

七竅 以視聽食息」. ▶제29회-14), 제77회-15)

七禁令 五十四斬(칠금령과 오십사참형) : 고대의 군법. [太平御覽]의 「武候

兵法」에는 7조의 금령마다 구체적인 항목이 포괄되어 있음. 이것이 모

두 54항목이며 그 중 한 항목이라도 어기면 참수하였음. [周禮 地官

鄕大夫]「各掌其鄕之政教**禁令** (疏) 釋曰六鄕大夫各掌其鄕之政令及十二教

與五**禁號令**皆掌之」. ▶제44회-15)

七斷八續[위병들을 몰아친다] : 계속 몰아침. 「단속」. [淮南子 說山訓]「神蛇能**斷**而復**續** 而不能使人勿續」. [唐太宗 望送魏徵葬詩]「哀笳時**斷續** 悲旌乍卷叙」. ▶제114회-22)

七廟(칠묘) : 제사를 지내는 사당. 천자는 칠묘(七廟)·제후는 오묘(五廟)·대부는 삼묘(三廟)·사(士)는 일묘(一廟)를 두게 되어 있음. [禮 王制]「天子**七廟** 三昭三穆 與太祖之**廟**而七」. [百虎通論]「周以后稷 文武特**七廟**」. ▶제119회-42)

七夕名節[칠석가절] : 칠석날. 명절의 하나로 음력 7월 초이렛날임. 이날 서안에 있는 직녀성과 동안에 있는 견우성이 오작교(烏鵲橋)를 타고 1년에 한 번씩 만난다 함. [荊楚 歲時記]「**七月七日** 爲牽牛織女 聚會之夜 時夕 人家婦女結綵縷」. [故事成語考 歲時]「**七夕** 牛女渡河 家家穿乞巧之針」. ▶제63회-11)

七星皁旛(칠성조번) : 북두칠성을 그려 놓은 기. 「조개」(皁蓋)는 검은 비단의 천으로 친 마차 위에 세운 일산(日傘). [後漢書 輿服志]「中二千石 二千石 皆**皁蓋**朱兩幡」. [白居易 送李滁州詩]「白衣臥病嵩山下 **皁蓋**行春楚水東」. ▶제101회-7)

七星號帶(칠성호대) : 북두칠성을 그린 신호기. 좁고 긴 비단 조각. 깃대의 머리에 매어 사졸들에게 알리는 구실을 했음. [六部成語 兵部 號帶注解]「**號帶**乃長條之帛 繫于竿頭 用以呼軍卒」. ▶제103회-5)

七縱勞(칠종로) : 제갈량이 맹획(孟獲)을 일곱 번 잡았다 놓아주어 끝내는 항복하게 했던 수고로움. [三國志 蜀志 諸葛亮傳]「建興三年 亮率衆南征」(裵松之注)……「使觀於營陣之間 問曰 此軍何如 獲曰 向者不知許實 故敗 若祇如此 卽定易勝耳 亮笑 縱使更戰 **七縱七擒** 獲曰 公天威也 南人不復反矣」. [章孝標 諸葛武候廟詩]「**七縱七擒**何處在 茅花櫪葉蓋神壇」. ▶제88회-14)

七縱七擒(칠종칠금) : 제갈량이 맹획(孟獲)을 일곱 번 사로잡았다가 일곱 번 놓아주어 끝내는 항복 받는 일. 「칠종로」(七縱勞). [三國志 蜀志 諸葛亮傳]「建興三年 亮奉衆南征」(裵松之注)……「使觀於營陣之閒 問曰 此軍何如 獲曰 向者不知虛實 故敗 若祇如此 卽定易勝耳 亮笑 縱使更戰 **七縱七擒** 獲曰 公天威也 南人不復反矣」. [章孝標 諸葛武候廟詩]「**七縱七擒**何處在 茅花櫪葉蓋神壇」. ▶제90회-14)

寢不安席 食不甘味[잠을 잘 때에도 늘 편안하지 못하였고 음식을 먹을 때에는 그 맛을 모르고 지냈으며] : 근심 걱정으로 편안히 잠을 이루지 못하고 음식을 먹어도 맛이 없음. [漢書 郊祀傳]「**食不甘味 寢不安席**」. [曹植 求自試表]「**寢不安席 食不遑味**者」. ▶제97회-4)

沈魚落雁之容 閉月羞花之貌[마치 물고기가 보고 물속으로 들어가 숨고 기러기는 보고 갈숲으로 내려 앉으며……] : 물에서 놀던 고기는 물속으로 숨고 하늘을 날던 기러기는 갈숲으로 내려 앉으며, 달도 숨고 꽃도 오히려 부끄러워한다는 뜻으로, '아름다운 여자의 고운 얼굴'을 형용하는 말임. [莊子 齊物論篇]「毛嬙麗姬 人之所美也 **魚見之深入 鳥見之高飛** 麋鹿見之決驟 四者孰知天下之正色哉」. [通俗編 禽魚 沈魚落雁]「宋之問 院紗篇 鳥驚入松蘿 魚畏沈荷花 按 傳奇所謂**沈魚落雁之容**本此」. [辭海]「李白 西施詩 秀色俺今古 荷花羞玉顔 知此語 習用已久 **蔽月卽閉月**也」. ▶제44회-5)

枕之股而哭[머리를 들어 무릎에 올려 놓고 울며] : 머리를 무릎 위에 올려 놓는다는 뜻으로. '신하가 횡사한 군주에 대해 애도를 표시하는 예법'임. 「침굉」(枕肱)은 팔을 베개 삼아 베고 잠. [論語 述而篇]「子曰 飯疏食飮水 **曲肱而枕之** 樂亦在其中矣」. [陶潛 五月旦作和戴主簿詩]「居常其盡 **曲股豈傷沖**」. ▶제114회-17)

稱臣聽命(칭신청명) : 신복(臣服)하여 임금의 분부를 들음.[儀禮 聘禮]「**北面聽命**」. [左氏 嬉 二十四] 鄭之人滑也 **滑人聽命**」. ▶제4회-8)

E

拖刀計(타도계) : 칼로 적의 등을 찍는 계책. 패한 체 달아나다가 비껴서면서 추격해 오던 적이 미처 서지 못하는 순간에, 적의 등쪽 어깨를 내리 찍는 계책. ▶제53회-7), 제67회-2), 제74회-9)

拖刀背斫計(타도배작계) : 칼로 적의 등을 찍는 계책. 패한 체 달아나다가 비껴서면서 추격해 오던 적이 미처 서지 못하는 순간에, 적의 등쪽 어깨를 내리 찍는 계책. ▶제12회-12)

唾手可得[적도성을 쉽게 얻을 수 있는데] : 일이 잘 되어지기를 기약할 수 있음. '아주 가까이 있어 쉽게 얻을 수 있음'의 비유. '타수'는 손에 침을 뱉으며 힘을 낸다는 말로, '힘을 내면 얻을 수 있다'의 뜻임. 「타수가결」(唾手可決)은 쉽게 승부를 낼 수 있음을 이름. [後漢書 公孫瓚傳]「瓚曰 始天下兵起 我謂唾手而決」. [唐書 褚遂良傳]「帝欲自討遼東 遂良言但遣一二愼將 垂手可取」. ▶제64회-10), 제84회-6), 제110회-29)

剁爲肉泥[난도질당해] : 난도질을 당함. 원래는 '다진 쇠고기떡'(散炙)의 뜻임. [水滸傳 第四十六回]「把儞剁爲肉泥」. ▶제3회-11)

託孤(탁고) : 선주가 제갈량에게 후주를 부탁하신 일. 「탁고지중」(託孤之重). [三國志 蜀志 先主紀]「先主病篤 託孤於丞相亮」. [文選 袁宏 三國名臣序贊]「把臂託孤 惟賢與親」. ▶제104회-15), 결사-9)

託孤[후주를 부탁했을 것입니다] : 죽으면서 자식을 부탁한다는 뜻으로, 유비가 제갈량에게 아들(劉禪)을 부탁한 일을 이름. [三國志 蜀志 先主紀]「先主病篤 託孤於丞相亮」. [文選 袁宏 三國名臣序贊]「把臂託孤 惟賢與親」. ▶제85회-24)

託孤之命[탁고의 명] : 선제(劉備)가 제갈량에게 후주(劉禪)를 부탁하신 명령. 「탁고지중(託孤之重)」. [三國志 蜀志 先主紀]「先主病篤 託孤於丞相 亮」. [文選 袁宏 三國名臣序贊]「把臂託孤 惟賢與親」. ▶제106회-16)

託孤之恩(탁고지은) : 자식을 부탁한 은혜. [三國志 蜀志 先主紀]「先主病 篤 託孤於丞相亮」. [文選 袁宏 三國名臣序贊]「把臂託孤 惟賢與親」. ▶제 107회-1)

託孤之意(탁고지의) : 자식을 부탁한다는 뜻. [三國志 蜀志 先主紀]「先主病 篤 託孤於丞相亮」. [文選 袁宏 三國名臣序贊]「把臂託孤 惟賢與親」. ▶제101 회-22)

託孤之重[지중하신 당부] : 탁고의 지중함. [三國志 蜀志 先主紀]「先主病篤 託孤於丞相亮」. [文選 袁宏 三國名臣序贊]「把臂託孤 惟賢與親」. ▶제89회 -15), 제100회-19), 제103회-24)

吞併之心(탄병지심) : 병탄·합병(併吞合併)하고자 하는 마음. 본래 「병탄」 은 '남의 토지를 합쳐서 자기의 것으로 함'의 뜻임. [漢書 賈山傳]「併吞海 內」. ▶제11회-6)

彈丸之地[아주 작은 고을] : 적에게 싸여 공격의 대상이 되는 썩 좁은 땅. [戰國策 秦策]「誠不知秦力之所至 此彈丸之地猶不予也」. [史記 虞卿傳]「趙 郝曰……誠知秦力之所不能進 此彈丸之地弗子」. ▶제35회-15)

彈丸之地[아주 작은 곳입니다] : 적에게 싸여 공격의 대상이 되는 썩 좁은 땅. [戰國策 秦策]「誠不知秦力之所至 此彈丸之地猶不予也」. [史記 虞卿傳] 「趙郝曰……誠知秦力之所不能進 此彈丸之地弗子」. ▶제76회-10)

歎羨[크게 찬탄하였다] : 찬탄하고 크게 연모함. [文同 詩]「使人歎羨不能已 只恨有門歸隔夜」. ▶제71회-11)

奪船避箭於渭水[위수에서 배를 빼앗아 화살을 피하시던 일들은] : 조조가 위수에서 배에 뛰어올라 화살을 피했던 일. [漢書 地理志]「隴西郡 首陽 縣禹貢鳥鼠同穴山 在西南渭水所出」. ▶제60회-23)

探囊取物[마치 주머니 속에서 물건을 꺼내는 듯한답니다] : 낭중취물(囊中

取物). '자기의 주머니에서 물건을 꺼낸다'는 뜻으로, '손쉽게 할 수 있음'을 비유하는 말임. [五代史 南堂世家]「李穀曰 中國用吾爲相 取江南如探囊中物耳」. [黃庭堅 李少監惠硯詩]「探囊贈硯 頗宜墨 近出黃山非遠求」.
▶제3회-21), 제5회-8), 제25회-13), 제42회-5)

貪盃[탐해서] : 탐면(耽湎). 지나치게 마음이 쏠리어 빠짐. 「탐닉」(耽溺). [唐書 元德秀傳]「人情所**耽溺**」. [顔氏家訓 養生]「以**耽溺**取禍」. ▶제70회-7)

湯武之道(탕무지도) : 상(商)의 탕왕과 주(周)의 무왕의 도. 이들은 하(夏)의 걸왕과 상(商)의 주왕을 쳐서 멸망시킴.「탕무역취순수」(湯武逆取順守). 탕왕과 무왕은 그들이 섬기던 임금을 내쫓고 천하를 얻었으나, 종국에는 인의(仁義)로써 나라를 다스렸음을 이름. [史記 陸賈傳]「**湯武逆取** 而以**順守**之」. ▶제60회-41)

蕩蕩悠悠(탕탕유유) : 한가하고 여유가 있으며 순조로움. [紅樓夢 第五回]「**悠悠蕩蕩** 隨了秦氏 至一所在」.「유유」. [詩經 小雅篇 車攻]「蕭蕭馬鳴 **悠悠旆旌**」. [王勃 滕王閣詩]「閑雲潭影 日**悠悠**」. ▶제77회-5)

太牢祭(태뢰제) : 나라의 제사에 소를 통째로 바치는 큰 제사. 처음에는 소·양·돼지를 아울러 바치는 것을 말하였으나 뒤에는 소만 제물로 바쳤음. [禮記 王制]「天子社稷皆**太牢** 諸侯社稷皆**小牢**」. [管子 事語]「諸侯**太牢** 大夫**小牢**」. ▶제102회-3), 제116회-22)

太白(태백) : 금성(金星)·장경성(長庚星). 태백이 머물러 있는 곳은 전쟁과 죽음이 따른다고 하여 '불길함'을 상징함. [爾雅 釋天]「明星 謂之啓明 (注) **長庚星**也 晨見東方 爲啓明 昏見西方爲**長庚星**」. [韓愈 詩]「東方未明大星沒 惟有**太白**配殘月」. ▶제63회-3)

泰山之靠[태산처럼 의지하고 있는데] : '크게 의지하고 있음'의 비유.「태산불양토양」(泰山不讓土壤)은 태산은 한줌의 흙도 사양하지 않는다는 뜻으로, '도량이 넓음'을 비유한 말임. [戰國策 秦策]「李斯上書曰 臣聞地廣者粟多 國大者人衆 兵彊則士勇 是以**太山不讓土壤** 故能成其大 **河海不**

擇細流 故能就其深 王者不卻衆庶 故能明其德」. ▶제44회-2)

太阿劍(태아검) : 보검의 이름. [晋書 張華傳]「中有雙劍 竝刻題 一曰龍泉 一日太阿」. [越絶書 外傳記寶劍]「楚王令風胡子之吳……作爲鐵劍三枚 一曰龍淵 二曰泰阿 三曰工布」. ▶제13회-11)

太乙數(태을수) : 주(周)대의 술수가(術數家)가 저술한 책으로, 재복(財福)과 치란(治亂)을 점치는 법을 적어 놓은 것임. 본래 '태을수'는 '추산한다'는 의미임. [中文辭典]「古占術之一……又有計神與太乙合之爲八將 猶易之八卦 而以歲月日 時爲綱 三基五福 十精爲經」. 「술수」(術數). [管子]「人主務學術數 務行正理 則變化日進」. ▶제63회-4)

太倉(태창) : 광흥창(廣興倉). 벼슬아치들의 녹봉에 관한 일을 맡아보던 관청. 「太倉」은 정부의 미곡창고임. [史記 平準書]「太倉之粟 陳陳相因 充溢露積於外」. [三國志 魏志 袁渙傳]「以太倉穀千斛 賜郎中令之家」. ▶제100회-13)

土鷄瓦犬(토계와견) : 흙으로 빚은 닭과 개로 곧, '허수아비'란 뜻이나 '물을 만나면 곧 무너지고 말 것'이란 비유임. 본래「토와」는 '자고새' (鷓鴣)의 이칭이기도 함. [中文辭典]「鷓鴣之異稱」. [古今注]「鷓鴣出南方 向日而飛 畏霜露 早晚希出」. ▶제25회-11)

土木偶人(토목우인) : 허수아비로 사람처럼 만든 물건. 나무로 깎아 세운 장승. 「우인」. [漢書 江充傳]「充將胡巫 掘地求偶人」. [淮南子 繆稱訓]「魯人偶人葬 孔子歎」. ▶제23회-27), 제79회-17)

土崩瓦解[흙담이 무너지고 기와가 깨지는 것처럼 무너지고 흐트러질 터이니] : 흙담이나 기와처럼 무너지거나 흐트러짐. [史記 始皇紀]「天下土崩瓦解」. [鬼谷子 抵巇]「土崩瓦解而相伐射」. ▶제22회-30)

兔死狐悲[토끼가 죽으면 여우가 서러워한다] : 호사토읍(狐死兔泣). 여우가 죽으면 토끼가 운다는 뜻으로, '같은 무리의 불행을 슬퍼함'의 비유임. [田藝蘅 玉笑零音]「鳶鳴而鷩應 兔死則狐悲」. [宋史 李全傳]「狐死兔泣

李氏滅 夏氏寧得獨存」. ▶제89회-19)

土鼠隨金虎 奸雄一旦休![흙쥐[土鼠]가 금호랑이[金虎]를 따르니 : 원문에는 '土鼠隨金虎 奸雄一旦休!'로 되어 있음. 경자년(庚子年) 무인월(戊寅月)이 되니. (庚=金·子=鼠·戊=土·寅=虎임). ▶제68회-20)

土神(토신) : 음양가에서 말하는 '토(土)'를 맡은 신. [孔子家語 五帝]「天有五行 水火木金土 分時化育 以成萬物 其神謂之五帝」. [禮記 月令]「**土神**稱日神農者 以其主於稼穡」. ▶제116회-10)

通款[내 뜻을 알리라고] : 이 편의 형편을 적이나 상대편에게 내통(內通)함. [北史 盧柔傳]「舉三刑之地 **通款**梁國 可以庇身 功名去矣 策之下者」. ▶제16회-12)

通靈顯聖[신령함을 나타내] : 정신이 신령과 통하고 신령이 그 모습을 나타냄. '현현'은 나타나 분명한 모양. [詩經 大雅篇 假樂]「假樂君子 **顯顯**令德」. ▶제89회-13)

通於權攝[임기응변에 능한 것이] : 임시로 맡은 임무에 통달함. [宋史 高宗紀]「禁羨餘罷**權攝**」. [金史 罕達傳]「天下輕重 係于宰相 近來每每令**權攝** 甚無謂也」. ▶제99회-19)

投鼠忌器[쥐를 잡으려다가 그릇을 깨칠까 염려했던 것일세] : '가까이 있는 간신을 제거하려 하나, 임금에게 해를 끼칠까 두려워함'의 비유임. [晉書 庚亮傳]「謝罪包骸 欲闔門**投鼠**山海」. [蘇舜欽 夏熱晝寢詩]「賓朋四散逐 **投鼠**向僻藩」. ▶제20회-11), 제42회-8)

ㅍ

巴丘之戍[파구의 수자리를] : 파구에서 수자리를 함. '수자리'는 나라의 변경을 지키는 민병(民兵) 또는, 그것을 지키는 일의 뜻임. 「수」(戍)는 '변방을 지킴'의 뜻. [公羊莊 十七]「衆殺戍者也 (注) 以兵守之曰戍」. 「요수」(徭戍). [李華 吊古戰場文]「齊魏徭戍 荊韓召募」. ▶제105회-16)

破巢之下 安有完卵乎[온통 둥지가 뒤집히는데 알이 온전하겠는가?] : '근본이 무너지는데 그 무엇이 안전하겠는가?'의 뜻임. 원문에는 '破巢之下 安有完卵乎?'로 되어 있음. 「복소파란」(覆巢破卵)은 '둥지가 엎어지면 알도 깨짐'의 뜻. [世說新語 言語]「孔融被收 中外惶怖 時融兒大者九歲 小者八歲……兒徐進曰 大人豈見 覆巢之下 復有完卵乎 尋亦收至」. [三國志 魏志 陸凱傳]「有覆巢破卵之憂」. ▶제40회-7)

罷市[철시] : 철시(撤市). 시장이나 가게 따위의 문을 닫고 영업을 하지 않음. [晉書 羊祜傳]「南州人征市日 聞祜喪 莫不號慟罷市」. ▶제120회-14)

把薪助火[마치 섶을 지고 불구덩이에 뛰어드는 격] : 섶을 지고 불에 뛰어듦. 삼으로 만든 옷을 입고 불을 끄려한다는 뜻으로, '그릇된 짓을 하여 화를 키움'의 비유임. 「부신구화」(負薪救火), [漢書 朱買臣傳]「其後買臣獨行歌道中 負薪墓閒」. [禮記 月令篇]「收秩薪柴 (注) 大者可析謂之薪 小者合束謂之柴」. 「피마구화」(披馬救火). ▶제62회-3)

播越[조정이 여러 곳을 떠돌다가] : 유리(遊離). 여기 저기 떠돌아다님. '파'는 산(散), '월'은 원(遠)의 뜻임. [國語 晋語二]「晋梁由靡告于秦穆公曰 隱悼播越 托在草莽 未有所依」. [左傳 昭公二十六年]「不穀震盪播越 竄在荊蠻」. ▶제14회-17)

把盞[일어나 잔을 잡다가] : 술잔을 두 손으로 들고 돌아다니며 손님에게

권함. 좨주(祭酒). [琵琶記 春宴杏園]「左右看酒來 待下官把酒」. [升庵外集]「南中夷人有酋長 群夷有酒 必先酌之 謂把盞 亦猶中國之祭酒」. ▶제45회-1)

破竹之勢[파죽지세와 같으니] : 물리치고 쳐들어가는 당당한 기세. [晉書杜預傳]「預曰 今兵威已振 譬如破竹 數節之後 皆迎刃而解」. [北史 周高祖紀]「嚴軍以待 擊之必克 然後乘破竹勢 鼓行而東 足以窮其窟穴」. ▶제120회-25)

辦備(판비) : 마련하여 준비함. ▶제46회-2)

八卦陣(팔괘진) : 「팔문금쇄진」(八門金鎖陣). 역경(易經)의 팔괘에 따른 진법. [太乙淘金歌 八門所主]「天有八門 以通八風 地有八方 以鎮八卦 仍取紀繩 從其年 卽各隨其門 吉凶而行矣」. ▶제100회-21)

八區[벽지까지] : 온 천하. [漢書 揚雄傳 下]「魚鱗雜襲 咸營于八區」(注) 八區 八方也」. [左思 詠史詩]「悠悠百世後 英名擅八區」. ▶제80회-12)

八門金鎖陣法(팔문금쇄진) : 팔문을 이용한 진법의 한 가지. '팔문'은 술가(術家)에서 구궁(九宮)에 맞추어 길흉을 점치는 여덟의 문. 곧 휴문(休門)·생문(生門)·상문(傷門)·두문(杜門)·경문(景門)·사문(死門)·경문(驚門)·개문(開門) 등을 말함. [太乙淘金歌 八門所主]「天有八門 以通八風 地有八方 以鎮八卦 仍取紀繩從其年 卽各隨其門 吉凶而行矣」. ▶제36회-1)

八門遁甲法(팔문둔갑법) : 기문둔갑(奇門遁甲). '둔갑'은 술법을 써서 마름대로 제 몸을 감추거나 다른 것으로 변하게 함을 뜻함. 여기서는 '군사동향의 승패와 길흉을 미리 알아서 조치를 취함'의 뜻임. [後漢書 方術前注]「奇門推六甲之陰而隱遁也 今書七志有奇門經」. [奇門遁甲 煙波釣叟歌句解上]「因命風后演成文 遁甲奇門從此始」. ▶제101회-11)

八元八愷(팔원팔개) : 중국의 전설에 나오는 말로, 제곡(帝嚳) 고신씨(高辛氏)에게 재자(才子)가 여덟이 있었는데 이를 '팔원', 전욱(顓頊) 고양씨(高陽氏)에게도 재자 여덟이 있었으니 이를 '팔개'라 하였는데, 이들은 모두 순(舜)에 의해 중용되었는데 순임금을 보좌하여 정사를 잘 다스렸다 함.

　'원'은 선량하다는 뜻이고 '개'는 화애롭다는 뜻임. '여덟 명의 얌전한 사람과 선량한 사람의 뜻'으로 쓰임. [史記 五帝紀]「昔高陽氏有才子八人 世得其利 謂之**八愷** 高辛氏有才子八人 世謂之**八元** 此十六族者 世濟其美 不隕其名」. [左氏 文 十八]「昔高陽氏 有才子八人……高辛氏有才子八人 伯奮 仲堪 叔獻 季仲 伯虎 仲熊 叔豹 季貍 忠肅共懿 宣慈惠和 天下之民 **謂之八元** (注) **愷**和也 **元**善也」. ▶제106회-20)

八俊(팔준) : 이응(李膺)·순욱(筍昱) 등 그 재주가 뛰어난 여덟 사람. [後漢書 黨錮傳]「李膺初雖廢錮 士大夫皆高其道 而汚穢朝廷 更相標榜 爲稱號 以竇武陳蕃劉淑 爲三君 言一世之所宗也 李膺荀昱……爲**八俊** 言人英也」.
▶제21회-10)

八陣(팔진) : 「팔진도」(八陣圖). 촉한(蜀漢) 때 제갈량이 창안했다는 진법의 그림. 가운데 중군을 두고 전후 좌우, 사우(四隅)에 여덟 진을 배치하였음. [三國志 蜀志 諸葛亮傳]「亮長于巧思 損益連弩木牛流馬 皆出其意 推演兵法 作**八陣圖** 咸得其要云」. [水經注]「諸葛亮所造**八陣圖** 東跨故壘 皆累細石爲之 自壘西去 聚石八行 行相去二丈 因曰**八陣**」. ▶제117회-24)

八陣圖(팔진도) : 촉한(蜀漢) 때 제갈량이 창안했다는 진법. [三國志 蜀志 諸葛亮傳]「亮長于巧思 損益連弩木牛流馬 皆出其意 推演兵法 作**八陣圖** 咸得其要云」. [水經注]「諸葛亮所造**八陣圖** 東跨故壘 皆累細石爲之 自壘西去 聚石八行 行相去二丈 因曰**八陣**」. ▶제84회-10), 제104회-18)

八陣法[팔진법에 의해서] : 제갈량이 창안했다는 진법. 「팔문금쇄진법」(八門金鎖陣法). 팔문을 이용한 진법의 한 가지. '팔문'은 술가(術家)에서 구궁(九宮)에 맞추어 길흉을 점치는 여덟의 문. 곧 휴문(休門)·생문(生門)·상문(傷門)·두문(杜門)·경문(景門)·사문(死門)·경문(驚門)·개문(開門) 등을 말함. [太乙淘金歌 八門所主]「天有**八門** 以通八風 地

有八方 以鎭八卦 仍取紀繩從其年 卽各隨其門 吉凶而行矣」. ▶제113회-17)

八陣之法[팔진법]:「팔문금쇄진법」(八門金鎖陣法). 팔문을 이용한 진법
의 한 가지. '팔문'은 술가(術家)에서 구궁(九宮)에 맞추어 길흉을 점치
는 여덟의 문. 곧 휴문(休門)·생문(生門)·상문(傷門)·두문(杜門)·경
문(景門)·사문(死門)·경문(驚門)·개문(開門) 등을 말함. [太乙淘金歌
八門所主]「天有八門 以通八風 地有八方 以鎭八卦 仍取紀繩從其年 卽各隨
其門 吉凶而行矣」. ▶제99회-11)

八荒(팔황): 사면 팔방의 너른 범위. 온 세상(八紘). 팔극(八極). [淮南子
本經訓]「紀綱八荒 經緯六合」. [史記 秦始皇記]「囊括四海之意 并吞八荒之
心」. [漢書 項籍傳]「有并吞八荒之心」. ▶제93회-16)

八荒之心[팔황을 병탄하시려는 마음]: 사면 팔방의 너른 범위. 온 세상
(八紘). 팔극(八極). [淮南子 本經刻]「紀綱八荒 經緯六合」. [史記 秦始皇
記]「囊括四海之意 并吞八荒之心」. [漢書 項籍傳]「有并吞八荒之心」. ▶제111
회-21)

沛公受項羽之封[패공이 항우의 봉직을 받았던 것]: 한의 고조가 된 유방
도 한 때 항우가 주는 한왕(漢王) 벼슬을 받았음. ▶제82회-13)

敗軍之將 不可以言勇[패군지장은 용기를 말하지 않을 것이며……]: 전쟁
에서 진 장수는 용기에 대해 말하지 못함. '전쟁에 패한 장수는 군사
에 대하여 발언할 자격이 없음.'을 뜻함. [吳越春秋 句踐入臣外傳]「范蠡
日 臣聞 亡國之臣 不敢語政 敗軍之將 不敢語勇」. [史記 淮陰侯傳]「廣武君
辭謝日 臣聞 敗軍之將 不可以言勇 亡國之大夫 不可以圖存 今臣敗亡之虜
何足以權大事乎」. ▶제116회-3)

霸業(패업): 왕업(王業). 패도로 천하를 다스리는 일. [史記]「晋文公初立
欲修霸業」. ▶제38회-20), 제117회-32)

霸河之苦[패하의 고통]: 패하에서 당한 고통. 헌제가 낙양으로 올 때 패
수(霸水)에서 겪었던 일을 이름. ▶제20회-16)

彭越(팽월) : 한 고조의 맹장. [中國人名]「昌邑人 字仲 高祖旣誅韓信 越懼誅及己 帝使使掩越 囚至洛陽 廢爲庶人 遂夷越三族 梟其首」. ▶제65회-30)

彭越撓楚之法[팽월이 초나라 군사들을 놀라게 했던 전법] : 팽월이 초나라 군사들의 후방을 교란시켜 놀라게 했던 전법. 「팽월」은 진나라 말 항우의 휘하에 있다가 유방에게 귀의하여 많은 전공을 세운 장수임. [中國人名]「昌邑人 字仲 高祖旣誅韓信 越懼誅及己 帝使使掩越 囚至洛陽 廢爲庶人 遂夷越三族 梟其首」. ▶제9회-17)

鞭背[채찍으로 등을] : 배화(背花). 채찍으로 등을 때리는 형장(刑杖). [中文辭典]「背花爲棒所打傷處也」. ▶제81회-11)

扁鵲(편작) : 발해의 정나라 사람임. 성은 진(秦)이고 이름은 월인(越人)으로, 전국시대의 명의(名醫). [史記 扁鵲傳]「扁鵲 渤海鄭人 姓秦名越人 少時長桑君 知扁鵲非常人 出其懷中藥與之飲 乃悉取其禁方書 與之 忽然不見 扁鵲以此視病 盡見五臟癥結 特以診脉爲名耳 後過虢 虢太子死 扁鵲曰 臣能生之……二旬而復故 故天下盡以扁鵲 爲能生死人……入咸陽 聞秦人愛小兒 卽爲小兒醫 隨俗爲變 秦太醫令李醯自知伎不如扁鵲 使人刺殺之 至今言脈者 由扁鵲」. ▶제78회-7)

偏將(편장) : 편비(偏裨). [史記 衛將軍 驃騎傳]「覇曰 自大將軍出 未嘗斬裨將」. [稱謂錄 兵頭 裨將]「李光弼專任之將曰裨將 又曰偏將」. ▶제100회-2), 제107회-2)

偏懷淺戇[편협하고 우둔해서] : 편협하여 아는 것이 없음. '생각하는 것이 편협하고 아는 것이 많지 않음'의 비유. [水經 沔水注]「沔水又東 偏淺 冬月可涉」. ▶제47회-3)

貶降(폄강) : 벼슬의 등급을 떨어뜨림. [後漢書 陳球傳]「和帝無異葬之議 順朝無貶降之交」. ▶제96회-15)

平蠻指掌圖(평만지장도) : 만병(蠻兵)을 평정할 수 있는 지도. [王璲 送翰林王孟腸參將安南詩]「暫輟含香值曉班 新參將闖出平蠻」. ▶제87회-14)

平明[날이 밝을 무렵에서야] : 해 뜰 무렵. 날이 밝음. [史記 留候世家]「後

五日 平明 與我會社」. [史記 叔孫通傳]「先平明 謁者治禮 引以次入殿門

(注) 未明之前」. ▶제64회-18)

閉門不出[문을 닫아걸고 나가지 않았다] : 문을 닫아걸고 나가지 않음. [漢

書 王芬傳]「閉門自守」. [三國志 魏志 邴隙傳]「閉門自守」. ▶제65회-19)

礮架(포가) : 포의 몸통을 괴는 받침 틀. [避戎夜話]「金人砲架四旁 竝用濕

楡 小琢密簇定」. ▶제106회-8), 제117회-7)

布官[요리사] : 요리를 맡은 관리. 전(轉)하여 '요리하는 사람'. '포정'(庖

丁)·「포재」(庖宰). [康熙字典]「宰屠也烹也 主膳羞者 曰膳宰 亦曰庖宰」.

[莊子 逍遙遊]「庖人雖不治庖 尸祝不越樽俎而代之矣」. ▶제72회-9)

抱頭鼠竄[머리를 쥐새끼처럼 감싸고] : 머리를 감싸쥐고 쥐새끼처럼 도망

감. '아주 황급히 달아남'의 비유. [中文辭典]「急逃之意」. '숨을 죽이고

꼼짝도 못함'을 형용하는 말임. 원문에는 '抱頭鼠竄'으로 되어 있음.

[漢書 蒯通傳]「常山王奉頭鼠竄 以歸漢王」. [遼史 韓匡傳]「棄我師旅 挺身

鼠竄」. [中文辭典]「急逃之意」. ▶제40회-10), 제52회-16), 제83회-22), 제106

회-10)

苞桑戒[굳건히 뿌리 지켜] : 뽕나무 뿌리의 경계란 뜻으로, '근본을 다지

고 공고히 하라'는 말로 쓰임. [易經 否卦]「九五 休否 大人吉 其亡其亡

繫于苞桑」. ▶제13회-10)

礮石(포석) : 바짓돌(옛날 전쟁에서 적에게 쏘던 돌). [唐書]「以機發石 爲

攻城具號將軍礮」. ▶제70회-3)

布衣(포의) : 베옷. 벼슬이 없는 선비. 「갈건야복」(葛巾野服). [故事成語

衣服]「葛巾野服 陶淵明眞陸地神仙」. 「포의한사」(布衣寒士)·「포의지교」

(布衣之交) 등은 평민의 교제를 이름. [史記 廉頗藺相如傳]「臣以爲布衣

之交 尚不相欺 況大國乎 且以一璧之故 逆彊秦之驩不可」. [戰國策]「衛君與

文布衣交」. ▶제30회-7), 제81회-15)

庖人(포인) : 주나라 때 요리의 일을 맡아보던 벼슬아치. 전(轉)하여 '요리하는 사람'. 「포정」(庖丁)·「포재」(庖宰). [莊子 道遙遊]「**庖人**雖不治庖 尸祝不越 樽俎而代之矣」. [康熙字典]「宰屠也烹也 主膳羞者 曰膳宰 亦曰**庖宰**」. ▶제21회-26)

蒲坂津(포판진) : 하동(河東)과 하서(河西)를 잇는 황하의 나루. [詩經 周南篇 魏風 疏]「地理志云 河東郡 有河北縣……**蒲坂**卽河東縣是也」. [讀史方輿紀要 山西 平陽府 蒲州]「**蒲坂城** 州東南五里 杜佑曰 秦晋戰於河曲 卽**蒲坂也**」. ▶제58회-10)

布旛[포번을 꽂고] : 아무 장식도 하지 않은 삼베 깃발. [獻帝春秋]「董卓未誅 有書三尺**布幡**上 作兩口相銜之字」. ▶제54회-6)

表奏(표주) : 신하가 임금에게 글월을 올려 아룀. [漢書 兒寬傳]「**表奏**開六輔渠 定水令以廣漑田」. [文選 王儉 褚淵碑文]「固請移歲 **表奏**相望」. ▶제13회-3)

飄蕩[표박] : 떠돌아 다니며 삶. [顧況 湖中詩]「丈夫**飄蕩**今如此 一曲長歌楚水西」. [杜甫 故著作郞鄭公虔詩]「他日訪江樓 念懷述**飄蕩**」. ▶제37회-1)

彪虎生翼[호랑이에게 날개가 돋았으니] : 사나운 호랑이에게 날개가 생긴다는 뜻으로, '용맹한 사람이 더 용맹하게 됨'을 비유. '더 좋은 여건을 만들어 줌'에 비유하는 말임. ▶제43회-8)

風角(풍각) : 사방에서 불어오는 바람을 감별하여 길흉을 점치는 방술(方術). [三國志 魏志 管輅傳注]「輅年八九歲 便喜仰視星辰 及成人明周易 仰觀**風角**占相之道 無不精微」. [後漢書 張衡傳]「律歷卦候九宮**風角** 數有徵效」. ▶제69회-2)

豊樂之地(풍악지지) : 물산(物産)이 풍부하여 민락(民樂)하는 땅으로 '살기 좋은 곳'의 의미임. [詩經 大雅 旱麓 榛楛濟濟 箋]「喩周邦之民得**豊樂**者 被其君德敎」. [三國志 蜀志 先主傳]「蜀中殷盛**豊樂** 先主置酒 大饗士卒」. ▶제32회-6)

風流罪過[아주 사소한 죄과를]: 가벼운 죄. 본래는 법에 저촉되지 않는 풍류 따위의 가벼운 죄라는 뜻임. 여기서는 '죄없는 사람을 잡으려 함'의 뜻임. [北齊書 郎基傳]「基爲潁川太守 淸愼無所營求 唯頗令寫書 潘子義遺之書曰 在官寫書 亦是**風流罪過**」. [元曲 單鞭奪槊]「你喚尉遲恭來 尋他些 **風流罪過** 則說他有二心」. ▶제46회-20)

風伯(풍백): 바람을 다스리는 신. 풍백우사(風伯雨師). [史記 封禪書]「辰星二十八宿 **風伯雨師**」. [搜神紀]「**風伯雨師**星也 風伯者 箕星也 **雨師**者畢星也」. ▶제40회-12)

馮夷(풍이): 신화에 나오는 수신(水神), 하백(河伯)과 우사(雨師)를 말함. [史記 司馬相如傳]「使靈娲鼓瑟而舞**馮夷**」. [廣雅 釋元]「河伯 謂之**馮夷**」. ▶제46회-12)

披麻救火[베옷을 입고 불을 끄려는 격이어서]: 삼으로 만든 옷을 입고 불을 끄려 한다는 뜻으로, '그릇된 짓을 하여 화를 키움'의 비유임. 「부신구화」(負薪救火). [漢書 朱買臣傳]「其後買臣獨行歌道中 **負薪**墓閒」. [禮記 月令篇]「收秩**薪柴** (注) 大者可析謂之**薪** 小者合束謂之**柴**. ▶제120회-8)

披麻帶孝而入[상복을 입고 들어가서]: 상복을 입음. 「괘효」(挂孝). [中文辭典]「俗謂載孝曰**挂孝** 亦作**掛孝** 謂喪家服著喪服也」. ▶제114회-18)

被蒙其首[그 끝을 보자기로 싸매겠습니다]: 보자기 등으로 머리를 싸맴. [後漢書 馬援傳]「今賴士大夫之功 **被蒙**大恩 猥先諸君 紆佩金紫」. [文選 陸機塘上行]「**被蒙**風雲會 移居華池邊」. ▶제75회-6)

避凶就吉[흉한 일은 피하고 길한 일은 맞아들이도록]: 「피흉추길」(避凶趨吉)은 나쁜 일을 피하고 좋은 일에 나아감. ▶제106회-2)

匹馬(필마): 「필마단기」(匹馬單騎). 「필마단창」(匹馬單鎗). '필마단기로 창을 들고 싸움터로 나간다'는 뜻임. [五燈會元]「慧覺謂皓泰曰 埋兵掉鬪 未是作家 **匹馬單鎗**便請相見」. ▶제92회-14)

匹馬(필마): 필마단기(匹馬單騎). 「필마단창」(匹馬單鎗). '필마단기로 창을 들고 싸움터로 나간다'는 뜻임. [五燈會元]「慧覺謂皓泰曰 埋兵掉鬪未 是作家 **匹馬單鎗**便請相見」. ▶제7회-4), 제18회-6)

匹馬單騎(필마단기): 혼자서 말을 타고 옴. 「필마단창」(匹馬單鎗). '필마 단기로 창을 들고 싸움터로 나간다'는 뜻임. [五燈會元]「慧覺謂皓泰曰 埋兵掉鬪未是作家 **匹馬單鎗**便請相見」. ▶제24회-15)

匹馬單槍[혼자서 창을 꼬나들고]: 필마단기로 창을 들고 싸움터에 나감. [五燈會元]「慧覺謂皓泰曰 埋兵掉鬪未是作家 **匹馬單鎗**便請相見」. ▶제92회 -7), 제117회-29)

匹夫(필부): 평범한 사내. 「필부필부」(匹夫匹婦). [孟子 萬章篇 下]「思天 下之民 **匹夫匹婦** 有不與被堯舜之澤者 若己推而內之溝中 其自任天下之重 也. ▶제10회-14), 제51회-11), 제63회-17)

匹夫之計[필부의 계책]: 하찮은 계책을 이름. 「필부」(匹夫). 평범한 사 내. 「필부필부」(匹夫匹婦). [孟子 萬章篇 下]「思天下之民 **匹夫匹婦** 有不 與被堯舜之澤者 若己推而內之溝中 其自任天下之重也. ▶제12회-6)

畢星(필성): 이십팔수(二十八宿) 가운데 열아홉째 별자리 별들. 「필숙」 (畢宿). [晋書 天文志]「**畢八星**主邊兵 主大獵 其大星曰**天高** 一曰**邊將**」. [詩 經 小雅篇 大東]「有捄**天畢** 載施之行」. ▶제99회-12)

ㅎ

下手(하수) : 손을 씀. [傳燈錄] 「慧藏對馬祖曰 若敎某甲自射 直是無下手處 又僧問 天地還可雕琢也 無 靈黙曰 汝試下手看」. [唐律 鬪訟] 「諸同謀共毆傷人者 各以下手重者爲重罪」. ▶제45회-14), 제47회-7), 제61회-1)

下手不及[손을 쓰지 못하고] : 손을 쓰려 했으나 미치지 못함. 「하수」(下手)는 손을 댐·일을 착수함의 뜻임. [傳燈錄] 「慧藏對馬祖曰 若敎某甲自射 直是無下手處 又僧問 天地還可雕琢也 無 靈黙曰 汝試下手看」. [唐律 鬪訟] 「諸同謀共毆傷人者 各以下手重者爲重罪」. ▶제109회-11)

何哉[어리석은 소행] : 어리석고 굼뜸. 「우준」(愚蠢). [後漢書 虞詡傳] 「愚蠢之人 不足多誅」. ▶제79회-9)

下處(하처) : 사처. 손이 객지에서 묵는 곳. [福惠全書 莅任部 酬答書札] 「應送下處 送米麵下程」. [兒女英雄傳 二十三回] 「在德勝關一帶 豫備下下處」. ▶제44회-16)

鶴骨松姿(학골송자) : 학의 풍모에 송백과 같은 정정한 모습. '풍채가 고결하고 늠름함'의 비유임. [孟郊 石淙詩] 「飄飄鶴骨仙 飛動鰲背庭」. [王炎 病中書懷詩] 「鶴骨雞膚不耐寒 那堪癤疥更斑爛」. ▶제59회-1)

邯鄲(한단) : 하북성에 있는 지명으로 조(趙)나라의 서울임. 노생(盧生)이 겪은 고사로 「한단지몽」(邯鄲之夢)·「한단지보」(邯鄲之步)·「황량몽」(黃粱夢)이라는 말이 있음. '본분을 잊고 남의 흉내만 내다가는 두 가지 다 잃게 된다'는 뜻임. [辭源] 「唐盧生於邯鄲逆旅 遇道者呂翁 生自歎窮困 翁探囊中枕授之曰 枕此……年逾八十而卒 及醒 黃粱尙未熟 怪曰 豈其夢寐耶 翁笑曰 人世之事 亦猶是矣事」. [太平廣記 呂翁] 「事出沈旣濟枕中記 後人稱黃粱夢 亦曰邯鄲夢」. ▶제32회-7)

鶴鳴九皐 聲聞於天(학명구고 성문어천) : '군자는 그 몸을 은신하여도 그 이름이 하늘에까지 들린다'는 비유. [詩經 小雅篇 鶴鳴]「鶴鳴于九皐 聲聞于野」. [張籍 不食仙姑山房詩]「月出溪路靜 鶴鳴雲樹深」. [張籍 不食仙姑山房詩]「月出溪路靜 鶴鳴雲樹深」. ▶제86회-17)

學小人之事[소인들의 일만 배우려 하시니] : 소인들의 일을 배우려 함. '생각이나 뜻을 크게 가지려 하지 않음'을 지적하는 말. 「소인」(小人)은 군자(君子)의 대개념으로서 덕이 없는 사람. [論語 顔淵篇]「君子之德風 小人之德草」. [論語 子路篇]「君子和而不同 小人同而不和」. ▶제21회-4)

鶴氅衣(학창의) : 학의 털로 만든 웃옷. 「학창구」(鶴氅裘). [晉書 王恭傳]「王恭 字孝伯 大原晉陽人……嘗被鶴氅裘 涉雪而行 孟昶窺見日 神仙中人也」. [晋書 謝萬傳]「萬著白綸巾鶴氅裘 履版而前 旣見與帝 共談終日」. ▶제29회-4), 제38회-4), 제52회-10), 제89회-2), 제101회-10)

韓盧·東郭[한로나 동곽] : '한로(韓盧·韓子盧)'는 아주 빠른 명견이고 '동곽준(東郭俊)'은 몹시 빠른 토끼인데, 한로가 동곽준을 잡으려고 쫓다가 결국에는 둘 다 지쳐서 죽었다. 그때 한 농부가 보고 있다가 힘들이지 않고 얻었다는 우화임. [故事成語考 鳥獸]「韓盧楚獷 皆犬之名」. [博物志]「韓國有黑犬曰盧 宋有駿犬曰鵲」. [戰國 齊策]「東郭逡 天下之狡兎也」. [韓愈 毛穎傳]「居東郭者曰魏」. ▶제33회-8)

漢得張良也[한의 유방이 장량을 얻은 것과 같습니다] : 한의 유방이 장량을 얻음. 「장량」은 한의 창업의 공신인 장자방(張子房). 한 고조 유방의 모사(謀士)가 되어 항우를 무찌르고 천하를 평정하는데 큰 공을 세움. 소하(蕭何)·한신(韓信) 등과 함께 창업 삼걸(三傑)의 한 사람임. ▶제36회-16)

汗流滿背[등에 식은땀을] : 식은땀[冷汗]이 등에 가득함. '매우 놀라고 긴장함'의 비유임. 「한출첨배」(汗出沾背). [史記 陳丞相世家]「周勃不能 汗出沾背」. [後漢書 伏皇后紀]「曹操後以事入見殿中……汗流浹背 自後不敢復

朝請」. ▶제45회-2)

汗流遍身[온 몸이 땀에 젖어서] : 식은땀이 흘러 온 몸을 적심. 「한출첨배」
(汗出沾背)는 '부끄럽거나 무서워서 흐르는 땀이 등을 적심'을 뜻함. [史
記 陳丞相世家]「周勃不能對 汗出沾背」. [後漢書 伏皇后紀]「曹操後以事 入
見殿中……操出顧左右 汗流浹背」. ▶제117회-26)

漢沔利盡南海[한수와 면수를 끼고] : 면수(沔水)가 장강(長江)으로 흘러들
어가는 어귀. [書經 夏書篇 禹貢]「西傾 因桓是來 浮于潛 逾于沔 入于渭
亂于河」. [水經 沔水]「沔水又東南出武都 沮縣東狼谷中」. ▶제38회-7)

閒散(한산) : 한가롭고 자유로움. [高適 別劉小府詩]「又非耕種時 閑散多自
任」. [韓愈 進學解]「投閑置散 乃分之宜」. ▶제37회-12)

韓信(한신) : 한나라의 창업 공신. '한신'은 한 고조 유방의 장수. 소하(蕭
何)·장량(張良)과 함께 한나라 창업의 삼걸 중의 한 사람임. [漢書 韓
信傳]「王曰 吾爲公以爲將 何日雖爲將 信不留 王曰以爲大將 何日幸甚 於是
王欲召信拜之 何日 王素慢無禮 今拜大將 如召小兒 此乃信所以去也 王必欲
拜之 擇日齋戒 設壇場具禮乃可 王許之 諸將皆喜 人人各自 以爲得大將 至
拜乃韓信也 一軍皆驚」. ▶제71회-31)

韓信不聽蒯通之說[한신은 괴통의 말을 듣지 않다가 미앙궁의 해를 당했고]
: 한(漢)의 개국공신 한신이 병권을 장악하고 있을 때, 괴통(蒯通)이
군사를 일으켜 자립하라고 권했으나, 한신은 그의 말을 듣지 않았다.
뒤에 유방은 열후억제책(列侯抑制策)을 써서 그의 병권을 삭탈하였다.
한신은 후에 반란을 꾀했으나 여후(呂后)의 간계에 빠져 미앙궁(未央
宮)에 갔다가 죽임을 당한 일.

「한신」. '한신'은 한 고조 유방의 장수. 소하(蕭何)·장량(張良)과 함
께 한나라 창업의 삼걸 중의 한 사람임. [漢書 韓信傳]「王曰 吾爲公以爲
將 何日雖爲將 信不留 王曰以爲大將 何日幸甚 於是王欲召信拜之 何日 王
素慢無禮 今拜大將 如召小兒 此乃信所以去也 王必欲拜之 擇日齋戒 設壇場

具禮乃可 王許之 諸將皆喜 人人各自 以爲得大將 至拜乃**韓信**也 一軍皆驚」.「괴통」. [中國人名]「漢 范陽人 本名 徹 史家避武帝諱 迫書曰通 楚漢時說士 有權變……韓信用其計 遂定齊地……號曰雋水」. [漢書 高帝紀]「七年蕭何治**未央宮** 上見壯麗其怒」. [西京雜記 一]「**未央宮** 因龍首山製前殿建北闕 **未央宮**周廻二十二里九十五步五尺」. ▶제119회-3)

韓信暗度陳倉之計[한신이 몰래 진창을 건너던 계책] : 한신이 몰래 진창을 건너던 계책. [中國地名]「漢王東出**陳倉** 敗雍王章邯之兵 諸葛亮圍**陳倉** 郝昭拒守 亮攻圍二十餘日 不能克而還」. ▶제96회-20)

閒養(한양) : 세월을 한가히 보내면서 몸을 추스림. ▶제11회-9)

漢賊之讎 公也 兄弟之讎 私也[한의 원수는 공적인 것이고 형제간의 원수는 사적인 일입니다] : 원문에도 '**漢賊之讎 公也 兄弟之讎 私也**'로 되어 있음. [禮 曲禮 上]「**兄弟之讎**不反兵. (疏)……有**兄弟之讎** 乃得仕而報之」. ▶제81회-2)

漢鼎[한의 국조] : 국가의 복·왕위. [後漢書 順沖質帝紀]「故之君離住幽放而反**國祚**者有矣」. [漢書 楚元王傳]「令**國祚**移於外」. ▶제81회-10)

寒疾(한질) : 감기. 고뿔. [左氏 昭元]「陰淫**寒疾** 陽淫熱疾 風淫末疾 雨淫腹疾」. [孟子 公孫丑 下]「有**寒疾** 不可以風」. ▶제91회-16)

割雞焉用牛刀[닭을 잡는데 소를 잡는 칼을 쓰시렵니까] : '격에 맞지 않음'의 비유. 원문에는 '**割鷄焉用牛刀**'로 되어 있음. '소 잡는 칼로 닭을 잡는다'는 「우도할계」(牛刀割鷄)는 소사(小事)를 처리하는데 대기(大器)로 함을 이름. [論語 陽貨篇]「子之武城 聞弦歌之聲 夫子莞爾而笑曰 **割雞焉用牛刀** (孔注) 言治小何須用大道」. ▶제5회-7)

割肚牽腸 眼中流血[진정 가슴이 찢어지고 눈에 피눈물이 흐를 것이다] : 창자가 끊어지고 눈에선 피눈물이 흘러내림. 「할장」(割腸)은 '근심을 없이 함'의 비유. [柳宗元 與浩初上人同看山寄京華親故詩]「海畔尖山似劍鋩 秋來處處**割愁腸**」. ▶제87회-22)

割髮棄袍於潼關[동관에서 수염을 자르고 전포를 벗어 던지고] : 조조가 동관에서 급한 나머지 자신의 수염을 자르고 변복하며 도망했던 일. [中國地名]「後漢置潼關 關中諸將馬超 韓逐部衆屯潼關卽此 在今陝西潼關縣東南」. ▶제60회-22)

檻車(함거) : 함차(檻車). 죄인을 실어나르던 수레. [釋名 釋車]「檻車 車上施闌干 以格猛獸 亦囚禁罪人之車也」. [後漢書 北海靖王興傳]「檻車指迂尉」. ▶제119회-2)

陷馬坑(함마갱) : 말이 빠지도록 파놓은 갱도. 「마도」(馬道). [來南錄]「舟不通 無馬道」. ▶제58회-14)

啣枚[하무] : 소리를 내지 않도록 입에 물리는 나무토막. [說文]「枝榦也 從木攴 可爲杖也」. [徐箋]「枚之本義爲榦 引申之 則凡物一個 謂之枚」. ▶제제102회-14)

銜枚[하무] : 옛날 군사들이 떠드는 것을 막으려고 입에 물리던 나무막대기. 「함매」(銜枚). [史記 高祖紀]「夜銜枚 擊項梁」. [六韜 必出]「設銜枚」. [說文]「枝榦也 從木攴 可爲杖也」. [徐箋]「枚之本義爲榦 引申之 則凡物一個 謂之枚」. ▶제30회-9), 98회-5)

咸池(함지) : 천연으로 된 못. 해가 목욕하는 곳 곧, '서해'를 말함. [楚辭 離騷]「飮余馬於咸池兮 總余轡乎扶桑」. [淮南子 天文訓]「日出于暘谷 浴于咸池」. ▶결사-3)

合當棄市[저자에 내어다가 참하는 것이 합당하다] : 저자에 내다 참하는 것이 합당하다고 결안하였음. 「결안」(結案)은 사형을 결정한 문안(文案)을 뜻함. [宣和遺事 前集 下]「楊志上了枷 取了招狀 送獄推勘 結案 申奏文字回來」. ▶제115회-12)

合後[후군을 삼고] : 선봉(先鋒)에 대칭되는 군직(軍職). ▶제51회-12)

項鎖足鎖(항쇄족쇄) : 목에는 칼을 씌우고 발에는 족쇄나 차꼬를 채우는 것으로, 곧 '죄인을 단단히 잡죔'을 이르는 말임. ▶제16회-15)

項羽九里山(항우·구리산) : 항우가 구리산을 포위했던 일. 구리산은 산동의 역성현(歷城縣) 동북쪽에 있는데, 한신(韓信)이 여기서 제(齊)를 파했음. [中國地名]「在山東歷城 縣東北九里 相傳韓信破齊歷下 當駐軍於此」. ▶제109회-5)

項莊舞[항장과 항백이] : 항우의 사촌 동생인 항장이 유방을 죽이려고 추었던 칼춤(劍舞). 여기서 번쾌가 나타나 유방을 구했음. 「홍문옥두」(鴻門玉斗). 유방이 항우와 신풍의 홍문에서 만났을 때 옥두(玉斗) 한 쌍을 아부범증(亞父范增)에게 기증했는데, 범증이 유방을 죽이는 것을 망설이는 항우 앞에서 칼을 빼서 옥두를 깨뜨린 고사. [虞美人草詩]「鴻門玉斗紛如雪 十萬降兵夜流血」. [故事成語考]「漢祖旣還 亞父撞鴻門之玉斗」. ▶제21회-18)

沆瀣水(항해수) : 밤에 안개가 맺혀서 괸 물. 곧 '이슬[上池水]'을 일컬음. [楚辭 遠遊篇]「餐六氣而飮沆瀣兮 漱正陽而含朝霞」. [漢書 顔注]「應劭日 列仙傳陵陽子言 春食朝霞 夏餐沆瀣」. ▶제105회-24)

薤露歌[해로의 노랫소리] : 상엿소리. 해로가(薤露歌)는 호리곡(蒿里曲)과 같이 전해오는 한나라 때의 만가(輓歌). 사람의 목숨이 부추(구채 : 韭菜) 위의 이슬과 같아서 쉽사리 말라 없어진다는 내용임. 「해로호리」(薤露蒿里). [初學紀]「于寶搜神紀日 挽歌者 喪歌之樂 執紼者相和之聲也 挽歌辭有薤露蒿里二章 出田橫門人 橫自殺 門人傷之 悲歌 言人如薤上露 易晞滅也 亦謂人死精魂歸於蒿里 故有二章 至李延年 乃分爲二曲 薤露送王公貴人 蒿里送士大夫庶人 使挽者歌之」. [搜神記]「挽歌辭有薤露 蒿里二章 漢田橫門人作 橫自殺 門人傷之 悲歌言人如薤上露易晞滅 亦謂人死精魂歸於蒿里 故有二章」. ▶제112회-5)

解暑藥(해서약) : 더위 먹은 병사들을 치료하는 약. 해열약(解熱藥). [中文辭典]「與解熱劑同」. ▶제88회-4)

海若(해약) : 해신(海神)·북해약(北海若)을 말함. [楚辭 遠遊篇]「使湘靈鼓

瑟兮 令**海若**舞馮夷 (注) **海若** 海神名也」. [文選 張衡 西京賦]「**海若**游於玄
渚」. ▶제46회-4)

駭然[놀라지 않는 자] : 놀라는 모양. [呂氏春秋 重言]「鳴將**駭**人 (注) **駭**驚
也」. ▶제18회-9)

獬豸(해치) : '해태'의 원말. 전설적인 짐승으로 옳고 그름을 판단하여 안
다고 하는 짐승[神獸]인데, 재판정의 석상으로 새겨 세웠음. [中文辭
典]「獸名 似牛一角 亦作**解廌 獬廌 觟𧩙**」. [校勘記]「閩本 監本解作邂 毛本作
獬 豸作廌」. ▶제26회-2)

行李[행장] : 행구(行具). 길 가는데 쓰는 여러 가지 물건이나 차림. [墨客
揮犀]「**行李**謂行人也 今人乃謂 **行裝**謂**行李**非也」. ▶제6회-27)

行生不安[앉으나 서나 불안하였다] : 앉으나 서나 불안함. '늘 걱정이 있
음'의 비유임. [禮記 問喪]「口不甘味 身**不安**美也」. [論語 陽貨篇]「食旨不
甘 聞樂不樂 居處**不安** 故不爲也」. ▶제106회-6)

幸臣(행신) : 총신(寵臣). 임금님의 총애를 받는 신하. [韓詩外傳 三]「朝無
幸臣」. [戰國策 燕策]「不察先王之所以畜**幸臣**畜之理」. ▶제120회-18)

行如孟風[마치 사나운 바람처럼 오고 있는데] : 행군소리가 마치 사나운 바
람이 부는 듯함. [太平御覽 天部 風]「風俗通日 **猛風** 日飆」. ▶제110회-15)

行者(행자) : 출가하였으나 아직 계를 받지 못한 사람. [釋氏要覽 上]「經
中多呼修行人 爲**行者**」. [觀無量壽經]「讀誦大乘 勸進**行者**」. ▶제77회-7)

行廚(행주) : 거둥 때 임금의 음식을 맡은 임시 주방. '도시락'의 뜻도 있음.
[杜甫 嚴公仲夏枉駕草堂兼攜注饌詩]「竹裡**行廚**洗玉盤 河邊立馬簇無鞍」. ▶
제91회-2)

行刑者[형 집행자] : 망나니. 옛날 형을 집행할 때에 죄인의 목을 베는 일
을 맡아하던 사람으로, 주로 중죄인 가운데서 뽑아 썼음. 「행형」. [史
記 魯公世家]「賦事**行刑** 必問於遺訓」. [福惠全書 蔽位部 馭衙役]「明自頭選
慣**行刑**皀隸八名」. ▶제32회-13)

向南而哭[남향하고 울며] : 남면(임금이 계신 곳)하여 곡함. [論語 雍也篇]
「子曰 雍也可便**南面**」. [漢書]「以漢治之廣 陛下之德 處**南面**之尊」. ▶제120
회)-31)

鄕導使(향도사) : 길을 안내하는 사람. [三國志 魏志 武帝紀]「請爲**鄕導**」.
[列子 軍爭]「不用**鄕導者** 不能得地利」. ▶제72회)-1)

向日之情[지금까지의 정] : 지금까지 지켜오던 정리. 「향일」(向日)은 '지
난번'의 뜻임. [唐書 韓瑗傳]「瑗上言 遂良受先帝顧託 一德無二 **向日**論事
至誠懇切」. ▶제26회)-1)

向曉[날이 밝을 무렵에] : 새벽. 밝을 무렵. ▶제116회)-18)

虛名[허명일 뿐] : 백망(白望). 실속이 없이 헛되게 난 이름. 「명불허전」
(名不虛傳)은 '명예가 헛되이 전해진 것이 아님'의 뜻. 「명불허위」(名不
虛謂)는 '이름이 헛되이 전하지 않음'의 뜻. [唐書 魏元忠傳]「元忠始名眞
宰……然**名不虛謂** 眞宰相才也」. [後漢書 仲長統傳]「欲以立身揚明耳 而**名
不常存**」. ▶제95회)-10)

虛張[허장성세] : 「허장성세」(虛張聲勢). 실속은 없으면서 허세로만 떠벌
림. [元曲選 鴛鴦被]「這厮倚恃錢財 **虛張聲勢**」. [紅樓夢 第六十八回]「命他
託察院 只要**虛張聲勢** 驚嚇而已」. ▶제89회)-4), 제111회)-5)

虛張聲勢(허장성세) : 실속은 없으면서 허세로만 떠벌림. [元曲選 鴛鴦被]
「這厮倚恃錢財 **虛張聲勢**」. [紅樓夢 第六十八回]「命他託察院 只要**虛張聲勢**
驚嚇而已」. ▶제31회)-10), 제49회)-12), 제51회)-4), 제93회)-2)

虛虛實實之論[허허실실법] : 허실의 계략을 써서 싸우는 이론. [孫子兵法
勢篇 第五]「兵之所加 如以碬投卵者 **虛實**是也」. [中文辭典]「謂虛實不定**虛**
者 或**實 實**者或**虛** 使人無所測度也」. ▶제49회)-11)

獻俘(헌부) : 전쟁에 이기고 돌아와 포로를 바쳐, 조상의 영문에 성공을
아룀. [隋書 高祖紀]「三軍凱入 **獻俘**於太廟」. [唐書 太宗紀]「王世充降 凱旋
太宗被金甲……**獻俘**於太廟」. ▶제91회)-11)

軒下[난간] : 처마 밑. '헌'은 치솟은 처마(飛簷). [後漢書 曹皇后紀]「以璽綬抵軒下 因涕泣橫流日 天下祚爾 左右皆莫能仰視」. ▶제61회-5)

絃歌知雅意[거문고 소릴 들으면 아려한 뜻 알고] : 주유가 음악을 잘 알았음을 이르는 말. [吳書 周瑜傳]「曲有誤周郞顧」(박자가 틀리면 주랑이 돌아본다)라는 말이 있었다 함.「현가」. [論語 陽貨篇]「子之武城 聞弦歌之聲 夫子莞爾而笑日 割雞焉用牛刀」. [漢書 儒林傳序]「高皇帝誅項籍 擧兵圍魯中 諸儒尙講誦習禮樂 弦歌之音不絶」. ▶제57회-4)

懸空板(현공판) : 적루(敵樓) 밖에 창호처럼 늘어뜨린 기다란 널빤지. [傳習錄]「豈徒懸空 口耳講說 而遂可以謂之學孝乎」. ▶제92회-16), 제95회-11)

玄機(현기) : 심오·오묘한 도리. [張說 奉敕撰道家詩]「金爐承道訣 玉牒啓玄機」. ▶제81회-19)

懸節東門[부절을 동문에 걸어놓고] : 벼슬을 버린다는 뜻. 원문에는 '懸節東門'으로 되어 있음.「부절」(符節)은「부계」(符契)라고도 하는데, 옛날에 사신이 가지고 다니던 물건으로 둘로 갈라 하나는 조정에 두고 하나는 본인이 가지고 신표로 썼음. 고급관원이 직권을 행사하던 신표임. [事物紀原]「周禮地官之屬 掌節有玉角虎人龍符璽旌等節 漢文有旌節之制 西京雜記日 漢文駕鹵簿有節十六在左右 則漢始用爲儀伏也」. [墨子號令]「無符節 而橫行軍中者斷」. ▶제4회-1)

血氣之勇[혈기와 용맹만] : 혈기에 찬 기운으로 불끈 뽐내는 한 때의 용기. [孟子 公孫丑篇 上 若是則夫子過孟賁遠矣集注]「孟賁血氣之勇 丑蓋借之以贊 孟子不動心之難. [紅樓夢 第三十六回]「那武將不過伏 血氣之勇」.「혈기방강」(血氣方剛)은 장년의 피 끓는 기상. [論語 季氏篇]「孔子日 君子三戒 少之時 血氣未定……血氣方剛 戒之在鬪」. ▶제74회-3)

血食(혈식) : 피 묻은 산 짐승을 잡아 제사를 지낸다는 뜻. '나라의 의식으로 제사를 지냄'을 이르는 말. [史記 陳涉世家]「置守冢二十家碭今血食」. [史記 封禪書]「周興而邑郘 立后稷之祠 至今血食天下」. ▶제91회-14)

脅從[협조] : 협력하고. [書經 胤征]「殲厥渠魁 **脅從**罔治 (傳) 其**脅從** 距王師 者 皆無治」. [蘇轍 臣事策四]「此其爲禍 非有**脅從**駢起之殃」. ▶제3회-10)

挾天子以令諸侯[비록 천자를 빙자하여 제후들을 호령하고 있지만] : 조조가 왕의 위세를 빙자하여 제후들을 호령했다고 하는 일. [三國志 蜀志 諸葛亮 傳]「**挾天子 以令諸侯**」. ▶제38회-6), 제43회-16), 제61회-18), 제119회-34)

兄弟如手足 妻子如衣服[형제는 수족과 같고 처자식은 의복과 같다] : 형제 는 수족과 같고 처자는 의복과 같음. [李華 弔古戰場文]「誰無**兄弟 如足 如手 妻子如衣服**」. [宋史 張存傳]「恣兄弟擇取 常曰 **兄弟手足也** 妻妾外舍人 耳 何先外人而後手足乎」. ▶제15회-1)

熒惑(형혹) : 화성(火星). 형혹성. [史記 宋世家]「景公三十七年 **熒惑**守心 宋 之分野也」. [史記 天官書]「**熒惑**出則有兵 入則兵散」. ▶제14회-20)

胡笳十八柏(호가십팔백) : 거문고의 곡명(琴曲名). [樂府詩集 琴曲歌辭 胡 笳十八柏]「後漢書曰 蔡琰 字文姬 邕之女也 博有才辯 又妙於音律…… 追懷 悲憤 作詩二章 蔡琰別傳……後董生以琴寫 **胡笳聲十八柏** 今之胡笳弄 是 也]. ▶제71회-3)

戶口(호구) : 호적상 집과 사람의 수효. [史記 高祖功臣年表]「故大城名都散 亡**戶口** 可得而數者 十二三」. [漢書 閩賓傳]「不屈都護 **戶口**勝兵多 大國也」. ▶제111회-15)

犒軍(호군) : 군사들을 배불리 먹임. 「호궤」(犒饋). [柳宗元 嶺南節度饗軍堂 記]「軍有**犒饋**宴饗 勞旋勤歸」. ▶제67회-11), 제70회-4), 제89회-6), 제110회-27)

狐群狗黨[오합지졸] : 여우와 개 떼. 군사들이 대(隊)가 없는 오합지졸(烏 合之卒)과 같다는 뜻임. 「오합지중」(烏合之衆)은 어중이 떠중이 등 맹 목적으로 모여든 무리를 말함. [後漢書 邳彤傳]「卜者王郎集**烏合之衆** 震 燕趙之北」. ▶제12회-11)

犒饋(호궤) : 호군(犒軍). 군사들을 배불리 먹임. [柳宗元 嶺南節度饗軍堂 記]「軍有**犒饋**宴饗 勞旋勤歸」. ▶제1회-22)

虎觔弦(호근현) : 호랑이의 힘줄로 시위를 만든 활. ▶제16회-5)

胡騎[사나운 호북의 기병] : 사나운 병사들. [後漢書 袁召傳]「長戟百萬 **胡騎**千群」. [杜甫 吹笛詩]「**胡騎**中宵堪北走 武陵一曲想南征」. ▶제22회-28)

號帶(호대) : 깃대에 매달아 군졸을 부르는 긴 명주 띠. [六部成語 兵部 號帶 注解]「**號帶**乃長條之帛 繫于竿頭 用以呼軍卒」. ▶제48회-16), 제49회-7), 제86회-27)

虎狼之穴[호랑이 굴] : 적진 중에. 적의 소굴에. [三國志 吳志 呂蒙傳]「不探**虎穴** 安得虎子」. [李白 送羽林陶將軍詩]「萬里橫戈探**虎穴** 三杯拔劍舞龍泉」. ▶제66회-4)

號令(호령) : 호령질. 본래는 '큰 소리로 꾸짖는 짓'을 뜻하나, 죄인의 머리를 장대 끝에 꽂거나 매달아 성문·군문 밖에 세우고 사람들에게 보이고, 누구도 죽은 자를 위해 슬퍼하거나 시수(尸首)를 거두지 못하게 하였음. ▶제3회-13)

虎無爪 鳥無翼[호랑이가 발톱이 없고 새가 날개가 없으니] : 정말 중요한 것이 없다는 뜻으로 '모든 힘을 완전히 잃음'의 비유. 원문에는 '**虎無爪 鳥無翼**'으로 되어 있음. ▶제14회-15)

虎父無犬子[호랑이 아비에게 개 아들이 없구나!] : 원문에는 '**虎父無犬子**'로 되어 있음. [後漢書 班超傳]「不入虎穴 不得**虎子**」. [三國志 吳志 凌統傳]「二子烈封年各數歲 賓客進見 呼示之日 此吾**虎子**也」. [晋書 五行志]「聞地中有**犬子**聲 掘之得雌雄各一」. [中文辭典]「今人謙稱其子曰**犬子** 或稱**小犬**」. ▶제83회-12)

虎賁軍(호분군) : 용감한 군사. 「호분」은 용사(勇士)를 가리킴. [書經 牧誓序]「武王戎車三百兩 **虎賁**三百人(疎) 若虎之賁走逐獸 言其猛也」. ▶제72회-18)

好事[재를 올리고 번다한 일을 하며] : 일을 벌여 하기를 좋아함. 「호사다마」(好事多魔)는 좋은 일에 마가 든다는 뜻으로, '좋은 일에는 반드시

방해가 따름'의 비유. [孟子 萬章篇 上]「**好事**者爲之也」. [琵琶記 幾言諫文]「誰知道**好事多魔**記風波」. ▶제54회-7)

晧首[늙어서도] : '흰 머리'(白首)라는 뜻의 '노인'을 이름. [後漢書 宦者 呂强傳]「垂髮服戎 功成**晧首**」. [杜甫 醉爲馬墜諸公攜酒相看詩]「向來**晧首**驚萬人 自倚紅顔能騎射」. ▶제71회-18)

虎視江南[백만 대군으로 강남을 노리고 있지만] : 눈을 날카롭게 뜨고 '가만히 형세를 노려 봄'의 비유. [易經 頤卦]「六四顚頤吉 **虎視眈眈** 其欲逐逐 無咎」. [紅樓夢 第四十五回]「他們尙**虎視眈眈** 背地裏語三語四的 何況於我」. ▶제44회-6)

虎視華夏[화하를 응시하고 있으니] : 계속 화하를 응시함. 「화하」는 중원 지역을 이름. [三國志 魏志 關羽傳]「羽威震**華夏**」. [書經 周書篇 武成]「**華夏**蠻貊 罔不率俾 (傳) 冕服采章曰**華** 大國曰**夏**」. ▶제77회-17)

護心欄(호심란) : 화살로부터 가슴을 보호할 수 있게 설치된 적루의 난간. ▶제92회-17), 제95회-12)

胡爲乎泥中(호위호니중) : 어찌하여 진흙탕 속에 들어있느냐는 뜻. [詩經 邶風篇 式微]「式微式微 胡不歸 微君之故 **胡爲乎中**露」. ▶제22회-3)

號衣[군사들의 옷] : 군사들의 제복. [通俗編 服飾 號衣]「**軍士所服**也」. [高駢 閨怨詩]「始今又獻征南策 早晩催縫帶**號衣**」. ▶제67회-4)

狐疑之心[끝내 망설이시어서] : 여우의 의심이란 뜻으로, '깊이 의심함'을 이르는 말임. [楚辭 離騷]「心猶豫而**狐疑**兮 (楚注) 且狐性多疑 故俗有**狐疑之說**」. [吳子 洽兵]「用兵之害 猶像最大 三軍之災 生於**狐疑**」. ▶제60회-46)

好人難做[착한 사람과는 일을 치르지 못한다니까] : 원문에는 '**好人難做**'로 되어 있음. '착한 사람은 우유부단하여 일을 같이 할 수 없음'의 비유임. 「호인」. [詩經 魏風 葛屨]「要之襋之**好人**腹之 (傳) **好人** 好女手之人」. ▶제14회-28)

號箭(호전) : 군중에서 신호로 쏘는 화살. ▶제92회-18)

虎添翼[이는 호랑이에게 날개를 달아주는 격입니다] : 호랑이에게 날개를 달아 준다는 뜻으로, '더 좋은 여건을 만들어 줌'에 비유하는 말임. 「위호부익」(爲虎傅翼)은 '나쁜 사람을 도움'의 뜻임. [逸周書 寤儆]「無**爲虎傅翼** 將飛入宮 押人而食」. ▶제27회-1)

虎體猿班(호체원반) : 「호체원견」(虎体猿臂)은 호랑이의 몸에 원숭이처럼 긴 팔이란 뜻으로, 아주 '사납고 용맹스러운 장수'를 표현한 말임. [西廂記 崔鶯鶯夜聽琴雜劇]「故知**虎體**食天祿 膽天袁」. 「호체원반」(虎體鴛班)은 '문무백관'을 이름. [西廂記 崔鶯鶯夜聽琴雜劇]「花根本艷公卿子 **虎體鴛班**將相孫」. ▶제116회-6)

狐兎未息[여우와 토끼들이 없어지지 않았는데] : 여우나 토끼가 죽지 않았다는 뜻으로 '아직 사냥이 끝나지 않았음'의 비유임. 「호사토읍」(狐死兎泣)은 「토사호비」(兎死狐悲)라고도 하는데 토끼가 죽으면 여우가 슬퍼한다는 뜻으로, '같은 무리의 불행을 슬퍼함'의 비유. [宋史 李全傳]「**狐死兎泣** 李氏滅 夏氏寧獨存」. [通俗編 獸畜]「**狐死兎泣** 按 今語作 **兎死狐悲**」. ▶제16회-18)

好便好 不好時[좋은 게 좋은 것이지만 좋게 되지 않을 때] : 원문에는 '**好便好 不好時**'로 되어 있음. [老學庵筆記 六]「漢兒**不好**北人 指日淮兒」. ▶제51회-1)

虎豹豺狼(호표시랑) : 호랑이와 표범, 그리고 승냥이와 이리. '두 짐승의 사나움과 탐욕스러움'을 비유함. [管子 形勢解]「**虎豹** 獸之猛者也」. [孟子 離婁篇 上]「嫂溺不援 是**豺狼**也」. ▶제90회-3)

好漢(호한) : 훌륭한 놈·대장부. 원문에는 '**不算好漢**'으로 되어 있음. [舊唐書 狄仁傑傳]「則天嘗問仁傑曰 朕要一**好漢**任使有乎 仁傑曰 荊州長史 張束史 其人雖老眞宰相才也」. ▶제15회-6)

浩浩蕩蕩(호호탕탕) : 썩 넓어서 거칠 것이 없음. 거침이 없고 세참. [中庸 第三十二章]「肫肫其仁 淵淵其淵 **浩浩**其天」. [論語 泰伯篇]「**蕩蕩**乎 民

無能名焉 巍巍乎其有成功也」. ▶제58회-6), 제81회-24), 제111회-22)

號礮(호포): 호포(號砲). 군호로 놓는 총이나 대포. 원래는 돌을 날려 적을 공격하던 기계임. [水滸傳]「只聽得祝家莊裡 一個**號礮** 直飛起半天裡云」. ▶ 제2회-1)

混沌(혼돈): 하늘과 땅이 나뉘지 않은 개벽 이전의 상태. 혼륜(渾淪). [白虎通 天地]「**混沌**相連」. [淮南子 要路]「**混沌**萬物」. ▶제86회-19)

魂不附體[혼이 다 떨어져 나간 채]: 넋이 빠짐. 「혼비백산」(魂飛魄散). [紅樓夢 第三十二回]「襲人聽了這話 唬得**魂銷魄散**」. [驚世通言 第三十三卷]「二婦人見洪三已招 驚得**魂不附體**」. [禮記 郊特牲篇]「**魂氣歸**于天 形**魄歸**于地」. ▶제54회-21), 제66회-12)

魂飛魄散(혼비백산): 「혼소백산」(魂銷魄散)·「혼불부체」(魂不附體). [紅樓夢 第三十二回]「襲人聽了這話 唬得**魂銷魄散**」. [驚世通言 第三十三卷]「二婦人見洪三已招 驚得**魂不附體**」. [禮記 郊特牲篇]「**魂氣歸**于天 形**魄歸**于地」. ▶제47회-17), 제104회-24)

魂飛天外 魄散九霄[마치 혼이 하늘 저편으로 빠져나가듯]: 「구소」(九霄)는 하늘. [孫綽 原憲贊]「志逸**九霄** 身安陋術」. [沈約 遊沈道士館詩]「託慕**九霄**中」. 「혼비백산」(魂飛魄散). 「혼소백산」(魂銷魄散)·「혼불부체」(魂不附體). [紅樓夢 第三十二回]「襲人聽了這話 唬得**魂銷魄散**」. [驚世通言 第三十卷]「二婦人見洪三已招 驚得**魂不附體**」. [禮記 郊特牲篇]「**魂氣歸**于天 形**魄歸**于地」. ▶제109회-22)

混元一氣陣(혼원일기진): 천지(우주)가 하나 되는 진법. 「혼원」(混元)은 우주(천지)를 뜻함. [後漢書 班固傳 典引]「外運**混元** 內浸豪芒 (注) **混元** 天地之總名也」. [晉書 孝友傳序]「大矣哉 孝之爲德也 分**混元**立体」. ▶제100회-20)

紅炬(홍거): 붉은 촛불[紅燭]. [劉禹錫 會昌春連宴聯句]「舞袖飜**紅炬** 歌鬟揷寶蟬」. [開元天寶遺事]「楊國忠子弟 每至上元夜 各有千炬**紅燭** 圍于左右」.

▶제54회-20)

紅光紫霧[붉은 광채와 채색 구름입니다] : 새로운 왕의 탄생을 알리는 '상
　서로운 현상임'의 비유. [吳越備史]「武肅王錢鏐初誕時 **紅光滿室** 將棄於井
　祖秕知非常人 固不許 因小字曰婆留」. [江淹 赤紅賦]「**紫霧上河** 絳霧下漢」.
　▶제9회-11)

鴻門宴(홍문연) : '홍문'은 신풍(新豊)에 있는 지명으로, 중국 초나라의 항
　우와 한나라의 패공이 홍구의 군문에서 가진 잔치를 이름. 여기서 항
　우의 신하 항장(項莊)이 유방을 죽이려고 칼춤을 추었음. [中文辭典]「沛
　公謝羽**鴻門** 羽留**宴** 范增潛使項莊舞劍 欲乘間擊殺沛公 項伯亦起舞 以身翼
　之 會樊噲帶劍擁盾入軍門 始得免 後世稱此會爲**鴻門宴**」. [大淸 一統志]「**鴻
　門阪**在臨潼縣東 後漢書郡國志 於新豊 有**鴻門亭** 孟康曰 在新豊東十七里 舊
　大道北下阪口名也……寰宇記 按關中記 **鴻門** 在始皇陵北十里 雍錄 **鴻門**在
　驪山北十里 縣志 縣東十五里 有項王營 卽**鴻門**也」. ▶제21회-17), 제61회-2)

洪福(홍복) : 큰 복. 홍복(鴻福). [金史 顯宗后徒單氏傳]「皇后陰德至厚 而有
　今日 社稷之**洪福**也」. 「홍복제천」(洪福齊天). [通俗編 祝誦]「**洪福齊天**」.
　[元曲選]「抱粧盒 劇有此語……**洪福與齊天**」. ▶제35회-11), 제64회-7), 제102
　회-7), 제106회-5)

紅絮[버들개지] : 유서(柳絮). 붉은 빛깔의 버들개지. [臆乘]「柳花與**柳絮**
　迥然不同 生於葉開 成穗作鵝花也」. [太平御覽]「詩云……揷以翟尾 垂以**紅
　絮** 朱綬之象也」. ▶제34회-13)

紅心(홍심) : 붉은 칠을 한 과녁. [中文辭典]「槍箭靶之中央**紅點**也」. [潛確
　類書]「唐僖昭時 都下競事 膏唇有露珠兒 天宮巧 洛殷澹 **紅心** 猩猩暈等」. ▶
　제56회-4), 제81회-21)

弘羊潛計[홍양의 암산] : 서한(西漢) 때의 이재가(理財家)인 상홍양(桑弘
　羊)이 모든 계산을 암산으로 했음을 이르는 것임. '잠계'는 '속으로 계
　산을 하는 것'의 뜻임. [中國人名]「漢 雒陽人 事武帝爲侍中 以心計用事

與事郭成陽 孔僅言利事 析秋毫……**弘羊**自以爲國家興權筭之利 代其功 欲爲子弟得官 怨望霍光」. ▶제23회-2)

洪荒(홍황): 천지가 아직 열리지 않은 때인 태고를 이름. [南史 謝靈運傳]「詳觀記牒 **洪荒**莫傳」. [吳筠 逸人賦]「夫**洪荒**之際 物靡艱阻」. ▶제46회-17)

畫角(화각): 뿔피리. [絃管記]「胡角有雙角 卽今**畫角**」. [高適 送渾將軍詩]「城頭**畫角**三四聲 匣裏寶刀晝夜鳴」. ▶제90회-8)

華蓋(화개): 의장의 하나로 비단으로 만든 산개(傘蓋). [古今注]「**華蓋**黃帝與蚩尤戰 常有五色雲氣 金枝玉葉 止於帝上 有華蘤之像 故作**華蓋**」. ▶제29회-13)

畫戟(화극): 방천화극(方天畫戟). 「화극조궁」(畫戟雕弓). 언월도나 창 모양으로 만든 옛날 무기의 한 가지. [東京夢華錄]「高旗大扇 **畫戟長矛** 五色介胄」. [長生殿 勦寇]「**畫戟雕弓**耀彩 軍令分明」. ▶제5회-14), 제19회-2)

畫餅[그림의 떡]: '화중지병(畫中之餅)'의 준말. '소용이 없는 사물'의 비유. [三國志 魏志 盧毓傳]「盧毓爲吏部向書 文帝使毓自選代曰 得如卿者乃可 前此諸葛誕 鄭颺等馳名譽 有四窓八達之諍 帝疾之 詔選擧莫取有名者 如**畫**地作**餅** 不可啖也」. [史通]「錦冰爲壁 不可用也 **畫**地爲**餅** 不可食也」. [白居易 每見呂南二郎中新文輒竊有所歎惜因成長句以詠所懷詩]「**畫餅**尙書不救飢」. ▶제112회-16)

畫蛇添足[사족을 그리는 일]: 뱀을 그리는데 발까지 그렸다는 뜻으로, '쓸데없이 군짓을 하다가 오히려 틀려짐'을 비유. [戰國策 齊策]「楚有祠者 賜其舍人卮酒 舍人相謂曰 數人飮之不足 一人飮之有餘 請**畫**地爲**蛇** 先成者飮酒 一人蛇先成 引酒且飮 乃左手持卮 右手**畫地** 曰吾能爲之足 未成 一人之蛇成 奪其卮曰 蛇故無足 子安能爲之足 遂飮其酒」. [後漢書 袁紹傳]「妄**畫蛇足** 曲辭諂媚」. ▶제110회-28)

話說[이때]: 각설(却說)·차설(且說). 중국식 소설에서 이야기를 시작할 때 쓰는 말. 화제를 돌려 딴 말을 꺼낼 때 그 첫머리에 쓰는 말. [安氏

家訓 風操」「罕有面論者 北人無何便爾話說」. [흥부전]「**화셜** 경샹 전라 량

도 디경에 사는」. ▶제1회-1)

禍心[못된 마음] : 남을 해치려는 마음. [中文辭典]「謂心藏惡計也 爲**禍**之**心**

也」. ▶제73회-13)

畫影圖形[얼굴을 그려서] : 용모파기(容貌疤記). 죄인을 잡기 위해서 용모

와 신체의 특징을 기록함. '파기'는 '몸을 검사하여 그 특징을 적은 기

록'을 뜻함. [論語 泰伯篇]「君子所貴乎道者三 動**客貌** 斯遠暴慢矣 正顔色

斯近信矣 出辭氣 斯遠鄙倍矣」. ▶제4회-19)

化外[왕화를 모르니] : 왕의 음덕을 입지 못한 변방. 오랑캐의 땅. [宋史

太祖紀]「禁銅錢無出**化外**」. 「화외인」(化外人). [明律名例]「**化外人** 卽外夷

來降之人」. ▶제87회-23)

火欲殂[등불이 꺼지려 하네] : 불이 꺼지려 함. 오행(五行)의 상생과 상극

의 이치로 왕조의 흥망을 설명하고 있음. '한조(漢朝)가 망하려 함'을

암시함. ▶제35회-12)

華容道(화용도) : 관우가 조조를 길을 터놓아 도망가게 한 곳. [漢書 地理

志 上]「南郡 縣十八**華容**」. [中國地名]「漢置**華容**縣 南齊廢 故治在今湖北監

利縣西北 **曹操赤壁兵敗走此**」. ▶제49회-10)

華容逢關羽[화용도에서 관우를 만나셨던 일이며] : 조조가 적벽대전에서

주유에게 패하고 달아날 때, 관우가 조조를 잡지 않고 길을 터놓아 도

망가게 한 일. [魏志 注山陽公載記]「公船艦劉備所燒 引軍從**華容道** 步歸遇

泥濘道不通 天雨大風 羸兵負草塡之騎 乃得過羸兵爲人馬所蹈 籍陷泥中死

者甚多」. ▶제60회-21)

華佗(화타) : 중국 위(魏)나라 때의 명의. [三國魏志 方伎傳]「**華佗** 字元化」.

(裴松之 注)「**佗**別傳曰 劉勳女左膝有瘡 癢而不痛 瘡悠復發 如此七八年 迎

佗使視 佗以繩繫犬頸 使走馬牽犬 向五十里 因取刀斷犬腹 以向瘡口 須臾

有若蛇者從瘡中出 七日愈」. ▶제15회-16), 제29회-2), 제78회-6)

驊騮(화류마) : 화류마(驊騮馬). 준마(駿馬). [莊子 秋水篇]「騏驥驊騮 一日
馳千里」. [故事成語考 鳥獸]「騄駬驊騮 良馬之號」.「화류개도」(驊騮開道)
는 '화류마가 길을 연다'로 발전 가능성이 있다는 뜻임. ▶제13회-20)

桓 · 文之事[환문의 일] : 패도(覇道). 환공(桓公)과 문공(文公)이 춘추시대
패업을 이룬 일. [孟子 梁惠王篇 上]「仲尼之道 無道桓文之事者」. ▶제29회
-22)

宦官(환관) : 내시(內侍) · 엄관(閹官). [後漢書]「中興之初 宦官悉用閹人」.
▶제1회-5)

寰宇[그 공이 천하를 덮었다] : 환내(寰內). 전(轉)하여 '천하'를 뜻함. [穀
梁定 三]「寰內諸侯 (注) 天子穀內大夫 有采地者 謂之寰內諸侯」. [南史 梁
簡六帝紀論]「聲振寰宇 澤流遐裔」. ▶제37회-9), 제119회-32)

黃蓋(황개) : 황색의 거개(車蓋). 옛 의장의 하나인데 빛깔에 따라 청개 ·
홍개 · 황개 등이 있었음. 통치자의 수레에 세워 놓은 우산 비슷한 덮
개. [漢書 黃霸傳]「賜車蓋 特高一丈」. [後漢書 五行志]「靈帝 光和元年 六
月丁丑……墮北宮溫命殿東庭中 黑如 車蓋」. ▶제9회-19)

黃巾賊(황건적) : 중국 후한(後漢) 말에 '태평도'라는 종교를 세워 반란을
일으킨 무리. 두목은 장각(張角)이고 모두 머리에 누런 복건을 썼으므
로 붙여진 이름인데, 이들이 일으킨 반란을 '황건의 난'[黃巾之亂]이라
함. [中文辭典]「東漢末 張角聚衆倡亂 號黃巾賊」. [三國志 魏志 武帝紀]「光
和末黃巾起 拜騎都尉潁川賊」. ▶제81회-12)

惶恐無地[황공하기 짝이 없어서] : 황공하여 몸 둘 곳을 모름. '황공'은 두
렵고 무서움의 뜻임. '황송무지'(惶悚無地). [漢書 朱博傳]「右曹掾史皆
移病臥 博問其故 對言惶恐」. [鮑照 請暇啓]「執啓涕結 伏追惶悚」. ▶제14회
-35), 제79회-13)

黃口孺子[젖비린내가 나는 어린놈] : 젖먹이 어린아이. '황구소아'(黃口小
兒). '황구'는 참새 새끼의 주둥이가 황색(黃色)이므로 어린아이를 이

름. [淮南子 氾論訓]「古之伐國 不殺黃口 (注) 黃口幼也」. [北史 崔暹傳]「崔悛竊言 文宣帝爲黃口小兒」. ▶제17회-12)

黃口孺子怎聞霹靂之聲 病體樵夫 難聽虎豹之吼[젖먹이 어린아이가 벼락 치는 소리를 들은 듯 병 든 나무꾼들이 호랑이와 표범의 포효를 들은 듯] : 원문에는 '黃口孺子怎聞霹靂之聲 病體樵夫 難聽虎豹之吼'로 되어 있음. 「황구소아」(黃口小兒). [北史 崔暹傳]「崔俊竊言 文宣帝爲黃口小兒」. ▶제42회-6)

黃金鎖子甲(황금쇄자갑) : 황금 도금을 한 쇄자갑. 여러 개의 미늘을 작은 쇠고리로 꿰어서 만든 갑옷으로, 아주 정교하게 만들어서 화살이 뚫지 못하게 되어 있음. [正家通]「鎖 鎖子甲 五環相互一環受鐵 諸環拱議 故箭不能入」. [唐六典]「甲之制有十三曰 鎖子甲 鐵甲也」. ▶제64회-5), 제83회-4)

黃羅鎖金傘蓋(황라쇄금산개) : 황금빛의 일산. [孔武仲 炭步港觀螢詩]「爛如神仙珠玉闕 靑羅掩映千明紅」. ▶제83회-6)

黃龍屢現[황룡이 여러 번 나타났다] : 황룡이 자주 나타남. [史記 封禪書]「黃帝得土德 黃龍蟥見」. [漢書 文帝紀]「十五年黃龍見成紀」. ▶제98회-13)

黃門(황문) : 내시(內侍). 원래는 궁정의 금문(禁門)을 말하는데 황문은 황제의 친신(親臣)이기 때문에 그 권세가 매우 컸음. [漢書 元帝記]「罷黃門乘輿狗馬」. [張說 侍射詩序]「乃命紫微黃門九卿六擊」. ▶제1회-26)

黃吻[어린 아이] : 노란 새끼 새의 주둥이의 뜻으로 '경험이 없는 젊은이'를 이름. [世說]「黃吻年少 勿爲評論宿士」. [曹植 魏德論]「黃吻之龀 含哺而怡 駘背之老 擊壤而嬉」. ▶제91회-45)

黃門侍郎(황문시랑) : 내시. 원래는 궁정의 금문(禁門)을 말하는데 황문은 황제의 친신(親臣)이기 때문에 그 권세가 매우 컸음. [漢書 元帝記]「罷黃門乘輿狗馬」. [張說 侍射詩序]「乃命紫微黃門九卿六擊」. ▶제99회-14)

黃星(황성) : 황금빛을 내는 별로 상서로움의 징조임. 황제 헌원씨가 태어날 때 나타났다 함. [三國志 魏志 黃帝紀]「初桓帝時 有**黃星**見于楚宋之 分 遼東殷馗善天文 言後五十歲當有眞人 起于梁沛之祥」. [楊烱 老人星賦]「 殷馗則**黃星**見楚 當煥則紫氣臨吳」. ▶제31회-5)

黃鉞[황월을 주고] : 황금으로 도금한 도끼. 이는 천자의 의장으로 쓰였 음. [書經 牧誓篇]「王左杖**黃鉞** 右秉**白旄**以麾曰 逖矣 西土之人」. [事物紀 原]「興服志曰 **黃鉞**黃帝置 內傳曰 帝將伐蚩尤 玄女授帝**金鉞**以主煞 此其始 也」. ▶제109회-31)

黃鉞白旄(황월 백모) : 도끼와 흰 깃발. 주(周)의 무왕(武王)이 은(殷)의 주왕(紂王)을 정벌할 때 썼다 하여 '정벌'의 상징이 되었음. '백모'는 모우(犛牛:소의 일종)의 꼬리나 날짐승의 깃을 장대 끝에 달아 놓은 기. '황월'은 누런 금빛 도끼(무기). [書經 牧誓篇]「王左杖**黃鉞** 右秉**白旄** 以麾曰 逖矣 西土之人」. [事物紀原]「興服志曰 **黃鉞**黃帝置 內傳曰 帝將伐 蚩尤 玄女授帝**金鉞**以主煞 此其始也」. ▶제17회-10)

荒淫[황음무도] : 「황음무도」(荒淫無道). 술과 계집에 빠져 사람의 마땅 한 도리를 돌아보지 아니함. [詩經 齊風篇 鷄鳴序]「哀公**荒淫**怠慢」. [文選 司馬相如 上林賦]「欲以奢侈相勝 **荒淫**相越」. ▶제115회-14)

荒淫無道(황음무도) : 술과 계집에 빠져 사람의 마땅한 도리를 돌아보지 아니함. [詩經 齊風篇 鷄鳴序]「哀公**荒淫**怠慢」. [文選 司馬相如 上林賦]「欲 以奢侈相勝 **荒淫**相越」. ▶제109회-23)

蝗蟲[메뚜기 떼] : 누리. 메뚜깃과에 딸린 곤충. [禮記 月令]「孟夏行春令 則**蝗蟲**爲災」. [史記 秦始皇記]「十月庚寅 **蝗蟲**從東方來蔽天」. ▶제63회-7), 제98회-6)

盔纓[투구의 끈] : 투구의 끈. 회영근상(盔纓根上). 투구꼭지 장식 술의 밑둥. [還魂記 牝賊]「閃**盔纓**斜簇玉釵紅」. [長生殿 合圍]「騙上馬 將**盔纓**低 按」. ▶제95회-22)

盔纓根上[투구꼭지 장식 밑둥] : 투구꼭지 장식 술의 밑둥. [還魂記 牝賊]「閃

盔纓斜簇玉釵紅」. [長生殿 合圍]「騙上馬 將盔纓低按」. ▶제53회-8)

悔之無及[후회해도 미치시지 못할 것입니다] : 후회해도 소용없음. 「후회」
(後悔). [漢書]「官成名立 如此不去 懼有後悔」. [詩經 召南篇 江有汜]「不我
以 其後也悔」. [史記 張儀傳]「懷手後悔 赦張儀 厚禮之如故」. ▶제106회-23)

悔之無及[후회해도 미치지 못할 것입니다] : 회지막급(悔之莫及)·후회막
급(後悔莫及). 「후회막급」(後悔莫及)은 '아무리 후회하여도 다시 어쩔
수가 없음'의 뜻. 「후회」(後悔). [漢書]「官成名立 如此不去 懼有後悔」.
[詩經 召南篇 江有汜]「不我以 其後也悔」. [史記 張儀傳]「懷手後悔 赦張儀
厚禮之如故」. ▶제17회-8)

悔之不及[후회하였으나 다 지난 일이었다] : 후회해도 미치지 못함. 「후회
막급」(後悔莫及)은 '아무리 후회하여도 다시 어쩔 수가 없음'의 뜻. 「후
회」(後悔). [漢書]「官成名立 如此不去 懼有後悔」. [詩經 召南篇 江有汜]「不
我以 其後也悔」. [史記 張儀傳]「懷手後悔 赦張儀 厚禮之如故」. ▶제95회-23)

悔之何及[후회한들 무엇하랴] : 후회해도 미치지 못함. 「후회막급」(後悔
莫及)은 '아무리 후회하여도 다시 어쩔 수가 없음'의 뜻. 「후회」(後悔).
[漢書]「官成名立 如此不去 懼有後悔」. [詩經 召南篇 江有汜]「不我以 其後
也悔」. [史記 張儀傳]「懷手後悔 赦張儀 厚禮之如故」. ▶제65회-21), 제110회
-18), 제111회-19)

迴避牌[사람을 만나지 않는다는 팻말] : 회피(回避)하는 팻말. 사람을 만
나지 않겠음을 팻말에 표시한 것. [漢書 蓋寬饒傳]「刺擧無所迴避」. [晉
書 姚戈仲載記]「屢獻讜言 無所迴避」. ▶제26회-7)

獲罪於天[하늘에 죄를 얻으면 빌 곳이 없다] : 하늘에 죄를 지음. 원문에는
'獲罪於天 無所禱也'로 되어 있음. '하늘에 죄를 지으면 용서받을 수 없
다'는 뜻. [論語 八佾篇]「子曰 不然獲罪於天 無所禱也」. [左氏 袁 六]「不穀
雖不德 河非所獲罪也」. ▶제78회-14)

橫門(횡문) : 장안성의 북서쪽에 있는 문. [漢書 西城傳]「丞相將軍 率百官

送至**橫門**」. [杜甫 高都護總馬行]「靑絲絡頭爲君老 何由郤出**橫門**道」. ▶제8
회-4), 제92회-3)

孝廉(효렴) : 관리를 등용하던 제도. 군의 수(帥)는 효도가 지극하고 청
렴한 사람을 조정에 천거하였는데, 이 천거를 받은 사람을 이름. [漢書
武帝記]「初令郡國擧**孝廉** 各一人」. [後漢書 百官志]「擧**孝廉**」. ▶제1회-13),
제56회-9), 제59회-4)

梟首(효수) : 효수경중(梟首警衆). 죄인의 목을 베어 높이 달아매어서 뭇
사람들을 경계함. [史記 始皇紀]「二十八皆**梟首** (注) 集解曰 縣**首**於木上曰
梟」. [通鑑 晋元帝記 胡三省注]「**梟**不孝鳥 說文曰 冬至捕**梟** 磔之以頭 掛之
木上 故今謂掛首 爲**梟首**」. ▶제75회-15)

梟示警衆[효수하여 백성들이 보게 하고] : 목을 매달아 보임으로써 백성들
에게 경종을 울림. [史記 始皇紀]「二十八皆**梟首** (注) 集解曰 縣**首**於木上
曰**梟**」. [通鑑 晋元帝記 胡三省注]「**梟**不孝鳥 說文曰 冬至捕**梟** 磔之以頭 掛
之木上 故今謂掛首 爲**梟首**」. ▶제94회-13)

效虞詡之法[우후를 본받아] : 후한(後漢) 때 무도태자(武都太子)가 사용했
던 계책을 본받음. 우후가 강족(羌族)들과 진창에서 싸울 때 기곡에서
길을 차단 당하자, 매일 '부뚜막을 늘리는 계책'을 써서 상대를 혼란에
빠뜨려 추격하지 못하게 하고 끝내 적을 깨뜨렸던 계책을 썼음. [中國
人名]「漢 經孫 字升卿 年十二 通尙書……及到官 募求壯士 殺賊數百人 大有
治聲 遷武都太守 **增竈進兵** 大破羌人……遭譴考 性終不出」. ▶제100회-23)

梟雄(효웅) : 사납고 용맹한 영웅의 모습. [後漢書 袁紹傳]「除忠害善 專爲
梟雄」. [三國志 吳志 周瑜傳]「劉備以**梟雄**之姿 而有關羽 張飛 能虎之將 必
非久屈爲人用者」. ▶제62회-4), 제84회-3)

梟雄之資[효웅으로서] : 사납고 용맹한 영웅의 모습. [後漢書 袁紹傳]「除
忠害善 專爲**梟雄**」. [三國志 吳志 周瑜傳]「劉備以**梟雄**之姿 而有關羽 張飛
能虎之將 必非久屈爲人用者」. ▶제55회-4)

曉諭(효유) : 효유(曉喩). 알아듣게 타이름. [漢書 刑法志]「律令煩多 百有餘萬言 明習者不知所由 歌以**曉諭**衆庶 不亦難乎」. [文選 司馬相如 喩巴蜀檄]「遺信徒 **曉喩**百姓」. ▶제107회-21)

驍將[날랜 장수] : 사납고 날쌘 장수. [北史]「孫翊權弟也 **驍將**果烈 有兄第風」. [三國志 吳志 衛臻傳]「臻曰 然吳之**驍將** 必不從權」. ▶제92회-13)

崤函天險(효함의 천험) : 지형이 아주 험요함. 함곡관(函谷關)을 이르는 것인데 관액의 동쪽에 효산(崤山)이 있어서 '효함'이라 함. [文選 賈誼 過秦論]「秦孝公據 **崤函之固** 擁雍州之勢」. [文選 左思 魏都賦]「伊洛榛曠 **崤函荒蕪**」. ▶제6회-10)

後果前因(후과와 전인) : 인과응보(因果應報). '전생에서 만든 인연이 이 생에서 과보(果報)를 받게 된다'는 불교의 용어임. 「후인」(後因). [雲笈七籤]「念念生滅 前心滅 故不爲**後因** 後心生 故不爲**前果** 是故我言 一切衆生心法如生」. [慈恩傳 七]「唯談玄論道 問**因果應報**」. ▶제77회-12)

朽邁[노쇠하였지마는] : 늙었음. 노쇠함. [三國志 魏志 曹夾傳]「臣雖**朽邁** 敢忘往言」. [魏書 于烈傳]「臣雖**朽邁** 心力猶可」. ▶제107회-12)

後槽[마부] : 마부(馬夫)·마정(馬丁). [六部成語 兵部馬夫 注解]「**驛站管馬之人**」. [福惠全書 莅任部 查交代]「令**馬夫**騎試 獸醫驗看無病」. ▶제53회-19)

後主(후주) : 임금의 뒤를 이은 아들. 여기서는 '아두'(阿斗) 곧 '유선'(劉禪)을 가리킴. [中文辭典]「三國志 漢主備子 字公嗣 小字阿斗……世亦稱爲**劉後主**」. [鍾會 檄蜀文]「益州**先主**以命世英材 興兵新野」. ▶제41회-11)

后稷(후직) : 중국 주나라의 시조로 명은 기(棄). 어머니가 거인의 발자국을 밟고 잉태했다는 감생전설(感生傳說)과 세 번이나 내다버렸으나 구조되었다는 기자설화(棄子說話)가 겹쳐진 인물인데, 순(舜) 때 농사를 다스리는 직에 있었다 함. [中文辭典]「周之始祖 當堯之時 其母姜嫄 踐巨人之跡而有娠 生子以爲不詳棄之隘巷……名之曰 棄及長 堯俠居稷官 封於之邰 號曰**后稷**」. ▶제17회-2)

後悔何及[후회막급입니다] : 후회한들 어찌 미치겠는가? 「후회」(後悔).
[漢書]「官成名立 如此不去 懼有後悔」. [詩經 召南篇 江有氾]「不我以 其後也
悔」. [史記 張儀傳]「懷手後悔 赦張儀 厚禮之如故」. ▶제40회-2), 제83회-9)

后羿(후예) : 후이(后夷). 하(夏)나라 때의 유궁국(有窮國)의 왕 후이(后
夷). 활의 명인으로 알려졌는데 하상(夏相)을 죽이고 그 자리를 빼앗았
으나, 정사를 돌보지 않고 있다가 신하 한착(寒浞)에게 피살 되었음.
[書經 五子之歌]「有窮后羿 因民弗忍 距于河」. [左氏 襄 四]「后羿自鉏遷于
窮石 因夏民以代夏政 恃其射也」. ▶제13회-16), 제16회-3)

麾(휘) : 병사들을 지휘할 때 쓰던 대장기·교룡기 따위의 군기를 통틀어
일컫는 말. 「휘하」(麾下). [史記 項羽紀]「麾下壯士」. ▶제33회-18)

麾蓋(휘개) : 장수를 상징하는 깃발과 산개(傘蓋). [晋書 衛瓘傳]「大車言騎
麾蓋鼓吹 諸威儀 一如舊典」. [南史 梁公則傳]「嘗登樓望戰 城中遙見麾蓋」.
▶제32회-10)

休咎[길흉] : 길흉(吉凶). 「화복」(禍福). [漢書]「箕子爲武王 陳五行陰陽休咎
之應」. ▶제81회-18)

攜男抱女[사내아이의 손을 잡고 계집아이를 품에 안고] : 사내아이의 손을
잡고 계집아이는 품에 안음. 「휴포」(攜抱). [南史 袁昂傳]「乳媼攜抱 匿
於廬山」. ▶제93회-3)

休矣[모두가 끝장입니다] : 「만사휴의」(萬事休矣). '모든 일이 헛수고로
돌아감'을 일컫는 말. 「만사」 [史記 始皇記]「兼聽萬事」. ▶제66회-15)

休戚(휴척) : 안락함과 근심 걱정. [國語 周語 下]「爲晉休戚 不背本也」. [梁
武帝 移京邑檄]「荷眷前朝 義均休戚」. ▶제68회-7)

譎計[나쁜 계책] : 몹시 간사하고 능청스런 꾀. [中文辭典]「譎詐之謀也」.
「휼이부정」(譎而不正). 하는 일이 올바르지 못함. [論語 憲問篇]「子曰
晉文公譎而不正 齊桓公正而不譎」. ▶제78회-3)

黑風(흑풍) : 폭풍·광풍. 「흑풍백우」(黑風白雨). '흑풍'은 세차게 불어 먼

지가 휩쓸려 일어나는 바람이고, '백우'는 소낙비를 이름. [李賀 詩]「黑風吹山作平地」. [蘇軾 望湖樓詩]「白雨跳珠亂入船」. ▶제40회-14)

欠身[몸을 굽히며] : 상대에게 경의를 표하기 위하여 몸을 굽힘. 「흠신답례」(欠伸答禮). [紅樓夢 第七回]「欠身道謝」. ▶제76회-2)

興事(흥사) : 기병(起兵). [書經 益稷]「奉作興事 愼乃憲 欽哉」. [禮記 王制]「量地遠近 興事任力」. ▶제81회-3)

박을수(朴乙洙)

▸ 主要著書 · 論文

『한국시조문학전사』(성문각, 1978)

『한국시조대사전(상·하)』(아세아문화사, 1992)

『한국고전문학전집 11, 시조Ⅱ』(고려대 민족문화연구소, 1995)

『국어국문학연구의 오늘』(회갑기념논총, 아세아문화사, 1998)

『시조의 서발유취』(아세아문화사, 2001)

『한국개화기저항시가론(수정판)』(아세아문화사, 2001)

『시화, 사랑 그 그리움의 샘』(아세아문화사, 2002)

『회와 윤양래연구』(아세아문화사, 2003)

『시조문학론』(글익는들, 2005)

『만전당 홍가신연구』(글익는들, 2006)

『한국시가문학사』(아세아문화사, 2006)

『신한국문학사(개정판)』(글익는들, 2007)

『한국시조대사전(별책보유)』(아세아문화사, 2007)

『머리위엔 별빛 가득한 하늘이』(글익는들, 2007)

『삼국연의』(전9권)(보고사, 2015)

「고시조연구」(석사논문, 1965)

「개화기의 저항시가연구」(학위논문, 1984)

역주 삼국연의 성어용례사전

2016년 1월 15일 초판 1쇄 펴냄

편저자 박을수
펴낸이 김흥국
펴낸곳 보고사

책임편집 이경민
표지디자인 오동준

등록 1990년 12월 13일 제6-0429호
주소 경기도 파주시 회동길 337-15 보고사 2층
전화 031-955-9797(대표)
      02-922-5120~1(편집), 02-922-2246(영업)
팩스 02-922-6990
메일 kanapub3@naver.com / bogosabooks@naver.com
http://www.bogosabooks.co.kr

ISBN 979-11-5516-509-6
      979-11-5516-180-7   04820(세트)
ⓒ 박을수, 2016

정가 15,000원

이 도서의 국립중앙도서관 출판예정도서목록(CIP)은 서지정보유통지원시스템 홈페이지
(http://seoji.nl.go.kr)와 국가자료공동목록시스템(http://www.nl.go.kr/kolisnet)에서
이용하실 수 있습니다.(CIP제어번호: CIP2015033974)